KB199249

포로기

FURYO KI
by OOKA Shohei

이 도서의 국립중앙도서관 출판시도서목록(CIP)은
e-CIP 홈페이지(http://www.nl.go.kr/cip.php)에서 이용하실 수 있습니다.
(CIP제어번호: CIP2010001492)

세계문학전집
036

大 岡 昇 平 : 俘 虜 記

포로기

오오카 쇼헤이 장편소설

허호 옮김

문학동네

차례

갇힌 상황은 다른 형태의 갇힌 상황으로 표현해도 좋으리라.

—대니얼 디포

붙잡히기까지

내 마음이 너그러워서 죽이지 않는 것은 아니다.
—「탄이초」

1945년 1월 25일, 나는 민도로 섬 남쪽의 산속에서 미군의 포로가 되었다.

민도로 섬은 루손 섬 남서쪽에 위치한, 시코쿠* 지방 절반 크기의 섬이다. 제대로 된 군사 시설도 없고, 이곳을 지키는 아군 병력인 보병 2개 중대는 해안에 있는 여섯 군데의 요지에서 명목뿐인 경비 주둔을 하고 있었다.

내가 속한 중대는 1944년 8월부터 섬 남부 및 서부의 경비를 담당하고 있었다. 중대본부는 내가 속한 1개 소대와 함께 섬 서남단의 산호세에, 다른 2개 소대는 각각 남동쪽 불랄라카오, 북서쪽 팔루안에

* 四国, 일본 열도를 구성하는 4개의 주요 섬 중 가장 작은 섬.

있었다. 산호세와 팔루안 사이, 즉 섬의 서해안 전체에 해당하는 약 오백 리가 모두 개방되어 게릴라들은 자유로이 미군 잠수함의 보급을 받고 있었다. 그러나 그들은 공격해오지 않았다.

1944년 12월 15일, 미군은 약 육십 척의 군함을 끌고 산호세에 상륙했다. 우리는 즉시 산으로 들어가 남부 언덕지대를 가로질러, 사흘 후 불랄라카오 배후의 고지에서 그곳에 주둔하는 소대와 연락을 취했다. 아직 미군이 상륙하지 않았지만, 그 소대는 산호세의 포성을 듣고 식량 및 무전기를 싣고 일찌감치 이곳으로 대피했던 것이다. 식량은 아직 풍부했기에 곧이어 우리와 합류한 부근 수상비행기 기지의 해군 부대, 조난선박 공병, 비전투원을 합한 총인원 약 이백 명이 삼 개월 이상 버틸 수 있었다. 해가 바뀌어 1월 24일 미군의 습격을 받고 뿔뿔이 흩어질 때까지, 우리는 약 사십 일간 이곳에서 야영했다.

미군기는 종일 머리 위에 있었지만 곧바로 공격해오지는 않았다. "놈들은 게으름뱅이라서 이런 곳까지 오지는 않을 거야. 저쪽에서 오지 않는데 이쪽에서 굳이 가지는 않을 테고, 그러다보면 전쟁도 끝나겠지." 우리의 임시숙사가 될 막사 설치 작업을 지휘하던 어느 하사의 이 말은 우리의 희망을 아주 단적으로 표현한 것이었다. 즉 미군이 이 섬을 루손 섬 공격의 중계기지로 선택한 것이 분명한 이상, 우리가 산속에 잠자코 있으면, 전쟁은 우리 위를 그대로 통과하고 이곳은 최후까지 이른바 '잊힌 전선'으로 남을 가능성이 있기 때문이었다. 우리 같은 고립무원의 소부대가 품을 수 있는 유일한 희망이었다.

그러나 불행하게도 우리는 역시 '떠나지 않을' 수 없었다. 이윽고 루손 섬 바탕가스 소재의 대대본부에서 적의 상황을 정찰하라는 명령이 내려와, 이따금 십여 명으로 구성된 척후를 조직하여 열흘이나 일주일간 산호세 부근의 산속에 잠복했다 돌아왔다. 어떤 때는 척후병들이 미군 보초에게 발각되어 총격을 받기도 했다.

이윽고 1개 소대가 분초(分哨) 임무를 맡아, 산호세가 내려다보이는 고지로 이동하여 매일 망원경으로 목격한 상황을 대대본부로 타전했다. 그들은 때때로 수십 척으로 구성된 선단이 산호세 앞 바다를 통과해서 북상하는 모습과, 다수의 대형 폭격기가 신설 비행장에서 이륙하는 모습을 목격했다. 예전에 우리가 보트를 타고 고기를 잡던 만에는 미군 기외정(機外艇)이 손으로 긁은 듯한 하얀 자국을 내며 종횡으로 달리고 있었다.

1월에 접어들자 대대본부는 백오십 명으로 구성된 돌격대의 파견을 알려왔다. 그러나 그들의 도착 예정일에 미군이 중부 동해안 일대에 상륙해 있던 탓으로, 그들을 태운 배는 끝내 행방불명이 되었다. 게다가 우리 사이에서 이 돌격대는 그다지 반가운 손님으로 여겨지지 않았다. 왜냐하면 그들의 도착은 곧 우리 중에서도 결사대를 뽑아서 안내해야 한다는 의미였기 때문이다. 육십 척으로 상륙한 미군에 대항할 백오십 명 돌격대의 성과에 관해 우리는 아무런 환상도 지니고 있지 않았다.

그럼에도 우리는 그후에도 명령에 따라 혹시나 불랄라카오에 도착했을지 모르는 돌격대를 수차례 마중 나갔다. 우리는 비어 있는 민가를 털다가, 우연히 가재도구를 가지러 온 불운한 주민을 납치해서 돌아왔다. 이리하여 우리는 본의 아니게 우리가 소탕되어야 할 이유를 만들어갔던 것이다.

이러한 절망적인 상황에서도 병사들은 비교적 태연했다. 우리는 모두 그해 초에 소집되어 삼 개월간의 교육을 받고 곧바로 이곳에 파견된 신참내기 보충병들이라 사태의 중대성을 실감하지 못했다. 그러나 설령 사태를 정확하게 인식했다 해도 압도적으로 우세한 적이 언제 올까 매일 걱정하며 지낼 수도 없는 이상, 이러한 무지는 오히려 하늘이 우리에게 내린 은총이었다. 대부분 나처럼 서른을 넘긴 중년 병사들이었기에 눈앞의 사태에서 굳이 성급한 결론을 이끌어내려 하지 않았다.

더구나 처음에는 이러한 산속 생활이 그다지 나쁘지 않았다. 건기라 비도 적었고, 더운 것은 낮 동안, 그것도 양지 쪽만이라서 옷도 못 갈아입는 야영 생활에 가장 적합한 날씨였다. 식량도 당분간 충분했고, 분대별로 흩어져 생활했기에 군기가 자연히 해이해져 군대의 딱딱한 일상 규칙에서 해방되었다. 우리는 캠핑이라도 온 기분으로 계곡 물로 밥을 짓고, 마니양이라 불리는 부근의 산지인(이들은 해안지방에 사는 일반적인 필리핀인들보다 피부가 검은 인종으로 전쟁에는 무관심했다)들과 친해져서 붉은 천이나 동전을 주고 감자, 바나나, 담배 등을 얻었다. 기슭으로 내려가 주인을 잃고 방황하는 소를 쏘아 잡아 그 고기를 먹은 적도 몇 번 있었다.

그러나 재앙은 예상치 못한 곳에서 찾아왔다. 말라리아가 바로 그것이었다.

민도로는 필리핀 군도 중에서 가장 악성인 말라리아가 발생하는 섬이라고 한다. 예방약이 지급된 덕분에 산호세에 있는 동안은 환자가 두세 명을 넘지 않았지만, 산에 들어가 있는 동안 위생병이 키니네를 분실한 탓에 급속도로 만연하여, 1월 24일 미군의 습격을 받았을 때는 서서 싸울 수 있는 자가 서른 명을 넘지 않았다. 습격 보름 전부터는 하루에 세 명꼴로 죽어갔다.

병자는 조용히 죽었다. 그들은 급속히 의기를 상실했기에, 평소의 태연한 모습과 기묘한 대조를 이뤘다.

중대장은 매일 아침 각 분대 숙사로 문병을 다녔다. 그는 숙사에 가득한 환자들을 바라보며 말없이 입구에 서 있었다.

분대장은 미군이 상륙한 직후 아직 퇴로가 열려 있었을 당시에 필사적으로 북상해서 루손 섬으로 건너가지 않은 중대장의 결단을 은근히 비난하고 있었다. 이런 산속에서 하염없이 빌빌대며 있으니까 대대본부로부터 정찰 명령을 받게 되었고, 결국에는 이렇게 병자가 늘어 꼼짝할 수 없는 지경에 이르렀다는 것이다.

하사관의 에고이즘이었다. 그러나 이 판단에는 루손 섬을 난공불락의 안전지대로 간주하는 근시안적 전제가 깔려 있었다. 이전에 노몬한 전투*를 경험했던 중대장으로서는, 필리핀 파견군의 운명에 대해 그러한 낙관적인 예측을 품을 수는 없었을 것이다.

그는 간부후보생 출신으로 스물일곱 살의 젊은 중위였는데, 말이 없고 어두운 성격이라 겉으로는 서른도 넘어 보였다. 그는 노몬한에서 무슨 일을 했고 무엇을 봤는지 한 번도 이야기하지 않았지만 그 눈과 얼굴에는 나타나 있었다. 그의 몸에서 전우들의 시체 냄새가 풍기는 듯한 느낌마저 들었다.

---

* 1939년 5월, 만주와 몽골의 국경지대인 노몬한에서 일본군과 몽골·소련군 간의 대규모 충돌사건. 이 전투에서 일본은 2만여 명의 사상자를 내며 참패했다.

"경비대는 경비지구가 자신의 무덤이라고 각오해야 한다"고 그는 항상 말했는데, 나에게는 그것이 판에 박은 훈시로만은 여겨지지 않았다.

그는 우리의 현 위치를 미군에게 굳이 숨기려 하지 않았다. 산호세에서 길을 안내한 원주민에게는 전례와 달리 식량을 주어 돌려보냈다. 그의 언동에는 항상 체념이 섞여 있었고, 동작은 지나치게 완만했으며, 이따금 이빨 사이로 밀어내듯 힘없이 웃었다. 그것은 희생자의 웃음이었다.

그는 어느 정도 자진해서 죽음을 초래한 듯했다. 산호세 주둔 중에 벌어진 토벌전에서 그는 항상 선두에 서서 싸웠고 결코 자신을 은폐하지 않았다. 그는 전쟁의 요청을 지상명령처럼 스스로에게 부과하면서도, 그것을 부하에게 부과하는 일에는 자신의 책임을 느끼지 않을 수 없는 마음씨 착한 지휘자였다. 그러한 사람들은 일반적으로 오로지 자신의 죽음 말고는 부하에 대한 요구를 정당화시킬 수단을 지니지 못한다.

산속에서 마지막으로 미군의 습격을 받았을 때 그는 화점(火點) 관측을 위해 단신으로 전진하다 박격포의 직격탄을 맞고 제일 먼저 전사했다. 아마도 본인이 바라던 바였을 것이다.

일종의 공감을 느낀 나는 이 젊은 장교에게 은근히 애착을 느끼고 있었다. 나 또한 나름대로, 그와는 상당히 다른 의미에서 자신의 확실한 죽음을 직시하며 살아왔기 때문이다.

나는 예전부터 일본의 승리를 믿지 않았다. 조국을 이토록 절망적인 싸움으로 끌어들인 군부를 증오했지만, 지금까지 내가 그들을 저지할 그 어떤 조치도 취할 수 없었던 만큼, 이제 와서 그들에 의해 부여된 운명에 항의할 권리는 없다고 생각했다. 일개의 무력한 시민과 일국의 폭력을 행사하는 조직을 대등하게 평가하려던 스스로가 우스꽝스러웠지만, 지금 무의미한 죽음으로 이끌려가는 어리석음을 자조하지 않기 위해서라도 그렇게 생각할 필요가 있었다.

그러나 밤이 되어 간몬해협*에 닻을 내린 수송선의 갑판에서 아래쪽을 지나가는 장난감 같은 연락선의 붉고 푸른 불빛을 보자, 노예처럼 죽음을 향해 실려가는 비참한 내 신세가 뼈에 사무쳤다.

나는 참전하는 날까지 '조국과 운명을 같이할 때까지'라는 관념에 안주한 채, 시국에 편승하는 망언자들이나 탁상공론만 되풀이하는 패전주의자들을 모두 비웃었지만, 정작 수송선을 타자 단순히 '죽음'이 내 앞에 털썩 주저앉아 꼼짝도 않는 것에 질리고 말았다.

삼십오 년간의 내 생애는 만족할 만한 것이 못 되었으며, 이별을 고해야 할 사람들도 있었고, 실제로 이별은 괴로웠지만, 그것은 엄연히 내가 수송선 위에 있다는 사실로 인해 확실하게 지나가버렸다. 미래에는 죽음이 있을 뿐, 우리가 그 죽음에 관해 떠올릴 수 있는 것은 완전한 허무이며, 죽음으로 옮겨가는 것도 지금 내가 어쩔 수 없이 수송선을 타게 된 것과 동일한 추이에 의해 가능하다면, 나에게 더이상 무슨 고민이 있겠는가? 나는 거듭 나 자신을 설득했다. 그러나 죽음의 관념은 끊임없이 되돌아와 생활의 매 순간 나를 엄습했다. 결국 나는 죽음이란 대수롭지 않으며, 다만 지금 확실한 죽음을 눈앞에 두고서

* 일본 혼슈와 규슈 사이에 있는 해협.

도 살아 있다는 것 자체가 문제임을 깨달았다.

그러나 죽음의 관념은 기분 좋은 관념이었다. 필리핀의 원색적인 아침놀과 저녁놀, 야자수와 화염수는 나를 미치도록 기쁘게 했다. 가는 곳마다 죽음의 그림자를 보면서, 나는 식물이 동물을 압도하는 열대의 풍물을 눈으로 마음껏 즐겼다. 죽기 전에 이러한 삶의 충만을 보여준 운명에 감사했다. 산에 들어온 이후로 접한 자연에는 야자수도 없고, 저지대의 울창함 대신 고원의 질서가 있을 뿐이었지만, 그것도 나에게는 점차 아름답게 여겨졌다. 자연의 품에서 이렇게 끊임없이 증대해가는 쾌감은 나의 최후가 다가왔다는 확실한 증거 같았다.

그러나 드디어 퇴로가 차단되고 주위에서 동료들이 차례로 죽어가는 모습을 보자 이상한 변화가 내 속에서 일었다. 갑자기 나는 나의 생환 가능성을 믿게 되었다. 구십구 퍼센트 확실했던 죽음이 돌연 모습을 감추고, 한 가닥의 공상적 가능성을 그리며, 그것을 따를 마음이 생겨났다. 적어도 그것을 위해 전력을 기울이지 않는 것은 무의미하다고 생각했다.

이는 분명 주위에 짙어진 죽음의 그림자에 대한 나의 육체적 반작용이었다. 이토록 비정상적인 상태에서 육체가 우리에게 요구하는 것은 무척 현실적이었지만, 머리에 떠오르는 것은 언제나 황당무계한 것들뿐이었다.

나에게 동료가 하나 있었다. S라는 어느 어업회사 중역의 아들로 내 동년배인 처자가 있는 사내였는데, 후방의 자본가들의 에고이즘에 싫증이 나서(라고 그는 말했다) 그 앞잡이가 되느니 전선에 나아가 한 사람의 병졸로 싸우기를 꿈꿨다. 그는 일본에서 교육을 받던 중,

전선으로 출동할 가능성이 있다는 사실을 군에 영향력이 있는 아버지에게 일부러 알리지 않아, 일본에 남을 수단을 스스로 제거했다. 그의 꿈은 전선의 상황을 보는 순간 깨졌다. 그는 아군이 열세에 몰려 있다고 판단하고 '이런 전쟁터에서 죽는 건 개죽음이다'라고 생각했다는 것이다.

이 말은 나에게 하늘의 계시와 같았다. 이 죽음을 스스로 선택한 것이라고 생각하는 오만함이 일종의 자기 기만에 불과하다는 사실을 갑자기 깨달았다. 이토록 누추한 산속에서 오도 가도 못하고 어리석은 작전의 희생물이 되어 죽는 것은 단순한 '개죽음'일 뿐이었다.

우리는 함께 필리핀 탈출 계획을 세웠다. 그 계획이란 이러하다—어차피 미군 때문에 현 위치에서 쫓겨날 게 확실하다면, 어떻게 해서든 적진을 뚫고 서해안으로 나간다. 그러고는 주민의 범선을 탈취해서 계절풍을 타고 섬을 따라 보르네오로 도망친다(이때 내가 해수욕장에서 배운 항해술이 도움이 될 것이다). 내가 보르네오도 안전하다고 볼 수 없으니 차라리 남지나해를 가로질러 인도로 건너가는 게 어떻겠냐고 제안하자, S는 그건 식량과 항해기술의 부족으로 불가능하니 다른 방도를 강구해야 한다고 말했다.

범선을 못 구할 경우 다시금 산에 숨어서 풀뿌리라도 먹으며 휴전을 기다리면 된다. 우리는 어릴 때 읽은 『로빈슨 크루소』의 내용에 관해 이야기를 나누고, 토착민들로부터 대나무로 불 지피는 법을 배워두었다.

지나치게 공상적인 계획이었지만, 우리는 그 실현 가능성을 조금도 의심하지 않았다.

거듭 이 계획을 검토하면서, 우리는 매일 세 명씩 누군가가 죽어가는 속에서도 무덤 파는 인부처럼 쾌활했다(실제로도 무덤을 팠다). 우리는 또한 당시에 가장 친근한 적인 말라리아에 걸릴 경우를 고려하여, 현재 남은 유일한 대항법, 즉 미리 체력을 비축하는 일에 전력을 기울였다. 우리는 병자가 남긴 죽을 먹었고, 땅에 떨어진 밥풀도 주워 먹었다.

하지만 이처럼 갖가지 경우에 대비해서 계획을 세웠음에도 불구하고, 우리가 말라리아로 발열한 마침 그때 미군이 공격해올 가능성에는 생각이 미치지 못했다.

둘 다 서로 약속이라도 한 듯이 1월 16일에 발열했다. 나는 사십 도의 열이 계속되어 이틀째에는 일어서지도 못하고 사흘째에는 혀가 꼬였다. S의 증상은 나만큼 심하지는 않았지만 역시 매일 삼십구 도 이상의 열이 났다.

최초의 시련이 온 것이다. 나는 마음속으로 '무기를 집어라!' 하고 외쳤다. 내 몸은 아주 건강하지는 않지만 병에 대해 비교적 저항력이 있었다. 나는 스스로 증상을 주의 깊게 관찰하며 치료법을 강구했다. 열 때문에 설사가 시작되는 것을 보고 소화기관에 부담을 주지 않으려고(이것이 당시의 내 생각이었다) 아무것도 먹지 않기로 했다. 보름 정도 먹지 않아도 체력을 유지할 에너지가 비축되어 있으리라고 나는 자부했다.

위생병은 산에 들어온 이후 기묘한 말라리아 요법을 발명했다. 그것은 말라리아 환자는 물을 마시면 안 된다는 것이었다. 나는 그때까지 맹목적으로 따르던 습관을 뿌리치고 단호히 반대했다. 갖가지 증거를 내세우며 그러한 금지가 무의미하다는 사실을 증명해 보였다. 분대장은 화를 내며 다른 병사들이 나에게 물을 떠다주지 못하도록 했다. 나는 다른 분대의 병사들이 지나가기를 기다렸다가 몰래 부탁하거나, 제 발로 이십 미터가량 떨어진 샘까지 기어가서 물통에 물을 담았다.

나는 말라리아 환자에게는 죽음이 느닷없이 찾아온다는 사실을 알았다. 나는 계속 내 몸 상태를 감시하며 아직은 죽어가고 있지 않다는 사실을 확인했다. 나는 또한 병자가 죽기 전에 대소변을 싸는 것을 보고, 고통이 심해지면 일부러 입구까지 기어가서 소변을 보았다.

얼마 전에 같은 분대의 병사가 하나 죽었다. 시체는 내 가슴을 넘어 운반되었다. 분대 전원이 병자였기에, 비교적 가벼운 병자가 매장을 도와야 했다. 오랫동안 발열하다가 조금 좋아진 듯한 병사 하나가 죽은 사람의 소지품을 백 미터 정도 위쪽에 있는 중대본부까지 반납하러 갔다. 그가 다시 숙사로 들어올 때, 나는 그의 얼굴이 몹시 일그러져 있는 것을 눈치 챘다. 이튿날 아침 그는 죽어 있었다.

이 병사가 죽은 것은 1월 22일이었다. 나는 열이 조금 내렸기에 그날 저녁 무렵 발병 후 처음으로 죽을 조금 들었다. 그때 전망 초소에서 미국 함정 세 척이 불랄라카오 만으로 들어왔다는 보고가 전해졌다.

분대장은 중대본부로 가서 좀처럼 돌아오지 않았다. 돌아와서도 불쾌한 듯 드러누운 채 아무 말도 하지 않았다. 우리는 지나가는 병사들로부터 곧바로 네 명의 척후가 나갔다는 이야기를 들었다.

다음 날 잠이 깨어, 아무 변화 없이 환한 숙사 주변을 이상한 기분으로 바라봤던 것을 기억한다. 나는 막연히 그날 새벽에 미군이 오지 않을까 생각했던 것이다. 그날 하루도 무사히 지나갔다. 전날 밤 나간 척후는 돌아오지 않았다. 밤에 분대장에게 "오늘 미군이 오지 않은 걸 보면 우리 포위된 게 아닐까요?" 하고 물었다. 그는 "환자 주제에 쓸데없는 소리 하지 마!" 하고 야단쳤다.

그다음 날은 1월 24일이었다. 이날 새벽에 다시 한 조의 장교 척후가 나갔다. 일곱시경 병사 하나가 돌아와, 일행이 기슭에서 습격을 받아 장교가 전사했다고 전했다.

분대장은 다시 중대본부로 불려갔다가 즉시 돌아와서, 환자들을 비전투원들과 함께 산호세 방면 고지의 분초 소대로 대피시킬 테니 걸을 수 있는 자들은 준비하라고 지시했다. 그리고 그 자신도 준비를 시작했다(그도 얼마 전부터 병자라고 자칭하고 있었다).

나도 간신히 걸어서 변소까지 갈 수 있을 만큼 회복되기는 했지만 십오 킬로미터나 되는 분초까지는 자신이 없었다. 게다가 거기서 다시 얼마나 걸어야 할지 모르는 것이다. 결국 나는 내가 이곳에서 죽어야 한다는 사실을 받아들였다.

분대장 이하 열두 명 중 두 명이 죽고 열 명이었다. 그중에서 나를 포함해 네 명이 남았다. S는 떠날 채비를 했다. 나도 밖에 나가서 공연히 숙사 주변을 거닐며, 그에게 새삼 "나는 남을 거야" 하고 말했다.

S도 상당히 회복되었다. 그는 내 겨드랑이 밑에 팔을 끼며 "걱정 마. 내가 도와줄 테니까 함께 가" 하고 권했다. 문득 걸을 수 있는 데까지 그와 함께 가고 싶다는 생각이 들어 분대장에게 결심이 바뀐 것을 알렸다. 분대장은 대꾸가 없었다.

각자 잠자코 채비를 했다. 이별의 말도 건네지 않았다.

출발할 때가 되었다. 내가 사람들을 따라 걸으려 하자 분대장은 돌아보며, 그러나 내 얼굴은 보지 않은 채, "오오카, 남지 않겠나?" 하고 물었다. 그 순간 나는 내가 얼마나 일행에게 짐이 되는 존재인지, 내 상태가 직업군인의 눈에 어떻게 비치는지를 깨달았다. 나는 "남겠습니다" 하고는 총을 내려놨다.

S는 무슨 까닭인지 먼저 출발하여 이미 내가 보이지 않는 곳까지 올라가 있었다. 그 상황에서는 그를 불러올 마음이 생기지 않았다. 이리하여 나는 함께 필리핀 탈출을 도모한 동료와 작별 인사도 없이 헤어지고 만 것이다.

이 대피조는 전부 육십여 명이었는데 이 킬로미터 정도 나아간 곳에서 습격을 받아 뿔뿔이 흩어졌다. 미군은 이때 이미 우리를 완전히 포위하고 있었던 것이다. S는 그날 밤까지 분대장과 함께 있었지만 이튿날 아침에는 낙오했다고 한다. (이러한 이야기를 나는 훗날 같은 포로수용소에 온 분대장에게서 들었다. 그는 네 명의 사병과 함께 한 달가량 산속을 헤맨 끝에 필리핀인들에게 붙잡혔다. 그는 그의 손에 남아 있던 수류탄을 던지지 않았다.)

남은 사람들이 취해야 할 행동에 관해서는 아무런 명령도 내려지지 않았다. 일단 각자 군화를 신고, 각반을 두르고, 전투 준비를 한 채 몸을 눕혔다.

나는 이때 분대에서 가장 증세가 심한 환자였기에 남는 게 당연하다 치더라도, 다른 세 사람의 경우는 앞서 출발한 사람들에 비해 특별히 나쁜 것 같지도 않아 의외였다.

한 사람은 K라는 유명한 다이쇼* 시대 강단 비평가의 아들로 회사원이었다. 그는 항상 명령받은 것의 최소한만 이행하는 지극히 소극적인 근무 태도를 보였기에 상관에게 좋은 인상을 주지 못했다. K가 희귀한 성이라서 언젠가 내가 "자네 K선생의 친척인가?" 하고 묻자, 그는 "친척 아니야" 하고 내뱉듯이 대답했다. 그것은 '친척이 아니라 전혀 모르는 사람이야'라는 뜻으로는 들리지 않는 별난 대답이었다. 나는 '아들이구나' 하고 직감했지만, 그 대답이 마음에 들지 않았던 탓에 더이상 캐묻지 않았다. 그러나 산호세에 미군이 상륙하기 직전 내가 처음으로 발열했을 때, 다리에 부상을 입고 내무반에 있었던 그는 찬합에 물을 떠다가 정성스럽게 내 머리를 식혀줬다. 그 간호에서는 마치 여자처럼 묘한 부드러움이 느껴졌고, 평소에 남들과 어울리지 못하는 그의 에고이스틱한 태도와는 어울리지 않았다. 내가 다시 전과 같은 질문을 하자 그는 순순히 차남이라고 대답하고는, 묻지도 않았는데 그의 아버지가 지진으로 불의의 죽음을 당하고 난 후의 집안 사정을 조금씩 이야기했다. 이후로 우리는 친구가 되었다. 하지만 그는 나와 S의 탈출 계획을 비웃었다.

K가 확실한 말라리아 증상을 보이지 않았기에 꾀병이 아닌가 의심하는 사람도 있었다. 적어도 앞서 출발한 S보다 상태가 훨씬 좋았기 때문이다. 그는 입가를 일그러뜨리며 "가거나 남거나 마찬가지야" 하고 말했다. 그는 마음씨는 좋았지만 그다지 자신을 소중히 여기는 사내는 아니었던 듯하다.

다른 한 사람은 토목 기술자였다. 그는 산호세에 주둔하는 동안 상

---

* 大正, 일본의 연호. 1912~1926년.

관 앞에서 열심히 일했기에 이따금 상등병 대우를 받았다. 나는 그를 아첨꾼이라고 싫어했는데, 그는 산에 들어와 이미 서열도 승진도 문제가 되지 않은 이후에도 여전히 부지런히 일했으며, 자진해서 무거운 물건을 짊어지곤 했다. 아마도 그것이 원인이 된 듯 분대에서 가장 먼저 병에 걸렸다. 나는 이 나이가 되도록 아직 사람 보는 눈이 부족하다는 사실에 내심 부끄러웠다. 열은 내렸지만, 몸이 보기보다 약해진 듯했다.

나머지 한 사람은 기타타마 출신의 얌전한 농부였다. 그는 떠날지 남을지 확실한 의사 표시를 하지 않았지만, 모두가 출발한 후에 보니 남아 있었다. 그는 찡그린 얼굴로 각반도 두르지 않은 채 벽을 향해 누워버렸다.

남은 병사들 중에 시계를 가진 사람이 없었기에 시각은 알 수 없었다. 지나가는 병사에게 찬합에 물을 떠달라고 부탁해서 물통을 채우려다 결국 귀찮아서 그만뒀던 기억이 있다. 아무런 소리도 들리지 않았다. 병사들의 발길도 차츰 뜸해졌다.

갑자기 우리 숙사가 있는 계곡 밑에서 세 발의 둔탁한 총소리가 들리더니, 잠시 간격을 두고 이번에는 중대본부가 있는 산 위에서 맑게 튀는 세 발의 소리가 일었다.

그것은 소총 소리가 아니었다. 나는 그때까지 박격포 소리를 들은 적이 없었으면서도 무슨 까닭인지 그때 그것을 박격포라고 단정 지었다. 더구나 그것은 탄착점 확인을 위한 시험사격 같았다.

모두 일어났다. 표정이 없었다. "온 모양이다—아무튼 위에까지 가볼까?" 내 말에 모두들 "좋아!" 하고는 움직이기 시작했다.

나는 찬합의 물을 물통에 옮기려 했으나 손이 떨려서 밖으로 흘렀다. 나는 "죽는 마당에 물이 무슨 소용이람" 하고 내뱉으며 찬합을 멀리 던져버렸다.

친구들은 이따금 내가 무슨 일에나 너무 쉽게 포기한다고 나무랐지만, 내가 살아 돌아와서 현재 이렇게 글을 쓸 수 있는 것은 오로지 이때 물을 버렸다는 사실 덕분이다.

나는 가능한 한 가벼운 차림에, 탄창도 한 개만 지니고 나섰다. 그때의 느낌으로는 내 목숨은 그 서른 발을 다 쏠 때까지도 부지되지 못할 듯했다.

다른 세 명은 아직 안에서 꾸물거리고 있었다. 나는 중대본부까지의 백 미터 언덕길조차 제대로 걸을 수 있을지 자신이 없었기에 "먼저 갈게" 하고는 걷기 시작했다.

"같이 안 갈 거야?" K가 불만스러운 듯 물었다. 나는 "걸을 수 있을지 없을지 모르니까 먼저 떠날게. 아마 도중에서 기다리게 되겠지" 하고 대답하고는, 총을 지팡이 삼아 비좁은 꼬부랑 언덕길을 올라가기 시작했다. 이것이 그들과의 마지막 인사였다. 출발 준비에 시간이 걸린 그들은 미군의 포격 목표가 된 계곡에서 한 사람도 빠져나오지 못했다.

생각보다 걷기가 수월해서 도중에 쉬지도 않고 산꼭대기까지 올라갔다. 위에서는 모두가 활발히 움직이고 있었다. 긴장된 표정으로 두세 명씩 대오를 지어 잠자코 좌우로 지나갔다. 나는 능선 너머에 있는 한 분대 막사로 들어가 휴식을 취했다. 두세 명의 환자들이 총을 부둥켜안은 채 찡그린 얼굴로 누워 있었다.

그때 막사가 작렬음에 휩싸였다. 나는 반사적으로 막사를 나와 포탄이 날아오는 방향으로 엎드렸다. 아까 내가 올라온 계곡 방향이었다. 작렬음은 계속됐다. "앞으로 전진. 앞으로 전진하란 말이야!" 하는 목소리가 들렸다(이때 내가 있던 위치로부터 십 미터 후방의 위병소에 포탄이 떨어져 병사 하나가 대퇴부를 크게 다쳤다). 나는 포복해서 앞으로 나아갔다. 작렬음은 계속 전방에서 진동했다. 나는 전진을 멈췄다. "앞으로 전진!" 하는 목소리는 계속되었다.

중대장이 나왔다. 등에 철모를 짊어지고 그 위에 상의를 걸쳐서 마치 꼽추 같은 모습이었다. 그는 웃으면서 "아주 신나는데" 하며 쌍안경을 들고, 포탄이 날아오는 쪽으로 마치 스크린을 가로지르는 사람처럼 걸어서 사라졌다. 이것이 내가 본 그의 마지막 모습이었다.

병사 스무 명가량이 그 부근에 엎드려 있었다. 나는 옆에 있는 병사와 마주 보았다. 열병 환자처럼 창백하게 부어오른 병사의 얼굴은 중대장과 마찬가지로 웃고 있었다.

포탄이 또다시 한 차례 거세게 전방에 떨어지더니 다시 멈췄다.

"중대장이 당했다!"에 이어 "위생병!" 하고 부르는 소리가 이어졌다. (이 위생병도 훗날 수용소에서 만났는데, 중대장의 시체를 발견하지 못했다고 한다.)

선임중사가 오더니 "환자들은 계곡으로 내려가!" 하고 명령했다. 나는 조금 전에 쉬던 막사로 가서 아픈 병사들을 재촉했다. 그들은 내가 처음 들어갔을 때와 같은 자세로 누워 있었는데 내 재촉에도 꿈쩍하지 않았다.

우리는 내가 올라왔던 곳과 반대쪽 계곡으로 일렬로 내려가기 시작했다. 환자가 아닌 병사들도 모두 내려갔다. 내 앞에는 선임중사가 걷고 있었다. "중대장이 당했다!"라는 목소리가 다시 들려왔다. 나는 내 앞에서 아무 반응도 없이 걷는 중사의 뒷모습을 신기한 생물이라도 보는 듯한 기분으로 바라보았다. 내가 "중사님, 중대장님이 당하셨답니다" 하고 일러줬지만, 중사는 돌아보지도 않고 "그래? 정말인가?" 하며 걸음을 늦추지 않고 계속 걸었다.

계곡 밑에 다른 중사가 앉아 있었다. 선임중사가 곁으로 가서 "중대장님이 당했다는데 정말일까?" 하고 물었다. 그는 "그래? 정말인가?" 하며 앵무새처럼 대답했다. 나는 그들의 대화를 더이상 듣고 있을 수 없었다. 내가 그곳을 떠나려 하자 "모두 저쪽에 모여서 명령을 기다려!" 하며 계곡 쪽 빈터를 가리켰다.

그곳에는 이미 서른 명 정도의 병사들이 모여 있었다. 환자들이 길바닥에 쓰러져 있었다. 어떤 병사는 엎드린 자세로 죽은 듯이 쓰러져 있고, 또 어떤 병사는 총을 옆으로 안고 몸을 구부린 채 잠들어 있었다. 오른손을 탄창에 대고 있는 것으로 보아 탄환을 장전하려다가 기력이 다한 모양이었다. 탄환이 땅바닥에 흩어져 있었다. 나는 그 탄환을 주워 장전해주고 병사의 몸을 흔들었지만 그는 눈을 뜨지 않았다.

빈터에 모인 병사들 중에 하사가 한 명 섞여 있었다. 명령을 기다리라는 중사의 말을 전하자 "흥, 명령 따위 기다릴까보냐. 내가 도망치게 해줄 테니 모두 따라와!" 하고는 한쪽 길을 성큼성큼 올라가기 시작했다. 나는 기계적으로 따라갔다. 올라가는 것은 힘들었다. 많이 뒤처져서 오십 미터 정도 올라간 곳에서 잠시 숨을 돌리고 있노라니 일행이 우르르 다시 내려왔다. 하사는 충혈된 눈으로 "안 되겠다. 이쪽도 쏘아댄다. 저쪽으로 가자. 저쪽도 안 된다면 참호에 들어가 버티면서 최후의 일전을 벌이는 수밖에"라고 말하며 병사들 사이를 빠져나갔다. 처음 보는 해군 병사가 나를 보며 "힘내!" 하고 내뱉고는 따라갔다.

나는 멍하니 그들의 모습을 쳐다보았다. 여기까지 올라오느라고 기진맥진한 나는 함께 갈까, 따라갈 수 있을까, 하고 망설이다가 그 자리에 주저앉고 말았다.

일행은 서슴없이 내려가더니 옆으로 돌아 숲속으로 들어가버렸다. 이 계곡을 약간 올라가 다른 산등성이를 타고 가면 방금 그들이 돌아온 길과 합쳐진다. 하지만 나는 그 길을 몰랐다. 다시 한 무리의 병사들이 빠른 걸음으로 빈터를 가로질러 숲속으로 들어가버렸다. 나는 그들 중에서 곧잘 나에게 자기 이야기를 하러 왔던 어느 젊은 병사의 모습을 본 것 같았다. 말라리아로 누워 있었던 그 병사의 모습에 나는 다시 따라갈 마음이 생겼다. 나는 과감하게 몸을 일으켜, 방금 왔던 길을 내려갔다.

빈터에는 쓰러진 병사 외에 아무도 없었다. 숲속에는 길이 없었다. 전방에서 병사들이 서로 불러대는 목소리가 메아리치고 있었다. 그 목소리는 점점 멀어지더니 이윽고 웅얼거리는 소리가 되어 그쳤다. 그 멀어지는 속도는 내가 도저히 따라갈 수 없을 정도였다.

나는 다시 바닥에 주저앉으며 "알았어. 그만해. 알았다니까" 하고 중얼거렸다. (이리하여 홀로 남게 된 나는 계속해서 목소리를 내며 생각했다.) 아마 자신의 생각을 스스로 확인하기 위해서일 것이다. '알았다니까'라는 말은 '어차피 나는 죽기로 작정하지 않았는가? 용케 여기까지 따라왔지만 어차피 남들과 함께 갈 수는 없지. 알았다니까'라는 의미였다.

나는 떡갈나무 비슷한 커다란 나무 밑에 누워, 느린 동작으로 허리에 찬 수류탄을 뽑아서 옆에 놓았다. 이제 이것이 나의 유일한 친구이자 희망이었다. 그 강한 폭발력은 나를 고통 없이 저 세상으로 보내줄 것임에 틀림없었다.

이때 내가 이 길로 걸어올 미군에 대해 전혀 신경 쓰지 못한 것은 정말로 기묘한 일이었다. 드디어 최후가 다가왔다는 생각에 압도당했던 모양이다. 혹은 막연히 미군이 오기에는 아직 이르다고 생각한 것인지도. 왜냐하면 아까 하사가 이 길의 전방에서 들었다는 총성을 나는 듣지 못했기 때문이다.

아무런 감개도 없었다. 죽음에 관해서는 이미 생각할 만큼 생각했다. 모지*를 출발한 이후로 내 운명은 이 한 가닥의 선에서 벗어날 수가 없었다. 지금 그 마지막 지점에 온 것에 불과하다. 나는 "죽기 전에 우선 물 한 모금"이라고 중얼거리며 물통을 기울였다. 물통은 비어 있었다.

분대 숙사를 떠날 때 물을 버린 것이 떠올랐다. 그때는 나중에 이처럼 마음 놓고 물을 마실 시간이 생기리라고는 상상도 하지 못했다. 너무 성급했던 것인지도 모른다. 나는 쓴웃음을 지었다. 그때 갑자기 심한 갈증을 느꼈다.

나는 자신의 존재를 포기하려는 지금 이 순간에 한 모금의 물을 마

* 門司, 규슈 북쪽의 항구.

시건 안 마시건 상관없다고 스스로를 타일렀다. 그러는 사이에도 갈증은 더욱 심해졌다.

부근에는 물이 없었다. 내가 있던 계곡에는 우리 일행이 도착했을 때부터 이미 물이 흐르고 있지 않았다. 게다가 지금은 건기였기에 더욱 메말라서 더러운 물이 군데군데 고여 있는 게 다였다. 물을 마시려면 중대본부가 있는 산을 다시 넘어 분대 막사 주위의 샘까지 돌아가는 수밖에 없었다. 그러나 나에게는 그곳까지 갈 힘이 남아 있지 않았다.

나는 이전에 우연히 이 계곡의 상류인 듯한 지점을 건넜을 때 그곳에 물이 있었던 것을 생각해냈다. 그 물은 분명 더럽지 않았다.

그곳으로 가는 길도 역시 일단 중대본부까지 올라가야 했다. 그러나 그곳이 정말로 이 강의 상류라면, 이 계곡을 따라가면 자연히 도착할 것이다. 이 길은 평탄했기에 힘에 부치지 않을 듯했다.

나는 다시금 수류탄을 허리에 차고 일어섰다. 그리고 수풀을 헤치며 메마른 계곡의 강바닥으로 내려갔다.

나는 앞에서 지금 내가 살아 있는 것은 오직 분대 막사를 나설 때 물을 버렸다는 사실 덕분이라고 말했다. 첫째로 그 덕택에 나는 미군의 정면 공격을 받았던 그 계곡에서 유일하게 간발의 차로 벗어날 수 있었다. 둘째로 물을 지니고 있지 않았기에 나는 맨 먼저 죽을 장소로 선택한 이곳을 떠났다. 만약 잠시라도 더 오래 그곳에 머물렀더라면 나는 미군의 손에 의해 완벽하게 내 목적을 달성할 수 있었을 것이다. 훗날 들은 이야기로는 이튿날 이 일대에 정찰을 온 분초병들은 내가 탄환을 장전해줬던 병사가 가슴에 총을 맞고 죽어 있는 모습을 보았다고 한다. 이곳은 미군 진격로 중 하나여서, 계속 여기에 있었더라면 내가 저항을 하지 않았더라도 틀림없이 죽었을 것이다.

강물은 전보다 더 줄어 있었다. 일 킬로미터 이상 띄엄띄엄 떨어져 한 평 정도의 검은 웅덩이들이 고여 있을 뿐이었다.

강을 따라 한 줄기 길이 있었다. 나는 기계적으로 그 길을 더듬어 갔다. 갈증에 가속이 붙어 잠시도 견딜 수 없을 정도였다. 생각해보니 열이 난 이래로 이토록 오랫동안 물을 마시지 않고 지낸 적이 없었다.

나는 검은 물을 자세히 들여다보았다. 이상한 악취가 앞에 서 있는 내 코에까지 풍겼다. 물 바닥에 이름 모를 검은 벌레가 기어 다녔다. 나는 그 물을 손으로 떠서 입에 머금어보았다. 혀를 찌르는 맛이 나서 삼킬 수가 없었다.

커다란 물웅덩이에 너덧 마리의 물소가 들어가 있었다. 우리가 산호세에서 짐을 지우고 온 물소였다.

물소들은 내 얼굴을 수상쩍은 듯이 바라보았다. 그중 한 마리와 나는 잠자코 서로 눈을 마주 보았다. 그 얼굴은 보면 볼수록 인간과 비슷했다. 나는 기묘한 혼란을 느꼈다. 물소는 겸연쩍은 듯 얼굴을 돌리고는 한 차례 울더니 물에서 나왔다. 커다란 몸에서 물이 줄줄 흘렀다. 그 물 역시 마실 수 없는 물이었다.

물소는 다시 강가에서 언덕으로 올라가 숲속으로 들어갔다. 자세히 보니 그곳은 양쪽 기슭이 작은 벼랑을 이루고 있고, 길은 강에서 멀어져 지금 물소가 사라진 숲으로 이어졌다. 물웅덩이 저편으로 계곡이 급격히 휘어져 그 이상은 보이지 않았다.

물소들을 헤치고 웅덩이를 건너갈 엄두는 나지 않았다. 나는 숲으로 들어간 길이 그 앞에서 다시 강바닥으로 이어지리라고 추측하고, 그 길을 따라가기로 했다.

그곳은 내가 내려간 장소와 반대편, 즉 중대본부가 있는 산 쪽이었다. 길은 위로 향했다. 나는 길 양 옆 나뭇가지에 거의 매달리다시피 하며 걸었다. 길이 강에서 점점 멀어지더니 숲이 끊기고 초원이 나타났다. 그곳에서 다시 커다란 강과 반대쪽으로 꺾였다.

나는 이 길이 강을 거슬러 올라가는 길이 아니라, 진지 정면(우리는 여기에 진지라고 할 수 있을 정도의 참호를 구축하지는 않았지만 중대본부의 전방 오십 미터, 불랄라카오와 산호세에서 오는 길의 합류점에 하나뿐인 기관총을 설치할 참호를 파고는 그곳을 진지 정면이라 불렀다. 아까 하사가 '들어가 버티자'고 말한 것이 바로 이 참호이다)으로 가는 길, 좀더 정확히 말하자면 그곳에서 이 계곡으로 내려오는 길이라는 사실을 알 수 있었다. 목표 지점으로 가려면 역시 일단 그 정면까지 올라가서 다시 내가 아는 길로 내려가야만 할 것 같았다.

나는 다시 모든 힘을 소모했다. 목적지의 물에 과연 그토록 고생할 가치가 있는지 의심스러웠다. 이곳 물이 줄어든 것으로 판단하자면 그곳의 물 역시 메말라 있으리라고 봐야 하지 않을까? 나는 숲가에 쓰러지고 말았다.

지름 사십 미터의 전방 초원은 왼쪽, 즉 계곡 쪽에서 전면까지 온통 숲으로 둘러싸여 있고, 오른쪽만 트여서 완만하게 진지 정면으로 비스듬히 이어져 있었다. 그곳은 필리핀의 언덕들을 부드럽고 환상적으로 보이게 하는 가늘고 긴 억새풀 비슷한 잡초로 무성했다.

아무런 소리도 들리지 않았다. 내가 얼마나 그렇게 누워 있었는지 확실하지 않다. 계속 자살에 대한 생각을 놓지 않았는지, 갈증을 느꼈는지도 명료하지 않다. 이어서 내가 맞닥뜨린 사건 하나가 그 사건과 관계없는 그동안의 모든 기억을 말살시키고 말았다.

분명한 것은 미군이 내 앞에 나타날 경우에도 상대를 쏘지 않겠다고 마음먹은 점이다.

내가 지금 여기에서 미군을 한 명 쏘고 말고 하는 것은 동료들의 운명에나 내 운명에나 아무런 변화도 주지 못한다. 다만 내 총에 맞은 미군의 운명이 바뀔 뿐이다. 나는 생의 마지막 순간을 인간의 피로 더럽히고 싶지 않았다.

미군이 나타난다. 우리는 서로 총을 겨눈다. 그는 내가 총을 쏘지 않는 것을 참지 못하여 결국 먼저 쏜다. 나는 쓰러진다. 그는 이 불가사의한 일본인 곁으로 달려온다. 이러한 상황은 실제로는 있을 수 없지만, 그때 내 상상에 떠오른 대로 기록해둔다. 나의 이 최후의 도덕적 결의에도 남들이 알아주기 바란다는 희망이 숨어 있었다.

내 결의는 의외로 빨리 시련의 기회를 맞았다.

계곡 저편 높은 곳에서 무슨 소리가 들려왔다. 그것에 대답하여 다른 목소리가 필리핀 억양으로 "예스……" 운운했다. 목소리는 맑은 숲속의 공기를 진동시키며 퍼졌다. 우리가 오랫동안 멀리서 대치하던 폭력과의 첫 접촉에서는 야릇한 신선함이 느껴졌다. 나는 불쑥 몸을 일으켰다.

목소리는 더이상 들리지 않았다. 오직 사박사박 수풀을 헤치며 걷는 소리만 들렸다. 나는 재촉이라도 받은 듯 앞을 보았다. 그곳에 미군이 한 명 나타났다.

나는 그 미군을 쏠 마음이 없었다.

그는 키가 큰 데다 스무 살 정도의 젊은 미군 병사로, 눌러 쓴 철모 사이로 발그레한 얼굴이 보였다. 그는 총을 비스듬히 들고 몸을 우뚝 세운 채 큰 걸음으로 천천히 등산이라도 하듯 다가왔다.

나는 그의 부주의한 자세에 어이가 없었다. 그는 자기 전방에 일본인 병사가 숨어 있으리라고는 조금도 염려하지 않는 듯했다. 계곡 저편의 병사가 뭐라고 외쳤다. 이쪽 병사가 짤막하게 대답했다. "그쪽은 어때?" "이상 없어"라고 주고받은 모양이었다. 병사는 여전히 느릿느릿 접근했다.

나는 기묘한 답답함을 느꼈다. 나도 군인이다. 민첩하지는 않지만 사격은 학생 시절 실탄사격에서 좋은 성적을 올린 이래로 막연한 자신이 있었다. 체력이 몹시 떨어져 있지만 내가 먼저 발견한, 그것도 전신을 노출시킨 상대방을 빗맞힐 리는 없었다. 내 왼손은 자연스럽게 움직여 총의 안전장치를 풀었다.

병사는 처음에 우리 사이에 있었던 거리의 절반 이상을 넘어섰다. 그때 느닷없이 오른쪽 산 위의 진지에서 기총 소리가 났다.

그는 뒤돌아보았다. 총성은 계속됐다. 그는 멈춰 선 채 잠시 그 소리에 신경을 집중하더니 이윽고 천천히 방향을 돌려 그쪽으로 향하기 시작했다. 그러고는 성큼성큼 걸어서 순식간에 내 시야에서 사라져버렸다.

나는 한숨과 더불어 쓴웃음을 지으며 "미국에 있는 어느 어머니는 나에게 감사해야 할 거야" 하고 중얼거렸다.

나는 그후로도 이따금 이때의 내 행위를 반성했다.

우선 나는 스스로의 휴머니즘에 놀랐다. 나는 적을 미워하지 않았지만, 스탕달 작품의 주인공이 말하듯 '내 생명이 상대방의 손아귀에 있는 이상 그 상대를 죽일 권리가 있다'고 생각했다. 따라서 원하지 않더라도 전쟁터에서는 나를 죽일 수 있는 무고한 사람들에 대해 가차 없이 폭력을 사용할 작정이었다. 이처럼 결정적인 순간에 갑자기 눈앞에 나타난 상대를 내가 쏘지 않으리라고는 꿈에도 생각지 못했다.

이때 내가 '죽임을 당하느니 죽이겠다'는 시니시즘을 포기한 것은, 내가 이미 내 생명이 이어질 거라는 희망을 갖지 않았기 때문임이 분명하다. 물론 '죽임을 당하느니'라는 전제는 내 죽음이 확실하다면 성립되지 않는다.

그러나 내 속에서 의식하지 못하는 사이 발전한 이 이론은 '죽이지 않겠다'는 도덕을 적극적으로 설명하지 못한다. '죽을 테니까 죽이지 않는다'는 판단은 '죽임을 당하느니 죽이겠다'는 명제에 뒷받침되어 비로소 의미를 지닐 뿐, 그 자체로는 필연성이 전혀 없다. '내가 죽게 된다'는 생각에서 나온 도덕은 '죽이건 죽이지 않건 상관없다'이지, 반드시 '죽이지 않겠다'는 것은 되지 못한다.

그리하여 나는 아까의 '죽임을 당하느니 죽이겠다'는 명제를 검토하여, 그곳에 '피할 수 있다면 죽이지 않겠다'는 도덕이 포함되어 있다는 사실을 발견했다. 그래서 나는 '죽임을 당하느니'라는 전제가 뒤집혔을 때, 곧바로 '죽이지 않겠다'를 선택한 것이다. 모스카 백작*의 마키아벨리즘적인 이 명제는 내 생각만큼 시니컬한 것은 아니었다.

---

* 스탕달의 소설 『파르마의 수도원』의 등장인물.

이리하여 나는 다시금 '죽이지 않고'라는 절대적인 요청에 직면하였다.

나는 여기에 인류애와 같은 관념적 애정을 가정할 필요를 느끼지 않는다. 그 넓이에 비해 내 정신은 지나치게 협소했고, 그 희박함에서 보자면 내 심장은 너무도 따뜻하다는 걸 나는 알고 있었다.

오히려 이때 인간의 피에 대한 혐오를 동반한 나의 경험에 비추어 보건대, 나는 여기에서 동물적 반응밖에 발견할 수 없다. '타인을 죽이고 싶지 않다'는 우리의 혐오는, 분명 '자신이 죽임을 당하고 싶지 않다'는 소망의 도착(倒錯)에 불과하다. 이것은 가령 자신이 타인을 죽인다고 상상해서 느끼는 혐오와 타인이 타인을 죽인다고 상상할 때 느끼는 혐오가 전혀 같지 않다는 것을 보면 명백하다. 이때 자신의 손으로 행한다는 전제가 반드시 결정적인 것은 아니다.

그러나 이 혐오는 인간이라는 동물의 동류에 대한 반응의 하나일 뿐 전부는 아니다. 이 혐오가 우위를 점하는 이유는, 어떤 집단 내에서는 우리의 생존이 타인을 죽이지 않고도 유지될 수 있기 때문이다. '죽이지 말라'는 말이 인류 최초의 입법과 더불어 등장한 이유는 각자의 생존이 그 집단에 유용하기 때문이다. 집단의 이해가 충돌하는 전쟁터에 한해서는 오늘날 모든 종교가 죽이는 행위를 허락하고 있다.

말하자면 이 혐오는 평화시의 감각으로, 내가 이때 이미 군인이 아니었음을 증명한다. 그것은 내가 이때 혼자였기 때문이다. 전쟁이란 집단으로 행하는 폭력행위이며, 각자의 행위는 집단의식에 의해 제약 내지 고무된다. 만약 이때 한 사람의 동료라도 옆에 있었더라면 나는 나 자신의 생명과는 무관하게 서슴지 않고 총을 쐈을 것이다.

그러나 결의에 대해서는 충분할 것이다. 인류애에서 나왔건 동물적 본능에서 나왔건, 하여간 이때 내가 '쏘지 않겠다'고 생각한 것은 확실하다. 문제는 내가 그것을 실천했는가 못 했는가이다.

처음 미군 병사를 봤을 때 나는 분명 쏘겠다는 생각을 하지 않았다. 그러나 그가 전진을 계속하여 내가 있는 곳 사오 미터 앞까지 다가와 결국 나를 발견했다 하더라도, 나는 여전히 그를 쏘지 않았을까?

나는 무심코 총의 안전장치를 풀었던 손의 움직임을 생각했다. 그러고 보면 이때 내가 확실히 내 결의를 실현할 수 있었던 것은, 오로지 다른 곳에서 총성이 들려오자 미군 병사가 떠나버렸다는 사실 하나에 달려 있다. 이것은 우연에 불과하다.

내 결의에 비춰보자면 이때의 내 행위는 완성되지 못한다. 따라서 그와 관련된 나의 반성도 당연히 미완성인 것이다. 그러나 나는 일단 내 결의가 어디까지 내 행위를 이끌어낼 수 있었는지를 이때의 내 심리에서 구하지 않을 수 없다.

미군 병사는 내 앞에서 이십 미터 정도를 걸었다. 일 분도 채 안 되는 시간이었다. 그동안 내가 무엇을 느끼고 무엇을 생각했는지를 상기하기란 간단하지는 않지만 가능한 문제이다.

그때 내 생각이 '무척 혼란스러웠다'고는 할 수 없다. 나는 줄곧 그 미군 병사를 보고 있었고, 그동안 내 상념은 그의 모습으로 인해 규제되고 있었다.

나는 정신분석학자가 말하는 이른바 '원풍경(原風景)'을 조립해보고자 한다. 그동안 내 망막에 비친 미군 병사의 모습에는 분명 내 심리의 흔적이 새겨져 있을 것이다.

내가 처음으로 미군 병사를 발견했을 때, 그는 이미 숲에서 나와 넓은 초원에 발을 내디뎠다. 그는 정면을 향하여 내가 누워 있는 위치보다 약간 위쪽에 시선을 고정시키고 있었다.

눌러쓴 철모로 인해 얼굴 윗부분은 그늘졌다. 나는 즉시 그가 아주 젊다는 것을 알아차렸지만, 지금 기억하는 그의 얼굴은 눈언저리에 일종의 엄격함을 지니고 있었다.

계곡 저편의 병사가 외치자 그가 대답했다. 그는 목소리가 들려온 방향으로 얼굴을 비스듬히 돌렸다. 내가 그의 장밋빛 뺨을 확실히 본 것은 그 순간이었다.

그는 다시 정면을 향해 내 쪽으로 다가왔을 것이다. 그러나 이 순간 그의 영상은 무슨 까닭인지 내 기억에서 누락되고 말았다.

그다음으로 기억에 남는 그의 모습은, 그 반대쪽 뺨을 내게 보이며 산 위의 총성에 귀를 기울이는 것이었다. 그러나 이 두 가지 옆모습이 곧바로 연결되는 것이 아님은 전후의 상황으로 추측건대 확실하다.

이때 나는 총을 끌어당겨 안전장치를 푼 듯하다. 아니면 단지 그러기 위해서 손에 눈길을 주었던 것일까? 하지만 내 손에 쥐어진 총의 영상도 역시 내 기억에는 없다.

이 공백 후 총성이 울렸고, 아마 나는 그쪽을 봤을 것이다(이것은 순수한 가정이다). 다시금 전방을 봤을 때(이것도 가정이다) 미군 병사는 이미 그쪽을 향하고 있었다. 그 옆모습의 뺨이 붉었다는 기억은 없다. 다만 눈언저리에 일종의 우수를 띤 표정만 기억에 남아 있다.

이 우수를 띤 모습은 결코 어떤 슬픔을 나타내는 것이 아니며, 그렇다고 나 자신의 슬픔이 투영된 것으로 생각할 필요도 없다. 이것이

'상대방을 노리는' 마음 상태와 일치한다는 사실을 나는 알고 있다. 대상을 인지하려는 노력과, 그다음에 행하려는 행동을 측정하는 의식의 결합이, 이따금 이러한 슬픈 모양새를 만들어낸다. 운동선수들에게서 찾아볼 수 있는 표정이다.

그는 그대로 너덧 걸음 걸어서 내 시야의 오른쪽을 가린 숲속으로 사라졌다. (잊고 있었지만, 내 오른쪽 산 위의 진지 방향은 비탈길이라 약간 높았기에, 그쪽에서는 내가 엎드린 위치에 무성한 숲밖에 보이지 않았다.) 그리하여 나는 한숨을 쉬며, 미국에 있는 어느 어머니에 대한 감상을 중얼거린 것이다.

처음 그의 모습을 봤을 때는 총을 쏠 충동이 생기지 않았다. 그것은 확실하다. 시간적 순서로 보아 나는 이것이 그 전에 다짐했던 결의의 결과라고 생각했다. 그러나 이 생각이 과연 정확할까? 적어도 내 심리에는 그것을 보장할 아무것도 없다.

이때까지 나는 계속해서 결의를 반추했던 듯하다. 그러나 그것은 막연한 몽상의 영역을 벗어나지 못했으며, 미군 병사가 나타날 어떤 경우에도 쏘지 않겠다고 작정한 것은 아니다. 계곡 저편에서 들리는 목소리에 나는 문득 정신이 들었다. 나는 경악했고, 새로이 생겨난 기대와 더불어 나의 내부에서 진행되기 시작한 상태는, 사전의 몽상과 아무런 관계가 없다 해도 좋았다.

나는 내 앞에 나타난 미군 병사가 온몸을 노출시킨 것에 두려움을 느꼈으며, 그가 그토록 부주의한 데에 놀랐다. 그 감상은 제법 군인다운 것임과 동시에 짧은 훈련에도 불구하고 내가 전투 군인의 습성을 몸에 익히고 있음을 의미했다. 이 감상의 실체는 '이 상대는 쏠 수 있다'였다.

그럼에도 불구하고 나는 쏘려 하지 않았다. 그러나 이것이 과연 사전의 결의에 의한 간섭 때문이었을까? 만약 내가 전투의식에 불타는 정예병이었다 하더라도, 과연 이 우세한 상대(내가 인지한 것만 하더라도 일 대 삼이었다)를 즉각 쏘려고 했을까?

이 순간 내 기억에 미군 병사의 영상으로 남은 일종의 '엄격함'은, 내 억제심이 내 마음에서 솟은 게 아니라 그 대상의 결과인 증거라고 느끼게 했다. 그것은 나를 말살하려는 거대한 폭력의 일부분이며, 극히 신중하게 대처해야 할 상대였다. 이때의 억제심은 단순한 머뭇거림에 불과하지 않았을까.

그러나 그가 계곡 저편의 병사에게 대답할 때 그 장밋빛 뺨을 본 순간, 나의 내부에서 무언가가 움직였다.

우선 그 얼굴이 지닌 미에 대한 감탄이었다. 그것은 하얀 피부와 선명한 빨강의 대조, 그 밖에 우리 인종에게는 없는 요소로 이루어진, 평범하기는 하지만 부정할 수 없는 미의 한 형태였으며, 진주만 사태 이래 내가 거의 볼 기회가 없었던 것이었던 만큼, 그 갑작스런 출현은 신선했다. 그것은 그가 내 정면으로 다가오기를 멈췄던 이완(弛緩)의 순간 내 마음으로 들어와, 적을 앞에 둔 군인의 충동을 중단시킨 것 같았다.

나는 새삼 그의 젊음에 놀랐다. 그를 처음 본 순간 나는 그가 젊다는 것을 알아차렸지만, 이윽고 또다시 몇 걸음 다가와 전진하는 병사의 자세를 포기하고 고개를 들어 철모 아래의 얼굴을 전부 드러냈을 때, 다시금 감동하고 말았다. 그는 채 스무 살도 되지 않은 듯했다.

그가 한 말을 알아들을 수는 없어도, 목소리는 생김새에 어울리는 테너였고, 말을 끝내고 말끝을 삼키듯 어린애처럼 입가를 움직였다. 그러고는 머리를 숙인 채 계곡 저편 동료가 있는 전방을 비스듬히 살폈다(이때 그가 살펴야 했던 곳은 당연히 자신의 전방이었다).

나는 방탕한 화가를 한 명 알고 있다. 그는 중년이 지나서 딸을 가진 아빠가 됐는데, 그후로 스무 살이 안 된 소녀에게는 욕정을 느끼지 않는다고 했다. 내 아이가 이 나이 때 이렇게 될까 하는 감정에 사로잡혀 감각적인 미를 보고도 예전만큼 욕정을 느끼지 않게 됐노라고 그는 설명했다.

이 설명은 상당히 과장된 느낌이 들었기에, 그가 실제로 항상 그 감각에 충실했는지에 대해 나는 그다지 신뢰하지 않지만, 하여간에 그가 한두 번 이러한 터부를 느꼈을 가능성은 있다.

내가 이 미군 병사의 젊음을 확인했을 때의 심정이, 내가 아버지가 된 이래로 이따금 다른 이의 아이, 혹은 성장한 아이라는 느낌을 지울 수 없는 나이의 청년에 대해 느낀 일종의 감동과도 같은 것으로, 그렇기 때문에 그를 쏜다는 행위에 대해 금단(禁斷)을 느꼈다면 아마도 견강부회에 지나지 않을 것이다. 그러나 이러한 가정은 그가 내 시야에서 사라졌을 때 내가 제일 먼저 미국에 있는 어느 어머니에게 감사를 드렸다는 사실을 잘 설명해준다. 그것은 분명 내가 이 미군 병사를 보고 나서 얻은 관념이었다. 왜냐하면 이미 내가 쏘지 않겠다고 결심했을 때, 나는 앞에 나타날 미군 병사가 몇 살일지 몰랐으며, 내가 그의 어머니까지 생각할 근거가 전혀 없었기 때문이다.

인류애 때문에 쏘지 않겠다고 결심한 것이라고는 믿지 않는다. 그러나 내가 이 젊은 병사를 보고, 내 개인적인 이유로 그를 사랑했기 때문에 쏘고 싶지 않다고 느낀 것만큼은 믿는다.

나는 사전의 결의가 당시 일련의 내 심리에 흔적을 남기지 않았기 때문에, 그것이 내 마음과 행위를 이끌었다고 인정할 수는 없다. 그러나 아버지라는 감정이 내가 총을 쏘지 못하게 했다는 가정은, 그때 실제로 그런 것을 느꼈던 기억이 조금도 없음에도 불구하고 내 영상의 기억에 남아 있는 어떤 색깔과 그후에 찾아온 하나의 관념을 설명한다는 이유에서 믿지 않을 수 없다. 이것이 우리가 심리를 관찰하여 찾아낼 수 있는 전부이다.

그러나 그후 모든 것이 이상한 방향으로 진행되었다. 미군 병사는 그다음에 다시 내 쪽으로 다가왔으며, 더구나 그 모습이 내 기억에 남아 있지 않다는 사실은 이미 언급했다.

이때 내가 기억하고 있는 것은 내부의 감각뿐이다. 그것은 숨막힐 듯이 혼란스러운 긴장감이며, 내가 굳이 그렇게 부르기를 원하지 않는 하나의 정념, 즉 공포와도 비슷했다.

공포란 내가 평소에 이해하고 있는 바에 의하면, 나에게 해를 주리라고 생각되는 대상에 대한 혐오와 두려움이 뒤섞인 불쾌감이다. 그것은 보통 그 대상의 '끔찍한' 영상을 동반하기 마련이며, 내가 이 미군 병사에게 가진, 외려 상쾌한 인상과는 양립되지 않는다고 생각했다.

그러나 지금 '원풍경'을 검토해보니 나는 영상을 선택적으로 보존하고 있었다. 물론 우리는 과거를 전부 기억하는 것은 아니며, 그 누락은 대개 우연적이기는 하지만, 이 순간의 공백을 우연으로 간주하기에는 상황이 너무나 중대한 반면, 내가 그것을 잊어야 할 이유는 너무나도 많이 가지고 있었다.

아니면 나는 그것을 다시 상기하기를 원치 않는 것일까? 여자가 분만의 고통을 잊는 것과 같은 이치로, 자연은 너무도 괴로웠던 이 한순간의 기억을 나에게서 제거한 것일까? 이때 내 속에서 느꼈던 긴장감에 관해서도 그 강도(強度)를 완벽하게 재현했다고 자부할 수는 없다.

내가 그 미와 젊음에 감탄한 대상은, 다가올 결정적인 순간에 대한 기대감을 더해가며 접근하고 있었다. 그때 처음 그의 얼굴에서 살짝 엿본 엄격함이 어떤 비율로 확대됐는지는 측정할 수 없으며, 그의 하얀 피부와 붉은 뺨에도 불구하고 그의 얼굴이 무섭게 보이지 않았다고 단언할 수는 없다. 만약 내가 그때 여전히 쏘고 싶지 않다고 생각했다면, 그 영상은 한층 나에게 견디기 어려웠을 것이다.

나는 총을 잡아 안전장치를 풀었다. 역시 나는 쏘려고 한 것일까? 아니면 얼굴로 날아오는 벌레를 보고 눈을 감아버리는 반사운동처럼 별생각 없이 방어 준비를 한 것일까?

실제로 나는 눈을 감았을지도 모른다. 어쩌면 이 동작에 대한 기억을 상실했다고 하는 편이 영상에 대한 기억을 상실했다고 가정하는 것보다 자연스러울 것이다.

그때 총성이 울렸다. 그 총소리는 당시 내 긴장감과 임박해오는 결정적인 순간을 날려버렸을 뿐만 아니라, 지금도 내 귓전에 울리며 나의 모든 사고력을 중지시켜버린다. 이것이 사건의 전말이다.

어쨌든 미군 병사는 나를 발견하지 못한 채 떠났고, 나는 그 청년을 '살려줬다'는 '선행'에 도취되어 남겨졌다. 물론 이 도취에 씁쓸한 맛이 없었던 것은 아니다. 내가 놓친 병사가 즉시 진지 정면의 전투에 가담하여 그만큼 동료들의 부담을 가중시켰다는 사실을 깨달았기 때문이다.

이 반성은 괴로웠다. 그러나 미군이 그토록 우세한 이상 동료들은 어차피 죽게 된다. 나도 오랫동안 살아 있지는 못할 것이다. 이 생각이 내가 내세우는 만능 구실이었다.

기총 소리가 계속되었다. 한 차례 울리다가, 그에 대답이라도 하듯이 다시 한 차례, 그런 식으로 번갈아 울렸다. 내가 있는 곳에서는 그 소리가 마치 서로 접전이라도 벌이는 듯 들렸다.

나는 내 정면에서 미군 병사가 온 것을 보고, 하사 일행도 이 방향에서 탈출하지 못하고 정면 진지에 숨어서 '최후의 일전'을 벌이고 있으리라고 추측했다. 나는 죽어가는 사람의 맥을 짚는 기분으로 이 총성에 귀를 기울였다.

총성은 상당히 오랫동안 계속됐으나 결국 긴 여운을 남기는 한 발의 소리와 함께 그쳤다.

잠시 후 계곡 아래쪽, 방금 중사 두 명이 중대장의 전사 여부에 대해 이야기했던 부근에서 총성이 울리더니 곧 멈췄다. 한 발, 수류탄으로 여겨지는 작렬음이 들렸다. 이것이 내가 들은 총성의 전부였다.

('도망치게 해줄게' 하고 말했던 하사도 중사도 나중에 포로수용소에 왔다. 숲속으로 무사히 탈출해 숨었던 그들은 이 개월간 산속을 방황하다 결국 게릴라들에게 붙잡혔다. 나는 그들이 싸우다가 모두 죽은 줄로만 알았으나, 사실은 내가 처음 올라갔던 산등성이에서 쉬는 동안 걸을 수 있는 자들은 전부 탈출했다. 따라서 내가 진지 정면에서 들은 총성은 접전을 벌이는 소리가 아니라 미군의 기관총 두 대가 번

같아 발사되는 소리였던 것이다. 그때 탈출에 성공한 병사는 팔십 명 정도였지만 대부분 산속에서 낙오하거나 병사한 탓에 수용소에 온 사람은 네 명뿐이었다.)

주위가 조용해지고, 나는 다시 홀로 죽음과 얼굴을 맞대었다. 장비와 각반을 풀고 천천히 몸을 눕혔다. 그러자 갈증이 다시금 격렬하게 나를 엄습했다.

만약 지금 당장 스스로 목숨을 끊는다면 동시에 이 갈증도 끊을 수 있다고 스스로를 설득하려 했지만, 갈증은 이를 허락하지 않았다. 내 목은 우선 그 말라붙는 듯한 갈증을 해소하고 나서 존재를 말살시키기를 원했다.

이 요구는 당연하게 여겨졌다. '한 잔의 물을 마시고 나서 죽기를 원하는 자살자.' 이 테마는 마음에 들었다. 나는 오히려 내 번뇌를 시인한 것이다.

나는 다시금 물을 구할 장소와 수단에 관해서 이리저리 생각했다.

이미 언급한 바와 같이 이 부근에서 물이 있는 곳은, 첫째로 분대 막사가 있는 계곡이다. 하지만 그곳으로 가려면 지금 미군이 점거하고 있는 중대본부의 산을 넘어야만 했다. 두번째는, 약간 멀기는 하지만 이 계곡의 강을 따라 한참 내려가 또다른 커다란 강과 만나는 지점이다. 그러나 그곳으로 가려면 아까 중사 두 명이 이야기를 나누던 지점을 통과해야 하는데 그곳은 이 계곡을 가로지르는 주요 도로의 하나이므로 아직 미군이 있을 공산이 컸다. 적어도 해 질 무렵까지 그들은 그곳을 떠나지 않을 것이다.

그날은 달이 늦게 뜨는 날이었다. 나는 달이 뜨기를 기다려 이 두번째 코스를 선택해서, 미군이 밤늦도록 그곳에 머물러 있을 것인가 아닌가에 모든 것을 걸기로 했다.

나는 초조하게 해가 지기를, 다시 달이 뜨기를 기다렸다. 나는 온몸으로 갈증을 느꼈다. 나는 널따란 강기슭에 엎드려 얼굴을 물에 담근 채 마음껏 물을 마시는 모습을 상상했다. 앞으로 이삼 일 동안 낮에는 물통을 안고 부근의 숲속에 숨어 있다가 밤이 되면 물가에 누워서 마음껏 물을 마실 작정이었다. 그리고 마음이 내킬 때 자살할 생각이었다. 나는 애당초 물이 있는 분대 숙사의 계곡을 떠난 것을 후회했다.

드디어 달이 떴다.

나는 총과 대검을 버렸다. 미군과 마주치더라도 싸울 의사가 없음을 이미 확인했다. 배낭도 버리고, 쌀만 양손에 한 움큼씩 집어서 호주머니에 넣었다. 식욕은 없지만 내가 앞으로 이삼 일간 물을 마시기 위해서 살아야 한다면 그동안 식량이 필요하게 될지도 몰랐다. 다만 수류탄은 단단히 허리에 차고 물통을 소중하게 대각선으로 어깨에 걸쳤다.

나뭇가지를 붙잡고 일어섰다. 현기증 때문에 가지를 잡은 손에 여간 힘을 주지 않으면 몸을 지탱할 수가 없었다. 대여섯 걸음 걸어 길로 나서자 잡을 것이 없어져 그만 쓰러지고 말았다. 허리와 다리가 갑자기 동강나버린 듯했다. 그날 하루 움직인 탓에 내 몸이 전과 같이 걷기 힘든 상태가 되어버린 것이다.

땅에 엎드린 채 팔꿈치로 가슴을 지탱하며 상처 입은 짐승처럼 생각했다. 결국 소망을 이루지 못하는 게 아닐까 하는 어두운 예감이 처음으로 머리를 스쳤다. 그러나 나는 아직 희망을 버리지 않았다. 그때 그리고 그 이후로도, 나는 그야말로 '절망적'인 상태에 놓여 있으면서도, 한 번도 다른 수단을 생각해낼 힘을 잃을 정도로 절망한 적은 없다. 당시의 내 경험에 의하면 절망이라는 두 글자는 모순된 문자의 결합일 뿐, 인간에게 있을 수 없는 상태의 과장된 표현에 불과했다.

나는 서서히 두번째 계획을 생각했다. 내가 지금 걸을 수 없는 상태라는 사실은 인정해야 했다. 그러나 몇 시간 전에는 걸을 수 있었으니까, 이 상태는 우선 일시적이라고 봐도 무방할 것이다. 하지만 방금 쓰러질 때의 상태로 보건대 회복되려면 적어도 날이 밝을 때까지 기다려야 할 듯했다. 날이 밝으면 미군들 사이를 뚫고 이 계곡을 내려가겠다는 생각은 포기해야만 한다. 나는 내가 현재 있는 지점을 벗어난 외부에서 물을 구해야 했다.

나는 이전에 분초에 연락하러 갔을 때 봤던 또다른 커다란 강을 생각해냈다. 여기에서 약 팔 킬로미터, 두 시간 거리였으나 내가 알고 있는 그 지점으로 가는 길은 낮에 처음 쉬었던 산등성이를 따라가야 했다. 미군이 지금 내가 있는 선을 넘어 중대본부 쪽에 모여 있다면, 나는 이미 그들의 공격목표 밖에 있는 것이라 추측할 수 있다. 날이 밝음과 동시에 출발할 수 있다면 늦어도 점심때까지는 그 강에 도착할 수 있을지 모른다. 지금까지 갈증을 참았던 시간에 비하면 그다지 긴 시간은 아니었다.

나의 희망은 전적으로 날이 밝을 때까지 내 몸이 다시 걸을 수 있는 상태로 회복될 것인가에 달려 있었다. 또한 그러기 위해서 지금 가장 먼저 해야 할 일은 잠을 청하는 것이었다.

나는 다시 아까 있던 장소(그곳은 나무뿌리와 잡초 덕분에 그럭저럭 사람 하나가 누울 만했다)로 돌아가 누웠다. 그리고 눈을 감고는 잠드는 일에 집중했다.

하지만 잠은 오지 않았다. 문득 정신을 차리니 어느샌가 나는 내 귓전에 속삭이는 목소리에 귀를 기울이고 있었다. 그것은 꼭 포목점 지배인처럼(이것이 그 당시 떠오른 비유였다) 낮고 침착한 목소리로, 내가 지금 즉시 내 다리에게 걷도록 명령하여 물을 마시러 가지 않는 데 대한 불만으로 모든 내장이 파업에 돌입하겠노라고 경고했다. 나는 물론 이것이 발열로 인한 환청임을 알고 있었다. 나는 웃으면서 "그만둬, 너 같은 건 존재하지 않는다는 거 다 알아. 전부 열 때문이야!" 하고 외쳤다. 그 순간 나는 이렇게 질타하는 것 자체가 상대의 존재를 인정하는 것임을 깨닫고는 입을 다물었다.

동시에 나는 이것이 『카라마조프 가의 형제들』에 등장하는 이반의 이중성격과 같은 경우라는 사실을 깨달았다. 이 발견은 불쾌했다. 나는 생의 마지막 순간에, 지극히 개인적이어야 하는 나의 환각조차 여전히 선인으로부터 배운 지식에 침범당하고 있다는 것을 씁쓸하게 생각했다. 또한 내 환각이 묘하게 인텔리 냄새를 풍기는 내장의 파업이었다는 점이 마음에 들지 않았다. 차라리 도깨비나 귀신이 보였더라면 좋았을 것이다. 나는 환각의 밑바탕을 이루는 내 의식의 일부가 이런 쓸모없는 지식으로 가득 차 있다는 사실을 새삼 깨닫고 싶지 않았다.

게다가 이 환청은 나를 다소 불안하게 했다. 발열 이후 처음으로 나타난 환각이었기 때문이다. 사십 도의 열이 일주일간 계속됐을 때도 나는 제정신을 잃었던 기억이 없다. 나는 언제나 명확하게 나 자신의 상태를 자각하며 주위에서 벌어지는 사태를 올바르게 인식하고 있었다. 환각은 나쁜 징후였다. 나는 마음을 안정시키고 환청에서 벗어나려 했다. 그러나 포목점 지배인 같은 충고자는 여전히 달래는 투로, 지금은 기억나지 않는 말들을 속삭여댔다.

한 차례 미지근한 바람이 나뭇잎을 흔들며 지나갔다. 나는 몸을 벌떡 일으켰다. 새로운 희망에 불탔다. 나는 그 바람이 이 계절에는 비의 전조이며, 원주민들이 가축을 횡사시킨다고 믿는 바람이라는 사실을 알고 있었다.

정말로 곧 비가 내렸다. 상쾌한 소리가 주위에 가득하더니, 이윽고 낮은 나뭇가지 잎사귀에서 빗방울이 떨어졌다. 나는 그것을 입으로 받았다.

물방울은 메마른 목에 흡수되어 거의 아무런 감각도 남기지 않았다. 빗줄기가 약해지자 물방울이 떨어지는 간격이 길어졌다. 밖에 쉬지 않고 비가 내리는데도 숲속에서 잎사귀 끝의 물방울만 기대하는 것은 어리석은 짓이라는 생각이 들어, 나는 초원으로 기어나가 드러누웠다. 그러나 벌린 입으로 떨어지는 빗발은 잎사귀에서 떨어지는 물방울보다 많지 않았다.

비가 그쳤다. 나는 고개를 돌려 바람이 불어오는 방향을 쳐다보았다. 그곳은 진지 정면의 일각으로, 비스듬히 경사진 초원 위쪽에 눈에 익은 나무가 달빛에 희미하게 보였다. 나는 의외로 진지 정면 가까이에 있었던 것이다.

그 나무가 안개에 휩싸였다. 주위가 다시금 소란스러워지고 바람이 뺨에 닿는가 싶더니 하늘에서 빗방울이 듬성듬성 떨어졌다. 나는 입을 벌림과 동시에 양손을 벌려서 손바닥에 비를 받아 모으려 했다.

그러나 비는 손바닥을 적실 만큼도 내리지 않고 곧 그쳤다. 꼭대기의 구름이 끊어지자 이지러진 달이 모습을 나타냈다. 그 빛은 견디기 어려울 정도로 눈부시게 내 눈을 찔렀다. 비는 더이상 내리지 않았다.

새벽이 되기까지 얼마나 걸렸을까? 나는 조금 전까지 머물던 숲속의 안락한 장소로 되돌아갔다. 속삭이는 충고자의 목소리가 사라지고 그 자리에 괴로움이 이제까지 경험하지 못했던 기세로 엄습했다. 나는 고통을 완화시키기 위해 갖가지 기괴한 자세를 취하며 소리 내어 신음했다. 나는 '가슴을 쥐어뜯는'이라는 관용구가 단순한 비유가 아님을 그때 알았다.

달은 점차 저편의 큰 나뭇가지로 옮겨가더니, 그곳에서 잠시 동안 주저하는 듯 보였다. 밝은 달밤이 어느 틈엔가 우윳빛 여명과 겹쳐지면서 그림자가 사라졌다. 그러더니 갑자기 날이 밝았다.

물소가 내려왔다. 아마도 어제 내가 보는 앞에서 길을 올라간 물소인 듯했다. 그 물소는 나를 보더니 잠시 멈춰 섰다가, 이윽고 고개를 치켜들고는 계속 앞으로 걸어갔다.

그 느릿느릿하고 무거운 걸음이 나에게 힘을 주었다. 통증이 가라앉자 나는 괴로운 하룻밤을 지낸 환자가 맞이하는 아침의 상쾌함을 어느 정도 맛보았다. 나는 의식(儀式)처럼 생쌀을 조금 씹고 출발 준비를 했다.

그때 나는 계곡 저편, 내가 이제부터 가려고 하는 산등성이 쪽에서 총성을 들었다.

나중에 확인한 바에 의하면, 그 소리는 이날 아침 그 주위를 정찰하던 분초 병사가 쏜 총성이었다. 그는 계곡에서 미군의 모습을 발견하자 사격하고는 즉시 후퇴했다. 그 병사를 나중에 수용소에서 만났는데, 그는 이때 세 발을 쐈다고 했다. 이 이야기를 들을 때까지 나는 한 발의 총성만 들었다고 생각했다. 이 기억의 과오에는 의미가 있다. 그것은, 그때의 나는 한 발이건 세 발이건 그것이 총성이라는 것만 깨달으면 충분했다는 사실을 입증하는 것이다.

동료들이 이곳까지 오리라고는 상상도 못했기에 총성은 나에게 미군이 아직 내 주위에 있으며, 따라서 지금 내가 탈출하는 건 불가능하다는 사실을 의미했다.

동시에 그들이 언제까지 이 부근에 있을지 불분명했고, 그들의 철수를 기다리다가는 내가 물도 없이 계속 여기에 머물러야 할지도 모른다는 사실을 의미했다.

나는 결국 내가 끝내 물을 마시지 못한 채 죽게 되리라는 것을 받아들였다. 어차피 죽어야 할 내 생명은 이 끝없는 갈증과 더불어 살아가는 괴로움을 견디면서까지 그것을 연장시킬 가치가 없었다.

나는 이 평온한 결심에 진작 도달하지 못한 자신을 비웃었다.

수류탄을 허리에서 뽑아 눈앞에 내려놓고 바라보았다. 구구식이라고 불리는 주황색의 육각형 쇳덩이로, 몸체에 종횡으로 홈이 패어 있었다. 그 홈으로 구분된 자그마한 조각들이 안에 있는 화약의 폭발과 더불어 흩어지도록 되어 있었다.

나는 안전핀이라고 하는, 신관에 가로로 걸려 있는 철사를 뽑으려 했다. 철사는 단단하게 신관에 묶여 있어 손으로는 떼어낼 수 없었다. 단검 끝으로 비집으면서, 나는 문득 이 철사가 떨어지지 않아서 죽지 못하는 것은 아닌가 싶었다. 내심 그것이 떨어지지 않으면 좋겠다고 생각했던 것도 같다. 그러나 내 손은 소망에 반하여 계속 움직였고 드디어 그것을 떼어냈다.

나는 여기에서 내가 자살에 성공하지 못한 경위에 관하여 자세히 설명하지 않겠다. 자살자의 심리는 본디 흥미진진한 것이 아니다. 하물며 자살에 실패한 자의 심리 따위—그것은 결국 자연을 거역하는 행위를 하려는 다소나마 강한 의지와, 그에 대항하는 아주 정확한 육체적 반응의 결합일 뿐이다. 그리고 대개 그 성패를 결정하는 것은 순전히 우연에 의한 외부 조건이다. 나의 생존은 내가 휴대한 수류탄이 불발탄이었다는 우연에 의한 것이다. 태평양 전선에 지급된 아군의 수류탄 중 육 할이 불발탄이었다고 하니 내 행운은 그다지 진귀한 것도 되지 못한다.

내가 내 생명을 비교적 간단히 포기할 수 있었던 것은, 이때 나의 육체가 병들어 있었기 때문일 것이다.

나는 지금까지 사랑했던 사람들의 얼굴을 한 번씩 떠올리려 했지만, 모두 '떠올렸다'고 말할 수 있을 정도로 확실하게는 나타나지 않았다. 나는 내 의식 속에서 뒤범벅이 된 그들을 딱하게 여기고 웃으면서 "안녕"이라 말한 뒤 신관을 땅 위의 돌멩이에 내리쳤다. 신관이 떨어져나가도 수류탄은 불을 뿜지 않았다.

나는 신관이 떨어져나간 수류탄을 살펴보았다. 벗겨진 입구 안쪽에 자그마한 돌기물이 있었다. 그것을 자극하면 틀림없이 발화할 것이다. 나는 그 돌기물을 보고 약간 전율했다. 그것이 내가 밤낮 없이 의식했던 유일한 공포였다.

나는 흩어진 신관 조각들을 모아서 조립해보았다. 신관 내부의 가느다란 철사는 내 짐작에 원형의 돌기물까지 다다르지 못할 것 같았다. 돌멩이에 내리쳐보았으나 수류탄은 여전히 폭발하지 않았다.

나는 쓴웃음을 지었다. 나에게 안락한 한순간의 죽음조차 허락하지 않는 운명의 장난이 어쩐지 우스웠다. 전날부터 내게 일어난 이 모든 일이 장난 같았다. 나는 분한 듯이 혀를 차며 수류탄을 숲속 깊숙이 던져버렸다.

이때 그 내부의 돌기를 건드리면 발화하리라고 추측했던 내가, 그것을 신관 장치만이 아니라 다른 무언가, 가령 나뭇가지로라도 자극해보겠다는 생각을 하지 못한 것은 정말로 알 수 없는 일이다. 그 수단이 성공할지 말지의 문제가 아니다. 문제는 내가 거기에까지 전혀 생각이 미치지 못했다는 것이다.

자살이란 미리 정해진 수단에 의한 결행이다. 자살자의 주의는 그 결행에 집중될 뿐, 보통 그 수단에 관해서는 반성하려 들지 않는다. 특정의 자살수단이 유행하는 것은 그러한 이유 때문이다.

내가 수류탄에 희망을 걸었던 것은, 그것이 내 육체의 치명적인 부분을 한순간에 확실히 파괴하리라고 생각했기 때문이다. 마치 스위치를 한 번 누르면 전기가 꺼지듯, 나의 괴로운 의식을 일시에 무(無)로 만들었어야 했다. 단지 누르는 동작에 이토록 복잡한 장애가 발생하여 정신적 궁리까지 해야 한다는 것은 내 예정에 들어 있지 않았다.

게다가 나는 수류탄을 돌멩이에 내리쳤을 때 이미 의지력의 대부분을 소모하고 말았다.

내가 다른 도구로 이 돌기물을 자극하겠다는 생각을 하지 못한 것도 이러한 낭패와 허탈감의 결과였을 것이다. 그 뒤 이어진 일련의 행위에서도 나는 현저하게 대처능력의 결여를 보였다.

나는 두번째 자살수단으로 당연히 총을 생각했다. 나는 상반신을 일으켜 총구를 양손으로 이마에 갖다대고, 오른발 신발을 벗어서 첫째발가락으로 방아쇠를 당기려 했다(이 자세는 일본에서 교육 중에 고참에게서 배운 것이다. 나는 아직도 남이 가르쳐준 대로 따르고 있었다). 그러나 이 불안정한 자세를 유지할 수 없어서 옆으로 쓰러졌다. '지금 시도하면 실패하겠지'라는 생각이 들었다. 나는 입 안에 권총을 두 발이나 쏘고도 뺨이 찢어지는 것에 그친 앙투안 베르테*의 경우를 생각했다. 열이 좀더 내리기를 기다렸다가 시도하는 편이 현명할 것 같았다.

이때도 만약 내가 좀더 적극적이었더라면 나뭇가지에 방아쇠를 거는 방법을 생각해냈을 것이다. 발가락을 사용하더라도 나무에 기대거나 혹은 옆으로 누워서 실행할 수도 있었다. 이때 나는 마지못해 자살을 기도하는 사람처럼 행동했다—그러나 결국 내가 총을 쥔 채 옆으로 쓰러졌을 때 총구가 이마에서 어긋나서 이대로는 쏠 수 없다고 판단되는 자세로 쓰러진 것은 운이었다고 하겠다.

총을 옆에 놓고, 오른쪽 신발을 신는 게 아니라 오히려 왼쪽 신발까지 벗고 다시 누웠을 때는 해가 상당히 높이 솟아 있었던 것 같다. 그동안 나는 지극히 느긋하게 생각하며 행동했다.

갈증은 여전했겠지만 그 점에 대해서는 아무런 기억도 없다.

나는 잠이 들었던 것일까, 아니면 소위 인사불성에 빠졌던 것일까?

---

* 스탕달의 소설 『적과 흑』의 모델이 된 인물.

이것도 확실치 않다. 허리에 연달아 충격을 느끼며 나는 서서히 의식을 되찾았다. 그리고 그것이 나를 걷어차는 발길이라는 사실을 간신히 깨달은 순간, 누군가에게 한쪽 팔을 거세게 붙잡혀 완전히 제정신이 들었다.

미군 병사 하나가 내 오른팔을 잡고, 다른 하나가 총구를 가까이 들이댔다. 그는 "움직이지 마! 너는 내 포로다!" 하고 소리쳤다.

우리는 서로 바라보았다. 잠시 시간이 흘렀다. 내가 저항할 의지가 없음을 그가 알아차렸다.

포로수용소에서 나는 자주 미군 병사로부터 "당신은 항복했나, 아니면 붙잡혔나?"라는 질문을 받았다(그들은 일본인이 항복보다 죽음을 택한다는 전설을 확인하고 싶었던 모양이다). 나는 언제나 당당하게 "붙잡혔다"라고 대답하곤 했다.

그들은 다시 물었다. "당신은 우리가 포로를 죽일 거라고 생각했나?" 나는 대답했다. "나는 그런 군부의 선전을 믿을 정도로 바보는 아니다." "그렇다면 어째서 항복하지 않았는가?" "명예 때문이다. 나는 항복에 관해 큰 편견은 없지만, 적 앞에 굴복하는 것은 내 개인적인 자존심이 허락하지 않는다."

그러나 포로로서의 자존심이 사라진 지금 잘 생각해보면, 나는 그 총구 앞에서 자진하여 저항을 포기했으니 역시 '항복'한 셈이다. 백기를 들고 적진으로 향하는 것과 포위당해서 무기를 버리는 것의 차이에 불과했다.

미군 병사 한 사람이 내 총과 대검을 집는 동안 다른 한 사람은 줄곧 내 몸에서 총구를 떼지 않았다. 그리고 "일어나서 걸어!" 하고 명령했다. 나는 "걷지 못하겠다"고 대답했다. 그들은 "걸어, 걸으라니까!" 하고 다그쳤다.

우리는 어제 내가 올라왔던 길을 내려갔다. 나무들을 붙잡으며 걷던 나는 강가로 내려가자 붙잡을 것이 없어서 앞으로 고꾸라졌다. 미군 병사 하나가 내 겨드랑이에 팔을 끼고 부축해주었다.

나는 그 병사의 허리에 찬 물통을 보고는 "물 좀 줘" 하고 부탁했다. 그는 물통을 흔들어보고 "노-"라고 대답하고는 다른 병사를 돌아보았다. 그쪽도 단번에 "노-"라고 대답했다.

어제 내가 처음 내려왔던 지점에 이르렀다. 아군의 철모, 찬합, 밥솥, 부서진 가스 마스크, 그 밖의 갖가지 잡동사니가 보였다. 피를 흘린 자국은 없었지만, 여기에서 동료들이 많이 죽었음에 틀림없었다. 한 중사가 소중히 보온해서 익혀두었던 바나나가 흩어져 있는 광경을 보자 가슴이 아팠다.

중대본부 막사까지의 언덕길은 무척 힘들었다. 막사에 다다르자 나를 부축하던 미군 병사는 "쏘지 마, 쏘지 마!" 하고 연신 외쳐댔다.

그곳에서 나는 너덧 명의 다른 병사들에게 인계되었다. 면밀한 신체검사를 거친 뒤 능선을 따라 마니양의 밭이 있는 평지로 끌려갔다. 그곳에 오백 명가량의 미군 병사들이 모여 있었다.

왜 이때 그들이 나를 죽일 거라 생각했는지는 설명하기 어렵지만, 나는 죽기 전에 물을 한 잔 마시고 싶다는 생각에 걷는 도중 늘어서 있는 병사들의 허리에서 물통을 찾으며 "물 좀 줘, 물 좀 줘!" 하고 외쳤다. 나는 미군 병사들의 즉흥적인 인심을 기대했다.

그러면서도 나는 게걸스러운 호기심으로 시야에 들어오는 미군 병사들을 바라보았다. 어제 젊은 미군 병사가 지나쳐 간 이후로, 죽기 전에 인간을 보게 되리라는 생각은 미처 하지 못했다. 그리고 아마 이것이 내가 마지막으로 보는 인간일 터였다.

한참 동안 걸었다. 야영지 중심부로 보이는 부근을 지나도 멈추라는 명령이 없었기에, 나는 이대로 어디 구석으로 끌려가 총살당하리라는 확신을 더했다. 군데군데 사람 하나가 눕기에 적당한 구덩이가 파여 있었다. 내 눈에는 그것이 포로를 묻는 구덩이로 보였다(이때 나는 내가 이 지점에서 붙잡힌 유일한 포로라는 사실을 아직 알지 못했다).

그러나 곧 앉으라는 명령이 내려졌다. 나는 쓰러져 엎드린 채 "물 좀 줘!" 하고 계속 외쳐댔다. 나는 책임자 중 한 사람인 듯한 미군을 발견하고는 그의 눈을 직시하며 정중하게 내 요구를 되풀이했다. 그는 "어떻게 해보겠다"며 어디론가 사라져버렸다.

그는 좀처럼 돌아오지 않았다. 희망이 생기자 갈증이 더 견딜 수 없어졌다. 나는 다시 외치기 시작했다. 아까의 병사 얼굴이 사람들 뒤에 보였다. 그의 손에는 물이 없었다. 그는 어물어물하더니 이윽고 손을 흔들고 사라져버렸다. 나는 절망했다.

계속 소리치고 있자니 어디선가 휙 하고 아군의 물통이 날아왔다. 물이 절반 정도 들어 있었다. 단숨에 마셔버렸다. 아무 맛도 없었다.

안경을 낀 병사 두 명이 오더니 나에게 옷을 벗으라고 명령했다. 내의도 벗으라고 했다. 내가 그것을 발에서 벗어내려 하자 "됐어!" 하고 말했다. 신체검사였다.

다시 또 두 사람이 왔다. 한 사람이 미군 철모 가득 물을 담아왔다.

나는 달려들었다. 그는 손으로 나를 제지하고는, 아까 던져준 아군의 물통에 물을 옮겨 담았다. 다른 홀쭉한 중년 병사가 조심스럽게 물에 뜬 풀을 옆으로 밀어냈다.

내가 실컷 물을 마시고 나자, 풀을 밀어냈던 병사가 갑자기 나를 보고 "이름이 뭐지?" 하고 물었다. 그 어조와 눈초리에서 나는 이 사람이 대장이라는 사실을 알았다.

나는 포로소설에서 흔히 그러듯 '나는 군인이다'라고는 대답하지 않았다. 거침없이 본명, 계급, 부대명을 말했다. 나는 평범한 내용을 사실대로 말하는 평이한 길을 선택했을 뿐이다.

이윽고 다른 병사가 아군의 배낭에서 서류 한 다발을 꺼냈다. 여기에 버려져 있던 모양이었다. 중대장이 갖고 있던 지도, 분대 편성표에서 병사들의 수첩에 이르기까지 갖가지 잡다한 종잇조각이 끼어 있었다. 죄다 쓸모없는 하찮은 물건들이라는 내 설명이 통한 듯했다.

이런 식으로 신문을 받으면서 나는 쉬지 않고 물을 마셔댔다. 나는 그때까지도 신문이 끝나면 죽게 될 거라고 믿었다. 병사 하나가 와서 대장에게 귓속말로 뭐라고 속삭였다. 나에게는 그것이 내 처형 준비가 끝났다는 보고처럼 보였다. 나는 다급하게 남은 물을 마셨다. 커다란 미군 철모에 가득 담긴 물을 삼십 분도 안 되어 다 마신 것이다.

담배를 받았지만 한 모금 빨자 머리가 핑 돌아서 피울 수가 없었다.

해는 이미 머리 위 높이 떠 있었다. 우리는 이곳에 단 한 그루뿐인 나무 밑에 있었는데, 그 나무는 높은 가지에 관(冠)처럼 빈약한 잎사귀가 매달려 있는 게 전부라서 그늘이라 할 수도 없는 희미한 그림자가 밑둥치에 약간 져 있었다. 나는 누워서 대답해도 된다는 허락을 받아 나무 그늘에 머리를 눕히고는 그늘의 움직임을 따라 위치를 옮겼다.

신문은 한 시간이나 계속된 듯하다. 대장은 중요한 사항에 관해 몇 번이고 되풀이해서 물었다. 나는 그때마다 앞서 대답한 내용과 맞추려고 긴장했다. 나는 피로해졌다.

한 병사의 일기장이 있었다. 대장이 그것을 번역해보라고 말했다. 나는 적어도 그동안은 귀찮은 신문을 피할 수 있다는 사실이 반가워서 한 글자 한 글자 천천히 번역해갔다. 산호세 주둔 중에 쓰기 시작한 듯한 그 일기에는 유치하고 감상적인 필치로, 군에 입대한 이래로 일기 쓰는 습관을 중단했다, 그러나 그 외에 아무런 위안이 없으니 군무 중 틈을 타서 일기를 쓴다 해도 병사의 의무를 게을리하는 것은 아니라고 생각한다, 그러나 여기에 시간을 낭비하는 만큼 다른 때에는 군무에 성의를 다해야 하겠다, 하는 식으로 아마도 상관에게 들켰을 경우를 대비한 듯한 변명이 장황하게 기록되어 있었다. 그것 이외에는 아무것도 적혀 있지 않았다.

이름도 없고 필적도 생소하지만 우리 사이에 섞여 1943년에 징집된 젊은 병사의 것임은 확실했다. 그들은 한결같이 무식했어도 친절하고 너그러웠으며, 교활하고 나태한 우리 중년 병사들을 대신해서 열심히 일해줬다. 그들은 체력을 아낄 줄 몰랐기에 병에 걸리면 즉시 쓰러졌다.

나는 고개를 들었다. 대장의 눈이 일종의 동정과 호의를 띤 채 나를 응시하고 있었다. 내가 "이상입니다" 하고 말한 것과 그가 "이제 됐어" 하고 말한 것은 거의 동시였다. 그것으로 신문은 끝났다.

대장은 옆을 본 자세에서 속삭이듯이 "곧 먹을 것을 주겠다. 너는 언젠가 본국으로 돌아갈 것이다" 하고 말했다. 나는 멍하니 그 말을 들었다. 그때 내 마음에는 그 말에 반응할 탄력이 없었다.

다른 한 사람이 서류를 아군 배낭에 넣었다. 덮개에 새겨진 주인의 이름이 내 눈에 들어왔다.

그것은 나와 함께 마지막까지 분대에 남아, 내가 출발할 때 "함께 가지 않겠나?" 하고 불만스러운 듯 물었던, 다이쇼 시대 비평가 아들의 이름이었다. 충격이 컸다. 나는 고개를 뒤로 젖히며 외쳤다.

"죽여라, 어서 쏴! 동료들이 다 죽었는데 나 혼자 살아 있을 수는 없어!"

"그렇다면 소원대로 해주지" 하는 소리가 들렸다. 돌아보니 한 병사가 소총으로 나를 겨누고 있었다. 나는 "어서!" 하며 가슴을 폈다가, 그 병사의 익살스러운 눈을 보고는 얼굴을 일그러뜨렸다.

대장은 내 절규가 들리지 않는다는 듯 말없이 가버렸다.

누군가 비스킷을 하나 가슴에 던졌다. 수염이 많고 위엄 있는 얼굴의 병사 하나가 내려다보고 있었다. 극히 무표정하게 내 답례에 대꾸도 없이 잠자코 총을 늘어뜨린 채 사라졌다.

나는 다시 주위의 미군들을 관찰하기 시작했다. 나는 이토록 다양한 피부와 머리 색을 지닌 인간들이 모여 있는 광경을 본 적이 없었다. 그들 대부분은 휴식을 취하고 있었지만 작업 중인 병사들도 일부 있었다. 휴대용 무전기를 짊어진 병사가 하늘을 배경으로 멈춰 서서 뭔가 조작하더니 사라졌다. 몇 명은 삼각대를 세운 측량용 망원경 같은 것을 들여다보고 있었다. 그것이 향한 방향에는 분초가 있는 고지를 포함한 푸른 산맥이 가로놓여 있었다. 나는 그 아름다운 정상과 산주름을 하나하나 찬찬히 둘러보았다. 그들은 지금 공격을 당하고 있을지도 몰랐다. 나는 내가 그들에게 불리한 진술을 하지 않았다는 사실을 다시 한번 가슴에 되새겼다. (사실상 그들은 이때 그 산지에 없었다. 아침에 이 부근까지 왔던 척후가 돌아가기도 전에 그들은 그 위치를 떠나서 북상했다. 이 개월 후 오십 명 중 열한 명이 나와 같은 레이테의 수용소로 왔다.)

뚱뚱한 중년 병사 하나가 내 사진을 찍었다. 그는 다가오더니 "아픈 데가 있나?" 하고 물었다. 내가 "말라리아"라고 대답하자 이마에 손을 대며 "입을 벌려봐" 하고 말했다. 그리고 노란 정제를 대여섯 알 넣어주고는 "물 마셔" 하고 말했다. 내가 물을 다 마시는 걸 확인하자 "나는 군의관이다"라고 내뱉듯이 말하고는 가버렸다.

중대본부 숙사와 어제 내가 환자들을 봤던 분대 숙사에서 불길이 솟았다. 나는 저토록 가느다란 불길이 저렇게 높게 솟는 모습을 본 적이 없었다. 혹시 휘발유를 뿌려서 시체를 태우는 걸까?

어둠이 다가왔다. 미군 병사들은 내가 무덤이라고 생각했던 구덩이 속에 불을 지피고 저녁식사를 준비했다. 인상이 좋은 젊은 병사가 내게 식사를 갖고 왔으나 식욕이 없었다. 나는 비스킷을 하나 씹었다.

얼굴을 아는 원주민이 지나갔다. 나는 이토록 연민에 넘치는 얼굴을 본 적이 없었다. 즉 평생 동안 이때처럼 내가 불쌍한 상태에 놓였던 적이 없다는 뜻이다. 그는 젊은 사내였는데, 그들의 풍습에 따라 이마에 빨간 천을 두르고 머리를 어깨까지 늘어뜨린 모습이 꼭 여자로 오인할 정도였다. 나는 그 얼굴을 아름답다고 생각했다.

위생병이 몇 차례나 나를 깨워서 약을 먹였지만 그날 밤 나는 그런대로 숙면을 취할 수 있었다. 이튿날 대장은 나에게 "우리는 이제 산호세로 돌아간다. 남쪽에서 승선할 예정인데, 당신은 불랄라카오에서 배를 타게 될 것이다. 걸을 수 있겠나?" 하고 물었다. 나는 "걸을 수 있는 데까지 걸어보겠다"고 대답하는 수밖에 없었다.

나는 두 병사에게 양쪽 팔을 부축받으며 산기슭까지 내려갔다. 그곳부터는 몇 명의 필리핀인들이 불랄라카오까지 십 킬로미터의 길을 들것으로 날라주었다. 그들이 들것을 어깨에 걸쳤기 때문에, 누워 있는 내 눈에 보이는 것이라곤 눈부신 하늘과 길을 에워싼 나뭇가지뿐이었다. 그 아름다운 녹음이 뒤로 흘러가는 모습을 보며, 나는 비로소 내가 '살았다'는 것, 내 목숨이 언젠지 모를 훨씬 훗날까지 연장되었음을 느낄 여유가 생겼다. 동시에 항상 죽음을 눈앞에 두고 살아온 지금까지의 생활이 얼마나 기괴한 것이었는가를 깨달았다.

산호세 야전병원

불랄라카오에 도착한 후 나는 바다가 보이는 면사무소의 유치장에 갇혔다. 예전에 일본 경비대 일부가 분초로 숙영하던 건물이었다. 그러나 그들은 그곳 필리핀인들과 사이가 좋았기에 유치장은 언제나 비어 있었다.

나는 지쳐 있었다. 산기슭까지 이 킬로미터의 산길을 양쪽의 미군 호위병에게 매달려 간신히 걸어내려온 피로로 인해, 산기슭에서부터는 들것에 실려 편하게 왔음에도 불구하고 계속 가슴에 통증이 남아 있었다. 나는 철창으로 막힌 좁은 방의 널빤지 바닥에 혼자 누워서 숨을 크게 쉬었다.

늦은 오후의 햇살로 가득한 하늘이 높은 창 너머로 보였다. 그 아래로 펼쳐진 바다를 상상케 하는, 멀리 깊숙이까지 빛이 스며든 듯한 하늘이었다. 오랫동안 산에서 동료들의 죽음과 더불어 살아온 나에게 바다는 내가 드디어 인간의 세계로 돌아왔다는 사실을 의미했다.

이윽고 일본인 2세 한 사람이 들어왔다. 스물너덧의 제법 미남이었다. 우리가 고통을 당하던 산속에서 삼십 리도 떨어지지 않은 곳에 이토록 혈색 좋은 일본인이 있다는 것이 믿어지지 않을 정도로 신기했다. 이 미군 제복을 입은 일본인을 봤을 때처럼 패자의 위치를 통감한 적은 없다.

내 눈은 아마도 '잘 부탁한다'고 말했을 것이다. 그는 빙긋 웃더니 이어서 간단한 신문을 했다. 나는 그가 아군의 상황을 잘 알고 있는 것에 놀랐다.

"이런 것 본 적 있나?" 그는 종이쪽지 한 장을 보여주었다. 그것은 일본인 병사에게 투항을 권고하는 삐라로, 커다란 밀짚모자를 쓰고서 니파야자 잎을 엮거나 흙을 일구는 포로들의 사진이 실려 있었다. 양쪽 눈언저리가 마스크처럼 하얗게 패어 있고, 그 아래로 입만 웃고 있었다. '여러분, 무익한 전쟁을 그만두고 따뜻한 미군의 보호 아래에서 즐겁게 전쟁이 끝나는 것을 기다립시다'라는 문구가 인쇄되어 있었다.

일본인 2세가 나에게 이 삐라를 보여준 것은, 내가 앞으로의 일에 관해 근심하지 않도록 해주기 위해서였을 것이다. 그러나 나는 이미 그때까지 미군이 나를 취급하는 태도로 보아 내가 문명국의 포로가 되었다는 것을 알고 있었다. 그리고 환자가 갖는 자기본위의 생각에서 미군이 나를 조금은 특별하게 대해줄 것으로 생각했다. 그때 나의 병든 육체와 거만한 마음에는 이러한 포로들의 공허한 노동의 행복이 그다지 고마운 것으로 여겨지지 않았다. 나는 "처음 보는군요"라고 사실대로 말하며 삐라를 돌려주었다.

내가 2세의 이름과 출신지를 물어보자 그는 무뚝뚝하게 "여기에서 그런 말은 하지 못하도록 되어 있다"고 내뱉고는 사라졌다. '여기에서'란 '전쟁터에서'란 뜻인 모양이었다.

2세가 나간 뒤에도 문을 자물쇠로 잠그지 않았고 밖에서 미군 병사 하나가 지켰다. 그는 어디선가 초콜릿과 각설탕 등을 꺼내어 창살 틈으로 넣어줬다. 그 달콤한 맛은 지금도 입 안에 남아 있다. 그는 커다란 치즈 덩어리도 내밀었지만, 내가 거절하자 갑자기 그것을 창밖으로 던져버렸다.

들것이 와서 나는 다시 밖으로 실려나갔다. 야자나무 사이를 지나 해안으로 내려가서 작은 배에 실렸다. 붉은 석양 구름이 흘러가는 하늘을 배경으로 발가벗은 사공이 움직이며 소리쳤다. 닻이 올려지고 뱃머리가 물을 가르는 소리가 상쾌하게 들려왔다. 배는 앞바다로 향하는 것 같았다.

이윽고 초계정인 듯한 강철 배의 옆모습이 시야에 들어오더니, 가까이 다가와 옆으로 배를 댔다. 나는 다시 들것에 실렸다. 뱃전을 넘자마자 해군 병사 하나가 단숨에 나를 안아올려 뱃머리를 돌아 선창 뚜껑 위에 눕혔다. 이 행동에 나는 몹시 놀랐다. 산호세 주둔 중 나는 우연히 억류된 필리핀인에게 몰래 식량이나 담배를 주는 정도의 봉사는 했지만, 아무리 다급한 경우에도 그들의 더러운 몸을 만질 생각은 들지 않았을 것이다.

나는 아래에는 사십 일 동안 계속 같은 작업복을 입고 있었고, 위는 알몸 위에 산에서 미군으로부터 받은 허리 밑이 잘려나간 레인코트를 입고 있었다. (이 레인코트에는 '런던제'라는 마크가 붙어 있었는데, 어째서 그런 것이 산속에 있었는지는 알 수 없다.) 그리고 목에는 내 이름, 생년월일, 포획장소 등이 적힌 포로표가 걸려 있었다. 해군은 잠자코 포로표를 내 목에서 벗겨내어 레인코트 주머니에 넣고는 가버렸다.

이러한 적극적인 호의와 친절은 분명 승자의 관용을 넘어선 행위였다. 미국의 정체(政體)와 번영이 몇몇 사람에게는 선량함을 발휘할 여유를 주었다. 이 점에 관해서는 어떤 편견도 지닐 필요가 없었다.

일본인 2세가 나를 호송하여 산호세로 갈 예정인 듯, 나중에 나를 살펴보러 왔다.

배가 움직이기 시작했다. 불랄라카오에서 산호세까지는 우리가 연락용으로 사용하던 소형 발동기선(민간인 어선을 징용한 것)을 타고 약 여덟 시간 걸린다. 배는 해안선을 따라 남하했다. 이윽고 해가 지고, 잠시 후 달이 떴다.

그림자를 드리운 해안의 산과 빛을 발하는 바다를 보며, 나는 새삼스레 살았다는 느낌을 되새겼다. 그와 동시에 내가 이제 포로라는 생각이 상처의 통증처럼 가슴에 치밀어올랐다.

나는 포로가 되었다는 사실을, 일본 군대의 가르침만큼 부끄럽게 느끼지는 않았다. 무기가 진보하며 전투력 결정 요소에서 인력이 차지하는 비율이 현저하게 감소한 오늘날, 국소적인 전투력의 결과는 지휘자의 책임이며 무익한 저항을 포기하는 것은 각 병사의 권리라는 생각마저 들었다. 그러나 지금 정작 나 자신이 포로가 되고 보니, 동포들이 아직도 목숨을 걸고 싸우고 있을 때 나만 안이하게 적군 속에서 삶을 즐기는 것은 너무도 기괴하고 있을 수 없는 일처럼 느껴졌다.

나는 문득 이대로 바다에 뛰어들어 죽고 싶다는 충동에 사로잡혔다. 그러나 이것은 거짓된 충동이었다. 어제 산에서 신문을 받으면서는 적의 손에 들어간 전사한 동료의 소지품을 보고 "죽여라!" 하고 외쳤음에도 불구하고, 나는 꿈쩍도 하지 않았다.

충동은 지나가고 깊은 슬픔만이 남았다. 나는 그러한 거짓된 충동을 느껴야 하는 스스로가 불쌍하게 느껴졌다.

어느 틈엔가 잠이 들었다. 무슨 소리와 사람들의 목소리가 들려왔다. 도착한 모양이었다. 아까의 미군 병사가 다시 나를 안아올려 약간 낮은 선미로 운반했다. 그곳에서 기외정의 평평한 후미로 이동하는 것이 문제였다. 나는 과감하게 뛰었다. 쓰러져서 가슴까지 물 쪽으로 밀려났지만, 다행히 물에는 떨어지지 않았다.

모래사장은 눈부신 반사등의 조명을 받아서 마구 밟아놓은 모래 위의 자국들마다 하나하나 그림자가 생겨 있었다. 새로 세운 무전탑에서 전파를 발신하는 소리가 공중에 가득했다. 산호세에는 예전에 그들이 설치한 높은 무전탑이 있음에도 불구하고, 필요에 따라 무턱대고 신설하는 그들의 사치스러움을 보자 속이 쓰렸다.

여기는 우리가 산호세의 항구로 사용하던 선착장과는 다른 해안인 듯했다. 하지만 산호세의 중심가는 이 부근에 펼쳐진 조그만 평원의 중앙에 위치했기에 어느 곳에서건 사 킬로미터 정도 들어가야 했다.

나는 일본인 2세의 부축을 받으며 모래 위를 걸어, 대기하고 있던 지프에 탔다. 산호세까지는 평탄한 차도였고 이따금 낮은 콘크리트 토치카가 헤드라이트에 비쳤다.

일본인 2세는 나를 돌아보며 "어때, 놀랐지?" 하고 말했다. 나는 사실을 고백하는 수밖에 없었다. 그는 운전하는 미군 병사에게 내가 놀랐음을 전하고는 둘이서 동시에 웃었다.

나는 그들의 웃음거리가 된 것을 기뻐하는 자신을 발견하고는 입술을 깨물었다. 이것이 내가 포로로서 아부하려는 충동에게 내린 최초의 경고였다. 이후로 미군들 사이에서 생활한 일 년간, 나는 통역자의 아부에 빠지지 않으려 경계했지만, 이따금 이렇게 자신을 낮추어 상대를 즐겁게 하려는 마음이 내 안에 존재했다는 것을 인정하지 않을 수 없다. 문제는 내가 그것을 억제했다는 것이 아니다. 그러한 마음이 생기는 것을 피할 수 없었다는 점이다. 어째서일까?

뜻밖에도 우리가 산호세에 주둔하던 중 숙사로 사용하던 건물이 나타났다. 미국인이 필리핀인들에게 영어를 가르치기 위해 세운 초등학교였다. 나지막하고 좌우로 긴 모양의 교사는 창문이 모두 닫힌 채 아무 일도 없었다는 듯 달빛 아래 조용히 서 있었다. 고개를 내밀 틈도 없이 지프가 모퉁이를 돌자 건물은 더는 보이지 않았다.

내가 상륙한 해안에서 이곳으로 오는 사이에도 부락을 하나 통과했을 터인데 나는 결국 그것을 보지 못했다. 그리고 커브를 튼 방향에 있어야 할 숲과 저지대도 지금은 흔적조차 없고 그저 평탄한 일대에 텐트가 무수히 줄지어 있을 뿐이었다. 나는 미군의 건설 능력에 새삼 바보처럼 감탄했다.

지프가 한 텐트 앞에 멈추고, 나는 헝겊으로 만든 접이식 침대로 안내되었다. 군의관이 와서 진찰을 하더니 약을 주었다. 일본인 2세는 내가 여기에서 이삼 일 요양하다가, 거동할 수 있게 되면 레이테의 포로 전용 병원으로 옮겨질 것이라고 알려주었다.

직사각형 텐트 양쪽에 십여 개의 침대가 놓여 있고, 모기장이 침대마다 쳐져 있었다. 밤이 깊었는지 등불은 꺼져 있었다. 일본인 2세는 군의관과 함께 떠나고 미군 병사 하나가 남아 나를 감시했다.

날카로운 봉우리가 질서정연하게 둥그런 곡선을 이룬 산들이 머리말 위에 시커멓게 솟아 있었다. 그것은 나에게 완전히 낯선 모습이었다. 육 개월간 주둔하며 구석구석까지 알고 있다고 생각했던 이 땅에, 산이 저토록 생소한 모양으로 보이는 지점이 있었던가 하고, 나는 형언할 수 없는 쓸쓸함을 느꼈다.

가슴이 다시 아파왔다. 붙잡히기 전날 밤 혼자 괴로워했던 '가슴을 뜯는 듯한' 괴로움이었다. 그날 하루의 여행이 효과를 나타낸 모양이었다. 나는 다시 소리를 내어 신음하며 흉부의 피부를 손가락으로 자극해 고통을 경감시키려 했다. 낯선 산들이 끊임없이 몸을 뒤척이는 내 시야에 들어오며, 위협하듯이 비웃듯이 내려다보았다.

"좀 조용히 할 수 없나?" 옆에서 자던 미군 병사가 중얼거리듯 말했다. 감시병이 당직 위생병에게 알리러 갔다. 군의관이 불려왔다. 나는 심장의 고통을 호소하며 강심제 주사와 수면제를 요구했다. (나에게는 의사가 없는 산에서 요법을 스스로 강구하는 습관이 아직 남아 있었다.) 군의관은 나를 위로하며 뭔가 톡 쏘는 맛이 나는 약을 주고는 가버렸다.

고통은 멎지 않았고 잠도 오지 않았다. 나는 자신이 죽어가는 거라 생각하고는, 군의관이 내 요구대로 강심제를 놓아주지 않은 것을 괘씸하게 생각했다.

전전날 밤 숲속에서 같은 고통을 당했을 때, 나는 전혀 죽음을 생각하지 않았다. 그때 나에게 죽음은 이미 예정된 사실이었고, 괴로움은 다만 죽기 전에 물 한 모금 마실 기회를 얻기 위해 감수해야 할 한 가지 상태에 불과했다. 그러나 지금 나는 편안하게 미군 병원에 있으며, 앞날에 희망을 지니고 있다. 그렇기에 나는 즉시로 죽음을 생각했고, 또한 그것을 두려워한 것이다.

(이 순간 내가 죽음에 아주 가까이 있었던 것은 사실인 듯하다. 나는 그후에도 병자가 하룻밤 사이에 죽는 것을 자주 보았다. 하지만 후에 확인한 바에 의하면, 이때의 내 상태에 강심제는 오히려 증상을 악화시킬 뿐이었다. 나는 결국 이후 이 개월을 병원에서 지냈다. 말라리아는 열흘 만에 나았으나 심장 판막의 이상이 발견됐다. 퇴원할 때 군의관은 웃으면서, 자네는 평생 술을 마시면 안 되고, 버스를 놓칠 것 같아도 뛰면 안 돼, 하고 주의를 줬다.)

그러나 나는 어느 틈엔가 잠이 들었다. 눈을 뜨자 이미 주위는 밝았고, 모기장은 치워져 있었다. 침대에서 자던 다른 미군 병사들은 대부분 일어나 있었다. 가슴의 통증은 사라졌다.

내 침대는 텐트 맨 가장자리에 있었다. 옆으로 자갈투성이의 넓은 공터가 있고, 그 건너에 또 같은 모양의 텐트들이 늘어서 있었다. 나는 내가 간밤에 산이라고 생각했던 것이 텐트의 지붕이었다는 사실을 알고 놀랐다.

젊은 위생병이 핫케이크와 커피를 나눠주었다. 식욕이 없던 나는 커피만 마셨다.

옆에 있는 병사가 일어나서 짐을 꾸렸다. 퇴원하는 모양이었다. 내가 "간밤에 소란을 피워서 미안해" 하고 사과하자, 그는 "아니, 신경 쓸 거 없어" 하고는, 초콜릿을 보이며 "먹겠어?" 하고 물었다. 나는 사양했지만 그는 억지로 내 베개 옆에 두고 갔다. 그리고 결국 그것이 이날 하루 동안 내 식도를 통과한 유일한 식량이 되었다.

"이봐, 도조!" 하고 약간 떨어진 침대에서 목소리가 들려왔다. 나는 격심한 분노를 느꼈다. 그것은 내가 가장 싫어하는 이름이었으며, 물론 그 이름으로 불리기를 원치 않았다. 그러나 이때 나를 화나게 만든 것은 그 때문이 아니었다. 나는 들리지 않는 척하며 잠자코 있었다. 목소리의 장본인은 "뭐야, 저 녀석 영어를 모르잖아?" 하고 중얼거리고는 입을 다물었다.

나중에 읽은 미국 잡지의 기사에 의하면 '도조*'란 미군 병사들이 일본 병사에 붙인 별명으로, 그 병사가 특별히 나를 가리켜서 부른 것은 아니라는 사실을 알았다. 나는 별것 아닌 일에 화를 낸 셈이다.

너덧 명의 미군 병사들이 시끄럽게 떠들어대며 침대를 에워쌌다. 그들은 나에게 후지산과 게이샤에 관해 성가시게 물었다. 나는 나를 '도조'라고 불렀던 병사에게 내가 영어를 모르지 않는다는 사실을 알려주기 위해서, 고통을 무릅쓰고 가능한 한 자세히 설명했다.

그들은 또 물었다. "어째서 너희는 바타안에 있는 우리 부상병들을 학대했지?" 나는 그 무렵 보도반원으로 필리핀에 있었던 친구로부터 '죽음의 행진**'에 관해서 들은 적이 있었다. 나는 대답할 말을 잃었

---

* 관동군 참모장을 역임했으며 패전 후 전쟁을 주모한 혐의로 교수형을 당한 도조 히데키를 말함.

** 1942년 4월 9일 일본군이 필리핀 루손 섬 마닐라 만 서쪽의 바타안 반도를 침략하여

다. '그것은 군부가 한 짓이다'라고 대답하는 건 간단했지만, 내가 아까 '도조'라고 불린 것에 개인적인 모욕을 느꼈던 것과 마찬가지 이유에서, 다름 아닌 내가 묵인한 조직의 지시에 따라 저질러진 행위의 책임을 그 조직의 탓으로만 돌리는 것은 비겁하게 느껴졌다. 순간적으로 내 입에서 튀어나온 말은 당시 내가 그다지 신뢰하지 않았던 군부의 선전문구였다. "바타안의 미군들은 피해를 입지 않았다고 들었다. 너희는 필리핀인들을 전선에 보내놓고 뒤에서 감시했을 뿐이지 않은가?" 그들은 큰 소리로 웃었다. 나는 그 웃음 덕분에 난처한 대답을 회피할 수 있었다.

그들 중 하나가 일본어로 쓰인 삐라 한 장을 내밀었다. '낙하산 뉴스'라는 제목에 신문지 4분의 1 크기였는데, 일본군에게 비행기로 살포하기 위해 만들어진 듯했다. 사이판 기지에서 이륙하는 B29의 사진 밑에 일본 본토의 폭격 상황, 루손 섬의 전황 등이 실려 있고, 뒷면에는 군부를 공격하는 만화와 옛날에 유행하던 만화 등이 실려 있었다. 나는 잠시 동안 그것을 번역했는데, 발행소가 서태평양 총사령부란 것을 읽자 그들은 "뭐야, 선전이잖아" 하며 그것을 내 손에서 빼앗았다.

감시병이 "이놈하고 말하면 안 돼" 하고 주의를 주자 그들은 가버렸다.

나는 텐트 안의 미군들을 관찰했다. 반 이상은 대낮인데도 모기장을 치고 그 안에 앉아 있었다. 이 텐트는 말라리아 환자들을 모아놓은 병동인 모양이었다.

미군과 필리핀 포로 6~10만 명을 음식도 제대로 공급하지 않은 채 90킬로미터를 행진하게 하여 수많은 사상자를 낸 사건.

금발의 젊은 병사가 무릎을 감싸고 앉아서 모기장 너머로 건너편 병사와 이야기를 나누고 있었다. 그 태도에서는 부잣집 아들 같은 품위와 느긋함이 느껴졌고, 고급 민간 병원의 입원환자와 조금도 다를 바가 없었다. 이러한 민간 생활의 연장에서 즉각 싸울 수 있다면, 확실히 이것이 최선의 군대일 것이다.

한 병사가 일본인이 사용하는 버드나무 도시락 상자를 들고 일어서서 나에게 보이며 웃었다. 눈이 마주치자 상자를 흔들며 "이건 뭐에 쓰는 거지?" 하고 물었다. "점심식사를 휴대하는 거야"라고 대답하자, 만족스러운 듯이 끄덕이고는 자리에 누웠다.

그는 아까 나에게 '도조'라고 말을 걸었던 병사였다. 이런 순진함에는 대항할 방도가 없다.

'도대체 저 친구는 도시락 상자를 어디에서 어떻게 손에 넣은 걸까?' 나는 생각했다. '하긴 저건 병사들이 사용하는 물건이 아니니 아마 일반인이 버린 거겠지' 하는 위무적인 생각이 들었다. 그때 나는 그 이상 생각할 기력이 없었다.

흉부 뢴트겐 사진을 찍고 손가락에서 채혈을 했다. 잠시 후 간호사가 와서 "다른 사람들과 접촉하면 안 돼요" 하는 주의를 주고는 모기장을 치고 갔다. 말라리아균이 검출된 모양이었다.

하루가 지났다. 상기된 열 때문에 고통은 가라앉지 않았지만 전날 밤과 같은 괴로움은 이제 없었다. 그날 밤 나는 제대로 잠을 잘 수 있었다.

다음 날 아침, 여전히 식욕이 없었다. 식사를 배급하는 키 큰 위생병은 "왜 먹지 않지? 아주 맛있는데" 하며 억지로 나에게 접시를 들이

밀었다. 나는 그의 친절을 거역하고 싶지 않았지만, 그래도 배급된 건조달걀 요리는 도저히 삼킬 수가 없었다. 간호사가 "당신은 차를 좋아하는 것 같으니까 여기에 놔두죠" 하며 커다란 알루미늄 그릇에 홍차를 따라서 침대 밑에 두고 갔다.

군의관이 와서 진찰했다. 그리고 많이 좋아진 듯하니 내일 레이테 병원으로 출발하라고 말하고는 가버렸다.

간호사 하나가 베개 뒤쪽으로 살짝 들어와 웅크리고 앉았다. 반대편을 향해서 무언가를 하고 있는 뒷모습이 어쩐지 굳어 있었다. 뒤돌아보았다. 튀어나온 이마에 주름이 있고 눈이 작으며 피부가 검은 못생긴 인상의 중년 여자였다. 갈색의 험상궂은 눈이 똑바로 내 눈을 쳐다보았다. 여자는 역시 나에게 용건이 있었던 것이다.

"당신은 10의 병사인가?" 여자가 물었다.

나는 여자의 어조에서 질문 내용이 심상치 않다는 것을 느꼈으나, 무슨 뜻인지 알아들을 수 없었다. 되물었다. 같은 질문을 초조한 듯 되풀이할 뿐이었다. 내가 당황하고 있을 때 군의관이 도와주러 왔다.

"이 부인은 자네가 바타안의 병사였는지 묻는 거야" 하고는 나의 대답을 기다렸다. 나는 군의관의 태도를 이상하게 생각했다. 그는 내가 1944년에 소집된 보충병이라는 사실을 모를 리 없었다. 어째서 다시 한번 그 사실을 말하게 하는 걸까?

내가 군의관을 향해 그 사실을 되풀이하자, 그는 그 내용을 여자에게 전하고는 내가 알아들을 수 없는 빠른 말로 뭔가 이야기를 나눴다. 이어서 군의관은 내 쪽으로 몸을 돌려 물었다. "너희는 어째서 바타안의 우리 투항병들에게 그토록 심한 짓을 했지?"

또다시 이 질문이었다. 나는 그제야 깨달았다. 이 간호사는 바타안에서 행방불명이 된 미군 병사의 아내로, 남편의 소식을 알기 위해서 이렇게 간호사를 지원하여 전선에 온 모양이었다. 그리고 영어를 할 줄 아는 일본인이 있다는 소문을 듣고는 먼 곳에서 찾아온 것이다.

만약 내가 바타안에 소속된 일본군이라면, 그녀는 나에게 무엇을 요구할 작정이었을까? 군의관이 굳이 내 입으로 부정하게끔 할 정도로 내 개인에 대한 강한 관심은 뭘까? 처음에 나를 본 그녀의 눈에 비친 것은 분명히 단순한 기대감만은 아니었다. 어쩌면 그녀는 이미 남편의 생존에 희망을 갖고 있지 않고, 내가 그를 죽인 일본군인지 아닌지를 확인하고 싶었던 것은 아닐까?

나는 대답할 말을 잃었다. 어제 호기심에 가득한 질문자들의 국민적 분노에 대해서는 엉뚱한 농담으로 답할 수 있었지만, 지금 이 '죽음의 행진' 희생자의 부인을 앞에 두고서는 솔직히 침묵을 지킬 수밖에 없었다.

군의관은 또다시 질문했다.

"우리는 너희가 우리 포로를 학대했음에도 불구하고, 너희 포로에게는 국제협정에 따라 대우하고 있다. 그것이 우리의 방침이기 때문이다. 그러나 바타안의 투항병을 죽인 제10, 제16사단 등의 병사들만은(여자가 말한 '10'이란 제10사단이라는 뜻이었다) 적어도 지금 필리핀에서 싸우고 있는 우리는 용서할 수 없다."

(분명 이 군의관은 단순히 개인적 감상을 말하고 있거나, 혹은 옆에 있는 바타안 과부를 대변하는 것뿐이었다. 왜냐하면 나중에 내가 레이테 수용소에서 가장 많이 본 포로들은 미군이 상륙할 당시 이 섬

을 수비하던 제16사단 병사들이었기 때문이다.)

나는 간신히 반론할 기회를 찾았다.

"하지만 현재의 제10사단을 구성하고 있는 병사가 전부 바타안의 무자비한 병사들이라고는 할 수 없다. 그들 대부분은 교체됐을 것이다."

"우리는 그걸 일일이 확인할 수 있다."

군의관은 무척이나 못마땅한 듯 대답했다.

나는 말하고 싶었다. 그 잔인한 폭행자들 개개인을 비난하는 건 옳지 않다. 그들은 모두 잘못된 지시에 의해 나쁜 본능이 해방된 불쌍한 희생자들이며 각자 어찌해야 할지 몰랐기 때문이다, 라고. 그러나 지금 내 앞에 있는 것은 그 희생자의 또다른 희생자였다. 이 최종 희생자에 대해 그 사형집행인 또한 희생자였다고 설명하는 것만큼 그들을 바보 취급 하는 일은 없을 것이다. 더구나 그 근거는 순전히 우리 내부의 문제였다. 나는 입을 다물었다.

나는 마지못해 그녀의 남편이 생존하여 일본에 있으리라는 가정하에, 내가 우연히 고베에서 목격한 미군 포로들의 상황을 말해주기로 했다.

나는 그들이 원래 외국인 거류지였던 서양식 건물에 수용되어 있었다는 것과, 길거리에서 캐치볼을 하며 노는 모습을 보았다는 이야기를 했다. 두 사람은 믿어지지 않는다는 표정을 지었다.

나는 또한 당시에 들었던 소문을 전했다. 즉 일본의 일반 시민에게는 고기가 한 달에 한 근밖에 배급되지 않는데도 그들에게는 매일 조금씩 고기를 주었다, 시의원들은 이 조치에 반대 결의를 했지만 정부는 방침을 바꾸지 않았다, 등등.

"그게 몇 년도의 일이지?" 군의관은 빈정대듯 물었다. 나는 유감스럽게도 "1942년의 일이다"라고 대답하는 수밖에 없었다.

"그러나 우리는 1944년에도 우리가 할 수 있는 최대한의 대우를 했다. 당신네 포로들을 조선소에서 일하게 했지만, 매일 기름에 볶은 밥을 지급했다."

"당신은 그 포로들을 봤는가?"

"나는 그 무렵 고베의 한 조선소에서 근무하고 있었기 때문에 알고 있다. 그들은 아침 여덟시에 도착해서 오후 네시에 돌아갔다. 우리는 그들에게 간단하면서도 힘을 요하는 노동을 시켰다. 당신들은 힘이 세니까. 흑인도 있었다."

내가 아무런 뜻도 없이 덧붙인 이 마지막 한마디가 두 사람에게 강렬한 인상을 준 모양이었다. 그들은 얼굴을 마주 보며 한숨을 쉬었다. 흑인이 섞여 있었다는 것이, 내가 보았던 좋은 대우를 받는 포로들이 미군 포로라는 결정적인 증거였기 때문일 것이다.

여자의 눈에서는 처음에 보였던 험악함이 사라졌다. 하지만 이윽고 고맙다는 인사를 하고 돌아가는 그녀의 모습은 그다지 위안을 받은 것 같지도 않았다.

내가 한 말은 거짓이 아니다. 그러나 내가 알고 있는 사실을 모두 이야기한 것도 아니다. 나는 중국의 어느 조선소에서 포로가 조금씩 죽어갔다는 사실을 알고 있었다. 또한 B29의 폭격이 시작된 지금 일본군이 그들에게 어떤 보복을 가할 것인지도 상상이 되었다. 내가 그런 사실을 말하지 않은 이유는 이 부인을 위로하기 위해서라기보다 오히려 스스로를 지키기 위해서였다.

흑인 하나가 실려 왔다. 말라리아로 발열했는지 밤새도록 땀을 흘리며 신음했다. 나는 나에게도 동정할 수 있는 존재가 있다는 사실이 반가웠다.

이튿날인 1월 29일 아침, 나는 당일 비행기로 레이테에 가라는 전달을 받았다. 위생병은 열한시에 출발하는 나를 위해 특별히 점심을 일찍 갖다줬지만 육류 위주의 그 요리를 나는 대부분 남겼다. 그는 나를 병원차까지 배웅하며 나에게 작별 인사를 할 기회를 기다리는 듯했지만, 내가 집요하게 다른 곳을 바라보고 있자 결국 간단히 손을 흔들고는 가버렸다. 그때 이 친절한 위생병에게 어째서 그토록 실례되는 짓을 했는지 나는 지금도 알 수 없다.

다시 예전 숙사 곁을 지났다. 건물은 여전히 창문이 닫혀 있고 조용했다. 우리가 흙 부대로 쌓은 방벽과 물탱크도 모두 그대로, 부근 일대의 급작스러운 변모 속에 잊힌 듯 서 있었다. 이곳에서 반년 동안 함께 생활하던 동료들은 대부분 죽었다. 나는 그 건물이 보이지 않을 때까지 창밖을 바라봤지만, 마음은 사실 무관심에 가까웠다.

그들은 죽고 나는 살았다. 그 확연한 사실을 받아들이는 데 망설일 필요는 없었다. 모든 생환자들은 그 고별식과도 같은 서글픈 가면 아래 이러한 에고이즘을 간직하고 있다. 심정의 문제가 아니다. 사실의 결과이다.

비행장은 우리가 산 위에서 B24의 이착륙을 보았던 신설 비행장이었다. 적십자 마크를 부착한 쌍발 더글러스기에 오를 차례를 기다리는 동안, 나는 날개 밑에 들어가 쉬었다. 넓은 활주로에는 끊임없이 각종 항공기들이 이착륙했다. 적군 속에서 아군에 대한 전투행위가 수행되는 모습을 바라보는 것은 육체적 고통에 가까웠다.

이윽고 차례가 되어 호위병과 함께 올라탔다. 내가 비행기에 타는 것은 이것이 처음이었다. 안에서 화려한 터번을 두른 젊은 여자가 좌석을 지정해주었다. 그녀는 내가 일본을 떠난 이후로 처음 보는 미인이었다. 거무스레한 피부에 미국식으로 진하게 화장하고, 한쪽 무릎 밑에 호주머니가 달린 바지를 입은 제법 세련된 차림이었다. 비행 중에 환자를 돌보는 역할인 모양이었다.

호위병은 그녀를 향해서 "어때, 이놈은?" 하고 물었다. "괜찮아요"라고 대답하며 그녀는 곁눈으로 나를 보았다. 그 눈에는 소박한 연민의 정이 넘쳤으나, 그린 눈썹과 색칠한 입술이 일그러져 오히려 흉한 인상을 주었다. 현대 여성들은 명백히 자신들의 심정에 어울리지 않는 화장을 한다.

이윽고 굉음이 들리더니 비행기가 움직이기 시작했다. 나를 실은 타원형 공간은 내가 이제까지 경험하지 못한 속도로 이동했다. 벽이 울리고, 창밖 지면으로 작은 돌멩이가 몇 가닥 하얀 꼬리를 만들며 달렸다. 나는 붕 떠오르는 감각과 멀어지는 지면을 예상하며 기다렸으나, 아무리 기다려도 무작정 질주만 하기에 따분해서 눈을 기내로 돌렸다.

잠시 후 눈을 창밖으로 돌리니 바깥은 이미 햇빛이 비치는 조감도로 바뀌어 있었다. 해변은 꿈틀거리는 하얀 선을 그리고, 산호세와 해안을 잇는 도로에는 달리는 트럭의 모습이 조그맣게 보였다. 숲은 시커멓게 늘어선 녹색 반점으로 보였고, 바다는 햇빛을 반사시키며 빛나고 있었다. 지평선이 멀리서 감겨올라 내 눈꺼풀을 덮었다. 그 풍경이 기울며 회전하자, 바다에서 반사되는 강렬한 빛이 창문 가득 퍼졌다. 그 광경을 나는 추하다고 생각했다. 흑과 백이 멋지게 조화를 이룬 항공사진의 아름다움이 아니었다.

비행기는 끊임없이 불쾌하고 충동적이고 미세한 하강운동을 반복하면서 날았다. 좌석 사이의 바닥에 누워도 좋을지 묻자, 여자는 뒤쪽 창고에서 들것을 내다가 누여줬다. 동승한 미군들이 점차 술에 취하여 비틀거리기 시작했다. 어떤 사람은 내가 들것에 누워서 자리를 차지한 것이 불만인 듯 "저 녀석은 아픈 척하는 거야" 하고 들으라는 듯이 말했다. 나는 위생병에게 "일어나도 괜찮다"고 말했지만, 여자가 옆에서 "괜찮으니까 누워 있어요" 하고 제지했다.

두 시간 정도 그렇게 누워 있었을까. 가까워지는 비행장의 모습이 보고 싶어서 비행기가 하강하기 시작하면 일어날 작정으로 주위를 살피고 있자니, 갑자기 여자가 경고하듯이 "일어나겠어요?" 하고 물었다. 내가 말뜻을 이해하지 못하고 여자의 얼굴을 보며 서서히 상반신을 일으키자, 여자는 다시 "아니, 됐어요" 하며 손으로 제지했다. 그 사이에 비행기는 밑에서 단속적인 충격을 받으며, 이윽고 출발할 때처럼 시끄러운 질주로 바뀌었다. 착륙한 것이다.

타클로반* 비행장의 모습도 산호세와 별로 다를 것이 없었다. 우리는 소형 병원차에 옮겨 탔다. 자동차는 해안으로 나와 야자나무 가로수 길을 한없이 달렸다.

민도로는 쾌청했지만 레이테는 흐린 날씨였다. 강 하구는 회색으로

* 레이테 주의 주도(州都).

혼탁한 데다 추워 보이는 삼각형 파도가 일고 있었다. 이곳 연안의 야자나무는 민도로의 야자나무보다 가늘고 길며, 잎사귀가 여위고, 둥치는 먼지를 뒤집어써서 칙칙했다.

나는 가는 곳마다 미군의 우수한 무기들이 널려 있는 모습을 보았다. 전혀 예상 못했던 바는 아니나, 실제로 눈앞에서 그 방대한 강철의 위력을 보자 새삼스레 과연 이 무모한 전쟁을 피할 수는 없었을까 하는 의문이 들었다. 대답은 부정적이었다.

호위병은 키가 작고 검은 피부에 날카로운 인상의 병사였다. 그의 슬랭은 적잖이 나를 괴롭혔다. 나는 그에게 "당신은 전쟁을 좋아하나?" 하고 물었다. 그는 "싫어한다. 하지만 나는 싸울 수 있다"고 대답하고는 총을 들어 겨냥하는 자세를 취했다.

나는 또한 "도착하면 어떻게 되지?" 하고 물었다. 그는 "교수형이지" 하며 씹어뱉듯이 말했다. 그가 어째서 이때 그런 농담을 했는지 나는 모르겠다.

병원까지는 상당히 멀었다. 자동차는 해안을 벗어난 후로도 몇 차례나 커브를 틀어 차츰 흙탕길로 들어섰다. '사단 야전병원'이라고 쓰여 있는 간판을 지나 조금 더 가더니 차가 멈췄다.

잔디로 덮인 앞뜰 건너편에 백악으로 지은 건물이 있었다. 호위병은 마중 나온 병사와 함께 나란히 뒤돌아보지도 않고 현관 쪽으로 걸어가버렸다. 내가 따라가야 할지 어쩔지 망설이고 있는데,

"어이, 자네, 이리로 와!"

하며 일본어로 부르는 소리가 들렸다. 돌아보니 길 반대편의 낮은 장소에 철조망을 두른 곳이 있고, 야자나무 둥치로 만든 문기둥 옆에 노

란 얼굴의 2세가 서서 손짓해 부르고 있었다.

그렇다. 나는 내 앞길에 이 울타리가 있다는 사실을 잊고 있었다.

나는 느릿느릿 진흙탕 위에 걸쳐놓은 널빤지를 건너 문 앞에 이르렀다. 안쪽 텐트에 일본 병사들의 낯익은 까까머리 모습이 보였다.

나는 심한 수치심을 느꼈다. 붙잡힌 이후로 내가 처음 보는 동포들이었다. 그리고 그들 또한 포로였다. 나의 수치심은 공범자의 수치심이었다.

입구 가까이에 누워 있던 사람 하나와 얼굴이 마주쳤다. 그 얼굴도 나와 같은 수치심에 일그러진 것처럼 보였다. 나는 낭패스러웠다. 나는 더는 그들의 얼굴을 직시할 수가 없어서 텐트 속 높은 곳에 눈을 고정하고, 구름 속으로 걸어들어가듯 그들 사이로 들어갔다.

타클로반의 비

너희는 무엇을 보려고 광야에 나갔더냐.
바람에 흔들리는 갈대냐.
—「마태복음」

병원 차로 여러 곳을 끌려다녔기에 지형은 잘 모르겠으나, 이곳은 타클로반의 변두리로 해안과 벽지를 잇는 지협의 하나에 해당하는 듯했다. 넓은 자동차 도로가 한쪽 언덕 기슭을 지나고, 그 밑으로 폭 이백 미터 정도의 늪지대가 반대쪽 언덕 사이에 펼쳐져 있었다. 꼭대기에 전망초소가 있는 언덕에 둘러싸인, 본디 무슨 공공건물이었던 듯한 백악(白堊)의 건물은 현재 미군의 외과병원으로 사용되고 있었다. 길 건너편 늪지대를 매립한 곳에 이 부근 일대의 병원 지구에 전기를 공급하는 발전소가 있고, 그와 접하여 철조망 울타리에 둘러싸인 폭 이십 미터 길이 사십 미터 정도의 장소가 있다. 이것이 내가 수용된 레이테 기지의 포로병동이었다.

내가 도착한 1945년 1월 29일 당시에는 약 이백오십 명의 레이테 포로가 수용되어 있었다. 텐트는 크고 작은 것을 합쳐서 총 여덟 개, 대략 다섯 개가 외과, 세 개가 내과였다. 내과라고는 하지만 외상이 아문 후에 각기병 등 기타 합병증이 와서 요양하는 환자가 많았다.

내 침대는 문에서 가장 가까운 텐트의 입구 자리로 정해졌다. 저녁이 가까워 군의관이 돌아간 후라, 미군 위생병이 2세 통역관과 상담하여 노란 키니네 대여섯 알을 대용약으로 주었다. 나는 민도로 섬에서 이곳까지 반나절의 여행으로 지친 탓에 축 늘어져 있었다. 옆에 있는 발전소의 모터 소리가 쉴 새 없이 텐트 안의 공기를 뒤흔들었다.

텐트에는 통로를 사이에 두고 서른 개 정도의 침대가 있고, 푸른색 파자마를 엉성하게 걸친 일본인 포로들이 제각기 자리를 잡고 있었다. 나는 그들의 눈길이 일제히 나에게로 쏠리는 것을 뺨으로 느꼈다.

고민스러운 감각이었다. 포로가 된 이후 처음 대하는 동포들의 얼굴을 나는 직시할 수 없었다. 아무리 불가항력적이라고는 하지만 살아서 붙잡힌 수치감이란 것을, 나는 지금 그들을 보며 느낀 것이다.

붙잡힌 이후 닷새 동안 미군들 사이에서 지내면서, 머지않아 이 울타리 안에서 나와 같은 처지의 일본인들을 만나 함께 지내게 되리라고 예상했음에도, 그에 대해 아무런 마음의 준비도 하지 못했던 것은 정말로 기묘한 일이다.

죽음과 얼굴을 마주하고 있던 숲속의 고독에서 느닷없이 미군들 사이에 들어가면서 내 마음이 상당히 다급해진 것은 사실이다. 그러나 미군의 극진한 간호를 받으면서, 내가 패자의 굴욕을 느끼고 그들에게 심적으로 시달리기만 했다는 것은 아마 과장일 것이다. 더구나 이 공화국 군대의 '문명'적인 분위기에 취해 내 마음이 다소나마 쾌적한 기쁨을 느꼈다는 것도 부정할 수 없다. 미군의 관용에 익숙해진 나는 마치 그들의 손님이라도 된 기분이 들어 포로라는 사실을 잊고 있었다. 내가 관찰에만 전념했던 것은 오히려 태만이었다.

나는 내 앞길에 이 울타리가 있다는 사실을 잊고 있었던 것과 마찬가지로, 그 속에 있을 동포들도 잊고 있었다.

내가 그들의 만남을 꺼려했다고는 생각할 수 없다. 물론 나는 쇼와* 초기에 어른이 된 인텔리의 한 사람으로서 소위 일반 대중에 대한 혐오감을 숨기지 않았으며, 주위에는 군대에 속아 넘어간 애국자와 강요된 위선자투성이였지만, 필리핀의 패전 상황에서 우리 사이에 일종의 노예적 우정이 생겨났다는 것을 알고 있었다. 나는 나 자신을 가엾게 여기는 것만큼이나 그들을 가엾게 여겼다. 내가 레이테의 부상병들을 대면하는 것을 꺼릴 이유가 어디 있겠는가?

나로서는 다만 그들과의 재회를 상상할 수 없었던 것뿐이다.

아마도 나는 당시에 포로라는 새로운 상태에 압도되어 있었던 것 같다. 동포와 나를 잇는 유대감은 내가 포로라는 사실로 인해 완전히 단절되었다. 수송선을 탄 이후로 내 주위에서는 동포의 숫자가 급격히 줄어들었다. 그리고 결국 숲속에서 완전히 고립되어 스스로의 생명을 파괴하려는 시도에 실패한 뒤 적에게 구조되었다. 산속에서 내가 마지막으로 이별을 고한 동료들은 모두 죽었을 거라고 생각했다. 그리고 그들과 더불어, 나의 동포에 대한 감정 역시 죽었다.

그렇기에 지금 레이테 포로병원에 와서 포로가 된 동포들을 보고

---

* 昭和, 일본의 연호. 1926~1989년.

내가 느낀 감정이 격렬한 수치심이라는 것은 의외였다.

나는 포로의 지위를 일본 군대가 말하는 것만큼 부끄러운 것이라고는 생각지 않았고, 미군의 대우 또한 내 예상을 뒷받침해주었다. 무엇보다 지금 눈앞의 그들 또한 나와 마찬가지로 포로인 이상, 내가 부끄러울 이유가 어디 있겠는가.

나는 이에 대해, 초등학교에서 배웠던 조국과 명예에 관한 편견이 내 마음에 잠재한다고 가정할 필요는 없다고 본다. 그 이후로 항상 그 가르침에 거역하며 생각했던 내 마음의 역사가 지니는 길이와 폭에 비하면, 학교에서 선생님이 가르쳐준 것들이 언제까지고 내 마음속에 깔려 있을 거라는 가정은 불합리하다. 더구나 나는 민족과 피의 신비를 믿지 않는다.

내 수치심의 원인은 어디까지나, 내가 이때 동포들 사이에 혼자, 뒤늦게 끼어들었다는 상황에서 찾아야 할 것이다. 그들은 다수이고 나는 혼자였다. 나는 그들이 나를 수치스러운 인간으로 생각하지 않을까 두려웠다. 이것은 남들의 평판을 신경 쓰는 단순한 사회적 감정에서 벗어나지 않은 것이었지만, 내가 그렇게 생각하게 된 근거는 그들 또한 스스로를 부끄럽게 여기지 않을까 하는 상상이었다. 공범자의 수치심인 것이다.

그리고 만약 내가 마음속에 숨겨진 어떤 원리에 의하여 이 수치심을 예감하고 그들과의 만남에 대한 생각을 기피했다면, 나는 그들을 존경한다는 것이 된다.

새로운 감정이었다. 이때 나는 이해했어야 했다. 이때의 충동은, 군대에 있으면서도 내가 그들과 같은 식으로 조국을 사랑하지 못한 것을 부끄러워하고, 도리어 그들이 실은 자신을 속이고 있는 것이 아닐까 공상하며 자신을 달랬던 그런 마음의 움직임과 마찬가지라는 것을. 그리고 앞으로 적어도 우리가 이 울타리 속에 있는 한 우리의 관계는 이러한 나의 공포를 토대로 성립될 수밖에 없다는 것을. 그랬더라면 나는 이곳에서 갖가지 신기한 것들을 배웠을지도 모른다. 그러나 내 마음은 이 감정을 유지하지 못하고 차츰 원래의 오만함 속으로 숨어들었다. 수치심은 영속하는 감정이 아니다.

내가 처음 옆에 있는 포로에게 뭐라고 말을 걸었는지는 기억하지 못한다. 확실한 것은 먼저 입을 연 것이 나였다는 점, 그리고 말하기가 몹시 곤란했다는 점이다. 나는 그때 발열 때문에 생긴 언어장애가 아직 완치되지 않았다.

그는 스물너덧의 젊은 병사로, 피부가 약간 검고 얼굴이 갸름하고 제법 인상이 좋은 젊은이였다. 나는 그에게 물을 부탁했던 듯하다. 그가 절름거리며 빈 통조림 깡통에 물을 떠 오는 모습이 기억에 남아 있기 때문이다.

그는 또한 널빤지와 돌멩이를 가져와서 내 침대가 흔들리지 않도록 바로잡아줬다. 내 얼굴을 보지 않으려고 고개를 숙인 채 침대 다리의 위치를 바로잡는 그의 모습이 애처롭게 떠오른다.

"어디에서 왔습니까?" 그는 다시금 자리에 누우면서 중얼거리듯 물었다.

"민도로입니다. 말라리아에 걸려서…… 당신은?"

"여기…… 오르모크 쪽에서…… 미군은 죽이지 않으니까 어쩔 수 없죠."

나는 그의 얼굴을 보았다. 가늘고 긴 눈이 텐트의 천장을 바라보고 있었다. 나는 그가 진실한 감정을 표했나는 것을 의심치 않았다. 최초의 포로 동료에게서 들은 그 단적인 표현은 이후 내가 일본인 포로들을 짐작하는 척도가 되었다. 나는 지금도 그들이 누구나 한 번은 이러한 감정을 지녔을 거라 생각한다.

이윽고 우리는 처음 보는 병사끼리 마주쳤을 때 반드시 교환하는 대화를 시작했다. 즉 서로의 전투 경력을 이야기하는 것이다. 이러한 평범한 대화가 당시의 나에게는 무엇보다도 위안이 되었다. 사흘 동안 외국어로만 이야기해서 나는 일본어에 굶주려 있었다.

그는 제8사단의 병사였다. 1944년 10월 소만 국경에서 루손 섬으로 이동하여 남부 각지에 진지를 구축한 뒤 11월 중순에 레이테로 왔다. 세 척의 소형 수송선 중 두 척이 도중에 침몰하고, 그가 타고 있던 나머지 한 척의 병력도 서해안에 상륙하던 중 공습을 받아 절반으로 줄었다. 그도 무릎에 부상을 입고 간신히 필리핀인의 민가에 수용됐으나, 본대가 오르모크로 쳐들어간 사이에 미군의 공습을 받아 옥외로 도망치려다가 허벅지에 총을 맞고 붙잡힌 것이다.

내가 소속된 중대도 결국에는 그와 같은 제8사단의 지휘하로 들어갔다. 그러나 우리 바탕가스의 대대는 그가 소속된 지대(支隊)와 아무런 관계도 없음이 밝혀졌다. 그는 하사였고 나는 일등병이었지만 그런 사실을 알고도 그의 태도에는 아무런 변화가 없었다. 우리가 이미 포로의 수치감으로 인해 평등해졌다는 뜻일까?

붙잡힐 때까지의 경력을 한 차례 주고받자 이야기는 거기에서 끊겼다.

형언할 수 없는 괴로운 관념이 또다시 나를 사로잡았다. 그것은 나 혼자만 포로가 아니라 이곳에 있는 인간들 모두 마찬가지라는 관념이었다.

우리 머리 위에는 짙은 녹색 텐트가 덮여 있고, 우리 몸은 헝겊으로 만든 간이침대에 받쳐져 있었다. 우리는 모두 그럴싸한 푸른색 파자마를 입었고, 개인용 모기장과 모포 두 장을 지급받았다. 이것은 확실히 산속의 야영 생활보다 훨씬 나았다. 무엇보다도 고마운 것은 우리 생명에 위협이 없다는 점이었다. 그러나 이렇게 우리가 각자의 치욕을 가슴에 품고 함께 있으면서도 아무런 목적 없이 매일을 평온하게 지낸다는 것은 도대체 무엇을 의미하는 것일까.

젊은 미군 위생병이 텐트의 중앙 통로를 지나갔다. 몇몇 포로들과는 이미 친해진 듯 지나가는 길에 손짓을 섞어 농담을 하며 걸어갔다. 그의 태도에는 내가 민도로의 미군 야전병원에서 본 미군 병사들처럼 순수한 밝음은 없었다. 그는 이미 간수였다. 그로서도 지겨운 일이겠지만, 그에게는 일단 자유로운 생활이 숙사에서 기다리고 있을 것이다. 그러나 우리의 생활은 오로지 이곳뿐이었다.

나는 침대에서 대여섯 걸음 떨어진 곳에 있는 철조망 울타리 너머로 멍하니 바깥을 바라보았다. 해는 서서히 기울고 있었다. 크고 작은 키에 갖가지 복장의 미군들이 은색 식기를 흔들며 지나갔다. 문 앞에는 철모를 쓴 감시병이 걸상에 앉아 담배를 피우고 있었다. 문득 일어나 두세 걸음 걷더니, 휙 돌아서서 휘파람을 불다가 다시 걸상으로 돌아와 앉아 곧바로 발을 포갰다. 하사관으로 보이는 사람이 다가왔다. 감시병이 앉은 채로 총을 내밀자 그는 형식적으로 총구를 위에서 들여다보고는 가버렸다.

우리가 동화처럼 능률적인 군대에 들어온 것은 분명했다. 그러나 이렇게 동화처럼 갇혀버린 우리의 생활은 대체 무엇일까.

끔찍한 것은 나 하나가 아니라 우리가 함께 갇혔으며, 더구나 이것이 언제까지 계속될지 모른다는 사실이었다.

트럭 한 대가 멈추더니 운전수가 머리를 내밀며 "챠—우!" 하고 외쳤고—챠우(chow)가 미군 사이에서 '식사'라는 뜻임을 나중에 알았다—목소리는 텐트에 차례로 전달됐다. 듬직한 체구의 일본인 너덧 명이 뛰어나왔다(이들이 완치된 환자들 중에서 뽑혀 배급 담당을 맡은 포로들임을 나중에 알았다). 트럭에서 몇 개의 금속제 상자를 내려 들것에 싣고 안으로 운반했다. 앞을 지나가는 상자 옆쪽에 보이는, 내가 이후 십 개월간 싫증나도록 본 PW*라는 두 글자를 처음으로 읽었다. 이런 식으로 미군의 중앙취사장에서 식사가 운반되었다.

이윽고 안쪽에서 웅성거리는 소리가 들리더니, 환자들이 삼삼오오 일어나 중앙 통로에 릴레이 대열로 늘어섰다. 거동할 수 없는 환자들은 계속 누워 있었다.

둔탁하게 빛나는 네모난 금속 접시가 잇달아 전달됐다. 옆의 병사가 내 몫을 받아주었다. 접시라기보다 쟁반에 가까운 합금제의 커다란 식기에는, 도시락처럼 몇 군데로 나뉜 곳에 통조림으로 요리한 고기며 과일, 과자 등이 담겨 있었다. 빵은 내가 진주만에 있을 때 먹은 게 전부일 만큼 먹어볼 기회가 없었던 고급품이었다. 트럭에서 식량

* Prisoner of War, 전쟁 포로.

을 내린 원기왕성한 포로들이 커다란 용기를 들고서 환자들이 내미는 컵에 커피를 따라주며 다녔다.

여전히 식욕이 없었다. 빵과 과일을 조금 먹고 나머지를 "실례합니다" 하며 옆의 포로에게 권했다. '실례합니다'는 군대에 들어온 이래 처음 사용하는 말이었다. 이것이 저절로 입에서 튀어나왔다는 사실에, 포로가 되면서 내가 얼마나 완전히 군인의 마음가짐을 잃었는지가 나타난다.

빈 쟁반이 포개져서 침대로 돌아오자, 옆의 포로는 베개 밑에서 담배꽁초를 꺼내더니 양철을 구부려 만든 파이프로 불을 붙였다. 한 모금 권했으나 거절했다. 내 몸은 아직 담배를 받아들일 정도로 회복되지 않았다.

담배는 하루에 한 개비꼴로 사흘에 한 번 배급된다고 했다. 미군의 정규배급이 아니라 전적으로 적십자의 구호물자에 의존한 것이라 그렇게 적은 것이었다. 미군들은 자신들이 피우고 난 꽁초를 일부러 환자들이 줍기 좋은 곳에 던져주었다.

이후로 내가 회복되어 담배가 피우고 싶어진 후에도 절대 그 꽁초를 줍지 않았던 것은 나의 자그마한 자랑이다. 원래 지독한 골초인 데다 그다지 절제하는 습관이 없는 내가 일생을 통틀어 스스로에게 부과한 유일한 고행이었는데, 결국 끝까지 이것을 지켰다는 점을 상당히 만족스럽게 생각한다. 물론 옆의 포로가 주워서 양철 파이프에 끼워준 꽁초는 기꺼이 몇 모금 피웠다. 포로의 자존심이란 이상한 것이다.

밤이 되었다. 다른 포로들처럼 푸른색 잠옷을 입고 모기장을 치고 잤다. 전등은 텐트 가운데의 하나만 남기고 소등하고, 증세가 가벼운 환자가 불침번을 서며 중환자의 용변 시중을 들었다. 의무실 텐트에서 숙직하는 미군 위생병들이 트럼프 놀이를 시작했다. 발전소의 모터 소리가 높아지고, 그에 섞여 다른 텐트에서 환자들의 무거운 신음이 이따금 들려왔다.

이튿날은 비가 내렸다. 넘쳐흐를 만큼 내린 비는 텐트 옆으로 흘러내려 도랑을 채우고는 뒤쪽으로 빠르게 이동했다. 발전소의 모터 소리가 비와 빗물 소리에 뒤섞이며 희미해지다가 곧 으르렁거리는 듯한 울림을 습기 찬 공기 속으로 전해왔다. 포로들은 그 소리와 경쟁하듯 소리 높이 떠들어댔다.

파자마라는 간단한 의복은 입는 방법이 정말로 다양했다. 그들은 일본 군대의 습관에 따라 모두 상의를 허리춤에 찔러넣었는데, 목까지 단추를 꼭 채운 사람도 있었고, 옷깃을 양복처럼 접은 사람도 있었다. 소매는 손목 혹은 팔꿈치까지 걷고 바지도 그에 맞춰서 걷었다. 상의를 앞치마처럼 앞에 걸치고 옆 사람에게 등의 단추를 채워달라는 사람도 있었다. 아니면 상의를 완전히 벗어서 이불처럼 턱까지 덮거나, 또는 단정하게 세로로 절반으로 접어서 누운 채 가슴에 올려놓기도 했다. 공통적인 특징은 모두가 바지 끈을 단단히 죄고 있다는 점이었다. 그래도 어떤 사람은 허벅지 언저리가 느슨한 것이 불안한 듯 바지를 위로 잔뜩 올려 입어서 끈의 매듭이 가슴까지 올라와 있었다. 그러고는 팽팽해진 천 아래로 아이처럼 부푼 배의 곡선을 보이며 돌아다녔다.

아침에는 군의관이 회진을 했다. 군의관은 내과 외과 각 한 명으로,

위생병과 일본인 2세 통역을 데리고 다녔다. 그 밖에 치유된 환자들 중에서 채용된 통역 두 명과 위생병 조수도 몇 명 따라다녔다.

이들 일본인 근무원(이라고 그들은 자칭했다)이 식사를 배급하는 이들과 더불어 난폭, 불친절, 횡령 등 갖가지 일본 군대의 악습을 계승하고 있었음은 두말할 나위도 없다. 그러나 나는 여기에서 그들의 악행을 열거할 생각은 없다. 어떤 의미에서건 나 자신의 치사함을 드러내지 않고는 그들의 비열함을 고발할 수 없기 때문이다. 더군다나 그들은 어쩌면 단순히 전제주의에 익숙한 일본인의, 특권에 대한 약점(특권을 지니지 못한 자는 지닌 자에게 아부하고, 지닌 자는 그것을 남용하지 않고는 못 배긴다는 약점)이 잘 드러난 일반적인 경우에 불과한지도 모른다.

미군은 군의관이나 위생병이나 예외 없이 친절했다. 이것도 누누이 설명할 필요가 없을 것이다. 다만 그 친절에 대한 일본인 포로들의 반응은 그다지 순수하지 못했다.

그들은 '적'의 친절에 당황해했다. 어떤 자는 불가해한 은혜에 필요 이상으로 비굴했고, 어떤 자는 자신들이 회유당하고 있다며 의심했고, 어떤 자는 '할 테면 하라고 놔둬' 하는 식의 음침한 시니시즘으로 받아들였다. 그리고 오랜 시간이 지나는 동안 모두 무감각해져서 멍하니 포로의 허탈감에 몸을 맡겼다.

그러나 나는 소박한 일본인 포로들의 그런 당혹감에 전혀 이유가 없지는 않다고 생각했다.

적의 시체를 매장해주는 것이 일본 전통의 감상주의이고, 적에게 엄격한 전투정신의 이면에 투항자에 대한 관용이 있었기에, 일본인 포로들이 미군의 온정을 감상적으로 이해하는 것은 그다지 어렵지 않았을 것이다. 그들을 당혹하게 만든 것은 말하자면 미군의 과도한 온정이었다. 그들은 자신을 불명예스러운 포로로 생각하는데, 미군은 그들을 인간으로 취급했다. 이것이 그들을 당혹하게 만든 것이다.

미군이 포로들에게 자국 병사들과 같은 피복과 식량을 준 것은 반드시 온정에서만은 아니었다. 그것은 루소 이래의 인권사상에 입각한 적십자정신이었다. 인권의 자각이 희박한 일본인이 이것을 이해하지 못하는 것은 당연하다면 당연했다. 그러나 포로의 입장에서 보았을 때 적십자정신 자체에 상당히 사람을 당혹시키는 요소가 있었던 것 또한 사실이다.

부상자를 적과 아군의 구별 없이 돌보는 적십자정신이 역사에 등장한 것은, 근대 병기의 발달로 전쟁터에서의 사상자가 막대한 숫자에 이르게 된 사실 및 근대 국가의 병역제도에서는 희생자의 대부분이 국민이라는 사실에 입각해서이다. 전쟁터의 비참함에 충격을 받은 영국의 귀부인 나이팅게일과 스위스의 연설가 뒤낭*의 박애심은 의심할 필요가 없지만, 그들의 열성과 그것이 급속히 각국 수뇌들의 찬동을 얻었다는 사실은 별개의 문제이다. 수뇌들은 한결같이 국민을 전쟁터로 보내기 위해 상호협정을 체결하고 자국의 국민에게 일종의 보장을 약속하는 게 좋다고 인정했다. 수뇌들의 아내가 중심이 되어 그 역할을 맡았는데, 아무래도 수뇌들 스스로 하기에는 어려운 직업이었다. 적십자정신은 모든 자선사업과 마찬가지로 원인을 제거하지 않고 결

---

* 스위스의 사회사업가이며 국제 적십자사의 창립자로 제1회 노벨 평화상을 수상했다.

과를 수정한다는 모순을 지니고 있다. 나는 무고한 일본인들이 인권의 자각을 초월해 알아챈 것이 바로 이 모순이 아니었나 생각한다.

그리고 그들에게 이러한 투철함을 부여한 것은, 자신들이 영구히 명예를 잃은 포로라는 겸손한 자각이었다.

그들은 포로는 돌아가면 죽인다는 내용의 육해군 형법 명문이 있다고 생각했다. 이것은 그들이 받은 옥쇄주의의 교육과 군대 내에서의 경험에 입각한 공상이었으나, 사람은 이러한 예상 속에서만 살 수는 없는 법이다. 그렇기에 그들은 특별한 사면이 있을 거라고 믿었다. 상해사변의 포로들이 만주에 집단노동으로 끌려갔다는 소문이 항간에 퍼졌고, 자신들도 같은 운명을 걷게 될 거라고 생각했다. 그리고 그곳에서 이삼 년 속죄한 뒤 다시 사회로 돌아가리라 기대했다.

사실 모든 것은 일본이 이길 것인가 질 것인가에 달려 있었지만, 이러한 사실이 그들의 염두에 없었음은 두말할 나위도 없다.

포로들은 대부분 가명을 사용했다. 해군이면 탑승선의 이름, 육군이면 부대의 속칭, 그 밖에 고향의 지명 혹은 친구 이름이기도 했으나, 가장 많은 것은 아주 흔한 가공의 이름이었다. 이리하여 포로 명부에는 실제 이상으로 고바야시, 다나카, 스즈키라는 성씨가 많이 들어 있게 됐는데, 이것은 귀환할 때 적잖이 안타까운 사태를 낳았다.

우리가 드디어 수송 편성을 짜고 배를 기다리기 위해 캠프로 이동했을 때, 특정한 성을 지닌 자들 전원에게 잔류 명령이 내려진 것이다. 아마 필리핀인들이 성으로 전범을 제소한 것에 입각해 취조를 하려는 모양이었다. 누구나 하루 빨리 돌아가고 싶어했고, 이러한 때에 일단 승선 기회를 놓치면 다음에 또 언제 탈 수 있을지 몰랐다.

수많은 동성이인이 자신의 불운을 한탄했는데, 그중에서도 가장 불쌍한 것은 이름을 속였다가 우연히 불행한 이름과 얽히게 된 자들이었다. 그들은 모두 자신들의 불필요한 배려를 후회했다.

나는 본명을 사용했다. 설사 나 자신이 죽는다 하더라도 내가 언제 어디서 죽었는가를 혹시라도 가족에게 전할 수 있는 기회를 놓치고 싶지 않았다.

내가 솔직함을 자랑하며 허영심에 불운을 자초한 사람들을 비웃자, 옆에 있던 예의 불행한 이름을 사용하지 않은 가명자가 말했다.

"그건 뭐라고 단언할 수 없지. 자신이 죽은 장소를 알려주고 싶어하는 사람도 있고, 포로가 되어 죽었다는 사실을 알리고 싶지 않은 사람도 있으니까. 가족에게 폐가 되거든."

이 배려에는 남아 있는 가족의 명예를 생각하는 감정과 더불어 전사 보상금을 받을 수 없게 되리라는 타산도 들어 있었던 셈이나, 어쨌든 그것을 받는 것은 그 사람이 아니다. 가족을 위해 즉석에서 가명을 생각해내는 편이 자신의 흔적을 남기려 하는 나의 우스꽝스러운 자애심보다 훨씬 나았다. 이러한 자기 몰각은 분명 특공정신처럼 교육으로 주입된 것은 아니었다.

이렇듯 일본인들이 전쟁이라는 현실에 대해 보인 반응은 모두 오늘날에는 '바보 같았다'고 단순하게 치부된다. 그러나 과거의 자신의 진실을 부정하는 것만큼 오늘날의 자신을 어리석게 만드는 것은 없다.

물론 내가 지금 일본인 포로에 관한 일반적인 경향을 쓴 것은 모두 나의 해석이다. 집단(mass)을 파악하려면 해석에 의하는 수밖에 없지만, 그 해석의 옳고 그름을 결정하는 것은 집단 자체의 그후의 운동

혹은 운동의 결과이다. 움직이지 않는 집단을 포착하는 관점이란 없다. 억지로 포착하면 반드시 틀려버린다. 19세기 후반의 리얼리스트의 실패가 그 일례이다. 집단을 파악하려면 항상 정치적이고 예언적이 될 수밖에 없다. 그러나 나는 포로들의 반응에서 무엇을 예언하려는 것일까?

내가 틀림없는 사실로써 보고할 수 있는 것은 그들의 얼굴에 예외없이 떠오른 허탈한 표정뿐이고, 내가 그 속에 숨겨진 것들을 빠짐없이 관찰했다고 장담할 수는 없다. 이 새로운 포로들은 그 공통된 의식에서는 어느 정도 군인이라 할 수 있었지만, 한편으로는 이미 명예스러운 지위로부터 전락 내지는 해방된 개인으로서 각자 나름의 생활을 시작하고 있었다. 그렇기에 포로의 무위(無爲)에서 장난감 상자를 뒤집어놓은 것처럼 적나라하게 나타나는 인간 존재의 파편들을 남김없이 포착한다는 것은, 명백히 나 개인의 인상을 초월한다. 더구나 나 자신도 이때는 역시 포로의 허탈감에 빠져 있었던 것이다.

그러나 허탈이라는 글자는 무(無)일지언정 허탈한 인간의 내부에 있는 것은 무가 아니다.

내 주의를 끌었던 포로 하나가 생각난다. 그는 나와 대각선 맞은편의 침대에 있던 젊은 포로로, 각기병 때문에 다리를 제대로 쓰지 못했다. 누운 채로 움직이지도 않고 식사에서 용변에 이르기까지 전부 옆 사람의 신세를 졌는데, 내가 놀란 것은 그가 항상 웃고 있다는 점이었다.

식기를 부탁할 때에도 변기를 부탁할 때에도 군의관의 진단을 받을 때에도 그는 항상 실없이 웃었다. 물론 그것은 감사를 표하는 웃음이었지만, 어딘가 응석부리는 듯한 비굴한 듯한 그러면서 결국은 남들을 깔보는 웃음이기도 했다.

그는 식기를 가슴에 올려놓고 오랜 시간에 걸쳐서 천천히 먹었다. 설거지를 생각하면 남들에게 상당히 폐를 끼치는 식사법이었다. 그러나 그는 오랫동안 앉아 있을 수 없다고 말했기에 어쩔 수 없었다. 항상 타인의 나태를 감시 내지는 질투하는 일본 군대의 습관에 따라 다른 이들은 그가 사실은 앉을 수 있는 것이 아닐까 의심했지만, 어쩐 일인지 아무도 그것을 입 밖에 내지는 않았다.

어느 날 회진 때 2세 통역이 갑자기 그에게 일어나라고 명령했다. 진찰은 누운 채로 하기 때문에 군의관은 이상하다는 듯이 2세의 얼굴을 돌아봤다. 내가 있는 곳에서는 2세의 표정이 보이지 않았지만, 느릿느릿 상반신을 일으키는 포로의 얼굴에 그것이 비춰졌다. 그러나 포로는 곧 빙긋 웃었다.

"요령 피우면 안 돼" 하고 2세가 주의를 주었다. 그 포로는 이후로 앉아서 식사를 하게 되었다.

나는 그의 계급도 경력도 모른다. 아는 건 그가 미군이 상륙하던 당시 이 섬을 방위하던 16사단 병사라는 사실뿐이다. 그리고 그 이상 그에 관해서 아무런 흥미도 느끼지 않았다.

지금 이 교활한 포로의 모습을 떠올리면서, 나는 내가 이때 그를 혐오하려는 생각조차 들지 않았다는 사실에 놀랐다. 아무것도 혐오하지 않는 허탈감에 잠겨 있던 것은 아니다. 혈색 좋은 근무원을 봤을 때는 곧바로 혐오감을 느꼈기 때문이다. 그렇다면 이때 나의 내부에는, 평소의 호기심 많은 습관에도 불구하고, 이 교활한 인간에게 혐오도 흥미도 느끼지 않게 하는 무언가가 생겨났거나 혹은 변해 있었던 것이다.

지금 나는 이 포로도 지니고 있던 허탈의 가면 밑으로 그의 처지, 성격, 재능 등을 상상할 수 있다. 나는 그런 상상이 소설을 만든다고는 생각지 않는다. 그러나 거기에 나타난 진실은 내가 이때 그를 잠자코 간과했다는 진실에는 미치지 못한다. 그렇기에 이 포로에 관한 이야기는 이걸로 끝나지만, 다른 이야기는 계속되는 것이다.

그리고 지금 그의 모습을 떠올리면서도 역시 아무런 혐오도 느끼지 않는다. 이유가 무엇인지는 모르겠다.

나는 옆에 있는 젊은 병사와 하루 종일 이야기를 나눴다. 상대는 무척 과묵했지만 내 신경을 자극하는 어떤 요소가 나의 내부에 있어서 잠시라도 입을 다물고 있을 수가 없었다.

그러나 그는 정확히 내가 묻는 범위 내에서만 대답했다. 그리고 내 경력을 한 차례 듣고 난 이후로는 아무 흥미도 느끼지 않는 듯했다. 나는 자기 이야기를 장황하게 늘어놓는 성격이 아니다. 그래서 나는 그에 관한 것을 집요하게 캐묻기로 했다.

그는 아오모리 현의 농민이었다. 나는 그의 가정에서 시작해서 기타쓰가루의 지리, 식물, 동물, 또는 소마 다이사쿠*에 이르기까지, 일단 그의 고향과 관계되는 모든 것에 관해 물었다. 그가 살던 마을에 강이 있다고 하자. 그러면 나는 그 강의 깊이, 강바닥의 토질, 물가의 식물, 다리의 구조까지 알아내는 것이다. 그 강에 연어가 온다고 그가

---

* 에도 시대 후기의 인물. 쓰가루 지방의 영주를 살해하려다가 실패하고 처형당했다.

말하면 옳다구나 하고 연어를 그 고장에서는 어떻게 발음하는가, 어떤 식으로 잡는가, 어느 때에 잡히는가, 어떻게 먹는가 등의 질문을 던지며 삼십 분은 대화를 즐겼다. 이것은 이미 질문이 아니라 신문이었다. 그는 별로 귀찮아하는 기색도 없이 내 질문에 일일이 친절하게 대답해주었지만, 사흘 후 우리 사이의 얘깃거리는 완전히 바닥났다.

사흘에 걸친 이 기묘한 신문의 교훈은, 공허한 마음으로 남과 교제하려는 것이 얼마나 부질없는 짓인가 하는 것과, 또한 남들과의 교제는 대화로만 이루어지는 게 아니라는 것이었다. 내가 처음 사귄 이 포로 이웃이 보여준 겸손하고 소박한 성품을 사랑했던 것은 사실이지만, 나는 그러한 사랑을 마음속 공허한 의식에서 출발한 일방적인 호기심으로밖에 표현할 줄 몰랐다. 나의 성가신 질문에 대답해준 것은 오히려 그의 관용이었다.

우리의 애정은 현재 이런 포로병원의 한구석에 침대를 나란히 하고 있다는 사실에서 출발해야 했다. 그는 나를 위해 물을 떠 오고 담배를 주워주고 면도를 해주었음에도, 나는 다만 그의 경력에 흥미를 보였을 뿐이다. 그러고는 주제넘게도 그가 나에게 흥미를 보이지 않는 일로 고민했다. 이것이 이제까지 우쭐한 호기심으로만 남들을 대해온 내가 받은 벌이었다.

그러나 내 이웃은 아마 내가 이제까지 보아온 사람들 중에서도 가장 진귀한 미덕을 지니고 있는 듯했다. 내가 목숨을 건진 이래 처음 사귀게 된 일본인이 그와 같은 인물이라는 것은 행운이었다.

우선 놀란 것은 그에게 일본 하사관 특유의 오만함과 교활함이 전혀 없다는 점이었다. 처음에는 우리가 치욕에 의해 평등해졌기 때문이라고 생각했으나 이후 수많은 포로를 접하게 되자 상급자는 포로가 되어도 어딘가에 그 우월감이 남아 있다는 것을 알았다. 이 도호쿠 지방 출신의 농민에게는 군대 내 승진에 따른 특권에 조금도 물들지 않는 천부적 재능이 있었다.

그는 자신이 소유한 사과밭이 전쟁 중 강제로 농경지로 바뀌었다고 했지만, 그 이야기를 하는 어조에는 조금도 원망의 기색이 없었다. 이 조치로 인해 얼마 안 되는 토지의 수익이 줄어들었을 뿐만 아니라, 그가 출정한 후 남은 어머니와 여동생은 토지의 경작권을 친척에게 넘기고 식객이 되어버렸다.

이러한 모든 것들은 그 자신의 징용도 포함해 그런 불행을 그가 견뎌낼 수 있다는 의미에서 아무런 중요성도 지니지 못했다.

그렇다고 해서 나는 그가 무기력한 노예였다고는 생각지 않는다. 그의 내부에는 겸손함과 더불어 힘이 있었다. 예를 들어 그는 근무원에게서 마분지로 만든 장기를 빌려다가 나와 함께 뒀는데, 그 솜씨에는 그의 점잖은 성품과는 달리 힘이 있어 비교적 정석에 능통한 나조차도 간단히 압도당했다. 주위에 아무도 대항할 자가 없는 탓에 그는 혼자서 장기판을 휘둘러대며 따분해했다.

그는 다만 그 힘을 어디에 쓰면 좋을지 몰랐던 것이다.

열흘쯤 지나자 그는 다리를 절며 퇴원했다. 그는 수용소로 가면 쌀밥을 먹을 수 있고 할 일이 주어진다는 것을 무척 기뻐했다. 이 개월 후 나도 수용소로 옮겨서 그를 만나러 갔는데, 여전히 과묵한 그에게 두 손 들고 물러나고 말았다. 그는 양다리로 힘차게 버티고 서서 무거운 물건을 짊어지기도 하며 일하고 있었다. 하여튼 부상병들의 상처가 회복되는 속도에는 놀라지 않을 수 없다. 훨씬 훗날 씨름 대회가 열렸을 때 그가 토너먼트에 출전한 모습을 보았는데, 3회전에서 바닥에 무릎을 꿇고 말았다. 역시 부상당한 쪽 다리였다.

대화가 끊기면 나는 문밖을 바라보았다. 무성한 녹음 아래 길게 뻗은 언덕길에는 여전히 갖가지 모습의 미군들과 맨발의 필리핀인들이 오가고 있었다. 그러나 나는 딱히 따분했던 것은 아니다. 난생처음으로 갇힌 신세로 바라보는 외부 경치에는 언제까지고 질리지 않는 신선함이 있었다.

시야를 가로막는 기다란 언덕의 왼쪽 끝에 갑처럼 튀어나온 높다란 정상에, 자그마한 전망 초소 텐트가 마치 사람이 서 있는 듯한 고독한 모습으로 빗속에 아련히 보인다. 텐트 아래쪽으로 그 기슭을 돌아 내려오는 비탈길이 느닷없이 나타나 비스듬히 이쪽 문을 향해 이어진다. 오른쪽 시야를 가리는 미군 외과병원의 하얀 건물의 일부는 완만한 비탈 저편에 묻혀 있다. 건물 뒤쪽 멀리의 언덕은 안장 모양의 곡선을 그리며 다시 오른쪽으로 밀려나온다. 이 살풍경한 녹색과 회색의 배경은 사진처럼 또렷이 내 눈 속에 새겨져 있다.

불도저 한 대가 빗속을 오가면서 길을 넓히기 시작했다. 운전수는 인조인간 같은 기계적인 동작으로 조종간을 움직이며 고개를 돌렸다. 커다란 롤러 앞에서 돌멩이들이 시원스럽게 밀리며 부서졌다. 불도저는 이윽고 정면을 향해서 곧장 전진하더니 문 앞의 물구덩이를 메워 버렸다.

나는 변소에 가보기로 했다. 아직 다리가 후들거렸지만 옆의 포로가 지팡이로 사용하는 1.5미터가량의 텐트 막대기를 빌려서 양손에 잡고 배를 젓는 것처럼 번갈아 짚으며 걸어갔다.

통로는 일본 농가의 토방처럼 일정하게 파도 모양처럼 패어 있었다. 표면의 습기 찬 흙을 밟아 자연히 굳히는 건 필리핀의 경우도 마찬가지인 모양이다.

변소는 부지 뒤쪽에 있었다. 가는 도중 나는 몇 개의 텐트를 통과해야 했는데 그곳에서 본 광경은, 경환자들을 모아놓은 우리 텐트까지 들려오는 신음소리를 통해 당연히 예상할 만한 것임에도 불구하고 역시 나의 상상력을 초월하는 것이다.

어떤 텐트에는 중환자들이 가득했다. 쉰 듯한 피 냄새와 약품 냄새가 그득한 그 속에, 괴상하게 깁스를 한 부상병들이 통로 양쪽으로 누워 있었다.

나는 지금 여기에 그런 훼손된 인체의 모습을 기술할 재간이 없다. 그들을 보려고 하지도 않았지만, 우연히 내 시야에 들어온 기괴한 모습이더라도 묘사할 생각은 없다. 뒤낭의 『솔페리노의 추억』 이래 이러한 종류의 비참한 기록은 무수히 많지만, 국가들은 여전히 싸움을 중지하지 않을뿐더러 어느 나라의 국고도 그들의 여생을 보장할 만큼 윤택하지는 않다. 그럼에도 그들의 참상을 묘사하는 것은 그들을 모욕하는 행위에 다름 아니다.

분명 이 참상은 의사나 박애주의자의 눈이 아니면 접근할 것이 못되며, 의사라 해도 그들에게 줄 수 있는 건 짧은 죽음 대신 기나긴 죽음, 혹은 기나긴 불구의 여생뿐이었다.

나는 간신히 피비린내를 참았다. 이내 텐트 입구에서 가슴 가득 숨을 들이쉬고 물속에 잠기듯 단숨에 그들 사이를 통과하는 방법을 익혔다.

그러나 나는 이따금 숨을 쉬어야 했다. 누군가가 불러 세웠기 때문이다. 그는 그들 중에서는 증세가 약간 가벼운 환자로, 나에게 변기를 비워달라고 부탁했다. 그들은 지팡이를 짚으며 걷는 통행자에게 변기 처리를 부탁할 정도로 이유 없이 악랄한 일본인 위생병을 어려워했다.

나는 부탁받은 변기를 지팡이와 함께 잡고, 비를 맞으면서 변소로 가는 흙탕길에 깔린 널판을 건넜다. 변소는 네 개씩 두 줄로 서양식 구멍을 뚫은 목조 건물이었다. 사람이 걸터앉을 수 있는 높이로 깊은 구멍을 덮고 그 위에 텐트 조각으로 덮개를 씌운 것이다. 사방이 트여 있었지만 수치심 따위는 포로가 됨과 동시에 버린 지 오래였다.

우리를 둘러싼 울타리의 모습을 가장 인상적으로 볼 수 있는 장소가 이곳이었다. 높이 삼 미터 직경 삼십 센티미터 정도의 야자나무 기둥을 약 사 미터 간격으로 세워, 그 사이에 약 이십사 센티미터 간격을 두고 평평하게 철조망을 쳐놓았다. 내 침대 부근은 시야가 인접 텐트에 가려서 문 근처 십 미터 정도만 보였기에 철조망 사이로 울타리 바깥이 보인다는 것 외에는 별다른 장점이 없었지만, 이곳에 오면 아무것도 없는 부지의 후미 일대를 울타리가 완전히 에워싸고 있는 모습이 잘 보였다. 울타리 바깥에는 듬성한 잡초 사이로 눅눅한 흙이 들여다보이는 늪지대가 맞은편 언덕까지 이어진다.

일본군이 필리핀인들에게 가한 잔학 행위를 생각하면, 이 울타리가 우리의 도망을 막는다기보다 우리의 생명을 지키는 역할임은 명백하지만, 그럼에도 울타리는 역시 울타리였다. 어차피 병자인 나에게 울타리는 속박이랄 것도 없지만 지금 내가 느끼는 비애는 역시 이 울타리에 기인했다. 그리고 그것이 언제까지 비애만으로 그칠 것인가.

오른쪽으로 꺾인 울타리가 인접한 발전소 뒷부분과 접하는 부근에서 늪지대의 정면을 가로막는 언덕도 함께 우회했다. 언덕 기슭에는 니파하우스*와 목조에 페인트를 칠한 초라한 필리핀인들의 집이 불규칙하게 늘어서 있고, 언덕 꼭대기에서 환상적인 르네상스식 원형 지붕이 머리를 내밀고 있었다. 빛이 바랜 둥근 녹색 지붕 밑으로 하얀 원주가 나란히 서 있고, 그 사이로 역시 빛바랜 움푹한 분홍색 벽이 이어져 있었다. 교회인 모양이었다.

나는 필리핀의 교회가 마음에 들었다. 섬세하며 연약한 백악 건물이 열대의 비와 햇빛을 받아 퇴색해 벗겨지고 얼룩져 황폐해진 외관은, 패전과 죽음의 예감을 안고 방황하는 내 눈에 더없이 상쾌하게 비쳤다.

마닐라에서 바탕가스로 가는 길에 달리는 트럭 위에서 본 로마네스크식 전면과 종루에는, 일본 가톨릭교회의 평범한 가짜 고딕풍 건물에서는 볼 수 없는 애달프면서도 화사한 아름다움이 있었다. 마을 지붕들 위로 우뚝 솟은 바탕가스 교회의 둥근 지붕을 바다 위에서 바라보면, 멀리 배후의 고원에 홀로 우뚝 서 있는 분화산의 위용과 더불어 그 일대의 화사한 녹색으로 통일된 풍경에 황량하고 쓸쓸한 느낌을 주었다.

타클로반 교회는 언덕 위에 나타난 윗부분으로 판단하건대 그다지

* 니파야자수로 만든 오두막.

잘 지어진 것은 아닌 듯했다. 둥근 지붕의 형태도 그 밑에 늘어선 원주의 굵기도 싸구려 의사당 같은 위엄을 뽐내는 것이, 붉고 푸른 색조가 바래지 않고 선명했다면 무척이나 천박하게 보였을 것이다.

그러나 이 원형 지붕은 포로병원에 잠입한 유일한 '문화'였다. 내가 자주 변소에 간 것은 우선 울타리를 구경하기 위해서였고, 그다음으로는 둥근 지붕을 구경하기 위해서였다.

나는 부탁받은 변기의 내용물을 버리고 물로 씻어서 건조대에 걸어 놓고는, 건조된 것을 하나 집어서 돌아왔다. 숨을 멈춘 채 변기를 의뢰자에게 건네주고 가능한 한 빨리 피비린내 속을 통과했다. 침대로 돌아오자 지쳐서 축 늘어졌다. 심장의 고동이 격렬했다.

비는 매일 계속해서 내렸다. 민도로는 건기이지만 레이테는 우기였다. 마치 일본의 장마처럼 그 비는 때로는 바람을 동반하여 머리 위에 불어들기도 하고, 때로는 하늘에서 곧바로 떨어지기도 하고, 때로는 부슬부슬한 가랑비가 되고, 그러면서 끊임없이 계속 내렸다. 저녁 무렵 문득 비가 멈추면 텐트 위의 틈으로 보이는 낮은 하늘의 검은 구름 사이로 자그맣고 새빨간 저녁놀이 숯불처럼 남아 있을 때가 있었다. 그것은 잠시 후 옅어지며 구름 속으로 빨려들듯이 사라졌다. 그러고는 다시 빗방울이 떨어졌다.

밤이 되면 나는 비좁은 일인용 모기장 속에서 완전한 고독에 잠겼다. 그러나 이런 밤 시간을 그다지 무료하게 느낀 것은 아니다. 소집된 이래로 어쩔 수 없이 무료하게 있어야 하는 보초 시간이나 소등 후의 고독한 시간을 나는 항상 뭔가를 생각하며 지냈다. 평생 동안 군대에 있었던 때만큼 명상적이었던 적은 없다.

나에게는 생각할 것이 있었다. 산에서 미군의 습격을 받았을 때, 숲 속에 혼자 쓰러져 있는 내 앞에 나타난 미군 병사를 어째서 쏘지 않았는가 하는 것이었다.

이때의 내 심리에 관해서는 앞에서 이미 썼다. 나는 미군 병사가 나타나기 전부터 '쏘지 않겠다'고 결심했었지만, 당시의 심정을 잘 반성해보면 과연 처음 생각했던 것과 같은 '인류애'가 있었는지 의심스럽다. 실제로 미군 병사가 나를 향해 접근했을 때의 내 심리로는 이러한 결심의 간섭을 인정하기 어려우며, 결국은 갖가지 동물적 반응의 연속밖에 발견할 수 없다.

그러나 한편으로는 이렇게 자신의 심리를 돌이켜보고 발견하는 것들은 모두 지극히 불확실하고, 아무리 시도하더라도 결국 내가 당시에 '적'이라는 단순한 존재를 쏘지 않았다는 단순한 행위를 덮어버리기는 어려웠다. 여기에는 내성(內省)만으로는 도달할 수 없는 어떤 법칙이 작용하는 게 아닐까?

더구나 한가한 병원 생활과 쇠약해진 육체에, 이러한 공백을 메우려고 나타난 관념은 너무도 기괴한 것이었다.

즉 당시에 내가 적을 쏘지 않겠다고 생각한 것은 내가 '신의 목소리'를 들었기 때문이며, 미군 병사가 접근해서 내가 그 목소리에 따를 수 있을지 없을지 불분명한 상황에 이르렀을 때, 다른 쪽에서 총성이 일어 미군 병사를 그쪽으로 가도록 만든 것은 '신의 섭리'가 아니었을까 하는 관념이다.

이러한 '신의 목소리'나 '섭리' 같은 관념은 나에게 생소하지 않았다. 도쿄 미션스쿨 중학생이던 열세 살의 나는 성서의 진리에 감명을 받아 신을 믿었다(혹은 믿었다고 믿고 있었다). 내 신앙은 그후 근대의 문학적 에고이즘을 알고 교회 어른들의 추행을 보고 난 후 무너졌을 정도로 취약했지만, 내가 인생의 출발점에서 신에게 이끌렸다는 사실은 뭔가 내 마음의 근본적 경향을 결정지었던 게 아닐는지, 이후로 더욱 신의 뜻을 거역하는 짓만 하면서도 항상 일종의 약점처럼 신경이 쓰였다.

이때 나를 부른 '신의 목소리'며 '섭리'의 관념은 모두 소년 시절 내 머리에 존재하던(혹은 배웠던) 소박한 것이며, 사건의 현실에 비추어 모든 의미에서 지지하기는 어렵지만, 적어도 그때까지 가차 없이 적을 쏘겠다고 생각했던 내게 그때 문득 '적을 쏘지 않겠다'는 결심이 솟아난 것과, 인생의 출발점에서부터 신에게 이끌린 내 마음의 경향 사이에 모종의 관계가 있음은 부정할 수 없다.

나는 우연히 병원을 방문한 종군목사가 손에 신약성서를 몇 권 쥐고 있는 것을 보고 한 권 달라고 부탁해 앞에 실린 두 복음서를 읽어보았다. 나는 그 복음서에 대한 내 마음의 반응을 시험하며 읽어갔다.

이십 년 만에 다시 읽는 예수의 일대기는 소년 시절과는 전혀 다른 감명을 주었다. 황당무계한 치유의 기적을 기대할 만큼 무지한 제자들이 쓴 글임에도 이만큼 생생하게 살아 있는 인간의 발자취를 전할 수 있도록 만든 예수의 인격에 분명 신의 아들이라고 불러 마땅한 힘과 천부적인 재질이 있음을 인정했지만, 동시에 그의 사상이 야만스러운 '이 세상의 종말'에 대한 기대로 관철되어 있는 것을 보고 놀랐다. 열세 살 때의 나는 이러한 바버리즘(barbarism)을 어떻게 생각했을까? 아무 기억도 없다. 그리고 이전에 내 마음에 스며들었던 사랑의 교의도 지금은 단순히 최상의 천재적인 표현으로써 나를 감탄시킬 뿐이었다. 내 마음에 씌워진 갑옷은 상당히 두꺼웠다.

'마음이 가난한 자는 복이 있나니' 같은 예수의 힘찬 가르침이 나에게는 역설로 비쳤다. '원수를 사랑하라'고 가르쳤지만 누가 원수인지는 알려주지 않았다. 그리고 내가 이해하는 바에 의하면, 역설이란 항상 약자의 논리이며, 어떤 의미에서건 반항하는 통념에의 복종을 포함하고 있다. '카이사르의 것은 카이사르에게 돌려주어라'가 그의 유일한 현실적 교훈인데, 그가 말하는 '신의 나라'가 오지 않는다면 이토록 한심한 교훈도 없다. 그렇기에 카이사르는 그의 종교를 채용했고, 더욱 번창했던 것이다.

나는 우울하게도 열세 살의 내게 이미 역설에 이끌리는 경향이 있었음을 확인했다. 기독교는 내가 지혜의 눈을 뜨게 해줬지만, 그때부터 내가 역설의 취미를 지니게 되었다면 그후의 내가 항상 모든 것을 뒤집어서 생각하는 버릇을 갖고 있었던 것은 우연이 아니다. 그리고 내가 언제까지고 단순히 생각하는 단계에만 머문다면 나는 결국 일개 비겁자에 불과할 것이다.

나는 생각했다. 열세 살의 내가 예수에게 이끌려 휴머니즘적 성향을 지니게 됐고, 그후로 이십 년간 그와 반대되는 생각을 해왔음에도 불구하고 결정적인 그 순간에 그러한 성향이 느닷없이 나타났다는 가설은 성립되지 않는다. 이것은 내가 20세기에 유행한 전기(傳記)적 인간 해석에서 얻은 사고방식일 뿐 현재의 내 마음에 비춰본 진실된 증거에는 조금도 입각하고 있지 않았다. 소년 시절의 몽상은 소년 시절과 함께 죽어도 아무 지장이 없는 것이다. 그러나 지금 내가 병상에서 그 사건을 회상하며 '신의 목소리' 같은 관념에 사로잡혀 있는 것은 사실이다. 그리고 그 관념이 아무리 소년 시절의 관념과 유사하다 하더라도, 그 순간 소년 시절의 휴머니티가 솟구쳤다고 인정하기 어려운 것과 마찬가지 이유에서, 그것을 소년 시절의 망상에의 회귀로 보는 것은 용납할 수 없다. 그 근거는 어디까지나 그 순간의 진실에서 구해야 한다.

나는 거듭 그 순간을 재현해보려 했다. 내 앞에는 부드러운 초원이 있고, 그 저편에 어두운 숲이 있었다. 나는 병들고 지쳐서 걸을 기력을 잃은 고독한 병사였으며, 이미 스스로의 목숨에 대한 희망을 잃었다. 잠시 후 미군 병사가 전방의 숲에서 나타나리라고 예상했다. 그때 나는 미군 병사를 쏘지 않고 내가 총에 맞으려 했다.

나는 공상했다. 미군 병사가 나타난다. 전진해서 나를 발견한다. 우리는 총을 겨누고 마주 본다. 결국 상대는 내가 계속 쏘지 않는 것을 참지 못하여 총을 쏜다. 나는 쓰러진다. 상대는 내 곁으로 달려온다.

이 황당무계한 공상의 의미는, 내 선의를 남에게 알려주고 싶다는 데 있다. 그리고 그 산속에서 남이란 결국 나를 죽이려는 상대밖에 없었다.

미군 병사는 실제로 그 숲에 나타났다. 일단 나는 쏘지 않았다. 미군 병사가 내 앞 이 미터까지 접근했을 때는 내가 과연 쏘지 않고 견딜 수 있을지 의심스러운 상황이었다. 내 손은 무의식적으로 총의 안전장치를 풀었다.

그때 다른 방향에서 기관총 소리가 들려왔다. 미군 병사는 보행 방향을 살짝 바꾸어 사라졌고, 나는 그를 죽이지 않을 수 있었다.

그사이 내가 쏘지 않겠다는 결의를 유지했는지는 명료하지 않았다. 그리고 당시의 심리를 돌이켜보면 볼수록, 의지가 인간의식의 근본형식이라는 통설에도 불구하고, 그 결심의 그림자는 희박해진다. 그러나 처음에 내가 죽는 한이 있더라도 상대를 쏘지 않겠다고 생각했을 때 내부에서 느꼈던 일종의 긴장감에 비해, 그후에 이어진 상태에 대해 내가 용인해야 하는 공허함은 견디기 어려웠다. 그때 신이 나타났다.

인기척도 없는 숲속 공터에서 나는 내 선의를 나를 죽일 인간에게밖에 알릴 수 없었다. 목숨을 부지하고 병상에 있는 지금, 나는 신을 증인으로 부를 수 있다.

만약 신이 나의 가련한 선의를 가상히 여겼다면, 그는 내가 과연 그것을 관철할 수 있는지 없는지 하늘에서 지켜봐줄 수도 있었을 것이다. 그리고 내가 육체의 본능에 패하여 그것을 실현할 수 있을지 없을지 불투명한 상황에 이르렀을 때, 전능한 그가 다른 곳에서 총성이 나도록 만들어 나를 유혹하려던 자를 내 앞에서 제거한 것이라 해도 무방하다.

그때까지 적을 죽이겠다고 생각하던 내가 갑자기 그 의지를 포기한 기적은, 그가 공간을 통해 '쏘지 마라'고 소리 없는 목소리를 나에게 보냈다고 하면 아주 간단히 설명이 된다. 그가 나에게 그러한 특전을 부여한 것은 아마도 그가 나를 사랑했기 때문일 것이다.

물론 이러한 멋대로의 생각은 지금 생각하면 용납할 수 없다. 그러나 당시 병든 포로의 허탈감 속에서, 증인으로서의 신의 신학은 일단 내게 위안을 주었다. 나는 자칫 신을 믿을 뻔했으나 이 신학에 포함된 자기애가 내 앞을 막았다. 이 신학은 물론 미군 병사를 쏘지 않은 내 경우에는 교묘하게 들어맞지만, 다른 전쟁터에서 반복되는 행위에는 조금도 해당하지 않는다. 아무리 자기에게 절실한 이유가 있다 하더라도 자기를 주장하는 것은 추하다.

그렇기에 나는 이 사건을 쓴 장에 이러한 나름의 신학을 도입하지 않았다. 그러면서도 여전히 나는 나 개인에게 운명적이었던 그 사건의 기록을, 남몰래 병상에서 키운 황당무계한 관념으로 장식하려는 유혹을 뿌리칠 수 없었다. 귀국 후 나는 「탄이초」*에서 한층 절실한 구절을 발견했다. '내 마음이 너그러워서 죽이지 않는 것은 아니다, 또한 해치지 않으려 하여도 수많은 사람을 죽여야 하는 수가 있다, 고 말씀하신 것은, 우리 마음이 선하면 선하게 여기시고 악하면 악하게 여기시어, 그 소원하는 바대로 이루어지도록 해주신 것을 지적하신 말씀이시다.' 나는 이 구절을 그 장의 에피그래프로 삼았다.

내가 현재 이 사건에 관해 도달한 결론은 이러하다.

일본의 자본가가 그들 기업의 위기를 침략행위로써 타개하고자 하여 모험적인 일본 육군이 그에 동조한 결과, 나는 38식 소총과 수류탄 한 개를 갖고 필리핀에 왔다. 루스벨트가 전 세계의 데모크라시를 힘으로 지키겠노라고 결의한 결과, 그 순진한 젊은이가 자동소총을 메고 내 앞에 나타났다. 이리하여 우리는 우리 사이에 개인적으로 싸워야 할 아무런 이유가 없음에도 불구하고 서로 싸워야 했다. 그것이 국시(國是)이기 때문이지만, 이 국시는 반드시 우리가 선택한 것은 아

---

* 歎異抄, 가마쿠라 초기의 승려 신란의 가르침을 그의 제자 유이엔이 기록한 어록.

니다.

필리핀의 한적한 숲속에서 두 병사가 마주친 장면은, 그것을 과연 근대전의 '전쟁터'라고 할 수 있을지 의심스러울 정도로 무의미한 장면이지만, 아무리 장대한 전쟁이라 해도 보병이라는 근대전에서 가장 경멸받는 병과(兵科)의 병사들이 조우하는 장면에는 반드시 이런 종류의 무의미함이 나타난다. 이 무의미한 군인들이 무의미하게 서로 쏘아댈 필요가 어디에 있는가. 죽이지 않으면 죽기 때문이다. 이것은 우리가 손에 흉기를 들고 있는 결과이다. 그러나 이 흉기는 우리가 자진해서 든 것은 아니다.

그때 내 마음에 이 흉기의 사용을 거부하는 의지가 나타났다. 이것은 내가 고독한 패잔병이며, 내 행위를 스스로 선택할 수 있었기 때문이다. 이때 내 의식은 심리적으로는 휴머니티에 의하여, 육체의 본능에 의하여, 혹은 신에 의하여 채색되어 있지만, 사실은 그러한 요소가 내 행위를 결정하는 데 문제되지 않았던 이유는, 적을 죽이려는 순간의 병사의 의식에서 그것이 문제되지 않는 것과 마찬가지이다.

실제로는 내가 국가에 의하여 강요당한 '적'을 쏘기를 '포기'했다는 그 순간의 사실밖에 없었다. 그리고 그 순간을 결정한 것은, 애당초 내가 스스로 이 적을 선택한 게 아니기 때문이다. 모든 것은 내가 전쟁터로 출발하기 전부터 결정되어 있었다.

이때 나를 향해서 다가온 것은 적이 아니었다. 적은 따로 있었다.

내가 성서를 읽는 것은 당연히 미군의 주의를 끌었다. 그들은 내가 크리스천인지, 어디서 영어를 배웠는지 등을 물었다. 내가 미션스쿨을 다녔다는 사실이 감명을 준 모양이었다. 그들이 나를 보는 눈에 특별한 친애감이 나타났다. 내가 우연히 선택한 중학교 덕택에 포로가 되어 이익을 보게 된 것은 뜻밖의 일이었다.

특히 주임 군의관은 나에게 관심을 갖고 회진 후에도 곧잘 말을 걸었다. 그는 나와 같은 서른일곱으로 키가 크고 머리가 작은 영국형 신사였다. 그는 나의 정치적 의견을 물었다. 나는 솔직하게 군부에 대한 증오를 표명했다. 그는 내게 그루*의 『도쿄 보고』를 비롯한 많은 책과 잡지를 주었다. 나는 필리핀 해전의 진상을, 마닐라가 함락됐다는 사실을 알게 되었다.

군의관은 다른 포로들에게도 진실을 전해주라고 내게 말했다. 나는 일본인들에게 진상을 전하려는 군의관의 선의를 의심하지 않았지만, 그 역할은 나에게 무척 고통스러웠다. 지금 그들에게 필리핀 해전이 승리가 아니라 패배라는 사실이 무슨 소용이겠는가? 이 전쟁이 패배로 끝나리라는 예측을 강요당하는 것은 그들의 비참한 현재 상태를 한층 비참하게 만드는 외에 아무런 효과도 없을 것이다. 일본의 승리가 그들의 귀환 후의 생활을 절망적으로 만드는 것을 의미함에도 불구하고, 그들이 여전히 승리를 바라고 있음은 명백했다. 나는 옆의 병사에게 내가 읽은 부분을 들려주는 정도에서 그쳤다. 그가 다시 자기 옆의 병사에게 그 이야기를 전할지는 상관할 바 아니다.

군의관은 2세 통역관과 함께 내 침대 옆에 서서 "이제부터 일본은 이런 친구가 지도해가야 해"라고 말했다. 나는 모욕을 느꼈다. 나는 일

* Joseph Clark Grew, 미국의 외교관.

본의 정치가들을 경멸했지만, 정치는 능력과 인내를 초월한 복잡한 기술이라고 생각했다. 나는 일본이라는 국가가 나와 같은 인간이 지도할 수 있을 정도로 하찮게 보이는 게 싫었던 것이다. 그러나 귀국 후 미국의 지도로 행해진 정치 개혁의 흔적을 보면, 그들과 나 사이에는 정치에 관해 상당한 관념의 차가 있었던 듯하다. 군의관은 다만 내가 지방자치단체 의원에 입후보할 자격이 있다고 지적한 것에 불과했다.

이 군의관은 내가 포로로 억류되어 있는 동안에 본 가장 품위 있는 미국인 중 하나였다. 메이플라워 호의 청교도 후예를 보는 듯한 느낌이 든 것은 아마도 나의 지나친 생각이겠지만, 그는 그 온건하고 착실한 사상을 적절히 표현하는 방법을 알고 있었고(그는 일본에 천황을 존속시켜야 한다는 쪽이었다), 환자들을 대하는 태도에도 의사의 직업적 스토이시즘을 초월하는 적극적인 인내와 애정이 나타났다. 현재 포로병원의 상태가 이렇게 정연한 것은 모두 그의 진력 덕분이라고 했다. 더구나 그의 동작, 모자 쓰는 법, 손의 움직임 등에는 미국영화 속 인물에게서 볼 수 있는 과시하는 듯한 소탈함이 있어서 그의 정중한 인격과 기묘한 대조를 이루었다. 그는 시카고 출신이었다.

안경을 낀 종군목사도 이따금 나를 찾아왔다. 그는 내게 병사용 기도서와 성서 읽기 일정표 등을 주고 내 신앙에 관해 질문했다. 나는 그에게 내가 미군 병사를 쏘지 않았던 일에 관한 양심의 검토를 고백하고 의견을 듣고 싶은 유혹을 느꼈지만, 결국 직업적 종교가에 대한 편견에 유혹을 물리쳤다. 더구나 내 이야기가 그를 기쁘게 하리라 생각하니 더욱 고백하기 어려웠다. 나는 다만 내가 병으로 약해져 있기 때문에 신에게 호기심을 느낀다고 말해뒀다. 그는 호기심도 구도(求

道)의 일종이라고 말했다.

내가 이야기를 나눈 또다른 미국인은 입구를 지키는 헌병이었다. 울타리 내에 설치된 물자루(음료수를 저장하기 위해서 헝겊에 고무를 덧대어 만든 커다란 자루로 바닥에 밸브가 달려 있다)의 물은 근로원의 태만 탓에 항상 더러웠기에, 나는 자주 문 앞에 있는 급수차까지 물을 받으러 갔다. 문을 나설 때(문짝은 없다) 위병에게 허가를 구하는 내 영어가 그들의 주의를 끌어서, 돌아올 때 그들은 이따금 나를 불러 세웠다.

어느 날 밤, 근무 중이던 젊은 헌병이 나와 이야기하는 것에 관심을 보였다. 곧 중사가 순회를 올 테니 일단 안에 들어가 있다가 중사가 가고 나면 다시 나오라고 했다. 위병이 포로와 대화하는 것은 금지되어 있는 모양이었다. 내가 나가자 그는 나에게 담배를 주며 일본에 관해 이런저런 질문을 던졌다. 그러나 그는 후지산과 게이샤에 관해서는 묻지 않았다.

그는 스무 살의 뉴욕 시민으로, 대학을 졸업한 기혼자였다. 그는 뉴욕의 번화함과 마천루에 관해서 이야기했다. 나는 미국인 특유의 세계제일을 추구하는 성질을 그다지 반기지 않는 경향의 교양을 지닌 일본인이지만, 마천루가 석양을 받아 오색으로 물든다는 그의 묘사를 듣고, 과연 그 인공물이 자연을 흉내 내는 경관은 아름다울 거라 생각했다. 그는 내게 미국에서는 전쟁에 나간 군인의 가족을 친척이 돌보는데 일본에서도 그런지 물었다. 나는 적잖이 놀라서, 일본은 가족제도를 자랑하는 나라다, 미국이야말로 개인주의 국가이며 가족 간의 결합이 약하다고 들었다, 전쟁에 나간 병사의 가족을 보호해주는지 묻는 것은 이상하다고 대답했다. 이때 도로 쪽에서 구두 소리가 들렸다. 그는 어둠 속을 살피더니 나에게 작은 소리로 "돌아가" 하고 말했다.

늦은 밤이었다. 내가 모기장을 치고 누워 있으려니 잠시 후 누군가가 다가와서 모기장 속에 손을 들이밀었다. 그였다. (앞에서 말한 바와 같이 내 침대는 입구 쪽에 있었다.) 그는 나에게 악수를 청하며 내 이름을 묻고 자기 이름을 말했다. 그리고 다음 날 밤 열시부터 이곳 문 앞에서 보초를 서니까 나와서 이야기하자고 말하고는 돌아갔다.

나는 미소를 금할 수 없었다. 그가 어째서 이토록 나에게 흥미를 갖는지는 몰라도, 하여간에 이 스무 살의 미군 병사가 포로와 통성명을 하고 악수를 청하는 행위를 그 자신이 무척 만족스럽게 생각하고 있음에 틀림없다는 생각이 들어 웃음이 나왔던 것이다. 포로수용소에서 미군들은 나에게 한결같이 정중했지만 악수를 청한 것은 이때 한 번뿐이다.

그러나 이튿날 약속 시간에 그의 모습은 없었다. 나는 열두시와 두시의 교대시간까지 잠자리에 들지 않고 바깥을 살폈으나 역시 그는 없었다. 그리고 그다음 날도 또 다음 날도, 이후로 그의 모습은 문 앞에 보이지 않았다. 근무가 바뀐 모양이었다. 이리하여 나는 이 선량한 젊은이와 미일(美日) 가족제도의 차이점을 논할 기회를 영구히 잃었다.

훗날 동굴에 숨어 있는 사이판의 군인들에게 투항 권고를 하려고 접근했다가 그 속에 섞여 있던 일본군이 던진 수류탄에 죽은 미군 병사의 기사를 잡지에서 읽었을 때, 나는 웬지 모르게 이 미군 병사를 떠올렸다. 미국인은 경솔하다. 문 앞의 어슴푸레한 어둠 속에서 보았던 철모 밑의 얼굴은 뺨이 두툼하고 들창코였다. 그의 성은 기억에 없으나 이름은 잭이었다.

비는 여전히 계속 내렸다. 말라리아로 인한 열은 일주일 만에 가라앉았지만 쇠약감은 끈질기게 남아 있었다. 그러나 나는 간신히 지팡이가 없어도 걸을 수 있게 되었다. 걸을 수 있게 되자 나는 그때까지의 군대식 총총걸음을 그만두고 큰 폭으로 걷는 옛날의 걸음걸이로 바꾸었다. 그 리듬은 발을 내빼듯이 걷는 미군의 걸음을 의식적으로 흉내 낸 것이었다. 이런 식으로 적을 모방하여 노예 시절의 흔적을 지워버리면서 나는 음울한 기쁨을 느꼈다.

한편 나는 새로운 생활의 기쁨을 알아갔다. 군의관에게서 받은 책 덕분이었다. 나는 지난해 3월에 입대한 후로 거의 책을 읽지 않았다. 문자란 좋은 것이다. 비록 그것이 어설픈 외국어라도.

나는 고등학교 입학 이후 영어를 가까이한 적이 없었지만(붙잡혀서 미군에 둘러싸였을 때 나는 내가 영어를 할 수 있다는 사실에 놀랐다. 필요는 만물의 어머니다), 어휘의 상당수가 프랑스어와 공통이었기에 그럭저럭 의미는 통했다. 사전이 없어서 앞뒤 문맥으로 판독해야 했지만 이것 또한 좋은 심심풀이가 되었다. 책이 몇 권 없었기에 나는 잡지의 광고란까지 자세히 읽고 그림과 비교해가며 의미를 추측했다. 한 가지 사항에 대응해서 하나 혹은 몇 개의 단어가 결합될 수 있다는 사실은 정말로 아름답게 느껴졌다. 외국어의 경우는 한층 신기했다.

나는 하루 종일 군의관에게서 받은 잡지나 탐정소설을 읽으며 지냈다. 일 년 동안 짐승 같은 생활을 경험한 후에 그런 것들을 접하자 나는 현대 저널리즘의 문장이 얼마나 '현혹'으로 가득한가에 놀랐으나, 솔직히 말해 당시의 나에게는 그것조차도 매력적이었다. 이리하여 나는 마음속으로는 경멸하면서도 이후로 반년 동안 하루에 열 시간은 이러한 통속적인 문자의 세계를 즐겼다. 그러한 생활은 어떠한 의미에서건 내 의식에 영향을 미쳤을 것이다. 이후의 포로 생활에 관한 기록은 이런 몽롱한 남독자(濫讀者)를 놀라게 한 인상의 보고이다.

입원 후 열흘 정도 지난 어느 날, 나는 의무실 앞에 모여 있는 신입 환자들 속에서 민도로의 동료를 발견했다. 그는 산속에서 우리와 헤어진 불랄라카오 소대 분초의 일원이었는데, 말라리아에 걸려 마지막까지 우리와 함께 머물다가, 1월 24일 미군의 습격을 받았던 날 미리 대피한 경환자 일행에 가담했었다.

나는 다시금 이 병원에 도착해서 동포들을 처음 봤던 순간과 같은 수치심을 느꼈다. 이때의 것은 오히려 공포에 가까웠다. 나의 과거 세계로부터 불시에 침입한 그는 말 그대로 유령과도 같은 불길한 느낌을 안겨주었다. (나는 우리가 습격당했을 때의 상황으로 보아 이 대피조도 전멸했으리라 생각했다. 나 자신은 포로가 되어 살아남았으면서도 동포들의 생존 가능성에 대해 조금도 생각하지 못한 것은 기묘한 일이었다.)

사람을 잘못 본 게 아닐까 싶어 여위고 수염을 기른 얼굴을 다시 살펴봤지만 역시 틀림없는 그였다. 나는 바로 말을 걸지 못하고 물러서서 계속 그의 모습을 주시했다. 텐트 안을 신기하다는 듯이 들여다보며 바보처럼 빙그레 웃는 그 얼굴은, 갑자기 불러서 정신을 차리게 하기 미안할 정도로 단순한 기쁨을 드러냈다.

서른넷인 그는 기타타마의 농민 출신으로 징집되기 전에는 죽세공으로 생계를 유지하고 있었다. 죽세공은 당시에 제법 벌이가 좋은 직업이었다고 한다. 그는 키가 크고 몸집이 좋았지만 태도가 둔중하고 군대에서 상관의 마음에 들기에는 기지가 부족했다. 그는 가장 평범한 병사로서 묵묵히 근무하다가 남들처럼 말라리아에 걸려 남들처럼 대피조에 합류했다. 나는 아직 그 대피조 일행의 운명을 모른다.

그는 나를 알아차리지 못하고, 무성하게 자란 수염 아래 여전히 미소를 띤 채 안쪽 텐트로 가버렸다. 오른팔은 붕대를 감아 걸치고 있었지만 다른 곳은 별다른 부상이 없는 듯 비교적 힘찬 걸음으로 걸었다. 휘청거리며 사라지는 그 뒷모습은 '목숨을 건졌다'는 기쁨을 마음껏 발산하고 있었다.

그러나 이대로 모른 척할 수는 없었다. 특히 그와 함께 떠났던 분대장과 동료들의 운명을 물어봐야 했다. 나는 일본인 위생병에게 그의 침대 위치를 물어보고, 그가 안정되기를 기다렸다가 방문했다.

그는 맨 뒤쪽 근무원들이 자는 텐트 안에 누워 있었다. 나를 알아차리고 머리를 들어 자연스럽게 "여어!" 하고는 다소 힘없이 웃었다. 오른쪽 손바닥에 관통상을 입었다. 그가 들려준 대피조의 운명은 다음과 같다.

일행은 통신대원 열 명 및 경환자와 비전투원 오십 명, 합계 육십 명이었다. 정렬한 자리에서 중대장이 훈시를 하고, 마지막으로 "나와 함께 이곳에서 죽을 자는 앞으로 나오라"고 말했다. 다섯 명가량의 젊은 병사들이 한 발 나섰다. 그는 나서지 않았다.

일행은 이 킬로미터 정도 가다가 산등성이에서 갑자기 기총소사를 받았다. 통신기를 실은 물소가 계곡으로 떨어졌다. 모두 뿔뿔이 흩어져 계곡으로 내려가 숲속에 숨었다. 해가 지기를 기다려 삼삼오오 모여든 병사 약 오십 명을 분대장이 인솔하여 루손 섬으로 건너가기 위해 북상하기 시작했다. 매일 다섯 명 정도가 낙오했다. 며칠 후 어느 강변에서 부족한 쌀로 밥을 짓던 중 게릴라의 습격을 받았다. 일행은 총을 잡을 틈도 없이 강으로 뛰어들어 도망쳤다. 그는 손바닥에 총을 맞아 움직일 수 없는 상태에서(라고 그는 말했다) 붙잡혔다. 그리고 해안에 위치한 마을에서 배로 산호세 병원으로 이송되어 치료를 받고, 나와 마찬가지로 이곳에 공수된 것이다.

습격을 받았을 때 부상당한 것은 그 혼자였다. 강을 건너 도망친 사람들은 그후로 어떻게 됐는지 그도 알지 못했다. 내가 가장 걱정하던 동료 S는 최초의 야간 행군 이후로 보이지 않았다고 한다.

총알은 그의 오른손 손등을 관통해 커다란 구멍을 남겼다. 손가락 두 개의 신경이 절단되어 움직이지 않았다. "이제 죽세공도 할 수 없겠어" 하고 그는 말했지만, 그다지 걱정하는 모습도 아니었다. 벌써 가까이 있는 포로들과 친밀하게 대화를 나누며 그들의 도움을 받기도 했다.

나는 형식적으로 뭐 불편한 점은 없는지 묻고, 내 침대의 위치를 알려주고는 일어섰다.

나는 그 병사와도 별로 할 이야기가 없었다. 원래 소대가 다르기에 친하게 말을 건네는 사이도 아니었지만, 이렇게 포로가 되어 처음 만나는 동료를 보고도 소설에 나오는 것 같은 재회의 감격이 일지 않는 것은 약간 서글펐다. 내가 그러한 감격을 느끼지 못하는 이유는 스스로 알고 있지만, 그가 반가워하지 않는 이유는 알 수 없었다.

나는 이따금 변소에 다녀오는 도중에 그에게 들렀고, 그도 두세 번 멀리 떨어진 내 침대를 찾아왔지만, 이것은 순전히 의례적인 방문에 지나지 않았다. 이후로 귀환하기까지 십 개월 동안, 우리는 같은 수용소에 기거하면서도 가장 무관심한 친구였다. 물론 그는 나만이 아니라 그후로 수용소에 모인 스무 명 동료 중 어느 누구와도 교류하지 않았다. 그는 담배를 피우지 않았는데, 그걸 우리에게 나눠주는 게 아니라 주위 포로들과 과자나 비누로 교환하여, 과자는 먹고 비누는 모아두었다.

그의 이야기 중에서 나를 슬프게 한 것은 S의 행방불명이었다. S는 산속에서 내가 가장 아끼던 친구로 나에게 필리핀 탈출의 공상을 심어준 사내였는데, 그 역시 당시 말라리아에 걸려 있었으니 아마도 고독한 산속 생활을 견디기 힘들었을 것이다. 그는 자신의 생환에 단호한 확신을 지녔고, 그 확신을 이야기하는 모습을 보고 있노라면 이런 사내는 정말로 총알도 피해갈 수 있을 거라는 생각이 들었지만, 물론 이것은 망상에 불과했다.

비는 여전히 그치지 않았다. 비가 내리는 가운데 울타리 뒤쪽 늪지대에서 불도저가 활약을 시작했다. 일대가 순식간에 메워지고, 막사 정도 크기의 거대한 짐이 몇 개나 실려왔다. 오토자이로*가 건너편 빈터에서 이착륙을 개시했다.

밤에 이따금 공습경보가 울리고 전등이 꺼졌다. 그러나 텐트 위 하

---

* 프로펠러 비행기의 일종.

늘에서 아군 비행기 특유의 엔진 소리는 들리지 않았고, 경보는 즉시 해제됐다. 한번은 역시 그러한 공습경보가 있었던 다음 날 멀리 언덕 저편에 연료 탱크가 연소되는 듯한 검은 연기가 높이 솟더니 이삼 일 동안 계속해서 탄 적이 있었다. 수많은 포로들이 변소 옆에 늘어서서 비를 맞으며 연기를 바라보았다.

인근 발전소가 고장으로 하루 종일 멈춘 적도 있다. 그 조용한 틈을 이용해서 비교적 경환자가 많은 텐트에서 노래자랑이 벌어졌다. 다리를 저는 사람, 한쪽 팔이 없는 사람, 어깨 근육이 떨어져나간 사람 등이 차례로 나와서 어설픈 솜씨로 자기 고향의 민요를 불렀다. 나는 군대의 습관 중 노래자랑을 근무보다도 싫어했는데, 이 포로병원의 침침한 전등 밑에서 벌어지는 불구자들의 노래자랑은 정말이지 참기 힘들었다. 귀에 익은 굉음이 사라진 정적은 쾌적하기보다 오히려 적적함을 더해줄 뿐이었다. 나는 곧 내 침대로 돌아갔다.

팔로의 태양

병원이 이전하게 되었다. 약 이 킬로미터 남쪽에 있는 팔로라는 마을 안쪽으로 옮긴다는 것이다. 팔로는 이곳과 달리 나무가 많은 녹지대로 설비도 좋다고 한다. 잠옷 이외에 녹색 미군복 한 벌, 수건 한 장이 새로 지급됐다. 배속 군의관과 위생병도 전부 교체된다고 했다.

이동 날짜는 확실히 기억하지 못하지만, 아마 2월 중순이었을 것이다. 다행히 그날은 비가 그치고 구름 낀 하늘에서 이따금 햇살도 비쳤다. 우선 깁스를 한 중환자들이 병원차로 출발하고, 우리 경환자들은 트럭으로 떠나게 되었다. 출발 직전의 혼잡 속에서 다리가 불편한 주변 환자들을 위하여 물을 떠다주기도 하고 몸을 부축해주기도 하던 나는 심장이 심상치 않게 뛰는 것을 느꼈다. 이상한 감각이었다. 심장만 몸의 다른 부분과 무관하게 덜덜 소리를 내듯이 움직이는 것이었다. 나는 이상한 불안을 느끼며 트럭에 올라탔다.

군의관은 나에게 새로이 한아름의 책을 안겨주고는, 문 앞에 서서 우리 일행을 배웅했다. 포로 중 어떤 사람은 그의 앞에 서서 경례를 하며 "땡큐!"라고 말했다. 이 군의관의 친절을 감사히 여기는 포로들도 있었던 것이다. 구름 낀 하늘에서 오토자이로가 내려와 착륙했다. 군의관은 "아차, 이놈들에게 우리 비밀병기가 발각됐군" 하며 웃었다.

트럭이 출발했다. 전망초소가 위치한 언덕 곁을 우회해 구불구불한 자갈길을 지나 지협을 빠져나간 곳에 인가가 모여 있고, 길은 넓은 차도와 T자형으로 이어졌다. 각종 자동차가 벨트로 이동되듯이 균일한 속도로 끊임없이 지나갔다. 이윽고 우리의 트럭도 그 속에 끼어들어 달렸다.

길을 따라 늘어선 집들에서 필리핀인들이 뛰쳐나와 뭐라 욕설을 퍼부으며 손을 펴서 목에 대고 좌우로 움직였다. 우리가 처형될 거란 뜻인 모양이었다. 이것은 나로서는 처음 겪는 일이었는데, 그들의 모습에는 이미 습관화된 구경꾼과도 같은 무관심이 있을 뿐 그다지 심각한 원한은 보이지 않았다. 나 역시 목에 손을 대고 같은 동작을 해 보였다. 그들은 잠시 당황한 듯 머뭇거리더니, 다시금 욕설과 더불어 요란하게 주먹을 휘두르며 좇아왔다.

길은 평지로 나아가다가 이윽고 탁류가 흐르는 강을 건너 울창한 삼림지대로 접어들었다. 가건물이 늘어선 사이로 하이힐을 신은 간호사와 연지색 가운을 입은 미군 환자들이 거닐고 있었다. 오락장으로 보이는 다각형 정자도 있었다. 미군의 새로운 병원 지구인 모양이었다.

사무소에서 인원을 점검하고 트럭은 다시 출발했다. 야자나무와 높은 나무들 사이를 이리저리 돌더니, 비교적 널찍한 부지에 철조망으로 높이 울타리를 두른 건물에 도착했다.

새로운 병원은 이전보다 울타리가 더 높고 문이 엄중한 만큼 내부 설비도 잘 갖춰져 있었다. 울타리 사이에 충분한 공지를 두어 병원용 직사각형 규격 텐트를 정연하게 다섯 개씩 두 줄로 배치하고, 바닥에도 널빤지를 깔았다. 뒤쪽에는 급식소, 샤워, 변소가 따로 있고, 각 텐트마다 수도가 하나씩 설치되어 있었다.

한 줄이 외과, 한 줄이 내과였다. 각 중앙부에 위치한 의무실에는 미군 위생병들이 모여 있었다.

숲을 개간하여 만들었는지 울타리 바로 바깥이 숲이었다. 우뚝우뚝 솟은 나무들 사이로 옅은 녹색의 잡목이 보이고, 이름 모를 새들이 숲에서 나타나 울타리 곁을 날아갔다. 공기는 맑았으며, 이따금 어디선가 도로공사를 하는 듯한 폭파음이 텐트를 진동시키는 것 말고는 아무런 소리도 들리지 않았다. 종일 발전소의 소음에 익숙해져 있던 우리에게는 뭔가 부족하다고 느껴질 정도의 정적이었다.

환자들은 배당받은 텐트에서 각자 멋대로 자리를 차지했다. 침대를 펴서 모포를 깔고 모기장을 칠 고리를 달고 나니 저녁 무렵이었다. 하지만 이윽고 배급된 저녁식사는 예전 것의 절반도 못 되는 소량이었다.

식사는 중앙 요리장에서 인원 수대로 배급받아 오는데, 이것은 내가 민도로 섬의 미군 야전병원에서 받았던 양과 그다지 다를 바 없었다. 그러나 상처와 더불어 영양실조도 회복시켜야 하는 일본군 포로들에게는 먹을 것을 아무리 주어도 부족했다. 식사량 문제는 이후로도 오랫동안 개선되지 않았기에, 새 병원으로 옮겨온 이후 우리의 유일하며 가장 절실한 고민거리가 되었다.

이때 일본인 위생병과 배식 담당의 악덕이 효과를 발휘했다. 그들은 자신들이 환자들을 위해 일한다는 구실로 부족한 식량을 횡령해서 배를 채웠다. 또한 허기진 환자들이 음식이 많이 담긴 접시를 놓고 다투는 것을 욕하고, 쓰레기통을 뒤지러 가는 환자들을 때렸다.

미군 위생병은 배식 담당의 식량 횡령에 분개해 환자들 중 배고픈 사람은 신고하라고 말했지만, 물론 정말로 신고하는 자는 아무도 없었다. 그랬다가 어떤 보복을 당할지 알고 있었기 때문이다.

나는 나이도 많고 체질적으로 위장이 약한 덕분에 남들보다는 배고픔의 고통이 덜했다. 새로 이웃이 된 포로가 배고파하는 모습을 보다 못해 이따금 내 식사를 나누어줄 정도로 여유가 있었다. 그는 대신 나를 위해서 갖가지 잡일을 해주거나 담배를 구해다줬다. 나중에 수용소로 옮긴 후에도, 식량이 충분해질 때까지 나는 언제나 이런 식으로 식량으로 얻은 졸병을 하나 거느렸다. 포로의 데모크라시 속에서 나는 자연의 요구에 따라 지배하고 있었다.

그러나 나는 인내 없이 지배했던 것은 아니다. 내가 식량을 옆사람에게 나누어준 것은 그게 자연히 남아서가 아니라 일종의 자만심에서였다. 이미 나는 꾸준한 독서로 인해 포로 사이에서 '다른' 인간이 되어 있었다. 레이테의 부상병 중에는 현역이 많은 한편 영어를 할 줄 아는 자가 거의 없었다. 그들이 나를 보는 눈은 일단 전쟁 초기에 전차 안에서 원서를 읽는 사람을 보는 대중들의 눈초리에 가까웠지만, 나는 그러한 눈길을 받으면서 의식적으로 현학적 고독 속에 잠겼다.

어쨌든 간에 이러한 자존심은 병든 포로가 갖는 허탈감에서 솟아난 최초의 감정이었다. 내가 억지로 참으며 남들에게 음식을 양보한 것도 역시 이러한 자존심에서 유발된 짓이었다.

새 병원에서는 밤에도 소등을 하지 못하게 되어 있었고, 게다가 울타리 위에 설치된 야간등이 환하게 머리맡으로 비춰들었기에, 나는 밤에도 마음껏 책을 읽을 수가 있었다. 졸리면 그제야 머리에 모포를 뒤집어쓰고 잤다.

어떤 책을 읽었는가 하면, 사람이 다섯 명이나 죽는 백 페이지 정도의 탐정소설이나 순정파 소녀가 기지로 기회를 잡는 십 페이지 정도의 잡지소설 같은 것들이었다. 나는 남몰래 영어를 익혀서 귀국하면 셰익스피어도 읽을 수 있을 정도로 기초를 다질 생각이었으나, 사실은 해외판 총서류를 남독하는 그릇된 심심풀이법을 익혔을 뿐이었다. 게다가 나는 꽤나 오만했다.

나는 이곳으로 출발할 때 나타난 심장의 이상이 마음에 걸렸다. 나는 새로운 병원의 텐트를 끝에서 끝까지 왕복해보고, 이러한 평범한 운동으로도 심장이 격렬하게 뛰는 것을 느꼈다. 침대 위에서 두세 번 상반신을 일으켰다 눕혔다 하기만 해도 고동이 심해졌다.

회진 때 나는 증상을 호소했다. 새로운 군의관은 신중하게 청진기를 대어보고 "비만 때문이야. 마찰음이 들리는데" 하고 말했다. 이삼일 지나자 심장 전문의라는 다른 군의관이 와서 원장의 진단을 확인하고는 "피가 역류한다"고 설명했다. 판막증이었다. 다만 이런 이상은 얼굴 생김새와 마찬가지로 타고나는 것이며, 단순히 말라리아로 악화된 것이라고 했다. 내게는 따로 위생병이 찾아와 혈액순환을 전기장치로 기록했다. 혈액검사 결과 말라리아는 완치됐다는 사실이 밝혀졌지만, 새로 발견된 심장 이상으로 인해 퇴원은 연기되었다.

심장병은 불치로 선언됐지만, 당장은 고통이 없었고, 팔이나 다리가 없는 사람들 속에서 신체에 아무런 흠집도 없다는 점이 마음에 걸렸던 나에게는 오히려 자랑스러운 명예의 부상이었다. 게다가 수용소로 가서 노동에 종사해야 하는 의무가 연기되어 병원에서 한가롭게 유유자적하며 독서를 즐길 수 있다는 게 가장 고마웠다.

그러나 심장병은 현저하게 신경을 괴롭히는 병이었다. 나는 고동에 이상을 주는 운동의 한도를 조사하여, 침대 다섯 개분의 거리, 상반신 일으키기 세 번이라는 결과를 얻었다. 나는 목욕과 용변 횟수를 줄이고 운동은 가능한 한 앞에서 말한 한도를 넘지 않도록 했다. 그러나 이윽고 나는 이 계율을 완전히 무시하지 않을 수 없게 되었다.

새로운 병원으로 옮긴 지 열흘 정도 지난 어느 날 밤, 변소에서 돌아오자 마침 너덧 명의 신입환자들이 도착해서 각자 배당받은 침대로 가려는 참이었다. 나는 그 속에서 수척해진 분대장의 초췌한 모습을 발견했다.

내가 "반장님!" 하고 부르며 다가가자 그는 "오오카, 너도 있었구나. 전부 빼앗겼어"라고 말했다. 포로가 되어 간신히 병원에 수용된 군인에게서 듣는 첫 마디치고는 상당히 이상한 탄식이었다. 내가 "뭘 빼앗겼단 말씀입니까?" 하고 묻자 "가방도 시계도 몽땅 빼앗겼어"라고 대답했다. 나는 웃음이 터지려는 것을 간신히 참았는데, 이 충동을 설명하려면 시간을 약간 거슬러 올라가서 이야기를 시작해야 한다.

이 분대장은 중일전쟁에 참가한 베테랑으로, 1944년 6월 우리가 도쿄에서 수송 편성을 짰을 때 다시 소집된 하사였다. 서른 살의 그는 부하들에게 친절하고 교련도 능숙했기에 우리는 좋은 분대장을 만났다며 기뻐했다. 마닐라에 도착한 후에도 우리는 이 수송 편성 그대로 민도로 섬의 경비를 담당하게 되어 여전히 이 분대장과 함께 지냈다. 분대장으로서의 그의 통솔에는 어딘지 묘한 활달함이 보였고, 병사들에게 적당히 방종을 허락했기에, 그는 중대에서 가장 인기 있는 하사관이 되었다. 당시에 토벌전을 벌이며 야영하던 중 게릴라의 기습을 받았을 때 그가 중대장과 함께 밖으로 뛰쳐나간 유일한 병사였다는 사실이, 그를 거의 영웅의 위치에까지 올려놓았다.

그러나 미군이 산호세에 상륙하여 우리가 산으로 들어간 후로 그의 행동은 점차 이상해지기 시작했다. 소대장을 선두로 최초의 잠복 척후가 조직되어 그가 보좌를 맡아 산호세 부근까지 갔을 때, 병사 하나가 지쳐서 쓰러졌다. 그는 자진해서 이 병사를 호송하여 먼저 돌아가는 임무를 맡아 다섯 명의 병사들과 함께 귀대했는데, 그는 그 병사는 조금도 아랑곳하지 않고 거의 뛰다시피 서둘러 본대 야영지까지 돌아왔다. 병사는 곧바로 몸져누워 닷새 후에 죽었다.

이때 그의 행동은 죽어가는 환자를 구실 삼아 잽싸게 위험지역을 빠져나온 것이라는 소문이 돌았다. 이윽고 말라리아가 만연하자 게릴라들과의 싸움에서는 용감했던 이 하사가 실은 자신의 생명을 몹시 애지중지한다는 사실이 차츰 밝혀졌다. 그는 환자와 가능한 한 멀찌감치 떨어져, 자기 옆에는 열이 나지 않은 사람만 재웠다. 환자에게 절대로 손을 대지 않았고 죽은 부하의 장례에도 참석하지 않았다. 이것은 말라리아가 모기를 매개로 전염된다는 초보적인 위생지식과도 궤를 달리하는 기묘한 행동으로, 질병에 대한 그의 공포심에는 이렇듯 시골 할머니처럼 영문을 알 수 없는 데가 있었다. 실제로 그는 사이타마 현의 자작농이었다.

질병에 대한 그의 공포는 약에 대한 유별난 집착으로 나타났다. 그는 산호세 부근의 선착장에 분초로 파견돼 있던 중 필리핀인에게서 검정색 가죽의 커다란 접이식 가방을 구입해서 산속에서까지 소중히 지니고 있었는데(나중에 그가 실토한 바에 의하면, 마침 그곳에 출장을 온 불랄라카오 소대의 급여 담당 하사와 공모하여 횡령한 공금으로 산 것으로, 그가 '빼앗겼다'고 말한 것도 이 가방이다), 위생병이 분개하며 말하기를 그 안에는 붕대와 기타 갖가지 위생용품이 가득했다는 것이다. 분대장이 이렇게 위생용품을 개인적으로 보관하는 것은 위법이지만, 산호세를 출발해 행군 중 위생병이 짐을 감당하지 못하고 일부를 그에게 맡긴 것이 애당초 잘못이었다. 나중에 자신의 용품이 부족하니 돌려달라고 부탁해도 돌려주지 않았다는 것이다. 더구나 그는 이것을 부하들에게까지 숨기고 필요할 때에도 결코 내주지 않았다. 내가 발열과 함께 설사를 하여 그에게 크레오소트*를 달라고 애원했을 때도, "그건 진통제이지 설사약이 아니야" 하며 주지 않았다. 이리하여 그는 산에 들어간 후에 환자들에게 가장 냉담한 분대장이 되었다. 산에서 병사들은 대부분 환자가 됐으니, 즉 그는 가장 나쁜 분대장이었다는 뜻이다.

---

* 마취, 진통, 살균 작용이 있는 약.

그는 죽은 환자의 유품도 이 가방에 넣어두었다. (빼앗겼다는 시계도 그중 하나이다. 시침이 두 번 회전하면서 동시에 날짜를 표시하는 숫자가 바뀌는 진기한 시계로, 그가 아주 좋아할 만한 물건이었다.) 그는 자신도 환자라고 자칭하여 척후나 출장 등의 임무를 면제받아(그것이 꾀병이라는 증거도 나는 알고 있지만 구질구질하게 늘어놓지 않겠다) 결국은 대피조에 합류해서, 출발시에는 이 가방은 부하 환자에게 짊어지게 하고는 자신은 가벼운 가방 하나만 든 채 떠났다.

말하자면 주둔 중에 상관에게 충성하고 부하에게 친절하던 이 하사관은, 패잔병이 됨과 동시에 갑자기 자신의 목숨밖에 생각하지 않는 에고이스트로 표변한 것이다. 더구나 그는 자신의 목숨과 더불어 공금으로 산 가방과 부하들의 유품을 갖고 귀국하려 했다.

그가 손바닥에 관통상을 입은 부하와 헤어져서 강을 건넌 이후의 역사는, 그 자신이 말한 바에 의하면 특기할 만한 것이 없었다. 몇 명의 사병들과 함께 한 달 가까이 산속을 방황하던 끝에 쇠약과 설사 탓으로 움직이지 못하게 된 상태에서 게릴라들에게 발견되어 붙잡혔다. 그리고 설사로 인해 그 혼자만 이렇게 병원으로 오게 된 것이다.

그러나 환자를 싫어하던 이 결벽가는 자신부터가 무척 다루기 힘든 고집불통 환자였다. 그는 "누가 곁에 있어주지 않으면 난 죽게 될 거야. 오오카, 부탁한다" 하고 말했지만, 나도 병에 걸린 몸이기에 그럴 수 없었다. 나는 내 심장병을 설명하고, 그의 병은 흔한 병이니 곧 나을 거라며 위로했다. 그는 다소 불만스러운 표정이었지만 굳이 고집을 부리지는 않았다.

그러나 일본인 위생병이 지나가자 그는 갑자기 자기 침대를 내 옆으로 옮겨달라고 부탁했다. 다행히도 이 부탁은 쌀쌀맞게 거절당했다. 이때만큼은 일본인 위생병의 불친절에 감사했다. 나는 불침번이 변기 시중을 들어줄 거라고 알려주고는, 그의 몸에 모포를 덮고 모기장을 달아준 뒤 내 침대로 돌아왔다.

나는 생각했다. 그의 침대는 내 침대와 상당히 멀리 있으니 그 사이를 왕복하며 그를 돌봐준다는 것은 나의 건강 수칙에 위배된다. 하지만 어쨌든 그는 나의 분대장이다. 일본 군대의 상관이 부하에게 베푸는 은혜를 과대하게 평가할 필요도 없었고, 산에서 병으로 누워 있는 동안 그에게서 받은 괄시를 충분히 원망할 이유가 있었지만, 그렇다 하더라도 현재 그의 상태를 보면 그대로 방치할 수도 없는 노릇이었다. 내일은 그의 몸을 씻어주고 면도도 해주는 등 한 차례 돌봐주고 그 뒤로는 이곳의 일반 간호에 맡기기로 작정했다.

그러나 이 환자는 그날 밤부터 나를 놓아주지 않았다. 잠이 들려고 하는 참에 금세 "오오카, 오오카!" 하는 목소리에 다시 깼다. 그가 나를 부르는 것이었다. 변기 처리를 부탁하려는 모양인데, 병 때문에 움직이지 못한다고 그렇게 설명해두었건만, 갑자기 화가 치밀었다. 못 들은 척하고 있노라니 불침번의 발소리가 들리고, 이어서 말소리가 들렸다. 불침번이 "무슨 일이지?" 하고 묻는 말에 "저쪽에 있는 오오카라는 사병을 깨워줘" 하고 대답했다. "뭐야? 부탁할 일이 있으면 내가 해줄게." "그 사병을 깨워줘."

불침번이 다가와서 나를 깨웠다. 할 수 없이 일어나서 갔다. 역시 변기였다. "변기 때문이면 내가 갖고 오지" 하며 불침번이 갔다. 나는 다시금 분대장에게 말했다. "반장님, 제가 평상시 몸이라면 얼마든지 돌봐드리겠습니다만, 저는 지금 움직일 수 없으니까 부르지 마세요. 침대 다섯 개분의 거리만 걸어도 가슴이 괴로우니까요." "곁에 있어 주지 않으면 난 죽을 거야." "걱정 마시라니까요. 누구나 처음 오면 다 그렇게 생각합니다."

변기가 왔다. 용변을 보는 중에도 머리만 돌려서 내가 떠나지나 않을까 걱정하는 그를 버려둔 채 "몸조리 잘하십시오"라고 말하고는 돌아왔다. 불침번을 불러서 "다시 나를 깨우라고 할지도 모르지만 용건은 뻔하니까 대신해줘. 내 분대장이니까 잘해줘. 사정은 알겠지만 나도 보다시피……" "알았어. 이제 깨우지 않을 테니 걱정 마."

다시 잠이 깼을 때 그는 불침번과 말다툼을 하고 있었다. 불침번이 화를 내며 거칠게 변기를 내려놓고 가는 소리가 들렸다. 그가 변기에 걸터앉은 모습을 조금은 유쾌한 기분으로 상상하며 나는 잠이 들었다.

이튿날 모기장을 걷고 모포를 접어줬다. 침대에 마주 앉아 함께 식사를 했다. 육류는 내가 먹고 대신에 야채를 줬다. 목욕은 아직 무리인 듯했기에 물을 퍼다가 얼굴과 손발을 씻겨줬다. 쇠약해진 발에 말라붙은 때를 정성껏 벗기노라니, 마치 동물을 어루만지는 듯한 동정심을 느꼈다. 내 가슴을 아프게 한 것은 이 닭발처럼 앙상한 발에서 전해지는 체온이었다. 내가 병에 걸렸을 때 멀리 있는 변소까지 기어가라고 명령한 인간의 발을 씻겨주는 스스로가 조금 처량하기도 했다. 이렇게 보살핌을 받는 환자는 이 일본군 포로병원에 한 사람도 없었다. 이 베테랑 군인도 그런 사실을 알고 있겠지.

"신세가 많군." 그는 일부러 간밤의 일은 언급하지 않고 말했다. "아닙니다. 저는 반장님만이 아니라 전혀 알지 못하는 사람에게도 이 정도의 일은 합니다"라고 나는 약간 비꼬아 대답했다. "저도 환자니까 오늘의 봉사는 이것으로 끝내겠습니다. 내일은 그 옷을 세탁하겠습니다. (그는 아직 파자마 이외에 미군 제복을 지급받지 못했다. 게릴라들에게 입히던 더러운 셔츠와 반바지뿐이었다. 제복도 곧 배급될 거라고 했지만, 군대 생활에 익숙한 그는 이른바 정량 이외의 의복을 포기하기 싫었던 것이다. 나는 그것을 세탁해주기로 했다.) 그리고 모레는 간단히 목욕을 합시다. 그것으로 저의 봉사는 끝입니다. 그다음은 스스로의 힘으로 회복하십시오. 저도 이제까지 그렇게 해왔으니까요." 그는 곧 울음이라도 터뜨릴 듯한 표정으로 나를 바라보았다. 그러나 나는 아무래도 그가 산에서 나를 포함한 모든 환자들을 학대했던 일 때문에 기분이 상해 있었다. 이 에고이스트의 일시적 참상에 마음이 흔들리면 안 된다.

내가 이후로 이 분대장에게 얼마나 시달림을 당했는지는 더이상 쓰지 않겠다. 인간이 설사 때문에 죽을 수도 있다고 생각하는 옛 분대장과 심장을 걱정하는 옛 병사는 난형난제의 멋진 적수였지만, 어쨌든 나도 내 병에 신경을 써야만 하는 몸이라는 사실을 그에게 이해시키는 것이 도저히 불가능했다. 결국 보다 못한 옛 상등병 환자 하나가 고함을 쳤다.

"여봐, 아무리 졸병이라 해도 그렇게 부려먹으면 불쌍하잖아. (이 상등병은 16사단 소속이었기에 교토 사투리를 썼다.) 저러다 죽을지도 몰라. 아무리 옛날 분대장이라 해도 포로가 된 이상 대등한 거잖아. 하사 주제에 그렇게 대단하게 부하를 부려먹는 거 아니야!" 이후로 그는 간신히 내 어깨를 빌리지 않고 변소에 가고 혼자서 모포를 접게 되었다. 나는 이 상등병의 호통에 내심 감사하는 자신에게 약간의 자책감을 느꼈지만, 훗날 수용소에서 그와 동행했던 병사로부터 들은 그의 도망 중의 행적을 이때 알았더라면 괜스레 이러한 자책감을 느끼지 않았을 것이었다.

"그런 지독한 녀석도 없을걸." 그 병사는 말했다. "혼자서 잽싸게 도망치기만 하고 남들이 따라오건 못 따라오건 상관 않는 거야. (그는 오사카 출신으로 산호세에 주둔하던 중 게릴라의 습격을 받아 전사한 위생병의 보충으로 온 위생병이었다.) 그 주제에 자기가 설사를 하게 되니까 총을 받아달라는 둥 배낭을 대신 짊어져달라는 둥 억지만 쓰더라니까. 먹는 건 남들 두 배나 먹으면서. 결국 붙잡힌 것도 그 녀석이 설사로 움직이지 못해서야. 그 녀석, 수류탄을 갖고 있으면서도 던지지 않았지. (물론 이때 그의 얼굴에는 약간 미묘한 표정이 떠올랐다. 어쨌든 간에 그때 분대장이 수류탄을 던지지 않은 덕분에 지금 그의 목숨이 무사한 것은 확실했다.) 붙잡히고 나서도 소란을 피우더군. 선실 안에서(그는 피나말라얀에서 미군 함정에 실려 산호세로 이송됐다) 그 녀석은 목을 매 죽으려 했지. 밤중에 문득 눈을 뜨니까 수건을 찢어서 못에 걸고 죽으려 하고 있지 않겠어. 내가 말했지. 반장님! 이런 곳에서 꼴사나운 짓은 하지 마십시오."

"포로가 된 걸 부끄럽게 여기고 목을 매는 게 그다지 꼴사나운 일 같지는 않은데." 곁에서 듣고 있던 다른 포로가 다소 불만스럽다는 어조로 대꾸했다.

"그렇게 정당한 이유가 있다면 탓하지 않겠어. 그 녀석은 그저 자기가 설사가 심해서 그게 괴로우니까 죽겠다는 거야. 반장님, 그런 꼴사나운 짓은 하지 마십시오. 정말로 죽고 싶으면 목적지에 도착한 후에 혼자 있을 때 죽으면 되잖아요. 이렇게 제 앞에서 죽으면 제가 난처하니까요……"

이 부분에서 그의 논리가 약간 의심스러워졌지만, 하여간에 목을 매려 하는 분대장의 모습은, 자기 앞에서 사람이 죽는다는 사실에 당황한 오사카 출신 군인에게도 우스꽝스럽게 비칠 만큼 비장하지 못했던 모양이다.

설사는 우리 상식에서 보자면 지극히 빈약한 자살 동기였지만, 만일 그가 자신의 육체 상태에 관해 내가 모르는 감각을 지니고 있었다면 자살도 가능할 것이다. 혹은 이제까지 기술한 그의 죽음과 병에 대한 유별난 공포, 즉 자신의 육체에 대한 남다른 집착으로 보아, 그의 육체적 고통에 대한 최고의 표현이 역으로 육체의 파괴로 향하게 되었다고 상상할 수도 있다. 그것이 포로의 수치감에서 우러난 행동이 아니라는 사실은 그가 끝까지 수류탄을 감추고 있었던 점을 봐도 확실하다.

그러나 그 병사의 이야기 중 가장 충격적인 내용은 그가 처음에 부하들도 아랑곳하지 않고 '잽싸게' 걸어갔다는 부분이다. 그 이야기는 그가 내 친구인 S를 유기했다는 뜻이 된다. 생사의 갈림길에 선 군인들의 공통된 에고이즘을 비난할 생각은 없지만, 그가 나의 사랑하는 벗을 버렸다는 점에서 그 개인을 혐오하는 것은 내 자유였다.

그는 언젠가 나에게 말했다. "돌아가면 산에서 죽은 병사들의 집을 찾아가보자." "그래요? 댁의 아드님은 제가 산에 버리고 왔습니다, 라고 말하며 다니신다는 말씀입니까?" 하고 나는 대꾸해줬다.

더구나 거듭 말하다시피 이 에고이즘의 화신과도 같은 하사관은, 산호세에 주둔하는 동안은 부하들로부터 가장 존경받던 분대장이었으며, 중대장이 가장 신임하는 하사관이었다. 우리는 주둔하면서도 여전히 교육 중으로 간주됐는데 그가 중대장에게 제출한 교육 일정표는 거의 흠잡을 데 없었다고 한다.

그는 주둔하는 동안 완벽한 교육자였을 뿐만 아니라 전투에서도 용감했다. 그는 조금이나마 자신의 명예를 만회하려고 앞에서 잠깐 언급한 토벌전 중의 무용담을 꺼냈다.

지난해 10월 초순 산호세에 주둔하고 있을 때, 우리는 3개 분대의 병력으로 서해안 사블라얀을 토벌하러 간 적이 있다. 그 부근 일대는 게릴라들의 세력 범위로 미군 잠수함의 보급을 받고 있다는 징후가 확연했으나, 상대를 얕잡아본 우리는 쌀과 돼지고기를 배불리 먹기 위한 피크닉 정도로만 생각했다. 그에 앞서 동해안에서 벌어졌던 토벌전에서는 상대가 접촉을 피해 후퇴했기에 가능했음에도 말이다. 그리고 지난번의 불편했던 경험에 질려서 이번에는 취사용의 큰 가마솥을 갖고 갔는데, 아무래도 그건 너무 심했던 모양이다. 이러한 방심이 결국 전사자 한 명 부상자 세 명을 낸 원인이 되었다. (나는 암호수였기에 항상 본대에 머물렀고 토벌전에는 참가하지 않았다.)

사블라얀 마을에는 게릴라가 없었기에 일행은 예정대로 돼지를 잡고 투바 주*를 징발해 대향연을 벌였다. 초등학교에 묵으며 정면 계단 위에 등을 달고 밤새도록 위병이 경계했다. 새벽 세시경 취사병이

---

* 코코넛이나 니파야자의 수액(투바)으로 만든 필리핀의 토속주.

한쪽 구석에 설치한 가마솥에 불을 지폈다. 불길이 솟는 것과 동시에 위병소의 등불과 가마솥 사이 이십 미터 정도의 공간이 일제히 사격을 받았다.

교실 바닥에서 자고 있던 병사들이 총성에 눈을 뜨자 예광탄이 불꽃처럼 천장에 꽂히는 것을 보았다고 한다. 한 명은 옆구리에, 한 명은 어깨에, 두 명은 다리에 총알을 맞았다. 어떤 자는 머리카락 사이로 총알이 지나가는 것을 느꼈다. (옆구리에 부상을 당한 병사는 삼일 후 바탕가스의 병원에서 죽었다.)

전원 바닥에 엎드린 채 총을 집고 무장을 했지만, 누구 하나 적탄을 무릅쓰고 밖으로 나가는 자는 없었다. 이때 용감히 혼자 창문으로 뛰쳐나간 사람이 우리 분대장이었다. 즉각 땅에 엎드리고 보니(나는 그의 엎드린 모습이 눈에 떠오른다. 그는 내가 본 중에 가장 포복 자세가 좋은 하사관이었다) 총알은 전방 백 미터 정도의 숲에서 날아오는 듯했다. 총성 사이로 높은 피리 소리가 들리더니 이어서 사격이 계속됐다.

중대장은 이미 나와 있었다. 그리고 적 사이에 있는 앞뜰을 천천히 좌우로 걷는 모습이 위병이 깜박 잊고 소등하는 것을 잊은 불빛에 보였다고 한다. (이때 소등 책임을 방치하고 도망친 위병 사령 하사관은 나중에 중대장에게 질책을 당했다.)

분대장은 즉시 응사했다. "중대장이 오락가락하니까 방해가 돼서 어쩔 수가 없더군" 하고 그는 말했다. 그의 단독 사격은 대수롭지 않았지만, 이때 어쩌면 몇 명의 희생자를 구했을지도 모른다. 왜냐하면 그 사격을 기화로 피리 소리가 길게 들리더니 상대방의 사격이 멈췄기 때문이다. 게릴라들은 가능한 한 희생을 피했다. 분대장이 쏜 한 발은 그들에게 우리의 반격이 시작되리라고 알리는 신호였던 것이다.

병사들은 삼삼오오 창문에서 나와 사격을 개시했다. 아무런 응답도 없었다. 진격은 위험해서 마루 밑에 각자 몸을 숨길 수 있을 정도의 구멍을 파고 경계했다. 이윽고 비가 내리기 시작했고, 그 빗물이 구멍으로 흘러들어 병사들은 진흙투성이가 되었다. 날이 밝자 적은 이미 그림자도 없었다. 수색에 나선 병사들은 모두 약탈자로 변했다. 부상자를 바탕가스의 병원으로 보내고, 게릴라를 유도했다는 혐의로 촌장 및 서기 한 명을 포로로 삼고서, 일행은 별다른 수확도 없이 철수했다.

"그런 상황에서 잘도 뛰쳐나갔군요." 내가 감탄하자 분대장은 웃으며, "그야 안에 있다가 적이 돌격해오면 모두 당하게 되잖아" 하고 말했다. "뒤쪽 창문으로 나갔더라면 어땠을까요?" "뒤로 나가건 앞으로 나가건 위험하기는 마찬가지지. 뒤로 나갔다가는 즉시 평판이 나빠질걸" 하며 그는 다시 웃었다.

이때 그는 나에게 영웅이었다. 그렇기에 '안에 있다가는 당하게 되잖아'라는 시니컬한 표현도 그저 용사의 겸손으로 여겼다. 나는 내가 지니지 못한 것에 대한 환상을 품고 있었다.

그러나 그후 산에 들어가서 그가 취한 행동을 종합해보면, 그것이 단순한 겸손에서 나온 게 아니라는 것과, 당시에 그를 혼자 뛰쳐나가도록 만든 진정한 동기가 뭔지 명백해진다. 안에서 주저하던 다른 하사관들도 모두 그에 못지않은 중일전쟁의 옛 용사들이었기에 상황을 판단하는 능력은 비슷했겠지만, 다만 그처럼 자기 생명의 존속에 관해 민감하지 않았기 때문이 아니었을까. 그것은 마치 그들이 산에 들어갔을 때 우리 분대장만큼 단호하게 부하들을 버릴 수 없었던 것과 동일한 논리였다.

이 하사가 다른 하사관들이 하지 못한 일을 해냈다는 점에 관해서는 그의 기지를 인정하지 않을 수 없다. 예를 들어 그가 적탄을 무릅쓰고 뛰쳐나갔을 때, 그는 적의 사격 간격을 측정해야 하는 미묘한 문제를 해결한 것이다. 이런 점에서는 그의 교육자로서의 총명함, 부하에 대한 활달함(이것은 일종의 사회적 기지이다)과 적잖이 부합되는 그의 재능을 인정하지 않을 수 없다. 아마도 이러한 재능은 도쿄 근교의 농민이던 그가 전쟁 중에 익힌 것일 터이다. 그러나 지금이 적당하리라고 판단하고 뛰쳐나간 순간, 그를 뒤에서 충동한 것은 이러한 판단이 아니다.

이것이 생명에 대한 집착일 뿐 애국심이 아니었다는 점은 피차 유감이다.

그러한 에고이즘과 용기의 일치, 이것은 직업군인이라는 괴물을 구성하는 기형적인 결합 중에서도 가장 기묘한 결합이고, 일종의 위기상태에서 이루어지는 것이기에 훈련을 필요로 한다. 소위 실전 경험 말이다.

(나는 이 에피소드에서 우연히 또하나의 용기에 관한 예를 묘사했다. 즉 상대방 앞을 오락가락하던 중대장이다. 그의 경우는 이미 다른 곳에서 기술한 바와 같이 일종의 자살로도 생각할 수 있지만, 표면적으로는 그 역시 훈련된 허영심을 드러내고 있다. 중일전쟁 중에 수많은 일본인 장교들이 이러한 허영심으로 인해 무의미하게 죽거나 부상당했다. 허영심이라 부르는 이유는 이것이 고대적 용기의 단순한 모

조에 불과하며, 그 자신에 대해서도 조국에 대해서도 전혀 진실된 동기에 입각해 있지 않기 때문이다.)

우리 분대장이 하사관을 지원한 것은 그의 희망이 아니라 중일전쟁 중 인원 보충이 필요하여 강요당한 것인 듯한데, 알다시피 일본 군대에서 하사관의 생활은 소작농보다 훨씬 편했다. 적어도 그의 경우에는 집에 있으면서 가장인 늙은 아버지에게 무조건 복종하며 노동에 종사하는 것보다는 나았을 것이다. 그는 가업을 동생에게 맡기고 중국 중부에서 태연히 아버지의 죽음을 기다렸다. 아버지는 때마침 1941년 그가 제대한 해에 죽고, 그는 집을 물려받아 결혼했다. (반장님은 아버님의 시신에도 손을 대지 않으셨죠? 하는 내 질문을 그는 긍정했다.) 다만 태평양전쟁 말기에 다시 소집되어 패전군 중 미숙한 병사들을 떠맡게 되리라고는 그도 상상하지 못했다. 그렇기에 그는 책임을 깨끗이 포기한 것이다.

건강이 좋아짐에 따라 나에 대한 그의 태도는 차가워졌다. 그로서도 나의 '배은망덕함'을 원망할 이유가 있었겠지만, 나도 이제 그 같은 옛 상관은 질색이었다. 나중에 수용소에서 소속이 달라지자 우리는 더욱 소원해졌다. 그도 손바닥에 관통상을 입은 병사와 마찬가지로 옛 동료와 전혀 어울리지 않고 고독하게 지냈다. (수용소에서 농민 출신의 포로들은 대체로 다른 텐트의 옛 동료보다는 가까운 침대에 있는 새로운 이웃과 사이좋게 지냈다. 필요와 편의에 민감하기 때문이다. 먼 텐트를 마다 않고 옛 친구를 찾는 것은 봉급 생활자 출신 보충병들이 지닌 습관이다.)

그는 새로운 이웃들 사이에서 점잖고 좋은 사람이라는 평판을 얻었다. 그렇지만 우리와 길에서 만나면 무슨 까닭인지 눈을 내리깔았다. 어쩌면 이것이 항상 병을 두려워하던 그의 진정한 모습일지도 모른다. 그를 활달한 분대장으로 만든 것도, 전투에서 용감하게 만든 것도, 모두 환경이 그에게 입혀준 의상이었는지도 모른다. 그렇기에 나는 그가 현재 시골에서 빵 굽는 가마 따위를 설치해놓고는 교활한 암거래상으로 성대하게 활약하고 있으리라고 믿어 의심치 않는다.

(나는 그를 모델로 일본 직업군인의 가장 전형적인 모습을 그릴 생각이었는데, 극히 비범한 인물을 그려버린 느낌이 든다. 하여간에 그는 일개 시골 출신의 괴짜였다. 기왕 내친 김에 그의 육체적인 특징도 기술해보자면, 신장은 백육십 센티미터 정도, 피부가 검고, 그다지 우람하지 않은 체구에 비해 머리가 약간 크며, 이마는 튀어나오고 약간 곱슬머리였다. 짙은 눈썹과 움푹한 눈, 가느다란 코, 튀어나온 광대뼈, 평범한 입에 얼굴이 길쭉했는데, 넓은 이마에 비해 얼굴의 하반부가 너무 작아서 그다지 보기 좋지는 않다. 전체적으로 차분한 인상이다. 그는 주둔 중의 일석점호 때 우리에게 군인칙유(勅諭) 대신 〈바다에 가면〉*을 부르도록 시켰는데, 그는 가는 목소리에 음치였다.)

이 하사와 함께 약간 뒤늦게 대피했던 산호세 주둔 육군항공대 기상관측반의 병사 하나가 입원했다. 그는 1944년에 징집된 현역병으로 오이타 현 출신의 소작농 자식이다. (쓰다보니 내가 군대에서 접촉한 병사들, 적어도 나에게 감명을 남긴 병사들이 모두 농민이라는 사

* 海行かば, 2차대전 당시 일본의 국민가요.

실을 깨닫게 되었다. 여기에는 일본군 구성의 통계적 원인 이외에도 그들과 나 사이를 잇는 어떤 공감의 원리가 있었던 게 틀림없다.) 그는 서구식 용모에 피부가 희고 점잖은 젊은이로, 우리 중에서 유일한 미남이었다. 남색 취미가 있는 기상반 하사관이 산에 들어가서도 그를 꼬드기려 했다는 평판이 있었다.

그는 왼쪽 가슴에 아직 탄환이 박혀 있는데도 언뜻 보기에는 제법 기운이 있었다. 그는 자신이 붙잡혔을 때의 상황을 상세하게 이야기했다. 허영심의 제약을 받는 포로들은 대체로 자신이 어떻게 붙잡혔는지 상세히 설명하지 못한다. 그렇기에 그가 들려준 귀중하고 상세한 자료를 여기에 기록하지 않을 수 없다.

그는 불랄라카오 소대의 병사가 손바닥에 관통상을 입었을 때 강을 건너 도망친 일행에 속해 있었는데, 그를 사랑하던 하사관 및 사병 한 명과 함께 그곳에서 우리 소대장 일행과 헤어지고 말았다. 사오 일 산속을 방황한 후 숲속의 오솔길에서 갑자기 등뒤에서 사격을 받았다. 앞장선 동료가 달리기 시작했다. 그는 나무뿌리에 걸려 쓰러졌다. 동료가 달려간 전방에서도 총성이 들렸다. 오른쪽은 숲, 왼쪽은 들판이었다. 들판 저편으로 삼백 보가량 떨어진 곳에 또 숲이 있었다. 어째서 이때 오른쪽 숲으로 뛰어들지 않고 들판을 가로지를 생각을 했는지 모르겠다고 그는 말했다. (아마도 앞뒤로 총격을 받은 상황으로 보아 숲속에는 적이 숨어 있을 가능성이 있는 데 반해 들판에는 아무도 없다는 것을 확실히 봤기 때문이 아닐까?)

달리면서 그는 총알이 귓전을 스치는 소리를 들었다. 총알은 전방에서도 날아오는 것 같았다. 그러나 주저할 수 없었다. 무작정 숲속으로 뛰어들어 수풀을 헤치며 전진했다. 연못이 있었다. 우회하여 계속 전진하자 전방에서 사람 목소리가 들렸다. 풀 위에 엎드렸다. 목소리는 사방에서 다가왔다. 필리핀인인 듯했다. 휘파람을 불며 오는 자도 있었다. (그는 이미 총을 지니고 있지 않았다.) 가까워지는 발소리를 듣고 일어나 달렸다. 연못이 유일한 피난소라 생각했다. 머리부터 거꾸로 뛰어드는 순간 공중에서 가슴에 충격을 느꼈다. 물속의 진흙이 얼굴에 닿았다. 얼굴을 들자 바로 수면으로 나왔다. 물은 팔꿈치로 지탱할 수 있을 정도의 깊이밖에 되지 않았다. 일어서려고 했지만 가슴이 무거워서 일어설 수가 없었다. 허우적거리고 있노라니 물을 건너는 발소리가 다가와서 양팔을 붙잡았다.

갖가지 복장을 한 필리핀인들이 둘러쌌다. 그들은 욕설을 퍼부으며 그의 얼굴을 때리다가, 상처를 보더니 곧 포기하고 어깨에 걸쳐 해안으로 운반했다. 그는 죽어야 한다고 생각했기에 가슴의 상처를 악화시키려고 최대한 발버둥쳤다. 필리핀인들은 그를 나무에 묶었다. 뭐라고 말을 했지만 물론 그는 알아들을 수 없었다. 이윽고 들것이 오자 그곳에 눕히고 단단히 묶었다. 실려서 운반되는 동안 그는 남아 있는 유일한 운동, 즉 심호흡을 하기로 했다. (그러나 이때 그의 호흡은 일부러 노력하지 않아도 커지지 않을 수 없었을 것이다.) 숨을 쉴 때마다 새로운 피가 흘러나오는 것을 알고, 그는 위안을 느꼈다.

일행은 오두막으로 들어가서 들것을 바닥에 눕혔다. 그들은 그의 가슴을 풀어헤치고 응급조치를 취했다. "죽여라, 죽여!" 하고 그는 외쳤지만, 그 목소리가 생각보다 훨씬 작았기에 자신의 귀가 멀어진 느낌이 들었다고 한다.

마흔네 살의 필리핀인 하나가 들어오더니 그를 바라보며 뜻밖에 능숙한 일본어로 "조용히 해!" 하고 소리쳤다. 그는 "죽여라!" 하고 되풀이했다. 필리핀인은 미소를 지으며 "죽이진 않겠다. 미군에게 넘기겠다. 미군이 상처를 치료해줄 거다"라고 말했다. "치료해줄 필요는 없어. 죽이라니까. 나는 일본인이다"라고 말하자, 그 필리핀인은 갑자기 눈물을 줄줄 흘렸다.

이 눈물에 놀라서 흥분이 가라앉았다. 필리핀인은 하염없이 솟는 눈물을 닦으며 그의 곁에 웅크리고 앉아 말했다. "네 기분은 잘 알겠다. 하지만 너에겐 아버지와 어머니가 있지? 아버지는 네가 이렇게 살 기회를 얻었는데도 굳이 죽었다는 이야기를 들으면 어떻게 생각할까? 자, 그렇게 악을 쓰면 상처에 좋지 않아. 얌전히 있어라."

그 말을 들으면서 그도 울었다. 어머니 이야기가 나온 것이 가장 가슴 아팠다. 사실 산속을 걸으면서 그는 오직 어머니 생각만 했기 때문이다.

그는 눈물을 흘리면서 될 대로 되라고 체념했다. 필리핀인은 알록달록한 손수건을 꺼내어 그의 눈물을 닦아주고는 웃으면서 "알겠지?" 하고 다짐을 받았다.

그 필리핀인은 해안에 위치한 미군 주둔지로 운반되는 동안 계속 동행했다. 그는 길을 걸으면서 자신의 이야기를 들려주었다. 그는 젊었을 때 이 년간 요코하마의 중국인 가게에서 일하다가 일본 여자와 결혼해 돌아왔다. 둘 사이에는 지금 열여덟이 되는 아들이 하나 있는데, 미군이 이 섬에 상륙해 필리핀인들의 협력이 활발해지자 갑자기 자신은 일본인이니 이제부터 루손 섬에 건너가 일본군에 가담하겠노라고 선언했다. 어머니와 함께 아무리 설득해도 듣지 않았다. 허락하지 않자 어느 날 밤 결국 가출하고 말았다. 그리고 이튿날 아침 자루 하나를 짊어지고 걸어서 북상하는 그의 모습을 본 마을 사람을 마지막으로 소식이 끊기고 말았다.

"어째서 자기가 일본인이라고 생각했는지. 아버지인 내가 필리핀인이니까 너도 필리핀인이라고 말해도 듣지 않더군. 전쟁이 시작되던 무렵 이 마을에 있던 일본 군인들에게 귀여움을 받아서 일본군이 좋아진 모양이야. 지금쯤 무얼 하고 있는지, 죽었을지도 모르지" 하고 말하며 그는 어두운 표정을 지었다고 한다.

"그 일본인 어머니라는 사람을 봤나?" 내가 물었다.

"그러고 보니 여자 하나가 식사를 날라다준 적이 있는데, 저는 필리핀인이라고만 생각했습니다." 그는 대답했다.

나는 매일 아침 빠뜨리지 않고 그를 방문했다. 그러나 이 병사와도 나는 그다지 이야기를 나누지 않았다. 나는 이야기를 하면 상처에 나쁘다는 핑계로 언제나 얼굴만 보고 돌아왔다. 사오 일 지난 어느 날 아침, 그는 젖은 수건으로 얼굴을 덮은 채 자고 있었다. 곁에 있는 포로에게 물으니 상태가 나쁘다고 했다. 이튿날 나는 탐정소설인지 뭔지를 읽느라 오전 중에 그를 방문하지 못했다. 오후에 가보니 그의 침대는 비어 있었다. 전날 밤 죽어서 시체를 이미 내갔다는 것이었다. 그의 텐트는 내 텐트와 상당히 떨어져 있었기에 나는 아무런 눈치도 못 챘다.

나는 잠시 동안 멍하니 빈 침대에 걸터앉아 있었다. 침대 밑까지 깨끗이 청소해서 그의 흔적은 아무것도 남아 있지 않았다. 하룻밤 사이에 그가 완전히 사라져버린 것은 확실했다.

나는 간신히 내 마음을 채울 수 있던 인간이 다시금 나로부터 박탈됐음을 깨달았다. 그가 죽은 것이 내 탓은 아니지만, 어제 그가 얼굴에 수건을 덮어쓴 모습을 보고 그가 죽으리라고 예상하지 못한 것은 내 실수였다. 나는 그의 이름조차 알려고 하지 않았다.

그러나 당황할 필요는 없었다. 그와 나 사이에는, 역시 내가 좋아했던 기타쓰가루 출신 병사와 마찬가지로, 별다른 대화도 없지 않았는가. 그들이 좋아하는 것을 나도 좋아하고 기탄없는 대화를 나눈다는 것은 있을 수 없는 일이 아닌가. 나는 오로지 감상에 의해서만 그들에게 접근할 수 있지 않았는가.

나는 내 심장병을 의식하고 천천히 일어나 내 텐트로 돌아왔다. 분대장에게 "반장님, 기상대 병사가 죽었습니다" 하고 전하는 순간 눈물이 눈에서 넘쳐흘렀다.

그럭저럭 우기가 지나고 연일 맑은 날씨가 계속됐다. 머리 위의 텐트가 타는 듯이 뜨겁고, 찌는 듯한 열기가 누워 있는 우리의 몸에 닿았다. 나는 처음으로 텐트라는 문명의 이기를 저주했다.

환자들은 하루 종일 먹을 것에 관해 이야기를 했다. 먹는 이야기를 하지 않을 때에는 주로 '예스, 노'라는 게임을 했다. 스무고개를 재미있게 이끌어갈 기지가 없는 그들의 우문우답은 나를 답답하게 만들었다. 나는 집요하게 독서에 빠져 지냈지만, 그들의 목소리는 아무리 귀를 막아도 들릴 정도로 컸다. 집단 생활은 아무 목적이 없을 경우에는 정말로 견디기 어려운 것이다.

말라리아 등의 병으로 수용소에서 온 환자들을 통해 최근에 발생한 탈주사건 소문이 들려왔다. 다섯 명이 탈주했는데 모두 조종사라고 했다. 전원이 타클로반 비행장에 성공적으로 숨어들어 비행기를 탈취해 세부 섬으로 도망쳤다는 것이다. "그러고 보니 마침 그날 이 병원 위를 저공비행하며 지나간 비행기가 있었는데, 틀림없이 그 비행기일 거야"라고 누군가가 말했다. 그러나 이 소문은 미국의 경비 상황을 보면 믿을 수 없었다.

미군이 대만에 상륙했다는 소문이 전해지더니, 이내 그곳이 이오섬* 이었다는 사실이 판명됐다. 본토 결전이 있으리라 주장하는 포로도 있었다. 혹은 본토를 미군에게 맡기고 새로이 수도를 천도한다는 설도 있었다. 이런 이야기가 음식 이야기보다 듣기 편했던 것은 사실이다.

내 심장은 점차 회복되어갔다. "체력을 키워야 한다"는 군의관의 권유에 나는 아침저녁으로 널빤지 바닥을 쓸고 물을 뿌리는 일을 하기로 했다. 이윽고 각 텐트에 막장(幕長)을 두고 일종의 통솔을 맡기게 되었다. 이것 역시 무작정 책임을 정하는 일본 군대의 사고방식이었지만, 우리 텐트에 몇 명이나 있는 하사관을 제쳐놓고 연장자란 이유로 내가 지정된 것은 어느 정도 포로다운 자유주의의 발로였는지도 모른다.

이리하여 나는 병원에서 특권계급에 속하게 되었다. 이삼 일 간격으로 배식소에서 협의회라고 하는 막장 회의가 열렸는데, 막장에게는 명목 이외에 대단한 일거리도 없었기에 아무런 협의사항도 없었다.

---

* 硫黃島, 일본 도쿄도 남쪽 해상 오가사와라 제도 중앙에 위치한 화산섬.

결국 회의는 배식 담당이 횡령한 식량의 잉여분을 우리에게 대접하고 그들의 위성단체로 만드는 것이 목적인 듯했지만, 나는 음식물을 대부분 텐트로 갖고 와서 나누어주었기에, 이것이 내가 막장으로서 인기를 얻은 주된 원인이 되었다. 그러나 얼마 지나지 않아 배식 담당은 '환자들이 이상하게 생각하면 안 된다'는 이유로 내가 식량을 갖고 가는 것을 금했다.

명목뿐이라 해도 통솔자의 눈으로 보니 포로들은 전혀 손을 쓸 수 없는 게으름뱅이였다. 내가 담당한 텐트는 내과 중에서도 경환자들을 모아놓은 병동으로 그들의 병은 대부분 영양불량에 의한 각기병이나 산속에서 나쁜 음식을 먹은 탓에 생긴 설사였는데, 군의관이 권장하는 하루 두 번의 냉수욕도, 십 분간의 일광욕도 그들에게는 모두 귀찮은 일이었다. 그들은 종일 뜨거운 텐트 안에서 뒹굴며 음식 이야기 하기를 좋아했다.

그에 반하여 외과 환자들은 적극적으로 회복하려는 의지를 지니고 있었다. 대체로 그들은 내과 환자들에 비해 모든 일에 병자티를 내지 않았다. 이미 불구자로서의 생활방도를 강구하고 있었던 것이다. 외상은 내장의 질환만큼 정신을 망치지 않는 모양이었다.

정신 자체에 손상을 입은 환자도 있었다. 한 사람은 스물너덧 살의 젊은 병사로, 식사시간이 되면 일종의 의식을 거행했다. 식사 때마다 접시 앞에 정좌해 잠시 명상을 한 뒤 크게 절을 하고는 그제야 젓가락을 집었다. 산속에서 굶주렸던 탓일 것이다.

그는 배식 담당이 남긴 식량을 향해 과감한 돌격을 감행한 유일한 환자였다. 배식 담당도 이 천진난만한 광인에게는 대항하지 않은 모양이었다. 그는 얻어낸 식량을 칙어*라도 받쳐든 병사처럼 양손에 들고 텐트 중앙 통로를 걸어왔다.

또 한 사람은 마흔이 넘은 해병이었다. 그는 처음에는 단순한 설사 환자로 우리 텐트에 들어왔지만, 이윽고 전형적인 구금성 정신병의 징후를 보이기 시작했다. "사격!" 하고 외치며 갑자기 일어나서 밖으로 뛰쳐나갔다. 근해에서 단독으로 침몰된 경순양함의 포수였던 그는 귀가 잘 안 들렸다.

침대에 묶어놓으면 변을 지렸다. 이 뒤치다꺼리를 하는 건 그의 발작을 막는 것보다 힘들었기에, 이후로는 방치하기로 했다. 다행히 그 이후로 발작은 자주 일으키지 않았지만, 이번에는 끊임없이 변이 마렵다고 호소했다. 그러면서도 변기는 거부하고 끝까지 변소에 가겠노라고 우겼다. 이것도 구금성 정신병 증세의 하나였는지도 모른다. 불침번이 기피하는 탓에 우연히 옆에 자리하게 된 불운한 환자와 내가 밤중에 교대로 그의 요구를 들어주는 역할을 담당했다.

십 분 이상 변소에서 나오지 않기에 간신히 달래서 데리고 돌아와 침대에 눕히고 나도 누웠다. 잠시 후에 보니 그는 또 침대 밑에 내려와 엎드려서 일어서려고 안간힘을 쓰고 있었다. 물어보니 변소에 가고 싶다는 것이었다. 이러한 환자를 다루는 데는 상당한 인내력이 필요했지만, 그가 끊임없이 변소에 가려는 것은 어쩌면 한 번 실수한 이후 우리에게 폐를 끼치고 싶지 않다는 고정관념에서 생긴 게 아닌가 싶었기에 화를 낼 수도 없었다. 중년 사내의 고정관념은 애처로운 것

---

* 勅語, 천황의 훈시.

이다.

어느 날 밤 여느 때처럼 그를 변소에 데리고 갔다. 그는 잠자코 눈을 감은 채 앉아 있었다. 나는 문득 이렇게 이십 분이고 삼십 분이고 가만히 변소에 놔두는 편이 좋지 않을까 생각했다. 그리하여 앉아 있기가 힘들어질 때까지 기다렸다가 데리고 온다면 혹시나 그도 더이상 화장실에 가겠다는 소리를 않고, 잘하면 잠들지도 모른다.

나는 밖에서 느긋하게 기다릴 생각으로 텐트에 담배를 가지러 돌아왔다. 침대에서 담배를 말고 있자니, 나와 울타리 위에서 비치는 반사등 사이를 뭔가가 통과하는 느낌이었다. 밖에 나가보니 저편에 등을 구부리고 굴러가듯이 달려가는 사람 그림자가 있었다. 그의 체력으로서는 상상할 수 없는 상황이었지만, 뾰족한 머리 모양은 분명히 그였다.

그의 목적을 추측할 수는 없지만, 심야에 울타리 근처를 달리는 짓은 위험했다. "쏘지 마, 쏘지 마!" 하고 외침과 동시에 내 심장을 의식하며 비틀비틀 뒤를 쫓았다. 그가 문짝을 흔들어대다가 이어서 곁에 있는 울타리를 올라가려고 철조망에 손을 댔을 때에야 나는 겨우 가까이 다가갔다. 내 위치도 위험했다. 나는 밖에 있는 감시병의 모습을 찾으며 "쏘지 마, 쏘지 마!" 하고 계속 외쳤다.

감시병이 다가왔다. "무슨 일이야?" "미친놈입니다." "어서 안으로 들어가!" 그러나 내가 이 광인을 그 위치에서 움직이게 하는 것은 힘에 겨웠다. 철조망에서는 손을 뗐지만, 피가 묻은 손을 내가 잡아당겨도 집요하게 전방을 바라보며 서 있었다. 쇠약한 그의 몸과 달리 양다리로 억세게 버티며 꼼짝도 하지 않았다.

일본인 위생병이 나왔다. 그는 무작정 광인의 뺨을 때렸다. 두 번, 세 번. 광인은 맞을 때마다 바람에 흔들리듯 머리를 좌우로 움직였지만, 눈은 여전히 전방의 지면을 바라보고 있었다. 또 때렸다. 나는 위생병과 광인 사이에 끼어들었다. "그만해, 때려봤자 소용없어!" 젊은 위생병은 "뭐라고?" 하며 주먹을 쥐었을 뿐 나를 때리지는 않았다. 그는 동료들을 부르러 뛰어갔다.

광인의 손을 당겼지만 역시 다리로 버티며 움직이지 않았다. 무엇이 그로 하여금 지금 서 있는 위치를 고수하게 만드는지 전혀 알 수가 없었다. 나도 그를 때려주고 싶은 심정이었다.

갑자기 그는 내 손을 뿌리치고 황급히 걷기 시작했다. 가장 가까운 텐트로 들어가 우리 텐트를 향해 중앙 통로를 성큼성큼 걸어갔다. 그러고는 자신의 침대로 돌아가더니, 멋대로 모기장을 젖히고 풀썩 쓰러졌다. "쏴!" 그때 그는 이렇게 중얼거렸다.

그때부터 그는 예전처럼 변소에 가겠다는 소리를 하지 않았다. 광인의 심리는 정말로 우리의 이해력을 초월했다. 열흘 후 그의 설사는 멈췄다. 그는 절대로 말을 하지 않는다는 것 말고는 다른 경환자들과 전혀 다를 바 없는 환자가 되었다.

내 심장은 점차 좋아졌다. 미군 위생병의 지도로 매일 아침 하는 체조도 견딜 수 있었고, 텐트 안을 청소해도 지치지 않았다. 그와 동시에 새로운 걱정, 아니 공포에 사로잡혔다. 즉 병이 완치되어 수용소로 옮겨지는 게 아닌가 하는 공포였다.

수용소는 일본인 책임자에 의해 자치적으로 관리되며, 니파야자수를 엮어서 건물을 짓거나 내부에 막사를 설치하는 것 따위가 일상적인 작업이라고 한다. 자유로이 독서를 할 수 있는 현재의 생활을 떠나 그따위 헛된 노동에 종사하는 것도 물론 싫었지만, 가장 싫은 것은 다시금 일본인 통치하에 들어간다는 사실이었다. 병원에도 일본인 근무원의 횡포가 있기는 하지만 일단 미군이 상주하고 있기에 전반적으로 온화한 분위기를 유지하고 있었다. 자유로운 일본인 자치하에, 다시 군대식 명령과 편견 속에 들어간다는 건 참을 수 없었다. 차라리 언제까지고 병원에 있다가, 늦어져도 좋으니까 병원선으로 귀국하고 싶을 정도였다.

내가 병원에 남는 수단은 통역 조수 같은 것을 지원하는 수밖에 없는데, 조수에는 이미 두 명의 선임자가 있어서 기득권을 위협당하지 않으려 엄중히 경계했다. 내가 영어를 한다는 사실이 이미 그들에게 위협이 되고 있었다. 새로운 병원 의무실에는 영일-일영 사전이 마련되어 있었지만, 그들은 극도의 배타적인 정열로 그것을 좀처럼 나에게 빌려주지 않았다. 이 길은 나에게 폐쇄되어 있었다.

결국 그날이 왔다. 어느 날 군의관은 꼼꼼하게 나를 진찰하고, 기록하는 통역을 뒤돌아보며 "퇴원!"이라고 말했다. "수용소에도 병동이 있으니까 곧바로 일을 시키지는 않을 겁니다"라고 통역이 위로해줬다.

이튿날 나는 파자마와 수건을 세탁하여 반납하고, 이전에 지급받은 미군 제복으로 갈아입었다. 이별을 아쉬워할 사람은 많지 않았다. 분대장은 내 후임으로 자기가 막장이 될 거라며 좋아했다. 날짜는 3월 중순이었다는 것 말고 정확히 기억나지 않는다. 나는 결국 이 개월을 병원에서 보냈다.

오후에 다른 퇴원 환자 몇 명과 함께 병원차를 타고 수용소로 향했다. 수용소는 이곳에서 타클로반과 반대쪽에 있는 타나완이라는 마을에 있다고 한다. 병원차는 창문이 가려져 있었기에 길에서 필리핀인들의 놀림을 당하는 일은 없었다. 처음에는 이전에 이동한 길을 역행하는 듯했는데, 이윽고 몇 차례 커브를 틀더니 심하게 먼지가 이는 생소한 길을 하염없이 달렸다.

이윽고 역시 나무가 없는 평지에 세워진, 철조망으로 울타리를 친 건물에 멈췄다. 병원보다도 훨씬 넓은 규모였다. 울타리는 이중으로, 미군 사무소가 있는 입구 근처에서 안쪽까지 다시 울타리로 나뉘어 있었다. 우리는 그 사무소에 인접한 대합실 모양의 니파하우스로 들어갔다. 지저분한 접이식 침대가 난잡하게 놓여 있었다. 함께 온 퇴원 환자 전원의 신문이 끝날 때까지 이곳에 대기하라는 것이었다. 이미 저녁때가 가까워 신문을 담당하는 일본인 2세가 가버렸기에, 우리는 이곳에서 하룻밤을 묵어야만 했다.

식사가 지급되었다. 일본인 취사원이 콘비프 같은 것을 끓여서 만든 죽이 통조림 깡통에 담겨 있었다. 양은 다 먹지 못할 정도로 많았지만, 미군의 중앙취사장에서 만든 병원 식사와는 비교도 안 될 정도로 맛이 없었다. 음료로는 설탕도 넣지 않은 홍차를 석유통에 담아서 줬다. 거기에 각자 식사를 끝낸 빈 깡통을 넣어 퍼마시는 것이다.

침대에는 먼지가 쌓여 있고, 모포는 더러웠으며, 모기장에는 구멍이 뚫려 있었다. 용변은 오두막의 구석에 놓인 양동이에 보았다. 새로 들어온 포로들이 번갈아 드나들며 사용하는 곳이라 모든 것이 불결하고 지저분했으며, 또한 일본 군대의 냄새가 짙게 풍겼다.

밤늦도록 울타리 안에 늘어선 니파하우스에서 노래 부르는 소리가 들렸다. 등불은 보이지 않았다.

이튿날 우리는 한 사람씩 같은 영내에 위치한 자그마한 오두막으로 불려가 신문을 받았다. 커다란 철모를 쓴 위엄 있는 2세가 일본에서 훈련을 받았던 부대의 장교 이름을 물었다. 다행히 나는 질문에 관련된 사항을 몽땅 잊어버린 상태였다. 신문이 끝나고 돌아올 때 2세가 담배를 한 대 주었다.

오후가 되어서야 신문이 모두 끝났다. 따분하게 침대에 누워 있노라니 갑자기 안쪽 울타리에서 발가숭이 일본인들이 쏟아져 나왔다. 어떤 사람은 칼을 들고, 어떤 사람은 긴 대나무를 짊어지고 있었다. 그들은 우리를 거들떠보지도 않고 자기네끼리 소란을 피우며 대나무를 잘라서 조각내기 시작했다. 삼 센티미터 정도의 폭으로 자른 대나무 끝을 칼로 날카롭게 깎아서, 우리가 누워 있는 오두막 앞면의 기둥과 기둥 사이에 허리 높이로 마구 꽂아 세웠다. 우리는 그것이 완성될 때까지 오두막 앞에 칸막이를 만드는 거라는 사실을 몰랐다.

모두 살이 찌고 햇볕에 그을어 있었다. 훈도시*는 미군 제복의 찢어진 조각, 밀가루 자루 등 갖가지 천으로 만든 것이었다. 그들은 하나같이 발가숭이였다.

소란스럽게 떠들며 이십 분 만에 간단히 칸막이를 엮고는, "작업 중지!" 하는 명령이 내려지자, 일동은 다시 떠들어대며 나뭇조각을 모으고 땅바닥을 쓸고서 울타리 안으로 사라졌다. 어떤 자들은 자르

* 남자의 음부를 가리는 폭이 좁고 긴 천.

고 남은 대나무를 폭탄삼용사*처럼 셋이서 들어 운반했다. 나는 이것이 포로들이 하는 작업 단위의 하나이고 하루분의 할당량이라는 사실을 나중에 알았다.

이 살찌고 혈색 좋은 동포들이 사라진 뒤 나는 잠시 동안 웃음을 멈출 수 없었다. 원숭이처럼 떠들어대는 벌거숭이 인종이 예전에는 레이테 해안을 지키며 비장한 방어전을 전개했던 용사들과 같은 인간이라는 사실이 좀처럼 믿어지지 않았다. 더구나 당시는 그야말로 조국의 존망이 걸려 있던 가을철로, 일본령인 이오섬을 점거한 미군이 오가사와라를 따라서 북진할 것인지, 아니면 서쪽의 대만과 오키나와를 넘볼 것인지를 두고 전국(戰局)이 무척 중대한 시기였다. 나는 지저분한 침대에 드러누워 한참 웃었지만, 몇 개월 후 나 역시 그들과 같은 종류의 인간이 되리라고는 전혀 상상하지 못했다.

---

* 상해사변 당시 일본군 병사 셋이 다이너마이트를 걸머지고 중국군 전선에 돌격하여 중국 병사들과 함께 폭사했다.

살아 있는 포로

그 기억을 그릇됨 없이 여기에 기록하리라.
—『신곡』「지옥편」 제2곡

포로란 일반적으로 붙잡힌 병사를 뜻하며 오로지 조국으로 돌아갈 날만 기다리며 지낸다고들 생각한다. 그러나 내가 본 바에 의하면 포로는 '병사'도 '기다리는' 것도 아니었다. 그들은 이미 전투력을 상실했으므로 병사가 아니며, 포로수용소 생활은 그들에게 '기다림'을 용납하지 않았다. 그들은 살아야만 했다.

그들은 Prisoner of war(전쟁의 수인)라는 어구가 나타내는 대로 분명 수인이지만, 그들 개인이 범한 죄로 인해 감금된 것은 아니다. 다만 군인이라는 그들의 신분이 적국에게 유해하기 때문에 감금됐을 뿐이다. 그러나 그들은 결코 자신이 원해서 군인이 된 것은 아니다.

그들은 병사로서의 자유(즉 싸우는 자유)를 버린(혹은 버리게 된) 대가로, 개인의 자유(즉 살아갈 자유)를 얻었다. 다만 유감스럽게도 그 개인적 이유에 상관없이 감금되어 있다.

포로의 유일한 희망이라면 언젠가 해방된다는 것이다. 그러나 포로의 형기는 일정하지 않고, '기다리는' 목표가 없다. 더구나 '기다린다'는 것과 사는 것은 다르다.

포로도 하루하루를 살아야만 한다. 그러나 이러한 상태로 사는 것을 정말로 산다고 말할 수 있을까?

내가 여기에서 말하는 포로란 종전 선언에 의해 무기를 버린 병사가 아니다. 그들은 단순한 피억류자다. 포로란 일본이 싸우고 있던 동안 항복, 혹은 전투력을 상실함으로써 적에게 붙잡힌 자를 지칭해야 한다.

1945년 3월 중순, 내가 레이테 섬의 포로수용소에 들어갔을 때, 그곳에는 루손 섬 남부 이남에서 레이테 섬에 이르는 필리핀 군도에서 붙잡힌 약 칠백 명의 육해군 장교가 수용되어 있었다. 그중 사백 명은 레이테 섬에 투입된 총병력 13만 5천 명 중에서 살아남은 자들이다.

수용소는 동해안 타클로반에서 해안을 따라 육 킬로미터 남하한 타나완에 있었다. 이곳은 총사령부가 발표한 소위 '타클로반 평원'의 일부로, 해안선과 평행한 자동차 도로에서 서쪽(즉 산이 있는 방향)으로 이십 미터가량 들어간 곳에 있는 약 이천 평의 부지를 철조망으로 둘러싼 곳이다.

정문은 도로에서 보아 부지의 좌측, 도로와 면한 곳에 있다. 나무틀에 철조망을 두른 문을 들어서면 약 삼십 평 정도의 앞뜰이 나온다. 원래 수용소는 이곳에서 다시 울타리로 나누어진 오른쪽에 자리 잡고 있다. 입구 바로 왼쪽의 조그만 니파하우스에는 미군 장교 한 명과 하사관 세 명이 근무했다. 이곳이 수용소 사무소이고, 장교는 수용소장이었다.

사무소와 통로를 사이에 두고 우측으로는 역시 니파야자수로 지붕을 이은 다섯 평 정도의 기다란 막사가 있고, 안에 헝겊으로 만든 미군 규격의 접이식 침대가 나란히 놓여 있었다. 우리는 이곳을 '대합실'이라 불렀는데, 말하자면 도착한 포로가 갖가지 수속을 끝내고 정식으로 수용될 때까지 하루나 이틀을 지내는 곳이다. 청소를 제대로 하지 않은 탓에 내부는 그다지 청결하지 않았다.

대합실의 건너편, 즉 사무소 옆에는 역시 니파야자수로 이은 한 평 넓이의 자그마한 막사가 세 개 늘어서 있었다. 입구는 뒤쪽에 있고 통로에서 보이는 삼면에는 창이 없었다. 안에는 작은 탁자와 의자가 있는데, 포로들은 한 사람씩 이곳에 불려와서 2세의 신문을 받는다. 대체로 여러 명이 한꺼번에 도착하기 때문에 신문에만 반나절이 걸렸다.

신문이 끝나면 바깥의 밝은 곳에서 사진을 찍는다. 경찰의 수배사진처럼 정확한 정면과 측면 두 장이다. 또한 열 손가락의 지문을 전부 찍는다.

이러한 수속을 끝내면 새로 들어온 포로는 비로소 선배들과 합류할 수 있게 된다.

대합실 옆에 문짝이 없는 문을 들어서면, 폭 육 미터 정도의 도로가 곧게 나 있고 양쪽으로 열 채의 막사가 늘어서 있다. 모두 가로 팔 미터 세로 십이 미터 정도의 니파하우스다.

우선 맨 왼쪽에 취사장이 있다. 지붕만 있는 휑한 곳에 미군 규격의 삼십육 갤런들이 커다란 물통을 가마솥 대용으로 설치해놓고, 포로들 중에서 선발된 취사원이 미군으로부터 지급받은 통조림으로 각종 찌개를 만든다. 정면 벽 길이와 동일한 폭의 기다란 창문을 통해 빈 석유통에 담은 요리를 전달한다.

입구를 제외한 삼면에는 처마까지 철망을 둘러놓았다. 굶주린 포로가 식량을 훔치러 들어오는 것을 막기 위해서이다. 취사장 앞의 도로 위에는 역시 니파야자수로 자그만 우물처럼 지붕을 만들어, '리스터 백'이라 불리는 고무를 댄 헝겊 주머니를 매달아놓았다. 직경 육십 센티미터 높이 백이십 센티미터 정도로, 소독약을 탄 물을 담아 바닥의 수도꼭지를 통해 포로들이 자유로이 받아갈 수 있도록 했다.

취사장 맞은편 도로에서 육 미터 정도 들어간 곳의 공터에는 취사 전용 우물을 파놓았다. 그 옆에 가마솥으로 사용하는 통과 같은 용량의 물통을 설치하여 가솔린 히터로 물을 끓인다. 식후마다 포로들은 그곳에서 식기를 소독하도록 되어 있으나, 솥이 하나뿐이라서 물이 금세 더러워지기 때문에 그다지 잘 이용하지 않았다. 그 공터 뒤쪽의 니파하우스는 취사원들이 기거하는 곳이다.

취사장 옆은 소위 '본부'이다. 포로 대표자, 자칭 '일본인 수용소장'(이것은 '일본인을 수용하는 시설의 장'이 아니라 '수용소에 있는 일본인의 장'이라는 뜻이다)과 임원 및 각 숙사의 장들이 생활하고 있다. 입구에서 안으로 이 미터 정도를 막아놓고, 낮 동안에 일직당번 및 전령들이 그곳에 머물렀다.

다음 막사는 '하사관실'이라 불리는 곳으로, 포로들 중 아무런 역할도 맡지 못한 하사관들이 그곳에서 함께 지낸다. 그러나 이 차별 대우는 나중에 포로들이 미군처럼 중대편성으로 개조되면서 통솔자의 숫자가 늘어나 그들 대부분을 흡수하게 되어 폐지됐다.

하사관실 맞은편 동 하나는 의무실이다. 안쪽으로 삼분의 일 정도를 막고, 다시 그것을 세로로 이등분하여, 한쪽은 군의관 진찰실, 다른 쪽은 외과 치료실로 쓰였다. 안쪽 삼분의 이는 중병동이라 불리는 곳으로, 병원으로 보낼 정도는 아니지만 간호를 요하는 환자들이 수용되어 있다. 병원에서 도착한 내가 수용된 곳이 바로 이곳이었다.

그 옆의 건물 하나는 '경병동'이다. 병은 나았으나 아직 회복되지 않아 쇠약한 자와 만성 각기병 환자 등, 말하자면 특별한 간호는 필요 없지만 스스로 식사를 운반할 힘이 없는 포로들이 모여 있다. 일본인 위생병 두 명, 잡역부 두 명이 배당되어 있다.

다른 네 개의 막사, 즉 본부 안쪽의 두 동 및 의무실 쪽의 '본부'와 대면하는 한 동, 그리고 경병동 안쪽으로 이어지는 한 동에 일반 포로가 살고 있다. 일인용 접이식 침대가 입구에서부터 세로로 세 줄 가득 늘어서서, 한 동에 약 육십 명의 포로가 제각기 자리를 잡았다.

즉 이 부근의 막사 배열은, 문을 들어서면 왼쪽에 취사장, 본부, 하사관실, 일반동 두 개가 늘어서 있고, 오른쪽으로 우물과 취사원 숙사, 일반동 한 개, 의무실, 경병동, 일반동 한 개의 순으로 늘어서 있다. 변소는 왼쪽 열의 끝에 세워진 조그만 니파하우스이다.

그러나 이것이 수용소의 전부는 아니다. 막사가 끝나는 곳까지 철조망 울타리가 쳐져 있지만 중앙부는 도로 폭 정도로 개방되어 있기에 자유로이 출입할 수 있다. 그 앞쪽에도 비슷한 넓이의 장소가 있지만 공터였다.

중간에 울타리가 있다는 것은 이 수용소가 점차로 확장됐다는 증거였다. 예전에 이 공터는 인원이 증가하는 만큼 텐트를 쳐서 수용하던 곳이었는데, 여기에도 전부 수용할 수 없게 되자 다시 건너편으로 옮겨갔다. 일대 맞은편에 새로운 부지를 마련하여 증가하는 인원을 수용하면 되겠지만, 사실 그곳에는 먼저 온 손님들이 있었다.

역시 중앙을 넓게 뚫은 울타리 저편에 대만인 포로들이 모여 있었다. 십여 명 수용의 소형 텐트가 열 개 정도 설치된 곳에, 일본군이 부리던 대만인 군부(軍夫)들이 수용되어 있었다. 미군은 그들이 일본인과 접촉하지 못하도록 그들을 위해 별도로 외부 출입구를 설치한 탓에 위치를 옮길 수 없었던 것이다.

일본인이 대만인 구역에 출입하는 것은 금지되어 있지만 전혀 들어가지 않을 수는 없었다. 왜냐하면 그 건너편에 다시 울타리를 사이에 두고, 앞에 언급한 공터에 수용되지 못한 일본인 포로들이 일괄 수용되어 있었기 때문이다. '본부'와 이쪽을 연락하려면 아무래도 대만인 구역을 통과하지 않을 수 없었다. 그렇기에 울타리의 문은 항상 열려 있었지만, 원칙적으로 임원들만 통과할 수 있도록 제한되어 있었다. 그러나 이 원칙은 별로 충실히 지켜지지 않았다. 따분한 포로 동료들이 서로 방문하는 것을 엄밀히 감시할 수는 없었다.

대만인도 일본인과 어울리려 하지 않았다. 눈을 내리깔고 중앙 통로를 지나가는 일본인을 못 본 척했다. 그들은 그다지 '해방된' 기쁨을 표시하지 않았지만, 그 태도에는 일단 일종의 안도감과 편안함이 있는 듯했다. 그들의 급여는 대체로 일본인보다 많을 거라고 일본인들은 믿었다.

대만인들은 음악을 좋아했다. 널판을 짜서 만든 조잡한 동체에 철사를 달아 호궁(胡弓)을 만들어 밤낮으로 음악을 즐겼다. 또한 요리를 좋아해서 맛있는 튀김만두를 만들었다. 일본인들은 날이 어두워지면 살그머니 그곳에 가 담배와 그것을 교환했다.

대만인 구역 앞에 있는 신입자 거주지에는 널찍한 중앙의 공터를 둘러싸고 대만인들과 같은 규격의 텐트가 띄엄띄엄 쳐져 있었다. 이곳이 수용소 부지의 끝이다.

입구에 접한 니파하우스들을 A조라 하고, 이 부근을 B조라 했다. B조도 독립적으로 '본부'와 취사장을 지니고 있지만 의무실은 없었다.

수용소 전체의 대표는 동시에 A조 대표를 겸했기에, 미군 수용소장의 명령으로 B조에 대표를 두게 된 것을 불만스럽게 생각했다. 예를 들어 그는 수용소 전체에 지급되는 식량을 A와 B 두 개 조로 나눌 권한을 지니고 있기에, 항상 A조에 후하고 B조에는 박하게 나누었다. A조의 옛 포로들이 건강을 회복해서 '일하는' 데 반해, B조의 새로운 포로들은 대부분 쇠약하여 일을 하지 못한다는 것이 그 이유였다. 그러나 사실은 현재 회복단계에 있는 B조의 포로들은 영양 상태가 좋은 A조 포로들보다 식량이 더욱 필요했다. 차별 대우는 식량만이 아니라 치료, 오락 등 모든 방면에 걸쳐서 나타났다. B조의 '본부'와 그 임원들은 이를 갈았고, 일반 포로들은 굶주렸다.

하지만 이러한 인사와 관련해서는 나중에 자세히 말하기로 하고, 우선 지리적 사항부터 설명하겠다.

입구에서 수용소를 관통하는 중앙 도로의 정면에 북극성이 보였다. 즉 이 부지는 정확히 남북으로 길게 뻗어 있고, 입구는 남동쪽 모퉁이에 동쪽을 바라보고 있는 것이다. 동쪽, 즉 자동차 도로가 부지와 평행으로 달리는 쪽은, 앞에서도 설명한 바와 같이 도로까지 이십 미터 정도의 공터로, 나지막한 텐트가 별도로 늘어서서 밤에는 미군들이 이곳에 와서 잤다. 그들은 밤늦게까지 노래를 부르고 책을 읽었다. 가끔 필리핀 여자들이 찾아오기도 했다.

A조 부지와 그 옆 공터 경계에 있는 도로 쪽에 문이 또하나 나 있다. 이것은 남동쪽 정문보다 커다란 양쪽 개폐식 문으로, 옆에는 높은 목조 감시탑이 있다. 그 밑에 니파야자수로 만든 창고가 있어서 식량, 피복, 작업용구 등을 비축했다. 외부로 작업을 나가는 포로들은 여기로 출입했다. 대만인 구역과는 마치 미궁과도 같은 길로 직접 이어져 있었기에, 그들은 일본인과 접촉하지 않고 드나들 수 있었다. 감시탑 위에는 기관총이 있는 듯했지만 밑에서는 보이지 않았다.

창고 옆으로 야자나무 숲이 이어진다. 그러나 그 나무들은 대체로 키도 작고 잎사귀 색깔도 나빠서 보기에 좋지 않았다. 토질이 발육에 적합하지 않은 모양이었다.

이 보기 흉한 야자나무 숲이 감시탑이 있는 부지 동북쪽 구석에서부터 북쪽 일대를 뒤덮고 서북쪽 구석에서 끝나는 곳에 또하나의 감시탑이 있었다. 그리고 그곳에 풀이 무성한 고지대가 잠시 모습을 보이고, 서쪽 일대는 늪지대를 이룬다. 드문드문 난 정수식물* 사이로 더러운 물에 암녹색 수초가 자라나 있었다. 필리핀인들은 이러한 토지에 간혹 벼를 심기도 하지만 이곳에는 심지 않았다.

폭 이십 미터 정도의 늪지대 맞은편은 잡목림이다. 숲에는 키가

---

* 挺水植物, 뿌리는 진흙 속에 있고 줄기와 잎의 대부분은 물 위로 뻗어 있는 수생식물.

낮은 니파야자수(줄기가 없는 야자의 일종으로, 그 잎을 말려서 지붕을 잇는다)가 무성하여, 앙리 루소*를 연상케 하는 열대 그늘을 이루었다.

늪지대는 서남쪽의 부지 끝에서 산으로부터 흘러오는 개울 유역 하나와 직각으로 만나리라 예상되지만, 그쪽은 역시 부근에 모여 있는 미군 텐트들에 가려서 보이지 않았다. 개울은 부지의 남쪽 약 이십 미터 앞을 지나 난간 없는 목교 밑 자동차 도로를 통과해, 앞쪽에서 약간 꼬부라지며 약 일 킬로미터 앞에 있는 바다로 향한다.

다리 옆에 수용소 입구와 맞각을 이루는 강기슭에는 미군 자동차 수리공장이 있고, 활짝 트인 앞뜰에 각종 자동차가 어지럽게 서 있었다. 언덕으로 이어지는 공장의 양철 담 밑에 고인 강물은 아침이면 햇빛을 받아 둔탁하게 빛났다.

도로에는 쉴 새 없이 트럭, 트레일러, 지프 등이 미국인이 운전하는 차가 보통 그렇듯 과속으로 통과했다. 작업조로 보이는 필리핀인을 태운 트럭이 지나갔다. 그들은 일제히 이쪽을 향해 갖가지 야유를 퍼부으며 환성을 질렀는데, 그 소리는 도로에서 울타리가 보이지 않게 될 때까지, 즉 A조 부지가 끝날 때까지 계속됐다.

직접 외부와 접하는 울타리는 육십 센티미터 정도 간격을 두고 이중으로 설치되어 있었다. 일 개월 전 네 명의 항공병이 탈출한 이후로 이중이 되었다고 한다.

원래 수용소였던 이곳에 있는 사람은 하사관과 사병들뿐이다. 십여

* 프랑스의 화가. 원시림과 같은 원초적인 세계에 대한 동경과 환상성, 강렬한 색채로 유명하다.

명의 장교들은 앞뜰에 있는 신문소의 안쪽, 즉 취사장과 울타리를 끼고 나란히 형성된 좁은 구역에 작은 텐트를 치고 지내며, 원칙적으로 일반 포로들과의 접촉이 금지되었다. 미군은 그들이 밀리터리즘에 입각하여 포로들을 조직할까봐 두려워하는 모양이었지만, 포로들이 장교들에 대해 품고 있는 복수(復讐)의 즐거움에 비추어보건대 그것은 기우에 지나지 않았다.

졸병을 잃은 장교들은 몹시 어설프게 일상 생활을 수행했다. 텐트 끈에는 각종 세탁물이 난잡하게 널려 있었다. 그들 구역에는 변소가 없었기에 용변을 보려면 A조 변소까지 가야 했다. 간부후보생 출신인 듯한 젊은 장교는 일부러 그를 못 본 척하는 병사들 사이를 야릇한 미소를 띠며 느린 걸음으로 지나갔다.

결국 미국인 수용소장은 이러한 관계를 알아차렸다. 그러고는 일반 포로들이 자신에게 반항할 때마다 장교들을 데려다가 지휘를 맡기겠노라고 겁을 주었다.

'본부'에 있는 '일본인 수용소장'은 16사단의 이마모토라는 상등병이었다. 하지만 그는 상사를 사칭했다. 그의 중대가 전멸당했기에 처음에는 아무도 그의 진짜 계급을 몰랐다. 어쩌다가 그의 계급을 알아낼 가능성이 있는 자가 오면, 그는 그자를 불러다가 "어디어디 중대에 나와 닮은 상등병이 있었는데, 그는 내 동생이다"라고 선언했다. 상대방은 그 말에 속지 않았지만 수용소 내에서 그의 세력이 워낙 컸기에 뒤에서 수군대는 정도로 그쳤다.

그는 레이테 섬에서 최초로 붙잡힌 포로들 중 하나였으며, 아직 미군의 급여가 정비되지 않았던 무렵 미군 병사들을 자기 연대의 식량

저장소로 안내하여 동료들에게 먹을 것을 제공한 공적이 있었다. 이러한 일로 그는 점차로 미군의 신뢰를 얻어 오늘날의 지위를 획득한 것이었다.

그는 '지방'(군대에서 일반사회를 의미하는 어휘다)에서 운송업을 했기에 단순한 우두머리적 통솔능력을 지니게 된 모양이었다. 말하자면 포로를 인부처럼 다루며 지배했다.

연령은 서른너덧으로 키가 작지만 체구가 건장했다. 얼굴 피부가 두꺼운 탓에 보통 사람과 다른 곳에 주름살이 있었다. 얼굴은 네모지고 뻐드렁니에 짧은 안짱다리였다.

그는 지배란 끊임없이 피지배자들을 호통치고, 항시 그들을 감시하며, 그가 불쾌해한다는 사실을 스스로 깨닫게 하는 것이라고 믿는 모양이었다. 그가 용무로 두세 시간 외출하고 돌아올 때의 광경은 볼만했다. 그는 보통 동쪽 중앙문으로 들어와 A조 숙사 끝 쪽에서 도로로 모습을 드러내고, 불쾌한 듯이 약간 고개를 숙인 채 본부 앞까지 온다. 끊임없이 눈길을 좌우로 주지만 시선은 결코 숙사 내부로 향하지 않았다. 대신 숙사 입구의 담이나 기둥 밑으로 향한다. 즉 '나는 보고 있다'는 것을 과시하려는 시선이었다. 본부로 돌아오면 털썩 자신의 자리에 쓰러져서, 달려와 구두끈을 푸는 소년 포로에게 호통을 친다. "각 동들은 밖에다 물을 뿌리라고 해!" 이것이 보통 그가 없는 동안 해이해진 부하들에게서 발견하는 유일한 잘못이었다.

그러나 전제군주로서의 그의 지위는 그다지 안이하지 못했다. 본부에는 그 이외에 부장 한 명, 서기 한 명 및 각 숙사의 장이 일곱 명(이들은 동장이라고 불렸다) 있었는데, 서기를 제외하고 모두 해군 하사관이었다.

알다시피 미군이 타클로반 부근에 상륙한 것은 1944년 10월 20일로, 25일 레이테 섬 남북의 두 해협 및 루손 섬 동북해에서 세 차례의 해전이 벌어져 일본 해군은 전멸했다. 수용소에 와 있는 것은 주로 레이테 섬 남부의 수리가오 해협으로 향했던 소위 '야마시로 후소* 조(組)'의 생존자들로, 25일부터 꼬박 하루를 헤엄쳐 미군 초계정에 의해 구조된 그들이 도착한 것은 산속에 오랫동안 숨어 있다가 게릴라에게 붙잡힌 16사단 패잔병들보다 빨랐다.

이렇게 초기의 수용소 설치 및 운영은 대체로 해군 포로들에 의해 이루어졌기에, 대부분의 실권은 그들이 차지하게 되었다. 매일 하는 행사도 해군식으로 거행됐다. 예를 들면 아침에는 '기상'이 아니라 '전원 일어나', 식사는 '들어'가 아니라 '식사', 취사장은 '취사(炊事)'가 아니라 '팽취장(烹炊場)'이라 했다. 이러한 해군적 환경 속에서 이마모토가 지위를 유지할 수 있었던 것은 오직 미군이 한 번 정한 대표자를 변경하는 번거로움을 꺼려했고 해군 유지들도 그 점을 인정했기 때문이었다.

모든 군주들과 마찬가지로 이마모토도 최초의 결정에 의해 존속되고 있었다. 그는 성격이 단순했기에 진정한 꼭두각시로서의 자격을 지니고 있었다. 게다가 영어를 못했다.

그의 밑에는 오다라는 하사관이 부장으로 있었다. 그는 오사카 어느 용수철 회사의 후생과장 출신으로, 군인의 근엄함과 더불어 월급

* 야마시로, 후소는 각각 일본의 군함으로, 레이테 해전 당시 미군에 의해 격침당했다.

쟁이의 겸손함도 겸비하고 있었다. 그러한 그가 수용소에서 발휘한 재능은 주로 후자였다.

그는 서른두 살의 제법 호남으로 코 밑에 수염을 약간 길렀다. 그는 이마모토의 소위 참모역으로, 이마모토와 해군 출신 동장들 사이에서 완충 역할을 담당했다. 그가 이마모토의 지위를 노릴 수 있었음에도 그러지 않은 이유는, 그 위치가 힘들다는 것을 알고 있을뿐더러 참모 역할을 가장 편하게 느끼는 복종근성에서 나온 것이라 생각한다. 그는 태도가 겸손하고 말투는 명석하며 정중했기에, 그 때문에 동장들의 지지를 얻는다고 믿었다.

그는 영어를 약간 할 줄 알았기에 본부에는 통역이 없었다. 문서 번역이나 기타 그의 능력에 부치는 통역 사무가 있을 때에는 일반 포로들에 섞여 있는 학사 출신 군속을 이용했다. 현역이 많은 레이테 포로들 중에도 영어를 하는 자가 있었지만 특히 민간인을 선택한 이유는, 민간인은 임원이 될 수 없다는 불문율이 있었기에 영어를 할 줄 아는 오다의 우월성이 본부에서 침해당하지 않기 때문이었다.

이마모토와 오다의 임무는 말하자면 미군 수용소장의 지령을 일반 포로들에게 철저히 이행시키고, 불평이나 청원이 있을 경우에 대표로 제출하는 일이었다. 그러나 후자의 임무는 거의 실행된 적이 없었다. 목숨을 살려주고 더구나 옷과 먹을 것까지 지급받는다는 사실에 그저 놀란 일본인 포로들은 거의 불평을 늘어놓지 않았으며, 늘어놔봤자 이마모토에게 묵살당하리라는 것을 알고 있었다.

미군 담당관은 이마모토나 오다와 친해져서 그들을 어설픈 발음으로 '이마모로' '오라'라고 불렀다. 그렇기에 앞으로 내 기록에서도 그렇게 부르려 한다.

서기는 나카가와라는 16사단 야포부대 중사였다. 단순한 아첨꾼으로, 독자들도 이미 쉽게 추측할 수 있듯이 이마모로는 아첨에 약했다. 나카가와는 이마모로의 갖은 변덕을 참으며 턱놀림 하나만으로도 어디든지 달려갔다. 동장들은 공공연히 그를 멸시했고, 그는 매일 동장들에 관한 고자질을 발명했다. 가끔 인사 문제에 관한 음모를 시도했지만 성공한 적은 없었다.

그는 영어를 할 줄 안다고 자칭하며 미군이 작성하는 포로 명부의 처리를 도왔는데, 그는 소위 '극비' 명부에는 각자가 항복했는지 포획됐는지가 기재되어 있다고 말했다(그는 capture를 '캬프타', surrender를 '소렌데루'라고 발음했다). 그러나 미군이 포로를 항복과 포획으로 구별할 리가 없기에, 그가 그런 식으로 일반 포로들을 위협하려 한다는 것이 명백했다. 내 생각에 이것은 그 자신이 항복했다는 증거였다.

그는 또한 산속에서 인육을 먹었다고 말했는데, 참 별걸 다 자랑한다는 생각이 들었다. 이것도 나는 거짓말이라고 생각한다.

말하자면 그는 시민사회 어디에나 있는 가장 흔한 악당에 불과했다. 나는 그를 경멸했기에 그의 직업이나 경력을 묻지 않았다.

이렇게 설명하다보니 우리 포로들의 전제정체(專制政體)의 우두머리가 지극히 전형적인 인물들로 이루어졌음을 알 수 있다. 어떠한 정체이건 그것을 구성하는 인간들과 비슷한 형태로 나타나는 모양이다.

이마모로의 전제는 한번 정한 것을 변경하려 하지 않는 미군의 태만 덕분에 유지되고 있었지만, 어차피 누군가가 대표를 맡아야만 하는 이상 그게 누구든 알 바 아니라는 포로들의 태만에 의해서도 유지되고 있었다. 또한 태만한 인민 위에 군림하는 모든 정부들과 마찬가지로 제멋대로 운용되고 있었다. 재미있는 것은 그러한 방자의 결과가 큰 착오를 초래하는 일 없이, 자연스럽게 전제자가 지닌 욕망의 일반적 한계로 귀결된다는 점이다.

나카가와 밑에, 밑이라기보다 오히려 그 위이자 오라의 밑에, 일곱 명의 동장이 있었다. 모두 해군 하사관 출신이었다. 그들의 임무는 물론 각 동의 통솔과 감독이었지만, 그들은 대체로 동에 있지 않고 본부에서 기거하며 소년 병사를 거느리고 별도로 장만한 요리를 먹었다. 그들의 생활은 말하자면 이따금 동에 들어가서 거드름을 피우고, 본부에서 서로 자신들의 특권을 떠벌리며 즐거워하는 정도였다.

수용소의 우두머리들이 지니는 세력의 원천은 군대에서의 계급이 일정한 기준에 이른다는 것, 그리고 기지와 재능이 다소 있다는 것 등이었지만, 그보다 큰 이유는 그들이 남들보다 먼저 포로가 되었다는 사실에 있었다. 이것은 생각하기에 따라서는 아주 기묘한 우월감이다.

그들 인물에도 제각기 개인적 특징이 없는 건 아니지만, 나는 지금 그것을 도저히 열거할 수가 없다. 이미 본부에 소속된 세 명의 임원에 관해 그 성격을 묘사한 것만으로도 독자들을 따분하게 하지나 않았을까 걱정이 된다. 더구나 각 동의 육십 명을 사 등분한 각 반의 반장, 그 밑에 있는 일반 포로들에 이르면 끝이 없다. 내 기록의 첫 부분이 이름의 열거로 인해 포로 명부처럼 보이게 된다면, 독자들에게도 나에게도 몹시 따분한 일일 것이다.

나는 우리 수용소가 어떤 곳에 위치하고 어떤 식으로 관리되는가를 설명했다. 이제는 설명하고 있는 나 자신이 어떤 인간인가를 밝힐 차례이다.

나는 1944년 3월에 소집되어, 1945년 1월 25일 루손 섬 남서쪽에 있는 민도로 섬 산속에서 붙잡힌 서른여섯 살의 보충병이다. 붙잡혔을 당시 앓고 있던 말라리아는 금방 나았지만 심장에 이상이 있어 이곳에서 북쪽으로 팔 킬로미터 떨어진 팔로의 포로병원에서 이 개월을 보냈다.

소집에 응하기 전 내 직업은 고베의 한 조선소 사무직원이었는데, 전쟁 중인 일본의 건함(建艦) 상황을 보고는 조국의 패배와 자신의 죽음을 확신하며 필리핀에 왔다. 그리고 기묘한 우연에 의해 문명국의 포로가 되어, 새로운 상황, 특히 포로라는 새로운 유형의 일본인들 사이에서 살아야 하는 운명을 맞닥뜨리고 망연해진 상태였다. 이러한 기술이 상세한 관찰에 입각한 것이라고는 생각하지 말기 바란다. 나는 다만 막연한 기억을 상세히 더듬을 뿐이다.

형식적인 신문을 위해 대합실에서 하룻밤을 지낸 후, 나는 병원에서부터 동행한 몇 사람과 함께 본부 앞에 정렬했다. 이마모로는 나를 머리끝에서 발끝까지 훑어보고 "중병동!" 하고 외쳤다. 병원에서 이미 암갈색 미군 제복을 지급받았기에 당장 필요한 건 없었다. 나는 지시받은 대로 통로를 가로질러 대각선 건너편의 '중병동'으로 향했다.

중병동은 다른 동과 마찬가지로 니파하우스였다. 높이 이 미터 정도의 굵은 야자나무 둥치를 약 사 미터 간격으로 양쪽에 세우고, 대나무 서까래를 올리고, 말린 니파야자수 잎으로 지붕을 이었다. 주위에는 가슴 높이로 대나무를 잘라서 둘러놓았다.

늦은 오후라 치료가 끝났는지 앞쪽의 의무실은 텅 비어 있었다. 역시 대나무로 엮은 칸막이 건너의 안쪽에는 접이식 침대가 세 개 놓여 있었다. 지붕이 높은 탓에 양지에서 들어오자 쾌적한 냉기가 가득했다.

포로들이 손으로 제작한 듯한 기묘한 나무탁자 건너편의 창가에 앉아 있던 젊은 포로 하나가 일어나 다가오더니 내 자리를 지정했다. 그가 이곳에서 반장으로 통하며 실질적으로 동내(棟內)를 지휘하는 사람이라는 사실을 나중에 알았다.

이 병동에는 내가 아는 사람이 하나 있었다. 나와 같은 나이의 보충병으로, 병동에서 옆 침대를 썼던 각기병 환자가 일주일 전에 퇴원해서 이 수용소로 옮겨온 것이다.

그는 오사카 가와치 군의 청과물 도매상으로, 포식하는 게 익숙한지 나이에 비해 대식가였다. 양이 적은 병원의 양식 요리를 한입에 먹어 치우고 멍하니 있는 그의 모습이 안쓰러워서 나는 이따금 식사를 나눠줬다. 그는 그것을 무척 고마워하며 대신 담배를 구해주거나 갖가지 잡일을 해주었다.

내가 대합실에 있을 때부터 그는 명령을 어기고(신문이 끝날 때까지 내부의 포로들과 접촉하지 못하도록 되어 있다) 몰래 나를 찾아와서 식기를 만들어줬다. 식기라 해봐야 통조림 깡통에 불과했지만, 주식용 부식용 음료수용으로 각각 크기가 정해져 있기에 멋대로 빈 깡통을 사용할 수는 없었다. 취사원이 식칼로 거칠게 뜯어놓은 입구를 미군 휴대용 식량에 붙어 있는 깡통 따개로 정성스럽게 다시 도려낸

다음, 입구를 나무 막대기로 두드려서 입을 다치지 않게 가다듬는 까다로운 작업을 그가 해주었다. 또한 대나무를 깎아서 젓가락도 만들어줬다.

그는 내 모습을 보더니 서둘러 일어나 잽싸게 자기 침대를 내 옆으로 옮겨왔다. 나는 그가 여전히 굶주려 있다는 사실을 알았다.

그는 나에게 중병동 내부의 사정을 설명해주었다.

세 줄의 침대 중 두 줄이 환자, 한 줄이 일본인 위생병과 환자를 돌보는 사람들로 배당되어 있었다.

한편 의무실에 가장 가까운 창가 쪽에는 앞에서 언급한 '반장'이 있었다. 그는 16사단의 위생하사로 나이는 스물서넛 정도에, 교토의 전통 있는 차(茶) 도매상 집 아들이었다. 피부가 흰 것이 그야말로 교토의 양갓집 도련님다운 청년이었다.

그는 다테노 주지(伊達野忠治)라고 자칭했다. 붙잡혔을 때에는 구니사다 주지*라고 했으나 통역인 2세가 다그치자 '가짜 주지'라는 의미의 '다테노'로 바꿨다. '다테노'란 교토의 속어로 '가짜'라는 뜻인데, 구니사다 주지는 알던 2세도 그것까지는 몰랐기에 그 말이 통했다. 대부분의 일본인 포로들이 가명을 사용했지만 이렇게 엉뚱한 이름은 예외에 속한다. 그는 일본군이 머지않아 필리핀을 탈환해 수용소가 해방되리라고 믿었다.

그 옆에 자고 있는 차석 위생병 역시 16사단의 위생 상등병으로 교토의 (16사단은 주로 교토 출신으로 구성되었다) 어느 촬영소 조감독

* 国定忠治, 에도 말기의 검객.

이었다. 나이는 역시 스물너덧 살에 얼굴이 둥글고 살이 쪘으며, 묵묵히 일하는 모습은 우리가 지니고 있는 영화인에 대한 관념과 상당히 동떨어져 있었는데, 나중에 그의 일이 영화에서도 아주 특수한 분야에 관련된 것이라는 사실을 알고서 납득했다. 그는 감정적으로 군대를 혐오했으며, 히라노라는 상관의 이름을 가명으로 썼다.

또 그 옆에 자는 사람은 통역이다. 이 의무실에는 미군 군의관 한 명과 위생병 한 명이 배속되어 매일 아침 출근했다. 통역은 군의관이 회진할 때 환자의 호소를 전달하고, 위생병과 약품 수령 등에 관하여 상의할 때 절대로 필요한 존재였다.

그는 사쿠라이라는 스무 살의 학도병으로, 도쿄의 어느 사립대학 예과생이었다. 어린 시절을 피츠버그에서 보낸 탓에 회화를 특히 잘했다. 그러나 그의 생김새나 동작에는 그다지 세련된 느낌이 없었다. 큰 키에 피부가 검고 양손을 축 늘어뜨린 채 약간 몸을 뒤로 젖히고 걸었다. 언제나 덥수룩한 수염을 기르고 있는데, 무슨 무사 그림의 다케다 신겐*을 연상케 하는 좌우로 난잡하게 자란 수염이었다.

그는 우리에게 몹시 무뚝뚝하게 대했다. 별로 어학 실력을 자랑하는 듯하지도 않았지만, 말이 통하지 않아 미국인 앞에서 쩔쩔매는 어른들이 바보처럼 보이는 건 어쩔 수 없었던 모양이다. 즉 그는 나이는 어렸지만 포로들 중에서 뽑힌 통역 특유의 아첨하는 태도가 없는 점이 내 마음에 들었다.

그 옆에는 세 명의 잡역 담당이 잔다(내가 계속 '잔다'라는 표현을

* 武田信玄, 전국시대의 무장.

쓰는 것은 포로들의 자리가 침대로 정해지기 때문이다). 한 사람은 중년의 보충병이고, 다른 두 사람은 이십대 현역병으로, 모두 11월 이후 이 섬의 서해안에 상륙한 증원부대의 병사들이었다(증원부대도 여러 가지가 있는데, 일일이 구별하기는 번거롭다. 일단 이 기록에서는 포로의 전투 경력은 상술하지 않겠다. 그러기 위해서는 레이테 전투에 관해서 어느 정도는 기술해야 하는데, 정사〔正史〕가 발표되지 않은 현재 포로의 개인적 체험담을 늘어놔봐야 무의미할뿐더러, 애당초 내가 묘사하려는 건 포로이지 병사가 아니기에 그들이 어떻게 싸웠는가는 내 기록에서 그다지 중요하지 않다).

이 세 사람은 동 내외의 청소, 환자들의 식사 운반 및 분배를 담당했다. 맨 윗사람이 아오키라는 나이 든 보충병으로, 주된 역할은 식사 분배였는데, 이것이 아주 미묘한 문제였다. 왜냐하면 취사장에서 운반하는 석유통에는 위생병, 환자, 그들 자신의 몫까지 함께 들어 있기 때문이다.

이마모로가 식량을 '일하는' A조에게 많이, '일하지 않는' B조에게 적게 할당한 것과 마찬가지 원리로, 아오키도 위생병에게는 많이, 환자에게는 적게 담아줘야 했다. 그리고 그들 자신에게도 역시 많이 담아줘야 했다. 하지만 차별이 지나쳐도 안 된다. 그 때문에 옆의 경병동 환자들이 결속해서 이마모로에게 보고한 탓에 동장과 간호사가 경질된 적이 있기 때문이다.

이렇게 차별하는 것이 아오키로서는 몹시 괴로웠을 것이다. 취사담당의 변덕 탓에 석유통 속의 식사량이 적을 경우에는 특히 그랬다. 몹시 망설이며 몇 차례나 다시 담는 바람에, 미리 받아놓은 열다섯 개나 되는 식기에 모두 나누어 담는 데 이십 분 이상 걸렸다.

그는 나고야 변두리의 사창가 부근에 사는 양철공으로, 아홉 살과 일곱 살 되는 아이가 있는 홀아비였다. 이마가 좁고 입이 크며, 언제나 담배꽁초를 귀에 꽂고 다녔다. 흔히 말하는 '됨됨이가 좋은 사람'의 전형으로, 그의 관심은 늘 그 자신을 포함해서 인간의 궁핍을 동정하는 데 있는 듯했다. 그는 무척 과묵했기에 남을 대할 때 화제가 없는 것을 부끄러워하는 것 같았다. 학력은 어쩌면 초등학교도 마치지 못했는지도 모른다. 어느 날 침대에 앉아서 아카기노 간타로*의 대사 연습을 하는 그의 곁을 지나친 적이 있는데, 그가 보고 있는 메모는 가타카나로 적혀 있었다.

다른 두 젊은 간호사는 구분하기 좀 어려웠다. 외형적으로 한 사람은 눈이 크고 모난 얼굴에 어깨가 넓고 근육이 단단한 데 비해 또 한 사람은 눈이 가늘고 둥근 얼굴과 처진 어깨에 통통하게 살이 쪘다는 대조가 있지만, 두 사람의 동작이나 성격은 「검찰관」**에 등장하는 도브친스키와 보브친스키처럼 아주 비슷했다. 두 사람 모두 항상 근면하게 임무를 수행하려는 선의가 넘쳤으며, 동장이나 반장의 마음에 들려 노력했지만 언제나 실수만 연발했다. 그들이 씻은 식사 운반용 석유통은 곧잘 취사 담당에게 불합격 판정을 받았고, 그들이 의무실을 청소한 뒤에는 항상 헝겊조각이나 탈지면이 떨어져 있었다. 그러고 나서는 항상 포로 선배나 동료들에 대한 불평을 늘어놓았다.

---

* 赤城の勘太郎, 연극의 주인공 이름.
** 러시아 작가 니콜라이 고골의 풍자 희극.

그들은 스스로 지원해서 환자들의 뒷바라지를 했기에 대체로 환자들에게 친절했지만, 작은 눈에 둥근 얼굴의 사내는 무슨 까닭인지 내 옆에 있는 예의 굶주린 동료를 싫어했다. 식사 때면 언제나 시비를 걸어(예를 들자면 분배된 식사를 너무 빨리 가지러 온다든가, 깡통의 크기가 다르다든가) 심한 욕설을 퍼부었다. 인간이 소극적으로 욕망을 표명하면 자연히 추악한 느낌이 드러나는 모양이다.

"저렇게까지 말할 건 없잖아?" 하고 내 이웃은 태연히 중얼거렸다. 사내 측에서도 욕망을 충족시키기 위해서는 그다지 타인을 의식하지 않았다. 마침 내가 이 수용소에서 먹는 첫 식사가 분배되던 때였다.

식사는 통조림 고기를 졸여 만든 죽이었다. 직경 육 센티미터 높이 십이 센티미터 정도로 규정된 깡통(이 규격은 통조림의 내용물로 결정된다)에 삼분의 이 정도 담아 주고, 별도로 전쟁 전에 일본에도 자주 수입되던 직사각형에 밑이 좁은 모양의 콘비프가 세 사람에 하나씩 배당되었다. 쌀은 가늘고 길며 차진 호주 쌀이었다.

이 양은 최근 일어난 탈주사건에 대한 징벌의 의미로 줄어든 것이라고 하지만, 그래도 병원에서 익숙해진 양의 두 배는 됐기에 줄어든 내 위에는 전부 들어가지 못했다. 물론 맛은 미군 야전 요리장에서 배급되는 병원의 양식 요리에 비해 현저히 떨어졌다.

내 이웃은 내가 남긴 것을 기꺼이 먹어 치웠다.

일본 병사 사이에서는 남긴 음식을 얻어먹은 사람은 그것을 준 사람의 식기를 씻는 불문율이 있다. 그렇기에 내 이웃은 자신의 식기와 더불어 내 것도 들고 뒷문으로 나갔다.

병동 뒤쪽은 울타리까지 약 사 미터이다. 그 사이에 있는 빈터에는 각 동의 경계를 따라 두 동에 하나의 비율로 우물이 있었다. 부지 남쪽을 흐르는 개천 때문인지, 부근의 모래땅을 이 미터만 파면 비교적 좋은 물이 솟았다. 건조야채 등을 담았던 커다란 빈 통에 막대기를 단 두레박으로 그 물을 퍼올린다. 우물 양쪽에는 대나무로 지상 칠팔 센티미터 높이에 만든 설거지대가 한쪽에, 같은 모양으로 허리 높이까지 높인 설거지대가 다른 쪽에, 각각 한 동의 폭에 해당되는 길이로 설치되어 있었다. 낮은 설거지대에서는 몸을 씻고, 높은 설거지대에서는 식기를 씻는다.

삼 개월 후 우리는 샤워와 히터가 달린 식기 세척용 수조를 비롯해 모두 미군 숙사와 동등한 설비를 지닌 다른 수용소로 옮겼는데, 그곳은 아직 레이테 전투가 끝나지 않은 12월부터 포로들의 손으로 차츰 개량된 곳으로, 각종 원시적 고안의 흔적이 남아 있었다. 피복도 전원에게 배급된 것은 상하 한 벌의 겉옷과 군화뿐이고, 나머지는 포로들이 해결했다.

예를 들면 내 졸병인 이웃은 나를 위하여 훈도시를 만들어줬는데, 천은 밀가루 포대를 자른 것이고, 실은 그 포대를 푼 것이었다. 그는 그 실을 취사장에서 얻어온 온수에 담가 부드럽게 만든 다음, 쇠붙이를 철판에 갈아 뾰족하게 만든 바늘로 꿰매주었다. 돌멩이로 납작하게 만든 바늘머리에 무엇으로 뚫었는지 바늘귀까지 제대로 뚫려 있는 것을 보고 나는 감탄했다.

재봉용구는 대체로 본부당 한 벌씩 마련되어 있었지만 사용 신청자가 많아 항상 자리에 없어서 포로들은 이렇게 각자 고안해서 사용한 것이다. 천을 자르는 데는 안전 면도날을 사용했다. 이 면도날은 쓰임

새가 다양해 포로들은 대개 다들 어디선가 그것을 구해 소중히 간직하고 있었다. 이것이 당시 우리가 소지하던 유일한 흉기였다.

저녁식사는 네시, 일석점호는 다섯시였다. 본부 앞 집합소에 모여 있는 일직반장(이 직책은 각 동의 반장들이 번갈아가며 맡아서 그날의 행사를 담당했다)의 호령에 포로들은 어슬렁어슬렁 동에서 나와 오 열 횡대로 중앙 통로에 늘어섰다. 점호는 입구를 지키는 헌병(그들은 수용소장과는 별도의 명령 계통에 소속되어 있는 모양이다)장교 또는 하사관이 집행했다.

수용소의 일본인 포로들을 한꺼번에 볼 수 있는 것은 이때였다. 그들은 평소에는 훈도시 하나만 입고 생활했지만 점호 때에는 제복을 입어야 했다. 여기저기에 PW라고 찍힌 커다란 미군 제복 소매와 바짓자락을 걷어올리고, 터무니없이 커서 헐렁거리는 구두를 이끌며 어슬렁어슬렁 불만스러운 듯이 열을 짓는 그들의 모습은, 달리 비교할 것 없이 천생 포로였다.

그들은 대부분 자신의 뜻과 달리 붙잡힌 자들로, 이미 삼 개월을 수용소에서 보내는 사이에 포로 생활에 익숙해져 있었다. 풍부한 미군 급식으로 살이 잘 올랐으며, 새로운 집단적 태만에 안주해 하루하루의 생활을 즐길 강구를 했다. 그러나 점호 때면 자신이 포로라는 사실을 상기해야 했다.

점호를 취하는 미군이 이마모로를 데리고 입구에서 들어오면 오라는 전원에게 '차렷'을 시켰다. 점호자가 첫번째 그룹을 세기 시작하면 다른 그룹의 장들(즉 동장들)은 각각의 그룹에게 '쉬어' 자세를 시켰다가, 점호자가 다가오면 '차렷'을 시켰다.

'차렷' 명령을 들으면 포로들은 부동자세를 취한다. 이것은 알다시피 '안으로 군인정신을 함양하고 밖으로 엄숙 단정을 요한다'고 규정되어 있는 자세이다. 군대에서, 즉 그들이 '군인'이었을 때 제복을 입은 다수의 인간들이 이 자세를 취하는 광경은 보기 좋았지만, 지금 그들은 포로이자 몸에 맞지 않는 각양각색의 옷을 입고 있었다. 그러면서도 그들은 '차렷' 명령에 맞춰 똑같이 엄숙하고 단정한 자세를 취했다.

미군에게 일본의 군인정신을 보여주기 위해 포로가 되어도 일부러 군대에서의 습관을 바꾸지 않는 소수의 사람이 그들 속에 있다는 사실을 나는 알고 있었다. 그들은 자기 침대 주위를 정돈하고 피복도 군대식으로 가지런히 접어서 머리맡에 두었다. 어떤 자는 아직도 아군이 다시 오리라고 믿으며, 그때에 대비해서 절약해둔 식량을 침대 밑 땅속에 숨겨놓았다.

그러나 대부분은 다만 습관에 의해 부동자세를 취할 뿐이었다. 그리고 이 경우 그것은 단순히 복종의 팬터마임적 연출, 즉 아부를 나타낼 뿐이었다. 또한 이것은 의식적이건 아니건 간에 그들이 죄수라는 현재 상황을 정확하게 표현하는 행위였다.

이마모로는 미군을 따라서 동장이 신고하는 현재 인원수를 종이에 적고, 미군이 실제로 센 숫자를 각 그룹마다 대조해, 마지막으로 합계가 미군이 알고 있는 공식적인 숫자와 합치되면 '해산'을 명령한다.

미군은 연필 끝으로 숫자를 헤아렸다. 오 열로 정렬한 포로들은 아주 간단히 헤아릴 수 있음에도 불구하고 점호자가 하사관인 경우에는 자주 틀렸다. 곱셈이 아니라 덧셈을 한 탓일까? 사 열 대형을 신속히 헤아리는 데 익숙한 일본 병사들은 '해산'할 때면 언제나 "곱셈이 아니라 덧셈을 한 모양이야" 하고 농담을 했다. 지배자의 결함은 언제나 모두에게 즐거움을 주는 법이다.

나 같은 환자들은 침대에 앉아서 점호를 받았다. 보다 중병인 포로는 누운 채로 받았다. 미군 병사가 의무실을 나와 중병동 입구에 모습을 보이면 반장은 '차렷'을 외쳤고 우리는 가슴을 폈다. 미군은 그 위치에 선 채로 확인하고 가버린다.

점호는 아침 일곱시, 저녁 다섯시, 새벽 두시에 있었다. 새벽 점호는 처음에는 없었지만 탈주사건 이후로 실시됐다.

탈주의 후유증은 갖가지 방면에서 갖가지 형태로 나타났다. 울타리를 이중으로 친 것을 비롯해, 다른 포로들이 탈주를 도와주거나 혹은 막지 않은 죄에 대한 식량 감소, 담배 지급 중지였다. 레이테 전투로부터 종전까지의 십 개월 동안 탈주는 그 한 건밖에 발생하지 않았지만, 당시 우리 생활에 큰 영향을 주었던 사건이니 다소나마 상세히 설명할 필요가 있겠다.

사건은 2월 하순, 탈주한 포로는 아즈마라는 스물네 살의 해군하사를 비롯한 세 명, 모두 항공 관계 병사들이었다. 탈주 성공 확률을 높이기 위해 많은 동료들을 설득하지 않고 소수 인원으로 결행한 것이리라고, 그들의 설득을 받지 않은 친구들이 말했다.

그들의 목적은 타클로반 비행장에 숨어들어 비행기를 탈취하여 세부 섬으로 도망치는 것이었다. 그 무렵 세부 섬에는 아직 미군이 상륙하지 않았기에, 이따금 발하는 공습경보는 그곳 항공기지에서 날아오는 일본기 때문이라고들 믿고 있었다.

탈주 주모자인 아즈마는 우리 중병동의 반장 다테노와 친했다. 다테노는 심야의 위급환자 발생에 대비해 수용소에서 유일한 회중전등을 소지하고 있었는데, 결행 전날 밤 아즈마는 침대 밑에 떨어진 바늘을 찾겠다며 그것을 빌리러 왔다. 그리고 다테노의 집 주소를 물어서 외워갔다.

회중전등은 이튿날에도 반납되지 않았다. 오후에 병동의 위생병들과 트럼프를 할 때, 아즈마는 창백한 얼굴에 눈이 충혈되어 있었다. 다테노는 그 의미를 알아차리고 회중전등을 반납할 것을 요구하지 않았다.

탈출한 장소는 부지 북서쪽이었다. 그곳에는 그 무렵 아직 감시탑이 없었고, 북동쪽 감시탑 위에 설치된 야간 반사등도 직접 비추지 않았다. 탈주자들은 낮 동안 미리 그곳에 니파야자 잎사귀를 엮은 것(지붕을 이고 남은 것이다)으로 덮어서 가려놓았다. 울타리에 수평으로 친 철조망에 이십 센티미터 정도의 간격이 있었기에 조금만 벌리면 빠져 나오는 데 그다지 어렵지 않았을 것이다.

결행은 비교적 이른 밤 아홉시나 열시경이었던 듯하다. 탈출 후 동이 트기까지 어두운 시간이 길도록 계획한 모양이었다.

탈주 사실은 이튿날 아침, 탈주자 한 사람의 침대 위에 '사내 대장부의 담력 시험'이라고 연필로 쓴 쪽지가 놓여 있는 것을 보고 알려졌다. 사건은 즉시 이마모로에게 보고됐지만, 그는 결국 그 사실을 아침 일곱시 점호 때 미군이 저절로 발견하게 놔두었다. 이마모로를 비롯한 간부들은 질책을 당했고, 포로들은 전원 일일이 다시 입소 때 찍은 사진과 대조하여 검열을 받았다. 이마모로는 전원을 소집하여 "탈주한 자들의 성공을 빌자, 그러나 그 성패가 확인될 때까지 경거망동을 조심해" 하고 말했다.

그날 밤 이후 매일 저녁 여덟시부터 두 시간 간격으로 점호가 있었다고 들었는데, 이삼 일 후에는 열시와 두시 두 번으로 줄었고, 다시 현재의 두시 한 번이 되었다. 입구 헌병대장은 경질되고, 수용소 내의 항공 관계병들은 전원 호주로 보내졌다. 북서쪽의 감시탑이 증설되고 울타리 위의 조명도 늘어났다. 야간점호를 위해서 특별히 A조 통로 양쪽에 반사등이 설치됐다. 식량은 줄어서 죽으로 바뀌고, 그때까지 일주일에 스무 개비였던 담배 배급은 중지됐다.

내가 들어간 3월 중순, 포로들은 대체로 탈주자들이 무사히 비행장에 도착하여 세부 섬으로 건너갔으리라고 믿고 있었다. 두 명은 붙잡혔지만 아즈마와 다른 한 명은 성공했다고 그럴싸하게 말하는 사람도 있었다.

그러나 어느 비행사가 나에게 말했다. "설령 그 사람들이 미군 경비망을 뚫고 비행장까지 갔다 하더라도, 그리고 우연히 비행 준비가 완료되어 있는 비행기가 있었다 하더라도, 그들이 조종법도 모르는 미군 비행기를 이륙시켰으리라고는 생각할 수 없지요. 비행기 스위치 조작은 까다로우니까요."

그도 아즈마로부터 넌지시 유혹을 받았지만 일부러 모르는 척했다는 것이다. 그는 그 심정을 다음과 같이 설명했다.

"그 사람들이 이 수용소에 잠자코 있을 수 없는 이유가 있었다는 건 압니다. 그러나 여기에 있는 사람들의 심정은 대체로 그렇지 않으리라고 생각합니다. 저도 다릅니다."

그가 무슨 뜻에서 이런 소리를 하는지 명확하지는 않았지만, 대체로 수용소에서는 누구나 이러한 사항에 관해 명확하게 말하지 않았다. 그리고 나도 그때 굳이 캐물으려는 생각은 들지 않았다. 그렇기에 지금은 그의 말을 기억하는 그대로만 기록하겠다. 결국 포로라는 상황은 애매한 것이다.

이 비행사는 서른너덧 살로 아마도 장교인 듯했다. 그는 오랫동안 간토 지방에 있는 항공기지에서 교관을 지냈는데, 레이테 전투가 시작됐을 때에는 대만에 있었다. 그리고 초기의 가미카제식 단기뇌격*에 출동한 후, 10월 20일이 지나 레이테 섬 동쪽 해상에서 미국 순양함의 흘수선**에 공중어뢰를 명중시킨 순간 격추되어 정신을 잃었다. 무슨 착오가 있었는지 그의 신분은 미군에게 알려지지 않아서 그는 귀환할 때까지 계속 우리와 함께 지냈다.

탈주자들의 운명은 그가 예언한 것보다 훨씬 나빴다. 그들은 비행장은 고사하고 수용소 서쪽 늪지대 건너편에 있는 숲조차 빠져나가지 못했다. 그들은 하나하나 발견되어, 한 명은 사살, 두 명은 부상당한 채 붙잡혔고, 나머지 한 명은 투항했다(그가 아즈마라는 소문이 돌았다). 그들은 수용소에 돌아오지 못하고 마닐라로 보내졌다. 포로들은 그들이 그곳에서 처형당했을 것으로 믿고 그 비참한 운명을 읊은 가사를 만들어 곡조를 붙이기도 했지만, 노래는 인기를 얻지 못했다(나는 물론 처형은 당하지 않았으리라고 믿는다).

---

* 單機雷擊, 비행기 한 대만으로 적함에게 어뢰 공격을 하는 것.

** 吃水線, 배가 물에 잠기는 부분의 선.

저녁점호 후는 자유시간이었다. 소내 시설이 거의 완비된 요즈음에는 변소 청소와 쓰레기 처리 등 매일 하는 간단한 작업을 제외하면 낮 동안에도 별로 할 일이 없었다. 하여튼 일석점호 후의 시간이란 군대에서 몸에 밴 습관 탓에 병사들에게는 각별히 느긋한 기분이 들었다.

해는 여섯시경에 졌다. 등불이 없었기에 포로들은 점호 후의 시간을 분주하게 갖가지 놀이를 하며 보냈다. 씨름, 줄넘기, 공 던지기(모래를 헝겊으로 싼 것) 등을 중앙 도로에서 했고, 실내에서는 트럼프, 마작(이것도 대나무를 정성스럽게 손으로 깎아서 만든 것이다) 등을 했다. 걸 것이 아무것도 없었기에 굳이 내기를 하고 싶은 자는 이튿날 아침식사 일부를 걸기도 했다.

점차로 시끄러워지는 이 시간의 특징은, 일이 끝나고 취사장에서 쏟아져나오는 취사원들이었다. 그들은 수용소 내에서 확실히 하루 동안 일한 유일한 사람들이었기에, 할 일을 했다는 만족감과 남들을 위해서 일했다는 자신감이 얼굴에 나타나 있었다. 그들은 물론 그 지위 덕분에 먹고 싶은 것을 마음껏 먹었기에 가장 살이 찌고 가장 원기왕성했다.

그들은 평소 취사장 맞은편에 세워진 그들만의 숙사에 모여서 떠들었는데, 시간이 지나자 각 동에 있는 친구들을 방문하기 시작했다. 그들은 물론 어디서나 환영받는 손님이었다. 그들과 사이좋게 지낸다는 것은 즉 남은 식량을 이따금 얻을 수 있다는 의미였기 때문이다. 이마모로조차도 가끔 맛있는 특별요리를 부탁하기 위해 그들의 비위를 맞췄다.

병동 내부는 조용했다. 이마모로의 명령으로 환자들은 놀이가 금지되었다. 환자라고는 하지만 병원으로 보내질 필요가 없는 경환자이니 트럼프 정도는 하고 싶겠지만, 그러면 일하는 사람들에게 미안하다는 것이 이마모로의 주장이었다.

내가 들어간 당시 중병동에 입실한 환자는 나를 포함해서 여섯 명이었다. 내 옆은 예의 굶주린 오사카 사람이고, 그 맞은편은 가벼운 폐병으로 요양 중인 젊은 1사단 병사였다. 산속에서 대검으로 자살을 기도한 상처가 반달가슴곰 무늬처럼 목에 남아 있었다. 그는 안색이 나쁘고 무척 과묵하며 어두웠지만, 그 무늬 덕택에 어딘가 귀여운 느낌을 주었다. 우리 세 사람은 반장들과 반대쪽 창가를 점하고 있었다.

중앙 한 열의 내 맞은편에 있는 사람은 마흔 정도의 민간인으로 타클로반의 여관 주인이었다. 그는 병사들과 함께 산으로 도망치다 발목에 총상을 입었다. 그는 아이치 현 출신으로 만주사변 이후 만주로 건너가, 신경(新京)에 있는 조그만 여관의 지배인으로 시작해 오늘날의 지위를 획득했다. 노란 안색에 눈이 작고 입이 크며 얼굴 하반부가 불균형하게 발달해 마치 하마 같았다. 그의 이야기는 한마디로 자기가 과거에 갖가지 경험을 하며 얼마나 돈을 많이 썼는가 하는 것이었다.

마흔이라면 나보다 불과 네 살 위에 불과하니 일단 나와 같은 세대에 속한다고 봐도 지장 없겠지만, 그는 요즘 우리 나이 대 사람들보다도, 오히려 우리가 어렸을 때 본 사십 대 사내의 유형과 비슷했다. 아마 그는 소년 시절에 봤던 사십 대 성공한 사람을 흉내 내려고 평생 동안 노력해서 결국 그만큼 성공한 게 아닐까?

그는 일본군 장교들이 여관에서 얼마나 공짜 술을 마셔댔는지 털어놓았다. 일본군은 모두 도둑놈이다, 군대에서는 군인들에게 도둑질을 가르친다고 욕했다. 어느 날 나는 한 사람의 군인으로서 그에게 주의를 주었다. "너도 도둑놈 같은 장사를 했잖아. 우리는 너의 부당한 재산을 보호하지 못한 책임을 느끼니까 잠자코 들어주지만, 언제까지 참을 수 있을지 모르니 조심해."

그는 당황해서 뭐라 중얼거리며 부지런히 주위에 있는 포로들의 얼굴을 쳐다보았지만, 당연히 그를 지지하는 눈빛은 없었다. 나도 내 완력에 그다지 자신이 있었던 것은 아니다. 아마도 나에게 갈채를 보낼 동료들의 힘을 믿고 이런 말을 한 것이다. 이것은 내가 젊을 때부터 지니고 있는 나쁜 버릇 중 하나로, 뒷맛이 몹시 좋지 않았다.

그의 옆에 있던 젊은 환자 하나는 감격하여 나를 바라보았다. 그는 총알이 성대를 옆으로 관통해서 목소리를 내지 못했다. 간호사들은 몸짓과 입 모양으로 그의 의사를 이해했지만, 나처럼 새로 만나는 사람과는 필담을 이용했다.

그는 와카야마 현의 농부 아들로 소년 시절부터 와카야마 시의 폭력배 그룹에 가담했다. 나의 양친도 와카야마 출신이다. 또한 이 사내의 주름잡힌 이마와 둥그런 눈은, 내가 어렸을 때 집에서 본 그 고장 여자 하나와 아주 비슷했다. 그의 집은 기노 강 중류에 있다고 했다. 도쿄에서 태어난 나는 좀처럼 귀향할 기회가 없었지만, 기이 지방의 지괴(地塊)와 본토 사이를 관통하는 대지열대(大地裂帶)의 경치에는 애착을 느꼈다.

그는 나에게 영어를 가르쳐달라고 부탁했다. 평생 목소리를 내지 못할 인간이 외국어를 배워봤자 도움도 안 되겠지만, 그의 경우에는 일단 영어가 필요 없을 것 같았다. 내가 그런 뜻을 말하자 그는 연필

로 이렇게 적었다. '놀고만 있기도 심심한데, 배워둬서 손해될 건 없잖아.'

더구나 그가 배우려는 영어는 문장 읽는 법이 아니라, 영어로 표현하는 법이었다. 그래서 나는 그에게 영작문을 가르쳤는데, 초등학교도 나오지 않은 그에게 짧은 시간 동안 성공적으로 외국어의 구조를 이해시켰다고는 생각되지 않는다. 그러나 이후 얼마 동안은 이 벙어리 학생에게 영어를 가르치는 것이 하루 일과 중 가장 즐거운 시간이 되었다. 나 역시 놀고만 있기는 지루했던 것이다.

그의 옆은 선박공병 병장으로 서른두 살의 교토 출신 월급쟁이였다. 그는 어느 군수공장에 징용되어 여사무원 하나와 온천에 놀러다니기도 했지만 다른 여자와 결혼했다. 그러자 그 여사무원이 어느 날 밤 그의 당직실에 와서 수면제를 먹는 소동을 피웠다. 이튿날 소집영장이 오자 오히려 안심했다고 그는 말했다.

그는 약간 매부리코로, 쇼와 초기에 유행하던 일본 영화배우 스타일의 미남이었다. 그의 연애담을 듣노라면 여자들과 즐기는 동안 실은 얼마나 상대방으로부터 경멸당했는지 알 수 있었기에 흥미로웠다.

그들은 점차 쌀쌀해지는 저녁 무렵 추위를 막기 위해 암갈색 미군 제복을 차려입고 조용히 누운 채, 이따금 생각난 듯이 옆 사람과 나지막이 이야기하곤 했다. 니파하우스 속에는 상쾌한 어둠이 깔리고, 높은 천장에서 대나무로 엮은 횡목의 삭은 부분이 하얀 가루가 되어 소리도 없이 떨어져내렸다. 밤이 되면 그 가루가 우리의 의복이나 침대를 얼룩지게 했다.

주위에 가득한 무의미한 소음을 뚫고 이따금 바깥 도로를 지나는 자동차의 무거운 소리가 진동을 일으키며 들려왔다. 동 뒤쪽의 설거지터에서는 차가운 저녁 공기 속에서 포로들이 목욕하는 소리가 끊임없이 들렸다.

밤이 되면 주위의 소음은 한층 깊어져 차츰 노래로 변했다. 그들은 갖가지 노래를 불렀다. 서글픈 군가부터 감상적인 옛 유행가, 심지어 고향 민요까지 합창했다. 그 노랫소리가 각 숙사마다 하나의 덩어리를 이루어 중앙 도로에 넘쳐흘렀다.

양초는 본부에만 지급됐지만, 울타리 위에 십 미터 간격으로 설치된 커다란 야간 반사등의 눈부신 불빛이 동 뒤쪽으로부터 삼분의 일가량 새어들었다. 중앙 도로 양쪽에 별도로 설치된 반사등은 여덟시에 소등됐다. 그와 함께 본부에서 "소등!"이라고 외쳤지만, 소등할 불이 없었기에 그것은 '취침'이라는 뜻에 불과했다. 그러나 노랫소리는 좀처럼 수그러들지 않았다.

중병동에는 옆에 위치한 경병동 담당 위생병 두 명과 간호사 두 명도 모여, 반장의 테이블을 둘러싸고 어둠 속에서 낮에 남긴 식량으로 야식을 들었다. 그리고 역시 노래를 불렀다.

소등하면 완전한 정적에 휩싸이는 병원에서 생활하던 나에게는 무척 진기한 광경이었다. 환자들의 안정에 신경 써야 할 위생병들의 이러한 행위에는 분노를 느꼈지만, 결국 신입자인 나는 그것에 항의할 용기가 없었다. 그러나 며칠 후 나는 이 노래에 익숙해졌고, 몸이 회복되어가며 오히려 이러한 소음을 좋아하게 되었다. '최초의 반응에 의지해서는 안 된다. 그것은 절대 거짓이다'라고 프랑스의 어느 옛 정치가가 말했는데, 그 말은 사회에 대한 우리의 반응을 옳게 평한 것이라고 생각한다.

어둠 속에서 그들의 노랫소리에 대항하듯 '높은 소리로' 명상에 잠기다가, 나는 어느새인가 잠이 들었다.

"점호!" 소리에 잠이 깼다. 목소리는 바다를 향해 외치는 것처럼 긴 여운을 남기며 어둠 속에서 반복됐다. 혀를 차는 소리와 투덜거리는 소리가 주위에서 일더니, 이내 구두를 끄는 소리가 겹치면서 중앙 도로에 사람들의 모습이 하나둘 늘어나는 것이 보였다. 그 모습이 갑자기 불빛에 드러났다. 도로 양쪽의 반사등이 켜진 것이다.

"차렷!" 소리에 조용해진다. 부동자세를 취하는 포로들의 코가 양쪽 불빛에 비쳤다.

미군 당직 장교가 미끄러지듯 지나갔다. 환자들은 누운 채로 모기장을 걷고 머리만 내밀면 되었다. 장교는 그 숫자를 호박 세듯이 세어갔다.

"차렷!" "쉬어!" 하는 고함이 반복되고, 기다리는 시간이 지나면, 이윽고 먼 곳의 열 구석에서 이마모로가 "해산!" 하고 외치는 소리가 들린다. 열이 조용히 흩어지고 포로들은 서로 몸을 부딪치며 제각각 사라져간다. 그 가운데 줄을 지어서 가는 행렬은 나온 김에 변소에 들르는 사람들이다. 그 행렬이 끊기기도 전에 반사등이 꺼지고 도로는 다시 어두워진다.

나는 여기서, 어떤 광경에 관하여 이야기하고자 한다. 그것은 지금 언급한 내용과 반드시 연결되는 사항은 아니나 다음의 이유로 인해 역시 여기에 넣지 않을 수 없다.

그것은 내가 어느 때인가 본 광경으로, 중앙 도로의 입구와 반대쪽 구석, 즉 양쪽 숙사의 열이 우측 감시탑의 반사등 불빛에 비치는 장소가 무대이다.

그 강렬한 불빛 속을 포로 하나가 빛을 등지고 빛에 쫓기듯 고개를 떨군 채 천천히 오른쪽에서 왼쪽으로 걸어서 사라졌다.

내가 이 광경을 정확히 언제 봤는지, 몇 시쯤 봤는지는 기억하지 못한다. 내가 이때 중앙 도로에 있었던 것은 틀림없으나, 어느 지점에서 무엇을 하고 있었는지도 확실하지 않다. 또한 이때 내가 무엇을 느꼈고 무엇을 생각했는지도 전혀 생각나지 않는다.

그러나 이 평범한 시각적 영상이 내 기억에 남은 것에는 뭔가 이유가 있을 것이다. 아마도 나는 어떤 감동을 느꼈던 게 아닐까? 그 감동의 내용은 비어 있지만 내가 감동했다는 사실은, 지금도 그 광경을 되새기노라면 무언가가 내 몸속에서 꿈틀거리는 것만 봐도 확실하다. 그것은 수용소에서 생활하는 동안의 내 마음 씀씀이, 특히 내 마음에 축적되어 지금까지 남아 있는 것들과 관련이 있다.

나는 이 광경을 설명하면서 두 가지 비유적 표현을 사용했다. '빛을 등지고' '빛에 쫓기듯이'라고 썼지만, 전자는 '빛을 받으며'라고 해도 좋고, 후자는 아예 생략할 수도 있다. 아니, 생략하는 편이 정확할지도 모른다.

이러한 비유가 자연히 떠올랐다는 점에 이미 내가 이 광경에 어떠한 의미를 부여하고 있는가가 나타나 있다. 나는 이 포로가 등뒤에서 불빛을 받는 상태, 어떤 개인적 필요에 의해 통행하는 그를 반사등의 강렬한 평행광선이 떠밀고 있는 듯이 보였던 상태에 의미를 느꼈던 것이다. 그 의미를 설명하기는 몹시 어렵지만 말이다.

어째서 지금 이 광경에 관한 논의를 여기에 넣을 생각이 들었는가 하면, 나는 이것을 아까 말한 심야의 점호와 이어지는 정경으로 설명할 수 있기 때문이다. 그리고 그것이 반드시 사실에 위배된다고도 할 수 없다.

우선 그 무대에까지 이르는 도로에는 분명히 사람이 없었다. 어쩌면 불명료한 그림자가 도로 위에 움직이고 있었는지도 모르나, 적어도 이 인물이 천천히 지나가는 동안에는 어떠한 장애물도 내 시야를 가로막지 않았던 것 같다. 이것은 아마도 열시 이후, 아니면 심야점호 후의 상황이었을 것이다.

그리고 이 무대와 나의 거리는 이십 미터 정도였다. 그렇다면 적어도 중병동 앞에서 남쪽이다.

내가 만약 소설을 쓸 생각이라면, 다음과 같이 쓸 수도 있다.

'……반사등이 꺼지고 도로는 다시 어두워졌다. 변소에서 돌아오는 포로들이 각자의 동으로 들어가는 발소리도 점차 줄어서 드문드문해지더니, 이윽고 완전한 정적이 찾아들었다. 가만히 누워 있을 수 없는 감정에 휩싸여 나는 도로 위로 나왔다. 그때 나는 하나의 광경을 보았다……'

그리고 마지막으로 나는 그다지 과장할 것 없이, '수용소에 들어와 처음 겪는 심야에 본 이 상징적 광경은, 이후로도 오랫동안 내 기억에 남았다'고 쓸 수도 있을 것이다. 이런 식으로 신기한 요소를 도입함으로써, 이 광경이 기억되고 있다는 사실에 대해 하나의 근거를 추가시킬 수도 있을 것이다.

그러나 사실에 비추어 볼 때 이 서술에는 모순이 있다. 그 모순은 이때 내가 있었던 도로 상의 위치에 관한 것이다.

지금 내 기억에 남아 있는 광경은, 내가 그것을 바라본 각도에 독특한 느낌을 지닌다. 도로는 폭이 육 미터였다. 따라서 내가 이 도로의 좌우 끝에 있었는지 아니면 중앙에 있었는지에 따라서, 이십 미터밖에 떨어져 있지 않던 그 광경은 약간 달라진다.

빛을 받으며 가로지른 포로는 시종 빛을 발하는 등과 짙게 그늘이 진 가슴의 대조를 뚜렷하게 내 인상에 남기고 지나갔다. 그리고 왼쪽 마지막 숙사의 정면 기둥 뒤로 그런 모습을 계속 유지하며 사라졌던 것으로 나는 기억한다.

만약 내가 오른쪽의 중병동에서 나와 도로의 오른쪽, 고작해야 중앙까지 나서서 이 광경을 보았다고 한다면, 나는 아마 마지막에는 그저 빛을 반사하는 그의 등만 봤을 것이다. 이것은 내 기억에 위배된다. 그렇다면 나는 이때 필연적으로 도로의 왼쪽에 있어야 한다. 그러나 나는 무슨 일로 도로를 가로지른 것일까?

그 당시 그리고 그후로도 얼마간, 나는 건너편 동에 친구가 없었다. 따라서 내가 길을 가로지를 필요는 단 하나밖에 없었다. 즉 건너편 취사장 앞에 설치된 물자루까지 마실 물을 받으러 가는 것이다.

이 자루는 이미 언급한 바와 같이 직경 육십 센티미터 높이 백이십 센티미터 정도의 고무를 댄 헝겊으로 만든 원통형 자루로, 소독된 물이 저장되어 있었다. 포로들은 수시로 그곳으로 가서 밑에 두세 개 달려 있는 꼭지에서 물을 받는다.

자루의 위치는 중병동에서 보아 문제의 무대와는 반대쪽에 있으니까, 그곳으로 가는 동안 나는 무대 쪽으로 등을 돌린 셈이 된다. 물컵 대신 쓰는 깡통에 물을 받아 그 자리에서 마셨거나 아니면 침대까지 갖고 오기 위해 몸을 일으켜 뒤돌아보았다고 하자. 그때 그 광경을 보았다면 어떨까?

이것은 순수한 가정이지만, 앞서 기술한 각도와 제대로 일치할뿐더러, '예상치 못한' 설정을 더함으로써 한층 소설적으로 문제를 해결한다.

이토록 장황한 추리를 거듭하며 독자들을 따분하게 만드느니 나는 처음부터 이런 식으로 일관되게 이야기를 끌어가야 했을 것이다. 그랬더라면 사실로부터 그다지 멀어지지 않았을지도 모른다. 그러나 나는 내 이야기가 너무나 소설적이 될까봐 두려웠다. 포로 생활이란 무의미한 행위로 충만해 있기 마련이다. 그러한 행위에 하나하나 의미를 부여해 설명하는 것은, 오히려 진실의 환상을 파괴하는 원인이 되지 않을까?

어쩌면 이토록 불확실한 기억 따위는 전혀 언급하지 않는 편이 좋았을지도 모른다. 그러나 내가 내 기억을 재검토하는 것도 반드시 헛수고는 아니었다. 가령 이렇게 내가 도로 위에 있었던 위치를 생각한 덕분에 나는 물자루를 생각해냈고, 심야에 이따금 그 앞에 쪼그리고 있던 때의 감각을 되새기지 않을 수 없었기 때문이다.

매일 아침 취사원이 채우는 자루의 물은 이때 조금밖에 남지 않았기에, 헝겊으로 만든 그 자루는 주름이 생겨 일그러져 있었다. 그 아래 부분을 앞쪽으로 기울여(수조는 공중에 매달려 있었다) 바닥에 있는 꼭지 위치로 물이 내려오도록 해서 받았다. 소독약이 가라앉은 물은 씁쓸했다.

자루 바로 밑에는 일본인다운 기지를 발휘하여 사방 삼십 센티미터 정도를 대나무로 에워싸고 부근의 강에서 주워 온 듯한 자갈을 곱게 깔아놓았다.

심야에 이렇게 내가 물을 받으러 가는 것은 반드시 갈증 때문만은 아니었다. 무료함을 견디지 못해서이기도 했다.

씁쓸한 물을 한 입 머금고 나머지는 땅 위에 뿌렸다. 어두운 모래 땅은 순식간에 물을 빨아들여 자국도 거의 남기지 않았다. 모래 역시 이 수용소의 지배적인 인상을 형성하는 물질이다. 철분이 많은 검은 모래로, 양지는 뜨겁지만 그늘은 차가워 맨발에 상쾌한 느낌을 주었다.

소리가 난 듯했다. 자루 앞에 몸을 숙일 때 내 귀에는 언제나 지잉 하는 연속음이 들렸다. 그것은 내 생애의 다른 시기에도 들렸던 소리로, 밤에 지상이 고요해짐과 더불어 하늘을 가득 채우는 변전소 소리였다.

북극성은 도로 정면의 야자나무 가지에, 오리온은 머리 꼭대기에 있었고, 등뒤에는 어두운 남녘 하늘이 높이 보였다. 그리고 조국에서 자주 봤던 별들이 조국의 하늘과는 다른 높이로 보이는 점이 조국과 북위 십 도인 레이테 사이를 잇는 지구 구면의 곡선을 실감케 했다.

향수는 느끼지 않았다. 조국은, 그곳에 갈 수단이 우리의 상상을 초월한다는 의미에서, 우리에게 달나라와 마찬가지였다. 어쩌면 동포들은 지금 폭탄을 맞아 죽거나, 집이 불에 타서 방황하고 있을지도 모른다. 그러나 그것은 생각해봐야 어쩔 수 없기에 우리의 관심거리가 되지 못했다.

이곳의 생활은 물을 마신다든가, 물을 뿌린다든가, 모래를 밟으며 걷는다든가, 침대에 눕거나 일어난다든가, 그런 자질구레한 것들뿐이었다. 또한 일상 생활에서는 우리가 의식하지 못하는 이러한 자질구레한 일들이 하나하나 의미를 지니며 떠오르는 것은, 아마도 거기에 역시 의식하지 못하는 감정이 지배하고 있었기 때문일 것이다. 그것이 바로 죄수의 비애였을 것이다.

아침 다섯시 반, 본부에서 외쳐대는 "전원 기상!" 소리에 포로들의 하루가 시작된다. 날이 밝는 것은 여섯시다. 포로들은 어둠 속에서 모기장을 걷고, 모포를 개고, 얼굴을 씻고, 식사를 기다린다.

삼십 분 후 "식사!" 소리가 들린다. 각 반(이것은 이미 언급한 바와 같이 한 동 육십 명을 다시 사 등분한 것으로, 주로 식사 할당을 위한 단위이다)마다 두 명의 식사 당번이 달려가 취사장 창구에서 식량이 담긴 석유통을 받아온다. 음료로는 설탕을 섞지 않은 홍차가 다른 석유통에 담겨 있다. 이때쯤 주위가 밝아진다.

식기가 부딪치는 소리, 식사를 분배하는 식사 당번이 내는 무의미한 소리, 기다리면서 어떤 음식이 나올까를 논하는 포로들의 목소리 등으로 잠시 수용소 전체가 떠들썩했다가 조용해진다. 포로들이 식사 중인 것이다.

별달리 욕망을 해소할 수단이 없는 포로들에게 식사는 최고의 즐거움이었다. 이 무렵에는 탈주사건 때문에 양이 줄어서 포로들은 항상 허기를 호소했지만 칼로리는 충분했던 것 같다. 그 증거로 포로들은 전보다 더 살이 쪘다.

허기의 원인은 물론 쌀밥에 익숙한 일본인의 위가 늘어나 있는 탓도 있겠지만, 또하나의 원인은 포로들에게는 그 외에 생각할 일이 없는 까닭에 항상 먹을 것만 생각하기 때문이었다. 욕망은 그것을 생각함에 따라서 증대된다.

식사가 끝나면 식사 당번은 석유통 두 개를 씻어서 취사장 앞에 설치된 뜨거운 물이 담긴 통에 담가 소독한 후, 취사장 창구에 반납한다. 일곱시 점호. 이 광경에 관해서는 이미 몇 번이고 설명했다.

점호가 끝나면 포로들의 하루 작업이 시작된다. 그러나 당시 우리에게는 일이 거의 없었다.

이 무렵에는 아직 미군의 포로 사역 계획이 세워져 있지 않았다(아마도 필리핀인들의 일거리를 빼앗지 않기 위해서였을 것이다). 우리의 작업은 수용소 내부의 설영(設營)으로, 바깥에 나가는 것도 그 작업을 위해 대나무를 자르거나 목재를 운반하는 일에 한정되어 있었다. 더구나 내부의 제반 시설이 거의 완비되어 있었기에 이따금 딱히 의미나 필요도 없는 보수작업 이외에 작업다운 작업은 없었다.

그래도 다소나마 날마다 일거리가 있었다. 우선 변소 청소를 각 반이 돌아가며 담당하여, 몇 명의 포로들이 변소(이것은 여덟 개의 양식 변기를 설치한 커다란 목조 상자로, 지하 깊숙이 판 구멍 위에 놓여 있다)를 물로 씻고, 부근을 깨끗이 쓸고, 안에 석유를 부었다. 쓰레기 운반 역시 각 반 담당으로, 취사장에서 나오는 통조림 깡통 등을 수용소 뒤에 있는 미군의 쓰레기 소각장으로 날랐다. 미군은 그 쓰레기에 매일 휘발유를 뿌려 태웠기에, 그 불길은 아침마다 조그만 화재 정도의 규모로 야자나무 가지에까지 솟았다.

그다음의 일중 행사는 작업도구 수령이었다. 이것은 삽, 곡괭이, 칼 등, 흉기가 될 수 있는 성질의 도구류를 매일 아침 동쪽 중앙문 옆 창고에서 수령하는 일이다. 도구는 일괄적으로 본부 앞으로 운반되고, 그곳에서 전날 신청한 수에 따라 사용할 동에 전달된다. 이 대출을 장부에 기록하고 저녁에 숫자를 맞춰 반납하는 것이 일직반장의 가장 중요한 임무였다.

각 동의 도랑을 쳐내거나 동의 안팎을 수리하는 등의 일상적인 영선(營繕) 작업도 있었다. 특히 칼은 대나무를 많이 사용하는 니파하우스에서 용도가 다양했다. 포로들은 무작정 칼을 숨기려 했기에 저녁에 용구를 반납할 때면 항상 칼이 부족했다. 일직반장은 일일이 각 동을 돌며 칼을 찾아야 했다.

그다음으로 포로들이 할 일은 세탁이었다. 일본인은 세탁을 좋아하는 국민이다. 태평양의 정글전에서는 일본 병사들이 나무 사이에 널어놓은 세탁물이 언제나 폭격 목표가 되었다고 한다. A조의 건조장은 취사원 숙사 뒤쪽과 좌측 숙사 끝에 있는 변소 맞은편 공터 두 군데였는데, 매일 아침 아홉시면 이미 빨래들이 잔뜩 널려 있었다. 비누는 거의 무한정으로 공급됐다.

이 무렵 포로들에게 내의가 지급되지 않았기에, 빨래는 상의와 바지뿐이었다. 그 옷들은 대낮의 점호 때를 제외하고는 거의 입을 일이 없었지만 밤에는 잠옷 대용이었기에 역시 땀이 배었다. 그러나 포로들 중에는 산뜻한 잠옷의 쾌감을 맛보기 위한 것 말고 다른 목적으로 열심히 세탁하는 자들이 있었다.

그것은 제복에 찍혀 있는 PW라는 글자를 지우기 위해서였다. PW

는 상의의 등에 크게, 양소매의 전면에 약간 작게, 바지 엉덩이에 크게, 무릎 바로 위쪽에 약간 작게, 도합 여섯 군데에 찍혀 있었다. 본부에 설비된 형지(型紙)를 대고 검정 혹은 하얀 페인트로 인쇄한 것이다. 포로들은 될 수 있으면 이것을 피했지만, 이마모로에게 들켜서 어쩔 수 없이 찍힌 자들은 빨래를 해서 지우려는 것이었다.

그러나 페인트는 좀처럼 비누로 지워지지 않았고, 특히 하얀 페인트의 경우는 옷 색깔이 바래면서 오히려 더 눈에 띄었다.

건조장에서는 모포도 말렸다. 모포는 호주제의 제법 고급품으로 일본제 면모포에 익숙한 우리에게는 부드러운 감촉이 한결 좋았다. 어떤 젊은 포로는 여자 살결에 닿는 듯한 느낌이 든다고 했는데, 과연 그랬을까.

모포에 관해서 적는 김에, 이 수용소에는 이가 한 마리도 없었다는 점을 지적해둔다. 입소하면 우선 그때까지 입고 있던 옷을 몽땅 벗고 목욕을 한 다음 전부 새로운 의복으로 갈아입고 헌 옷을 태워버리기 때문에 이가 침입할 여지가 없었다. 또한 침대가 헝겊으로 되어 있고 주위의 지면에 때때로 석유를 뿌리기에 이나 빈대가 서식할 수 없었다. 이것은 역시 미군 포로수용소가 소련의 수용소보다 훨씬 뛰어나다는 것을 보여준다. 돈이 많다는 것은 무서운 것이다.

포로들이 아침에 마지막으로 하는 행사는 치료를 받는 일이다. 총상, 열대궤양 등 산에서 입은 상처, 혹은 수용소에 와서 작업 중에 입은 상처의 치료였는데, 그중 가장 많은 것은 피부병이었다. 일본군의 명물인 습진 외에, 특히 B조의 새로운 포로들은 대부분 옴에 걸려 있었다. 왜 산속에서 피부병이 만연했는지는 모르겠으나 영양불량으로 신체의 활력이 떨어짐에 따라 기생충이 기승을 부리는 게 틀림없다고 어느 경험자는 말했다.

미군에서 지급되는 약으로는 어차피 이 대량의 피부병 환자들을 감당하지 못했다. 그렇기에 매일 치료를 받는 것 외에도 약이 도착하면 위생병이 B조에 출장해서 환자들을 임시소집해 약을 발라줬다. 환자들의 줄은 두 줄로 이십 미터 넘게 이어졌다.

치료는 매일 아침 여덟시부터 중병동 앞의 의료실에서 시작된다. 환자들은 야자나무 둥치를 걸상 높이로 몇 군데 세워놓은 것 위에 앉거나 다리를 걸치고 치료를 받는다.

이때 본부에 있는 동장(그는 해군 위생 하사관이다)도, 경병동에 있는 위생병 두 명도 모두 출동해 치료에 종사했다. 그들의 일하는 태도는 신중하고 진지했다. 그들은 분명 취사병들과 더불어 이 수용소에서 가장 열심히 일하는 사람들이었다. 군대에서 취사병과 위생병은 일종의 특권을 향유하는 병과로 패전군의 혼란 속에서 자주 남용되었지만, 전투력을 잃고 다만 개체의 요구만을 남긴 포로라는 신분의 병사들 사이에서는 남들에게 가장 많은 도움을 주는 이들이었다. 군대라는 합리적인 조직에서 인간의 본능적인 필요에 의해 은근히 위력을 과시한 것은 그들의 결점이었지만, 포로라는 본능적인 필요성만 존재하는 상태에서 그들은 오히려 유용하며 친절했다.

밖에서 치료를 기다리는 환자들의 줄은 동 옆의 골목으로 꺾어들어가 동 뒤쪽까지 이어지고, 벽에 기댄 그들이 중병동 내부를 들여다보고 있었다. 벽쪽에 머리를 두고 누운 나는 그들의 구경거리가 되었다.

포로 동료란 기묘한 관계이다. 우리는 물론 전혀 모르는 타인이지만, 예전에는 같은 목적을 지니고 군대에 소속되어 싸웠고, 지금 다시 포로라는 신분으로 공통점을 지닌다. 거기에는 원칙적으로 근친의 감정이 있겠지만, 그러한 감정은 우리를 가깝게 만들기보다 오히려 어색하게 만들었다. 그들의 표정은 뭔가 숨기고 있는 듯 보이기도 했고 남들의 마음을 떠보려는 듯 보이기도 했기에, 자연히 신중을 기하게 된 결과 결국에는 몹시 얼빠진 상태가 되었다. 이런 표정을 나는 이제까지 동포들에게서 본 적이 없으며, 앞으로도 볼 일이 없을 것이다.

왜냐하면 당시의 일본인처럼, 부끄러워하면서도 문명국의 포로라는 특권을 향수하는 상황은 아마 다시 되풀이될 수 없을 것이기 때문이다. 한번 포로의 맛을 본 일본인은 전쟁이 불리해지면 주저 없이 무기를 버릴 것이다. 그들은 예전에 그 진정한 의미도 반성하지 않고 목숨을 내던졌던 것처럼, 포로라는 신분이 그들에게 무엇을 부과하는지도 모르는 채 다만 그 달콤한 맛에 취하고 말았다. 앞으로 그들은 상대를 가리지 않을 것이다. 일본인을 용병으로 고용하는 것은 누구에게도 권할 수가 없다.

이윽고 포로들 속에 섞여 있던 일본인 군의관이 출근했다. 마흔대여섯 살의 빈상(貧相)인 징용 군의관으로 머리가 희끗희끗했다. PW 제복이라는 소극적 의복 위에 단 하나 청진기라는 적극적 도구를 걸친 그의 모습은 몹시 기묘했다.

미군 군의관을 돕기 위해 미리 환자들을 진단하는 것이 그의 역할이다. 그는 내 심장 판막증을 '이상 없음'이라고 선언했다. 그러나 나는 입실환자이기에, 곧 도착할 미군 군의관에게도 진단을 받을 권리가 있었다.

미군 군의관은 실버맨이라는 유대인 중위였다. 그는 미군 위생병 하나와 통역 담당 사쿠라이를 데리고 중병동 및 경병동 환자들을 회진했다. 통역을 통해 "오늘은 어떤가?" 하고 묻고는, '좋아졌다'의 경우는 그냥 지나치고, '나빠졌다'는 경우에만 진찰했다. 그도 내 심장병을 부인하고, 대신에 황달을 선언하고는 육류를 먹지 말라고 했다. 취사장에서 만드는 것은 대부분 콘비프를 졸여서 만든 죽이었기에, 그 이후로 나는 특별히 미군의 휴대용 식량인 비스킷을 지급받게 되었다.

미군 위생병은 메르키아라는 이탈리아인이었다. 이탈리아인의 쾌활함과 정력에 관한 전설을 어디까지 믿어야 좋을지 모르나, 하여간에 그는 내가 본 외국인 중 가장 활달한 인물이었다.

빨간 머리에 붉은 얼굴의 그는 작은 갈색 눈을 쉬지 않고 움직였다. 키는 그다지 크지 않지만 양발을 바깥으로 벌려서 내딛고 어깨를 크게 흔들며 걸었다. 그는 항상 포로들에게 농담을 걸고는 통역을 통해 "일본군은 세계에서 가장 용감하다. 다만 먹을 것이 없을 뿐이다" 따위의 찬사를 늘어놓았다. 그는 내가 책 읽는 것을 보고 『모비딕』을 가져다줬다. 그는 선원이었다.

그는 포로에게는 친절했지만 동료인 미군 병사들과는 늘 다퉜다. 수용소 입구에 위치한 신문소 뒤쪽 울타리 밖에는 미군 의무실이 있기에, 약품 배급 등의 일로 그가 자주 그곳에 드나드는 모습이 보였는데, 대체로 싸움을 하러 가는 격이었다. 절반은 진지하게, 절반은 재미 삼아 하는 모양으로, 어린아이가 억지 부리듯 고함을 질러댔다. 그러한 그를 둘러싸고 눈살을 찌푸리며 달래는 장신에 금발의 폴란드인과, 검은 머리 스웨덴인의 얼굴은 정말로 볼만했다(잡다한 인종으로 구성된 미군 병사들의 인종적 기원을 하나하나 추측하는 것도 나의 심심풀이 중 하나였다. 나는 메르키아에 대한 나의 가설을 확인하고는 차츰 진보해갔다).

편견에 사로잡히지 않고 평가하더라도, 군의관인 유대인은 병원에서 봤던 소령이나 대위급 군의관들보다 그 계급이 낮은 만큼 품위도 낮은 듯했다. 어쩌면 그 또한 수용소의 안일한 분위기에 익숙해져서 의사라는 직업적 가면을 벗은 결과 그 인간적 특징이 모두 드러났는지도 모른다. 그는 히틀러에게 쫓겨난 오스트리아 빈 사람으로, 노래를 좋아했다.

회진이 끝나는 열시경이면 치료도 끝난다. 군의관들은 그때부터 열두시까지, 아마도 의무인 듯 진찰실에 앉아서 한가해진 일본인 위생병에게 둘러싸여 노래를 불렀다. 군의관은 슈베르트를 좋아했기에 노래를 잘하는 위생병에게 몇 번이고 〈세레나데〉를 부르라 시켰고, 자신도 아름다운 바리톤으로 〈겨울 나그네〉 중의 어려운 노래를 불렀다.

그는 〈세레나데〉를 제창하는 위생병들을 보며 메르키아에게 말했다. "이렇게 명랑한 자들이 그토록 끔찍한 짓을 했으리라고 믿어지지 않아." "먹을 게 없으니까"라고 상대는 대답했다. 통역은 그 말을 모두에게 전했고, 모두들 더욱 즐거운 듯이 노래를 불렀다.

나는 밖으로 나갔다. 본부 앞 게시판에는 최근 개정된 포로 수칙의 원문과 번역문이 함께 붙어 있었다. 나는 심심풀이로 그 영문을 전부 암기했지만, 지금은 일부밖에 기억하지 못한다.

'청원은 모두 스포크스맨을 통해서 할 것.'

스포크스맨이란 이마모로를 가리킨다. 곁에 있는 번역문은 이것을 충실하게 대변자라고 번역했는데, 아마도 이마모로가 주의를 준 듯 '일본인 수용소장'으로 정정되어 있었다.

'실내에 식량을 비축하지 말 것.'

식량은 평소에 비축할 수 있을 정도로 배급되지 않았지만, 개중에 아군이 다시 오리라고 믿으며 통조림을 침대 밑에 묻어두는 자가 있었다는 것은 이미 기술했다.

'울타리에서 세 걸음 이내를 거닐지 말 것.'

공습경보가 내렸을 때가 특히 까다로웠다. 처음에는 부주의로 상처를 입은 자도 있었다고 한다.

'울타리를 넘거나 뚫고 나가려고 시도하는 자에게는 두 차례 "멈춰"라고 명하며, 그래도 그 행위를 계속할 경우 사살한다.'

탈주 계획은 앞서 언급한 항공병들을 제외하고는 한 번 정신이상자가 철조망을 두세 단 올라갔을 뿐이다. 그는 손발에 상처를 입은 채 끌려내려와 병원으로 보내졌다.

우리가 설령 이곳을 빠져나간다 하더라도 주위는 바다였다. 그리고 현재 이곳에 있는 자들은 모두 산속에 숨어 있는 동안, 얼마나 바다로 가기가 어려운가, 갈 수 있다 하더라도 얼마나 건너기 어려운가를 실감했다. 울타리가 실질적으로 우리의 도망을 막는다기보다는 필리핀인들로부터 우리를 보호하는 역할을 한다는 사실도 알고 있었다. 미군의 총검이 아니라도 밖에는 위험과 곤란이 가득한 반면, 안에는 안전과 콘비프가 있다는 사실을 알고 있었다.

그때는 소내의 일상작업이나 각 동의 영선작업도 모두 끝나고, 수용소 전체가 점심을 기다리는 휴식 분위기였다. 일부 포로는 도로 위에서 놀고 있었고, 일부는 숙사 안에서 자고 있었다. 병동과 달리 소정의 인원을 수용하는 동 내부에는 침대가 세 줄로 빈틈없이 들어차 있고, 포로들은 훈도시 하나만 걸친 알몸으로 제멋대로 눕거나 앉아 있었다.

엉성한 니파야자수 잎으로 이은 지붕을 통해 비치는 햇살, 모래, 발가숭이 인간들, 이러한 조화가 보여주는 인상은 발을 친 해수욕장의 탈의장 그대로였다. 인간들이 할 일 없이 뒹구는 모습이 특히 비슷했다.

트럼프를 하는 사람, 화투를 치는 사람, 노래를 부르는 사람, 이야기를 나누는 사람(화제는 물론 음식이다. 특히 점심으로 나올 요리에 대한 예상이다) 등 갖가지이지만, 개중에는 아무것도 하지 않고 누워 있는 자도 있었다. 인간이 아무것도 하지 않고 어떻게 시간을 보낼 수 있을까 의아해할지도 모른다. 그러나 포로는 아무것도 하지 않고 시간을 보내는 데 익숙한 인종이다. '인간은 모든 것에 익숙해질 수 있는 존재이다. 이것이야말로 가장 훌륭한 정의이다'*라고 도스토옙스키는 말했다.

무위 속에서도 활기 있는 자들은 도로에 나와 놀았다. 놀이는 씨름, 막대 밀치기, 공 던지기 등이었다. 열대의 태양 아래에서 즐겁게 놀고 있는 까까머리 일본 병사들의 모습은 참으로 기묘한 것이었다.

---

* 도스토옙스키가 1861~62년에 발표한 장편소설 『죽음의 집의 기록』의 한 구절이다. 이 소설은 도스토옙스키 자신이 1850년부터 4년간 시베리아, 옴스크 감옥에서의 체험을 바탕으로 쓴 기록문학적인 작품이다.

그 첫번째 인상은 우선 발가숭이 사내들의 잘 발달된 육체가 모여 발휘하는 효과였다. 우리에게는 일반사회에서 갖가지 방식으로 노출된 사내들의 육체를 볼 기회가 있다. 즉 씨름꾼들의 비만하고 거대한 육체, 권투 선수들의 강철 같은 육체, 육상 선수들의 절도 있게 단련된 육체, 또한 해수욕장에 모인 젊은이들의 코케티시한 육체 등이다. 허약한 중년 사내의 육체를 지닌 나로서는 그러한 것들로부터 일종의 동물적 압박을 느끼지 않을 수 없었지만, 만물의 영장으로서 육체만 발달하는 것은 기형적이라고 생각했기에 별로 놀라지는 않았다.

지금 내가 수용소에서 보는 육체는 그다지 과도하게 흉한 모습은 아니었다. 그것은 무기 부족을 보충하기 위해서 일본 육군의 지도자가 발명한 방침에 입각하여 내구력을 위주로 단련시킨 육체이기에 유용하다는 의미에서 보면 조금도 기형이 아니었다. 결국 그것은 적의 인원과 자재를 다소나마 소모하게 만들었을 뿐 전황을 좌우할 정도에 이르지는 못했지만, 패전을 맞이하여 병사 개인의 생명을 지키는 역할은 충실히 수행했다. 예를 들자면 레이테의 어떤 패잔병은 일 킬로미터나 포복하여 위험을 모면했다.

균일하게 발달된 육체들이 제복을 입고 정렬한 모습은 장관이었으며, 군대 목욕탕의 난잡함 속에서도 아름다웠다. 그러나 지금 그들의 육체는 전투 의무에서 해방되어 무용지물이 되었다. 이때는 그들의 단련된 육체도 스포츠적인 육체와 마찬가지로 무상(無償)의 기형밖에 보여주지 못했다.

그러나 지금 그 육체는 미군의 통조림으로 인해 다소 부자연스럽게 비만해지고 있었다.

포로들 속에 섞여 있던 시인 하나가 읊었다. "미국의 은혜는 고귀하도다. 이토록 살찐 적은 없었노라." 피하지방의 축적은 특히 배와 뺨에 두드러졌다. 입가에 작은 혹처럼 튀어나온 군살은 그들을 불구자처럼 불안해하며 겁에 질린 외관으로 만들었다.

그들이 배운 군인정신이, 이곳에서는 지금 전투력을 잃고 울타리에 둘러싸여 있다는 사실로 인해 쓸모없어진 것처럼, 그들의 군인다운 육체도 이곳에서는 불구의 외관을 드러낼 수밖에 없었다.

그들은 씨름을 좋아했다. 육체적 에너지와 전투의지의 결합을 생명으로 하는 이 유희는, 여전히 잔존하는 그들의 군인의식을 기분 좋게 자극하는 모양이었다.

체구와 힘에 자신이 있는 거인은 거드름을 피우며 즐거워했다. 체구가 작은 재주꾼은 냉소적이며 자신만만했다. 중용의 체력을 지닌 포로는 긴장된 주의력과 계산으로 대항했다. 항상 지기만 하면서도 아부하듯이 저돌적으로 덤벼드는 익살꾼 역시 인기를 끌었다. 그 밖에도 그저 도취에 가담하고 싶다는 약한 마음에, 애당초 질 생각으로 나서는 연약한 투사도 있었다.

그들은 열대의 태양 아래 땀과 모래로 뒤범벅이 되어 싸웠다. 이 태양은 수용소를 둘러싼 자유로운 벌판에도, 서태평양에 남아 있는 모든 전쟁터에도, 폭격의 참화를 당하고 있는 조국에도, 또한 이 섬의 북서부 반도에 아직까지 숨어 있다는 일만 명의 패잔병들 위에도 내려쬐고 있을 것이다.

수용소장이 들어왔다. 스물너덧 살의 키가 큰 중위였다. 얼굴은 미국 청소년 영화에 악역으로 등장하는 부잣집 아들의 얼굴이 그대로 어른이 된 듯한 천진스러운 무심함을 보여주고 있었다. 다만 목소리는 굵었다.

그의 관리는 말하자면 합리적이고 규칙적이며, 규칙이 허용하는 범위 내에서는 모든 것을 허용하고, 그 외에는 묻지 않는다는 것이었다. 같은 중병동의 동료인 마흔 살의 여관 주인은 언젠가 도로에서 그를 보고 웃었다는 이유로 주의를 받았다. "왜 웃었지?" 그는 나를 불러서 물어보도록 했다. 여관 주인은 그저 직업적 습관 때문에 다정하게 웃었을 뿐이었지만, 그의 타고난 뻐드렁니 때문에 비웃었다는 오해를 받았다. 나는 고심하며 사내의 선의를 설명했다. 어쨌건 간에 수용소장은 포로가 자신을 보고 웃는 것을 금했다.

수용소장은 구내에 들어올 때 대체로 사무주임을 동반했다. 그 사무주임은 서른 정도의 나이에 안경을 낀 갈색머리 중사로, 얼굴에는 깊은 주름이 많았고, 입가에는 행정요원으로서의 만족스러운 긴장감을 띠고 있었다. 그 또한 키가 컸다.

우리의 비호자(庇護者)인 외국인의 신체 중 가장 인상적인 부분은 허리였다. 우리보다 무거운 상체를 지탱하기 위하여 잘 발달된 그 허리는 넉넉한 고급 옷감에 감싸여 있었다.

이는 키 차이로 인해 우리가 시선을 상대방의 가슴을 보는 정도로 내렸을 때 자연히 그 허리를 보게 되기 때문인 듯했다. 그러나 똑같은 장신의 흑인 병사를 볼 때에는 그러한 인상이 없는 것을 보면, 여기에는 뭔가 다른 원인이 작용하는지도 모른다.

그들은 도로에서 놀고 있는 포로들 사이로 몸을 틀면서 천천히 빠져나갔다. 수용소장은 가슴을 펴서 어깨와 팔을 가볍게 율동하듯 앞

뒤로 흔들었고, 사무주임은 입을 다문 채 정확히 정면을 향해 걸었다. 그들은 하루에 한 번은 반드시 이런 식으로 슬며시 우리 사이에 끼어들었다. 일종의 순시임에 틀림없었다.

포로들은 눈을 내리깔고 길을 비켜서 그들이 지나갈 수 있도록 했다. 그리고 다시 하던 동작을 계속했다. 미군들은 지나갔다.

그들은 지배하며 감독했고, 우리는 살아 있었다. 그러나 살아 있는 포로들이 정말로 살아 있다고 할 수 있을까? 그들은 인간일까?

전우

이 수용소에는 이미 민도로의 동료가 몇 명 있었을 거라 짐작된다. 그들은 모두 나보다 늦게 붙잡혔지만, 내가 병원에서 이 개월을 보내는 동안 하나둘 이곳에 모여든 것이다.

1월 24일 민도로 섬 남부의 산속에서 미군에게 소탕됐을 때 우리는 2개 소대로 나뉘어 있었다. 즉 내가 소속된 소대는 중대본부, 통신대, 해군부대, 재류 일본인들과 함께 동해안 불랄라카오 배후의 517고지로, 불랄라카오에 주둔하고 있던 또다른 소대는 그곳에서 십오 킬로미터 서쪽의 513고지로 이동하여, 멀리 남서쪽의, 예전에는 중대본부가 주둔했으나 지금은 미군에게 점령된 산호세 방면을 감시했다.

1월 24일 우리가 있는 고지가 먼저 미군의 공격을 받아, 총인원 약 구십 명 중 오십 명 정도가 탈출했다. 나는 당시 말라리아 때문에 보행이 불가능했기에 부근의 숲속에 쓰러져 있다가 이튿날 아침 미군에게 발견됐다. 그곳에서 붙잡힌 유일한 포로였다.

이 밖에도 그날 아침 경환자 및 통신대원 예순한 명이 미리 513고지 방면으로 대피를 시작했다. 그러나 그 일행은 이 킬로미터도 못 가서 미군의 공격을 받아 일 개월 동안 산속을 방황한 뒤 여섯 명이 게릴라에게 붙잡혔다. 그중 다섯 명은 내가 있는 병원으로 오고 한 명은 수용소에 와 있었는데, 그들에 관해서는 이미 앞에서 얘기한 바 있다.

513고지도 이튿날인 25일 저녁에 미군의 공격을 받았다. 그러나 그때 우리 소대는 이미 전날부터 고지 부근을 정찰한 결과 위험을 느끼고 진지를 떠났었다. 총인원 약 오십 명이 루손 섬으로 건너갈 목적으로 북상하던 중, 열흘 후 우리 고지에서 탈출한 병사 이십여 명과 만났다. 2월 8일 필리핀인 집에서 휴식하던 중 게릴라의 습격으로 뿔뿔이 흩어졌다. 병원에서 들은 이야기에 의하면, 그중에서 소대장 이하 일곱 명이 단독 혹은 두세 명씩 게릴라에게 붙잡혀 이 수용소로 왔다고 한다.

내가 수용소에서 처음 만난 사람은 소대장인 야마다 소위였다. 취사장 앞에 설치된 소독용 솥 앞에 식기 몇 개를 함께 들고 줄을 서 있을 때였다. 그는 장교 텐트의 식사 당번이었다.

그는 다이쇼 시대의 지원병 출신(즉 이백 엔으로 입영기간 단축과 빠른 승진을 산 학사 출신) 소위로, 도쿄 번화가의 양품점 주인이었다. 수염이 덥수룩해서 산속에서는 전형적인 대장 얼굴로 호탕한 척했지만 내심 무척 겁을 먹고 있었다는 사실을 부하들은 눈치 채고 있었다. 그는 도망 중에 권총 탄환을 절약하기 위해 낙오된 부하들을 칼로 찔러 죽였으면서도, 게릴라에게 포위되자 총 한 방 쏘지 못한 채 붙잡혔다는 비난을 받았다. 권총이 녹슬어서 쏠 수 없었던 것이 아니겠느냐고 나는 변호하고 싶었지만, 마지막까지 그와 동행했던 병사 하나는 "위협할 수는 있었을 거 아냐? 그런데 그냥 무턱대고 도망만 치다가 덥석 뒷덜미를 잡힌 거라니까" 하고 비난했다.

그러나 나는 굳이 그를 탓할 마음은 없다. 인간은 약한 존재이다. 낙오자를 칼로 찔렀을 때 그는 정말 적을 만나면 권총으로 싸울 생각이었는지도 모른다. 그때의 그와, 권총을 소지한 채로 붙잡혔을 때의 그가 전혀 다른 사람이었다 하더라도, 그의 책임은 아니다.

그는 나를 보더니 힘없이 웃으며(내가 병원에 있다는 사실을 그는 물론 알고 있었다) 약간 현학적인 어조로 내가 붙잡히게 된 경위, 습격을 당했을 때의 상황 등을 물었다. 그는 처음에 하사라고 속였지만 함께 붙잡힌 병사의 진술 때문에 발각됐다. "하여튼 사병들은 쓸데없는 소리를 너무 많이 한다니까" 하고 그는 불평했지만, 사병들에게 애써 그의 허영심 혹은 책임을 회피하려는 속셈을 커버할 의무는 없다. 그러나 그는 귀국 후 죽은 부하들의 집을 일일이 찾아다니며 우리 중대에서 생환한 유일한 장교로서의 의무는 충분히 이행한 듯하다. 그는 귀국한 지 이 년 후 급환으로 죽었다.

이 소위를 특히 원망한 사람은 앞에서 언급한, 그의 '뒷덜미'를 지적한 요시다라는 병사였다. 특히 도망 중에 발목이 곪아서 보행이 곤란해진 이후로 계속 야단을 맞았던 일에 앙심을 품고 있었다. 그는 그 일로 일본 군대에 대해 극도로 악의에 찬 견해를 지니게 되어, 귀국 후에도 가는 곳마다 욕설을 하며 돌아다녔다. 그러나 나는 이러한 자신의 편협한 경험으로 인한 원한에 입각하여 커다란 조직 전체를 비판하는 짓은, 경솔할 뿐만 아니라 또한 잘못된 판단이라고 생각한다. 자신은 제쳐놓고 다른 사람의 잘못만 논한다는 의미에서 경솔하며, 조직의 현실만을 보고 그것이 지닌 목적을 망각하고 있다는 의미에서 잘못된 판단인 것이다. 옛 일본군은 그 갖가지 봉건적 폐단이 병사들의 인고를 강요했기 때문에 나쁜 게 아니라, 폐단의 결과 싸움에서 패했기 때문에 나쁜 것이다.

요시다는 서른네 살의 보충병으로 시타야에 있는 마작가게 주인이었다. 가게는 전쟁 중에 폐쇄되고 그는 징용됐는데, 징용을 간 공장에 대한 불만이 주둔 중 끊임없이 이어지던 그의 이야깃거리였다. 그는 자신의 발목 화농은 열대궤양이라고 주장했고 다른 사람들도 그렇게 믿었지만, 이내 성병으로 인한 것이라는 사실이 판명됐다. 그는 미군 군의관에게 정기적으로 주사를 맞으며, 포로가 된 덕분에 무료로 병을 고치게 된 것을 무척 기뻐했다.

소대장과 동행한 또 한 사람은 가구라라는 젊은 병사였다. 우리 중대는 삼분의 이가 1932년에서 1933년에 징집된 중년 보충병이고, 나머지는 1943년에 징집된 스물두 살의 보충병이었다. 젊은 병사들은 대부분 충실하고 근면하여 게으른 중년 병사들보다 '대체로 양호'했지만, 그 속에 섞인 게으름뱅이는 중년의 게으름뱅이보다도 다루기 곤란했다. 그들은 태만하고 교활한 점에서도 젊고 정력적이었다.

그는 중학교를 졸업한 후 어느 군수회사의 사무원으로 근무했다. 그의 선배들이 전시(戰時)적 완전고용 아래에서 근무하는 모습을 보고 색다른 인생관을 지니게 된 모양이었다. 월급쟁이 중년 병사가 "게으름 피우지 마!" 하고 주의를 주면 그는 대꾸했다. "하지만 아저씨들은 십 년 동안 어떻게 책상 앞에서 남들을 속일까 하는 공부를 하셨잖아요. 이제 와서 젊은 사람들을 야단칠 자격은 없어요." 군대에서 그의 요령은 한마디로 상관에게 아부하고 동료들을 무시하는 것이었다. 중년 보충병들도 상관에게 아부하는 솜씨는 뒤지지 않았지만, 세파에 시달려서 마음이 연약해진 그들로서는 그 젊은이만큼 무자비하게 동료들을 깔아뭉개지는 못했다.

그는 수용소에서 나를 만나도 별달리 반가운 표정도 짓지 않았다. 우리는 붙잡히기까지의 신상 이야기를 한바탕 나누었는데, 그는 무척 귀찮다는 듯 간략히 이야기하고는 내 말은 듣지도 않았다. 그리고 계속 두리번거리며 주위에 신경을 썼다.

이윽고 뭔가 발견한 듯 기성을 지르더니 갑자기 달려가버렸다. 그가 소속된 반의 고참이 방금 도로에서 씨름을 시작한 참이었다. 그는 우스꽝스러운 동작으로 승부에 끼어들어 뒹굴었다. 이제는 고참 포로들에게 아부하는 것이 그의 중대한 관심사였다.

이 두 사람이, 2월 8일 우리 소대가 마지막으로 게릴라의 습격을 받아 흩어졌을 때 소대장을 따라간 여덟 명 중 살아남은 전부였다. 그때의 총인원은 육십칠 명으로, 동해안의 봉가봉이라는 마을에서 육 킬로미터 들어간 산속에 있는, 강이 보이는 벼랑 위 부락의 어느 집에서 비를 피하고 있었다. 저녁식사를 준비하던 중 갑자기 뒷산에서 총격을 받고 모두 강으로 내려갔다. 어떤 자는 상류로, 어떤 자는 하류로 도망쳤고, 어떤 자는 맞은편 산으로 기어올라갔다. 소대장 일행은 산을 기어올라간 팀에 속했다. 하류로 도망친 일행 중에서는 별도로 네 명이 수용소에 와 있었다.

한 명은 미야타라는 사내로 시바우라에 있는 어느 볼록판인쇄소의 사무주임이고, 또하나는 가나이라는 이름의 오구의 철공소집 아들이었다. 둘은 불랄라카오에 주둔하던 때부터 얌전하고 사이좋은 한 짝으로, 습격을 받았을 때에도 함께 도망쳤다가 함께 붙잡혔다. 그들은 게릴라들이 하는 짓으로 보아 자신들이 처형당하리라고 판단하여, 비참한 꼴을 당하느니 서로 목을 졸라 죽이기로 결심했다.

양팔을 자유롭게 쓰기 위해 한 사람이 누운 사람 위를 덮쳐서 군복바지에 달린 끈으로 서로의 목을 졸랐다. (끈은 이빨로도 끊어지지 않았기에 바지를 몽땅 벗어서 바지 무게를 느끼면서 서로의 목을 졸랐다고 한다.) 정신이 가물가물한 가운데, 힘이 빠져서 상대를 죽이지 못하고 죽게 되면 미안하다는 생각에 필사적으로 힘을 주었지만, 힘을 제대로 썼는지는 모르겠다고 밑에 깔렸던 미야타는 말했다. 정신이 들어서 보니까 상대방이 머리를 귀 옆에 떨군 채 숨을 헐떡이고 있었다. "살아 있냐?" 하고 묻자 "응!" 하고 뜻밖에도 또렷한 대답이 돌아왔다. 두 사람은 이 방법을 단념했다. 그러나 아무것도 없는 촌사무소의 유치장에서는 별달리 죽을 방법이 없었다.

이후로 두 사람은 일종의 특별한 감상적 우정을 갖게 되었다.

미야타는 월급쟁이였지만 군마 현에 사는 지주의 데릴사위라서 도쿄 도내(都內)에 임대주택도 소유하고 있었기에, 직장은 그저 형식적으로만 다녔다. 큰 키와 듬직한 체구에 어울리지 않게 여자처럼 안짱다리로 걸었다. 나중에 수용소가 미군의 중대조직에 준해 개편됐을 때 나는 그와 함께 같은 중대의 사무 담당으로 일했는데, 그의 겁 많고 소심한 성격에 다소 화가 치밀었다. 귀환이 가까울 무렵 그는 고심하며 날짜를 소급해 일기를 썼는데, 그 일기에 의하면 그는 전쟁 중에 붙잡힌 포로가 아니라 종전 선언을 듣고 투항한 병사에 속했다.

가나이는 주둔 중에도 성실히 군무에 종사해 상관으로부터 평판이 좋았는데, 포로가 되어도 그 태도를 조금도 바꾸지 않고 묵묵히 작업에 종사했다. 두 사람 모두 지독한 근시였는데, 미야타가 게릴라들에게 안경을 빼앗긴 탓에 난처한 표정을 짓고 있는 데 반하여 가나이는 기묘한 우연으로 안경을 보관하는 데 성공했기에 그의 모습은 어딘가 확고한 인상을 주었다. 그는 현재 식료품 가공소를 경영하고 있다.

역시 하류로 도망친 또하나의 보충병은 이케타니라는 지압사 겸 안마사였다. 그는 주둔 중 민가에 들어가 접대받기를 좋아했기에 필리핀인들로부터 미움을 받았고 동료들에게도 따돌림을 당했다. 그는 혼자서 동료들과 떨어져 방황하던 중 두 차례 나뭇가지에 목을 매려고 했지만, 끈이 끊어져서 실패한 뒤(우리는 이 말을 믿지 않았다) 게릴라들에게 발견되어 붙잡혔다. 그는 게릴라 장교의 어깨를 주물러주는 대신 특별 대우를 받았다고 자랑했다. "사람은 재능이 있어야 해. 내가 안마를 배운 건 지병이 있는 어머니를 편하게 해드리기 위해서였지만, 그런 건 다 한심한 감상이야" 하고 그는 나에게 말했는데, 초면인 옆 포로에게는 비료회사의 과장이라고 떠벌렸다. 체구는 빈약했으나 검은 피부에 짙은 수염을 기르고, 이상하리만치 침착한 태도로 한마디 한마디 생각하며 천천히 이야기했다. 말하자면 그는 일개 사기꾼이었다.

이렇게 쓰다보니 유감스럽게도 우리 민도로의 장교나 보충병들이 단순히 군인으로서 부족했을 뿐만 아니라 인간으로서도 무척 사랑스럽지 못했다는 점을 인정하지 않을 수 없다. 그리고 만약 세파에 닳은 이런 중년 사내들의 추악함이 전쟁터라는 특수 무대에 범람하게 된 것이 오로지 그들에게 전의가 부족했다는 사실 때문이라면, 국가가 그들을 전쟁터로 보낸 것은 국가에게도 그들 자신에게도 유감스러운 일이라 하겠다.

물론 무기를 보내는 것이 최선의 방책이겠지만 무기가 없는 일본은 대신에 훈련으로 인해 전의를 지니게 된 인간을 보냈다. 그러나 남에게서 배운 전의가 진실 앞에서 맥을 못 춘다는 사실은 보충병이건 현역병이건 마찬가지였다.

하류로 도망친 병사 중에 마스다라는 현역 하사가 있었다. 그는 이미 중일전쟁을 두 차례나 경험한 고참병으로, 사실상 야마다 부대에서 가장 노련한 하사관이었다. 1월 24일 중대본부 부근이 공격당하는 포성을 듣고 머뭇거리는 소대장을 격려해 지원병을 파견한 것도 그였으며, 이튿날 척후가 되어 미군이 점거한 부근까지 잠입한 것도 그였다. 겁을 먹은 본대는 그가 돌아오기를 기다리지도 않고 이동을 개시했지만 그 경로도 그가 미리 지정해둔 것이었기에 그는 쉽사리 좇아갈 수 있었다.

그러나 그때는 이토록 냉정한 용기를 보였던 그가 마지막으로 게릴라에게 습격당했을 때 선택한 도주로는 전혀 군인답지 않았다. 일행이 내려간 언덕 밑의 강은 해안 마을 쪽으로 흐르고 있었다. 그들은 상류의 산에서 빠져나온 참이라 도망치려면 그쪽으로 역행해야 했으며, 실제로도 대다수가 강을 거슬러 올라갔음에도 불구하고 그는 혼자 하류를 선택했다. 그러고는 도로 상에서 게릴라에게 발견되어 붙잡혔다는 것이다. 이 이야기는 지금 생각해보면 좀 이상하다.

명예를 중시 여기는 일본인 포로들은 수용소에서는 투항했다고 고백하지 않는다. 그러나 귀환 후 포로에 대한 일본인들의 생각이 바뀐 것을 보고 투항했던 심경을 털어놓은 포로도 있었다. 그때 그가 말하는 진실과 수용소에서 날조했던 거짓말을 비교해보면, 그가 그 거짓말에 상당히 위험한 진실을 섞었다는 사실을 알 수 있다.

예를 들면 레이테의 한 포로는 수용소에서 처음에는 "에라 모르겠다는 생각에 국도로 올라가서 뚜벅뚜벅 걷다가 마차를 타고 온 게릴라들에게 붙잡혔다"고 했다. 귀환 후에 그가 말한 진실은 "이전부터 투항할 결심을 했기에 일부러 낙오해서 숲속에 숨어 국도에 전투부대가 아닌 미군이 지나가기를 기다렸다. 그리고 지프 앞에 손을 들고 나타났다"는 것이었다. 이 두 가지 이야기에 공통되는 것은 '국도'이다.

알다시피 미국은 자동차로 필리핀의 교통을 해결할 방침을 갖고 있었기에 군도의 모든 섬에 국도가 발달되어 있었다. 패잔병이 이 넓은 도로에 모습을 보이면 적에게 발견될 것이 확실하기 때문에 '에라, 모르겠다' 정도의 마음으로 선뜻 나갈 수는 없었을 것이다. 이 거짓말은 듣는 사람이 멍청한 포로가 아니라면 들통날 정도의 것이었다.

마스다 하사가 말하는 '하류'란 레이테의 포로가 말하는 '국도'와 마찬가지로 그의 거짓말에 섞인 위험한 진실이 아니었을까, 하고 나는 의심하고 있다. 노련한 군인인 그에게 하류가 곧 필리핀인 혹은 미군을 의미한다는 것은 명백했을 테고, 사실 그보다 훨씬 전투에 익숙지 못한 병사들조차 상류를 선택했다.

그러나 그의 명예를 위해 한마디 덧붙이자면, 이것은 그가 항복했다는 행위에 대한 개연성을 나타낼 뿐 사실과는 다른 문제이다. 항복은 행위이다. 태평양의 패잔병 대부분이 밀림 속에서 기아 상태에 빠져 항복을 생각했겠지만, 실제로 항복할 용기를 냈던 자는 드물었다. 한편 그때까지 항복에 관해서 상상도 못하던 자가 우세한 적을 눈으로 보고는 문득 두 손이 올라갔다 하더라도, 이것은 조금도 부자연스럽지 않다.

오늘날 포로들의 기록은 대부분이 항복 심리에 관한 것으로 '인간성' '살고자 하는 욕망' 같은 관념으로 장식되어 있지만, 내 생각으로는 반드시 그러한 행위에서 심리적 연속성을 요구할 필요는 없다고 본다.

한 레이테 포로는 육박전에 참가해 집채만 한 미군 전차를 보고는, 포로가 되어도 좋으니 집에 돌아가고 싶다는 생각을 했다고 한다. 더구나 그는 이때까지 한 번도 항복할 생각이나 집에 돌아갈 생각을 하지 않았다. 훈련이란 어떤 상황이 익숙해지도록 습관을 축적하는 것이므로, 미지의 사실 앞에서는 단숨에 무너질 수도 있다. 이러한 심리의 단층을 시간적으로 나타낼 방법은 없다.

1월 24일에 용감했던 마스다 하사가 2월 8일까지의 행군 중 투항할 마음을 품기에 이르렀다고 가정할 필요는 없다. 그가 강변으로 내려간 지점은 공교롭게도 지형이 하류로 트여 있었다. 그때, 이쪽으로 가면 목숨을 건질 수 있으리라는 영감이 떠올랐다 하더라도 조금도 이상할 게 없다. 더구나 그 영감이 이후로 며칠간 방황하는 동안 계속 그를 지배하여 결국 게릴라들 앞에 손을 들게끔 만들었는지 아닌지에 관해서는 누구도 결정적인 말을 할 수 없다. 또한 사실이 그렇지 않다는 근거도 전혀 없다.

인간에 관한 한, 전쟁터에는 행위와 진실이 있을 뿐이다. 나머지는 작전이나 이야기 따위이다.

전쟁터의 진실에 관해 마스다 하사는 철저한 거짓말쟁이였다. 원래 직업도 브로커, 즉 항상 거짓말을 필요로 하는 일이었지만, 그가 소위 목격한 사실을 말하는 어조로 상품에 관해서 설명한다면 아무리 브로커라 하더라도 상담이 성립되지 않을 것이다.

그는 남들에게 들킬 염려가 없는 사실에 관해서는 항상 자신이 당사자이거나 목격자가 아니면 성에 차지 않는 모양이었다.

그의 분대에는 내 친구가 하나 있었다. 와타리라는 이름을 가진 그는 도쿄의 어느 양조회사 중견사원으로, 내가 소집되기 전에 근무하던 간사이 지방 조선소의 동료와 친척지간이었다. 그때까지는 서로를 몰랐는데, 동시에 소집되어 같은 중대에 편입됐다는 우연 덕분에 친구가 되었다. 소대가 다르기에 민도로 섬의 주둔지도 달랐지만, 수송선 안에서 우리는 서로가 아는 사람에 관해서 자주 이야기했고, 임지에 도착한 후에도 왕복하는 연락병에게 짧은 편지를 전달하기도 했다.

마스다 하사의 말에 의하면 그는 죽은 모양이었다. 강가의 집에서 게릴라들의 총격을 받았을 때 하사는 우연히 와타리 옆에 앉아 있었는데, 총알이 두 사람 사이를 지나갔기에 그는 몸을 돌려 옆에 있던 목재 사이에 숨어 있다가 언덕을 굴러내려왔다. 처음 총알이 날아왔을 때의 느낌으로는 와타리가 있던 쪽은 온통 총격을 받았으니까 아마도 살아남지는 못했을 거라고 그는 말했다.

그러나 죽었어야 할 와타리는 일 개월 후 일곱 명의 동료와 더불어 수용소로 왔고, 자세히 들어보니 그는 총격을 받았을 때 마스다 하사와 함께 있지 않았다는 것이었다.

한편 와타리는 내가 죽은 걸로 알고 있었다. 앞에서 언급한 바와 같이 우리 소대가 습격당한 이튿날 마스다 하사가 부근까지 척후를 왔었는데, 분명히 내 시체를 봤노라고 돌아가서 와타리에게 전했다는 것이다. 와타리와 나는 손을 붙잡고 "다행이다! 다행이야!" 하며 반가워했는데, 둘 다 재회의 감격이 한층 컸던 것은 순전히 마스다 하사의 거짓말 덕분이었다.

와타리 일행이 습격당했을 때 그들은 상류로 도망친 스무 명 정도의 병사 중에서 살아남은 전부였다. 그들은 다시 일 개월 이상을 방황한 끝에 3월 26일 칼라판 배후의 산속에서 붙잡혔다. 그들이 수용소에 도착한 것은 4월 8일이었으며, 그들이 우리 중대에서 생환한 마지막 사람들이었다.

일행은 하사관 셋에 사병 다섯이었다. 그중 하사관 하나와 사병 하나는 부근 바다에서 조난당해 우리 소대에 수용된 선박공병이고, 하사관 둘과 사병 넷이 우리 중대의 병사였다. 하사관은 두 명 모두 내가 있던 517고지에서 탈출한 내 상관이었다.

내가 그들의 모습을 보고 달려가자, 구로카와라는 중사는 얼굴을 옆으로 돌리며 "오오카, 이 전쟁은 졌어" 하고 말했다. '내가 포로가 될 정도니까'라는 의미 같았다. 또 한 사람 사토라는 하사는 "어이, 여기 PX가 있다던데 정말인가?" 하고 물었다.

내 상관으로 포로가 된 사람은 세 명인데, 그 재회의 첫 마디는 모두 내 마음에 들지 않았다. 병원에서 만난 분대장은 "몽땅 빼앗겼어"라고 말했다. 빼앗긴 건 그가 소중히 간직하던 검정색 가죽가방으로, 거기에 그는 시계 등 죽은 부하들의 유품을 넣어뒀던 것이다.

2월 8일부터 3월 26일까지 일행이 지나온 길은, 태평양의 패잔병이라면 누구나 경험했을 나무 열매를 먹고 풀뿌리를 씹는 험난한 행군으로, 몇 차례나 먹을 것을 구하려고 해안 지방으로 나갔다가 필리핀인들에게 쫓겨서 산속으로 도망치곤 하던 중에 결국 칼라판 배후의 산속에 이르렀을 무렵(물론 지도도 나침반도 없는 일행은 그곳이 어느 부근인지 몰랐다), 구로카와 중사는 요번에 필리핀인을 보면 즉시 죽여서 잡아먹자고 말했다. 처음에는 농담이라 생각하고 흘려들었는데 계속 집요하게 말하는 바람에 얼굴을 보니 눈빛이 변해 있어서 소름이 끼쳤다고 와타리가 말했다.

작은 개울을 따라 산을 내려가자 담으로 언덕을 둘러싼 옥수수밭이 나왔다. 그 밭 건너편에 커다란 밀짚모자를 쓴 필리핀인이 걸어가는 모습이 보였다. 일행 중 총을 지닌 사람은 하나뿐이었다. 그 병사가 이때 갑자기 자신들의 소재가 발각될지도 모르는 위험을 무릅쓰고 그 필리핀인에게 발포할 마음을 먹은 것이 과연 중사의 말에 영향을 받은 것인지는 확실치 않다. 스스로도 자포자기한 심정이라 한 발 갈겨줘야겠다는 기분이 들었다고 말했다. 하여간 그는 아무에게도 의논하지 않고 갑자기 발포했다. 탄환은 빗나갔다. 필리핀인은 뭐라고 소리를 치며 도망쳤다. 일행은 발길을 돌려 산 쪽으로 도망쳤다. 발포한 병사는 총을 버리고 도망쳤다. 양철통을 두드리는 경보음이 사방에서 들리고, 산 근처의 계곡에서 일행은 서른 명 정도 되는 무장한 필리핀 인들에게 포위당했다.

그들은 목각 인형처럼 빙글빙글 몸을 돌리며 포박되었다. 일행은 전부 짐수레로 칼라판에 이송되어 그곳에서 미군에게 넘겨졌다. 그리고 일주일 후 초계정을 타고 레이테 섬으로 이송된 것이다.

구로카와 중사는 중대본부의 급여계라 직속상관은 아니었지만, 산호세에 주둔하던 중 내 임무가 암호수였던 관계로 중대 사무실에서 책상을 나란히 두고 있었다. 그는 중일전쟁에서 칠십여 차례의 전투에 참가했는데 어깨 부상 때문에 오른팔이 어깨 높이까지밖에 올라가지 않았다. 그가 급여계를 맡은 것은 아마 불편한 몸 때문이겠지만, 처음으로 맡는 사무에 겁을 먹은 탓에 너무도 신중하고 규칙적이라, 거짓 보고를 해서 중대의 급여를 불리는 방법을 몰랐던 관계로 중대 내 모든 하사관들로부터 미움을 받았다. 그래서 나는 다소 그를 동정했다.

그러나 인육을 먹자고 제창한 사실을 안 이후 나는 그를 보기도 싫어졌다. 인육을 먹는 행위는 인류가 창조된 이래로 인육과 더불어 인간의 정기를 섭취한다는 신앙에 입각한 미개인의 카니발리즘에서 시작해(현대 일본에도 화장터 시설이 없는 시골에서는 마을 사람들이 묘지에 장작을 쌓고 시체를 화장할 경우 타다 남은 고기를 만병통치약이라며 먹는 곳이 있다) 표류하는 배 위에서 최후의 필요에 의해 저지르는 행위에 이르기까지 수많은 사례를, 즉 포식하고 사는 우리로서는 아무 말도 할 권리가 없는 사례를 남기고 있다. 그러나 내가 구로카와 중사에게 혐오감을 느낀 것은, 그 말을 농담이라고 생각하는 자가 있을 정도로 절박하지도 않은 상황에서 혼자 주장했다는 데 있다.

메뒤즈 호의 뗏목* 위에서 발생한 비극은 비난할 수 없지만, 포로의 인육을 회식한 일본인 장교들은 비난받아야 한다. 포로 취급에 관한 국제협정에 위배될 뿐만 아니라, 사치심으로 인해 인육을 먹는다는 행위가 비인간적이기 때문이다. 그러한 행위는 그들의 진중미식(陣中美食) 습관과 음참(陰慘)한 적대의식에서 발생한 광기였다. 마찬가지로 구로카와 중사가 동일한 조건하에서 굶주리는 부하들보다 먼저 필리핀인을 잡아먹겠다는 생각을 한 것은, 명백히 그가 중일전쟁 중에 얻은 '수단을 가리지 않는다'는 식의 폭병(暴兵) 논리와, 점령지 인민을 인간으로 생각하지 않는 압제자의 습관에서 나온 결과였다. 그러나 전쟁터의 습관이 그의 내부에 있는 인간성을 말살시킬 정도로 진행되어 있었다면, 그는 이미 일개 괴물인 것이다.

이후로 나는 그를 만나도 말을 걸지 않았다. 그는 내 행동에 영문을 몰라 다소 당황해하는 듯했으나, 이내 수용소에 흔히 발생하는 '배은망덕'의 경우로 생각하고 포기한 듯, 그쪽에서도 얼굴을 피하게 되었다. 그가 옛 계급 덕분에 포로들 사이에서 유력자로 추대받았을 때, 어느 날 밤 나를 으슥한 곳으로 부르더니 어째서 인사를 하지 않느냐고 추궁했다. 내가 그의 무쇠 같은 주먹을 모면할 수 있었던 것은 오로지 능란한 말솜씨 덕분이었지만, 결국 진정한 이유는 알려주지 않았

---

* 1816년 프랑스 범선 메뒤즈 호가 난파되었고, 배에 탔던 149명은 뗏목을 타고 표류했다. 12일 후 구조되었을 때, 생존자는 15명뿐으로, 대부분은 파도에 쓸려 죽었으나 남은 사람들은 기아와 정신착란으로 인육을 먹었다.

다. 그 진실을 본인에게 알린다는 것이 잔혹하게 느껴졌기 때문이다.

사실 구로카와 하사의 성격은 보기에도 딱한 구석이 있었다. 그가 급여계 사무를 졸렬하게 집행한 것은 우유부단함 탓이었다. 그는 무슨 일에건 결단을 내리지 못했다. 그는 부하 중에서 주산을 잘하는 병사를 조수로 기용했는데, 그 스물두 살의 젊은이가 주판알을 튀기며 다음번 구입물자의 결정에 관해 심히 망설이는 그를 조종하는 장면은 정말로 볼만했다.

(이 젊은 병사도 전시의 일본이 낳은 청년의 전형이었다. 그는 초등학교밖에 나오지 못했지만 전쟁 중에 사무원의 수요가 급증하는 것을 보고 주산으로 출세하기로 작정하고 열여덟 살에 교사 자격을 취득했다. 그의 처세 방침은 한마디로 면종복배 그 자체였는데, 이 방침은 군대에서도 성공했다. 즉 구로카와 중사를 조종해 주민들로부터 구입물자에 대한 커미션을 받았고, 취사병들과 결탁해서 식량을 빼내어 팔아먹기도 했다. 그는 작은 체구에 재능이 넘쳐 보이는 미남으로 항상 동료들에 관한 고자질을 했다. 구로카와 중사는 물론 그의 배신행위를 눈치 채지 못했다).

산속을 행군하는 도중에도 구로카와 중사의 우유부단함은 와타리의 주의를 끌었다. 예를 들어 길이 두 갈래로 나뉘는 곳에서 그는 반드시 휴식을 취하며 십오 분 넘게 망설였다. 병사들도 점차 지겨움을 느끼고 마침내 개별 행동을 취했지만 나중에 길은 다시 합쳐졌다.

이토록 군인답지 못한 우유부단함이 있는 반면에, 그는 또 몹시 신경질적이라서 자주 부하들을 때렸다. 그는 눈이 크고 코가 높으며 울대뼈가 튀어나와, 전체적으로 제법 조각 같은 얼굴이었다. 그는 홋카이도 출신이었는데, 무슨 까닭인지 출신지에 관한 질문을 꺼려했다.

그러나 우리가 미군의 함포사격을 받고 산호세로 후퇴했을 때, 그가 중대장보다 더 침착한 모습을 보였다는 사실을 나는 알고 있다. 포격은 약 삼십 분간 계속됐는데, 해안에서 사 킬로미터 떨어진 우리 숙사는 다행히 피해가 없었다. 포격이 멈춘 뒤 그가 병사들이 버리고 간 아침식사를 혼자서 태연히 먹는 모습을 나는 보았다. 그는 끝까지 숙사에 머물며 완전히 뒤처리를 끝낸 후에야 선발부대의 뒤를 좇았다.

나는 그때 말라리아로 열이 심했기에, 이러한 때에 대비해 미리 교육시켜둔 동료 하나에게 암호 문서를 맡기고 환자들과 함께 천천히 부대를 따라갔다.

이튿날 산호세 북방 십 킬로미터의 산중에서, 우리가 바탕가스에 있는 대대본부와의 통신을 부탁했던 육군 항공대의 기상반이 산길 운반이 곤란한 통신기를 소각시켰다. 이때 중대장은 부대가 앞으로 취해야 할 행동에 관한 마지막 전보를 대대본부에 보냈는데, 나는 정규 암호수로서 그 전문을 스스로 작성하고 싶었기에 발열을 무릅쓰고 작업했다. '전원의 사기는 왕성하다. 반드시 적을 섬멸하겠다'는 의미의 숫자를 조수인 동료에게 구술하면서 나는 저절로 눈물이 흐르는 것을 참을 수 없었다. 지나가던 구로카와 중사가 소리쳤다.

"병신 같은 놈, 울기는 왜 울어. 임무를 수행하는 데 눈물 흘릴 틈이 어디 있나!"

내가 임무를 수행하지 않는다는 비난은 너무도 가혹했다. 나는 교련은 서툴렀지만 벽지에 고립된 독립 수비대의 유일한 암호수로서 항상 우리와 아군의 유일한 연락수단인 전보를 작성하고 해독하느라 전력을 기울여왔다. 이 중대한 시기에 병에 걸린 것은 유감이지만, 굳이 암호 문서를 다른 사람에게 맡긴 이유는 환자인 내가 낙오하거나 행군 중에 게릴라의 습격을 받을 위험이 있었기 때문이다. 나는 오로지 부대 통신수단의 안전을 생각해 남에게 맡긴 것이었다.

그럼에도 불구하고, 내 눈물에 대한 그의 판단은 그 순간의 내 심리적 진실을 정확히 꿰뚫은 것이었다. 만약 이때 내가 전날부터 암호 문서를 지니고 환자라는 허탈감이 아닌 의무감에서 행동했더라면, 그리고 최후의 전보라는 감상적인 동기를 버리고 그 중대한 전보를 접했더라면, 그렇게 울지는 않았을 것이다.

평소 그의 우유부단한 모습에만 익숙했던 나는 이때 깜짝 놀랐다. 그가 한 말은 아마도 군대에서 자주 사용되는 상투어로 자신도 모르게 익힌 말이겠지만, 그렇다 하더라도 인간이 이러한 지혜를 익힌다는 건 나쁜 일은 아니었다. 이런 점에서 나는 옛 일본 군대가 수많은 결함에도 불구하고 배울 점이 있다는 사실을 인정하지 않을 수 없다.

이후로 나는 그를 다소 존경하는 눈으로 보았는데, 그가 인육을 먹자고 제창했다는 말을 듣고 다시 놀랐다. 그러나 앞에서 기술한 바와 같이 그의 지혜가 무의식적으로 조직으로부터 물려받은 것이라는 입장으로 본다면 이러한 그의 괴물적 탐욕도 일본 육군의 좋지 못한 대(對) 중국 전쟁 방침의 희생으로 간주해야 할 것이다. 그리고 이 문제를 따지고 들면 전쟁에 휩쓸린 인간에 대한 인간적인 관점이라는 것이 사라지고 만다. 다만 사실이 있을 뿐이다.

그러나 수용소에서의 나는 그다지 너그럽지 못했다. 나는 반성할 생각 없이 그를 혐오했고, 그러한 혐오를 조금은 자랑스럽게 여겼다.

인육을 먹는 심리에 관해 보다 자세히 분석하자면, 중사의 암시를 받아 필리핀인에게 발포한 병사에 관해서도 언급해야 할 것이다. 그러나 이 경우도 앞서 항복의 심리에 관해 기술했던 바와 마찬가지로, 돌발적 행위를 통해 심리적 연속성을 추구하지는 않겠다. 그는 평소에 우리 중에서도 가장 온화하고 겸손한 병사였다. 그는 기타타마의 농민이었다.

더 심리적으로 접근하려면 중사의 제창을 농담으로 생각했다는 와타리의 심리에서 '그렇게 생각하면서도 중사의 말에 의해 나의 내부에 어떤 충동을 느꼈다'는 식의 어설픈 심리묘사도 가능할 것이다. 그러나 행동에 이르지 못한 불확실한 인간심리에 관해서는 심리소설가에게 맡기기로 하겠다.

내 상관인 또 한 명의 하사관에 관해서도 써둔다.

사토 하사는 후카가와의 조그만 철공소에서 일했다. 체구는 작고 여위었지만 눈이 날카롭고, 항상 공격적으로 턱을 앞으로 내밀고 있는 모습은 어딘가 고풍스러운 거리의 불량배 같은 느낌을 주었다. 실제로 그는 그러한 부류의 용감한 청년에 속했는지도 모른다. 그의 도쿄 말투는 제법 시원스러웠다.

그가 나를 만나자 처음 꺼낸 말이 "PX가 있다던데 정말인가?"였다는 것은 이미 언급했다. 이곳에 오기 전 일주일 동안 칼라판에 유치되어 있으면서, 레이테로 가면 시설이 완비된 수용소가 있다는 소문을 들은 모양이었다. 우리는 아직 작업을 하고 있지 않기에 월급도 PX도 없다는 대답을 듣자 무척 실망하는 기색이었다.

포로가 되어 청결한 침대와 충분한 식량을 지급받는 것으로 만족했던 나에게는 그의 말이 이상하게 들렸다. 이러한 현실주의가, 국가가 인민의 이해와 무관하게 시작한 전쟁에 대해 인민들이 보인 반응의 일종으로 극히 자연스러운 것이라는 사실은 이해했지만, 조국이 망하려는 지금 붙잡힌 지 불과 일주일밖에 되지 않는데 PX부터 신경을 쓰는 제국 군인을 보게 된 점은 다소 서글펐다.

그는 산호세 경비대에 소속된 분대장으로, 분대는 달라도 역시 내 상관이었지만, 병원에서 분대장에게 예전처럼 봉사했다가 애를 먹은 경험이 있었기에 일종의 시위운동으로 그에게는 특별히 냉담하게 대하기로 작정했다. 그들은 같이 온 병사들과 함께 한 텐트에 수용됐고 나는 아직 병동에 있었던 관계로 병을 핑계 삼아 그들과의 접촉을 피할 수 있었다.

일행은 영양실조 외에 특별한 이상이 없었기에 즉시 기운을 회복했다. 특히 사토 하사는 화투에 빠져서 이긴 자에게 줄 담배를 빌리러 오기도 했다. 나는 이것도 거절했다.

일 개월 후 몸이 회복된 나는 영어를 할 줄 안다는 이유로 포로 임원이 되었다. 어느 날 중병동 앞에 진찰을 받으려고 늘어선 줄에서 그의 모습을 보았다. 여위고 안색이 좋지 않았다. 나는 임원이라는 직책 덕분에 부수입으로 얻은 엿을 그에게 주고 상태를 물었다. 옆구리에 통증이 있다는 것이었다. 뭔가 복잡한 내장 계통의 병인 듯했으나, 포로인 일본 군의관의 진단 결과는 '이상 없음'이었기에 그는 병동에 들어가지 못했다.

이삼 일 정도 그를 잊고 지내다가 문득 생각이 나서 텐트로 가보니,

침대에 누워서 옆구리를 수건으로 식히고 있었다. 몹시 좋지 않아 보였다. 나는 다시 한번 진단을 받으라고 권했지만, 그는 고개를 저으며 "아니, 소용없어. 녀석들은 제대로 봐주지 않을 거야"라고 대답했다. 일본 군대의 습성을 잘 알고 있는 그는 일찌감치 포기하고 있었다.

항상 나오는 육류로 만든 죽이 목에 넘어가지 않는다는 말을 듣고, 나는 즉시 취사반에서 빵과 우유를 구해서 갖고 갔다. 그는 내 얼굴을 보며 말했다.

"미안하다. 별로 이렇다 하게 해준 기억이 없는데, 옛날 상관이랍시고 이렇게 자기가 먹을 것도 먹지 않고 갖다주다니."

나는 얼굴을 붉혔다. 나는 굳이 내 욕망을 억제하면서까지 그에게 봉사한 것은 아니었다. 다만 부당하게 얻은 소득의 일부로 약간 인심을 썼을 뿐이었다.

나는 이 하사관에게 감사했던 일이 생각났다. 나는 산호세에 주둔하던 중 열대궤양을 가장 심하게 앓았던 병사였는데, 암호수라는 임무 때문에 일부 하사관은 건방지다며 일부러 내 병을 무시하고 사역을 시켰다. 그가 주번 하사관이었을 때 그는 내 다리를 보고 즉각 힘이 덜 드는 농장의 제초작업에 배치해주었다. 그리고 그때 그가 내 다리를 보는 눈에는, 분명 상관도 아니고 군인도 아닌 단지 인간적인 동정심만 나타나 있었다. 그러한 눈은 초년병에게 좀처럼 잊히지 않는 법이다.

내가 그 이야기를 하자 그는 "그랬던가? 기억이 나지 않는군. 그랬던가?" 하며 감탄하고는, "정말, 병에 걸려야 비로소 인정의 고마움을 알게 되지"라고 말했다.

이런 식의 인정에 얽힌 평범한 대화는 내가 만들어낸 것이 아니다. 실제로 그가 말한 것을 그대로 옮겼을 뿐이다. 그는 대체로 그럴싸한 말을 잘 늘어놓는 사내였다.

산속에서 처음으로 습격을 받아 도망칠 길을 찾고 있을 때, 그는 말했다.

"에라, 어디로 도망치든 소용없다면, 진지에 숨어서 마지막 일전을 벌이는 수밖에."

불랄라카오로 출장했을 때, 열흘 전 그곳에서 게릴라들의 총격을 받아 죽은 해군 병사들의 썩은 시체를 본 적이 있다. 한 시체의 머리 옆에 커다란 도끼가 던져져 있었다. 돌아오는 길에 그가 말했다.

"우리 서로 조심하자구. 저렇게 되면 끝장이니까. 도끼 따위로 속임수를 쓰다니."

이런 불평은 방금 우리가 봤던 것과 별로 관계가 없었다. 그곳에는 시체라는 물체가 있었지만, 이곳에는 오로지 빈정대는 표현이 있을 뿐이었다. 그는 분명히 전쟁터의 현실과 자신의 감정을 이러한 표현의 베일로 감추고 있었다.

그는 또한 "아마 산에서 병사들을 버리고 온 벌로 이렇게 고통을 받는 거겠지"라고도 했지만, 나는 이 말을 듣고도 버림받은 동료들에 대한 분개심이 일지 않았다. 그의 말이 인과응보라는 기성관념을 표현한 것에 불과하다는 사실은 명료했지만 그가 실제로 병사들을 버릴 수 있는 확고한 인물이 아니라는 사실도 명료했기 때문이다.

그리고 열대궤양으로 부어오른 내 다리를 보던 그의 눈이 표현했던 것도, 이런 통념에서 나온 연민이었음에 틀림없다. 그렇기에 나는 그

점을 바로 인정한 것이다.

물론 그가 그때 진정한 연민을 느꼈다는 사실을 부정하는 것은 아니다. 다만 도회지 사람인 그의 생활은 이중적이었다.

아마도 그는 군대에서도 도회지 청년다운 생활을 했을 뿐일 것이다. 양쪽 모두 겉모습을 훌륭하게 장식한다는 점에서 마찬가지였다. 그리고 그가 씩씩하게 '최후의 일선'적인 자포자기에 돌입할 수 있었던 것과 마찬가지 이유로, 포로가 되자 모든 것을 깨끗이 포기할 수 있었고, 이어서 PX에 대한 기대감을 지닐 수 있었다.

나는 새로운 포로 위생병에게 그의 재진단을 부탁했다. 이튿날 그는 병동에 수용되었고 사흘 후 병원으로 이송됐다. 그는 병원에서 일본인 임원들의 호감을 사서 환자들의 식사를 나르는 '근무원'이 되어 송환될 때까지 병원에 머물렀다. 나는 그가 특권의 남용에 빠지지 않기를 기대했지만, 아마도 내 기대는 실현되지 않은 모양이었다.

와타리와 나는 자주 이야기를 나눴다. 일행 중 가장 몸이 쇠약한 그는 얼마 안 있어 나와 같은 병동에 들어와 항상 나란히 누워 있었다. 앞서 말한 대로 그와 나는 특별한 연고가 있어서 수송선에서부터 친구가 됐지만, 마음 놓고 이야기를 나눈 것은 포로가 된 이후였다. 우리 둘은 현역이 많은 레이테 수용소에서 소수의 인텔리에 속했다.

그는 나보다 세 살 아래인 서른셋이었지만 만사에 훨씬 침착했다. 바시 해협에서 아군의 배가 침몰된 이래, 잠잘 곳을 찾아 갑판을 방황하는 나를 아랑곳하지 않고 태연히 좁은 선실에만 앉아 있는 그가 나는 부러웠다.

그가 전쟁이라는 재난을 어떻게든 극복하고 살아 돌아갈 생각만 하고 있는 것은 명백했다. 그러나 그는 조금도 추한 모습을 보이지 않고, 태연자약하게 처신하며 그 난관을 돌파하려 했다.

그는 부유한 퇴직 관리의 아들로, 도쿄에 있는 세련된 사립대학의 경제학부를 졸업한 후 한 양조회사의 사장 비서로 근무했고, 이미 다섯 아이의 아버지인데도 용모가 단정하고 산뜻하며 젊음이 넘쳤다.

한가한 포로 생활에서 나란히 누워 잡담을 하면서, 나는 결국 그가 침착할 수 있는 비밀을 알아냈다. 그는 팔괘(八卦)를 믿었던 것이다.

그의 아버지는 다소 한학자 소질이 있어서 역(易)을 터득하고 있었다. 그래서 그가 일본을 떠날 때 그에게 이렇게 말했다는 것이다.

"너는 살아서 돌아올 테니까 걱정하지 마. 일본은 패할 거야. 고생이 많겠지만, 이제부터 천황 폐하께서 겪으실 고생에 비하면 아무것도 아니야."

아버지의 괘는 잘 맞았기에, 아는 사람들을 위해서 괘를 볼 때도 있었고, 심야에 주식중매인에게서 전화로 문의가 오기도 했다. 그는 어려서부터 아버지의 예언이 실제로 맞는 것을 보며 자랐다. 그리고 그가 받은 교육이 여러 가지 의미에서 그러한 예언의 가능성을 부정했음에도 불구하고, 그가 아버지의 괘에 대한 신뢰를 버리지 못했음은 명백했다. 적어도 내 조소에 그는 노골적으로 싫은 얼굴을 보였다.

인생의 가장 큰 불행으로 죽음밖에 떠올리지 못하는 역의 현세주의는 확실히 천박하다 하겠지만, 전쟁터에서는 누구든 천박해지지 않을 수 없다. 그 저급한 불행이 너무도 가까이 있기 때문이다.

우리 분대에 있는 일련종(日蓮宗) 승려가 손금을 보았다. 소대 전원의 손금을 보고는, 재난 상은 있지만 죽을 상은 보이지 않으니 우리 소대는 안전하리라고 예언했다. 내 조소에 분개하며 그는 "자네 혼자 죽을 상이 보이는군" 하고 말했다. 나는 물론 그의 예언 따위는 믿지 않았지만, 죽을 상이라는 말만큼은 항상 머리에 남아서 종종 난처했다. 내가 믿지도 않는 예언으로 고민한 만큼 와타리가 아버지의 괘를 믿고 안심한 것도 있을 수 있는 것이다.

그는 한편 학창 시절에 마르크스주의를 전했고 동맹휴교를 지도했으며 영화를 좋아했다. 이따금 "도대체 좌익사상이란 어떤 겁니까?" 하고 물으러 오는 호학적인 젊은 포로에게 잉여가치설의 기초를 조리 있게 설명하기도 했다. 그러나 그의 설명은 대체로 어딘가 사상의 껍데기 같은 느낌을 주었다. "애국심도 이기주의의 일종이니까" 따위의 어구를 많이 알고는 있었지만, 그러한 사상의 연결에 관해서는 그다지 깊은 생각이 없는 것이 분명했다. 그가 아버지의 팔괘를 믿는 것과 비슷한 정도로 코뮤니즘의 휘황찬란한 미래를 믿고 있다는 것은 의심의 여지가 없었다.

그는 고급스러운 트럼프 놀이를 하나 알고 있어서 부근의 포로들에게 그것을 가르쳐주었다. 나도 함께 한 적이 있는데, 이러한 때면 그는 평소의 겸손한 태도에 어울리지 않게 곧잘 화를 내며 오만하게 굴었다. 그리고 자신이 사용한 패의 효과를 즐기는 것으로 만족하지 않고, 그것이 얼마나 합리적이며 교묘한 패인가를 설명하지 않으면 성에 차지 않는 듯했다.

한마디로 이 용모단정한 중견 사원이 주는 전체적인 인상은 일개의 퇴화한 지성 그 자체였다. 이윽고 그는 나처럼 통역이 되었다.

나머지 두 병사에 관해서는 간단히 기술하겠다. 한 사람은 영화관의 영사 담당자로, 소집 직전에는 어느 군수공장의 징용 숙사에서 주방장으로 일했다. 이윽고 수용소의 취사병이 되자 그는 거만해졌다. 다른 한 사람은 궁내성*의 임원으로, 지금도 성문의 수위를 하고 있다. 그의 무해한 성품이 간부들의 호감을 사서 이윽고 포로 열다섯 명의 반장이 되었다. 우리 민도로의 보충병들은 대체로 포로가 되자 모두 출세했다.

민도로 섬의 절반을 경비하던 우리 중대 백팔십 명 중 열일곱 명이 레이테의 포로수용소에 왔다. 우리는 모두 1944년 초에 삼 개월의 교육을 거쳐 전선으로 보내진 이른바 '아저씨 부대'로, 군인이라 할 수도 없는 부류였다. 미군이 레이테에 이어 상륙한 이 섬에서 우리가 경험한 운명은 비참했는데, 그것은 전투라고도 할 수 없었다. 그것은 우리의 시민적 에고이즘을 분쇄시키지 못했다. 우리는 전우가 아니었다.

우리는 군인이 아니었지만, 나중에는 확실히 포로가 되었다. 더구나 청결한 주거와 피복과 이천칠백 칼로리의 식량과 PX를 즐기는 일류 포로였다. 어떤 자는 지금도 여전히 당시를 '천국'이라 부르며, '내 생애 최고의 해'라고 말한다.

우리에게 전쟁터는 그다지 새로운 것이 없었지만, 수용소에는 확실히 새로운 것이 있었다. 우선 주위에 울타리가 있었고, 안에는 PX가 있었다. 전쟁터에서 우리에게는 아무것도 남지 않았지만, 포로 생활에서는 확실히 남은 것이 있었다. 그것이 때때로 나에게 속삭인다. '너는 지금도 포로가 아닌가?'라고.

---

* 宮內省, 일본의 황실 및 천황에 관한 업무를 취급하는 관청으로, 현재는 '궁내청'으로 개명되었다.

계절

포로를 가장 손쉽게 분류하는 방법은 군대에서의 계급에 따르는 것이다. 그러나 이 방법은 일상 생활의 실상에 비춰보면 그다지 적절하지 못하다. 적어도 우리처럼 조국이 패하게 된 상황에서 붙잡힌 포로들의 경우는 그렇다.

솔로몬을 두고 공방전*을 벌이던 무렵까지는, 얼마 안 되는 일본인 포로들도 자부심 강하게 일본 정신을 내세우며 거의 군대와 같은 규율과 통제를 지킨 모양이었다. 그러나 내가 들어간 레이테 수용소처럼 결정적으로 패배한 군대에서 살아남은 병사들로만 구성된 수용소에서 이미 그런 정신은 존재할 수가 없었다. 포로를 지도하는 자들도

---

* 1942년 솔로몬 군도 방면에서 벌어진 솔로몬 해전을 가리킨다.

패배한 군대의 혼란을 경험하고는 이미 그러한 규율이나 통제가 통용되지 않는다는 사실을 알고 있었다. '어차피 다 포로잖아?' 겉보기에는 여전히 예의로 존재하는 옛 군대의 계급제도 속에서, 모든 포로들의 표정은 이렇게 말하고 있었다.

포로 생활이라는 측면에서 본다면 수용소 내의 새로운 계급에 따라 분류하는 것이 옳겠다. 그들은 두 종류로 대별된다. 즉 무엇인가 역할을 맡은 자들과 그렇지 못한 자들이다.

임원이란 일본인 대표자('일본인 수용소장'이라 자칭한다)와 사무스태프, 약 육십 명의 포로들을 수용한 막사의 장(또는 동장) 및 위생병, 그리고 취사병들이다. 그러나 이러한 직책들을, 특수기능을 요하는 마지막 두 가지를 제외하고 모두 하사관들이 점했다는 사실은 역시 옛 군대의 잔재라 할 것이다.

그러나 수용소의 하사관이 모두 직책을 맡은 것은 아니다. 우선 포로가 된 날짜순, 다소의 재능과 기지, '주제넘게 나서기를 좋아하는 사람'이나 '남의 뒷바라지를 잘하는 사람' 같은 개인적 성격, 아부하는 솜씨, 혹은 완전한 우연에 의했다. 그리고 직책을 맡지 못한 하사관은 일반 병사와 전혀 구분되지 않았다. 이런 점에도 포로의 계급적 분류가 과거가 아니라 현재에 의해 행해져야 한다는 근거가 있다.

장교 신분을 숨기고 일반 포로 사이에서 생활하는 자도 있었는데, 이것도 구분할 수 없었다. 일단 우리 수용소에서 장교들은 울타리 건너에 별도로 격리되어 일반 포로들과의 접촉이 금지되어 있었다.

직책을 맡지 못한 포로들은 다음과 같이 분류할 수 있다.

첫번째는 환자. 이들은 병동이라고 불리는 별동(別棟)에 수용되어 포로 위생병의 간호를 받았다. 중병동과 경병동 두 곳이 있는데, 전자에는 실제로 간호를 필요로 하는 자, 후자에는 각기병이나 영양실조 등으로 인해 식사를 직접 나를 수 없는 자들이 수용되었다. 식사 운반이 왜 이토록 중요한가 하면, 십여 명분씩 석유통에 담아서 배급했기에 당번이 취사장에서 막사까지 운반해야 했기 때문이다.

두번째는 환자이면서도 앞에서 언급한 석유통을 나를 수 있는 힘을 지닌 자들이다. 그들은 건장한 일반 포로들과 같은 숙사에서 생활했지만 각종 작업에 종사할 수 없기에 주위의 눈치를 살피며 지냈다. 그들은 항상 식사 당번을 맡았다.

몸이 약하다는 것은 즉 포로가 된 지 얼마 안 된다는 뜻이다. 우리는 A와 B 두 조로 나뉘어, A조는 입구 가까이에 자신들이 세운 니파하우스에서 생활했고, B조는 반대쪽 부지 끝에 미군에게서 지급받은 텐트를 치고 지냈다. A조는 오래됐고 B조는 새로 생긴 것으로, 신입자는 A조에 결원이 생기지 않는 한 B조에 편입되었다. 따라서 몸이 약한 포로들은 대부분 B조였다.

일본인 대표자인 이마모로(원래는 이마모토지만, 미군들은 서투른 발음으로 이렇게 불렀다. 우리는 절반은 친근감에서 절반은 경멸감에서 이 발음을 따랐기 때문에 이 기록에서도 그렇게 부르기로 하겠다)는 A조장을 겸하고 있었기에, B조가 생겨 그의 권력이 분할된 점을 불만스럽게 여겼다. 그래서 일본인 대표자의 자격으로 분배하는 매일의 식량을 A조에 많이 B조에 적게 할당했다. A조원이 작업을 하는 반면 B조원은 대부분 작업을 할 수 없다는 것이 이유였지만, 사실은 회복기인 B조원의 몸은 포식하는 A조원의 몸보다 더욱 많은 칼로리를 필요로 했다. B조 간부들은 이마모로를 몹시 원망했고, 굶주린 신입자들은 몰래 A조를 찾아가 담배와 잔반을 교환했다.

새로 온 포로들의 특징은 구부러진 등, 납작한 가슴, 생기 없는 눈, 가느다란 손발 등 일반 영양실조 환자와 거의 비슷했지만, 특이한 것은 피부병이었다. 일본 군대의 명물인 습진이 지도처럼 선명하게 붉은 반점을 그린 사이로, 무수하게 긁어댄 상처와 함께 옴이 잔뜩 솟아 있었다. 미군의 의약품도 이렇게 넓은 면적의 피부를 치료하기에는 부족했기에 이러한 피부병이 없어지기까지는 이삼 개월이 걸렸다.

포로들에게는 미군 제복이 한 벌씩 배당됐지만 그들은 평소에 훈도시 하나만 걸친 알몸으로 지냈기에, 이러한 피부병으로 뒤덮인 쇠약한 육체가 고스란히 드러났다. 그들이 가느다란 다리에 헐렁거리는 커다란 미군 군화를 질질 끌며 찡그린 얼굴로 식량 운반용 석유통을 들고 가는 모습은 소내에서 가장 애처로운 광경이었다.

나는 그들의 외관을 통해, 대략 붙잡히고 나서 몇 개월째인지를 추측할 수 있었다.

이에 반하여 세번째 부류, 즉 주로 A조에 있는 몸이 회복된 포로들은 어느 정도 살이 붙으면 구별이 되지 않았다. 그들의 차이점이 오히려 각자의 성격 및 직업이었다. 하사관과 사병이 구분되지 않는다는 이야기는 앞에서도 했다. 사병들 중에서 현역과 보충병의 차이가 미미하게 보이기는 하지만, 이것도 중일전쟁 이후의 기나긴 소집 기간 동안 거의 없어지고 말았다. 게다가 이러한 차이는 직업상의 차이와 거의 중복되었다. 즉 농민은 대부분 현역이고, 월급쟁이는 대부분 보충병이었던 것이다.

그 밖에 노동자, 중소 상공업자, 관리, 종교인, 도박꾼도 있었지만, 가장 많은 것은 농민이었다. 레이테의 패잔병이 대부분 현역이기 때문이다.

나는 젊은 현역병을 좋아했다. 우리 중대에는 나와 같은 중년 보충병이 많았지만, 십 개월 동안 그들과 함께 기거하면서 나는 그 소시민적 에고이즘에 완전히 질려버리고 말았다. 그들이 이번 전쟁을 싫어하는 이유는 자신들을 일상 생활의 안온함으로부터 인고와 죽음의 위험 속으로 몰아넣었기 때문이지만, 평소의 평온한 생활 자체가 그들에게 어떤 영향을 미칠 것인지 미처 예상하지 못한 것은 그들의 잘못이었다. 전선에서 그들은 오로지 일상적 간계를 동원하여 이 재난을 '일상적'으로 빠져나올 생각밖에 하지 않았다. 국가 간의 폭력이 충돌하는 전쟁터에서 이토록 무의미한 것은 없었다.

이에 비하여 일본에서 교육을 받은 부대 및 포로수용소에서 만난 젊은 현역병들은, 물론 아주 무지하기는 하지만, 국민의 생활에 의무라는 것이 존재하며 그 의무에 자신이 지금 기계처럼 복종하고 있다는 사실을 자각하고 있었다. 따라서 그들은 대부분 명랑하고 스스럼없으며, 병무에 관련되지 않은 것에는 너그러웠다. 사실 그들이 부패한 밀리터리스트에게 속고 있다는 점은 유감이지만, 그들이 그 사실을 모르는 한 그것은 그들의 마음과 행위에 아무런 영향도 미치지 못했다.

물론 개중에는 늦은 승진이나 그 밖의 다른 이유로 인하여 비뚤어지게 행동하는 고참병도 있었지만, 그것은 예외일 뿐, 이러한 좋지 못한 기형아들에게서 받은 피해를 과장해서 옛 일본 군대의 병사들을 모두 악당이기라도 한 듯이 상상하는 것은, 마치 전선에서 일부 병사들이 범한 잔학 행위를 보고 일본군을 모두 비인간적이라고 상상하는 것과 마찬가지로 사실에 부합하지 않는다.

물론 내가 여기에서 병사라고 부르는 것은 말 그대로 사병을 지칭하는 것이고 하사관은 포함되지 않는다. 그들은 이미 군대 내에서의 위치에 쾌적함을 느끼고, 자기의 개인적인 행복을 위해서라도 이 조직을 지지하겠다는 의식을 지닌 에고이스트들이다. 그들은 특권에 의해 유혹당한 자들이며, 특권을 지닌 자는 항상 타락하는 법이다.

포로수용소에서 직책을 맡지 못한 하사관들이 대부분 현역병들과 마찬가지로 쾌활하고 담백하게 행동했다는 점에서, 그들의 부패가 그들의 성격보다 계급의 결과였다는 사실을 입증하고 있다.

'병사' 중에서도 병장은 제외하겠다. 내가 본 바에 의하면 병장들은 대부분 아첨꾼이었다.

현역병들의 단련된 육체는 부상이나 쇠약에서 신속히 회복되어, 수용소의 따분한 생활에 정력을 주체하지 못하고 힘을 소모하는 유희를 즐겼다. 그들은 열대의 태양 아래에서도 씨름을 했다.

이야기하기를 좋아하는 것은 장사꾼이나 월급쟁이 등이었지만, 소수의 종교인들도 직업상 말재주가 좋았기에 그들 주위에는 언제나 청중이 몇 사람 모여 있었다. 혼자 떨어져서 침대에 누워 있는 사람도 있었다. 이런 사람이 모든 직업에 걸쳐서 존재하는 이유는, 침묵을 좋아하는 게 환경의 결과가 아니라 그 사람의 타고난 성격 탓이기 때문이다. 그리고 이런 성격이 수용소에서 특히 눈에 띄는 이유는 일반적으로 포로들의 사회성이 남들과의 대화 이외에는 없기 때문일 것이다.

포로들은 차츰 이 세번째 부류로 바뀌었다. 전쟁이 막바지에 이르러 전황이 필리핀에서 멀어지자 신입자가 줄어듦에 따라 직책을 맡지 못한 포로들은 불구자를 제외하고는 모두 이 부류가 되었다. 이것이 수용소의 '인민' 혹은 '평균인'이었다.

1945년 3월 중순 이 수용소에 들어왔을 때 나는 첫번째 부류, 즉 환자였다. 5월에는 두번째 부류로 바뀌어 식사를 운반했다. 그러나 나는 세번째 단계를 거치지 않고, 충분히 회복되지 않은 몸으로 6월에 임원이 되었다. 영어를 할 줄 아는 덕분에 통역을 맡은 것이다.

통역은 처음에는 본부와 병동 담당 각 한 명씩 포로들 중에서 선출됐다. 본부 담당은 미군과의 절충이 임무였고, 병동 담당은 군의관과 환자를 중개했다. 당시에는 이것으로 충분했는데도 나와 같은 신입자가 동원된 이유는, 이윽고 미군 편성에 따라 중대를 편성하면서 각 중대마다 미군 하사관이 배속되자 그만큼 통역의 수요도 늘어났기 때문이었다. 종래의 본부는 대대본부가 되었다.

편성을 바꾼 이유는 인원 증가 이외에도 미군의 포로 사역 계획이 정비된 탓인 듯하다. 그때까지 포로들의 작업은 거의 소내의 설영에 한정되어 있고, 외부로 나가는 것은 재료 운반 정도였다. 이것은 애당초 일본인 포로들이 대부분 부상을 입거나 쇠약해져 있었고, 아마도 필리핀인들로부터 일거리를 빼앗지 않기 위한 배려였던 것으로 생각되지만, 포로들의 체력 향상과 더불어 국제협정대로 하루 여덟 시간 노동을 시키고 봉급을 지불하려는 계획이 미군 측에서 추진된 것이다.

수용소의 인원은 내가 들어갔을 때는 약 칠백 명이었지만 그후 민다나오 섬에서 대량으로 들어와 6월에는 천 명을 넘었다. 이것이 1개 중대 약 이백 명씩 5개 중대로 나뉘었다.

내가 환자 취급을 면하게 된 것 또한 미군의 포로 사역 계획 때문이었다.

4월 중순, 수용소 담당 군의관과 별도로 외부에서 군의관이 하나 오더니 중병동과 경병동의 환자 약 사십 명을 새로 진찰하여 작업 불능자와 작업 가능자 혹은 가능할 것으로 예상되는 자로 분류했다. 이미 경병동으로 옮긴 나는 심장에 이상이 없다는 진단을 받고 후자에 가담하게 되었다.

동시에 경병동은 해산되고, 우리 삼십 명이 널찍하게 점거하던 니파하우스는 육십 명의 일반 포로들을 수용하게 되었다. 우리는 A조 부지에 인접한 빈터에 텐트를 치고 옮겨서 식사도 스스로 운반하게 되었다. 지붕이 높고 시원한 니파하우스에 비해 낮게 드리운 텐트의 천장은 열기를 견디기 힘들 정도로 뜨거웠다.

나는 미군의 조치가 불만스러웠다. 새로 이주한 곳이 더운 것도 마음에 들지 않았지만, 특히 내 심장병을 작업에 지장이 없다고 진찰한 점이 불만이었다.

이 수용소에 들어오기 전에 이 개월 동안 지냈던 포로병원에서는 내 판막증을 체질적인 것으로 진단하고, 평생 과격한 운동을 하면 안 된다는 주의를 주었다. 병원의 군의관은 소령이고 수용소에 온 군의관은 중위였던 만큼 나는 전자의 말을 신용했다.

어쩌면 중위 쪽이 옳을지도 몰랐다. 귀환 후 첫해에 내 심장은 비대해져는 있었지만 마찰음은 들리지 않았다. 그리고 현재는 거의 정상적인 크기로 돌아왔다. 일본의 의사는 말라리아에 동반되는 기능적 장애였을 거라고 말했다.

그러나 당시의 나는 여전히 걷는 데 곤란을 느꼈고, 간단한 운동에도 심장의 고동이 높아졌다. 심장병은 특히 신경을 괴롭혔다. 고동 자체에 주의를 기울이는 것만으로도 심해졌다.

내 소망은 오로지 수용소에서 무사히 지내다가 겨우 건진 이 목숨을 그대로 고향에 갖고 가는 것뿐이었다. 전쟁 중인 국가의 일원으로서의 내 생활은 포로가 되었다는 사실로 인해 이미 지나가고 말았다. 전진훈*의 가르침을 빌릴 필요도 없이 포로라는 상황은 분명 바람직한 게 아니었지만, 병사라는 내 신분이 그것을 야기했으니 어쩔 수 없었다. 병이라는 이유로 이 본의 아닌 생활의 의무에서 벗어나 안일한 나날을 보내는 것도 그다지 나쁘지는 않았다. 중위의 진단은 나를 이러한 안일로부터 끌어낸 것이다.

나는 작업 중에 심장마비를 일으켜 죽는 것을 상상했다. 만약 이러한 상상이 단순히 작업에 종사하고 싶지 않다는 나의 태만에서 생겨난 게 아니었다면, 나는 진지하게 항의했을 것이다.

그러나 포로라는 신분에서는 불만이 하등 중대한 결과를 초래하지 못한다. 미군처럼 우리에 대한 취급이 양호하여 우리로서는 감사해야 할 점이 많은 경우에는 특히 그렇다. 나는 쓸데없이 자신의 불안을 반추했다. 이것이 포로라는 신분의 필연이다. 그렇다고 해서 시종 불안

---

* 戰陣訓, 1941년 1월 일본 장병이 전장에서 지켜야 할 행동규범과 전투규범을 공포한 것. 특히 제2장 8조에는 "살아서 포로의 치욕을 당하지 말고 죽어서 죄화(罪禍)의 오명을 남기지 말라"라고 기록되어 있다.

을 느끼며 지낼 수도 없었다. 어떻게든 하루의 시간을 메워야 했다. 이것이 인간의 필연이다.

그 하루라는 것은 정말로 견디기 힘들 정도로 따분했다. 병원에서는 미군 군의관이나 위생병과 친하게 지내며 서적과 잡지를 불편 없이 손에 넣을 수 있었지만, 수용소에서는 안에 들어오는 미군 병사도 적었고, 아마도 다수의 포로들에 공평을 기할 수 없기 때문이겠지만, 우리가 잡지류를 부탁할 만한 틈을 보이지 않았다. 병원에서 갖고 온 책은 금세 읽어버렸다. 성서에만은 읽지 않은 페이지가 잔뜩 남아 있었지만, 나는 이미 탐정소설 따위를 마구 읽어댄 탓에 그러한 따분한 책을 읽는 습관은 잃어버린 상태였다.

이 간격을 메우기 위해 자연히 생겨난 욕망이 '글을 쓰는' 일이었다.

글을 쓰는 행위는 인간으로서 그다지 자연스러운 게 아닐 것이다. 말은 우선 인간 상호 간의 의사소통을 위해 생겨난 것이지만, 그것을 문자로 정착시키는 행위는 그 의지를 항구(恒久)화하여 시공(時空)적으로 그 인간의 음성이 미치지 못하는 범위에 있는 다수의 타인에게 전달하기 위한 수단이다. 이 단계에서 무료한 개인에게 '붓으로 하는 소일거리' 식의 의지가 생겨나게 하려면 수많은 문화의 축적이 필요하나, 가장 중요한 것은 자기 자신을 독자로 설정한다는 요소이다. 예전에 내가 품었던 의지나 관념 혹은 견문한 사실을 훗날 다시 읽는다는 예상은 예를 들자면 근대 시민사회에서 유행하던 '일기'의 근저에 있다. 그리고 그것은 초등학교의 작문실습으로 장려되고, 출판사가 갖가지 편의적 아이디어를 짜내어 '당용일기(當用日記)' 같은 것을 판매함으로써 사회적 습관이 되었다. 내가 전선에서 본 것 중에서 놀라운 사실 중 하나는 병사들이 일기 쓰기를 좋아한다는 점이었다. 매점의 빈약한 품목 목록에도 수첩과 연필은 꼭 들어 있었다.

주둔 중 대부분의 병사들은 일석점호 후의 짧은 시간에 어두운 야자유 등불 밑에서 열심히 그날의 일들이나 감상을 적었다.

내 직업은 월급쟁이였지만, 한편으로 오랜 문학청년으로서 이러한 종류의 나르시시즘을 의식적으로 혐오하고 있었다. 내 생각으로는 월급쟁이로서의 내 생활도 병사로서의 생활도 모두 흘러가버리도록 내버려둬야지 문자로 남겨서 다시 읽을 만한 성질의 것은 못 되었다.

주둔지에서 적의 상륙을 기다리며 멍하니 세월을 보내는 동안 내가 꿈꾸던 것은 정통 소설이었다. 그것은 내가 근무하던 공업회사의 제품인 어느 원소(元素)를 제목으로 하여, 그 회사에 가해진 전쟁의 정치적 사회적 압력 및 그로 인해 발생한 사용인들 사이의 갈등을 주제로 하는 작품이었다. 나는 상관의 눈을 피해 그것을 공책에 연필로 쓰기 시작했지만, 결국 시간도 부족했고 내 머리가 글을 생각할 상태가 아니었다. 소설은 무대가 될 간사이 지방의 한 도시를 십 페이지가량 스케치하는 정도에서 중단됐다.

그 대신 글을 쓰는 습관을 통해 내 과거를 되돌아봐야겠다는 착상이 떠올랐다. 머지않아 다가올 죽음을 앞에 두고 나는 나 자신이 과연 누구였는가를 살펴볼 필요가 있었다. 나는 소등 후의 어둠 속에서 반성한 것들을 이튿날 간단히 기록했다. 소년 시절부터 소집되기 전까지 생애의 각 순간들을 검토한 결과, 나는 결국 자신이 아무것도 아니며, 이렇게 남녘 바다의 이름 모를 외딴섬에서 무의미하게 죽어가도 전혀 아깝지 않은 인간이라는 확신에 도달했다. 그리고 죽음을 두려워하지 않게 되었다. 나는 스탕달을 흉내 내어 내 묘비명을 지어서 공책 뒤에 적었다. '고영초연(孤影悄然)'이라는 이름이다.

나의 대하소설이 묘비명으로 끝나는 것을 보고, 나는 병사들의 일기 쓰는 습관을 이해했다. 그들 역시 자신의 일기를 훗날 다시 읽게 될 희망을 지닐 수 없다는 점에서 나와 같았다. 다만 매일 반성하며 스스로를 위로하는 습관을 지닌 것에 불과했다. 현대의 시민사회는 전쟁터와 마찬가지로 그토록 우리에게 괴로운 것이다.

미군이 상륙하여 산으로 도망친 후에도 나는 그 공책을 계속 지니고 다녔다. 미군이 접근했다는 보고를 접했을 때 병으로 누워 있던 나는 그것을 찢어서 동료에게 부탁해 아궁이 불에 태워버렸다. 내가 쓴 글이 내 목숨보다 더 오래 살아남는 건 어쩐지 싫었다. 필리핀 산속에서는 아무도 이해하지 못할 문자로 적혀 있다 해도 말이다.

포로가 되어 무료한 시간을 보내게 된 후에도 나는 일기를 쓸 기분이 전혀 들지 않았다. 하물며 수용소에서 생긴 일들을 기록했다가 귀환 후 르포르타주를 작성할 자료로 삼을 생각은 더더욱 하지 않았다. 지금처럼 수용소에서 지내던 시절의 자신을 검토하는 입장이 되리라고는 꿈에도 생각지 못했다.

떠오른 것은 역시 그 대하소설을 계속하겠다는 생각이었다. 그러나 나는 계속 허탈감에 잠겨 있었다. 언어의 연결을 만들어낸다는 것은 주둔 중일 때와 마찬가지로 몹시 곤란했다. 그때 내 머리에 떠오른 것은 전혀 엉뚱한 생각이었다. 즉 시나리오를 쓰겠다는 것이었다. 관념을 연결시키는 게 아니라 영상만 연결시켜놓겠다는 생각이었다.

내가 이런 생각을 한 데에는 이유가 있었다. 그 무렵 내 수용소 생활은 그리 고독하지 않았다. 주둔지 민도로의 동료 열일곱 명이 같은 수용소에 들어와 있었는데, 그중에 와타리라는 도쿄의 어느 양조회사의 중견 사원이 있었다. 영화를 좋아했던 그는 학생 시절부터 동인잡지 같은 것을 만들었고, 그 방면의 역사와 이론에 밝았다. 그도 몸이 쇠약했기에 경병동에서부터 계속 침대를 나란히 하고 지냈던 관계로 나는 그에게서 많은 영화 지식을 흡수했다.

나는 그와 이야기를 나누던 중 내 생활이 얼마나 영화에 침투되어 있는가를 새삼 깨닫고는 놀랐다. 나는 원래 영화라는 예술을 그다지 존경하지 않았다. 그 주제는 만드는 측의 요구에 의해 대개 저질이었으며, 또한 관객들에게 너무 수동적인 감상을 강요한다는 점에서 전혀 지적인 예술이 아니라고 생각했다. 그러나 정신은 반발하면서도, 영화관의 어둠 속에 앉아 있는 동안은 내 정신이 눈앞에서 움직이는 실물과 흡사한 영상에 완전히 점령당하는 것은 어쩔 수 없었다.

우리 세대는 아마도 영화관에 가는 것이 도회인의 습관이 된 최초의 세대이겠지만, 일곱 살 연상인 사람들과 우리를 구분하는 경박한 풍조의 일부는 분명 이러한 영상의 수동적 감상에 의한 정신의 태만에서 오는 것이라 생각한다. 우리의 관념은 미국영화식이 아니어도, 감정과 행위는 어느 틈엔가 미국식이 되어 있었다. 예를 들어 게리 쿠퍼가 출연하는 영화를 보고 밖으로 나가면 어느 틈엔가 걷는 모습이 게리 쿠퍼와 비슷해진다. 물론 게리 쿠퍼처럼 키다리도 미남도 아닌 내가 그처럼 걸을 수 있을 리 없지만, 그의 영상으로부터 유입된 느낌에 의해 기분상으로는 그런 식으로 걷게 되는 것이다. 그리고 이렇게 우리의 감정과 행위에 영향을 준 영상의 범람은 결국 우리의 사고마저 침범하지 않을 수 없을 것이다. 마구잡이로 영화를 보는 습관을 지니지 않은 우리 전 세대 사람들이 그토록 중후한 것은, 그들의 사고가 쓸데없는 영상의 방해를 받지 않았기 때문이다.

위정자가 영화가 인민에게 미치는 효과를 중요시하는 것은 당연한 일이다.

와타리에게서 얻은 지식을 바탕으로 나는 내 대하소설을 시나리오로 만들어보기로 작정했다. 시나리오는 영상 실현이 곤란한 부분은 제작 실행자에게 맡기고 장면의 개략만 지정하면 되는 문학 형식으로, 포로의 허탈한 두뇌에 가장 적절했다. 장면이 머리에 떠오르기만 하면 기록할 수 있다.

나는 영어를 가르치면서 친해진 위생병에게 사무용지를 얻어, 빈 약품상자로 표지를 만들고 붕대로 철해놓고 연필로 기록해갔다. 우선 연습 삼아 병원에서 읽은 오펜하임의 스파이소설을 테마로 선택하여 미국영화식의 호화스러운 스릴을 담은 멜로드라마로 했다. 다음으로는 역시 펭귄 총서의 미국 현대소설집 중 한 무명 작가가 쓴 「이별의 곡」을 주제로 한 음악영화, 기기 고타로*의 탐정소설을 번안한 것 등이었다. 일단 쓰기 시작하자 나는 처음의 목적을 잊고서 인물들을 인형처럼 조작하며 안이한 감정과 서스펜스를 만들어내는 즐거움에 빠졌다.

내가 이때처럼 창조적이었던 적은 없었다. 대부분 하룻밤이나 이틀밤에 잇달아 썼는데, 대하소설을 시나리오로 만드는 작업도 끝내 성

* 木木高太郎, 일본의 소설가이자 생리학자.

공하고, 12월에 귀환할 때까지 결국 모두 열한 편의 시나리오를 썼다.

내 시나리오는 여러 사람들이 읽었다. 당시에 수용소 내에서 유일하게 일본어로 쓰인 책이었기에, 읽을거리가 없는 포로들은 앞다투어 빌리러 왔다. 나는 대여료로 담배 한 개비를 요구했다. 얼마 지나지 않아 내 책을 베껴서 같은 장사를 하는 자가 나타났기에, 나는 서둘러 저작권 침해를 호소하고 이후로 책 모서리에 '복사 금지' 표시를 해두기로 했다. 이리하여 나는 수용소 안에서 어엿한 작가가 되었다.

내가 이런 이야기를 하는 것은 내 재능을 자랑하기 위해서가 아니다. 현대의 다소나마 교양이 있는 사내들의 퇴폐적인 일례로서 나 자신을 제공한 것뿐이다. 그 시나리오들은 현재 내 수중에 있는데, 도저히 읽을 수 없는 졸작들이다. 이것은 결국 우리가 영상의 범람에 빠져들어 몸을 맡기면 얼마나 진부한 상황밖에 고안해낼 수 없는가를 증명하고 있다. 한마디로 이러한 창작활동은 나의 내부에 존재하는, 영화에 침투당한 부분을 배설로 제거한다는 효용밖에 없었다.

나의 작가적 타락은 더욱 심해져서 나중에는 포로들의 요구에 응해 포르노 소설을 쓰기에 이르렀다. 그러나 그것은 훨씬 후에 전쟁이 끝나고 나서였다. 그 이야기는 나중에 필요하면 하기로 하겠다.

이 시나리오에는 수용소에서 남긴 유일한 기록 문장이 포함되어 있다. 내용은 수용소와 아무 관계도 없지만, 표지에다 쓰기 시작한 날짜와 완료된 날짜를 기록해뒀기에 그 시나리오가 어떤 장소에서 작성됐는가를 생각해내면 내가 소내에서 이동한 날짜가 거의 밝혀지는 것이다.

나의 처녀작인 스파이 소설은 1945년 5월 2일부터 10일까지라고 적혀 있다. 즉 경병동이 해산되어 내가 텐트로 옮긴 것은 그 짧은 기간 중이었다는 말이 된다. 또 나는 미군이 상륙하고부터 내가 포로가 되기까지의 경과를 『포로 이야기』라는 제목의 기록영화로 꾸몄는데, 이것은 각 중대의 임원들이 모여 있는 니파하우스에서 썼던 기억이 있다. 이 시나리오는 6월 3일부터 6일이라고 되어 있으니까 내가 통역이 된 것은 그 사이이다.

앞에서 언급한 바와 같이, 내가 통역 임무를 맡은 것은 미군의 포로 사역 계획에 입각해 수용소가 재편성된 결과였다. 와타리도 통역이 되었다. 5개 중대 중에서 2개 중대의 통역을 민도로의 보충병이 점할 정도로, 레이테의 패잔병들 중에는 영어를 하는 자가 적었다.

그러나 우리가 선발된 이유는, 경병동에서부터 계속해서 우리의 동장을 담당하던 어느 육군 비행사의 추천이 있었기 때문이다. 그는 이미 서른이 넘은 교관이었는데, 초기 가미카제 특공대의 일원으로 1944년 10월 하순 필리핀 동쪽 해상에서 격추되어 실신상태로 바다를 표류하던 중 구조됐다. 그의 온후한 성품은 탐욕스러운 본부 임원들과 잘 맞지 않았기에 자주 우리가 있는 곳으로 울분을 털어놓으러 왔던 관계로, 조직 개편과 더불어 직위를 내놓을 때 우리를 추천하고 갔다.

그가 이후로 일체의 직위를 사양하고 단순히 일개 포로로서 일반작업에 종사했던 것에 반하여 우리의 지위는 점차 중대해져서, 말하자면 '주가'를 올려갔다. 우리는 때때로 일반 포로 사이에 있는 이 은인을 찾아갔지만 어쩐지 어색한 분위기가 차츰 우리 사이에 맴돌게 되었다. 그가 자진해서 평범한 포로의 위치를 선택한 이상 그는 충분히 당당하게 행동할 자격이 있었고, 우리도 그것을 기대했지만, 점차로 그의 눈에서는 빛이 사라지고 우리에 대한 태도에도 어딘지 비굴한 느낌이 엿보이게 되었다. 포로라 하더라도 '지위'라는 것의 결과는 마찬가지였다. 아마 우리 측에도 알게 모르게 그에게 상처를 주는 태도가 있었던 듯하다.

포로 1개 중대(Company)의 새로운 편성은 다음과 같다.

중대장 Leader	1
중대본부 Overhead	20
소대(4) Platoon	장을 포함하여 각 53×4
	계 233

13개 소대는 각각 4개 분대(detachment)로 나뉘었다.

중대본부는 다시 아래와 같은 직책으로 구성되었다.

서기 Clerk	1
보조 CQ(Charge of Quarter)	3
취사원 Cook(장Mess-Sergeant 1을 포함)	8
위생병 Medic	2
청소계 Sanitation	2
이발사 Barber	2
급사 Boy	2
	계 20

서기는 중대의 인사나 공적인 서류를 담당했고, 보조(이 직명은 정확하지 않다. '배급계'라고 해야 옳을지도 모른다. 이 직명은 CQ라고 부르는 편이 쉬운 탓에 특별히 원어를 사용했기에 이후 그렇게 부르기로 한다)는 피복 배급 및 타대원들의 일상 생활에 관련된 사무와 숙사의 영선 등을 취급했다. 그 밖에는 거의 직명 그대로였는데, 청소계는 별도로 위생병이라는 이름이 있었기에 구별을 위해 이런 호칭을 얻었을 뿐 실제로는 위생 담당으로, 영내에서 나오는 쓰레기의 소각 및 도랑과 변소 청소, 소독약 살포 등을 담당했다. 또한 서기와 CQ에 포로들 중에서 영어를 할 줄 아는 사람을 하나씩 넣어 통역을 담당토록 했다. 내 직책은 제2중대의 CQ였다.

A조가 제1, 제2중대를 구성했고, B조가 제3, 제4, 제5중대를 구성했다. 편성은 5월 중에 끝나고 6월부터 중대별로 사무를 시작했는데, A조는 숙사가 육십 명을 수용하는 니파하우스였기 때문에 각 소대의 분대가 뒤섞여 혼잡했다. 소대장은 대체로 이전의 동장이 그대로 추임됐는데, 그들은 역시 종전대로 본부에 기거했기 때문에 소대를 떠나 있었다. 다만 12중대 본부원들은 이전에 '하사관실'이라고 불리던, 직책을 맡지 못한 하사관들을 모아놓았던 본부 인접의 니파하우스에 모였다. 위생병들은 역시 병동에 묵었다.

그러나 이 모든 것은 일시적인 조치이며, 머지않아 포로병원이 있는 팔로에 건축 중인 새로운 수용소로 옮겨서 중대별로 숙사를 운영하게 될 것이라고 했다. 미군 하사관도 그때부터 배속될 예정이었다.

다만 작업은 이미 5월부터 시작되고 있었다. 수용소장이 정하는 인원수에 입각하여 각 중대에서 선발된 건장한 포로들이 매일 아침 여덟시 전에 나가 네시 반경에 돌아왔다. 소내에서 따분해 어찌할 바를 모르던 그들은 기꺼이 이 작업대에 지원했지만, 불행히도 미군 작업장의 요구는 그다지 많지 않았기에, 매일 전원의 사분의 일이 선발되는 것이 고작이었다. 작업은 미군의 창고 정리, 신설 건조물의 정지작업 같은 단순한 일이었다.

그들은 이따금 작업 나간 곳의 미군들로부터 여분의 식량, 초콜릿 등을 얻어 오기도 했고, 작업장 부근의 들판에 자란 돼지감자 잎을 따오기도 했다. 이것은 통조림만 지급받아서 먹던 우리가 오랜만에 접하는 신선한 야채였다.

재편성, 외부작업(우리는 줄여서 '외업'이라고 불렀다. 이에 대해서 소내 설영 등의 내부작업을 '내업'이라 한다. 이하 이 약칭을 사용하겠다) 개시와 더불어 피복이 배당됐다. 미군 병사들과 마찬가지로 제복 한 벌, 셔츠, 팬티, 양말 각 네 벌. 군화, 모자, 식기, 컵 각 한 개가 잇달아 지급됐다. 별도로 칫솔과 안전면도날도 지급됐는데 후자가 전자보다 먼저 전원에게 지급된 것은 필요의 우선순위로 볼 때 약간 이상했다. 순시장교가 포로들이 수염 기르는 것을 싫어했기 때문이라고 한다.

순시가 강화됐다. 종래에 일주일에 한 차례 있던 수용소장 중위의 순시 이외에 부정기적으로 일주일에 두 번 외부에서 오는 영관급 장교의 순시가 있었다. 이것은 대체로 우리에게 제반 물품이 출고대로 지급됐는지 검사하는 경리부 쪽의 순시라 할 수 있었다. 그때마다 우리는 지급품을 침대 앞에 진열해야 했다.

식량도 늘었다. 미군은 포로들에게 자국 병사들과 똑같은 양을 지급한다는 사실을 자랑했다. 즉 이천칠백 칼로리였는데, 이것은 체구가 작은 우리 일본인들에게는 약간 과다했기에, 만약 임원들이나 취사원들의 횡령이 없었더라면 남아돌았을 것이다.

포로수용소의 일본인 임원들이 식량을 횡령하거나 맛있는 음식을 부정하게 취했다는 사실에 관해서는 갖가지 보고가 있으므로 여기에서는 언급하지 않겠다. 한마디로 이것은 군대의 관습에 길들여진 우리가 그것을 당연하다고 여긴 벌이었다. 그러나 군대 내에서 우리가 갖가지 부당한 일을 목격하면서도 전혀 항의할 생각을 하지 못했던 것과 마찬가지로, 포로 간부들의 부당한 행위에 대해서도 수용소 내에 있는 동안은 좀처럼 항의할 마음이 생기지 않았다.

더구나 나 자신은 이미 항의할 필요가 없었다. 일단은 특권계급에 속해 있었기 때문이다.

서기나 CQ의 지위는 정확히 말해 중대장이나 소대장 등의 계급과 동등하지는 않았다. 대대본부의 서기조차 소대장보다 밑이었다. 그러나 인사나 피복 배급을 담당하면 노동을 하지 않아도 된다는 것 외에도 여러 가지로 좋은 점이 많았다.

특히 CQ의 직책은 일종의 명예직으로 여겨졌기에 중대에 따라서는 반드시 사무에 소질이 있는 자에게 맡겨지는 게 아니라 소대장 선발에서 누락된 고참 포로에게 주어졌다. 제1중대의 경우는 후보자가 많았던 탓에 기나긴 분쟁 끝에 결국 통역도 뽑지 못했는데, 이것이 나중에 중대한 차질을 초래했다.

심장 이상이 마음에 걸리던 나에게 이 임명이 무슨 의미였는가는 쉽게 상상이 될 것이다. 나는 이 행운을 하늘이 내려준 보호수단으로 생각할 권리가 있다고 여겼으며, 내가 기뻐하는 이유는 건강을 해치게 될 위험으로부터 벗어났기 때문이라 생각했으나, 잘 생각해보면 이것은 어딘가 이상했다. 노동 습관이 없는 게으름뱅이인 내가, 그저 일하지 않아도 되는 특권을 기뻐했다고 하는 편이 사실에 가까울 것이다.

이미 언급한 바와 같이 12중대의 중대본부는 위생병을 제외하고 한 동에 모여 있었다. 서기와 CQ는 직무의 특성상 특별히 책상을 배당받아 입구에 자리 잡았다. 그러나 실제로는 중대별 설영이 없었기에 사무는 극히 한산했다.

서기는 포로 명부를 작성하고 나자 일거리가 별로 없었다. 물론 미군 하사관이 배속되지 않았기에 통역 일은 전혀 없었으며, 결국 CQ 세 명이 공동으로 잇달아 지급되는 피복류를 분배하고 매일 밤 중대에서 이튿날 외업 나갈 포로들의 리스트를 로마자로 적어 대대 서기에게 제출하는 게 전부였다.

밤마다 촛불 밑에서 이 외업자 명부를 작성하는 모습이 제법 그럴싸하게 보였던 모양이다. "서기님, 수고가 많으십니다" 하고 인사하며 지나가는 포로도 있었다. 우리로서는 쑥스러운 일이었지만, 이런 것조차 작업으로 보일 정도로 포로들은 할 일이 없었던 것이다.

우리 중대의 서기인 미야타는 나와 같은 민도로의 보충병이었다. 그는 인쇄소 사무원 출신으로, 재편성이 시작됐을 무렵 자진해서 대대본부의 사무를 도왔던 인연으로 이 직책을 맡게 되었다. 다른 CQ 한 사람은 후지모토라는 오사카의 피혁 도매상 아들로 선박공병의 병장이었다. 그가 피복계가 된 것은 군대에서도 같은 사무를 담당했기 때문이다. 또하나의 CQ는 모로즈미라는 도쿄 네온회사 외판원으로,

그도 1944년에 처음으로 소집된 삼십 대의 보충병이었다. 그가 어떻게 선발됐는지는 듣지 못했다.

이처럼 우리 중대의 사무 스태프들이 한결같이 사무원 경력이 있었던 것은 드문 일이었다. 실제로 외업 리스트를 로마자로 적을 수 있는 사람이 서기 하나뿐인 중대도 많았다. 고참 포로가 많은 1중대는 서기조차 그것을 제대로 작성하지 못해서 자주 우리에게 물으러 오곤 했다.

사무 스태프로 보충병 사무원들만 선발한 것은 우리 중대장인 히와타시의 영단이었다. 그는 레이테 만에서 침몰된 어느 구축함의 하사로, 요코스카에서 전기 기구상을 했기에 기계를 잘 다뤘다. 그는 이마모로와 사이가 나빴고, 특히 대대 서기인 나카가와와 대립이 잦았다. 그가 중대의 사무에 충실했던 이유는 은근히 나카가와를 압박하려는 속셈이 있었던 게 아닌가 싶은 부분이 있었다.

우리는 보충병 사무원이라는 점에서 대외적으로 일치단결했지만 내부적으로는 역시 다소 알력이 있었다. 예를 들자면 서기가 CQ를 통솔하는 것으로 여겨지고 중대장이 무엇이건 서기를 통해 연락하는 점이 약간 마음에 걸렸다. 그래서 우리는 자질구레한 부분에서 고의적으로 서기를 무시하고 일을 진행시켜, 그를 우리 중대장의 질문에 답변할 수 없는 입장에 빠뜨리곤 했다.

더구나 미야타는 놀림을 당하기에 적합한 성격이었다. 그는 도쿄 부근 현에 거주하는 지주의 데릴사위로, 사무는 신중하고 정확하며 그에 맞먹을 정도로 성격은 겁쟁이였다. 게다가 그는 대식가였다. 이것은 음식을 소중하게 여기는 수용소에서 남들로부터 가장 경멸당하는 성질이었다.

우리는 외업자들이 나가고 나면 대체로 트럼프를 하며 놀았다. 그것은 '투, 텐, 잭'이라는 간단한 놀이로, 마이너스 점인 스페이드를 거의 자기 마음대로 원하는 자에게 넘겨줄 수 있다. 미야타는 언제나 스페이드를 잔뜩 넘겨받았다. 승부에는 담배가 걸려 있었기에 이것은 물질적으로도 손실이었다.

나와 같은 민도로의 동료이기에 나는 그를 지켜야 할 입장이었지만, 그럴 마음이 들지 않았다. 그와 같은 성격에 화를 내는 것은 평소의 내 약점이다.

본명이 가메키치라서 그는 '가메*씨'라 불렸다. 이것은 그다지 듣기 좋은 호칭은 아니었다. 후지모토는 병장답게 멋을 부려 모자에 F라는 이니셜을 흰 천으로 아플리케해놓았다. 그래서 그는 'F씨'라는 별명이 붙었다. 모로즈미는 우리 중에서 가장 젊고 다소 경박했다. 어느 날 밤 담배를 입에 문 채 걷고 있노라니 누군가가 "어이, 형씨, 담뱃불 좀 빌립시다" 하고 말을 걸었다. 이후로 그는 '형씨'가 되었다. 나는 '진씨'였다. 이것은 무슨 이야기를 하던 중 내가 장남이라는 사실을 밝히자, 모두 일제히 "이런 천하태평이 장남이라니!" 하고 외쳤다. 즉 '진로쿠**'라는 뜻이다.

이리하여 각자 우스꽝스러운 별명을 얻게 된 우리는 자신들의 위치에 만족하며 한가한 세월을 보냈다. 자신의 헌옷을 우리의 손을 거쳐 가는 피복 중에서 새것과 바꾸어 언제나 깨끗한 옷을 입고 있었다. 일

---

* 일본어로 '거북'이라는 뜻.

** 甚六, 멍청한 장남을 일컫는 속어.

반 포로는 미군 규격의 녹색 러닝과 팬티를 입었지만, 우리는 이따금 섞여 오는 흰색을 놓치지 않고 차지했다. 낮에 입고 다니기에는 약간 마음에 걸렸지만 전혀 입지 않으면 착복한 의미가 없었기에 밤이 되면 슬며시 입고 나갔다. 그러나 흰색은 어둠 속에서도 눈에 띄었기에 "어이, 씨큐 어르신, 좋은 옷이로군요" 하고 놀림을 당하기도 했다.

우리가 대낮부터 환성을 지르며 유쾌하게 트럼프를 하는 모습이 약간 눈에 거슬렸는지, 언젠가 이마모로에게 "여봐, 씨큐, 아무리 밤에 일이 있다고 하지만 좀 작작하라고" 하는 야단을 맞았다.

우리의 또다른 이점은 취사원들과 같은 동에 있다는 것이었다. 취사원들이 자신들을 위해서 맛있는 음식을 만드는 것에 대한 변명은 뻔했다. 즉 자기 손으로 대량으로 만든 음식에는 식욕을 느끼지 못한다, 아무리 맛없는 음식이라도 자신들만큼은 다른 걸 먹고 싶다는 것이었다. 그러나 그들이 결코 자신들을 위해 일반 포로들보다 맛없는 음식을 만들 리는 없었다. 일반 포로들에게 죽을 급식할 때 그들은 자신들을 위해 버터와 설탕이 섞인 빵을 만들었고, 일반 포로들에게 빵을 급식할 때에는 밥을 짓고 진귀한 통조림을 땄다.

우리가 거주하는 숙사의 후미는 취사원들이 점령하고 있었기에, 뒤쪽의 선반에는 항상 석유통에 커피나 코코아가 들어 있었다. 우리는 같은 동이라는 이유로 그것을 마음대로 마실 수 있었고, 때로는 그들이 만든 맛있는 음식도 먹었다. 그 외에 건포도를 제빵용 이스트로 발효시킨 포도주를 따르는 술자리에도 초대받았다.

예전에 내가 신입자일 때 특권을 지닌 자들을 보던 눈을 생각하며 내 태도를 반성했지만, 이 반성에서는 내가 취해야 할 행위의 기준이

나오지 않았다. 여기에는 반성과 행위 사이를 잇는 무언가가 결여되어 있었다. 녹색 팬티를 흰색 팬티로 교체하는 짓을 억제할 정도의 근거를, 나는 포로 생활 어디에서도 발견하지 못했다.

그러나 내가 그것을 발견하지 못한 이유는, 어쩌면 조국에서의 일상 생활에서도 그것을 발견하지 못했기 때문일지도 모른다. 우리는 사회에서 항상 자기보다 아래인 누군가를 발견하게 된다. 이 사실에 관해 심각하게 반성하려면 성직자나 혁명가가 되는 수밖에 없겠지만, 우리가 좀처럼 그렇게 되지 못하는 이유는 어려서부터 특권의 향유에 익숙해져 있기 때문이다.

내 입장에서 일반 포로들에 대한 유일한 방어책은 그들을 생각하지 않는 것이었다. 이것은 아마도 모든 계급을 통틀어 원인을 외면하고 계급이 주는 은혜만을 향유하는 자들이 무의식적으로 채택하는 정책일 것이다.

그러나 일반 포로들은 우리에게는 없는 즐거움을 지니고 있었다. 그것은 미군의 식량 저장고로 외업을 나갔을 때 무언가를 훔치는 행위였다. 그곳에는 수용소에 배급되지 않는 진귀한 통조림이나 담배가 있었다. 하지만 그들은 그것을 우리에게 나눠주지 않았다.

단 한 사람 예외가 있었다. 오다카라는 1사단 상등병으로, 자신이 훔친 물건의 일부를 반드시 취사병에게 갖고 왔다. 이것을 받으면 끝장이라고들 했다. 그 보상으로 언제까지고 그의 식량에 대한 요구에 응해야만 했기 때문이다. 그는 체구가 큰 만큼 대식가라서 평소에 지급되는 식량으로는 부족해했다. 그리고 이전부터 공공연히 취사병에게 식사를 구걸하러 오는 유일한 일반 포로였다.

이 유별난 인물은 앞으로도 내 기록에 등장하겠지만, 여기에서 좀 더 자세한 초상화를 그려보기로 하겠다.

오다카는 마흔네 살의 예비병으로, 응소 직전의 직업은 아사쿠사의 양철공이었는데, 그 외에도 경력이 화려했다. 젊을 때에는 홋카이도의 광부였고 그후로 오랫동안 공사판 인부로 도쿄 주변을 떠돌아다녔다. 그의 몸은 이미 한물갔지만 가슴 위쪽이 코브라처럼 발달해 있어서 아직도 대단한 힘을 지니고 있음을 알 수 있었다. 그는 군대에서 이따금 상관을 폭행하여 영창에 들어갔는데, 포로가 되고서도 처음에는 역시 폭력을 휘둘렀다가 미군의 징계를 받고 겨우 얌전해졌다.

그러나 그는 모든 폭력배들이 그렇듯 사람들이 그의 힘을 두려워한다는 사실을 잘 알고 있었기에 남들을 깔보았다. 취사원들도 모두 건장한 젊은이들이라 여럿 모이면 그를 혼내줄 수도 있었지만, 그는 형세가 불리해지면 웃으면서 얼버무리는 방법을 알고 있었다. 나이 탓도 있겠지만 젊은 취사원들은 모든 점에서 그를 당하지 못했다.

그의 머리는 소위 빌리켄* 스타일이고, 눈과 입이 크며, 굵은 목은 몸통에 파고든 것처럼 보였다. 언동이 너무 엉뚱하고 과감했기에 간부들도 결국 그에게는 머리를 숙이는 척했고 그럴수록 그는 더욱 우쭐해졌다.

그는 자주 자신의 난폭한 과거를 이야기했다. 홋카이도 탄광에서 뛰쳐나와 아오모리에서 도쿄까지 강도짓을 하며 도보여행을 한 이야기를 가장 자랑스럽게 떠벌렸으며, 시라카와 부근의 산속에서 남편이

* 복을 가져다준다는 미국의 신으로, 머리끝이 뾰족하고 눈꼬리가 치올라가 있다.

보는 앞에서 그의 아내를 강간했을 때의 자세한 묘사가 절정이었다. 또한 나스 고원에서는 아버지와 딸이 경영하는 목장에 가서, 그 집의 사위로 일 년을 지낸 후에 돈을 몽땅 훔쳐서 도망쳤노라고 우쭐거리며 이야기했다.

우리가 질색하며 듣고 있으면, 그는 코웃음을 치며 "헤헤, 시시하다는 표정이지만, 사실은 재미있었지?" 하고는 가버렸다.

오늘날에도 이런 옛날식 악당이 존재한다는 사실에 나는 조금 놀랐다. 현대판 악당은 좀더 복잡하리라고 생각했다. 물론 그를 보고 내가 느낀 것은 이 수용소에 잠자코 있는 사람들 중에 그보다 열 배는 못된 악당이 상당수 있으리라는 것이었다.

외업 개시와 더불어 봉급이 지불될 거라는 소문이 돌기 시작했다. PX도 개설되어 봉급으로 맥주건 담배건 마음대로 살 수 있으리라는 것이었다. 몹시 신나는 이야기였지만, 이제까지 우리의 예상을 초월하여 개량되어왔던 미군의 대우를 생각하면 있을 수도 있는 일이라는 생각이 들었다. 여기저기서 김칫국부터 마시는 이야기가 한창이었고 평소에 나와 별로 이야기를 나누지 않던 옛 상관들조차 정보를 얻으러 오곤 했다.

실제로 봉급은 5월부터 소급해 6월 중순에 지급됐다. 단 PX에서 무엇이건 살 수 있는 게 아니라, 삼 달러 봉급의 상당액을 미군의 PX 재고품으로 지급한다는 것이었다. 그러자 지급 품목이 무엇인지가 끊임없이 화제가 되었다.

드디어 기다리고 기다리던 물건이 도착했다. 심야에 미군의 연락이 오더니 급거 사역병을 모집해 두꺼운 박스를 잔뜩 날라왔다. 일찍이 수용소에 이렇게 많은 물자가 한꺼번에 유입된 적이 없었다.

대대본부에서는 서기인 나카가와가 밤새도록 품목 검토와 분배에 고심했다. 포장 형태와 수량 기재법이 그의 영어 실력을 초월했기에 아침이 되어도 정리가 끝나지 않았다.

나카가와는 16사단 야포부대 중사로, 순전히 이마모로에 대한 아첨 덕분에 대대 서기의 직책을 맡은 것에 불과했다. 우리는 사무 계통에 따라 그의 밑에 소속되어 항상 그 무의미한 거드름과 비밀주의에 애를 먹었기에 이 기회를 놓치지 않았다. 각 중대 서기들은 본부에 침입해 포장을 점검하고 분배 방법에 간섭했다. 그는 결국 분배를 우리에게 맡겼다.

지급 품목은 우선 담배 열 갑이 일 달러, 초콜릿 다섯 개와 비누 다섯 개가 일 달러, 나머지 일 달러가 오 센트짜리 추잉검과 사탕, 면도날, 치약 등이었다. 맥주는 결국 없었다.

상자는 본부 앞 도로 위에서 개봉되어 중대별로 분배됐다. 수용소 내의 포로들이 전부 모여들어 우리를 에워쌌다. 이마모로는 "어이, 사역 말고는 전원 동에 돌아가서 기다려! 보고 있는다고 빨리 받는 게 아냐!" 하고 소리쳤다. 포로들은 잠자코 흩어졌지만, 적당한 거리를 두고 멈춰 서거나 혹은 처마 밑에 모여 서서 지켜보았다.

각 중대의 서기와 CQ들도 진땀을 흘렸다. 품목을 정확하게 수령하는 것 이외에, 종이박스를 얻어서 나중에 자신들의 사제품함으로 쓰려는 속셈이 있었기 때문이다. 그것은 일본인이라면 누구나 아는 두터운 잿빛 마분지로 만든 상자로, 한쪽 귀퉁이에 녹색과 검은색 선이 그어져 있고 검은색으로 별 모양이 새겨져 있었다. 이 상자는 포로들의 소지품으로는 비할 바 없이 아름다운 것이었다. 서기들은 그것을 당연히 자신들의 몫으로 생각했다. 오후가 되어서야 전원에게 분배가 끝났다.

포로들은 침대 위에 PX 물품을 늘어놓고, 그 앞에 앉아 조용히 담배를 피우며 과자를 먹었다. 장난감을 받은 어린애처럼 천진난만한 기쁨이 얼굴에 가득했다. 지금 그들은 붙잡힌 이래 처음으로 소유하고 소비하는 것이었다.

담배가 무엇보다 즐거운 선물이었다. 이제까지 배급은 일주일에 스무 개비들이 한 갑이라서 약간 부족했다. 특히 우리는 한 번에 두 갑 이상을 소유한 적이 없었다. 럭키스트라이크, 카멜 등의 멋진 포장이 다섯 갑씩 두 줄로 나란히 있는 모습은 가히 나쁘지 않았다.

비누는 'Lux'라는 화장비누였다. 이것도 세탁비누로 얼굴을 씻던 우리에게 기쁜 선물이었다. 그러나 대부분의 포로들은 예전처럼 세탁비누를 사용하고, 이것을 비축하여 일본으로 갖고 갔다. 다른 물건들을 비누하고만 바꾸는 마니아도 있었다. 그는 그것을 사용하면서 동시에 비축했기에 그럴 필요가 있었던 것이다.

과자는 한꺼번에 잔뜩 받아도 그다지 고맙지 않았기에 모두들 인심이 좋았다. 그러나 약삭빠른 자는 처음에는 남의 것을 먹고, 나중에 수용소 내에 과자가 떨어졌을 때를 노려 유리한 조건으로 담배와 교환했다.

이러한 PX 물품들은 공짜가 아니었다. 그것은 포로 취급에 관한 국제협정에 입각한 것으로, 결국 자국의 국고가 지불하는 것이었다. 즉 포로들 자신이 지불한다는 의미였다. 이러한 물건들이 공짜라고 여겨지는 이유는 자국 군대의 PX 물건이 싸게 여겨지는 것과 같은 원리지만, 우리는 군대에서 PX에 들어설 때와 마찬가지로 만족하며 그저 고맙게만 생각했다.

맥주가 없다는 게 우리의 가장 큰 불만이었지만, 취사장은 이날을 위해서 특별히 그 건포도로 만든 포도주를 대량으로 준비해 일석점호 후에 전원에게 나눠줬다. 일인당 한 홉 반들이 컵 한 잔씩이었는데, 만드는 솜씨가 서툴러서 몹시 독했기에 이윽고 수용소 전체가 취하고 말았다.

고성방가는 수용소 개설 이래로 최고조에 달했다. 가는 곳마다 빙 둘러서서 갖가지 노래를 합창했다. 어둠 속에서 술에 취한 사람들이 옥신각신했다.

그날 밤에 폭행사건이 두 차례 있었다.

하나는 시노다라는 2중대 분대장이 1중대 소대장에게 구타당한 사건이었다. 시노다는 원래 포로병원에서 배급 담당이었는데, 내분으로 인해 두세 명의 동료들과 함께 최근에 수용소로 옮겨왔다. 키가 크고 점잖은 젊은이로 상등병이라고 자칭했지만 장교인 듯하다는 소문도 있었다. 그와 그의 동료들은 병원에서 환자들에게 비교적 친절한 편에 속하는 그룹이었다.

병원에서는 임원이었다 하더라도 수용소에서는 신참이었다. 그는 예전에 자신이 돌봐줬던 포로들이 그보다 먼저 수용소에 왔다는 이유로 텃세를 부리는 게 마음에 들지 않았던 모양이었다. 그날 밤 그는 취기에 1중대 어느 동에 있다는 배은망덕한 자의 침대를 방문하여, 모기장을 치고 취해서 자고 있는 그 사내의 발을 잡아당겼다. 그러나 사람을 잘못 본 것으로, 취해서 자고 있던 사람은 그 동의 소대장이었다. 해군하사 출신인 그 소대장은 이전부터 시노다가 건방지게 포로들을 찾아다니는 모습을 언짢게 생각했다. 그래서 싸움이 벌어졌다.

내가 목격한 것은 이미 시노다가 본부 앞으로 끌려가 소대장의 일방적인 구타를 참고 있는 모습이었다. 소대장은 나막신을 손에 들고 있었다. 시노다의 이마에 커다랗게 붉은 혹이 튀어나온 모습이 촛불에 비쳤다. 소대장은 술에 취해서 난리였다. "십오 년이나 거저 군대밥을 먹은 게 아냐!" 하고 그는 소리쳤다.

이마모로는 취기가 가신 얼굴로 잠자코 자기 자리에서 아래를 내려다보고 있었다. 우두머리에게 이런 사건을 처리할 힘이 없다는 것은 군대나 수용소나 마찬가지였다. 소대장의 넋두리가 하염없이 되풀이되자, 그는 시노다를 돌려보냈다.

시노다는 분대장직을 해직당했다. 그후 남들과 만나면 시선을 피했다. 그의 이마에 초승달 모양 흉터가 움푹하게 남았다.

또하나는 나카자와라는 1중대 분대장 외 한 명이 B조 소대장에게 구타당한 사건이었다. B조 본부에서는 이날 밤 장기자랑을 개최했다. 탁자를 들어내고, 술에 취한 채 돌아가며 유행가와 민요를 불렀다. 나카자와 일행은 놀려줄 겸 구경을 갔다.

나카자와는 1사단 하사로 도쿄의 어느 구청 관리였는데, 재즈를 좋아하고 기타도 치는 등 음악을 잘 알았다. 술에 취한 그는 출연자들을 하나하나 평했다. 그들은 B조 소대장 한 명에게 끌려나가 해군식 정신봉 제재를 받았다.

그 제재는 보통의 구타와는 달리 절반은 공적 성격을 띠고 있었다. 그것은 분명 B조의 간부가 A조의 일원에게 그 장의 양해도 없이 제재를 가하는 행위였다. 이것은 B조 간부가 A조 간부에 대해 평소에 품고 있던 불만의 표시였다. 소식을 듣고 그들을 데리러 간 A조 간부도 그러한 사실을 알고 있었다. 그리고 명백히 나카자와 일행의 잘못으로 인해 발발한 이 사건을 확대시키면 불리하다는 사실도 알고 있었다. 사건은 나카자와 일행이 다시 이마모로에게 훈계를 받는 것으로 끝났지만, 보름 후 그들에게 제재를 가한 B조 소대장이 미군에 의해 마닐라 수용소로 이송됐다. 이마모로는 역시 만능이었다.

대향연이 끝나고 모두가 잠든 열두시경, A조의 취사장에 B조의 새로운 포로가 도둑질하러 들어갔다가 발각됐다. 5월 이후에 입소한 포로들에게는 PX 물품이 배당되지 않았기에 주위의 향연을 보고 견딜 수가 없었던 모양이었다. 말라빠진 그의 육체에 가해진 제재는 분명히 나카자와가 받았던 제재에 대한 보복의 의미를 지니고 있었다. 데리러 온 B조 간부는 졸린 듯한 목소리로 "병신, 훔칠 생각이면 왜 B조 취사장에 들어가지 않았냐?" 하며 가볍게 범인을 때리고는 데려갔다.

이리하여 포로들의 기념비적인 하루는 끝났다.

열대는 어째서 더운가? 이러한 질문을 새삼스레 자문할 정도로 한가한 사람은 별로 없겠지만, 시험 삼아 해봤자 바로 명쾌한 대답이 나오지 않으리라고 본다. 나도 마찬가지다. 다만 필리핀에서 일 년 반을 보낸 실감을 따져보면 답은 간단하다. 그것은 여름, 혹은 혹서의 계절이 일 년에 두 번 있기 때문이다.

일본은 대만을 지나는 북위 23.5도의 북회귀선에 태양이 접근했을 때만 여름이다. 그러나 그 선보다 남쪽 지방에서는 남북 양회귀선 사이를 왕복하는 태양이 일 년에 두 번 머리 위에 온다. 북위 약 십 도의 민도로나 레이테에서는 대체로 4월 말과 8월 말에 통과한다. 그리고 더위는 각각 일 개월 후와 이 개월 후가 가장 심하다.

단 필리핀 군도 주변의 섬들은 일 년의 삼분의 일이 우기이며, 이것이 대체로 혹서의 계절과 겹치기 때문에 필리핀에는 사실상 여름이 한 번밖에 없다.

그러나 필리핀에서도 지역에 따라 우기가 전혀 달랐다. 예를 들면 1월 말에 내가 민도로 섬에서 붙잡혔을 때 그곳은 건기였는데, 레이테로 이송되어오니까 우기였다. 현지에서는 그 이유를 확인할 길이 없었지만 지금은 대충 알고 있다. 즉 루손 섬 남서쪽에 접하며 남지나해와 서쪽으로 면한 민도로 섬에서는, 여름철이면 남반구에서 바다 위의 습기를 모아오는 남서계절풍을 받아 여름부터 가을에 걸쳐서 우기가 된다. 이에 반하여 태평양과 동쪽으로 면한 레이테 섬에서는 동계에 북동계절풍의 영향으로 겨울부터 봄에 걸쳐서 우기가 오는 것이다. 그리고 이 기간에 해당되지 않을 때, 머리 위를 통과하는 태양으로 인해 뜨거워진 지표의 열이 가장 왕성하게 발산되는 시기가 가장 더운 것이다. 민도로에서는 그것이 10월이고, 레이테에서는 6월이다. 나는 1944년 10월을 민도로에서, 이듬해 6월을 레이테에서 보냈기에, 결국 일 년에 두 차례의 여름을 경험했다.

열대에서는 보통 양지는 뜨거워도 음지로 들어서면 바로 냉기를 느끼는 법이다. 그러나 이 무렵이 되면 니파하우스 안에 있어도 땀이 솟을 만큼 더웠다. 바깥의 모래는 눈부시게 달아올라 맹렬한 더위를 실내까지 복사(輻射)시켰다. 원기왕성한 포로라도 이 무렵에는 밖에 나가서 노는 사람이 없었다. 외업을 나갔다가 졸도하는 자도 발생했다.

해가 진 후에도 더위가 공중에 맴돌았다. 일곱시 일석점호 때 정렬하고 있노라면 옆 사람의 체온조차 피부에 와 닿는 듯했다. 더위는 때때로 한밤중까지 남아서 우리의 편안한 잠을 방해했다.

1944년 10월, 나는 민도로 주둔지에서 삼태기를 짊어지고 토담을 쌓고 있었다. 이 노예 같은 노동에는 열과 빛이 오히려 상쾌한 기분을 돋웠다. 그러나 지금의 나는 수용소의 니파하우스에서 담배를 피우며 사무를 보고 있다. 이때에는 더위가 정말로 아무런 도움이 되지 못했다.

이 장렬한 더위는 아마도 6월 한 달 동안 꼬박 지속된 듯하다. 이윽고 우리가 더위에 익숙해졌는지 계절이 바뀌었는지 그후로는 특별히 더웠던 기억이 없다.

계절이 바뀌듯 포로들의 형편과 마음도 변했다. 3월에는 훈도시 하나만 걸치고 지냈던 우리는 이제 새로운 셔츠와 팬티를 입고 담배를 피우고 껌을 씹었다. 단순히 칼로리만 충분한 것이 아니라 생활의 쾌적함에서도 전시의 일본 시민들이 영위하는 생활보다 훨씬 좋아졌다. 우리는 한층 더 여유만만해졌다.

전황은 악화되고 있었다. 미군은 4월에 오키나와에 상륙했다. 일본 특공대가 대거 출동하여 미군 기동대를 전멸시켰다는 소문이 있었다. 다만 미군의 주보(週報)에는 독일이 설계한 로켓탄을 탑재한 일본의 중폭격기가 그 '머저리'를 발사하기 전에 격추되어, 피해는 항공모함

한 척이 불에 탄 게 다라고 실려 있었다. 5월 5일 독일의 무조건 항복에도 포로들은 전혀 반응을 보이지 않았다. 포로들은 단지 오키나와전에서 오래 버티는 것을 자랑으로 여겼다.

수용소 소속의 2세는 모두 오키나와 전선으로 떠났기에, 이후로 우리는 주위에서 적국의 제복을 입은 동포들을 볼 수 없었다. 다소의 개인적 차별은 있었지만 그들은 대체로 우리에게 친절했다. 우리를 속아넘어간 사람들로 보고 동정하면서도 한편으로는 그러한 감정을 쑥스러워했다. 우리 쪽에서도 그들에게 고향을 묻는 일은 삼갔다. 우리는 일본에 관해서는 대체로 언급하지 않았다.

정문을 지키는 헌병이 필리핀인으로 교체됐다. 어떤 포로는 미군이 오키나와에서 크게 패해 지원군을 보내기 위해서라고 말했다.

그러나 일반적으로 포로들이 조국의 패배가 막바지 단계에 이르렀다고 느꼈던 게 확실하다. 그들이 여전히 억지를 부린 이유는 달리 할 말이 없기 때문이었다.

이 무렵 독일인 포로 하나가 들어왔다. 그는 우리와는 별도로 입구에 있는 신문용 숙사를 혼자 점거하며 식사도 미군의 레이션을 먹었다. 다만 변소만큼은 우리 것을 사용할 수밖에 없었기에 자주 구내로 들어왔다.

그는 스물일고여덟 정도 나이에 푸른 눈을 가진 장신으로, 다리에 골절상을 입었는지 항상 한쪽 무릎을 편 채 천천히 지나갔다. 머리는 까까머리였는데, 이것이 독일 해군의 전통인지 아니면 미군의 명령에 의한 것인지는 모른다.

이윽고 그가 영어를 한다는 사실을 알고, 우리 중에 영어를 아는 자가 말을 걸게 되었다. 그의 이름이 프리츠였던 것만 기억하고 있다. "나는 아마 태평양에서 붙잡힌 유일한 독일 포로일 것이다"라고 그는 말했다. 그가 타고 있던 잠수함이 팔라우 섬 부근에서 충전을 하려고 부양하던 중 미군 구축함에게 격침됐다는 것이다.

그는 쾰른의 노동자였다고 한다. 우연히 지니고 있던 『라이프』 잡지에서 폭격을 면한 그 마을의 대성당 사진이 실려 있는 것을 발견하고 그에게 보여주자, 그는 별달리 반가워하는 기색도 없이 생각에 잠긴 듯한 표정으로 바라보았다. 나는 그에게 대성당이 무사하다는 것을 보여줬지만, 그는 폐허가 된 거리를 보고 있었던 것이다.

내가 독일어를 조금 할 줄 안다는 사실을 알자 그는 의외로 기뻐했다. 나는 시나리오를 쓰는 데에도 다소 싫증이 나 있었기에 포로 생활 중에 독일어를 배워두는 것도 그다지 나쁘지는 않을 것이라 생각해서 하루에 한 시간씩 그의 숙사에 가기로 했다. 미군 수용소장의 특별 허가를 얻을 수 있었다.

그러나 아무래도 내가 원하는 것은 배울 수가 없었다. 예를 들면 그는 「로렐라이」는 알았지만 「마왕」은 잘 몰랐다. 그가 가르쳐준 것은 프리드리히 실러*의 발라드로, 아마 초등학교 때 외운 듯했다. 게다가 고딕체로 적어줬기에 이십 년 동안 전혀 이 외국어를 사용하지 않았던 나로서는 읽을 수가 없었다.

그가 자랑하는 발라드에 맞서 나는 나카하라 주야**의 시 하나를

---

* 독일 고전주의 시인이자 극작가.

** 中原中也, 서른세 살 나이로 요절한 일본의 서정시인. 오오카 쇼헤이와는 잡지 동인으로 절친한 사이였다.

독일어로 번역해 현대 일본의 최고 시인의 작품이라며 그에게 소개했다. 그것은 「석조(夕照)」라는, '언덕들은 가슴에 손을 대고 물러서서'로 시작되는 『염소의 노래』 중의 한 수였다. 나카하라의 시 중에서는 예외적으로 읊기 쉬워서 내 기억에 남아 있었기에, 민도로 주둔 중에도 저녁에 보초를 설 때면 저녁노을에 물든 산을 바라보며 멋대로 곡조를 붙여 읊곤 했다.

그러한 때에도 내가 있었노라.
어린아이에게 밟힌
조갯살.

그러한 때에도 강직한
그토록 그리운 체념이여
팔짱을 낀 채 사라져가노라.

이 시는 당시 적의 상륙을 기다리며 멍하니 지내던 내 기분에 잘 어울렸다.

프리츠는 그런대로 칭찬을 해줬지만, '조갯살'이라는 부분은 의미를 모르겠다고 했다. 물론 나도 '조갯살'에 해당하는 독일어를 몰랐기에 그림을 그려서 설명했다. 나카하라의 시가 독일어로 번역될 기회는 아마도 영원히 없을 테니 독일(獨日) 포로 합작의 번역을 이 기회에 기록으로 남겨두고 싶지만, 이 '조갯살'이라는 단어는 도저히 기억해낼 수 없어서 그만두기로 한다.

어느 날 취사장인 해군하사가 나더러 독일군이 있는 곳으로 데려가 달라고 부탁했다. 하고 싶은 말이 있으니 통역해달라는 것이었다. 거절할 이유가 없었기에 나는 승낙했다.

그는 프리츠에게 주려고 건포도로 만든 포도주를 갖고 갔다. 프리츠는 한 모금 마셔보더니 "굿!"이라고 말했지만, 아무래도 유럽 포도 재배의 북쪽 한계선 가까이에 있는 명주의 산지 주민이 포로들이 담근 포도주를 마음에 들어했을 것 같지는 않았다.

취사장은 취해 있었다. 그가 묻고 싶었던 것은 "당신은 정말로 독일이 패했다고 생각하는가?"라는 것이었다. 이것은 상당히 어려운 질문이었다. 어쩔 수 없이 그대로 전하자 프리츠는 약간 이상하다는 표정을 지으며 "예스"라고 대답했다.

취사병은 "그래? 그렇게 생각하지 마, 독일은 아직 패하지 않았어. 패했다고 생각하지 말라고 전해줘"라고 말했다.

나는 어쩔 수 없이 주석을 달았다.

"그는 당신이 독일이 패했더라도 패했다고 생각하지 않기를 바란다. 동맹국 국민의 한 사람으로서 당신을 위로하려는 것이다."

프리츠는 다시 취사병을 보며 "땡큐!"라고 대답했다. 그러고는 나에게 이렇게 말했다.

"당신들은 아직 실제로 패하지 않았으니까 그런 말을 할 수 있다. 조국이 없어졌다는 것이 어떤 것인지 당신들은 모른다."

실로 그가 말한 대로였다.

"당신이 히틀러를 위해서 싸운 건 그의 주장이 옳다고 생각했기 때문인가?"

"그렇지는 않다. 다만 모두들 그렇게 하니까 나도 그랬을 뿐이다. 지금은 내가 잘못했다는 사실을 알고 있다."

나는 그후에도 자주 그를 방문했고 이후로 그와의 대화가 내게 가장 즐거운 시간이었는데, 어느 날 아침 그는 갑자기 사라졌다. 전부터 그는 미국 본토를 경유해 고국으로 돌아갈 거라고 말했다. 그 밤중에 갑자기 출발하는 비행기 편이 있었다는 것이다.

우리는 이동하게 되었다. 팔로에 건설 중인 새 수용소는, 그곳에 작업을 갔던 외업대의 말에 의하면 이미 정지와 토대 작업이 끝난 모양이었다. 사방 이백 미터의 넓은 부지로, 야자나무가 많고 여기보다 공기가 훨씬 좋다고 한다.

이동 날짜는 역시 내 대하소설을 시나리오화한 작품의 제작 날짜를 보아 대충 확인할 수 있다. 6월 15일에서 7월 17일 사이, 아마도 그 중간쯤이었을 것이다.

노동

레이테 섬 타클로반에서 북방 사 킬로미터 떨어진 팔로에 신설된 수용소는, 철조망 울타리를 두른 사방 이백 미터의 정사각형 부지로, 북쪽 정문에서 폭 사 미터의 도로가 수용소 내부를 통과했다. 그 도로는 문을 들어서서 역시 왼쪽에 두른 철조망 울타리를 따라 삼 분의 이쯤 가다가 왼쪽으로 꺾어 부지 끝까지 이어졌다. 이 울타리로 나누어진 부지 한쪽에 대만인 포로들이 살고, 나머지 열쇠 모양의 땅에 일본인 포로들이 살았다. 부지는 당시 일본인 약 천이백 명, 대만인 약 오백 명에게는 너무 넓어서, 일본인 지구의 뒤쪽 일대는 잡초가 무성한 공터로 남아 있었다. 대만인 지구 뒤쪽의 'ㄱ'자로 꼬부라진 곳 안쪽은 역시 철조망으로 둘러싸인 곳에 오십 명 정도 되는 일본인 장교들이 격리되어 있었다.

1945년 6월 말, 우리가 이 새로운 수용소로 이전했을 때 소내는 겨우 정지 작업과 건물 일부의 상량이 끝난 참이었다. 우리는 우선 진흙 위에 텐트를 치고 지내며 이후로 일 개월 반 동안, 반영구적으로 우리의 숙사가 될 니파하우스를 비롯하여 각종 시설을 건설했다.

우리는 미군 편성에 준하여 중대를 나눴다. 각 중대의 인원은 이백삼십삼 명으로, 5개 중대가 중앙 도로 오른쪽을 가로로 나눈 중대지구를 점거했다. 대대본부, 의무실, 이발소, 쓰레기 소각장은 같은 쪽 입구 부근에 있었다.

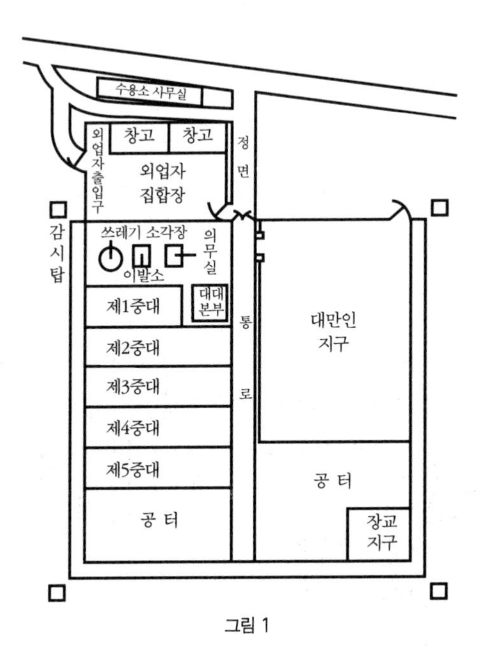

그림 1

문자로 대상을 묘사해야 할 작가가 도형의 도움을 빌리는 것은 굴욕이지만, 초등학교의 진보적 교육 탓에 시각적 효과에 익숙해진 독자들은 우리가 문자로 기술한 것을 우선 도형으로 뇌리에 떠올릴 것이기 때문에, 차라리 도형을 삽입하는 편이 피차 간편할 듯하다. 앞의 그림이 수용소의 약도이다.(그림 1)

중대 지구의 경계에는 편의상 선을 그어뒀지만 이것은 현대 도형 문화의 인습을 따른 것일 뿐 물론 실제로 담이 있는 것은 아니었다. 외부에 있는 미군 시설은 도형 안에 문자를 넣어 표시한 그대로이니 별도로 설명하지 않겠다. 의무실 등 소내에 있는 일반 건물의 기능도 거의 적혀 있는 그대로이나, 상세한 것은 그 기능을 발휘시키는 포로들의 노동과 더불어 추후 설명하기로 하고, 우선 포로들의 평상시 기거와 밀접한 관계가 있는 중대 내의 모든 시설에 관해 구체적으로 설명하겠다.

각 중대지구에 우리는 다음과 같은 건물을 건설했다.(그림 2)

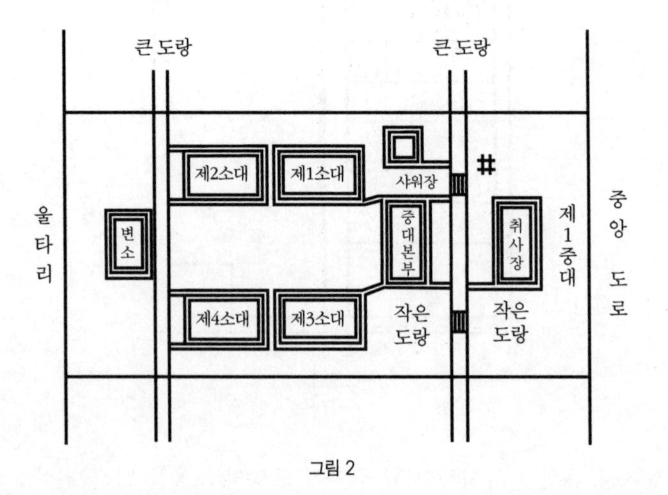

그림 2

각 지구는 가로 삼십 미터 세로 백 미터이다. 지구 내에 대대본부가 있는 1중대를 제외하고, 각 지구 공히 중앙 도로로부터 약 십오 미터는 공터로 소위 앞뜰을 이룬다. 중대가 사용하는 부지는 취사장에서 시작해 그것과 안뜰을 끼고 대치하는 변소까지이다. 그 사이에 그림에 표시한 바와 같은 배치로 중대본부, 샤워장, 네 개의 소대 숙사가 세워져 있다.

우리가 이전했을 당시에는, 3중대까지 취사장이 완성되고 중대본부의 상량이 끝난 참이었다. 우리는 우선 그림에서 안뜰에 해당하는 장소에 텐트를 치고 지내면서 점차 주위에 우리가 주거할 니파하우스를 세워갔다.

"메마른 니파로 이니 니파하우스라 하노라" 하고 포로 중 한 시인이 노래했다. 니파란 줄기가 없는 야자나무의 일종으로 유연한 잎을 60~90센티미터 크기로 엮은 것을 단위로 하여 지붕을 인다. 별도로 마른 잎을 모은 게 아니므로 처음에는 아주 푸른빛으로 보이지만 이윽고 말라서 다갈색을 띠게 된다. 니파야자수 잎사귀로 지붕을 이기 때문에 니파하우스라 부른다.

수용소에서의 주거는 처음에는 미군 규격의 텐트였는데, 전쟁이 끝날 조짐이 보이지 않자 변소를 제외하고는 반영구적인 니파하우스를 포로 손으로 짓도록 하는 것이 미군의 방침이 된 모양이었다.

건물은 모두 삼각형 지붕이었다. 이것은 알다시피 좌우 두 면에 지붕만 올린 간단한 건물로, 미군이 별도로 지정한 게 아니라 포로들 중에 있는 목수가 임의로 설계한 것이었다(필리핀인들의 니파하우스는 대부분 사각형 지붕으로 되어 있다).

우선 삼 미터 정도 길이로 자른 야자수 통나무를 사 미터 간격을 두고 두 줄로 세우고, '삼각'이라고 불리는, 둔각의 정점을 지닌 이등변삼각형 모양으로 짠 대나무를 각각 대칭되는 기둥에 걸친다. 그 정점을 관통하도록 대나무 들보를 올린 다음, 좌우에 마찬가지로 대나무 서까래를 늘어놓고, 다시 대나무 횡목을 이으면 건물의 골격이 완성된다. 나머지는 지붕과 건물 전후에 노출된 '삼각'을 니파로 잇고 처마를 낸 다음, 각 '삼각'의 밑부분을 두 개의 대나무 기둥으로 받쳐주고, 주위를 대나무 조각으로 두르면 끝이다. 통로는 '삼각'을 지탱하는 중간 기둥 사이로 뚫렸다.

이것이 중대본부 및 각 소대 숙사의 기본형이지만, 취사장만은 약간 달랐다. '삼각'을 지탱하는 중간 기둥이 없고, 입구는 뒤쪽에 하나뿐이며, 앞쪽을 허리 높이까지 전부 막고 식량을 분배하는 창구만 설치했다.

미군이 자재를 운반해오면 포로들은 원기왕성하게 작업에 착수했다. 1,2중대의 포로들은 이미 옛 수용소에서 니파하우스를 지은 경험이 있었다. 그중 민첩한 자가 지붕에 올라가 노래를 부르며 철사로 대나무를 엮고 니파를 깔았다. 중대뿐만 아니라 각 소대끼리도 경쟁을 했다. 입소한 지 얼마 안 되는 허약하고 미숙한 포로들이 많은 3, 4, 5중대는 애를 먹었지만, 그래도 일 개월 후에는 전부 완성했다.

그동안 수용소 밖에서 미군을 위해 하는 작업, 즉 외업은 중지되었다. 물론 작업은 명목적인 것이고 아무리 생각해도 우리가 누리던 의식주 플러스 삼 달러의 봉급, 그리고 하루 팔 센트의 작업수당에는 걸맞지 않았다. 외업에서 우리는 과분한 수당을 받았다. 그러나 우리들의 주거를 짓는 노동에서는 훌륭하게 일을 해치웠다. 우리들의 숙사이기에 매일같이 모두가 전력을 다해서 일한 것이다.

우리 숙사를 우리 손으로 세운다는 작업의 성질상, 옛 일본군인 우리 사이에 처음으로 데모크라시가 생겨났다. 즉 각 소대 모두 바쁘다는 구실로 중대본부와 취사장 건설에 사역을 보내기를 거부했기에 각각 그 구성원이 일하는 수밖에 없었다. 1, 2중대는 상량이 끝난 상태라 내부의 바닥을 돋우고 주위에 대나무를 두르면 끝이었지만, 나머지 3개 중대는 전혀 손을 대지 않은 상태였기에 특권의식에 젖어 있는 간부들에게는 타격이 되었다.

특히나 비참했던 것은 대대본부였다. 옛 수용소에서는 일본인 대표자 이마모로가 미군과의 절충을 전담하며 전제적 권력을 향수했지만, 새 수용소로 옮기면서 소내가 중대조직으로 개편되고 각 중대에 미군 하사관이 배속된 이후로 권력은 분할되고 감소됐다. 이제 그는 대대장으로서의 상징적 존재에 불과했다.

예전에 현재의 중대장, 소대장 등의 간부들을 한 동에 모아뒀던 대대본부는 일곱 명의 직속 스태프만 두게 되었다. 즉 부장인 오라와 서기인 나카가와, 통역인 사쿠라이, 급사 두 명이었다. 이 인원만으로 숙사를 세운다는 것은 사실상 불가능했기에, 그들은 결국 텐트 주위에 담을 쌓는 데 그쳤다. 이마모로가 화를 내며 급사 두 명을 지휘해서 대나무 조각을 땅에 박는 광경은 그의 권력 실추를 의미하는 최초의 표현이었다.

그가 몰락한 원인이 된 중대 담당 서전트*들은 우리가 각각의 니파하우스를 완공했을 무렵 도착했다. 그들은 1개 중대에 한 명씩 배속되어 매일 중대본부에 머물면서 미군 수용소장의 지령을 전달하고, 이를 준수하는지를 감독했다. 그들은 또한 아침저녁으로 중대마다 점호를 했다. 이것도 종래에 이마모로가 지녔던 중요한 보좌적 역할의 하나로, 그 세력의 유력한 근원이었다.

내가 통역으로 소속된 제2중대의 서전트는 웬돌프라는 독일계 미국인이었다. 금발 벽안에 키가 작았기에 꼭 프랑스인처럼 보였다. 나는 그가 남부 독일의 농민 출신이리라고 상상했다(Wendorf의 dorf는 마을이라는 뜻이다). "독일인인 당신이 독일과 싸우는 것은 이상하지 않은가?"라는 내 질문에 대하여 "우리가 미국에 온 것은 아주 옛날이다"라고 그는 대답했다.

그의 직업은 디트로이트의 자동차 공장 사무원으로, 소집된 지 벌써 삼 년이라고 하는데, 그다지 군인 냄새를 풍기지 않는 미군들 중에서도 특히 그는 군인 분위기가 나지 않았다. 고사포대원으로 키스카, 마샬** 등을 전전한 후, 이제는 이 한가로운 직책을 맡아 제대를 기다리는 일만 남은 모양이었다.

그는 대대본부와 우리의 관계를 즉시 이해하고, 우리와 함께 이마모로를 무시하며 즐거워했다. 예를 들어 우리가 매일 아침 미군 창고에서 수령하여 저녁 때 반납하는 용구(곡괭이, 삽, 칼 등은 흉기라서 수용소 내에 보관할 수 없었다)의 할당도, 전에는 이마모로가 관장했지만 곧 서전트의 손으로 넘어갔다. 매일 아침 우리는 그에게 메모를

---

* 미군 하사관. 여기서는 일본 하사관과 혼동되지 않도록 '서전트'로 표기한다.

** 미군은 일본군을 패퇴시키기 위해 1942년 2월 마셜 제도를, 같은 해 8월 알류샨 열도의 키스카 섬을 공격했다.

받아 문밖 창고로 수령하러 갔는데, 각 중대가 마구 요구하는 바람에 금세 수량이 부족해졌다. 대대본부에는 따로 직속 미군이 없었기에 오히려 불리했다.

용구를 짊어지고 대대본부 앞을 지나가는 포로들을, 히스테리를 일으킨 이마모로가 강습하여 용구를 도로 위에 흩뜨린 사건을 계기로 수용소장에 대한 이마모로의 간청이 효과를 발휘해 용구만큼은 이마모로가 일괄 수령하여 각 중대에게 분배하도록 수용소장이 중대 담당 서전트에게 지령을 내렸다. 이마모로는 다시 거드름을 피우기 시작했지만 우리도 질 수는 없었다. 서전트로부터 특별 요구서를 받아서 이마모로를 괴롭혔다. 이마모로가 미군의 창고 주임을 믿고서 버티면, 웬돌프가 직접 창고 주임에게 담판을 지으러 가서 억지로 요구하는 수량을 갖고 왔다. 그들 사이에도 우리와 이마모로 사이와 비슷한 관계가 있었는지도 모른다.

'이마모로'에 대한 우리의 울분은 상당 부분 해소되었다. 그는 오랫동안 저항했지만, 이윽고 포기하고는 우리를 '너희들'이 아니라 '당신들'이라고 부르게 되었다. 월급쟁이 출신으로 원래부터 겸손하던 오라는 '여러분들'이라고 불렀다.

중대별로 식량을 나누는 권한만큼은 여전히 이마모로의 수중에 있었지만, 그가 예전처럼 고참 포로들이 많은 1, 2중대를 편애할 이유가 없어졌기 때문에 오히려 공평하게 행해졌다. 이리하여 옛 수용소의 일본식 전제주의는 각 중대에 서전트가 배속됨과 동시에 소멸됐지만, 중대 내부는 반드시 그렇지만도 않았다. 중대장을 비롯하여 각 소대장, 취사장 등은 여전히 보스였다. 그러나 그 권력은 옛 수용소에서 이마모로가 하늘 같은 미군 수용소장의 힘을 빌려 행사하던 권력에는 미치지 못했다. 서전트가 상주하며 직접 지령을 내리고 감독했기 때문이다. 그들 세력의 근원은 오히려 그 지령을 얼마나 포로들에게 유리하게끔 얼버무리는가를 과시하고 포로들의 태만에 기대어 인기를 얻는 데 있었다. 대신에 서전트의 대변자 격인 통역이 미움을 받게 되었다.

포로 1개 중대(Company)의 편성을 다시 소개하겠다.

중대장 Leader	1
중대본부 Head quarter or Overhead	20
소대(4) Platoon(장을 포함)	53×4=212
	계 233

소대는 다시 각각의 장을 포함하여 열세 명으로 구성되는 4개 분대로 나뉜다. 중대본부의 직제는 다음과 같다.

서기 Clerk	1
보조 CQ(Charge of Quarter)	3
취사원 Cook(장Mess-Sergeant 1을 포함)	8
위생병 Medic	2
청소계 Sanitation	2
이발사 Barber	2
급사 Boy	2
	계 20

우리 제2중대의 중대장은 히와타시라는 해군 하사였다. 그는 10월 25일 이른 새벽 레이테와 민다나오 사이의 수리가오 해협으로 향한 제2전투대에 속해 있던 구축함 승무원으로, 전투대가 궤멸당한 후 꼬박 하루를 헤엄친 끝에 미군 함정에 구조됐다. 레이테의 해군 포로들은 대부분 소위 '야마시로 후소 조'의 생존자들이었다.

히와타시는 서른두 살로, 요코스카의 전기 기구상이었다. 흔히 말하는 해군 기술자다운 성격을 과장하여 생각할 필요까진 없어도, 그는 정말로 기술이 좋았다. 정지 작업, 도랑 파기 등의 거친 작업부터 각종 목수일, 목공, 재봉에 이르기까지 못하는 게 없는 만능의 재능을 과시했다. 미군 병사들은 자주 그에게 항공재료인 두랄루민 조각을 갖고 왔는데, 그것으로 손목시계의 버클을 만드는 것이 그의 특기였다. 보수로 받은 담배를 그는 착실히 모았다.

그는 중대본부 앞에 한 평 정도의 작은 정원을 만든 뒤 미군 작업장에서 주워온 가느다란 철관을 묻어 분수를 솟게 했다. 물탱크는 석유통을 정원 뒤쪽에 이 미터 정도의 높이로 설치하고, 앞에 게시판을 세워서 가렸다. 물이 끊기는 대로 채우는 것은 급사의 역할이었다.

웬디(우리는 웬돌프를 이런 애칭으로 불렀다)는 이 분수를 마음에 들어하며 순시 장교나 다른 중대 담당 서전트들에게 자랑했지만, 상대방은 그다지 탐탁해하는 표정이 아니었다. 포로가 주택을 보기 좋게 짓는 것은 장려할지라도 감상용으로 장식하는 것은 신분에 어울리지 않기 때문이다.

히와타시가 수많은 옛 동장들 가운데 다섯 명의 중대장 중 하나로 뽑힌 것은, 포로로서의 연공 외에도 분명 이러한 작업상의 재능을 인정받았기 때문일 것이다. 그는 옛 수용소 건설 초기, 포로들이 텐트 흙바닥에서 자던 무렵부터 각종 설비 개선에 공헌했다. 게다가 항상 솔선해서 일했다.

보통 키에 뒤통수가 튀어나오고(즉 짱구였다) 눈썹이 짙고 눈은 움푹하고 납작한 코에 입은 컸지만 입술이 얇았다. 넓은 코 밑으로 콧수염을 기른 것이 전체적으로 가라스텐구*와 비슷했다.

아직 독신으로, 상대방이 변심하지 않는 한 각지의 항구에 거느린 여자들을 바꾸지 않는다는 것이 그의 자랑이었다. 요코스카의 여자와는 칠 년이나 관계를 유지하고 있다고 했다.

그는 육체적으로만이 아니라 정신적으로도 재주가 있었던 것 같다. 중대장의 역할은 앞에서 언급한 것처럼 미군의 지령과 포로의 고집 사이에 완충지대를 만드는 것이었는데, 우선 그와 직접 관계된 일에서는 포로들의 대표자인 소대장들을 어떻게 조종하는지가 문제였다. 그리고 그가 그 사이에서 취한 정책은, 한마디로 말해 기지와 배짱으로 소대장들의 갖가지 요구를 얼버무리는 것이었다.

이러한 재주꾼이 조국을 위해 얼마만큼 목숨을 걸었는지는 다소 의심스럽다. 그가 탄 배는 전투력을 상실한 후 오로지 육지를 향해 돌진하다가 해안에 도착하기 전에 격침당했는데, 그가 그 배에서 끝까지 최선을 다한 것은 순전히 습관 때문이었을 것이다. 그는 훗날 일본이 항복했다는 소식을 듣고도 가장 동요하지 않은 포로 중 하나였다.

네 명의 소대장도 모두 하사였는데, 중대장만큼의 재주는 없었기에

* 烏天狗, 까마귀 모양의 부리와 날개를 지녔다는 괴물.

모두 그에게 조종당할 만할 정도로 어리석었다. 물론 그렇다고 그들이 그만큼 군인으로서 헌신적이었을 거라고 상상할 이유는 없다.

제1소대장인 요시오카 하사는 미토의 농민이었다. 나이는 중대장보다 두 살 정도 위로 보였다. 키가 크고 혈색이 좋으며 우락부락한 얼굴에 목소리가 굵었다. 그는 대원들 개개인과 인간적 관계를 유지하려 했으며, 특히 젊은 포로들을 좋아했다. 그의 소대에는 일을 잘하는 고참 포로들이 많았기에 분위기가 원만했다.

그는 중대장과 마찬가지로 수리가오 해협으로 향한 순양함의 승무원으로, 군번상으로는 중대장과 별로 차이가 없었기에 중대장은 그를 특별히 우대했다.

제2소대는 예전에 중대장이 담당했던 동의 구성원들로 이루어지고, 소대장은 옛 반장(현재는 분대장) 중 선임자가 승격되었다. 따라서 별다른 위엄이 없었기에, 각 분대장은 독립해서 대원들을 장악하고는 오히려 소대장과 대립했다. 중대장 직할로 하면 혹시나 통제할 수 있을지도 모르지만 중대장은 그 책임을 회피했다.

소대장인 오카다 하사는 안색이 나쁘고 키가 작은 사내였다. 시코쿠 산속의 농민으로, 농민의 불평과 신중성을 대표하는 듯한 인물이었다. 그도 자주 미군의 지령에 불복했는데, 단지 각 분대장들로부터 공격당하는 것이 두려워서인 모양이었다. 시종 불평만 늘어놓고, 소대장들 중에서 가장 생기가 없었다.

제3소대장 히로타는 활달하고 수다스러웠기에, 어떤 의미에서는 소대장들 중에서 가장 생기가 있었다. 포로라는 불안한 상태에서 이러한 활달함은 일종의 은폐 행위로 보이기도 했지만, 이것은 아무래도 나의 지나친 편견과 오해였던 듯하다. 사실 그는 겉으로 보이는 그대로의 인간에 불과했다. 그는 포로들이 하는 모든 작업을 건성으로 했는데, 그것은 그가 옛날부터 일상 생활을 그런 식으로 해온 탓일 것이다. 그의 방자한 행동이 결과로 발생하는 실제적인 불편 때문에 결국 중대장에게 따돌림을 당하고 부하들에게도 경멸당했다.

히로타는 아직 스물일곱 살의 젊은 나이였지만 콧수염 때문에 서른도 넘어 보였다. 구마모토 현 출신으로, 둥근 얼굴과 두툼한 뺨이 순진한 인상을 주었다. 다소 거드름 피우듯이 양손을 축 늘어뜨리고 조심성 없이 걸었다. 그는 사람들이 모인 장소에 끼어들 때면 반드시 무슨 용건이나 감상을 큰 소리로 지껄이며 끼어들었다.

그 역시 수리가오 조의 순양함에 타고 있던 승무원이었는데, 이전에는 미드웨이에서 충돌로 침몰한 순양함을 탔었다. 처음 승선한 배가 침몰해 다른 곳으로 전속된 해군 병사의 입장은 비참했던 듯하다. "나는 어차피 침몰한 배의 승무원이야"라는 말이 그의 입버릇이었다. 그의 배는 미드웨이 해전의 마지막 단계에서는 육상 기지를 포격할 수 있는 위치까지 도달했지만, 이때 갑자기 후퇴 명령이 내려진 것이, 그의 말에 의하면 해전에서 패한 원인이다.

그는 이따금 나의 '자유주의'를 비웃었다. 그는 우익 단체에 소속되어 있었던 모양이다. "나를 위해 언제라도 목숨을 버릴 인간이 전국에 십만 명은 있다"고 그는 말했다. 물론 그는 진지하게 그렇게 믿고 있었다. "그토록 고매한 단체를 운영할 돈이 어디서 나옵니까?" 하고 내가 묻자 "외국에서 조달한다"고 대답했다.

그는 어렸을 때 신이 들려서 잠시지만 천리안과 예언의 능력을 발휘했다고 한다. 당시 구마모토에서 살인사건이 발생했는데 흉기를 발견하지 못해 범인을 단정하지 못한 적이 있었다. 검사는 평판이 좋은 히로타 소년을 시험했다. 결국 일곱 살인 히로타가 천리안으로 내다본 강바닥에 흉기는 없었다. 이 검사는 훗날 수필가가 되어 사건을 회상하며, 히로타를 '거짓말쟁이 소년'으로 단정했다는 것이다. 그러나 이것이 히로타의 자랑거리 중 하나였다. 한마디로 그는 정신박약자에 불과했다.

제4소대장 우에무라 하사는, 필리핀 앞바다에서 해전이 벌어졌던 날 산베르나르디노 해협에서 출격한 소위 '야마토 무사시 조'의 구축함 승무원이었다. 배는 싸움에서 돌아오는 도중 10월 26일 민도로 섬 부근에서 격침되고, 그는 일린 섬으로 헤엄쳐 갔다(이 섬은 내가 주둔하던 산호세의 맞은편에 있다). 주민들은 그를 일본군이 있는 곳으로 안내하겠노라며 본도*로 데려갔는데, 이윽고 그가 어느 필리핀인의 집에 들어서자 안에는 미군이 기다리고 있었다. 그는 그 배의 유일한 생존자였다.

나이는 스물일고여덟 정도로, 보통 키에 씨름꾼처럼 떡 벌어진 체구였다. 커다란 얼굴도 어깨만큼이나 넓게 벌어지고, 턱도 큼직했다. 목은 무슨 질환 탓인지 왼쪽으로 기울어져 있었다. 그는 이 결점을 평소에는 교묘하게 숨겼지만, 가령 씨름을 할 때처럼 잔뜩 힘을 써야 할 경우에는 드러났다.

그의 성격상 특징은 자만하기를 좋아한다는 점이었다. 용기, 애국

---

* 本島, 루손 섬을 말함.

심, 인심, 자제심 등, 온갖 통속적 미덕이 그의 과시의 대상이었다. 물론 여자에 관해서도 용모와 정력을 자랑했다.

반장이던 그가 소대장으로 발탁된 것은 이러한 자기과시의 결과였다. 그는 고참 포로들에게는 아부하고 부하들에게는 윗사람의 비호를 뽐냈지만, 그만큼의 실질이 따르지 않았기에 이윽고 고참들에게 경멸당하고 부하들에게 따돌림을 당했다.

미군의 지령에 의하면 소대장들은 각자 자기 소대의 숙사에 기거하도록 되어 있지만 그들은 그 지령을 지키지 않았다. 중대본부에 기거하며 중대장과 함께 본부 소속의 급사가 날라오는 특별요리를 먹는 것이 그들이 보스임을 인식하는 불가결한 조건인 모양이었다.

서기 및 CQ는 일반 병사들이 사무에 관해 무지한 덕택에 다소나마 존경을 받았지만, 특별요리가 지급되지 않는 것만 봐도 알 수 있듯 실질적인 지위는 소대장보다 아래였다. 서기는 중대의 공식 서류 및 인사를, 세 명의 CQ 중 하나는 통역을, 하나는 피복을, 또하나는 잡무를 담당했다. 그들은 한마디로 월급쟁이 출신의 허약한 병사가 포로가 된 덕택에 출세한 것에 불과했는데, 각각의 성격에 관해서는 이미 다른 장에서 설명했기에 반복하지 않겠다. 나는 통역 CQ였다.

취사장인 나카무라의 지위도 사무직보다 위였다. 그도 해군하사로, 역시 수리가오 해협에서 침몰된 노후한 전함의 주방장이었다. 성품은 일단 원만하고 깔끔한 편이라 하겠다. 피부는 희고 자그만 체구와 웃음 띤 얼굴에 익살과 농담으로 일곱 명의 부하를 다루며 중대장과 소대장에게는 아부했다. 유행가와 창을 잘 불렀다.

그의 외교술은 중대장이 하는 짓과 아주 흡사했지만, 그가 막대한 인원을 실은 전함의 승무원이었고 중대장은 저돌적이자 일치단결하는 구축함의 승무원이었다는 점에서 서로 마음가짐이 달랐던 듯하다. 즉 그의 외교가 팔방미인식으로 누구에게나 무작정 장단을 맞추는 것에 반해 중대장의 외교에는 목표가 있었다.

그가 큰 소리 치는 모습은 한 번밖에 본 적이 없다. 제3소대 분대장과 그의 부하 취사원이 다투어서 우익 성향에 쉽게 흥분하는 소대장 히로타가 칼을 두 자루 들고 그에게 결투를 요청했을 때로, 그는 마침 침대에서 책을 읽고 있던 참이었다. 그는 "덤벼봐!" 하고 외치며 일어났다. 메마른 군대식 목소리였다. 이때 나는 그가 역시 군인이라는 사실을 인식했지만, 그 얼굴은 가면처럼 보였고 동작은 연극 같았다. 연극은 정신박약자인 히로타가 결투를 신청하는 말에서도 느껴졌는데, 두 사람은 예상대로 주위 사람들의 만류를 받아 건포도로 만든 밀주를 잔뜩 마시고는 '비 온 뒤에 땅이 굳는다'는 식으로 이전보다 사이가 좋아졌다.

일곱 명의 취사원은 일일이 설명할 필요가 없으리라 생각한다. 그들은 모두 젊고 원기왕성했으며, 일하는 자의 자기 만족과, 식사라는 포로들의 중대사를 관장하는 데 기인하는 존경에 익숙한 자부심을 보였다. 그들은 하루 종일 쾌활하게 노래를 부르며 요리를 만들었고, 포로들의 아부에 기분 좋게 응수했다. 이러한 인종들은 수용소나 군대에서가 아니면 볼 수 없다. 상부로부터 지급된 물건을 중개 처리함으로써 위세를 부리는 예는 예로부터 관료들에게서도 찾아볼 수 있지만, 음험한 관료들에 비해 취사원들이 훨씬 쾌활한 것은, 지급된 물건이 다름 아닌 음식이라는 인간 생존의 제1조건인 만큼 인민들이 그들

없이는 살아가지 못하리라는 자신감이 있기 때문일 것이다.

두 명의 이발사는 의무실 곁의 숙사에 포로들을 2개 중대씩 번갈아 모아놓고 그 직책이 상징하는 작업을 행했다. 처음에 포로들은 모두 까까머리였지만, 전쟁이 끝난 후에는 귀환에 대비해 머리를 기르는 사람들이 늘었다. 중대 소속의 서전트들도 일본인이 아메리칸 스타일로 이발해주는 것을 신기하게 여겼을 뿐만 아니라 그들의 근무시간 중에 개인적 볼일을 처리할 수 있다는 점도 편리했기에 자주 들렀다.

이발사는 원칙적으로 직업 이발사가 담당했는데, 그것으로는 인원이 부족했기에 일반 포로들 가운데 솜씨가 있는 자를 뽑아 썼다. 우리 2중대에서는 본직이 한 명, 아마추어가 한 명이었다.

본직인 스다는 서른이 넘은 보충병이었다. 중일전쟁 초기에 참가해서 난징(南京)에 입성했다. 그는 난징뿐만 아니라 그후의 주둔 생활 중에 자행한 폭행사건에 관해서도 기꺼이 상세히 이야기했는데, 쾌활하고 담백한 그의 어조에는 나쁜 짓을 했다는 자각이 전혀 없어 보였다. "무슨 일이건 입성식에 맞춰야 했으니까 그렇게 행군하고 술을 마셨으니 병사들로서도 어쩔 도리가 없었지"라고 그는 말했다.

스다는 히로사키 출신으로, 키가 작고 마른 체구에 도호쿠 지방 사람답게 피부가 희고 수염이 짙었으며 친절하고 수다쟁이였다. 이 쾌활한 인물에게서 난징사건*의 흔적을 상상하는 것은 불가능했다.

아마도 부녀자에 대한 폭행이나 일반적 성행위에 대해서 우리는 일부일처제의 결과라 할 수 있는 편견을 지니고 있는 게 아닌가 생각한

---

* 중일전쟁 중 일본군이 자행한 대학살로, 약 30만 명의 중국인이 목숨을 잃었다.

다. 매춘부에게 물어보면 잘 알 수 있을 것이다. 스다는 중국인 부녀자들이 전혀 반항하지 않았다고 말했다.

스다의 말을 듣고, 그의 이발소 동료이자 역시 중일전쟁의 경험자인 사가라 중사가 자신의 경험을 말했다. 단 그가 직접 행한 짓이 아니라 목격한 광경이었다.

난징 교외의 제방 위에 옷이 찢겨져 반라가 된 여자가 넋을 잃은 듯 다리를 뻗은 채 버드나무에 기대어 앉아 있는 광경이었다. 구체적으로 묘사하지는 않겠지만, 내가 놀란 것은 그 처참한 광경이 아니라 이야기하는 사가라의 담담한 태도였다.

그는 아카바네의 금속 세공인으로, 직업에 어울리게 정중하고 점잖은 사내였다. 자신은 결코 폭행에 가담하지 않았다는 그가 아무런 감정도 없이 동포의 폭행에 희생당한 사람의 모습을 설명하는 것이었다.

이러한 무관심은 분명 습관의 결과였다. 그러나 만약 그 행위 어딘가에 사람을 무관심하게 만드는 근거가 없다면, 사람을 그러한 상황에 익숙해지게 만들 수는 없다. 예를 들어 사람은 전쟁터에서도 결코 살인에 익숙해질 수 없다.

나는 결코 폭행을 시인하는 것은 아니다. 다만 남이 과장되게 말한 부분을 지적하고 싶을 뿐이다. 수천 년 이래로 전쟁에는 폭행이 뒤따랐다. 그러나 이 결합에는 그다지 필연성이 없다. 그렇기에 전쟁에 수반되는 폭행을 근절하기 위해서는 전쟁 자체를 포기하는 것이 지름길이다. 탕아는 매춘부에게는 항상, 남편은 아내에게는 이따금 폭행자가 된다. 폐창운동을 하건 주부의 권위를 주장하건, 거리에는 매춘부가 사라지지 않고 아내가 결국 남편을 따르게 되는 이상, 매춘과 결혼의 원인인 재(財)를 없애버리는 것이 지름길일 것이다.

청소 담당의 임무는 음식 찌꺼기와 쓰레기를 이발소 뒤 소각장으로 가져가 태우고, 중대지구 내의 도랑 및 변소에 석유를 뿌리는 일이었다. 이 역할은 본부 내에서 가장 신통치 않은 업무로, 그에 따라 이 직책을 담당하는 인물도 신통치 않았다. 한 사람은 아이치 현의 보충병, 또 한 사람은 가고시마의 징용 어부였다. 마흔이 넘은 두 사람은 묵묵히 그 업무를 수행했다. 포로 생활을 이토록 아무런 감정적 반응도 없이 보낼 수 있는 사람도 있다.

급사 하나는 열여덟 살, 또하나는 열다섯 살로, 본부 건물 안팎의 청소와 중대장과 소대장의 식사 및 기타 잡무를 담당했는데, 이것은 대수로운 일이 아니었기에 오히려 본부 사람들의 애완물이 되는 것이 주된 역할이었다.

이러한 역할을 담당하는 인물이 두 명인 경우에는 그들 사이에 인기의 우열이 생기기 마련이다. 그리고 대개의 경우 어린 쪽이 이긴다.

열다섯 살 소년은 다미야라는 징용 선원으로 배에서도 급사 일을 했다. 가나자와 부근 농가의 아들인데, 열두 살이 되던 해부터 배를 탔다고 하니 무슨 사정이 있었던 모양이다. 피부가 희고 귀여운 얼굴이어서 쾌활한 제3소대장은 "틀림없이 게이샤의 양자일 거야"라고 말했다.

그가 탄 배는 5월 중순 민다나오 북부 해안에서 필리핀인의 습격을 받았다. 승무원은 전원 살해됐지만 그만은 소년이라는 이유로 목숨을 건졌다. 그가 그 장면을 이야기하는 모습이 너무도 솔직 담백해서 정신박약이 아닌가 싶을 정도였다. 아무리 초등학교 중퇴라고 하지만 그는 두 자릿수 계산도 하지 못했다.

그는 매일 밤 누군가의 침대에서 동침했다. 어른들이 그에게 무엇을 가르쳐줬는지는 모르나, 소위 '동성애' 행위는 없었던 듯하다. 어른들 사이에 다툼은 없었다. 오로지 그가 수많은 어른들에게 사랑받은 탓에 타락했을 뿐이다. 중대장은 포로들과 여가를 이용해서 그를 재교육하려 했지만 소용없었다. 그의 심야 원정은 차츰 중대 밖에까지 이르렀다. 그러던 중 그는 어른들이 모두 자기에게 매료됐다고 느끼지 않으면 성에 차지 않은 모양이었다. 나의 무관심이 마음에 걸렸던지, 어느 날 저녁 숙사 입구에 서 있는 내 곁으로 와서 손을 잡았다.

열여덟 살의 요시다는 어두운 성격의 해군 지원병이었다. 그는 자진해서 다미야보다 못한 지위에 서서, 다미야에게 어른들과 노닥거릴 시간을 주기 위해 혼자 일을 도맡아 하곤 했다. 아마 그도 다미야를 사랑했던 모양이었다. 그는 나가노 현의 농민 고아로, 어려서부터 고생을 많이 한 듯했다. "남의 밥도 같은 곳에서 삼 년을 먹으면 이미 남이 아니지"라는 것이 그가 자신하는 철학이었다.

그 외 위생병이 둘 있는데, 옛 수용소의 습관대로 의무실 소속이라서 낮에는 의무실에 머물며 치료를 하거나 입원환자를 돌보고, 밤에만 잠자러 돌아왔기에 침대는 항상 비어 있었다. 이윽고 그것조차 불편하게 느꼈는지 의무실과의 거리를 핑계 삼아 제2소대 맨 뒷자리로 옮겼다.

그들은 모두 일본군 위생병으로, 옛 수용소에서는 소위 '병동'에 모여서 별천지를 이루며 제법 일본군 시대 같은 허세를 부렸지만, 새 수용소의 중대편성에 따라 각 중대로 분산되어 중대장의 지휘하에 들어가 중대 환자들을 책임지게 되자 곧 점잖아졌다. 그러나 그들은 여전히 중대원들과 친해지지 못하고, 밤에는 의무실에서 놀았다.

이상 나는 우리 중대본부를 구성하는 사람들에 관해 순서대로 설명했다. 따분해진 독자들은 혹시나 내가 이런 식으로 중대원 전원에 관해서 쓰는 게 아닌가 걱정했을지도 모르나 안심해도 좋다. '포로 명부와 경쟁한다'는 것은 이 기록을 쓰기 시작한 이래로 끊임없이 나의 뇌리를 스친 꿈이었지만, 그때마다 나는 '열거의 따분함'이라는 장애에 직면하여 좌절했다.

수용소에서 나의 권태감을 다소나마 해소해준 이 사람들을 나는 항상 그립게 생각한다. 그들이 내 정신과 감정의 테두리에 와닿았던 모습 그대로를 남김없이 내 기록에 담고 싶지만, 결국 열거로 인해 독자와 나 자신을 따분하게 만들면 안 되겠다는 생각에 내 붓놀림도 둔해지고 만다.

'전형적인 사람을 골라 묘사하면 된다'고 비평가들은 말할지 모른다. 그러나 포로에게 전형이란 것이 있을까? 수인들에게는 인간을 틀에 맞추는 '행위'라는 것이 없다.

만약 내가 소설가라면, 갖가지 사건을 설정하여 인물을 약동하게 만들 수 있을 것이다. 그러나 포로들 사이에는 행위가 없기 때문에, 본질적인 의미의 '사건'이라는 것이 없었다. 포로 소설에 보이는 사건은 모두 허위이거나 과장이다.

귀환할 때까지 철책 안에서 지낸 단조로운 나날을 요령 없이 순서대로 엮어가는 내 기록에, 그들이 전부 등장할 기회가 있기를 바란다.

소대는 다시 4개 분대로 나뉘어 각각 한 명의 분대장을 두었다. 열두 명에 불과한 포로들의 장에 관해 특별히 우두머리로서의 특징을 과장하여 소개할 필요는 없을 것이다. 그들은 옛 군대의 습관에 따라 '반장'이라 불렸지만, 대원들은 모두 평등하게 포로라는 신분이니 그들의 명령에 복종할 의무는 없다고 생각하고, 다만 불평을 늘어놓기에 가장 부담 없는 상대 정도로 여겼던 듯하다.

일반 포로들의 의무는 작업이다. 작업은 외업과 내업으로 나뉘었다. 외업 즉 외부작업이란 이미 소개한 바와 같이 수용소 외부로 나가 미군 작업장에서 일하는 것이고, 내업 즉 내부작업은 소내의 개선 및 매일의 정돈을 말한다.

외업은 작업장에서 미군 수용소장에게 요구하는 숫자에 맞춰 대대본부가 중대에 공평히 할당했다. 인원은 처음에는 총원의 약 반수였는데, 나중에는 포로는 전원 하루에 여덟 시간, 일주일에 육 일을 일해야 한다는 상부의 지령(소문에 의하면 맥아더)에 따라, 전날 아침에 당일의 가동 인원을 미리 신고하고 작업장은 반드시 전원에게 일을 부여해야 했던 모양이었다. 어쩌다 생기는 잉여 인원에게는 각 중대장이 내업을 만들어줘야 했다.

이렇게 일하는 포로들을, 나는 단순히 부지런한 사람과 게으른 사람의 두 종류로밖에 판별할 수 없다. 그 사람의 개인적인 성격이 어떻건, 멍청하건 영리하건, 노동이라는 조건하에서는 아무런 상관도 없었다.

부지런한 사람이란 육체적 활력을 소모할 생리적 필요성을 지닌 자, 혹은 현재 우리가 주택, 식량, 피복을 지급받고 있는 상황이 자신에게 무엇을 부과하는가를 이해하는 자이고, 게으른 사람은 그 정반대를 말한다. 육체적으로 게으른 사람은 지나치게 비만하거나 혹은 신체 허약자이고, 정신적으로 게으른 사람이란 갖가지 사회적 의무를 최소한으로 부과하는 경제성이 몸에 밴 자이다. 이 차이는, 모두가 일하지 않으면 먹고살 수 없는 낙원이 출현하더라도 아마 없어지지 않을 것이다.

포로들 사이에는 노동이 없는 곳에서도 이러한 차이가 나타났다. 예를 들면 우리 중에는 오십 명에 한 명 비율로 팔이 없거나 아직 안심할 수 없는 흉터를 지닌 자, 소위 폐인(invalid)이 있었는데, 이렇게 노동의 가능성을 박탈당한 인간들 사이에도 부지런한 사람과 게으른 사람이 있었다. 게으른 사람은 노동이 불가능한 상황을 오히려 기뻐하며 하루 종일 침대에 누워 있지만, 부지런한 사람은 자발적으로 그들이 할 수 있는 유일한 노동, 즉 숙사 내외의 청소를 일과로 삼았다.

한쪽 어깨뼈가 부러진 제3소대의 포로 하나는 매일 아침저녁으로 숙사 안팎뿐만 아니라 중대의 안뜰까지 넓은 공간을, 자유로운 쪽의 손을 움직여서 쓸었다. 다른 포로들은 일하는데 아무것도 하지 않고 있으면 마음이 괴롭다고 그는 말했다.

그러고 보면 노동을 좋아하고 싫어하고는, 아마도 그 사람의 육체적 조건이 아니라 정신 상태에 달린 모양이었다.

외업에 나간 포로들은 하루 여덟 시간 일하고 팔 센트의 보수를 받았다. 이것은 삼 달러의 봉급과는 별도로, 수용 중에는 지급하지 않고 적립해뒀다가 송환 때 지급한다는 것이었다.

또한 중대본부원들은 하루에 십 센트를 받았다. 그들의 근무는 사실 외업보다 편했기에 이는 부당하다면 부당했지만, 관료란 어느 단체에서나 필요한 듯했다.

팔 센트를 받는 노동자들 중에서도 소수의 노동 귀족이 생겨났다. 바로 목수와 화가였다.

목수는 군대의 주둔 생활에서 유용한 기술이기에 목수 출신 병사는 언제나 상관의 특별한 사랑을 받았다. 포로들 사이에서도 수용소의 자주적 설영에서 유용했고, 울타리 밖의 미군 가건물 건조나 수리에도 뽑혀갔다. 일본인 목수의 솜씨는 전 세계에 알려져 있기 때문이다. 미군이 시종 일본인 목수를 사용하는 것은 우선은 부리기 편리한 포로라는 점도 있었겠지만, 일본인 목수의 우수한 솜씨가 아니었더라면 그렇게까지 인기는 없었을 것이다. 목수는 대체로 중대에 한 명 비율이었는데, 이들은 일반 외업자들과 달리 자유로이 정문을 드나들었으며, 담배와 초콜릿이 떨어지는 때가 없었다.

진짜 화가는 수용소에 한 사람도 없었다. 우리 중대에 있는 두 명은 심심풀이로 이 개월 정도 배운 자와 수채화가 조금 능숙한 자였는데, 전자가 그리는 용, 후타미노우라*, 무희, 후자의 후지산 및 작약은, 똑같은 구도의 것이 아무리 많아도 토산품을 좋아하는 미군 병사들이 담배 한 갑과 교환해갔다. 화가들은 미군 병사로부터 물감과 붓을 충분히 제공받아 하루 종일 자기 자리에서 그림을 그렸다. 그들은 특별 배려로 작업이 면제됐다.

그러나 나중에 나타난 사진사가 그들의 인기를 능가하게 되었다.

---

* 미에 현 와타라이 군에 있는 명승지.

촬영이 아니라 수정 기술의 연장에서 여자의 나체 사진 혹은 미군 병사들의 어머니나 아내 사진을 확대 모사했다. 이것이 포로들이 그린 일본화보다 실제적인 수요가 많았으며, 이윽고 미군 병사가 가족들에게 보낼 초상화 모사 의뢰를 받고 울타리 밖으로 출장까지 나가게 되었다. 그는 매일 목수와 함께 문을 나섰다. 뽑히지 못한 화가들은 춘화로 전향했다.

그러나 포로로서 미군의 우대를 받는 특수 기능은 이 두 가지가 전부였다. 그 외에 신발공이며 양복공도 있었지만, 그들은 다만 중대 보스들의 생활에 쾌적함을 더해주는 정도였다.

외업자들은 아침 일곱시에 정렬했다. PW 도장이 하얀 페인트로 찍힌 암갈색 미군 제복과 제모 차림의 수많은 사람들이, 커다란 군화 속에 긴 바지 자락을 쑤셔넣은 모습으로 중대 안뜰에 모여 지휘자의 명령에 따라서 걷기 시작했다. 각 중대에서 나온 열이 중앙 도로에서 뒤섞여 문을 향해 양떼처럼 우르르 움직였다. 문밖의 창고 앞 공터에 외업자들을 집합시키는 장소가 있는데, 각 작업장에서 파견을 나온 트럭에 나눠 타 여덟시까지 목적지에 도착할 수 있게 출발한다.

작업장은 주로 타클로반 해안에 있는 자재 집적장으로, 하역이나 재적재 등의 간단한 작업이었다. 아마도 미군이 억지로 일거리를 만들어낸 눈치였다.

이러한 '무상'의 작업에 포로들은 싫증을 느끼는 듯했다. 그래서 당연히 그들은 놀이를 즐기게 됐는데, 그들이 즐기는 놀이는 해군 용어로 '쉬파리'라는 것이었다. 즉 도둑질이다.

미군 감시병 몰래 포장에 구멍을 뚫어 통조림, 과자, 담배 등을 빼냈다. 혹은 사무소에 있는 그림 잡지를 창문을 통해 훔치기도 했다. 결국 미군도 일본인 포로들의 도벽을 알아차렸기에 돌아오는 때의 신체검사가 엄중해졌지만, 포로들은 물건을 감추는 솜씨가 뛰어났다. 예를 들자면 바지의 무릎 아래쪽이나 훈도시에 비밀 호주머니를 만드는 것 등이었다. 그래도 발견되면 범인은 대체로 이십사 시간 미군 영창에 감금됐다. 비스킷과 물만 지급되며 콘크리트 바닥에서 침구도 없이 자야 했는데, 산속에서 먹을 것도 없이 야영을 했던 일본인 병사들에게 이것은 대수로운 처벌이 아니었다. "어떤 벌을 받더라도 이 짓을 그만둘 수는 없어. 다른 즐거움이 없으니까" 하고 어느 상습자가 말했다.

그들이 훔친 물건의 종류는 점차 광범위해져서 스웨터, 장갑, 구두, 화장품에까지 이르렀다. 어떤 자는 그것이 뭔지도 모르고 여군용 생리대까지 훔쳐왔다.

그들은 포로들의 정규 소지품이 아닌 이러한 물건들을, 침대 밑에 구멍을 파서 잔뜩 숨겨놓았다. 어떤 자는 드럼통 하나를 통째로 묻어서, 그것을 발견한 미군 병사를 감탄하게 만들었다.

맥주도 훔쳤지만, 이것은 대체로 그 자리에서 마셔버렸다. 언젠가 산더미 같은 맥주 상자들을 고쳐 쌓으라는 명령을 받은 그룹이 미리 계획을 짜고서 새로 쌓은 상자 더미 중앙에 기다란 구멍을 만들었다. 그러고는 교대로 구멍 밑에 내려가 주위의 상자 포장을 뚫고 안전하게 마음껏 마셨다. 이러한 상자 더미가 세 곳 정도 있었는데, 그중 한 곳에서 술에 취해 올라오지 못한 포로가 있는 바람에 미군에게 발각됐다. 그 그룹은 밤을 세워 다시 쌓으라는 명령을 받았다.

작업은 이후로 채석이나 도로 공사 등 점차 종목이 늘어났지만, 현장에서 규정 시간만 채우면 되는 정도였다. 작업을 하러 무조건 밖으로 나가는 것은 좋아도, 일정한 시간 일정한 장소에 속박되는 것은 괴롭다고 어느 요령꾼이 말했다.

외업자들이 출발하고 나면 나머지 인원들은 각종 내업을 시작했다. 내업이란 주로 내부 개량으로, 그 무렵 새로 지은 수용소에는 여러 가지 일거리가 많았다. 미군은 우리가 숙사를 짓지만 말고 그 숙사를 그들의 청결관념에 맞게끔 유지하도록 요구했다. 물론 그들의 청결관념이란 우리보다 훨씬 합리적이고 적절했다.

예를 들면 변소의 구조에도 그들의 합리성이 잘 나타나 있었다. 변소는 깊이 판 구멍을 몇 개의 양식 변기가 달린 나무상자로 덮은 것뿐이었는데, 구멍 깊이가 2.5미터로 규정되어 있었다. 이 높이는 성충이 된 파리가 날아오를 수 있는 최대치이며, 거기다 매일 석유를 부어서 어쩌다 성충이 된 파리라도 밖으로 나오기 전에 반드시 죽게 만드는 것이었다. 변기 수는 열두 명당 한 개로 규정되어, 중대 전원인 이백삼십삼 명에 열여덟 개(열 개짜리 상자와 여덟 개짜리 상자)가 설치됐다. 포로이기에 변기당 사용 인원이 한 명 많은 것이었다.

변소는 중대 지구 내에서 가장 파리가 없는 곳이었다. 일본식 청결관념으로 운영되는 취사장 쪽이 훨씬 파리가 많았다.

소내의 하수도 시설도 무척 합리적으로 만들어져 있었다. 부지를 세로로 관통하는 두 개의 큰 도랑은 폭이 일 미터로 '그림 2'와 같이 취사장 뒤와 변소 앞을 통과했는데, 물을 부지 뒤의 습지대로 흘려보내기 위해서 경사를 만들었기에 그 깊이는 제1중대 부근이 삼십 센티미터, 제5중대 부근이 이 미터 정도였다. 이 깊이에 준하여 중대 내의 각 건물 주위에 빗물을 받는 도랑을 만들고, 물이 두 개의 큰 도랑으로 균등하게 흘러들어가도록 지구 중앙부(제1소대와 제2소대의 중앙)를 분수령으로 양쪽을 약간 경사지게 만들어야 했다.

이 플랜은 아주 합리적이었지만, 우리 중대의 부지 중앙부가 약간 움푹한 자연 조건 때문에 제대로 지켜지지 않았다. 즉 분수령이 큰 도랑의 바닥보다 낮았기에, 큰 도랑에 바닥을 맞추어 파면 빗물이 흘러가는 도랑이 분수령 부근에서 소멸되고, 분수령에서부터 파기 시작하면 두 도랑이 만나는 곳에서 빗물용 도랑의 바닥이 큰 도랑의 바닥보다 낮아져서 큰 도랑의 물이 역류하게 되는 것이었다.

결국 큰 도랑의 바닥을 전체적으로 낮추는 수밖에 없는데, 그러면 부지 끝에서 물이 습지대로 빠지지 못하게 된다. 미군의 합리적 플랜도 부지의 자연 조건과는 맞지 않았기에, 중대 중앙부의 빗물용 도랑에는 항상 물이 고여 있어 자연히 마르도록 내버려두는 수밖에 없었다.

부지 전체의 정지 작업을 완벽하게 하면 되겠지만, 역시 포로용 주택인 만큼 그렇게까지는 할 생각이 없는 모양이었다.

이러한 자연과 인공의 불일치로 인한 불편은, 훗날 취사장 옆에 식당을 세웠을 때에도 나타났다. 식당은 가로는 취사장과 일치하지만 세로는 십오 미터나 되는 기다란 건물로, 사 열의 대들보에 역T자형 서까래를 매달아 그 밑 양쪽에 양철로 만든 식탁을 얹었다. 식사하는 사람은 그곳에 식기를 놓고 서서 먹게 되어 있었다.

장성 순시에 대비해 갑자기 세우게 된 모양이었다. 지붕도 니파가 아니라 양철로 지었고, 서까래와 식탁도 조립된 완제품이 들어왔다.

건물은 일주일 만에 완성됐다. 공사를 감독한 웬디는 서까래 밑부분에 실을 꿰어서 수준기를 달아 엄밀하게 수평이 되도록 유의했지만, 완성되고 보니 도랑의 경우와 마찬가지로 불편한 점이 나타났다. 바닥의 지면이 취사장에서 멀수록 점차 낮아졌기에, 취사장 가까이에서도 일본인에게는 약간 높은 식탁이 반대편 끝으로 가면 턱 높이까지 오는 것이었다. "나중에 시멘트로 바닥을 고르겠다"고 웬디는 말했지만, 자재 사정으로 시멘트는 제1중대에만 공급됐다. 그리고 순시가 끝나자 그후로는 방치됐다.

한편 우리는 식사를 반드시 식당에서 먹으라는 지시를 받았다. 그러나 식탁의 절반밖에 사용할 수 없었기에 식탁은 혼잡했고, 포로들은 그것을 핑계로 식사를 예전처럼 침대로 갖고 갔다. 훔친 통조림을 부식으로 몰래 먹는 것이 그들의 즐거움이었기 때문이다. 웬디는 분개하며 2회 교대제 식사를 주장했지만, 포로들 사이에서 이것이 정확히 지켜질 리가 없었기에 결국 자기 자리에서 식사하는 일이 이어졌다.

이러한 불편을 회피하기 위해 일본식 기술자인 우리 중대장은 무척 기묘한 제안을 했다. 즉 식탁을 국물이 흐르지 않을 정도로 지면의 경사에 맞춰서 기울인다는 것이었다. 물론 미군의 균일성과 기하학적 정신은 이를 용납하지 않았지만, 마음만 먹으면 이 일에서 서구적 정신과 일본적 정신의 차이에 관해 무한한 반성을 할 수도 있을 것이다.

이 반성에 도움이 되는 일례를 하나 더 들어보겠다. 우리는 식당과 함께 세척장을 만들라는 명령을 받았다. 그때까지 취사용 솥이나 큰 통 등은 취사장 바닥에서 씻었는데, 그런 용기에 붙은 음식 찌꺼기가 물과 함께 도랑으로 흘러드는 것이 미군의 위생관념에 위배되었다. 그래서 별도로 세척장을 만들어 그곳에서 나오는 폐수를 일종의 여과 장치를 통해 큰 도랑으로 흘려보내기로 했다.

여과장치란 네 개의 드럼통을 세척장 가까이에 늘어놓고 관으로 연결시킨 것이었다. 드럼통에 들어간 폐수 중에 가라앉을 것은 가라앉고 뜰 것은 떠서 아래쪽의 액체만 드럼통의 중앙부에 설치된 관을 통하여, 연통관(連通管) 원리로 다음 드럼통의 상부로 흘러간다. 이리하여 네 개의 드럼통을 거쳐 비교적 깨끗해진 물이 마지막 드럼통에서 흘러나오게 된다.

청소 담당은 매일 드럼통 표면에 뜬 석유나 찌꺼기를 망으로 걸러 음식 찌꺼기와 함께 태워버리고, 평소에는 나무 뚜껑을 덮어놓는다.

그러나 이 교묘한 장치는 세척장 표면을 드럼통 높이까지 올려야 한다는 점이 불편했다. 잉여 음식물이 담긴 통은 몹시 무거워서 좀처럼 들어올릴 수가 없었다. 또한 급조한 세척장에는 수도가 없었기에 항상 드럼통 하나를 놔두고 물을 채워야 했다. 이 세척장을 사용해야 한다는 점이 취사원들의 가장 큰 불평이었다.

생각건대 이 여과장치는 땅에 묻어야 했던 게 아니었을까? 그것을 지상으로 나오게 한 이유는 어쩌면 이 장치를, 예를 들면 순시하는 장성에게 보여주기 위한 게 아니었을까? 우리 수용소는 레이테 섬에서 최고라는 명성을 얻었고, 그 무렵부터 부근에 신설되기 시작한 수용소 중에서 가장 시설이 잘 완비된 곳이었다. "태평양 전체에서 최고라더군" 하고 웬디는 말했다. 다른 섬에서 내방하는 장성들이 레이테 섬에서는 우리 수용소만 보고 간다는 것이었다.

미국과 일본의 기술 차이가 나타난 것은 이 세척장을 만들 때였다. 넓이는 사방 이 미터로 정해졌다. 모래 자루를 주변에 쌓고, 안에 모래를 넣고 위에 판자로 만든 틀을 올려 시멘트로 굳히는 것이 공정이었다.

웬디가 명령한 바에 의하면, 가령 스무 명이 작업을 하게 되면 다섯 명이 모래 자루를 채우고, 다섯 명이 그것을 치수대로 쌓고, 다섯 명이 모래를 채우고, 두 명이 틀을 만들고 세 명이 시멘트를 섞는다. 이것을 동시에 해서 하루에 완성시키겠다는 것이었다.

그러나 우리 중대장의 주장은 우선 스무 명 전원이 모래 자루를 만들고 그것을 소정의 규격으로 쌓아 속에 모래를 채운 후, 완성된 토대 위에 실제 치수에 맞도록 틀을 짠 다음 시멘트를 부어넣는 방법이었다. 그래도 역시 하루에 완성된다는 것이었다.

"밑에서 치수대로 쌓는다 해도 위에서 얼마만큼 어긋날지 모르잖아? 어긋나지 않도록 재면서 쌓아서는 일을 할 수 없어"라는 것이 그의 주장이었다.

통역인 나는 사이에 끼여 난처했다. 나도 일본인의 한 사람으로서 우리에게는 중대장의 방법이 현실적이라는 사실을 인정했다. 그러나 웬디의 방법도 그들 기술의 원칙으로서 무리가 없음을 인정했다. 잴 수 있는 것은 미리 치수대로 만들어두고 나중에 쌓는 것이 그들의 방식이었다. 그들은 어긋나지 않게 모래 자루를 쌓을 수 있는 인종이었다.

점잖은 웬디도 어쩐 일인지 이때는 강경히 주장했다. 공정에 관해 자세한 지령이 수용소장으로부터 내려졌기 때문이다. 나는 지상 명령으로 중대장에게 모래 자루를 어긋나지 않게끔 쌓아보라고 권했지만 중대장은 듣지 않았다. 그리고 서둘러 작업대 전원을 동원해 모래 자루를 채우기 시작했다.

"내가 이곳의 보스다"라고 웬디는 정색을 하며 말했다. 나는 강경한 말이 나오기를 기다리며 긴장했지만, 그의 제안은 의외로 아주 타협적이었다. 그는 말했다.

"나는 중대장의 말도 일리가 있다고 인정한다. 그러나 내 임무상 위쪽의 결함이 장교들 눈에 띄는 것을 염려하지 않을 수 없다. 그래서 한 가지 제안을 하겠다. 지금 저기서 일하고 있는 사람들 중에 세 명을 뽑아 나무틀을 만들자는 것이다. 그리고 그것을 대고 모래 자루를 쌓기 바란다."

나는 웬디의 선의에 주석을 달며 이 제안을 중대장에게 전했다. 중대장은 양해했다. 재주꾼인 그는 눈 깜짝할 사이에 틀을 만들었다.

한 단씩 쌓을 때마다 중대장은 틀을 대며 "오케이지?"라고 옆에 있는 웬디에게 웃으면서 말했다. 이리하여 세척장은 미일 기술의 합작을 통해 거의 차질 없이 예정대로 하루 만에 완성됐다.

시멘트가 굳기까지 이틀이 걸렸다. 무거운 통을 짊어지고 올려야 하는 취사원들의 편의를 생각해 넓고 튼튼한 계단이 설치됐다. 그러나 취사원들은 계단 사용을 거절했고, 물은 좀처럼 여과장치의 마지막 드럼통까지 도달하지 못했다. 웬디는 즉시 깨끗한 물을 나머지 전부에 채우도록 명령했다. "카무플라주야"라고 그는 나에게 윙크하며 말했다.

이 서전트는 내가 수용소에서 접한 몇 안 되는 미군 병사 중에서 가장 마음에 들었다. 그는 이미 언급한 바와 같이 독일계 미국인으로 디트로이트의 월급쟁이였는데, 이해력이 좋고 성격이 깔끔했다. 독신이지만 여자 이야기는 전혀 하지 않았다. 언젠가 품속에서 고향 사진 같은 것을 꺼내더니 그와 나란히 있는 여자를 가리키며 "친구야" 하고 말하고는 당황해서 "애인이 아니라 그냥 친구야"라고 변명했다. 포로에게 그게 애인이건 친구이건 무슨 상관이 있겠는가? 아마도 그는 여자를 싫어하는 모양이었다.

외업자들이 출발한 후 그는 나를 데리고 중대 지구를 순회하러 나갔다. 매일 수용소장이 순시하기에 앞서서 미리 돌아보는 것이었다.

그가 눈여겨 보는 것은 대체로 다음과 같았다.

1. 옥내의 청결이 유지되고 있는가.

통로 청소, 자기 자리 정돈, 복장과 몸가짐 주의(특히 면도를 중요시하는 것은 털이 많은 그들 인종의 에티켓인 것 같다).

2. 식기는 잘 씻었고, 녹슬지는 않았는가.

미군은 일본군보다 한층 신경질적으로 전염병 발생을 예방했다. 식량은 물론 별도로 엄중히 감독했지만, 식기의 오물로 인해 파리 등을 매개로 하는 병균이 전파되는 것이나 녹 등에 의한 중독도 엄중히 경계했다.

이러한 신경질적인 감독은, 일본군의 경우처럼 병력 손상을 걱정한다기보다는 국가가 소집해서 사용하는 개인의 쾌적함에 대한 배려에서 오는 것 같았다.

3. 담배꽁초가 흩어져 있지는 않은가.

집단 생활에서 식물 잎사귀를 태워서 연기를 흡입하는 습관은 불을 사용한다는 점이 결정적 결함인 모양이었다. 웬디를 포함한 미군들은 담배꽁초를 버리기 전에 반드시 담배를 싼 종이를 찢어서 종이와 내용물을 분리시키는 습관이 있었는데, 이것은 미군의 담배꽁초를 노리던 초기 포로들의 원망을 샀다. 어떤 자는 우리가 줍지 못하도록 미군이 일부러 분해하는 것이라고 불평했지만, 사실은 화재 방지 및 나중에 꽁초라는 흉한 형태가 땅바닥에 남지 않도록 하는 조치였던 듯하다. 분해하면 일단 불은 꺼지고, 땅바닥의 꽁초가 눈에 띄는 것도 주로 그 종이가 원인이기 때문이다.

그러나 이것은 일본군 포로들이 가장 이행하기 어려운 명령이었다. 삼 달러의 월급 대신에 지급되는 PX의 담배가 이 무렵 일 개월에 스무 개비들이 스무 갑인 데다가, 포로들 중에 담배를 피우지 않는 자가 있었기에 수용소는 거의 포화 상태가 되었다. 가는 곳마다 담배꽁초가 보였다. 그리고 웬디의 지시에 따라 갖은 방법으로 거듭 주의를 주어도, 포로들에게 담배꽁초를 아무 곳에나 버리는 행동이 좋지 못하다고 이해시키는 것이 도저히 불가능했다.

실내에도 재떨이를 네 명에 하나꼴로 준비하도록 명령했지만 실행되지 않았다. 이런 점에서는 포로라는 신분에서 오는 자포자기만으로 설명할 수 없는 일본 민족의 습성이 보이는 듯했다. 전제주의에 익숙해진 그들은 형벌이 없는 곳에서는 기분 내키는 대로 행동한다는 태만함을 극복하지 못했다.

중대 내의 청결 정돈을 따져 상이 주어졌다. 각 중대가 지구 내 청소 상태를 겨루어 최우수 중대에게 탁구대와 도구를 지급한다는 것이다. 웬디는 이 경쟁에 몹시 신경을 썼다. 나는 우정 때문에라도 그의 허영심에 협력하고 싶었다. 포로들의 협력을 기대하기가 힘들다는 사실을 알고 있었기에 나는 스스로 지구 내의 꽁초를 모으기로 했다.

이 일은 몹시 고독한 작업이었다. 동포들은 포로 신분인 내가 어째서 그토록 열심히 꽁초를 모으는지 이유를 알지 못했다. 웬디 또한 어째서 내가 그토록 그에게 충실한지 몰랐을 것이다. 더구나 이 작업은 완전히 넝마주이 같은 것이었다.

내가 이런 일을 한 것은 나 또한 일하고 싶었기 때문이었다. 통역 업무는 자신의 지식을 태만하게 사용하는 것에 불과했기에 아무런 노력도 필요하지 않았다.

나는 담배꽁초와 함께 지구 내 모든 휴지와 도랑 속에 떨어진 음식 찌꺼기(포로들이 자기 자리에서 식사를 하기 때문이다)를 모으고 다녔다. 넝마주이처럼 땅바닥의 물건을 줍는 도구가 없었기에 손으로 주웠다. 작업 시간은 외업자들이 나간 뒤 웬디가 담배를 한 대 피우고서 "한바퀴 돌까?" 하고 말을 꺼낼 때까지의 시간이었다.

중대장의 선동적인 칭찬에 대해서 나는 대답했다.

"이건 결국 저 자신을 위한 것입니다. 서전트에게 영어로 변명하는 게 귀찮으니까요."

이것도 전혀 거짓말은 아니었다. 수용소에서 육 개월간 통역을 하며 나는 그 어려움과 하찮음을 통감했다. 나는 지금은 외국인이 길을 물어도 모르는 척한다. 영어를 듣는 게 싫어서 미국영화도 좀처럼 보러 가지 않는다.

일 개월 후에 우리 중대는 일등상을 받았다. 내 자존심은 채워졌고 중대원들은 탁구를 즐기게 되었다. 중대장의 통치 재능이 합세해서 우리 중대는 수용소의 모범 중대가 되었다.

또하나 미국인이 싫어하는 일본인의 습관을 든다면, 수건을 항상 몸에 지니는 점이었다. 물론 열대지방에서는 땀이 많이 났다. 그러나 니파하우스 안에 누워 있으면 자주 닦아야 할 정도는 아니었다. 하지만 결벽한 일본인들은 항상 젖은 수건을 드러낸 어깨나 배 위에(포로들은 아무것도 하지 않을 때에는 대체로 침대에 누워 있었다), 혹은 머리에 두르고 있었다. 좀 덜한 경우는 몸 가까이에 걸어두었는데, 그 장소는 주로 모기장을 치기 위해서 건물 끝에서 끝까지 설치해놓은 철사 줄이었다. 각자의 청결관념이 다르기에 갖가지 색깔의 수건이 불규칙하게 철사 줄에 걸려 있는 모습은 미군 순시자를 몹시 자극하는 광경이었을 것이다. '각자 걸려 있는 물건을 치울 것'이 순시 때 가장 먼저 나오는 경고였다.

나는 상쾌함을 좋아하는 일본인의 이런 취미가 그다지 나쁘다고는 생각지 않았다. 다만 포로라는 수동적 신분인 이상 감독자의 뜻에 따르는 시늉이라도 하며 습관을 감추지 못하는 그들이 정말로 한심하게 여겨졌다. 현재의 상태가 어떤 종류의 정치적 폭력으로 인한 결과인가를 안다면 저절로 그에 대처할 방침이 나오기 마련이다. 방침도 없이 그저 습관에 따르는 것은 즉 그들이 알려 하지 않기 때문이며, 이것 역시 전제주의가 계속되며 그들이 얻은 태만의 일종이었다.

우리 중대의 우수한 성적은 자연히 다른 중대의 서전트들을 자극했다. 예를 들어 제3중대의 서전트는 통역을 데리고 우리 중대본부에 나타나 무슨 일이건 우리 중대를 본받으라고 명령했다. 이것은 통역으로서도 중대장으로서도 참을 수 없는 모욕이었다.

제3중대의 서전트는 말라가라는 스페인계 미국인이었다. 검은 피부와 검은 머리에 전형적인 스페인식 수염을 길렀는데, 영화에 종종 등장하는 음흉한 말상이 아니라 정사각형의 평범한 얼굴이었다. 그의 감독 방침은 한마디로 다른 중대에 지지 않는 데 있는 듯, 각 중대를 돌며 그 시설을 보고 그가 부럽게 생각한 점을 자신의 중대가 모방하도록 강요했다.

그의 숙사가 있는 지구의 수도가 고장으로 끊긴 적이 있었다. 그는 자신들이 샤워를 할 수 없는데 포로인 우리가 샤워를 하는 건 부당하다고 나에게 말했다. 또한 그는 이렇게 말했다.

"너희는 우리를 진주만에서 속임수를 써서 공격했다. 그런데도 우리는 너희를 우리 세금으로 보살피고 있다. 너희는 감사하고 있는가?"

"감사하고 있다."

"하여간 너희들이 샤워를 이용하고 내가 이용하지 못하는 것은 불합리하다."

이틀이나 계속해서 똑같은 불평을 듣게 되자 나는 웬디에게 푸념을 했다.

"우리가 당신 나라로부터 큰 은혜를 입고 있다는 건 누구나 알고 있다. 하지만 그 군대의 구성원인 그가 우리에게 항상 그 이야기를 하는 건 공정하지 않다고 생각한다."

"그는 신사적이지 않다. 롱아일랜드의 장사꾼이다. 우리 사이에서도 친구가 별로 없다"고 웬디는 딱하다는 듯 대답했다.

말라가는 언젠가 취사원이 노래를 부르며 설거지하는 것을 듣고는 중얼거리듯 웬디에게 말했다.

"저러는 건 좋지 않아."

"상관없잖아. 그들은 행복한 거야"라고 웬디는 대답했다.

그러나 이들 중대 담당 서전트들은 우리를 자극하지 말라는 특별 명령을 받은 모양이었다. 예를 들어 그들은 결코 '히로히토'라 하지 않고 '천황'이라 불렀다.

우리가 있는 곳에 온 또 한 명의 미군 병사는 에번스라는 통신대의 서전트였다. 그는 수용소에서 직접 근무하지는 않았지만 중대장이 손목시계용 버클을 만들어준 것을 계기로 자주 미군 친구들로부터 같은 부탁을 받아 주문하러 놀러 왔다.

그는 여위고 갸름한 얼굴에 키가 큰 청년으로 주근깨가 무척 많았다. 언제나 새끼 테리어를 데리고 다녔기에 우리 사이에서는 '개 서전트'라고 불렀다. 중대장은 그를 위해서 개집도 만들어줬다.

그는 언제나 약간 멋쩍은 듯이 "라라랄랄라" 하고 노래하며 들어왔다. 그가 중대장과 말이 통하지 않아 손짓발짓으로 대화하는 광경은 가관이었다. 나보다 중대장과의 대화가 더 좋은 모양이었다. 그는 언젠가 나에게 "당신은 정치가가 되면 좋을 거야"라고 말했다. 무척 뜻밖의 말이었다. "당신은 정치가를 좋아합니까?" 하고 묻자, "아니, 난 싫어" 하고 대답했다. 그렇다면 그는 나를 그다지 좋아하지 않는다는 뜻이 된다.

"여봐, 당신!" 하고 언젠가 그가 말을 걸었다. "전쟁은 좋지 않아. 당신에게도 가족이 있고, 나에게도 있어. 우리는 아무런 인연도 없이 먼 나라에서 제각기 행복하게 살고 있었지. 그 두 사람이 이런 곳에 와서 전선에서 마주하게 된 거야. 탕(그는 손가락으로 방아쇠를 당기는 시늉을 했다). 겨우 이것만으로 우리 중 하나가 죽고, 그 가족이 불행해지지. 무의미하지 않은가?"

과연 그는 정치가를 싫어하는 게 틀림없었다. 그는 품속에서 사진을 한 장 꺼냈다. 안경을 낀 여교사 같은 여자의 반신상이 고개를 갸웃하며 웃고 있었다. "집사람이야"라는 말에 나는 "몇 살입니까?" 하고 실례되는 질문을 하지 않을 수 없었다.

"서른넷이야. 자상한 여자지."

"당신은?"

"스물아홉. 연애결혼이야."

그러나 이 순정파 청년도 천박한 군대 속어를 함부로 썼다. 우리가 식당이나 세척장 건설에 열중하던 당시, 그는 놀리듯이 "집어쳐. 수용소장 주가만 올라갈 뿐이잖아" 하고 말했다. 그는 또한 "WAC* 말인가? 장교들 노리개지"라고도 말했다. 이런 때의 그는 평범한 미군 병사에 불과했다.

이 서전트는 자기 캠프에서 고독한 게 아닌가 싶었다. 개는 이윽고 필리핀인에게 살해되고 말았다. 어느 날 그는 "내가 이곳에 자주 드나든다고 이상한 소리를 하는 놈이 있어" 하고 말하더니 갑자기 발길을 끊었다.

그는 머지않아 일본에 가서 싸워야 한다는 사실에 고민하고 있었다.

"우리는 산악전 준비를 하고 있는데 일본은 추운가?" 그가 나에게

---

* Women's Army Corps, 여군.

물었다.

"추운 곳도 있고 따뜻한 곳도 있다. 추운 곳이라도 미국 북부 정도는 아니다. 산악전은 필요 없으리라고 본다. 전투는 주요 도시를 포함한 평야에서 치르게 될 것이다."

나는 구주쿠리하마 상륙을 예상했는데, 미군이 규슈 남부부터 노리고 있다면 그의 말에도 일리는 있었다.

포로들의 외업에 관해 중대 통역은 매일 밤 아홉시까지 다음과 같은 두 통의 서류를 영문으로 작성해 대대본부를 경유하여 미군 수용소 사무소에 제출해야 했다.

이틀 후의 가동 인원표
다음 날의 작업 예정표

내가 기억하는 바에 의하면 양식은 다음과 같다(숫자는 임의로 표기한 것이다).

이틀 후의 가동 인원표 Men Available for the date of……

중대병력 Company Strength	233
임원(중대장 포함) Overhead	21
불구자 Invalid	19
환자 Sick	20
정기휴가자 Off-day	29

내업 Improvement	10
	소계 99
남은 가동 인원 Men Available	134

이 표는 언뜻 보기에는 잘 정리되어 있는 듯하지만, 사실상 속임수가 통하지 않는 부분은 임원 항목 하나뿐이라는 것을 독자들도 쉽게 알 수 있을 것이다.

불구자란 전쟁에서 입은 상처가 영구히 남아서 작업이 불가능한 사람을 말하는데, 그 판정은 아주 미묘했고 특히 주관적인 고통을 호소하면 얼마든지 숫자를 늘릴 수도 있었다. 그리고 그러한 명목상의 불구자가 작업에 나가면 그만큼 일반 포로들이 쉴 수 있었다. 처음에 진단이 엄격하지 않았을 당시, 우리는 이 숫자를 마구 늘려뒀던 것이다.

환자란 현재 병을 앓는 자와 그날에 진단을 받는 자의 합계이다. 전자는 의무실의 진단에 의해 명백해지지만, 후자는 본인의 신청에 따르기 때문에 건강한 자도 신청만 하면 결과가 부정적이더라도 그날만은 쉴 수 있었다. 우리는 이러한 거짓 신청을 장려했다.

정기 휴가자는 앞에 실은 표에서는 중대 병력에서 임원과 불구자를 뺀 숫자의 칠분의 일(일주일에 하루의 휴가)로 되어 있다. 즉 환자도 휴가를 취한다는 말이 된다. 이것은 이윽고 미군에게 발각되어 일단 가동 인원을 작성한 후 그 칠분의 일을 빼라는 명령을 받았다.

내업이란 중대의 모든 시설을 수리 개선하는 것으로, 작업은 대체로 오전 중에 끝났다. 이것은 반나절의 휴가나 다름없었으며, 처음에는 적당히 신청해서 대원을 쉬게 했지만 이윽고 미군이 특별히 명하는 자를 제외하고 하루에 다섯 명으로 제한됐다가 결국에는 전혀 허가가 나지 않게 되었다. 그날의 진단 결과 이상이 없다고 판정된 환자 및 중대 내의 유휴 노동력을 이용하라는 명령이었다.

"우리는 너희에게 충분한 대우를 해주는데도 어째서 게으름을 피우는가?"

수용소장은 이렇게 탄식했는데, 포로들처럼 생활의 목적이 없는 집단은 도덕으로 움직일 수가 없다. 우리가 게으름을 피우지 않도록 만들기 위해서는, 월급과 마찬가지로 외업 수당을 매달 지급할 필요가 있었다. 현재의 생활을 풍요롭게 만들 수 있는 희망이 있다면 앞다투어 외업을 나갈 것이다.

나도 생활에 목적이 있었다면 포로들의 태만에 협력해서 숫자를 속이는 짓은 하지 않았을 것이다. 이러한 못된 지혜는 전쟁 중에 공업회사 사무원이었던 내가 통제에 반항해 재고나 생산 능력을 속여온 습관의 연장이었다.

대대본부는 각 중대가 제출한 가동 인원표에 집계표를 덧붙여 미군 수용소 사무소에 제출했다.

수용소 사무소는 이튿날 각 작업장에서 모아오는 다음날 분의 요구에 따라 인원수를 할당하고, 저녁때까지 대대본부에 통지했다. 대대본부는 그것을 중대별로 할당했다. 일곱시 일석점호가 끝나면 중대 통역들은 대대본부에 모여 각 중대에 할당된 숫자를 옮겨 적었다. 그것을 다시 소대별로 할당하는 것이 우리 중대 사무원들의 역할이었다.

1개 중대는 4개 소대로 나뉘어 각 오십삼 명의 인원을 거느리고 있었는데, 거기에 포함된 불구자나 환자의 수가 일정하지 않기 때문에 기계적으로 할당할 수는 없었다. 소대장은 물론 부하들의 여론을 대표해서 될 수 있으면 할당 인원을 줄이려 했다. 미군 측 요구가 강경하지 않았던 무렵에는 중대장들이 담합해서 해결했지만, 주 육 일의 작업이 확정되어 인원에 여유가 없어지자 담합만으로는 해결할 수 없게 되었다.

특히 문제를 복잡하게 만든 것은 아침에 출발할 즈음 작업이 취소되거나 혹은 감원되는 경우였다. 그렇게 반납된 인원은 물론 그날 하루 놀게 되는데, 이 인원을 파악하기가 무척 곤란했다. 도중에 귀대한 자는 원칙적으로 즉각 중대본부에 신고하도록 되어 있었지만 이 규칙은 전혀 지켜지지 않았다. 심지어 일부러 다른 중대에서 하루 종일 놀다가 일반 외업자들이 귀대할 무렵에 맞춰 시치미를 떼고 돌아오는 자도 있었다. 도시락을 휴대하기 때문에 점심에 어려움은 없었다.

대대본부에서는 작업도 안 하고 귀대한 자들의 명단을 몰랐지만, 소대끼리는 의외로 잘 알고 있었다. 그렇기에 소대장들은 밤이 되면 "오늘 너희 소대는 작업을 안 하고 귀대한 자가 몇 명 있으니까 내일은 그만큼 더 할당받아야 해" "무슨 소리야, 보기보다 적은데" 하며 격론을 벌였다.

결국 내가 중대장 이름으로 각 분대를 돌며 작업을 하지 않고 귀대한 자들을 확인해야 했으나, 이러한 부동 인원수에 근거해 할당하는 일은 몹시 까다로웠다.

이때 내가 제안한 것은 통계에 의한 통제였다. 통계 역시 회사원 시절에 다소 다룬 적이 있는데, 내 경험은 영업부장이 중역 회의를 속이기 위한 숫자였다. 나는 소대장들을 속이려 했다.

그러기 위해 내가 택한 통계법은 너무나 번잡하므로 굳이 소개하지 않겠지만, 그러한 총계와 비중과 퍼센트의 복잡한 편성 덕분에 나는 사무를 잘 모르는 옛 군인들을 어리둥절하게 만드는 데 성공한 듯 보였다. 소대장들은 어쩔 수 없이 만족했고, 중대장은 고마워했다.

할당 결과 각 소대에서 작성해오는 작업자 명단을 로마자로 적어서 '내일의 작업 예정표'와 함께 대대본부에 제출하면 내 임무는 끝이었다. 후자는 '이틀 후의 가동 인원표'에 작업 명세를 첨부해 나머지 인원을 제로로 만들면 그만이므로 일부러 여기에 싣지는 않겠다.

외업 할당에 관련된 소대 간의 분규는 어느 중대에나 있는 일로 서기와 통역의 고민거리였다. 서기는 대체로 사무 경험이 있는 자가 담당했는데, 옆의 제3중대에서는 영어를 할 줄 안다는 이유만으로 어느 학도병 출신 포로가 담당했기에, 만사에 익숙지 못한 그는 소대장의 노골적인 압력을 받아 곤혹스러워했다.

아키야마라는 이름의 그는 오사카에 있는 작은 제철소 사장의 아들로, 교토 대학 철학과 학생이었다. 흰 피부에 갸름한 얼굴로 키가 작고 커다란 눈이 돌출되어 있었다. 그 안구를 눈꺼풀이 나른한 듯이 덮은 모습은 따분함으로 인해 명상적이 되지 않을 수 없는 포로들 사이에서도 유달리 명상적이었다. 그는 레이테 전투 말기에 서해안에 상륙한 증원 부대의 병사로, 나중에 산속에서 하마터면 동료들에게 잡아먹힐 뻔했다고 하는데, 그 경험에서 별로 이렇다 할 결론은 이끌어내지는 못한 모양이었다.

그의 태도 중 나를 조금 놀라게 한 것은, 내가 젊었을 때 봤던 철학 청년과 조금도 다르지 않다는 점이었다. 철학은 진보했고 철학자도 조금은 인색해졌건만, 그에게는 여전한 방심과 완만한 동작이 있을 뿐이었다.

원래 나는 일본에서 철학이 유행하는 것에 편견을 지니고 있었다. 즉 유행이 경제적 번영과 일치한다는 이야기이다. 다이쇼 시대의 '니시다 철학'*이 제1차 세계대전의 호경기 덕분이라는 사실은 문화 향상의 일환으로 납득할 수 있다 하더라도, 전쟁 중 일반인의 지적 수준이 저하된 것과 반대로 '미키 철학'**이 유행한 것은 군수 경기에 따라 부잣집 도련님들이 대량으로 생산된 것과 불가분의 관계가 있다. 그리고 전후의 지하 경제가 계속된 만큼 그 경향이 이어진 사실을 보고, 나는 지금도 이 편견을 버리지 못하고 있다.

아키야마는 '다나베 철학'***의 신봉자였다. 나는 일찌감치 철학을 포기했기에 도저히 그의 이야기 상대가 될 수 없었지만, 고등학교 시절 '직접 경험'에 관해 품었던 의문을 시험 삼아 제시해보기로 했다.

"여기에 담배가 있다"고 말하며 나는 책상 위에 PX의 러키스트라이크를 놓았다. "우리 두 사람 모두 이것을 보고 있다. 우리의 직접 경험은 제각기 다르지만, 아마도 이것은 러키스트라이크인 것 같다. 그런데 인식의 불가사의는 우리의 직접 경험이 제각기 다르게 발전한다는 사실이 아니라, 하나의 물체에 관한 두 가지의 직접 경험이 분명히 그 하나의 물체에 귀착한다는 데 있는 게 아닐까? 여기 있는 건 도대체 뭘까?"

---

* 서양철학, 특히 독일 관념론을 주체적, 비판적으로 통합한 니시다 기타로의 철학.
** 종래의 철학에 사회과학적 방법을 도입하여 구상력 이론을 세운 미키 기요시의 철학.
*** 절대변증법을 바탕으로 종교적 경지를 개척한 다나베 하지메의 철학.

"무(無)입니다" 하고 그는 조용히 대답했다.

나는 웃지도 못하고 멍하니 그의 얼굴을 바라보았다. 그의 눈꺼풀은 명상적인 움직임으로 천천히 안구를 덮으려는 순간이었다. 내 질문은 무척이나 당돌한 것이었지만, 그가 바로 눈앞에 있는 멋진 디자인의 러키스트라이크를 '무'라고 단언한 데에는 일종의 불행이 느껴졌다. 한마디로 그에게는 끽연 습관이 없다는 말이 아닐까?

그가 이어서 말한 노에마라든지 노에시스* 이야기는 내 귀에 들어오지 않았다. 나는 흥분해서 말했다.

"이것 봐, 당연한 얘기겠지만 그리스 이래로 철학은 과학의 진보를 이끌어오지 않았는가? 그런데 지금은 과학이 충분히 진보했지. 공간과 시간을 설명하는 데에는 아인슈타인의 빛만 있으면 충분하거든. 나머지는 관념의 유희 아닌가? 현대 철학자는 야스퍼스건 알랭이건 예술과 심리학을 해석하고 있을 뿐이지 않나? 이런 것들은 원래 인간의 사치에 불과하니까, 우리 생활의 진보에는 도움이 되지 않아."

"알랭은 철학자가 아닙니다. 그냥 시니컬한 거지요." 그는 또다시 태연히 대답했다.

나는 혼란을 느꼈다. 딱히 논파당한 느낌은 없었지만, 그의 내부에는 내가 도저히 이해할 수 없는 뭔가가 있음이 분명했다. 내가 의지하는 것은 결국 내가 이제까지 살아오면서 조금도 철학을 필요로 하지

---

* 독일 철학자 에드문트 후설은 '무엇에 관한 의식'으로서의 지향성을 사유라는 의미를 지닌 그리스어 명사를 빌려 '노에시스(Noesis)'라 부르고, 의식이 향하고 있는 '무엇', 즉 지향성의 대상적 상관자를 '사유된 것'이라는 의미를 지닌 그리스어 명사를 빌려 '노에마(Noema)'라 부른다.

않았다는 사실 하나뿐이었다.

우리는 이후로 일절 철학 이야기를 하지 않았지만, 그는 때때로 우리 중대 사무소에 와서 슬픈 모습으로 잠자코 앉아 있었다. 그는 여전히 중대장에게 시달리는 듯했다. 그는 거짓말을 할 줄 몰랐기에, 가동 인원표에 가공의 불구자나 환자를 거짓으로 기재하지 못해 작업 인원이 언제나 부족했던 것이다. 내가 참고로 보여준 통계표에 그는 잠깐 손을 댔을 뿐 "이런 걸 작성하느니 차라리 그냥 지내는 게 낫겠습니다" 하고 말했다.

외업자들이 아침 일곱시에 나가고 나면 수용소는 조용해진다. 포로들은 각자의 니파하우스 내부를 청소하고 나서는 침대에 누워서 따분한 하루를 보낼 준비를 했다. 햇빛이 비치는 안뜰에서 그날의 진찰 희망자들이 삼삼오오 모여 위생병의 인솔에 따라 의무실로 걸어갔다. 취사장에서 식사 후의 설거지를 하는 물소리 이외에 아무런 소리도 들리지 않았다.

중대 소속 서전트와 함께 중대지구를 한 바퀴 돌고 오면 우리도 휴식을 취했다. 중대본부의 일부를 가로막아 만든 사무실에 앉아서 서전트는 들고 온 탐정소설을 읽었다. 나는 외업 통계표에 하루의 기록을 끝내면 아무 할 일이 없었다. 심심해진 서전트가 이따금 걸어오는 잡담을 상대해주는 것도 내 임무의 하나였다.

서전트는 웬돌프라는 독일계 미국인으로, 제법 이해심이 있는 감독자였다. 디트로이트의 회사원으로 스물일곱 살의 독신이었다. 금발에 푸른 눈, 키는 백육십 센티미터 정도로, 상체를 약간 앞으로 숙이고 오리걸음으로 걸었다. 콧수염을 기른 코밑에 언제나 조용한 미소를 띠고 있으며 좀처럼 화를 내지 않았다. 어쩌다 하루쯤 불쾌해하는 때가 있지만, 그런 날에도 대체로 저녁 무렵 그와 같은 시기에 입대한 동료가 전날 제대했다는 식의 사정을 털어놨다. 그는 입대한 지 벌써 삼 년이었다. 점수는 충분히 따뒀기에 이제는 포로 감독이라는 한가한 보직에서 제대 통지를 기다릴 뿐이었다. 약간 어두운 인상이지만 나는 그에게서 미국 소시민의 전형을 보는 듯했다.

나는 그에게서 여러 가지 책을 빌렸다. 옛 수용소에서는 미군 병사들과 접촉할 기회가 없었기에 한동안 책을 입수할 수 없었다. 『타임』 『콜리어스』 『라이프』 등의 잡지류와 수많은 탐정소설이 다시금 나의 남독 대상이 되었다. 등사판 속보지인 『스타즈 앤드 스트라이프』도 매일 웬디(우리는 그를 이 애칭으로 불렀다)가 갖다줬다.

잡지를 통해 미국적 호화스러움이 다시 내 생활을 침범하기 시작했다. 교묘한 원색의 광고란에 가득한 맛있는 음식, 천마가 하늘을 나는 듯한 비행기, 우아하고 정열적인 포옹을 하는 남녀(향수 광고였다) 등의 이미지에 나는 바보처럼 넋을 잃었다.

미국 저널리즘의 뛰어난 논조 또한 나를 매료시켰다. 그것은 기지를 과도하게 절제함으로써 일종의 완성에 도달한 문체로, 아무리 평범한 사실이라도 재미있게, 심각한 사실도 부드럽게, 말하자면 오피스의 담화에 오르내릴 수 있도록 쓰여 있었다. 이러한 수단과 목적 사이의 조화는 수많은 경쟁자의 도태와 더불어 천연색 사진 작성에 못지않게 기계적 도움을 받은 집필의 결과로 여겨졌다.

그러나 이러한 완성된 저널리즘 아래 생활하는 미국인은 과연 행복할까 하는 생각이 들었다. 먹음직스러운 로스트비프를 보는 미국의 빈민들은 포로인 나와 같은 감개에 빠지지 않을까? 노련한 저널리즘이 주석한 사실을 독자들은 아마 그대로 믿겠지만, 그것은 외계로부터 격리된 포로들의 무지와 아주 흡사한 게 아닐까?

나는 웬디를 시험했다.

"이런 먹음직스런 고기를 당신들 누구나 먹을 수 있는 게 아닐 텐데?"

"어째서? 돈만 있으면 언제나 살 수 있지."

그러나 그에게서 빌린 『미국 현대소설집』에서 1930년대의 실업자에 관한 소설을 읽은 나는 그들에게도 돈이 없을 때가 있다는 사실을 알고 있었다. 내가 그 점을 추궁하자 그는 단순히 "그건 픽션이야"라고 대답했다.

이것은 웬디의 입버릇이었다. 내가 잡지 소설을 읽고 하는 질문은 모두 픽션으로 처리됐다. 일본군의 잔학한 이야기가 나왔을 때 나는 항의했다.

"잔학성은 일본인만의 특권이 아니야. 너희 나라에도 세계적으로 유명한 범죄 조직이 있잖아?"

"그건 우리가 금주법이라는 멍청한 법을 만들었기 때문이지. 그걸 폐지했으니 이제 범죄 조직은 없어."

이것은 분명 억지였다. 나는 그에게 잡지 소설에 실린, 전시하에 암거래를 하는 장면의 삽화를 보여주었지만 대답은 역시 '픽션'이었다.

나는 개인주의 국가인 미국의 소설에 가정불화를 그린 작품이 많다는 사실에 놀라 그에게 질문했지만, 그것도 픽션이라는 대답이 돌아왔다.

그러나 웬디에게 이토록 경멸당하는 소설들은 모두 훌륭한 작품들이었다. 그것은 영국 리얼리즘에 적당히 서스펜스를 가미한 작품들로, 특수한 사건에 현실감을 부여하고 평범한 사건에 흥미를 부여하는 솜씨는 그야말로 시사 해설이 뛰어난 저널리즘의 솜씨에 필적했다. 그렇기에 웬디는 소설을 많이 읽었지만 판단은 변하지 않았다. '픽션'이라는 것은 즉 '자신과는 무관하다'는 정도의 의미일 것이다.

그러한 웬디도 시사 해설만은 읽지 않았다. "정치는 싫다"는 것이 그의 답이었다.

이러한 미국 잡지의 범람과 한 상식 있는 미국 시민과의 대화에서 내가 받은 인상은, 무관심한 인민들 위에 설치된 거대한 무용지물의 현혹 장치 그 자체였다. 월스트리트와 화이트하우스의 신사들도 이렇게 돈이 드는 장치에 의해서는 인민들과 조금도 연결되어 있지 않았다. 다만 저널리즘에 무관심할 수 있는 안락을 그들에게 부여함으로써 연결되어 있을 뿐이다.

물론 이 모든 것들은 그때까지 미국에 무관심했던 극동의 포로 하나가 따분한 수용소 생활의 협소한 경험에서 우연히 얻은 환상이다. 나는 귀국 후 학자들이 쓴 글을 읽고 다소나마 내가 가진 무지를 교정할 기회를 얻었지만, 이것은 포로의 기록이니 당시 내 머리에 떠오른 그대로를 적어두기로 한다.

독자들은 지루하게 느끼겠지만, 조금만 더 에고이즘적인 회상을 계속해보겠다.

또하나 미국 잡지에서 나의 흥미를 끈 것은 프로이디즘의 유행이었다. 예를 들면 병사들을 위한 『양크』라는 계간지의 표지 뒤에 「한 병사의 꿈」이라는 짧은 글이 삽화와 함께 게재되었는데, 이것은 프로이트의 『꿈의 해석』의 전형 같은 것이었다. 그러나 작자는 프로이트의 이름을 들지 않았다.

꿈속에서 집으로 돌아가니 수캐가 잠을 자고 있었다는 이야기라든지 잘 맞지 않는 열쇠라든지 하는 프로이트식의 표상을 전선의 병사 모두가 알고 있을 리는 없으니, 작자는 이것으로 병사의 '잠재의식'을 정확히 자극했다고 생각할지 모르나 과연 이러한 독선이 정말로 성공할 수 있을까?

어느 영화에서는 심리학자인 미남자가 모피를 좋아하는 애인에게 "모피는 여자에게 억압된 성욕의 상징이다"라고 말한 탓에 싸움이 벌어졌다. 어느 발레 공연은 젊은이의 충족되지 못한 성욕이 그려낸 자태와 운동으로 구성되어 있었다. 어느 탐정소설은 정신과 의사가 여자 환자의 히스테리를 유도해서 남편인 사장을 죽이도록 시키고, 동시에 그 회사의 주식을 시장에 팔아 일확천금을 노리는 내용이었다.

내가 아는 바에 의하면 프로이디즘이란 빈 출신의 음탕하고 약간 비정상적인 정신병 의사가 생각해낸 억측으로, 불확실한 가설에 입각한 것일 뿐 그것이 유행한 것도 오로지 제1차 세계대전 후의 일반적인 성적 퇴폐의 결과라 할 수 있었다. 그것이 다시금 전시하의 미국에서 유행하게 된 것은 역시 전시의 호경기와 집에 남은 부인들의 부정한 행위로 인한 성적 퇴폐 때문이겠지만, 이 애매모호한 학설이 대중의 오락에 범람하게 된 직접적인 원인은 대중의 이해와 공명보다는 저자나 기획자의 현학적 취미에 의한 것으로 여겨졌다.

나는 또한 '병적 호기심'이라는 제목의 사진과 해설을 보았다. 살인범을 태운 자동차 창문을 들여다보는 구경꾼들의 얼굴을 찍은 사진이었다. 해설자는 이런 식으로 자기와 관계도 없는 사건에 흥미를 지니는 심리를 '억압된 사회적 불만'의 발로라고 단정했다.

나는 실소를 금할 수 없었다. 미국 잡지들은 대부분 생활의 안락함과 호사스러움을 과시했고, 웬디는 "돈만 있으면 살 수 있다"고 만족스러워했다. 이것이 반드시 만족한 대다수 대중을 의미하는 게 아니라는 것은 포로의 삐뚤어진 생각이 아니라 명백한 사실이었으나, 그들의 순진한 일상 생활을 전부 '억압'의 결과라고 상상하는 근거는 적어도 그 생활 자체에는 없었다.

'억압'과 '변형'은 프로이디즘이 가장 즐기는 과제인데, 이렇게 좋지 못한 유추는 사실의 진정한 원인에 관해 아무것도 가르쳐주지 못한다. 오히려 해설자 자신의 '사회적 불만'을 나타낼 뿐이다. 지배자와 인민 사이에 끼어들어 이득을 얻을 수 있는 문필가식 속물들이, 그들로서는 영구히 가담할 수 없는 부르주아적 사교계를 동경하고 있는 것이다.

딱 한 번, 나는 진정한 '사회적 불만'의 모습을 본 적이 있다. 그것은 잡지에서도 별로 중요하지 않은 페이지에 실린 그다지 선명하지 않은 사진으로, 선거권 회복을 위해 모인 흑인들에 관한 것이었다. 벤치에 나란히 앉아 연설자의 열변에 귀를 기울이는 흑인 여성들이 사진의 앞부분을 차지하고 있었는데, 다소 위쪽을 향하고 있는 그 흉한 얼굴에 나타난 체념과 슬픔에 미국 잡지의 현란하고 잔혹한 수많은 사진들 중에서 유일하게 나는 진실을 느꼈다.

그들 사이에서 인기가 있는 높은 직책의 종교가 사진도 있었다. 백인적 호사스러움을 가장하고 있는 거구의 흑인으로, 카메라의 광분은 화려한 문체의 해설과 함께 이 익살꾼의 비참한 가면을 유감없이 폭로하고 있었다.

또한 어느 재능 있는 흑인 소년의 일대기는 『데이비드 코퍼필드』* 풍의 페이소스와 솔직함을 보여주고 있었다.

나는 이전에 흑인 저자가 쓴 아프리카 흑인의 역사를 읽은 적이 있는데, 그에 의하면 인류의 우수한 문화는 모두 흑인이 만들었다는 것이었다.

"이집트 문화는 흑인이 만들지 않았는가?" 그는 말했다. "클레오파트라나 오셀로도(이 배합은 좀 이상하다) 흑인이었다. 푸시킨도 흑인의 피가 섞여 있다. 아라비아 문화는 흑인 문화의 모방이다. 근대 서구 산업주의의 발달은 흑인의 뛰어난 노동력 덕분에 가능했다."

흑인의 인종적 우월에 관해 이 광신적인 저자에게 무조건 동의할 수는 없지만, 인종차별에 대한 공격은 세계에서 이류로 취급당하는 인종에 속하는 내 마음에 들었다. 내가 미국 잡지에 실린 흑인의 모습에 이끌린 것은 물론 이러한 인종적 자존심의 아픔 때문일 것이다.

흑인에 관해 웬디에게 질문하자 그는 대답했다.

"흑인들은 전투를 겁낸다. 그들에게는 최전방을 맡길 수 없다. 이번 전쟁에서 우리가 그들을 과도하게 선동해서 이용했기 때문에 전쟁이 끝나면 문제가 발생할 것이다."

그는 또한 그 무렵 수용소 부근의 병원 지구에서 백인 간호원을 강

---

* 영국 작가 찰스 디킨스가 1850년에 발표한 자전적 장편소설.

간했다가 교수형에 처해진 흑인에 관해 이야기해주었다.

나는 그때까지 흑인을 본 적이 별로 없었다. 병원에 있을 때 변소의 기초 공사를 하러 온 흑인 두세 명을 본 게 전부였다. 그들은 진짜 군인이 아니었을지도 모르지만, 고개를 숙인 채 잠자코 일하는 모습은 미군 병사들의 자유롭고 활달한 태도와 현저한 대조를 보였다. 그들은 역시 노예였다.

열한시 반 점심 신호와 함께 웬디는 일어나 그의 숙사로 갔다. 그리고 오후에는 가능한 한 늦게 두시경에 왔다. 그동안은 나의 낮잠 시간이었다. 밤에는 주위가 시끄러워서 자정까지 잠들 수 없었기에 낮잠은 빼놓을 수 없는 일과였다. 웬디가 와도 계속 자는 때도 있었는데 그는 별다른 용건이 없는 한 깨우지 않았다.

오전 중에도 한가하지만, 오후에는 더욱 한가했다. 우리는 할 일이 전혀 없었다. 탐정소설이라도 읽으며 지내는 수밖에 없었다. 나는 원래 탐정소설을 싫어하지는 않았지만, 이틀에 한 권꼴로 읽어대다보니 지겨워졌다. 트릭과 지적인 잔학함으로 일관하는 것들뿐이었다. 이러한 것들을 마구잡이로 생산하는 미국에는 어쩌면 '사회적 불만'이 실재하는지도 모른다. 범죄는 평화시 유일한 폭력 본능의 발로이다.

나는 전쟁 중에 영미 탐정소설이 발달했다는 점에 크게 감복했지만, 여기에 소비되는 작자와 독자들의 지적 에너지가 아깝다는 생각이 들었다. 특히 작가가 풍부한 재능과 인생관찰에 기대어 고작 허구에 진실의 가면을 씌우고 독자들을 속이느라 급급하는 모습이 어리석어 보였다. 탐정소설을 읽는 놈도 어리석지만, 쓰는 놈은 더욱 어리석다.

네시 반이 되면 수용소는 소란해진다. 먼지투성이가 된 외업자들이 소내로 쏟아져 들어온다. 대부분 상의를 어깨에 걸치고 있는 이유는 더위 때문이기도 하지만, 그 상의에 작업장에서 훔친 물건을 감추고 있기 때문이기도 했다.

"수고했어" "수고했어" 하는 소리가 시끄럽게 들리고, "아아, 피곤하다. 오늘은 미군들 너무하더군. '렛츠 고, 렛츠 고'만 연발하면서 조금도 쉴 틈을 주지 않는 거야" 하며 한동안 불평을 늘어놓고는 모두 샤워실로 들어간다. 웬디도 이 시간이 되면 귀대했다. 저녁식사를 하러 가는 것이다.

다섯시 반이 저녁식사 시간이다. 각자 주석도금한 미군 규격의 식기와 컵을 들고 취사장 앞에 줄을 지어 음식을 받아 취사장 옆 식당에서 선 채로 먹었다. 식당은 공사 사정으로 미완성인 채로 방치되어 절반이 사용할 수 없었기에, 대부분은 자기 침대로 갖고 가 훔쳐온 통조림과 함께 먹는 것을 즐겼다.

음식은 대체로 아침이 C레이션이라는, 비스킷과 커피에 쇠고기나 닭고기 통조림 두 개가 일 인분이고, 점심은 일본인이 구운 빵과 쇠고기, 저녁은 호주 쌀에 역시 쇠고기가 곁들여졌다. 여기에 훔쳐온 통조림을 합치니 포식한 포로들이 남긴 음식은 1개 중대 이백삼십 명당 하루에 드럼통 두 개에 가득했다. 조국이 굶주리며 싸우고 있는 이때 너무도 어리석은 짓이었다.

식사 후 식기는 샤워장 옆에 설치된 두 개의 커다란 통에서 씻었다. 한쪽에는 비눗물, 다른 쪽에는 맹물을 끓여놓았다. 우선 비눗물에 담그고 브러시로 두세 번 문지르면 기름이 빠진다. 그리고 맹물에 살짝 헹구면 식기 세척이 끝난다. 그러나 일본인 포로들은 이곳에 줄을 서기보다는 대부분 자기 자리로 돌아가서 미리 떠놓은 물로 제멋대로 씻었다.

일곱시 점호. 포로들은 다시 제복을 입고 군화를 신고 중앙 도로로 나가서, 중대별 5열 횡대로 선다. 도로는 폭이 사 미터로, 북쪽 정문으로부터 사방 이백 미터의 부지를 통과한다. 이 도로에 5개 중대 약 천이백 명의 포로들이 늘어선 모습은 제법 장관이었다.

도로 한쪽에는 철조망 울타리가 쳐져 있고, 그 건너편에 예전 일본군이 부리던 대만인들이 격리되어 있었다. 그들은 도로 쪽을 향해 울타리 앞에 정렬하여, 울타리를 사이에 두고 우리와 마주 보았다.

나는 그들의 얼굴이 중국인과 흡사하다는 사실에 놀랐다. 생각해보면 대만은 원래 중국 영토였으니 전혀 이상할 것도 없지만, 영유(領有)하는 데 익숙하고 일상 생활에서는 그것을 무시해온 일본인인 나에게는 이 사실조차 기묘하게 느껴진 것이다. 그들이 일본의 항복과 더불어 'Chinese'라고 쓰인 간판을 대대본부에 단 것도 당연했다.

웬디는 "일본인은 외업은 잘하지만 내업이 엉망이고, 대만인은 그 반대이다. 그들은 자신들을 위해서가 아니면 일하지 않는다"라고 말했다.

점호는 각 중대 담당 서전트가 중대별로 취했다. 가장 멀리 위치한 제5중대의 서전트가 확인을 끝내고 정문까지 돌아가면 '해산' 명령이 떨어지고, 포로들은 줄줄이 중대 지구로 돌아갔다.

그러고는 자유시간이다. 아직 완전히 어두워지지 않은 안뜰에서 씨름을 하는 자, 헝겊으로 만든 공을 던지는 자, 혹은 실내에서 노래를 부르는 자, 직접 만든 악기를 연주하는 자 등, 제각기 남아도는 정력과 취미에 적합한 유희를 즐겼다.

그러나 포로들이 가장 열중한 것은 노름이었다. 주로 트럼프로 '커브'를 했다. 대나무로 만든 마작을 하는 자도 있었지만, 이미 PX 담배라는 밑천이 생긴 그때는 그러한 복잡한 게임보다는 승부가 빠른 '커브'가 압도적인 인기를 누렸다. 한 소대 숙사 내에 대체로 두 군데 이상의 노름판이 벌어져, 한두 개비 정도의 영세 노름부터 한 갑 단위의 커다란 노름까지, 각자의 사행심과 신중성의 정도에 따라 장소를 선택했다.

포로들 중에는 전문 노름꾼도 있었다. 그런 우두머리가 주재하는 노름판은 각 중대에 한 군데 정도에 불과했다. 열 갑 스무 갑이 한꺼번에 거래되고, 거는 사람보다 보는 사람이 많았다.

노름꾼들은 진지했다. 정력적이면서도 무관심한 포커페이스로 일부러 느릿느릿 자신의 패를 보고는 상대의 패를 살폈다. 그리고 승부가 결정나면 이번에는 아주 재빠른 동작으로 판돈을 거둬들였다.

우두머리에게는 자연히 부하가 생겼다. 노름판에서 우두머리 뒤쪽 구석에 웅크리고서, 그의 무릎에 잔뜩 쌓이는 담배 더미를 겨드랑이 밑으로 쓸어모아 정리하거나 저장했다가, 우두머리가 져서 더미가 사라지면 다시 내주었다.

물론 속임수도 있는 모양이었다. 트럼프는 미군이 알아서 지급하는 것이라서 매일 바꿀 수 없었다. 따라서 손톱으로 표시를 해두는 것은 아주 간단했다. 이리하여 매월 PX 물품을 지급받은 지 불과 열흘 사이에, 한 사람당 스무 갑의 담배는 대개 두세 명의 우두머리 손아귀에 들어갔다.

노름판은 자정이 넘도록 벌어졌기에, 우두머리들은 이튿날의 외업에 참가할 수가 없었다. 그러면 부하들이 대리로 나갔다. 소대장이 주의를 주고 싶어도 평소에 우두머리들로부터 담배 뇌물을 받는 터라 나무랄 수 없었다.

이리하여 낮 동안 한가해진 우두머리들은 몽유병자 같은 표정으로 그들이 인심 써서 담배를 나눠준 중대를 둘러보았다. 그들의 모습에는 다른 포로들에게서는 볼 수 없는 긍지와 만족감이 있었다. 그들은 한마디로 살아 있는 자들이었다.

가장 유명한 자는 통칭 '사바(左馬)'라고 불리는 이였다. 이것은 그의 왼팔에 뒤집혀 새겨진 '마(馬)'자에서 유래한 별명으로, 추종자의 말에 의하면 이 글자는 원래 매춘행위를 한 게이샤의 샤미센 뒤에 써 놓는 글자로, 즉 사바가 그의 동료들을 배반한 적이 있다는 증거라고 했다. 그러나 아무도 그의 앞에서 그런 말을 꺼내지 않았다.

그는 키가 크고 눈이 크며, 오른쪽 송곳니가 금니였다. 그는 굵은 목소리로 천천히 말했다. 중대본부에도 이따금 들렀지만 중대장만 상대하고 하찮은 우리는 거들떠보지도 않았다. 별다른 용건이 있는 것은 아니었다. 그냥 이곳저곳 돌아다닐 뿐이었다.

또 한 사람, 사바만큼 대단하지는 않은 우두머리는, 한때 중대본부의 이발사였다가 노름판이 벌어지자 그만둔 사람이었다. 피부가 검고 갸름한 얼굴에 키가 작은 사내로, 사바처럼 위세 부리는 일도 없이 오히려 살금살금 걸어다녔지만, 그 걸음걸이에는 어딘지 날카로운 느낌이 있었다.

나는 얌전한 젊은이가 갑자기 노름꾼으로 성장하는 것을 목격했다. 그는 도쿄의 어느 사립대학 경제학부의 학도병으로, 사세보 해병단 출신의 하사였다. 그와 나는 같은 병원에서 알게 되어 서로 책을 빌려주기도 하고 전황이나 작전에 관해 의견을 교환하던 사이였다. 피부가 희고 부잣집 도련님 같은 미남자로 기타큐슈 어느 도시의 운송업자 아들이었다.

그는 나보다 먼저 회복해 수용소로 이송됐기에, 내가 입소했을 때에는 미군 사무소의 당번이 되어 매일 낮 동안 그곳에서 지냈다. 미군이 포로를 그런 식으로 부리는 것은 이례적인 일이었다. 일본인 간부들은 그가 그곳에서 일본 해군의 현황에 관한 보고서를 작성할 거라고 추측했다. 이전에도 한 번 학도병 출신의 회계 중위가 그런 일을 한 적이 있다는 것이었다.

언젠가 나는 그가 간부들과 '해군 형법'에 관해서 논쟁하는 것을 들은 적이 있었다. 나중에 그가 나에게 귀띔해준 바에 의하면 이적 행위에 관한 이야기였던 듯하다. 그도 자세히는 이야기하지 않았다.

이윽고 간부들이 간섭한 때문인지 혹은 그의 임무가 끝난 때문인지, 그는 해임되어 우리 사이로 돌아왔다. 그러나 간부들의 눈총을 받은 탓에 영어를 잘하는데도 불구하고 아무런 직책도 받지 못했다.

얼마 후 나는 그가 화투 치는 것을 보았다. 담배가 충분하지 않았던 한두 개비를 걸고 벌이는 작은 노름이었다. 상대방에게 수를 배우며 치는 것이니 이길 리가 없었다. 나는 쓸데없는 짓은 하지 말라고 충고했지만 그는 듣지 않았다.

그런데 '커브' 큰판이 벌어지게 되어 어느 날 밤 들여다보니, 그는 우두머리들에 당당하게 맞서 무릎에 담배를 잔뜩 쌓아놓고 있었다. 이미 부하도 하나 거느린 모습에 나는 깜짝 놀랐다.

그는 나를 보더니 겸연쩍은 듯 싱긋 웃고는, 열 개비들이 담배 한 갑을 내밀었다. 나는 기꺼이 그의 호의를 받았지만 그가 권하는 승부에는 참가하지 않았다. 나는 원래 친구들에게서 노름 솜씨가 있다는 말을 들었는데, 수용소에서는 전혀 노름을 하지 않았다.

나는 그의 타락을 서글프게 여겼지만, 도무지 사태를 이해할 수가 없었다. 그가 미군을 위해서 정보를 제공한 것은(어차피 대수로운 정보는 아니겠지만) 아마도 해병단에 있으면서 품게 된 군부에 대한 증오심 탓일 것이며, 그 증오심이 애국심을 말살시키게 된 데에는 그럴 만한 이유가 있었을 것이다. 하지만 그러한 사상성과 이 도박은 좀처럼 같게 여겨지지 않았다.

결국 나는 포로 생활의 무료함이 그를 이렇게 만들었다고밖에 생각할 수 없었다. 무료함은 어떠한 짓이라도 하게 만드는 모양이다.

인류가 언제 무슨 이유로 도박을 발명했는지, 나의 얕은 지식으로는 알 수 없다. 신 앞에서 점을 치던 것이 변화한 것이라는 설도 있으나, 여하튼 사유재산이란 것이 없었다면 그러한 변화도 없었을 것이다. 그리고 인간이 자신이 행한 노동의 결정체인 재산을 하찮은 규약에 따라 주고받는 관념을 지니려면 여간 무료하지 않고서야 힘들 것이다. 생활에 목적이 있어서 점을 치거나 내기를 하는 경우라면, 사람들은 이토록 무의미한 사행심에 사로잡히지 않을 것이다.

포로나 병사들이 내기를 좋아하는 것은 역시 생활에 목적이 없기 때문일 것이다. 양쪽 다 수인이다. 사용할 길이 없는 환상적인 재산은, 우연성에 걸어버리는 쪽이 깨끗하고 좋을지도 모른다. 혹은 그들의 생활이 우연의 지배를 강력하게 받고 있기 때문에, 그런 우연을 즐기고 싶어 하는 관계가 있을지도 모른다.

내가 노름에 가담하지 않은 것은, 수용소에서 봐둘 것이나 생각할 것이 여러 가지 있어서 그다지 무료하지 않았기 때문이었다.

노름 이외에 포로들에게는 또하나의 즐거움이 있었다. 음주였다. 술은 감미료로 배급되는 건포도에 이스트를 넣어서 만들었다. 이 밀주는 물론 취사장에서 바닥난 적이 없지만, 일반 포로들도 오 갤런들이 스페어 캔(지프 뒤에 싣는, 밀폐장치가 붙은 납작한 통이다)을 마룻바닥에 묻어뒀다.

밤늦게까지 각 숙사에서는 술 취한 포로들의 노랫소리가 들렸다. 양초는 중대 사무소 말고는 지급되지 않았기에, 그들은 제멋대로 빈 맥주 깡통에 취사장에 남아도는 휘발유를 넣어 심지를 꽂고 불을 붙였다. 취하면 울고 싸우고 난리였지만 이것은 우리의 일상 생활과 별로 다를 바가 없기에 특별히 소개할 필요는 없겠다.

이렇게 소란을 피우자 결국 미군의 주의를 듣게 되어, 어느 날 서전트들이 취사장의 스페어 캔을 모두 열어보고 마룻바닥을 파헤쳤다. 쉿, 쉿 하는 소리가 여기저기서 들렸다. 형벌로 심야에 지구 내를 청소하게 됐지만, 우리는 모닥불을 몇 군데 지피고 밤새도록 그 불을 지킨 게 다라서 결국 아깝게 석유만 낭비한 셈이었다.

건포도 배급은 중지됐으나 우리는 외업을 나가 훔쳐오거나 또는 외업 대장이 그곳 담당자에게 특별히 부탁해서 얻어왔다. 그것도 떨어지면 설탕, 꿀, 잼 등등으로도 만들었다. 무료한 인간들이 욕망을 채우려고 하는 일을 막을 방도는 없었다.

우리의 타락은 어디에서 유래한 것일까, 하고 나는 생각해보았다. 원인은 우선 우리가 수인이고 무료하기 때문인 듯했다. 더구나 우리가 정말 수인이고 한 곳에만 갇혀 있었더라면, 우리는 타락하고 싶어도 할 수 없었을 것이다. 예를 들어 우리에게 풍부한 식량과 PX 물품이 없었더라면, 음주도 노름도 하지 않았을 것이다.

그 무렵 『타임』에서 채플린의 새로운 이혼 소송에 관한 보도를 읽었다. 헤어진 부인에게 줄 위자료 금액이 문제였다. 선량하게 보이는 중년 여자가 아이를 무릎에 앉히고 법정 벤치에 앉아 있는 사진과, 팔로 턱을 괸 채 얼굴을 찡그리고 있는 백발의 채플린 사진이 나란히 실려 있었다. 전자에게는 Underpaid?(적게 지불됐는가?), 후자에게는 Overacted?(지나친 연기를 했는가?)라는 주석이 붙어 있었다. 나는 생각했다. 우리는 Overpaid(지나치게 지급됐다)가 아닌가 하고.

우리가 누리는 의식주 및 삼 달러의 봉급 대신 지급되는 PX 물품은 국제 협정에 입각한 것이며, 원칙적으로 일본에 있는 미군도 같은 대우를 받아야 했다. 물론 가난한 일본으로서는 대등한 대우를 하지 못하겠지만, 그것은 여기에서 문제가 되지 않는다.

우리가 이 특권을 누리는 것은 우리가 병사이기 때문이다. 병사가 포로가 되는 것은 전투 행위로 인한 결과 중 하나이며, 포로에게 의식주와 봉급이 지급되는 것은 정확히 말해 병사에게 그것이 지급되는 것과 같은 원칙에 입각한다.

포로에게는 더이상 싸워야 할 의무가 없다. 울타리 안에 머물러 있어야 한다는 의무만이 남게 된다.

이것은 중대한 부자유인데, 우리가 소속된 국가가 우리 주위에 울타리를 친 국가와 전쟁 상태이며, 우리의 자유가 후자에게는 위험하기 때문이다. 이것도 사실은 우리가 알 바 아니지만, 다만 그러한 소극적인 의무와 그 대상으로 부여되는 적극적인 급여, 이 두 가지 사이에는 아마도 우리에게 '지나치게 지급될' 기회가 있었던 모양이다.

자유도 없이 무료하게 지내는 우리도 살아야만 한다. 그 생활의 필요에서 본다면 우리에게 주어지는 급여의 자연적 성질이 문제가 된다.

이천칠백 칼로리의 식량은 열대기후에서는 우리 위장에 너무도 부담스러웠기에 많은 식량을 버렸다. 흡연자와 비흡연자의 구분 없이 지급되는 월 사백 개비의 담배가 소내에 넘쳐흘렀다. 우리는 그것을 노름에 사용했다. 분명 이러한 물질은 우리가 참고 있는 부자유에 대한 대상치고는 과한 것이며, 그 잉여물이 우리를 타락시킨 것인지도 모른다.

우리가 일본에서 받았던 병사 급여는, 우리가 일본에서 생산한 것 및 그 결과인 생활 습관과 어떤 의미에서 균형을 이루고 있었다. 그러나 지금 그 의무의 연장으로서 적국에게서 받는 대우는, 미국인의 생산 생활에 어울리는 것이지 우리의 생산 생활과는 균형이 맞지 않는다.

팔 센트라는 싼 임금으로 하루에 여덟 시간 작업하는 것이 고작 우리의 새로운 생산이었지만, 주어진 작업은 너무 안이해서 팔 센트의 가치조차 없을지도 모른다. 우리는 그 작업으로 지치는 일도 없이 여전히 무료함을 느꼈다. 미군이 우리가 예전에 병사로서 겪었던 만큼의 작업을 시켰더라면, 어쩌면 타락하지 않았을지 모른다.

미국이 포로들에게 자국 병사들과 똑같은 급여를 주었다는 점과 병참이 완비되어 포로들에게 작업을 시킬 여지가 없었다는 점이, 아마도 우리를 타락시킨 원인일 것이다.

당시 내가 공상한 것은 이러한 것들이었다. 이것이 얼마나 타당한가를 판단할 능력은 아직 나에게 없다. 나는 그저 수인이라는 한가한 입장과 위치에서 추리했던 것들을 기록해둘 뿐이다. 그리고 이 추리가 조금도 나를 위로해주지 못했다는 점도 덧붙여둔다.

이튿날 나는 외업에 관한 서류를 대대본부에 제출하고 나서 사무소 앞에 의자를 내다가 앉았다. 소대 막사에는 등화가 줄줄이 켜져 있었고, 여기저기에서 노랫소리가 뒤범벅이 되어 들려왔다. 달밤이었다. 열대의 맑은 밤공기 속에 높고 차갑게 뻗은 야자나무 가지가 단단한 잎사귀에 달빛을 반사하고 있었다. 이 부근은 주변의 야자나무 숲을 개척한 곳으로, 주위를 두른 울타리와 우리가 사는 숙사를 짓기 위해서 베어낸 나머지가 이곳저곳에 쌓인 채 그림자를 이루고 있었다.

부지 동쪽에는 타클로반 방위 부대가 십자가산이라고 부르던 톨로이데*식 낮은 언덕이 외로이 솟아 있고, 그 꼭대기에 미군 방공 감시 초소의 불빛이 반짝였다. 이 언덕으로부터 우리가 있는 부지를 지나 서쪽 강에 이르는 이 킬로미터는 예전에 16사단의 1개 부대가 전멸당했던 곳으로 정지 작업을 하던 포로들이 백골을 발굴한 적이 있다고 말했다. 지금도 도랑 바닥에 도깨비불이 보이면 겁을 먹는 젊은 포로들도 있다.

---

* 종상 화산.

조국이 고전하고 있는 때 우리가 이곳에서 타락한 생활을 하는 것은 기괴한 일이었다. 물론 어쩔 수 없는 상황이고 이것도 전쟁의 한 국면임에는 틀림없지만, 이 상황에서 우리가 살아야만 한다는 사실에는 어딘가 이해되지 않는 점이 있었다.

전쟁을 치르는 국가들이 서로의 포로를 먹여살린다는 것은 물론 문명의 소산이지만, 전쟁 그 자체는 야만적 행위이다. 전쟁을 중지하지 않고 포로만 먹여살린다는 모순은 구제할 방도가 없다. 만약 이러한 상태에서 살았던 우리의 경험, 거기에서 서로 봐야 했던 서로의 모습에 대한 기억을 미래까지 지니고 가지 않아도 된다면 다행이련만.

나는 따분해졌다. 웬디에게 부탁해서 통역으로 외업대에 참가할 허락을 받았다. 씨름꾼 같은 제4소대장 우에무라를 선두로, 타클로반 해안, 통상 화이트비치의 야적창고로 가는 서른 명 정도의 그룹이었다.

아침 일곱시에 문을 나선 우리는 이윽고 마중 나온 트럭에 올라탔다. 트럭은 출발했다. 길은 수용소 동쪽, 십자가산 기슭을 누비며 달렸다. 수용소 뒤쪽의 늪지대를 따라 조금 더 가니 강이 나오고, 강기슭에서 필리핀 여자가 더러운 물에서 빨래를 하고 있었다.

팔로 마을을 지나쳤다. 초라한 장방형 교회의 유리창들이 깨어져 있었다. 필리핀인들이 아우성치며 트럭을 쫓아왔다. 손바닥을 목에 대고 참수형 흉내를 냈다. 마을을 벗어났다. 양쪽에 숲이 있는 먼짓길을 트럭이 힘차게 달렸다. 색색의 영문 간판이 잔뜩 늘어서 있었다. 몇 차례 커브를 틀어 한동안 변화가 없는 길을 곧장 달린 후 해안에 다다랐다.

먼 바다에 배가 점점이 떠 있었다. 자갈투성이 해안에 화려한 수영복을 입은 뚱뚱한 여자가 누워 있고, 남자가 무표정한 얼굴로 물에서 나오고 있었다. 바닷가로 야자나무 가로수 길이 한없이 계속됐다. 멋진 모양의 연료 탱크가 수없이 늘어서 있었다. 해안을 벗어나 울퉁불퉁한 길을 이리저리 돌다가 다시 해안으로 나왔다. 철조망에 둘러싸여 짐더미들이 잔뜩 늘어서 있는 곳에 트럭이 멈췄다.

문을 들어서니 지저분한 텐트가 있고, 보초가 두 명 앉아 있었다. 일행은 그곳에 음료가 담긴 스페어 캔과 도시락을 두고 텐트 앞에 정렬했다. 보초가 인원수를 세어 장부에 기록했다. 일행과 해산해 텐트 안에서 쉬고 있노라니, 어디선가 미군 병사가 나타나 "헤이, 컴 온!" 하며 손바닥을 편 한쪽 팔을 내밀었다. 다섯 명 오라는 뜻이었다. 잇달아 다른 병사들이 오더니 열 명, 세 명, 다섯 명씩 데려갔다. 남은 것은 나와 소대장뿐이었다. 우리는 잠자코 우선 담배를 피웠다.

"자네, 영어를 할 줄 아나?"

보초 하나가 물었다. 검은 머리에 주걱턱의 하사였다. "할 줄 안다"고 대답하자 다시 물었다.

"게이샤는 얼마나 하지?"

나는 웃으면서, 일본을 떠날 때 지불했던 화대의 두 배 정도를 말했다.

"그게 몇 달러인데?"

"모르겠군요. 지금은 환율이 없잖아요?"

"필리핀 여자보다 비쌀까?"

"그야 비싸겠죠. 게이샤는 파티의 서비스를 하는 게 본업이라 몸은 좀처럼 팔지 않습니다" 하고 은근히 자랑했다.

"음, 그러면 오 달러인가?"

그는 실망한 듯 울타리 바깥에 펼쳐진 바다를 바라보았다.

"필리핀 여자는 좋던가요?"

"좋지 않아. 너무 엉성해."

곁에 있던 코가 아주 높은 젊은 병사 하나가 얼굴을 기묘하게 움직였다. 입가가 천천히 벌어지면서 젊은 얼굴에 무수한 주름이 생기고 눈이 가늘어졌다. 보기에 따라서는 울고 있는 것 같은 얼굴이었다.

"미국 여자는, 정말 좋지."

그렇게 말하며 양손을 껴안듯이 움직이며 입을 벌렸다. 우리는 크게 웃었다.

"어이, 한 바퀴 돌고 와!" 하사가 부하에게 지시했다.

"오케이. 컴온!" 그 부하는 노래하는 듯한 목소리로 우리를 부르며 일어섰다.

우리는 셋이서 산더미같이 쌓인 짐꾸러미 사이를 지나갔다. 포로들은 햇볕 아래에서 일하고 있었다. 난잡하게 부려놓은 짐을 다시 쌓는 작업이었다.

"삼십 분에 오 분씩 휴식하도록" 하고 감독하는 미군 병사에게 지시하며 걸었다.

"알아, 알고 있어." 상대는 대답했다.

멀리 짐더미 사이를 대여섯 명의 포로들이 뛰어가는 모습이 보였다.

"어이, 무슨 일이야?" 소대장이 불렀다.

"작업장이 바뀌었어." 한 사람이 대답하고는 짐더미 속으로 사라졌다.

옆에서 안경 낀 미군 병사가 뛰어나왔다.

"모두 어디론가 사라졌어!" 그는 숨을 헐떡이며 말했다.

"어라? 그 녀석들 도망친 거로군. 어이, 이봐!"

그렇게 외치며 소대장은 아까 포로들이 사라진 쪽으로 뛰어갔다.

나는 두 명의 미군 병사와 함께 남았다. 안경 낀 미군 병사는 뭔가 빠른 말로 우리를 인솔한 미군 병사에게 말을 건넸다. 이쪽은 어깨를 으쓱했다.

"이놈은 영어할 줄 알아." 그는 나를 턱으로 가리키며 말했다.

상대방은 듣고 있지 않았다. 소대장이 사라진 쪽을 바라보고 있더니, 곧 눈을 부라리며 뛰어갔다. 소대장이 도망친 포로들을 데리고 길 저편에 나타난 것이었다.

나는 어슬렁어슬렁 다가갔다. 내가 그곳에 도착했을 때에는 미군 병사가 포로들을 데리고 달려서 옆길로 사라진 후였다.

"헤헤, 어쩔 수 없는 놈들이야. 마음씨 좋은 미군에게는 기어오른 다니까."

소대장은 우리 쪽으로 오며 말했다.

이 노천 창고의 중앙 도로는 제법 넓었다. 트럭 한 대가 후미를 짐더미에 댄 채 길 옆에 서 있었다. 삼십 명 정도의 포로들이 짐더미의 맨 꼭대기까지 일렬로 늘어서서 릴레이식으로 짐을 쌓고 있었다.

"소대장님, 처음부터 한 번도 쉬지 않았습니다. 힘들어 죽겠어요. 트럭이 쉬지 않고 오거든요" 하고 한 사람이 외쳤다.

미군 주임이 말을 받았다. 시계를 보더니 "트럭의 짐을 전부 내릴 때까지 쉴 수 없어" 하고 대답했다.

"그건 안 되지. 삼십 분에 오 분씩 쉬도록 말해주게나." 소대장이 나에게 말했다.

나는 그대로 전했다. 상대는 미안하다는 표정을 지었지만, 이곳 현장의 규칙상 작업자는 짐을 전부 내릴 때까지 쉴 수 없다는 것이었다. 나는 소대장에게 그렇게 전할 수밖에 없었다.

"그럴 리가 없어. 좀더 강경하게 말해봐. 어이, 모두들 어떻게 할지 정해질 때까지 쉬어!"

포로들은 동작을 중지했다. 미군 주임은 당황했다.

"안 돼! 계속해, 계속하라니까!"

그들에게 직접 소리치고는 나에게도 같은 말을 되풀이했다.

장교를 태운 지프가 왔다. 그쪽에 말을 건네보기로 했다. 눈이 크고 턱이 벌어진 중위였다.

"노! 트럭 위에 짐이 남아 있는 이상 쉴 수 없어."

그는 발판에 올려놓은 나의 한쪽 발을 힐끗 보며 대답했다.

이 발 때문에 교섭에 실패하면 곤란하다고 그 순간 생각했지만, 한번 올려놓은 발을 내리는 것도 어쩐지 싫었다. 나는 더위가 심하다는 둥 이미 몇 시간이나 작업을 계속하고 있다는 둥 설명을 했다. 그러나 발판에 올려놓은 발과는 상관없이 교섭은 이루어지지 않았다.

"규칙이다!"

그렇게 내뱉고 지프는 가버렸다. 그러나 적어도 이 교섭 중에는 포로들이 쉴 수 있었다.

"할 수 없지. 미안하지만 계속해. 트럭도 더이상 오지 않을 거야."

소대장은 작업하는 포로들을 위로하고는 철수했다. 동행한 미군 병사는 여전히 노래하듯 말했다.

"안됐지만 어쩔 수 없잖아. 휴식을 주고 싶어도, 그는 장교이고 나는 일개 사병에 불과하니까."

나는 어깨를 으쓱했다. 지나가는 미군 병사에게 그는 말을 걸었다.

"어이, 이 녀석 영어를 할 줄 알아."

상대는 애매하게 웃었다.

입구에 있는 텐트로 돌아가서도 그 병사는 여전히 노래하듯 하사에게 보고했다. 하사는 "응" 하고 신음하듯 대답할 뿐 잠자코 있었다. 땅을 뒤흔들며 트럭 한 대가 또 들어왔다.

"오늘은 많이도 오는군." 그가 중얼거렸다.

그러고 나서 우리는 그곳에 잠자코 있었다. 소대장은 다시 미군 병사에게 음담패설을 건네보라고 권했지만 나는 거절했다.

점심시간이 되었다. 포로들이 우르르 모여들었다. 제각기 작업에 대한 불평을 늘어놓으며 갖고 온 도시락을 펼쳤다. 작업장에서도 특별히 약간의 통조림이 지급됐다.

한 시간 휴식 후 포로들은 "오늘은 덥군" 하고 투덜거리며 흩어져 갔다.

다시 한 바퀴 둘러보러 나갔다. 이번에는 소대장과 둘뿐이었다. 작업 현장에는 상당한 변화가 있었다. 중앙 도로에서 짐을 부리던 일행은 어느 틈엔가 모습을 감추었다. 걸어다녀봐도 미로와도 같은 짐더미들 사이 어디에서 작업을 하는지 감을 잡을 수 없었다.

"잠깐 쉬지."

소대장은 짐더미 사이의 그늘에 주저앉았다. 그다지 선선하지 않았다. 눈앞에는 무수한 짐들만이 햇볕 아래에 조용히 쌓여 있었다.

어디선가 웃음소리가 들려왔다. "끄억, 끄억" 하는 맥빠진 웃음소리가 아무래도 일본인 같지 않았다. 따분하던 우리는 일어서서 목소리를 따라 짐더미 사이를 빠져나갔다.

좁은 골목을 두세 번 돌자, 작은 텐트가 쳐 있는 약간 넓은 공간이 나왔다. 그곳에 흑인 병사 두세 명이 포로들과 함께 앉아 있었다. 웃는 것은 그 흑인 중 하나였다.

뚱뚱한 흑인이 커다란 입을 벌리고 웃고 있었다. 앞에 앉은 포로 하나가 손가락으로 여자의 성기 모양을 만들어 보이고 있었다. 흑인도 손으로 흉내 내고는 웃었다. 다른 포로들도 소리 없이 웃고 있었다.

소대장이 "너희들 뭐야?" 하고 묻자 "휴식입니다" 하고 대답했다.

또다른 흑인 병사가 나에게 뭔가 말했다. 사투리가 심해서 무슨 말인지 알아들을 수가 없었다. 되물은 끝에 간신히 지금 다시 일어서려던 참이었다는 의미를 알아들었다. 피부도 그다지 검지 않고 점잖아 보이는 작은 사내로, 혼혈인 듯했다.

소대장을 남겨두고 둘이서 걸었다. 흑인은 뭐라고 말을 했지만 알아들을 수가 없었다. 웃으면서 얼버무렸다. 일고여덟 명의 포로들이 작업을 하고 있었다. 짐더미 사이에 널빤지를 걸쳐놓고, 약간의 경사를 이용해서 짐을 미끄러뜨렸다. 계속 손을 대고 있지 않으면 위험했다.

흑인이 뭐라고 말했다. 그제야 "열심히 일하고 있군" 하고 칭찬하는 말이란 것을 알았다. 나는 미소 지었다.

또다시 걷기 시작했다. 짐더미 그늘에 금발의 젊은 미군 병사 하나를 둘러싸고 너덧 명의 포로들이 앉아서 뭔가 마시고 있었다. 그들의 안색을 보니 그 액체가 무엇인지 알 수 있었다.

흑인도 나도 애매하게 웃으며 지나갔다.

"열심히 하는군." 내 말에 흑인은 웃었다.

텐트로 돌아오니 소대장이 덩치가 큰 흑인과 둘이서 따분한 듯이 앉아 있었다. 다른 포로들은 휴식시간이 끝난 모양이었다. 흑인은 졸고 있었다.

소대장과 둘이서 다시 그곳을 나섰다. 조금 가자 비명이 들리더니 젊은 포로 하나가 짐더미 그늘에서 뛰쳐나오다가 우리를 보고 멈춰섰다. 뒤에서 오전에 포로들을 놓쳤던 안경 낀 미군 병사가 나타났다.

"도둑질을 했어!"

"맞나?" 그가 물었다.

"맞습니다." 상대는 대답하더니 초콜릿 두 개를 내밀었다.

포로는 차렷 자세로 뺨을 맞았다.

"원망하지 마라. 어쩔 수 없으니까."

그렇게 말하며 소대장은 또 한 차례 때렸다.

"그만, 이제 됐어!"

안경 낀 미군 병사가 손을 흔들며 제지했다. 그리고 땅바닥에 떨어진 초콜릿을 줍더니, 매 맞은 포로의 어깨를 부둥켜안고 가버렸다.

우리는 다시 그곳에 주저앉았다. 길 건너편 끝에 미군 하나가 나타났다. 아까 너덧 명의 포로들과 함께 있던 금발의 미군 병사였다. 다리가 약간 휘청거렸다.

"집어쳐, 집어치우라니까!"

그렇게 외치며 그는 손에 든 물건을 사방에 던졌다. 멀리서도 그것이 초콜릿임을 알 수 있었다. 그가 이곳까지 올까봐 우리는 겁을 먹었지만 옆으로 돌아서 사라졌다.

하루도 이제 저물어갔다.

입구 쪽 텐트 앞에 정렬해서 인원 점호와 신체검사를 끝내고 다시 트럭에 탔다. 세시 반이었다. 창고에는 역시 우리를 네시까지 붙잡아 둘 정도의 일거리가 없었던 것이다.

차가 출발했다. 돌아가는 길은 올 때와 조금 다른 길을 통과하는 모양이었다. 소대장은 그것을 알고 있었다. 더구나 그 주변 해안에 있는 일본인 여자 수용소 앞을 지난다는 사실도 알고 있었다.

얼마 안 가서 우리의 수용소처럼 철조망으로 둘러싸인 곳이 나오더니, 수많은 여자들이 손을 흔들며 울타리 쪽으로 달려왔다. 일 년 반 만에 보는 이 일본인 여자들이 그다지 아름다운 인상을 주지 못했다는 사실을 고백하지 않을 수 없다. 심플한 원피스를 입고 햇볕에 심하게 탄 그녀들은, 옆에서 가르쳐주지 않았더라면 필리핀인들로 착각할 정도였다.

질주하는 트럭 위에서 소대장은 커다랗게 손을 흔들었다. 초콜릿을 던진 것이다. 그는 간밤에 이 작업장에 오기로 결정됐을 때부터 PX 물품을 지급받지 못하는 그녀들을 위해 초콜릿을 준비해둔 것이었다. 그는 여자에게는 친절했다.

트럭은 다시 해안을 달리더니 숲속 길로 들어섰다. 길은 혼잡했다. 자동차들이 꼬리를 물고 달렸다. 뒤차의 앞쪽에 흑인들이 타고 있었다. 그들의 무표정한 얼굴은 똑바로 우리를 향한 채 움직이지 않았다.

보면 볼수록 신기한 피부였다. 흑색 바탕에 침전된 푸른빛은 일반적으로 우리가 지니고 있는 인간의 피부에 대한 관념과 아무래도 일치하지 않았다. 그들이 무엇을 생각하고 있는지 우리는 도저히 알 수가 없었다.

그러나 자만하면 안 된다. 백인종도 황인종에 대해 같은 말을 할 것이다. 우리의 피부 색깔이 그들에게는 불가사의하게 비칠 것이고, 동양인의 가면을 쓴 듯한 무표정은 그들 사이에 이미 전설화되어 있었다.

트럭들은 서로 붙어 있기라도 하듯 거리를 좁힌 채 끝없이 달렸다. 가면과도 같은 흑인들의 얼굴은 여전히 우리 뒤쪽에서, 언제까지고 그 무표정을 흐트러뜨리지 않았다.

8월 10일

포로 생활에서는 날짜 같은 것을 제대로 기억할 수 없지만, 이 열흘만은 정확히 기억하고 있다.

1945년 8월 6일이었다. 밤중에 대대 서기 나카가와가 중대본부에 들어오더니, 그날 히로시마에 새로운 폭탄이 투하됐다고 알려주었다.

"굉장한 위력이래. 한 방으로 사방 십 마일을 단번에 해치운다는군" 하고 그는 말했다.

나카가와는 그와 직접 연락하는 미군 수용소 사무소에서 얻은 정보를 자랑하러 온 것이었다. 나는 이전부터 그가 마치 아군 병기를 자랑하는 듯한 어조로 적군 병기의 위력에 대해 말하는 것을 불쾌하게 생각하고 있었다. 옛 16사단 포병 하사관인 그가 말하는 해안 방위의 경험담은 미군 측의 상륙전기(上陸戰記)나 다름없었다.

사방 십 마일이면 히로시마 전체 넓이다. 이 엄청난 재난을 평소와 같은 어조로 말하는 모습은 도저히 참을 수가 없었다.

그가 또다시 같은 말을 되풀이하기에 나는 한마디했다.

"나카가와, 적당히 하지그래. 일본이 당하는 게 그렇게 좋은가?"

그는 약간 흥분했다. 예전 같으면 나를 때렸겠지만, 이 무렵에는 대대본부의 위력이 쇠퇴해서 나와 같은 중대 통역의 눈치도 살펴야만 했다. 게다가 문제는 애국적 견지에서 단연코 나에게 유리했다.

결국 그쪽에서 자신을 억제했다. 그래서 "그렇다는 말이 아니라" 하고 중얼거리며 옆 중대로 가버렸다. 물론 똑같은 뉴스를 자랑하러 간 것이다.

"여어, 오오카, 기세가 대단한데?"

옆에서 잠자코 듣고만 있던 중대장이 말했다. 그는 파벌주의가 강해 자기 중대에서 대대 서기가 한방 먹었다는 사실이 기뻤던 것이다.

모두가 한 차례 나카가와에 대한 험담을 늘어놓은 후, 새로운 폭탄의 효력에 관해 사실은 나카가와의 속물근성과 별다를 바 없는 무관심과 호기심으로 떠들어댔다.

폭탄의 종류에 관해 나카가와는 아무것도 몰랐다. 나는 대체로 '몰로토프의 빵 바구니*'식의 크고 작은 폭탄을 상상했다. 거대한 폭탄이 공중에서 작렬하여 무수히 작은 폭탄 세례를 퍼붓는다. 그러나 단 한 발로 사방 십 마일을 해치우건 이십 마일을 해치우건, 미국이 얼마든

* 제1차 폴란드-소련 전쟁에서 소련기가 핀란드 도시를 무차별 폭격한 것에 대한 비난이 일자, 소련 외상인 몰로토프가 굶주린 핀란드인에게 빵을 나눠줬을 뿐이라고 변명한 데에서 유래한 말.

지 폭약과 B29를 제조할 능력을 지니고 있는 이상 마찬가지였다.

이튿날 중대 담당 서전트인 웬디가 와서 한 발이 TNT 십 톤에 필적한다고 자랑했을 때에도, 나는 이러한 이유를 들며 불복했다.

"물론 B29 오십 대분을 한 대로 해결할 수 있다면, 당신네 나라가 무한정으로 소유하고 있는 휘발유를 조금은 절약할 수 있겠지요"라고 나는 덧붙였다.

웬디는 동정하는 눈으로 나를 힐끗 보고 고개를 갸웃했다.

나는 잘못 알고 있었던 것이었다. 웬디가 오후에 갖고 온 『성조기』 표지에 있는 'ATOMIC'이라는 여섯 글자가 내 눈에 들어왔다. 아마도 웬디가 아침에도 꺼냈던 말이었겠지만, 나의 미숙한 영어 실력과 상상력 부족으로 미처 깨닫지 못했던 것이다.

나의 첫 반응이 일종의 환희였다고 쓴다면, 사람들은 나를 비국민이라고 할지도 모른다. 그러나 그것은 사실이었다. 나는 일찍이 현대 이론물리학의 팬이었으며, 원자핵 내부의 갖가지 현상에 관한 최근 연구에 흥미를 지니고 있었다. 그리고 코뮤니스트가 그 정묘한 이론을 자본주의의 제3기적 퇴폐의 반영이라고 비난한 것에 불쾌감을 느끼고 있었다. 그것이 폭탄이 되어 작렬하면 그들도 계속 부르주아적 공상으로만 몰아붙이지 못할 것이다. 나는 이것이 인간이 불을 발견한 이래 인류 문명의 획기적 진보라고 확신했다.

그러나 다음 순간, 나는 우리 국민들이 그 최초의 희생자가 되었다는 사실을 생각하고 섬뜩했다. 크고 작은 폭탄이 문제가 아니었다. 『성조기』는 다소 위협적으로 기사를 과장해서, 앞으로 이십 년 동안 어떠한 생물도 그 폐허에서 자라지 못하리라고 예언했다. 나는 갖가지 방사능을 몸에 뒤집어쓰고 복잡한 고통 끝에 사망할 수많은 동포들을 생각하고 전율했다.

내가 포로가 된 후 처음으로 조국의 참화에 충격을 받은 일이었다. 전함 야마토의 무모한 행위나 스즈키 내각의 전쟁 완수 선언은 모두 극도로 불쾌한 뉴스였지만, 포로의 입장이고 보니 그러한 것들은 생각해봤자 별수 없다는 의미에서 중대한 관심사가 되지 못했다. 생각해봤자 별수 없는 것은 원자폭탄도 마찬가지지만, 그것이 이처럼 나에게 충격을 준 것은 아마도 원자핵 에너지에 대한 나의 미신적 경외감 때문일 것이다.

"자네는 원자가 무얼 의미하는지 아는가?" 웬디가 물었다.

"알고 있지. 나는 이것이 역사적 발명이라는 점을 인정해."

"정말 바보로군. 어째서 너희는 항복하지 않는 거야? 우리는 이미 관대한 조건을 제시했는데."

"일본 군부가 포츠담 선언을 수락할 리 없다는 건, 요전에 우리가 검토한 그대로야."

"정말 바보로군."

"당신은 원자폭탄을 어떻게 생각하지?"

"너무 파괴적이야. 우리는 그걸 사용함으로써 장래에 책임을 느껴야 하겠지."

웬디는 우울한 표정으로 말했다. 나는 일어서서 소리쳤다.

"어이, 히로시마의 폭탄은 원자폭탄이래!"

모두가 다가왔다. 중대장인 히와타시 하사관은 일본에서도 그것을 연구한다는 사실을 알고 있었다.

“성냥갑 정도의 분량으로 커다란 군함을 간단히 해치운다는 그건가? 먼저 당했군. 쳇, 기분 상하네.”

“미국은 돈이 많으니까. 이걸로 일본도 드디어 항복인가!” 소대장 하나가 탄식했다.

그러나 나는 잠자코 있을 수 없었다. ‘정말 바보로군.’ 그건 알고 있다. 지금 전쟁을 주도하고 있는 광인들은 어차피 갈 데까지 가지 않으면 성에 차지 않을 것이다. 국민들이 몇 차례나 원자폭탄 세례를 받건, 그들은 언제까지나 안전한 방공호에서 오케하자마*를 꿈꾸고 있을 것이다.

탐정소설에도 흥미를 잃었고, 심심풀이로 쓰던 시나리오도 손에 잡히지 않았다. 선량한 웬디 앞에 앉아서 말상대를 하는 것도 싫었다. 나는 다만 불안해하며 주위를 서성대거나, 포로 동료들과 원자폭탄 이야기를 나누는 것으로 어느 정도 신경을 안정시킬 뿐이었다.

이 불안은 포로로서 전혀 새로운 상태였다. 나는 그 이유를 여러모로 생각했다.

나의 소시민 근성에서 말하지만, 히로시마 시민들이나 장래에 원자폭탄 세례를 받게 될 도시의 시민들이나 나와 아무런 관계도 없다. 월급쟁이인 나의 사고력이 미치는 범위는 내 가족과 친구들에 한정되어 있다. 가족은 현재 피난했을 공산이 크고, 총명한 내 친구들은 각자 재난을 피할 방법을 알고 있을 것이다.

---

* 1560년 오다 노부나가가 이마가와 요시모토를 기습 공격하여 죽였던 ‘오케하자마의 전투’. 여기에서는 일본이 전세를 역전시켜 승리를 거두리라는 희망을 의미한다.

조국이라는 관념도 나에게는 지극히 막연했다. 그것은 우선 첫째로 나의 노동에 대해 다소나마 보답해주는 고용주의 사업에, 고용주가 나를 해고하지 않아도 될 정도의 번영을 허락하는 정부를 의미한다. 즉 이것은 전시 중에 당연히 전쟁을 속행하는 정부이다. 그 대상으로서 나는 월급의 상당한 부분을 납세할 의무와, 일개 병사로서 전선에서 죽을 가능성을 제공했다. 전시하에서의 나의 행복은 전적으로 징집당할 것인가 아닌가 하는 우연에 달려 있었다. 그 밖의 것은 알 바 아니다.

불행히도 그 우연의 덕을 보지 못했지만, 전쟁터에서는 우연의 덕을 보아, 지금 문명국의 포로가 되어 조국의 국민들이나 전쟁터의 병사들보다 훨씬 좋은 생활을 하고 있다. 이러한 생활에서 우국(憂國)이란 단순한 감상에 불과했다.

조국은 어차피 패할 것이다. 포로인 덕분에 얻은 정보를 통해 그렇게 믿어야만 한다는 건 고통스럽지만, 이것은 히로시마 시민들의 재난과 관계없이 당연한 사실이었다. 패전은 장래의 내 생활을 곤란하게 만들겠지만 전시의 내 생활이 전쟁 수행 덕분에 유지되어온 이상 어쩔 수 없었다. 전쟁이 아니었더라면 나는 당연히 실업자 무리에 포함됐을 무능한 인텔리였다.

그러한 내가 원자폭탄의 참화를 듣고 이토록 동요한 이유는, 역시 원자라는 무기가 지닌 새로움과, 그것을 사용한 나라의 소시민이 말한 것처럼 '너무 파괴적'인 탓일 것이다.

십만 명 이상의 목숨을 한번에 빼앗고, 또한 아마도 그만큼의 사람들이 서서히 죽어가게 될 참화는 전대미문이었다. 그러나 곰곰이 생각해보면 정도의 차는 있지만 처음으로 대포의 살상력을 본 옛날 사람들도 똑같은 느낌을 받았을 것이다. 더 거슬러 올라가면 처음으로 화살을 맞거나, 혹은 칼에 베인 동료를 본 원시인들도 같은 느낌을 받지 않았을까? 새로운 참상이란 언제나 제삼자에게 충격을 주기 마련이지만, 죽는 당사자로서는 오십보백보가 아닐까?

에리히 레마르크*는 포탄에 머리가 날아가 목에서 피를 내뿜으며 세 걸음을 걸어간 인간을 신기한 듯 그렸고, 노먼 메일러**도 역시 목이 없는 시체를 자세히 묘사했지만, 이러한 전쟁터의 광경을 처참하다고 느끼는 것은 보는 사람의 감상에 불과하다. 전쟁의 비참함은 인간이 본의 아니게 죽어야 한다는 사실에 있을 뿐, 어떻게 죽느냐는 문제되지 않는다.

더구나 그 사람들은 대부분 전시 혹은 국가가 전쟁을 준비하는 기간 중에 기꺼이 은혜를 받았던 자들이기에, 정확히 말하자면 모두 자신의 잘못이라고 할 수 있다.

히로시마 시민들도 나와 마찬가지로 스스로의 잘못으로 인해 죽는 것이다. 병사가 된 뒤, 나는 나와 똑같은 원인으로 죽는 모든 사람들에 대한 동정심을 잃었다.

나는 결국 내가 느끼는 불안의 원인을, 수많은 인간이 한순간에 죽어간다는 상황이 내 정신에 미치는 영향에서는 찾을 수 없었다. 그리고 원래부터 사회적 감정이 결여된 소시민인 나의 정신이 이렇듯 '다

---

* 『서부 전선 이상없다』 『개선문』 등의 작품을 쓴 독일 작가.

** 미국 작가. 오오카 쇼헤이와 마찬가지로 필리핀에 종군하여 레이테, 루손 등을 전전한 경험이 있다.

수'에 의해 움직여지는 것은 인류의 군거 본능에 의한 것이라 생각했다. 순수하게 생물학적 감정이다.

나는 생물학적 감정에서 진지하게 군부를 증오했다. 전문가인 그들이 절망적인 상황을 모를 리 없다. 또한 근대전에서 일억옥쇄* 따위가 실현될 리가 없다는 사실도 물론 알고 있을 것이다. 그러한 그들이 원자폭탄의 위력을 보면서도 여전히 항복을 연기하고 있는 것은, 오로지 그들 자신이 전쟁 범죄자로 처형되고 싶지 않기 때문일 것이다. 그들이 이 전쟁을 시작한 원인은 여러 가지가 있고, 상황이 그들의 뜻대로 되지 않았다는 점은 알겠지만, 이러한 시점에서 아무런 대응책도 없이 시간을 보내는 것은 그들의 자기 보존이라는 생물학적 본능이라고밖에 할 수 없다. 따라서 나는 그들을 생물학적으로 증오할 권리가 있다.

이틀 동안 나는 짐승처럼 서성거리며 지냈다.

8월 9일 『성조기』는 소련의 선전 포고와 극동군의 월경을 전했다. 필리핀에 도착한 관동군 정예부대를 본 나는 소련과의 국경에 이미 연약한 교체병들밖에 남아 있지 않다는 사실을 알고 있었다. 만주는 제압당할 것이다. 그러나 이 뉴스는 어쩌면 군부의 굴복을 재촉할지도 모르니 그다지 나쁠 것은 없었다.

10일에는 좋지 않은 뉴스가 들어왔다. 나가사키 원폭 투하. 히로시마에 투하된 것보다 훨씬 강력한 것이라고 한다.

웬디가 말했다.

---

* 一億玉碎, '일억 명의 일본인은 천황 폐하를 위해 몸이 부서져 죽도록 충성할 각오가 되어 있다'라는 의미이다.

"정말 바보로군, 안 그래? 어이, 당신네 나라의 천황이 무슨 특별 명령을 내려서 군부를 항복시킬 수는 없나?"

"그러면 그들이 그를 죽이겠지."

나는 얼굴을 돌렸다. 웬디는 포로 통역이 신분에 어울리지 않는 불쾌감을 표명한 데 깜짝 놀란 모양이었다.

"흐홍" 하며 힘없이 웃고는 어디론가 사라져버렸다.

10일 밤 아홉시경이었다. 수용소의 북동쪽에 해당하는 타클로반 방면의 하늘에 갑자기 무수한 탐조등 불빛이 어지럽게 솟았다. 만 안에 정박한 선박들의 기적 소리가 한꺼번에 길게 울리더니 적색과 청색의 예광탄이 하늘을 비췄다.

맨 처음 느낀 것은 일본기의 공습이었다. 그러나 이것은 수개월 동안 없었고, 최근의 상황으로 보아 그렇게 생각할 수 없었다. 다음으로 방공 연습인가도 생각했으나, 그렇기에는 예광탄이 심상치 않았다.

예감이 들었다. 나는 중앙 도로로 나와 문을 향해 마구 달렸다. 오십 미터의 거리였다. 문 쪽에는 반사등이 밝게 비치는 가운데 보초가 한 명 서 있었다. 문 밖의 어둠 속에서 미군 병사 하나가 뭐라고 외치며 달려왔다. 그는 문에 다다르자 보초와 얼싸안고 춤을 췄다.

제1차 세계대전을 다룬 미국영화를 몇 편 본 적 있는 나는, 이 광경이 무엇을 의미하는지 알고 있었다. 물어볼 필요도 없었다.

나는 멈춰 섰다. 그사이에 도로 좌측의 대대본부에서 대대장 이마모로와 부대장 오라가 뛰쳐나왔다. 이런 유사시에는 역시 직업 군인의 발이 빨랐다. 내가 멈췄을 무렵에는 이미 문에 도착해서 감시병과 두세 마디 나누고는, 다시 바깥의 수용소 사무소 쪽으로 달려갔다. 철조망 건너 대만인 지구에서 대대장 리(李)가 문으로 와서 즉각 양손을 들더니 뭐라 외치면서 되돌아갔다. 상황은 이미 명백했다.

나는 오른쪽으로 돌았다. 걸어가노라니 울타리 건너 대만인 지구에서 점차 소음이 일었다. 나무를 두드리는 소리, 양철을 두드리는 소리에 환성이 뒤섞였다.

달려오는 다른 중대의 간부들과 마주쳤다.

"뭐야, 도대체?" 그들이 물어왔다.

"이마모로가 중대본부에 갔습니다. 전쟁이 끝난 모양입니다."

"뭐?" 하며 그들은 그대로 지나쳐갔다.

중대본부 앞에는 불안한 표정으로 사람들이 모여 있었다. 중대장은 대대본부에 가고 없었다. 탐조등은 계속 북동쪽 하늘에서 움직이고 있었고, 기적 소리도 계속되고 있었다.

"오오카, 어찌 된 일이야?"

"글쎄요, 아마 전쟁이 끝난 모양입니다. 히와타시가 돌아오면 알 수 있겠죠."

"일본이 패한 거야?"

"아마, 그렇겠지" 하는 소리가 어둠 속에서 들려왔다.

"누구야, 그런 이상한 소리를 하는 놈은? 이리 나와!"

제4소대장 우에무라가 소리쳤다. 사람들이 웅성거렸지만 범인은 나오지 않았다. 이쪽 역시 달려들어가 끌어낼 기력도 없었다.

"쳇, 되게 떠들어대네."

우에무라는 소란이 점차 높아지는 대만인 지구를 보며 말했다. 무엇을 태우는지 여기저기서 불길이 치솟아 야자나무 가지를 비췄다.

중대장이 돌아왔다. 소대장 앞에 서서 내뱉듯이 말했다.

"일본이 손을 들었어. 라디오에서 방송했다더군."

사람들이 술렁거렸다.

"응? 정말인가? 쳇, 이마모로에게 자세히 물어봐야지."

우에무라는 이렇게 말하고는 달려가버렸다.

"훙, 아무리 물어봤자 마찬가지일걸." 중대장은 중얼거렸다.

본부 앞의 사람들은 소리도 없이 흩어졌다. 이윽고 네 개의 소대 막사가 술렁이더니, 그 안에서 울음소리가 울려퍼졌다. 울음소리는 점차 각 중대로 번져 수용소 전체가 한 목소리가 된 듯한 느낌을 주었다.

젊은 포로 하나가 울면서 달려와 중대장에게 매달렸다.

"히와타시 씨, 정말입니까? 거짓말이라고 해주세요. 거짓말이라고요. 아직 패하지 않았죠? 패할 리가 없습니다. 그렇죠, 히와타시 씨?"

"글쎄, 아직 자세한 내용은 몰라. 하여튼 울어봤자 소용없어. 힘 내라구."

중대장은 나를 힐끗 쳐다봤다.

"울부짖을 기력조차 다하여, 사나이는 조용히 땅바닥에 주저앉노라." 포로들 사이에 있는 시인이 읊었다. 약간 과장되기는 했지만, 수많은 사람들이 울면서 막사 안팎에서 서로 부둥켜안은 것은 사실이다.

하늘을 비추던 탐조등 불빛은 어느새 줄어들고 기적 소리도 멈췄지만, 수용소의 소란은 언제 그칠지 몰랐다. 대만인 지구에서 양철 두드리는 소리가 계속되더니 무슨 노래인지 모를 합창으로 변했다.

제3소대장 히로타가 뛰어들어왔다. 그는 포로들 중에서도 과격파였다.

"히와타시 씨, 아무래도 안 되겠어. 모두들 대만 놈들에게 쳐들어가자고 밖에 모여 있어. 자식들, 뭐가 좋다고 저 야단인지" 하며 대만인 지구를 째려보았다.

"모였다고? 당신이 모은 건 아닌가?" 중대장이 소리쳤다.

"무슨 소리야! 모두들 울타리를 넘어 쳐들어가자고 난리라구. 칼을 있는 대로 전부 모으고 있어."

"칼?" 중대장이 일어섰다.

칼은 흉기라 포로들이 보관하면 안 되고, 아침에 창고에서 수령하여 저녁 때 반납하도록 되어 있었다. 그러나 오래전부터 언젠가 소위 '인원수 외'가 생겨, 각 동마다 유사시에 대비해서 두 자루 정도씩 숨기고 있었다.

"당신네 동의 칼은 꺼내 왔나?"

"아니, 아직 있어."

"그걸 이리 갖고 와."

중대장이 말했다. 히로타는 뭔가 우물거렸다. 중대장은 다시금,

"하여튼 그걸 갖고 오라니깐. 내가 책임지지. 어이, 소대장들 집합!" 하고 숙사 뒤쪽에 모여 있던 취사원들 중 하나에게 명령하고는, 대만인 지구 습격대가 모여 있는 안뜰 쪽으로 나갔다.

정말로, 안뜰 중앙의 어둠 속에 스무 명가량의 사람들이 서성대는 모습이 보였다. 중대장의 뒷모습이 다가갔다. 나는 따라가지 않았다. 결과가 뻔했기 때문이다. 울타리를 넘는다는 게 그리 간단하지 않을뿐더러, 미군이 총을 쏠지도 모른다. 대만인들이 소란을 피웠다고 해

서 정말로 목숨을 걸고 갈 자는 포로들 중 하나도 없을 것이다.

중대장의 연설하는 목소리가 잠시 들리더니, 이윽고 웃으면서 돌아왔다.

"하여튼 히로타가 촐랑대는 건 알아줘야 해. 삼소대 녀석들뿐이더군. 그만둘 거면 처음부터 하자는 소리를 말아야지."

소대장 네 명이 모였다. 그들은 모두 눈이 충혈되어 있었다.

"기무라는 정말 귀여운 놈이야. 울면서 매달리던데. 그놈은 참 돼먹었어."

인정 많은 제1소대장 요시오카가 흥분하며 말했다. 기무라란 아까 중대장에게 매달렸던 젊은 병사이다. 그는 아무나 간부들에게 그렇게 매달리고 다녔던 모양이다.

히로타가 칼을 두 자루 들고 나타났다.

"히와타시 씨, 이거면 됩니까?"

그렇게 말하며 중대장에게 건네줬다. 중대장은 아무렇게나 받아서 침대 밑으로 던져넣었다.

"모두 인원수 외의 칼을 내주지 않겠나? 대만 놈들한테 쳐들어가지는 않더라도 무슨 짓을 할지 모르는 놈이 있으니까."

"우리는 괜찮아. 더구나 인원수 외의 칼은 없어."

요시오카는 냉담하게 말했다. 그는 해군에서의 계급과 연공이 중대장과 비슷했기에 중대장도 어쩔 수 없었다.

"우리도." 분대장 출신의 제2소대장 오카다가 입속으로 어물어물 말했다.

"오카다 씨 소대에 두 자루 있잖아." 정직하게 내놓은 히로타는 억울하다는 듯 말했다.

"아니, 없어."

"우리도 없어." 우에무라도 잇달아 말했다. "하여튼 우리에게 맡겨 두라니까."

히로타는 옆에 있는 침대에 벌렁 드러누우며 말했다.

"아아, 어째서 일본이 졌나! 천황 폐하는 뭘 하고 있는 거야? 자기 몸을 내던져서라도, 목숨을 바쳐도 좋으니 일본을 구해달라고 이세 신궁에 빌었더라면, 혹시나 가미카제*가 불었을지도 모르는데."

일동의 얼굴에 미묘한 표정이 떠올랐다. 역시 옛 제국 군인의 이런 광신에는 대꾸할 말이 없었던 것이다.

어느 우익 단체 소속인 히로타는, 어렸을 때 예언하는 재주가 있었다. 현인신** 신앙은 어쩌면 당연히 이러한 희생 관념에 귀착하는 것일지도 모르기에 나는 이 정신박약자에게서 일종의 종교적 재능을 발견했지만, 그가 자신이 하는 말을 실제로 믿고 있는지는 그다지 신용할 수 없었다.

"하여튼 내일은 외업을 면제해달라고 해야지. 도저히 일할 기분이 나질 않아."

이 말은 진심인 듯했다.

"하지만 명령이 떨어지면 어쩔 수 없이 가야지." 중대장이 매정하게 말했다.

---

* 神風, 신의 위덕으로 이는 바람. 특히 원나라가 일본을 침공했을 때 원나라 배를 전복시켰다는 폭풍우를 말한다.

** 現人神, 사람 모습으로 이승에 나타난 신. 보통은 천황을 말한다.

이마모로가 왔다. 그도 흥분해 있었다.

"여러분, 경거망동하면 안 됩니다. 일본은 절대로 패한 게 아닙니다. 아직 패하지 않았어요. 포츠담 선언을 수락해도 좋다고 말한 것뿐입니다. 아직 패한 게 아니니까 흥분하지 않도록 잘 설득해주시기 바랍니다."

그러고는 다음 중대로 가버렸다.

"글쎄, 진 거나 다름없지. 하지만 모두들 조심하라구." 중대장은 소대장들을 향해 말했다.

"히와타시 씨는 냉정해서 부럽군."

우에무라가 비꼬았다. 그리고 모두들 돌아갔다.

대만인 지구의 소란은 계속되었지만, 일본인 지구의 동요는 차츰 가라앉았다. 서기와 취사원들도 제각기 중대한 뉴스를 이야기할 친구를 찾아서 여기저기로 흩어지고, 중대본부에는 중대장과 나만 남았다.

두 사람 모두 이런 때 말상대가 없다는 점은 같았지만, 그렇다고 우리 둘이 나눌 이야기도 별로 없었다.

"코코아나 마실까."

나는 중얼거리며 일어나서 취사장에 온수를 가지러 갔다.

당직 취사원도 모두 나가버려서 취사장은 어두웠다. 온수는 주로 중대본부원들을 위해서 수조에 가솔린 히터를 넣어 항상 끓여놓았다. 히터 틈에서 비치는 불빛을 어렴풋이 반사시키는 온수의 표면에 포로들에게 지급되는 미군 규격의 휴대용 컵을 들이대며, 나는 문득 울음이 터지려는 것을 참았다.

코코아는 매일 배급받는 레이션에 딸린 것을 모아두었다. 작은 원반형 고체를 한 컵 분량의 온수에 녹이면 마시기 적당했다.

"중대장님, 드시지 않겠습니까?"

중대장도 하릴없이 우두커니 있다가,

"응, 좀 마실까?"

하며 자기 컵을 들고 내 앞에 앉았다. 나는 한 잔의 코코아를 절반으로 나눴다.

"오오카 씨, 모두 이러니저러니하지만, 사실은 빨리 항복하길 바라고 있었죠. 이젠 어떻게 되든 마찬가지니까요. 누구건 빨리 돌아가는 게 좋지 않겠습니까?"

"그렇죠. 솔직히 말해 일본이 졌다는 건 우리가 돌아갈 수 있다는 얘기니까요."

"당장은 아니라도, 일 년 안에는 돌아갈 수 있겠죠. 아아, 어쨌든 이걸로 일단락지어졌군" 하며 그는 쓸쓸한 표정으로 코코아를 마셨다.

대대본부에서 전령이 중대장 소집을 알려왔다.

"쳇, 귀찮게시리. 이제 와서 포로들이 상담해봤자 무슨 소용이람."

히와타시는 투덜거리면서 나갔다.

나는 혼자 남았다. 조용히 눈물이 흘러내렸다. 반응이 둔해서 언제나 남들보다 뒤늦게 우는 것이 내 버릇이다. 나는 촛불을 불어 끄고 어둠 속에 앉아서 눈물이 자연히 뺨에 흐르도록 내버려뒀다.

결국 조국은 패하고 말았다. 위대한 메이지 선인들의 업적을, 삼 대째에 이르러 모두 망쳐버린 것이다. 역사를 잘 모르는 나는 문화의 번영이란 국가의 번영에 수반되는 것이라 생각했다. 그 광인들이 사라진 일본에서는 모든 것이 합리적으로, 원한다면 민주적으로 행해지겠지만, 우리는 모든 면에서 더욱더 왜소해질 것이다. 위대, 장엄, 숭고 등의 표현은 우리와 멀어질 것이다.

나는 인생길의 절반도 가지 못하고 조국의 멸망을 맞이하게 된 자신의 불행을 통감했다. 조국을 떠날 때 나는 죽음을 각오했고, 패배한 일본은 어차피 오래 살 가치가 없는 곳이라고 생각했다. 그러나 나는 지금 포로로서 목숨을 건져 그 일본에서 살아가야만 한다.

그러나 당황할 필요는 없다. 지난 오십 년 동안 일본이 오로지 전쟁으로 인해 번영했다는 사실은 의심의 여지가 없다. 그러고 보면 군인들은 우리에게 줬던 것을 다시 빼앗아갔을 뿐이다. 메이지 10년대의 위인들*은 우리와 비교도 안 되는 낮은 문화수준 속에서 각고의 노력으로 자기를 단련했다. 이제부터 우리가 그곳으로 되돌아간다 한들 무슨 지장이 있겠는가?

눈물을 흘리는 것은 기분 좋았지만, 어둠 속에 혼자 앉아 있는 것은 역시 견디기 힘들었다. 사람들을 찾아서 나는 무심코 소대 숙사에 들어갔다.

숙사는 조용했다. 세로 이십 미터 정도, 양쪽에 늘어선 침대에 포로들은 그저 누워서 잠자코 천장을 응시하고 있었다.

그때 그들이 생각하던 것은 제각기 다를 것이고, 물론 일개 방관자의 추측을 초월했다. 그러나 나는 그들이 거의 아무것도 생각하고 있지 않다고 확신할 수 있었다. 예를 들어 나는 그들 중에서 눈물을 흘린 자가 극소수의 감상가들에 불과하다는 사실을 알고 있었다. 더구

---

* 1878년부터 약 10년간 활약했던 개화기의 영웅들.

나 그것도 포로이기에 울 수 있는 여유가 있었던 것뿐이다.

일본 항복 한 시간 후 이들 옛 일본군 병사들의 상태는 한마디로 무관심 그 자체였다. '조국'도 '위대함'도 잠자코 누워 있는 이 무리에게는 환상에 불과하다.

나는 이것이 인민들의 자연스러운 반응인지, 일 년간의 포로 생활의 결과인지 판단할 수 없었다. 그냥 후자라고 믿는 편이 마음이 놓였다.

중앙 도로를 지나면서 나는 그들 중 한 사람과 눈이 마주쳤다. 그 무표정한 눈에는 어딘가 장난치는 현장을 들킨 어린아이 같은 멋쩍은 빛이 감돈다고 생각했지만, 이것도 나의 지나친 생각일지도 모른다.

대만인들의 소란이 진정되고 탐조등도 꺼지자, 수용소는 평소의 밤처럼 정적을 되찾았다. 늦게 돌아온 중대장은 대대본부의 주의사항으로 다음의 세 가지를 전했다.

1. 확실한 보도가 있을 때까지 경거망동하지 말 것.

2. 특히 단체행동은 절대로 금할 것.

3. 자살하지 말 것.

마지막 항목에 우리는 큰 소리로 웃었다.

이튿날 외업은 제3소대장의 희망이 주효하여 절반은 취소됐다. 우리의 절망에 대한 배려도 있었겠지만, 미군 작업장의 환희가 더 큰 이유임에 틀림없었다.

"빅 뉴스를 알고 있는가?" 웬디가 물었다.

"알고 있지. 우선 서로 축하해야겠군."

나는 『성조기』를 보고 일본의 조건이 국체수호라는 사실을 알고서 실소를 금할 수 없었다. 명분이야 어떻든 간에 결국 패자가 승자의 뜻대로 되어야 하는 건 마찬가지이다.

"난 이 조건이 일본 군부의 마지막 우열(愚劣)이라고 생각하지만, 다행히도 당신네 나라의 관대함이 그걸 받아주길 바라."

"그건 어젯밤 우리 캠프에서도 문제가 됐지. 하지만 우리 병사들은 하루라도 빨리 전쟁이 끝나기를 바라고 있어. 우리도 우리 정부가 그걸 받아주길 기대하는 거야."

아침의 수용소 안은 조용했다. 포로들은 침대에 누워 있었다. 각 동의 내부에 모기장을 치기 위해 설치한 철사 줄에는 수건으로 쓰이는 갖가지 천 조각들이 난잡하게 걸려 있었다. 이것은 미군의 질서와 정돈 관념에 위배되기에 엄중히 금지되어 있었다.

중대 사무소 창문으로 웬디가 그것을 바라보는 모습을 보고 나는 말했다.

"저걸 치워주지 않으니 정말로 난처해. 나는 어째서 이 사람들이 저게 꼴사납다는 사실을 이해하지 못하는지 모르겠어."

"오늘은 어쩔 수 없지. 그들은 절망하고 있으니까."

나는 얼굴을 붉혔다. 아부가 받아들여지지 않은 수치감보다도, 적국 사람이 포로들의 절망을 이토록 동정해준다는 사실이 부담스러웠기 때문이다. 정말로 그들은 절망하고 있는지도 몰랐다. 그러나 그보다도 감정적 이유를 방패 삼아 작업이 중단되어 일상적 의무를 수행하지 않아도 되는 것을 기뻐한다는 사실을 나는 알고 있었다.

8월 12일, 천황의 권한을 연합국 최고 사령부의 제한하에 둔다는 조건부로 국체가 수호됐다는 소식이 전해졌다. 이번에는 일본 정부의 승낙을 기다릴 차례였지만 나는 결국 군부가 이것을 받아들이리라고 믿었다. 현실은 그것을 강요하고 있었다.

미군 서전트들도 느긋하고 평화로워졌다. 순시도 없어지고, 각 중대 담당끼리 삼삼오오 어울려서 소내를 어슬렁거렸다. 이윽고 그들은 우리 중대본부 입구의 벽에 기대어 멀지 않은 제대에 관해 이야기했다.

오타카라는 이름의 우리 중대의 약간 괴팍한 무뢰한에 대해서는 다른 장에서 소개했지만, 그는 특유의 사람을 깔보는 듯한 사교술을 발휘해 웬디와 농담을 주고받는 사이가 되어 있었다.

"유, 게렌게렌."

게렌게렌은 타갈로그어로 '미친놈'이라는 뜻이다. 그는 이렇게 말하며 오른손의 집게손가락을 관자놀이 부근에 대고 빙빙 돌렸다.

웬디는 그 뜻을 몰랐기에 내 쪽을 바라보았다. 나는 쓴웃음을 지으며 말했다.

"당신이 미친놈이라는군. 게렌게렌이란 필리핀 말로 미친놈이란 뜻이야."

"어째서 나를 미친놈이라고 생각하는지 물어봐줘."

"어이, 어째서 미친놈이냐고 그러는데?"

"유, 게렌게렌." 오타카는 되풀이했다.

감독자의 감정을 상하게 하면 곤란하기에 나는 해명했다.

"그가 당신을 미친놈이라고 한 건, 즉 그 자신이 약간 미쳤기 때문이야."

"유, 게렌게렌." 웬디가 오타카에게 말했다.

"유, 게렌게렌. 기브 미 시가렛."

"노, 못 주겠어. 나는 게렌게렌이니까."

이날도 오타카는 본부 앞을 지나는 웬디에게 다가가서,

"워 이즈 오버(전쟁은 끝났다)."

하고 말하며 손을 내밀었다. 그는 이 영어를 1942년 마닐라 점령 당시 일본군이 띄운 애드벌룬을 보고 외운 것이었다.

"노, 낫 옛(아직 아니다)" 하고 웬디는 웃으면서 손을 뿌리쳤다.

다른 중대 담당 서전트가 옆에서 주의를 줬다.

"어이, 그러지 마. 불쾌해할지도 몰라."

"뭘 그래. 농담인데." 웬디는 약간 언짢은 표정이었다.

주의를 준 서전트는 점잖은 중년 사내로, 며칠 전 제대 통지를 받았다. 웬디는 이 사람보다 점수를 더 따고 있었기에 그가 먼저 제대한다는 것이 몹시 불만이었다. 그들 사이에는 다소 감정적인 오해가 있었던 듯했다.

"아직 정식으로 끝난 게 아냐. 일본의 회답이 없으니까."

"오, 아임 소리(아, 미안해)."

오타카는 여느 때처럼 남을 깔보는 듯한 웃음을 지으며 사라졌다. 그는 필리핀인들에게 어설픈 타갈로그어를 떠들어댈 때와 마찬가지로 미국인에게 영어로 말을 거는 유일한 포로였다.

"우리는 일본 정부가 하루 빨리 회답하기를 희망하고 있어." 웬디가 나에게 말했다.

8월 13일의 『성조기』는 일본의 회답이 없다는 사실을 초조하다는 듯한 문구로 보도했다. 웬디의 질문에 나는 일본의 전쟁 책임자가 자기의 생명과 체면 때문에 천황을 구실로 저항하는 거라고 대답해줬다.

14일의 보도 내용은 더욱 심했다. 『성조기』의 문구에는 위협이 담겨 있었다. 만주에서 소련군이 여전히 일본군을 포격하고 있다는 사실, 니미츠의 함재기가 '일본의 결의'를 촉구하기 위해 각 도시들에 대한 폭격을 계속하고 있다는 사실을 보도했다.

나는 분통이 터졌다. 명목상의 국체 때문에 만주에서 무의미하게 죽어야 하는 병사들과, 본국에서 무의미하게 집을 파괴당하는 동포들을 생각하며 안달이 난 것은 역시 나의 생물학적 감정이었다.

천황제의 경제적 기초라든가, 인간 천황의 웃는 얼굴이라든가 하는 심오한 문제는 나로서는 알 수 없지만, 포로의 생물학적 감정으로 생각하면 8월 11일부터 14일까지의 나흘 동안 무의미하게 죽은 사람들만 보더라도 천황의 존재는 유해했다.

그날 밤늦게 대대 서기 나카가와는 일본이 결국 포츠담 선언을 수락했노라고 알리며 다녔다. 여전히 승전보를 알리는 어투였지만, 나도 이때만큼은 그의 부지런한 샌드위치맨 근성에 감사했다.

포로들은 아무 반응이 없었다. 우리에게 일본의 항복 날짜는 8월 15일이 아니라 8월 10일이었다.

이튿날 정오 이마모로와 오라는 라디오에서 방송되는 천황의 목소리를 들으려고 미군 사무소에 갔지만 전혀 알아들을 수가 없었다고 말했다. 이윽고 영문 원고에서 번역한 내용을 오라가 각 중대를 돌며 읽어댔다. 전원이 모이지 않은 곳도 있고, 개중에는 머리 숙이는 것을 잊은 자도 있었다. 이러한 반응은 확실히 포로 생활의 결과였다.

그다지 잘된 번역도 아니었지만, 나에게는 그 칙서가 우스꽝스럽게 여겨졌다. 측근자가 군국주의 일본의 마지막 수치를 전 세계에 드러낸 것이다. 그러나 원자폭탄에 대해 '나아가 인류 문명도 파괴시킬 것이다'라고 말한 부분은, 패한 것이 억울해서 삽입한 문구겠지만 일리가 있다는 생각이 들었다.

'전쟁에서 죽고 전쟁터에서 순직하여 비명에 쓰러진 자 및 그 유족을 생각하면 몹시 괴롭다'의 '그 유족'이 잘못 번역되어 '그 밖의 자'로 되어 있었다. 반장 중 하나는 그것이 우리 포로들을 가리키는 것이라고 부하들에게 말했다.

웬디는 나를 데리고 오타카를 찾아갔다. 그가 오타카에게 빚진 악수를 하러 가는 것이었다.

누워 있던 오타카는 일어나서, 웬디가 내미는 손을 기쁘다는 듯 잡았다.

"이제부터 일본과 미국은 사이좋게 지내자, 고 말해줘." 웬디가 나에게 말했다.

내가 그 뜻을 전하자 오타카는 웬디를 향해 직접 "땡큐!" 하고 말하고는, 나에게 "당신의 친절에 감사한다고 해. 나도 이제 집으로 돌아가서 처자식들과 함께 조용히 살겠노라고 전해줘" 하고 말했다.

광부나 막노동을 하며 지낸 그의 일생은 파란만장했겠지만, 전쟁 전에는 시타야의 양철공으로 얌전히 지냈다고 자기 입으로 말했다.

"그 녀석, 꽤나 미친놈이군."

웬디는 나와 함께 중대본부로 돌아가며 말했다.

새로운 포로와 옛 포로

일본 병사들이 일반적으로 '살아서 포로의 치욕을 당하지 말라'는 전진훈에 충실했던 것은, 순전히 속아넘어갔기 때문이라고 생각되기 쉽다. 그러나 인간은 죽음과 같은 중대한 문제에서 항상 속아넘어가지만은 않는다. 만약 사람이 사람 앞에 굴복한다는 것 자체가 개인적인 굴욕으로 느껴지지 않는다면 이러한 관념이 준수될 리가 없다. 사내들의 생활, 돈을 벌고 책임을 지고 남을 조종하는 등의 일상적인 활동 속에서 모든 사내들을, 제아무리 겁쟁이라고 여겨지는 소시민조차도 오만하게 만드는 근거가 있다.

'명예는 군주 정체의 근본이다'라고 몽테스키외는 말했다. 그는 훈장 및 표창의 효과를 말했지만 명예를 추구하는 마음과 명예를 지키려는 마음은 별개가 아닐까? 야만인도 마찬가지로 오만하다. 예를 들면 군주주의 국가인 옛 일본의 소시민이 싸움에 패해 도망치던 중 걸을 수 없게 되면 명예에 대한 아무런 기대 없이 간단히 자살하는 것은, 이러한 야만적인 상태의 오만함에 기인하는 행위이다.

더욱이 이러한 오만함은 공포심에 의해 유지되는 경우가 많다. 오만한 인간은 자기를 제외한 모든 것을 두려워하기 마련이다. 그렇기에 군의 간부가 전쟁 중에 미군은 포로를 죽인다고 집요하게 선전한 것은 현명했다.

다만 이 오만함이 유지되는 것은 야만적인 상태에 놓인 개인의 육체, 즉 정신이 건전한 상태에 있을 경우에 한한다. 밀림 속에서 수십 일 동안 먹지도 못하고 방황하던 인간 동물이, 우연히 적의 투항 권고 삐라를 보거나 방송을 듣고, 그곳에 가면 설령 죽임을 당한다 하더라도 그때까지는 살 수 있을 거라고 느꼈을 때, 그의 발걸음을 움직여—걸을 수 있는 힘이 아직 있다면—적 앞에 양손을 들고 나타나는 것을 막을 도리가 없다.

여기에 인간적인 것이 전혀 없는 것은, 전투라는 행위에 그것이 없는 것과 마찬가지이다.

십여 명의 우리 포로들은 한결같이 부상당해 움직이지 못하는 자들뿐이었다. 그러나 과달카날에서는 이미 여러 명의 투항병이 있었다는 사실을 미군 측의 기록이 전하고 있다.

내가 수용된 레이테 섬 수용소의 포로들도 절반은 부상병이었다. 그러나 나머지 절반은 몹시 수상쩍었다. 포로들의 담화는 일단 자신이 어떻게 붙잡혔는가를 설명하는 것에서 시작하는 것이 보통인데, 이러한 이야기가 자세할수록 수상쩍다고 할 수 있다. 은연중에 그들은 상대방을 꿰뚫어보고 있었는데, 서로 상대방의 이야기를 믿는 척 했을 뿐이다. 이것은 본국 송환 후에 들은 두세 가지의 솔직한 고백에 입각한 추리이다.

그 밖에 '사상적 투항'으로 추정되는 종류가 있다. 하지만 그 예는 내가 레이테 섬의 수용소에서 접한 수백 명의 포로들 중 단 한 명밖에 없었기에, 과연 내가 상상하는 것과 같은 행동을 한 사람이었는지는 확실하지 않다. 이러한 종류의 사실은 당연히 고백이 따르지 않는다. 다만 내가 포로들 사이에서 들은 소문이나 내가 직접 보고 들은 바에 의하면 거의 확실하다.

아야노의 나이는 서른 전후, 주고쿠 지방의 상업고등학교 출신이다. 열대의 태양에 그을린 빰은 폐병 환자처럼 여위어 보였다. 그는 마린두케 섬 수비대의 일원이었는데, 미군이 상륙한 직후 행방불명되었다. 수비대 전멸 후 포로가 된 병사들은 그가 미군들 속에서 영어를 쓰며 태연자약하게 지내는 모습을 보았다. 병사들은 그가 오히려 미군의 상륙을 기다려 투항한 것이라 믿었다.

이러한 상상에는 편견도 상당히 작용하지만, 레이테 섬 수용소에 온 이후의 그의 언행은 그들의 편견에 박차를 가했다. 그는 매일 일정한 시간을 사무를 도와준다는 핑계로 미군 수용소 사무소에서 지냈다. 이것은 그가 언제나 미군에게서 담배를 얻을 수 있다는 뜻이 되기에, 담배가 부족했던 초기 포로들에게 그는 선망의 대상이었다. 그들은 그가 미군에게 정보를 제공하고 있다고 믿었다.

그가 공산당이라는 소문이 있었다. 물론 정확하지는 않지만 나도 수용소 안에서는 일상사회와 마찬가지로 직접 교섭이 없는 한 귀찮아서라도 거의 소문을 믿기로 작정하고 있었다. 그는 이윽고 사무소에 발길을 끊었지만, 그 전과(?) 때문에 훗날 포로들이 중대별로 편성되어 통역을 필요로 할 때 간부들은 고의적으로 그를 기피했다.

그는 주위의 눈총 속에서 영문 잡지 등을 읽으며 유유자적하다가 종전과 함께 일부 유지들로 결성된 민주 그룹 같은 조직의 급선봉이 되었다.

그룹은 '민주적 신일본 건설 요강'의 초안을 작성해서 매일 밤 호기심에 가득한 젊은 포로들을 모아 강좌를 열었다. 이것은 물론 옛 군인 간부들이 극도로 꺼리는 행위이므로 예전 같으면 탄압을 받았겠지만, 패전과 더불어 그들도 풀이 죽어 있었고, 또한 그룹이 '요강'을 영역해 미군 수용소장에게 제출한 결과 소장이 감격하여 맥아더 원수에게 보낼 메시지까지 작성하기를 종용할 정도였기에 어쩔 도리가 없었다.

극우파인 제3소대장 히로타는 탄식했다.

"그놈들이 멋대로 떠들며 돌아다니는 건 좋지만, 젊은 친구들이 갈수록 동조하는 표정으로 그 말에 귀를 기울이는 건 참을 수가 없어. 천황을 차츰 나쁘게 생각하게 되는 걸 참을 수 없다구. 뭐야, 게다가 아야노는 투항병이잖아?"

나의 동정은 오히려 옛 군인 쪽에 기울었다. 민주 그룹의 주장은 정말로 옳고 합리적일지도 몰랐다. 그러나 현재 갖가지 군국주의적 광신을 지닌 채 감금되어 있는 우리 사이에서 특정한 사상을 선전할 필요가 있으리라고는 생각되지 않았다. 결국 그것은 그때까지 그들이 참았던 굴욕에 대한 보복이나, 혹은 남을 설득하는 우월감을 맛보기 위한 행위에 불과할 것이다. 아니면 심심풀이 사상으로 무료함을 달래려는 게 아닐까?

히로타는 '요강'의 사본을 나에게 갖고 왔다. 그것은 거의 오십 행에 달하는 말 그대로의 요강으로, '산업의 합리화' '이윤의 제한' 등 오히려 전쟁 중의 경제 통제를 떠올리게 하는 슬로건의 나열이었다. 나는 거기에 '생산'만 강조되고 '분배'에 관해서는 한마디도 언급이 없는 것을 보고, 결국 민주 그룹은 현명하게 미군에게 아부하는 것뿐이라는 생각이 들었다.

"안심해. 이건 좌익이 아니니까." 이런 말로 나는 히로타를 위로했다.

그러나 수용소에서는 건포도로 술을 밀조해서 밤마다 수많은 사람들이 술에 취했다. 어느 날 밤 민주 그룹은 취한들의 습격을 받아 폭행당했다. 그룹은 미군에게 신고했지만, 수용소장의 임무는 우선 영내의 평온을 유지하는 일이었다. 그는 일본인 대표자인 이마모로에게 자문을 구했다.

"대다수는 민주적인 교육을 받기를 원하지 않는가?"

옛 군인들의 지지를 받는 이마모로는 물론 "원하지 않습니다"라고 대답했다.

민주 그룹은 강좌 개설을 연기하고, 취한들은 폭력을 휘두르면 안 된다는 식으로 일단락지어졌다.

그러나 우리가 하카타에 상륙해서 외투도 없이 12월의 차가운 날씨에 떨어야만 했을 때, 귀환자 담당 사무소와 담판하여 모포를 얻어낸 것은 아야노의 공적이었다. 그는 외투가 지급되지 않으면 단결해서 임시 숙소인 초등학교를 떠나지 않겠다고 협박했는데, 이것은 포로로서는 결코 생각해낼 수 없는 일이었다.

오사카로 향하는 귀환열차 속에서 나는 이 일에 관해 그를 칭찬했다.

"이제부터 세상에 나가면 당신은 여러 가지로 할 일이 많겠죠?"

"아니요, 그렇지도 않습니다. 저는 이미 몰락한 입장이니까요."

이 대답을 듣고, 내가 그를 '사상적 투항자'로 믿은 근거는 거의 확실해졌다.

투항이란 현재의 일본인이 생각하고 있는 정도로 간단히 이루어지는 것은 아니다. 우선 대치하고 있는 두 개의 전투 단위 사이에 가로놓인 거리를 극복해야 한다는 실제적 어려움뿐만 아니라 들고 있는 백기, 혹은 들고 있는 손을 적이 인정해주지 않으면 어쩌나 하는 두려움도 당연히 있을 것이다. 전투 중의 병사들은 민주적인 미군이라 하더라도 몹시 흥분한 상태라고 봐야 한다.

나는 보행이 힘든 상태에서 밀림 속에서 자다가 미군에게 발견됐지만, 만약 내가 어떠한 경우라도 총을 안고 자는 정예병의 습관을 지니고 있었더라면 아무리 자고 있었다 하더라도 우선 한 방 먹었을지도 모른다. 레이테의 미군은 무기를 소지하고 있으면 시체도 쏘았다는 이야기가 있다. 나에 대한 미군의 취급은 정중했지만, 대장에게 인도될 때까지 미군이 나에 대해 많이 자제해줬다는 사실을 나는 알고 있다.

아야노가 아무리 공산주의자이고 일본의 전쟁 목적을 부정하며 군부의 앞잡이가 되느니 연합군 진영에 가담하겠다는 '사상'을 지니고 있었다 하더라도, 실제로 밀림을 가로질러 대치 중인 미군 앞에 모습을 드러내는 행위에는 용기가 필요하다. 그리고 사상에는 전쟁터에서 그만한 용기가 나도록 만드는 힘은 없으리라 생각한다. 그러나 만약 그가 이미 전향, 즉 사상적으로 한 진영에서 다른 진영으로 몸을 옮긴 경험이 있다면 그것도 가능했을 것이다.

귀환열차 속에서 아야노가 전향자였다는 사실을 알았을 때, 나는 처음으로 그가 소문대로 '사상적 투항자'일 수도 있겠다고 생각했다.

사상적 투항의 좀더 복잡한 형태가 집단 투항이다. 이것은 한 사람의 지도자에 동의한 몇 명의 부하, 혹은 서로 단합한 몇 명의 평등자들을 전제로 한다. 이 경우 다수의 인간들을 연결시킬 수 있는 수단은 사상뿐일 것이다.

내가 알고 있는 한 필리핀에서 집단 투항이 시작된 것은 1945년 5월 경부터이다. 그다지 중요한 전투가 없었던 세부, 네글로스, 팔라완 등이 중심으로, 선두를 이룬 것은 대체로 군의관들이었다.

알다시피 전쟁 말기의 일본군 위생병들은 이미 적십자 완장을 두르지 않았고, 징용 군의관들도 보통 군인들처럼 고취된 군인 정신을 지니고 있었다. 그러나 무엇보다도 그들의 직책이 환자를 돌보는 온화하고 지적인 성질의 것이었기에, 정세 판단이나 행동이 전투 부대처럼 거칠거나 완고하지는 않았다.

아사이라는 군의관 견습 사관은 교토 대학 의학부 출신이었다. 나도 교토 대학 출신이다. 동문이라는 것에 감사할 정도로 기특한 감정이 내게는 별로 없었지만, 수용소에서는 그것이 공통의 감정을 불러일으킬 정도로 포로들 간의 사회적 연결고리가 희박했다.

그가 몇 명의 위생병들과 함께 세부를 거쳐 우리 수용소에 도착해서 우연히 우리 중대에 편입됐을 때, 나는 그가 교토 대학 출신이라는 말을 듣고 중대본부에서의 자신의 지위를 이용해 피복이나 식량 등의 편의를 제공하고 함께 목욕을 하기도 하며 졸업 연도, 교토의 하숙집, 술집 등을 화제로 삼았다.

그는 나보다 두 살 위인 서른여덟 살로, 호쿠리쿠의 어느 작은 도시에 있는 병원에서 근무했다고 하는데, 아직 박사 학위를 취득하지 않았다는 말을 듣고 다소 이상한 생각이 들었다. 작은 키에 불쑥 튀어나온 이마 밑으로 눈만 뒤룩거리는 모습은 과연 그다지 출세할 타입은 아니었다. 그러나 훗날 그도 민주 그룹에 가담해 공산주의 사상을 떠들어대는 모습을 보고는, 그가 만년 의학사에 머물러 있는 것은 그러한 사상적 경력의 장벽 때문일지도 모른다는 생각이 들었다.

그는 세부의 야전병원에 소속되어 있었다. 3월 말 미군이 상륙하자 산속으로 들어가, 육백 미터 고지에서도 병원을 개설하고 일했다. 그러나 추위와 식량 부족을 견디지 못하고 몇 명의 위생병들과 함께 산기슭으로 내려오다 미군에게 발견되어 붙잡힌 것이다.

"산에 남은 군인들도 있었겠군요."

"그렇습니다. 하지만 나중에 세부의 수용소에서 그중 한 사람과 만났는데—그 친구도 산에서 내려와 붙잡혔지요—결국 내가 한 말이 옳았다, 덕분에 살았다고 감사해하더군요."

그는 눈을 반짝였다. 마지막 부분을 아주 빠르게 말했기에 나는 무슨 뜻인지 제대로 알아차리지 못했다. 그러나 수용소에서는 그가 '한 말' 따위는 아무래도 좋았다. 나는 여전히 동문이라는 입장에서 그에게 서비스를 계속했다.

종전 후 천황의 명령으로 무기를 버린 수많은 병사들이 비사야 제도로부터 우리 수용소 부근으로 모여들었다. 미군은 필리핀 남부의 포로들을 전부 레이테로 집결시킬 방침이었던 것이다. 이러한 새로운 포로들을 위주로 별도의 제2, 제3수용소가 형성됐지만, 일부는 우리 수용소에도 들어왔다.

우리 중대에 할당된 1개 소대의 새로운 포로들은 세부에 주둔하던 일부였다. 어느 날 그들의 소대장으로 선출된 상사가 중대장에게 진정을 냈다. 대원들이 도저히 아사이와 같은 중대에서 생활하지 못하겠다고 하니까, 아사이를 다른 곳으로 보내든지 아니면 우리를 다른 중대로 옮겨줄 수 없냐는 것이었다.

"그놈은 중환자들을 버리고 멋대로 하산해서 투항한 녀석입니다. 더구나 환자들의 식량을 훔쳐갔습니다. 그놈 때문에 몇 명이 굶어 죽었는지 모릅니다. 우리 중에는 그때 그 녀석에게 버림받은 환자지만 다행히 걸을 수 있어서 간신히 다른 부대까지 갔던 자도 있습니다. 똑같이 포로가 된 입장이라 처벌할 수도 없습니다만, 어쨌든 같은 중대에서 얼굴을 마주하는 건 참을 수 없습니다."

중대장의 힐문에 아사이는 이렇게 대답했다.

"물론 제가 제 생각에 찬성하는 부하와 병자를 몇 명 데리고 산에서 내려와 미군에게 투항한 것은 틀림없습니다. 그 이유는 지금 말해봤자 당신들이 이해하지 못할 것이니까 말하지 않겠습니다만(여기에서 그는 웃었다), 그러나 병자들의 식량을 훔쳤다는 건 거짓말입니다. 제 의견에 찬성하지 않은 위생병도 있었으니까요. 식량은 공평하게 나누었습니다. 당신들이 어떻게 생각하건 자유이지만, 저는 제 행동으로 인해 함께 데리고 온 몇 명의 생명을 구했다고 생각합니다. 실제로 그때 남았던 환자들 중에서 나중에 마음을 고쳐먹고 혼자 산을 내려와 투항한 자도 있을 정도입니다(그가 이전에 나에게 빠른 어조로 말했던 것은 이것이었다). 그들은 나와 직접 관계도 없는 병사들이지만, 그 사람들의 기분도 잘 이해하고 있습니다. 좋습니다. 제가 나가겠습니다."

그는 그 무렵 병동 일을 도와주러 다니고 있었다. 미리 이야기가 되어 있었던 듯 그는 주저 없이 그곳으로 자리를 옮겨버렸다. 그러고는 그곳에서 다시 공산주의 강의를 시작했다. 온순한 병동의 위생병들은 그의 변설에 귀를 기울였다.

나는 별달리 그의 행동을 비난할 이유가 없었다. 생사의 갈림길에서 나타난 인간의 에고이즘에 관해 제삼자는 아무런 간섭도 할 수 없다. 다만 이후로 그와 이야기하지 않게 된 것뿐이다. 그가 자신의 목숨과 함께 몇 사람의 목숨을 구한 것은 사실일지도 모르나, 동시에 그가 머물러 있었더라면 혹시나 살았을지도 모를 몇 사람의 중환자들을 죽인 것도 사실이기 때문이다.

귀환하고 이 년 후, 그는 공산당에서 입후보했다가 낙선했다.

또 한 명의 민주 그룹 인기인에 관해서도 소개하겠다. 사사키는 도호쿠 지방의 신문기자로, 타클로반에서 군속으로 근무하다 붙잡혔다. 그는 수용소에서 맨 처음으로 콧수염을 기른 사람이다.

어느 날 아침 그는 중대본부에 들어와 기괴한 목소리로 외쳤다.

"간밤에 한숨도 자지 않고 생각했는데, 패전한 일본을 재건시키는 유일한 방법을 발견했어. 공산주의로 만드는 거야."

"포로가 하룻밤 생각을 했다고 일본 재건의 방도가 생길 리 없잖아?" 하고 나는 대꾸했다. "모든 건 귀국한 후부터라도 늦지 않아. 귀국하면 자네는 우선 어떻게 먹고살아야 할지부터 생각해야 할걸."

"똑똑한 사람과 대화하니 재미있군" 하고 중얼거리며 그는 나가버렸다.

이 장의 테마로 선택한 '새로운 포로와 옛 포로'란 각각 종전과 더불어 명령에 의해 무장 해제를 당하고 억류된 자와, 전쟁 중에 포획 혹은 투항으로 인해 포로가 된 자를 의미한다. 옛 포로들은 종전 당시 레이테 제1수용소에 7개 중대 약 이천 명이 있었는데, 9월 중순부터 들어온 새로운 포로들 때문에 1개 중대의 인원은 5개 소대 합계 삼백 명으로 증가되고, 중대의 숫자도 열한 개로 불어났다.

이들 새로운 포로와 옛 포로들 사이에 생겨난 감정 대립은, 태평양 전쟁이 인민에게 미친 영향 중에서도 가장 기묘한 것 가운데 하나였다. 그들은 현재 미군에게 감금되어 급여를 받고 있다는 점에서는 평등했다. 그러나 새로운 포로들은 좀처럼 이 상태를 순순히 받아들이지 못하고, '포로의 치욕을 당하지 말라'는 선입관에 입각해 옛 포로들을 모욕하려 들었다.

어느 날 밤 네글로스에서 도착한 소위가 금지 조항을 어기고 우리 병사들의 숙사에 들어와 호통쳤다.

"너희들은 어째서 할복을 하지 않았나? 포로가 되어서 뻔뻔스럽게 살아 있다니 부끄럽지도 않은가? 할복하라고!"

오타카라는 난폭한 상등병은 이럴 때 항상 말대꾸를 했다.

"뭐라고? 고작 산속을 도망만 치던 주제에 무슨 큰소리야? 이래 봬도 우리는 최전선에 나갔다가 부상을 당해서 어쩔 수 없이 포로가 된 거야. 이 속에는 지금은 가만히 있지만 대위도 있고 중위도 있어. 소위 주제에 잘난 척하지 마!"

대위와 중위가 있다는 말은 과장이었다. 책임을 회피하기 위해 처음에는 하사관이라고 자칭하던 장교도 있었지만, 대부분 신문 도중에 발각되어 격리됐다. 그러나 이 말이 소위의 예봉을 꺾는 데에는 가장 효과적이었던 듯했다.

"흥!"

그는 시치미를 떼고는 나가려 했다. 그 뒷모습에 우쭐한 오타카가 욕설을 퍼부었다.

"병신 새끼. 또다시 오면 그때는 그냥 안 둘 테다!"

"뭐?" 상대방도 멈춰 서서 뒤돌아보았다.

"왓 이스 왓?"

오타카가 말했다. 이것은 그 특유의 일본식 영어 가운데 하나로 "뭐가 뭔데?"의 직역이었다. 웃음소리가 솟는 가운데 소위는 잠시 우뚝 서 있었지만, 결국 그대로 바깥의 어둠 속으로 사라졌다.

오타카는 의기양양해져서 이튿날 일부러 장교 텐트로 쳐들어가더니 만족스런 얼굴로 돌아왔다. 그의 말에 의하면 장교 텐트에는 대령이나 중령도 상당수 있었는데, 우두머리 격인 대령이 그에게 말했다는 것이다.

"자네 말에도 일리는 있어. 이렇게 패한 지금 모두 마찬가지지. 일본 군대는 여러 가지로 나쁜 점이 있었기 때문에 패한 거야. 이제부터는 허심탄회하게 힘을 합쳐서 조국의 재건을 위해 노력해야겠지."

그러고는 수용소장에게서 특별히 받은 여송연을 한 대 주었다는 것이다.

"역시 대령 정도 되니까 대화가 통하더군. 모르는 건 중위나 소위지. 지금은 대령님의 당번이 돼서 식사 수발이나 하더라구."

하지만 나는 중위나 소위가 우리를 보고 야단치고 싶어진 기분도 알 것 같았다. 나도 그해 3월 병원에서 처음 수용소로 왔을 때, 이토록 유쾌한 포로들이 도저히 인간이라고 생각되지 않았던 것이다. 그 무렵 그들은 훈도시만 걸친 알몸에 원숭이처럼 소란을 떨던 인종이었지만, 지금은 미군의 피복 지급이 충분해서 제법 그럴싸한 모습이었다.

신품 미군 제복과 제모는 여기저기에 PW라고 찍혀 있는 것이 옥에 티였지만 제법 볼품이 있었다. 군화도 무릎 밑까지 오는 정글용 군화로 바지를 골프복처럼 멋내어 부풀린 자도 있었다. 이천칠백 칼로리의 식량으로 모두 살이 잘 올랐고, 낮 동안 형식적인 작업을 하는 것뿐 밤에는 밀주를 마시며 마작, 트럼프, 화투에 빠져들거나 아니면 고성방가를 했다.

아무리 잔학행위나 부조리가 횡행했다 하더라도 일단 산속의 궁핍을 견뎌낸 후 무장 해제의 수치를 겪고 수용소에 도착한 그들의 눈에 우리의 그러한 모습이 어떻게 비쳤을지 충분히 상상이 되었다. "저 녀석들은 우리의 적이야!"라고 그들 중 누군가가 말했다고 한다.

기존 중대에 배속된 소대는 인내하며 옛 포로인 중대장의 통제에 복종했지만, 8중대 이하 11중대까지의 새로운 포로들은 단호히 그들만의 별천지를 만들었다. 외부의 작업장도 기존 중대와 별도로 해달라고 대대장인 이마모로에게 요구했다. 물론 옛 포로의 한 사람인 이마모로는 요구에 응하지 않았다. 그리고 식량 배분에서도 쇠약한 신입자들에게 여분을 주려고 하지 않았다.

새로운 포로 중 하나가 어느 날 밤 우리 중대의 취사장에 잠입했다가 제재를 받은 적이 있었다. 그는 간신히 훔친 통조림을 바깥으로 운반해내려는 참에 운 나쁘게도 들키고 말았다.

취사원들은 주로 레이테 해전에서 살아남은 해병들로 구성되어 있었기에 제재는 해군식으로 행해졌다.

"네놈은 육군인가 해군인가? 뭐, 육군? 좋아, 그럼 이제부터 해군의 정신봉 맛을 보여주겠다."

죄인은 바지가 벗겨진 채 양손을 들고 섰다. 어둠 속에 엉덩이를 감싼 훈도시의 삼각형만 하얗게 보였다. 취사장에는 밥을 푸기 위해 길이 1.5미터의 커다란 주걱이 마련되어 있었다. 고참 취사원이 그것을 비스듬히 잡았다.

"어이, 네놈들은 우리를 포로다 포로다 하면서 무시했지? 그러는 네놈들은 간호사들과 산속에서 무슨 짓을 한 거야?"

그러고는 주걱 끝의 넓적한 부분으로 죄인의 엉덩이를 때렸다.

"으억!"

죄인은 소리치며 비틀거렸다.

"아직 멀었어. 손을 번쩍 들어. 에잇!"

"으억!"

죄인은 무릎을 꿇었다.

"이봐, 엄살 부려봤자 소용없어. 일어서!"

취사원 하나가 손을 붙잡아 일으켜세웠다. 그러고는 고참에게서 주걱을 받아들더니 한층 크게 고함을 질렀다.

"지금까지는 맛만 보여준 거야. 이제부터가 진짜 정신봉이다. 에잇!"

죄인은 소리 없이 앞으로 쓰러졌다.

나는 이 젊은 취사원과 친해서 저녁식사가 끝나면 자주 잡담을 했기에 그의 이러한 난폭함에 적잖이 놀랐다. 나는 곁으로 가서 작은 목소리로 "이봐, 그만하면 됐잖아" 하고 말해봤지만, 그는 흥분해 있었다.

"아닙니다. 오오카 씨가 참견할 게 못 되니 물러서세요."

그는 마침 이날 밤의 숙직 담당이었기에 다른 걸 떠나 그가 옥외까지 통조림을 들고 나갔다는 점에 개인적인 모욕을 느꼈던 것이다. 평소의 순수하고 온화한 성격과 어울리지 않는 이러한 잔인성은 다소 나를 슬프게 했다. 그는 역시 일본 제국의 해병이었던 것이다.

내가 할 수 있는 일은 범인의 중대에 긴급한 상황을 알리는 것이었다. 어두운 도로 위를 달려오는 몇 사람과 만났다.

"십일 중대 아닙니까? 지금 한 사람이 당하고 있습니다. 이 중대에서요."

그 사람들은 잠자코 지나쳤다. 그들은 내가 신은 정글화를 보고 옛 포로인 나를 상대할 가치가 없는 인종이라고 생각한 것이다.

취사장은 그들에게 이렇게 말했다고 한다.

"어이, 식량을 각 중대에 인원수대로 공평하게 분배했는데도 이런 도둑놈이 생기면 취사병들이 횡령한 것처럼 보이잖아?"

그들은 대답하지 않았다. 다만 울고 있는 범인을 에워싸고 호위하며 물러갔다는 것이다.

수용소를 에워싼 철조망 울타리는 포로들의 도망을 방지하기 위해 이중으로 되어 있었다. 그러나 전쟁이 끝나자 그럴 필요가 없어졌기에, 레이테 섬의 제3수용소는 제1수용소에서 필요 없어진 바깥쪽 철책을 이용하여 그 맞은편에 붙여 건설됐다.

같은 울타리 안에서는 그토록 으르렁거리며 대립하던 새로운 포로들과 옛 포로들이, 수용소를 따로 두고 공통의 이해와 관심이 없어지자 오히려 친숙해진 것은 기묘한 현상이었다. 그러나 이윽고 그 친밀함 속에서도 신구 포로들의 대립은 새로운 형태로 나타났다.

원래는 첫 장애를 빠져나간 도망자가 두번째 장애 앞에서 애를 먹도록 만들어놓은 약 사 미터의 공간을 사이에 두고, 매일 밤 새로운 포로들과 옛 포로들은 무려 백 미터에 걸쳐서 대화를 나눴다. 공간에는 환하게 반사등이 비쳤다.

새로운 포로들은 니파하우스를 세울 틈도 없었기에 천장이 낮은 무더운 텐트에서 생활했다. 그들은 산속에서의 편성을 그대로 답습하여 미군 군모에 일본 계급장을 달고 있었다.

우리는 제각기 소속 부대의 소식이나 전투 경험을 이야기했다. 나는 그들 중에서 본토의 부대에서 함께 암호수 교육을 받았던 동료를 발견했다.

도미나가는 1943년에 징집된 스물두 살의 보충병으로, 고토토이다리 부근의 담뱃가게 아들이었다. 어느 날 우리가 스미다 공원에서 암호 연합 연습을 했을 때, 그의 집 근처를 지나친 적이 있었다. 집은 큰길에서 골목으로 이십 미터 정도 들어간 곳에 있었지만, 그는 잠깐 들러서 가족들을 만나고 오려 하지 않았다.

"지진 때에도 여기에 살았나?"

"그렇습니다."

"그럼 불에 탔겠군."

"두 살 때였으니까, 어머님에게 안겨서 피신했다고 하던데, 기억은 안 납니다."

나는 간토 대지진 때 열다섯 살이었다. 지금 군대에서 같은 계급장을 달고 같은 고생을 하고 있는 인간이 그때 두 살이었다는 말을 듣고는 막연한 감동을 느꼈다.

나는 군대에서도 수용소에서도, 대체로 동년배 동료들을 피해 이 나이 정도의 젊은이들과 잡담하기를 즐겼다. 그러나 귀환한 현재는 역시 동년배 친구들과 이야기하는 게 마음이 편하다. 왜인지는 잘 모르겠다.

나와 도미나가는 마닐라에서도 함께 지냈는데, 그는 그곳에서 몇 명의 암호수들과 함께 사쿠라 군단 사령부로 배속됐다. 민도로 섬의 고립된 독립 수비대로 배속된 나는 안전한 사령부에서 근무하게 된 그를 부럽게 여겼지만, 자세한 이야기를 듣고 보니 아무래도 내가 훨씬 운이 좋았던 모양이었다.

그들은 이윽고 세부의 제35군사령부로 전속됐다. 그곳에서 서둘러 '육4' 등급의 고급 암호수 자격을 취득해야 했을 뿐만 아니라, 주위에 고급 장교들이 많았기에 일상적인 동작이나 태도에 대한 간섭이 심해 툭하면 뺨을 얻어맞았다는 것이었다. 또한 11월에는 사령부와 더불어 레이테로 건너가 3월 중순 팔롬폰에서 작은 배로 탈출할 때까지, 레이테의 패잔병들과 함께 갖은 고생을 했다고 한다.

동부 제2부대 이래로 네 명의 젊은 암호수 중 생존자는 그 혼자였다. 한 명은 발목의 상처를 제대로 치료하지 못해 중독사, 한 명은 아사, 한 명은 폐결핵이 심했는데 식량 부족 때문에 병원에서도 사령부에서도 버림받아 몇 차례나 양쪽을 왕복하던 끝에 사령부의 취사장에서 수류탄을 가슴에 안고 폭사했다.

도미나가는 키가 작고 통통한 체구에 그다지 미남자는 아니었지만 제법 귀여운 얼굴이었다. 레이테의 참상 속에서 그가 혼자 살아남을 수 있었던 것은, 암호수로서 우수하지는 않았으나(그 점은 본토에서의 교육 성적으로 알고 있었다) 점잖고 호감을 주는 성격이라 상관의 사랑을 받은 덕분일 거라고 나는 짐작했다. 내 질문에 그는 이렇게 대답했다.

"네, 제 입으로 말하는 것도 이상하지만 반장님이 식량을 몰래 나눠줬습니다. 뺨을 맞은 것도 처음 한 번뿐입니다."

나도 그를 귀여워했다. 아무리 보급망이 잘 정비된 미군이라 하더라도 종전과 더불어 한꺼번에 쏟아져들어오는 무장 해제병들에게 충분한 식량을 제공할 수는 없었던지, 신설 수용소의 식사는 하루 두 번, 담배도 하루에 한 개비만 배급됐다. 나는 비축해뒀던 통조림과 담배를 울타리 사이로 던져줬다.

"감사합니다. 내무반 사람들과 나눠 먹겠습니다." 그는 말했다.

울타리 사이에서는 가는 곳마다 통조림과 담배를 마구 던져댔다. 다만 이것은 공짜가 아니었다. 새로운 포로들은 그들이 마지막까지 지니고 있던 갖가지 사물 중에서 옛 포로들이 요구하는 것을 대가로 던져줘야 했다. 주로 시계였다.

회중시계나 손목시계는 물론 산속에서 녹이 슬어 멈춘 상태였지만, 옛 포로들은 언젠가 본토에 갖고 돌아가서 수리하면 쓸 수 있다는 사실을 알고 있었다. 가격은 스위스제건 국산 세이코건 불문하고 일률적으로 담배 열 갑, 혹은 통조림 열다섯 개였다. 이리하여 불과 열흘 만에 새로운 포로들이 지니고 있던 시계는 전부 옛 포로들의 손으로 넘어갔다.

대부분의 옛 포로들은 자랑스럽게 움직이지도 않는 시계를 차고 다녔다. '사바'라는 도박판 우두머리는 전리품으로 담배 수백 갑을 비축하고 있었다. 그는 그것을 몽땅 시계와 바꾸었기에 양팔에 가득할 정도로 고장난 시계를 많이 소유했다. 그는 또한 줄이 달린 금시계를 하나 차고 있었는데 이것은 제대로 움직였다. 담배 서른 갑과 바꿨다고 했다.

이윽고 부근 일대에 포로들이 범람하게 되자 우리 수용소에도 담배 배급이 줄어들었다. 그러자 신구 포로들 사이에서는 통조림과 담배의 교환이 시작됐다. 새로운 포로들은 여전히 굶주려 있었기에 우선 담배부터 줄여야 했다. 그 담배도 원래는 시계와 교환해 옛 포로들로부터 그들의 손으로 건너간 것이었기에, 결국 그들은 소지품 전부를 식량과 교환한 결과가 되었다.

이것은 내가 일생 동안 본 행위 중에서 가장 비열한 것이었다. 나는 마음의 상처를 입었다. 내가 도미나가에게 식량을 주고도 고장난 시계를 받으려 하지 않았다는 사실을 자랑할 생각은 별로 없지만, 예전에는 같은 군대에 소속되어 공통된 적과 싸웠던 동포들 사이에서, 한 쪽이 부족하고 다른 쪽에 여분이 있다면 무상으로 융통해줘도 좋지 않은가? 원래 우리도 미군에게서 무상으로(적어도 포로라는 현재의 입장에서는) 받은 게 아닌가?

또한 나를 슬프게 한 것은, 이 잔혹한 교역에 종사한 사람 중에는 '사바' 같은 인종만이 아니라 점잖은 보통 포로도 다수 있었다는 사실이다. '다수'는 소시민에게 항상 영향을 미치기 마련이다.

중대 사무소에서 내가 무심코 이러한 감상을 입 밖에 내자 곁에 있던 중대장이 말했다.

"그런 말 해봐야 소용없어, 오오카 씨. 애당초 녀석들이 지니고 있는 시계가 수상쩍다구. 정말로 자기 것이던 물건을 내놓은 놈은 별로 없을 거야. 하사관 한 명이 대여섯 개나 지니고 있는 경우도 있거든. 죽은 병사의 유품이거나 주민들에게서 빼앗은 게 아닐까?"

"도둑놈도 할 말이 있다는 이야긴가요?"

"이쪽만이 도둑놈인 건 아니지. 하여간에 이게 군대야."

그렇게 말하는 그도 약간은 마음에 걸리는 모양이었다. 나중에 판명난 바에 의하면 비록 그는 울타리 근처에 가지는 않았지만 부하를 시켜 자신도 세 개 정도를 입수했던 것이다. 11월에 귀환할 때 시계는 각자 한 개밖에 휴대가 허용되지 않는다는 사실을 알고 비누에 구멍을 뚫어서 교묘하게 감췄다. 그는 해군 하사관이라 이따금 상륙할 때 먼 곳의 항구에서 사 온 물건들을 숨기는 것에 익숙했다.

'이것이 군대'임은 분명했다. 전투 이외의 경우, 병사들이 보통 인간 이상으로 에고이스틱해진다는 사실은 자주 지적되는 사항이다. 그러나 포로의 경우는 어떤가?

고장난 손목시계를 차고 다니는 건 일단 다소나마 우리 생활의 단조로움을 없애주었지만, 교역은 아무래도 그런 사사로운 목적 때문에 행해진 것이 아닌 듯하다. 귀환 후 사용할 데가 없다면 그러한 소유는 우리를 그토록 즐겁게 만들지 못했을 것이다. 귀환 희망이 없었더라면 교역은 행해지지 않았을 것이다. 그것은 포로라는 상태와 관계없이 일상의 평범한 소유욕에 뿌리박고 있었다. 종전과 더불어 우리 사이에도 속세의 바람이 불기 시작한 것이다.

나는 반성했다. 나는 시계를 탐내지는 않았는데, 그것은 내가 집에 돌아가면 보잘것없으나마 두세 개의 시계가 건재할 것이라 예상할 수 있는 소시민의 지위였기 때문이다. 만약 나에게 그러한 예상이 없었을 경우에도 과연 내가 교역의 유혹을 느끼지 않았을까는 의문이다. 그 잔혹한 교역자들 중에는 여태껏 한 번도 스위스제 시계를 가져본 적이 없는 자, 혹은 귀환 후 생활에 대해 나의 상상을 초월하는 어두운 예감을 품은 자가 있었을지도 모른다.

그러고 보면 '이것이 군대'가 아니라 '이것이 세상'인 것이다. 부하의 유품을 비축하고 주민들을 약탈한 하사관도, 역시 귀환 후의 재산가치를 생각했기 때문에 그러한 짓을 했을 것이다. 속세의 바람은 군대에도 포로들에게도 마구 불어왔다.

속세의 바람을 맞으면 '객지에서는 창피할 것 없다'고 생각하게 된다. 포로라는 일시적인 상태를 빙자하여 서둘러 다소의 재물을 품안에 쑤셔넣는 것이, 이러한 '다수'로 하여금 그 파렴치하고 가혹한 교역 행위를 자행하도록 만든 근거일 것이다.

인간의 마음은 바꿀 수가 없다. 종교가 도덕을 사회적 제재로부터 마음의 제약으로 옮겨놓은 지 이천 년이 지났지만, 인심은 전혀 개선된 흔적이 없다. 이 수단은 이미 시험이 끝났다.

이러한 나쁜 행위의 존재를 허용하는 사회적 조건을 바꾸는 수밖에 없으리라는 생각이 든다.

피해자인 새로운 포로들은 격노했다. 마지막 담배까지 내놓은 한 포로는 교환이 끝난 후 우리 수용소 내에서 집단적 고립에 파묻혀 있던 새로운 포로와 똑같은 말을 했다.

"너희들은 우리의 적이야."

또한 "도둑놈, 짐승"이라고 덧붙였다.

욕을 먹은 두세 명의 옛 포로는 막대기 끝을 헝겊으로 감싸서 휘발유로 적신 것에 불을 붙여서 울타리 너머로 던졌다. 상대가 잽싸게 피했기에 화상을 입은 자는 없었지만, 불이 미군 감시병에게 발견되어 범인은 영창으로 보내졌다. 그때까지 너그럽게 봐주던 신구 포로들 간의 접촉은 금지되고, 밤에는 보초가 울타리 사이를 왕복하기 시작했다.

이리하여 나는 사랑스런 도미나가와도 만날 수 없게 되었다. 일 개월 후 수용소 간의 왕래가 일정한 한도 내에서 허용됐을 때, 어느 날 그는 나를 찾아왔다. 그는 여전히 굶주려 있었기에, 내가 친한 취사원에게 부탁해서 얻어 온 콘비프를 맛있게 먹었다.

중대 사무소의 탁자를 사이에 두고 두 시간 정도 이야기를 나누는 동안 나는 이 순진한 젊은이가 패잔병의 참화에서 새로이 겪은 경험들을 알게 됐는데, 내가 받은 인상으로는 그는 그러한 경험들을 열병이라도 앓듯 그다지 상처도 입지 않고 통과한 듯했다.

그는 세부의 산속에서 처음으로 여자를 알았다. 부대와 행동을 같이하던 종군 간호사들이 병사들을 위안했다. 한 장교가 독점하던 간호부장이 자진해서 건의했다는 것이다. 그녀들은 종군위안부처럼 가혹한 조건은 아니었지만 하루에 한 사람씩 병사를 상대하도록 강요당했다. 산속의 사기 유지가 구실이었다. 응하지 않으면 식량을 주지 않았던 것이다.

"어땠어?"

나는 웃으면서 물었다. 그는 약간 얼굴을 붉히며 우물거리더니,

"끝나자, 여자가 '실례했습니다'라고 말하더군요" 하고 대답했다.

곁에서 듣고 있던 취사원은 소리 내어 웃었다. 그러고는 말했다.

"그래서 자네는 '수고하셨습니다'라며 경례를 했지?"

도미나가는 눈이 둥그레졌다.

"어떻게 아십니까? 바로 그대로입니다."

새로운 포로와 옛 포로의 알력은 그다지 과장해서 생각할 필요는 없다. 죽는 한이 있어도 겪어서는 안 되는 포로의 치욕은 하나의 관념이고, 그것이 새로운 포로에게는 긍지로, 옛 포로에게는 불만이라는 감상으로 고정되어 있을 뿐인 이상, 포로들의 일상적인 필요, 즉 노역 의무의 이행으로 인해 점차 해소될 운명에 있었다. 종전과 더불어 포로들을 먹여살려야 할 불필요한 경비를 메우기 위해 미군이 요구하는 작업 일정이 바빠지자, 적어도 같은 수용소 내에 있는 신구 포로들은 대립하고 있을 틈이 없어졌다. 더구나 전쟁이 끝나고 보니 언제 돌아

갈 수 있을지가 우리의 첫번째 관심사이지, 전쟁 중에 포로가 됐는지 전쟁이 끝나서 무기를 버렸는지는 과거의 문제였다.

전쟁이 끝났다는 사실을 우리가 실감한 것은, 8월 15일 밤부터 수용소 동쪽의 언덕 꼭대기에 우뚝 솟은 대공 감시 초소의 불이 꺼진 점이었다.

이후로 차츰 일본의 항복에 관한 갖가지 소식이 『타임』의 기사나 『라이프』의 사진을 통해 알려졌다.

항복 문서의 조인 날짜를 정하기 위하여 마닐라에 온 일본인 장교는, 악수를 하려고 내민 손을 무시당해 허탈하게 공중에 들고 있었다. 아쓰기 비행장에 공수부대 도착. 강간은 '놀랄 정도로 적었다'는 맥아더의 성명에 나는 쓴웃음을 지었다.

도조 히데키의 자살 미수에 포로들은 크게 웃었다.

"가슴 이외에도 쏠 곳은 얼마든지 있잖아? MP가 오니까 그제야 자살을 기도하다니, 강도 살인범도 아니고 적어도 한 나라의 수상인 자가 할 짓인가?" 우리 중대장이 말했다.

야마시타 도모유키 육군 대장이 필리핀에서 일어난 일본군의 잔학행위에 관해 자신은 모른다고 법정에서 말한 것이 포로들을 격분하게 만들었다.

"어차피 빠져나올 수 없다면 대장답게 부하의 죄는 곧 자신의 죄라고 말해도 좋을 텐데."

'말라야의 호랑이'는 마지막 순간까지 필리핀 패잔병의 희망이자 자랑이었으나 법정에서의 틀에 박힌 이 한마디가 영웅을 전락시켰다.

이윽고 일본 신문사가 재외 포로들을 위해 특별히 만든 사절판 신문이 도착했다. 권두에 종전 칙서와 함께 맥아더 원수와 나란히 선 천황의 사진이 실려 있었다. 전자는 한쪽 발을 약간 앞으로 내밀고, 후자는 구십 도 정도 벌리고 있었다.

주고쿠 지방 신문도 함께 섞여 있었다. 구레 군항 내의 아마기 피폭을 사진과 함께 보도했는데, 마치 전시 중 적함 격침을 실황 방송하는 듯했다. '보란 듯이 한 발 또 한 발, 이윽고 항모 아마기는 폭연에 휩싸여' 하는 식이었다. 나는 하나의 상황을 기록하면서 한 가지 서술법밖에 모르는 신문기자들을 이상하게 생각했다.

우리는 이번 전쟁이 '패전'이 아니라 '종전'이며, 그 결과로 일본에 상륙한 외국 군대가 '점령군'이 아니라 '진주군'이라는 사실을 알게 되었다.

필리핀의 미군은 일본의 포로 대우가 얼마나 가혹했는지 알고 있었다. 수용소에 관계된 미군들의 태도에 특별한 변화는 보이지 않았지만, 외업을 나가면 감시하는 미군 병사가 이따금 개인적 분노를 터뜨리는 것은 그 때문이었다.

우리 중대 담당 서전트인 웬돌프는 드디어 제대했다. 그는 통지를 받은 날 밤, 동료들로부터 양복 한 벌을 빌려서 전부 차려입은 채로 잤다고 한다.

"오늘부터 나는 서전트 웬돌프가 아니야. 미스터 웬돌프라고 불러." 그가 말했다.

그는 디트로이트 자동차 공장 사무원으로, 온건한 미국 소시민이었다. 그의 지휘가 거의 완벽했기에 우리 중대는 수용소에서 모범 중대가 될 수 있었다.

배를 기다리기 위해 해안 캠프로 옮겨갈 때, 그는 나에게 주소를 남겼다. 독신인 그는 누이 집에 기거한다고 했다. 나는 일본에 돌아가면 교토의 부채를 보내겠다고 약속했지만, 귀환 후 외국 우편이 허용되지 않았기에 보낼 수가 없었고, 허용됐을 무렵에는 아무래도 그가 결혼해서 다른 곳으로 이사 갔을 듯한 생각에 결국 편지도 띄우지 않았다. 다만 헤어질 때 그가 나에게 악수를 청하지 않았던 점을 다소 유감스럽게 생각한다.

중대 담당 서전트는 거의 대부분 교체됐다. 새로 도착한 것은 엄밀히 말해서 하사관이 아니라 모두 사병이었다. 열여덟 살의 소년도 섞여 있었다. 그들은 주근깨투성이의 얼굴로 노래를 잘 불렀고, 걸프렌드 자랑도 했다.

우리 중대에 배속된 것은 노스라는 서른다섯 살의 플로리다 출신 농부였다. 피부가 검고 키는 백팔십 센티미터가 넘었으며, 긴 팔다리가 거추장스러운 느낌이었다. "마이 홈"이라며 그가 나에게 보여준 사진에는, 잘 자란 선인장이 있는 앞뜰을 배경으로 몹시 뚱뚱한 부인과 그를 닮아 호리호리한 체구의 아이들 다섯 명이 찍혀 있었다.

그에게는 웬돌프와 같은 융통성이 없었다. 포로 감독이라는 새로운 임무에 애를 먹는 듯 오히려 내 눈치를 살폈다. 사무소에서 마주 앉아 있다가 이야기가 끊기면,

"어이, 자네는 이런 거 못 하지?"

하며 위아래의 이를 입 안에서 덜컥 빼 보였다. 완전한 틀니였다.

폭풍 경보가 발효된 적이 있었다. 레이테 섬은 태평양의 적도 부근에서 발생한 태풍권에 들어 있었다. 긴급히 강철 로프가 지급되어 우

리는 니파하우스의 야자나무 기둥을 하나하나 지면에 고정시켰다. 그러나 실제로 태풍이 오면 지붕은 어떻게 될까? 지붕이 날아가지 않는다 하더라도, 나뭇조각만 두르고 사방이 뚫려 있는 숙사에는 빗발이 들이쳐서 침대도 의복도 몽땅 젖을 것이다. 하지만 열대지방이니 젖은 것들은 하루만 말리면 될 것이다. 식량은 걱정할 필요가 없었다. 모두 통조림이니까.

다행히 태풍은 오지 않았지만, 10월부터 본격적인 우기가 시작됐다. 6월에 이 수용소로 옮겨온 이후 처음 맞는 우기였다. 진흙은 이내 질퍽거렸기에, 미군이 트럭으로 운반하는 자갈을 아무리 깔아도 전부 가라앉아버렸다.

레인코트는 제법 멋진 것이 지급됐다. 암녹색 고무를 댄 직사각형 천이었다. 중앙부에 구멍이 있어서 목을 내밀면 천이 자연히 사방으로 내려와 몸과 팔을 덮었다. 어딘지 위엄을 풍겨서, 이것을 입으면 마치 우리가 포로가 아니라 경찰이나 군인이라도 된 듯한 기분이었다.

삼천 명의 포로들이 획일적인 복장으로 중앙 도로에 점호를 받으러 늘어선 광경은 그야말로 장관이었다. 보이는 것이라고는 비에 젖은 암녹색 띠가 파도처럼 흔들리는 모습뿐, 멀리는 안개에 가려서 보이지 않았다.

우리는 기다리고만 있었다. 귀환 날을 기다리고 있었다. 다만 그 날짜는 상선을 소유하지 못한 일본 정부가 정하는 게 아니라 리버티형과 상륙용 함정을 빌려줄 미국 정부의 호의를 기다리는 수밖에 없었다. 그러나 미국은 우선 자국의 제대병부터 본국으로 수송할 것이다.

신문에서 보는 일본의 상황은, 빨리 귀환해봤자 좋을 것도 없을 듯했다. 지금 우리가 누리는 이천칠백 칼로리의 식량은 엄두도 못 낸다. 이곳에 있으면 낮 동안 형식적인 노동에 종사할 뿐 밤에는 술을 마시고 노래를 부르며 지내면 그만이었다.

가족들과는 물론 빨리 만나고 싶었지만, 이미 오랫동안 군인으로 격리되어 지내던 우리로서는, 항상 지녀왔던 것으로 믿었던 가정적인 감정도 사실은 하나의 추상에 불과했다. 반년이나 일 년 정도는 빠르건 늦건 마찬가지로 여겨질 정도로 추상적이며 희박했다.

우리의 '실존'은 수인이었다. 새로운 포로들도 옛 포로들도, 어쩔 수 없이 그 한 가지 색으로 뒤덮였다.

이백 미터 사방의 부지는 삼천 명의 우리에게 여유로워 보여도 어디를 가건 반드시 울타리가 있었다. 그 속에서 우리는 지나치거나 부딪치거나, 이야기를 나누거나 홀로 지내거나 했으나, 결국 얼굴만은 마주해야 했다.

우리는 별달리 할 일이 없었기에 기다리는 척하고 있을 뿐 사실은 놀고 있는 것에 불과했다.

그 결과 우리에게 다가온 것은 타락이었다.

장기자랑

푸르기는 고등어 껍질 같고 검기는 사람 마음 같도다.
—오자키 시로

포로들은 급속히 타락하기 시작했다.

전쟁이 끝남과 더불어 레이테 섬 제1수용소에 수용된 삼천 포로들의 마음에서는 유일한 도덕적 가시가 제거됐다. 그들이 적군 속에서 삶을 즐기는 동안 태평양의 각지에서 속속 목숨을 잃어가는 동포들에 대한 미안함이 갑자기 사라졌다. 죽은 자들은 운이 나빴고 우리는 운이 좋았을 뿐이다. 이제는 돌아갈 날까지 세월만 보내면 된다. 게다가 미군의 급여는 매우 만족스러웠다.

이러한 안일함의 기묘한 효과는 일부 사람들에게 전쟁에 대한 향수를 불러일으켰다. 레이테 전투 일 주년이 다가왔다. 쓰카모토는 1944년 10월 24일 레이테 섬 동쪽 해상에서 격추된 가미카제 대원이었다. 그는 매일 밤 회상문 같은 것을 써서 혼자 낭독했다.

"대동아 십억 인의 창망한 운명을 걸고, 아아, 결전의 가을이 다가오도다."

중대장인 히와타시는 코웃음을 쳤다.

"언젯적에 패한 전쟁인데 새삼스럽게 결전 타령이야?"

쓰카모토는 우리 중대의 취사원이었다. 하얀 피부에 체구가 작은 미남자로, 나이에 비해 침착하고 성실했다. 2교대반의 반장으로 임명되어 '반장'이라는 별명이 붙었다. 어느 날 밤 건포도로 밀조한 술로 중대본부에서 대원들끼리 술자리를 벌였을 때, 나는 그를 치켜세웠다.

"나는 절대 반장과는 함께 오입하러 가지 않을 거야. 반장만 인기를 끌 거고 나는 어차피 흥이나 돋우는 입장이 될 테니까."

그가 필리핀 결전 회상록을 쓰기 시작했을 무렵, 어느 날 밤 내가 중대 사무실에서 작업 할당표 작성을 끝내고 담배를 피우고 있노라니 그가 불쑥 들어와 책상 앞에 앉았다.

"오오카 씨, 함께 게이샤 있는 곳에 놀러 갈까요?"

그가 나에게 기대하는 대답은 뻔했다.

"싫어. 어차피 나는 흥을 돋우는 역할이나 맡을 테니까."

두 번까지는 애교로 받아들일 수 있어도, 그 이후로 매일 밤 어김없이 찾아와서 똑같은 말을 되풀이하게 만들면 진력이 나는 법이다. 보다 못한 중대장이 옆에서 한마디 했다.

"어이, 반장, 오오카 씨는 서기 일로 바쁜 몸이야. 당신 같은 사람을 상대하고 있을 틈이 없으니까 방해하지 마."

서기라고 해야 어차피 포로 신세이니 그다지 바쁠 리는 없었다. 책상 앞에 앉아 있기는 하지만, 쓰고 있는 것은 심심풀이로 끼적이는 어설픈 시나리오 따위였다. 그래도 모처럼의 감흥을 반장의 허영심 때문에 방해받기는 싫었다. 더구나 그가 자신의 매력을 나와 같은 사람에게까지 확인하고 싶어한다면, 그도 그다지 매력 있는 인물이 못 된다.

반장도 이 무렵에는 점차 평판이 나빠지기 시작했다. 포로들의 억압된 자유의 결과인 애국심 및 전투욕과 더불어, 억압된 성욕의 결과인 색기를 지나치게 발산했기 때문이다.

미군은 우리에게 무좀 예방을 위해서 하얀 가루를 주었다. 매일 목욕 후 발가락 사이에 뿌리라고 했지만, 물론 우리는 그런 귀찮은 일은 하지 않았다. 물집이 생기고 나서야 비로소 국소에 바르는 것이 고작으로, 가루는 누구에게나 잔뜩 남아 있었다. 반장은 그것을 얼굴에 발랐다. 니파하우스의 처마 밑 어둠 속에서, 하얀 피부 위에 또 하얀 가루를 바른 얼굴이 유령처럼 나타났다.

그는 그 화장한 얼굴로, 제5중대에 있는 신도라는 유명한 '여정(女情) 남자'를 유혹하러 가는 것이었다. 신도는 1944년 11월 레이테 섬 서해안에 상륙한 후원 부대의 젊은 보충병으로, 오랫동안 산속에서 부대장의 사랑을 받은 후 뒤늦게 수용소에 왔다.

신도의 이름이 수용소에 널리 알려진 것은, 전쟁도 막바지에 이르러 매주 각 중대에서 장기자랑이 벌어지게 된 이후였다. 어느 날 밤 우리 중대 포로들이 제각기 유행가나 자기 고장의 민요를 부르고 있는데 느닷없이 그가 나타나서 〈꾸냥의 노래〉를 불렀다. 제법 음역이 넓은 목소리라 포로들에게는 완전한 여자 목소리로 들렸다.

"어이구, 사타구니가 근질거리네!" 청중 하나가 소리쳤다.

이후로 그는 각 중대의 장기자랑에서 인기를 독차지했다. 종전 후에 장기자랑이 확대되어 수용소 전체가 모인 종합대회가 열렸을 때, 관계자들은 그에게 여장을 시키는 것이 훨씬 감명적일 거라고 판단했다.

마포 자루를 풀어서 제도용 검은 잉크로 물들여 가발을 만들었다. 블라우스는 포로들 중에 있던 재단사가 흰색 내의를 개조해서 만들었고, 스커트 역시 재단사가 밀가루 포대를 푸른 잉크로 물들여 만들었다. 샌들은 구둣방 주인이 만들었다. 분만큼은 반장의 경우와는 달리 장시간 고정시켜야 했기에, 대대장인 이마모로가 특별히 미군 수용소장에게 간원하여 WAC에서 크림과 파우더를 받아왔다. 그리고 립스틱과 연지를 발랐다.

대대본부 앞에 설치된 무대 앞에서 시작하기를 기다리다가, 나는 신도가 대기실에 들어가는 모습을 보았다. 저녁이지만 아직 밝았다. 그는 관계자 하나를 따라서 자갈투성이 공터를 가로질러왔다.

나는 내 눈을 의심했다. 물론 이것이 단순히 여장한 사내에 불과하다는 사실을 알고 있었다. 그러나 내가 본 가발, 얼굴, 가슴(그는 당시의 여자들만한 크기의 가짜 젖가슴을 넣었다), 허리는 아무리 봐도 여자였다. 걸음걸이조차, 나처럼 뚫어지게 바라보는 포로의 시선을 의식한, 완전한 여자의 동작이었다.

이후로 나는 우리가 평소에 보는 여자란, 사실은 진정한 여자라고 할 수 없는 게 아닌가 의심하게 되었다. 다만 사내들의 통념에 따라서 여자답게 화장한 인형에 불과하지 않은가? 온나가타*가 여자보다 여자

* 女形, 가부키에서 여주인공 역을 담당하는 남자.

답다는 말은 연극을 좋아하는 사람들이 자주 되풀이하는 상투어이다.

여자란 우선 손을 잡고, 가슴을 만지고, 이어서 키스를 하건 무슨 짓을 하건 각자 원하는 짓을 할 수 있는 상대이지, 우리의 망막에 투영된 여자의 영상이란 여자 그 자체와는 아무런 관계도 없는 것이 아닐까? 첫눈에 반한다든지 애인의 아름다운 얼굴이라든지, 그 밖에 그녀의 안면 근육이 움직일 때마다 우리가 그녀에 대해 상상하는 갖가지 정신 작용들은 모두 우리 눈의 착각이 아닐까?

무엇보다 여자란 매일 아침 화장하는 번거로움을 무릅쓰고, 안면에 동물성과 식물성 지방층을 고정시킨 채로 하루를 보낼 수 있을 정도로 의욕적인 존재라는 사실을 잊어서는 안 된다.

연인은 표피에서 내장에 이르기까지 만져봐야지 알 수 있다. 물론 그래도 우리의 착각이 사라질지 그대로 남을지가 그다지 확실하지 않은 이유는, 패션이란 촉각에 의해 앙양된다는 까다로운 조화의 묘를 지니기 때문이다.

그러나 이러한 나의 판단도 모두 포로의 착각일지도 모른다. 포대를 풀어 만든 가발에 밀가루 포대로 만든 옷을 입은 인물을 여자라고 느낀 것은, 포로의 억압된 성욕 등에서 유래한 상상력의 과잉 탓인지도 모른다. 그렇다면 나의 추리는 모두 잘못된 것이다.

나는 복잡한 연애사건이나 연애소설을 좋아하는 여러분의 즐거움에 시비를 걸 생각은 별로 없다. 다만 나는 나대로, 나의 머나먼 과거에 속하는 포로 시절의 경험에 일반적인 형태를 부여하고 싶은 아집을 갖고 있을 뿐이다.

신도는 노래와 분장이 뛰어난 반면 동작은 서툴렀다. 그래도 어쨌든 그녀는 수용소에 나타난 최초의 여성이었다. 소위 '게이'였는지 아닌지는 확실하지 않지만, 그에 매료된 다수의 '남성'들이 주위에 모여든 것은 사실이었다.

경쟁이 있고 권리 다툼이 있었다. 우리의 특공대원이 화장을 하기 시작한 것도 경쟁자들 속에 뛰어들기 위해서였다. 그는 또한 어디선가 미군 서전트 메이저의 완장을 입수해서 자랑스럽게 허리에 매달고 돌아다녔다. 미군 제복과 제모 이외에 아무런 변화도 없는 포로들의 복장에서는 무엇이건 장식이 되었기 때문이다. 그러나 쓰카모토는 그다지 성공하지 못한 모양이었다.

여가수 신도의 영향은 필요 이상으로 일부 포로를 남성화함과 동시에, 다른 일부를 필요 이상으로 여성화시켰다. 훗날 장기자랑이 발전해서 연극을 공연하게 되었는데, 거기 출연한 온나가타들은 모두 신도를 흉내 내어 남자를 유혹하려 들었다. 신도는 평소에도 밤에는 여장을 하고 있었는데 다른 온나가타들도 출연으로 얻은 갖가지 의상을 몸에 두른 채 교성을 지르며 밀주를 따르고 옆사람 무릎에 기댔다. 그다지 여성화될 수 있는 용모와 재능을 지니지 못한 자라도 마음만 먹으면 울긋불긋 물들인 천을 터번처럼 머리에 둘렀고, 이 풍습은 귀환열차 안에서까지 이어졌다.

대다수는 물론 각자 성적인 고립을 참고 견뎠지만, 이러한 소위 '남정(男情) 남자'와 '여정 남자' 사이에는 이따금 배타적인 결합이 성립하기도 하고, 사건이 발생하거나 감상적인 연애편지가 교환되기도 했다. 그러나 일반적으로 기록 문학이 과장되게 묘사하는 '게이' 소동은 내가 아는 한 없었다.

대체로 남자의 동성애에서 계간(鷄姦)이 행해지는 확률은, 약간 오래된 통계이지만 엘리스*는 육 퍼센트라고 보고했다. 그 밖에는 고작해야 상호 수음이나 감상적인 애무의 영역을 벗어나지 못하기에 도착이나 변태라고 부를 필요가 없는 정도의 것이다. 대상을 발견하지 못했거나, 혹은 그것을 오인한 청춘의 착오, 혹은 강제적으로 동성이 집단 격리됐을 경우, 대상의 결여로 인해 불가피하게 행해지는 구제 행위에 불과하다.

육 퍼센트의 진정한 도착자는 동물이나 식물에도 기형이 있듯이 존재하는 모양이다. 우주적 의지에서 도태된 그들도 그 나름의 주장과 습관을 지닐 수 있기에 다소의 잠재적 기형을 지닌 보통 사람들 사이에 습관이 만연하는 수도 있다. 다행인지 불행인지 우리 레이테 섬 제1수용소에 격리된 포로들 사이에는 진정한 도착자가 없었던 듯하다. 메이지 정부와 함께 가고시마에서 전국으로 번진 '남색' 취미도, 쇼와 시대가 되자 상당히 수그러들었다.

애당초 도착자의 주장에는 근거가 있는 것일까? 앙드레 지드의 『코리동』**은 아마도 금세기 최대의 거짓말쟁이가 진지하게 쓴 유일한 책이겠지만, 여기서 그는 얄궂게도 그 진지함 탓에 과오를 범하고 있다.

지드는 생물학적 근거에 입각해 남성애를 사회적으로 정상화시키려 하는데, 애당초 사회가 애정으로 형성된 것이 아닌 이상 어떠한 애

---

* 영국의 수필가이자 의사. 총 일곱 권의 『성심리학 연구』로 유명하다.

** 한 소송사건으로 남성의 동성애가 화제에 오르자, 화자가 동성애자 코리동을 찾아가 벌인 네 차례의 토론을 담은 소설이다.

정도 정상화될 기회는 없는 것이다. 결혼 및 결혼에서 파생된 부모 자식이나 형제의 애정만이 간신히 사회에서 인정받고 있지만, 그것은 결혼이 원래 사랑의 단위가 아니라는 단순한 사실에 의하여, 설령 애정이 존재한다 하더라도 항상 사회로부터 배신당하고, 사회가 만약 애정을 죽이려 하면 역으로 애정에게 배신당한다는 상호관계가 있을 뿐이다. 기독교는 어쩔 수 없이 일종의 보편적인 애정을 가정함으로써 이러한 상황을 완화하려 했지만, 그것이 선전에 비하여 효과가 없는 것은, 기독교적 애정은 모든 종류의 애정을 묽게 만들 뿐 애정의 존재 자체를 말살시킬 수는 없었기 때문이다. 그렇기에 이러한 상황은 언제까지고 계속되는 것이다.

모든 애정의 실천자들은 개인적 도덕(최근의 일본에서는 모럴이라는 외래어가 많이 사용된다)을 고안해내지 않을 수 없는데, 이유가 아무리 교묘하더라도 결국 개인의 방종에서 벗어나지 못한다. 이런 의미에서 죽을 때까지 에고이즘의 원리 위에 자리 잡고 사회 밖에 머물러 있었던 스탕달은 옳았다고 할 수 있지만, 『채털리 부인의 사랑』에 나타난 로런스의 모럴이나 『코리동』에 나타난 지드의 모럴은 미련에 지나지 않는다.

자기의 변질을 자각한 지드는 '중요한 것은 치유가 아니라 병과 더불어 사는 것이다'라는 18세기 승려의 말을 원용한다. '나 같은 자도 살고 싶어한다'는 말은 모든 '지하실' 사람들의 절규이겠지만, 이러한 절규가 들리는 근본적 이유는 사회가 무기징역수를 포함해서 어떠한 흉악범에게도 살 권리를 허용할 정도로 문명화되었기 때문이다. 그들은 말하자면 평화로운 사회의 관용에 매달리고 있다. 그 증거로 사회가 경련을 일으켜 개인에게 전쟁터에서 죽으라고 명령했을 때, 그들은 결코 '살고 싶다'는 말을 하지 못하고 양처럼 순순히 죽임을 당하지 않는가? '지하실' 사람들이 대부분 보수당이라는 점과 일맥상통한다.

포로들도 사회의 경련에 의한 산물이지만, 그 결과 나타난 감금 생활의 양식은 평화시의 시민사회보다 훨씬 관용에 넘쳤다. 예를 들자면 포로를 먹여 살리는 적국의 이해에 저촉되지 않는 한 범죄는 없었고, 따라서 형벌도 없었다. 고작해야 권력자의 행패나 개인적인 폭력에 의한 린치밖에 없었다. 그렇기에 일반사회에서는 용납되지 않는 동성애도, 수용소에 남자들만 있다는 단순한 사실로 인해 이곳에서는 자기를 주장할 수 있었던 것이다.

그러나 제약은 다른 곳에서, 즉 감금에 개인적 생활이 없다는 사실에서 왔다. 포로들의 동성애는 밤에 동침한다는 식의 표현을 취했는데, 이것은 물론 옆자리의 고독한 취침자에게 상당히 폐가 되는 표현이었다. 어느 날 각 소대의 반장들이 결속해서 중대장에게 항의서를 제출했다. 이것은 직속상관인 소대장을 무시한 행위였지만, 반장들은 담당 소대장에게 호소해봤자 결국 묵살당하리라고 판단했던 것이다.

항의는 동성애자들을 직접 대상으로 하지 않고, 취사의 개선을 목표로 했다. 공교롭게도 밤에 '여정 남자'를 방문하는 자들의 대부분이 취사원들이었기에, 갖가지 요구 항목 중에는 "밤에 멋대로 소대 숙사에 잠입하여 '게이' 유사 행위를 하는 것을 중단하라"는 항목이 들어 있었다.

동성애에서 적극적인 역할을 담당하는 인물은 포로들 사이에서도 세력을 지닌 자였다. 그리고 취사원들은 귀중한 식량을 애인에게 제공할 수 있다는 점에서 포로들 중 귀족에 속했다. 어떠한 사회에서도 애정을 주장하는 자는 반드시 권력자가 된다. 오스카 와일드나 아무개 대령에 대한 '부당한' 소송사건을 인용한 지드는, 기왕이면 이 제소에 피고의 사회적 지위에 대한 선망이 담겨 있다는 사실을 지적했더라면 좋았을 것이다.

어느 날 밤 4개 소대의 반장 열여섯 명이 불시에 중대본부로 몰려가 요구서를 제출한 것은 포로들이 나타낸 최초의(그리고 유감스럽게도 포로 생활이 길어짐에 따라서 폭력적 지배가 커진 탓으로, 최후의) 민주적 행동이었다. 그들이 이러한 행동을 취할 수 있었던 것은 군국주의 일본이 패배했기 때문이며, 또한 승자가 민주주의적인 미국이기 때문이었다.

군대나 수용소에서 취사원들이 행하는 횡포에 관해서는 이미 몇 차례 언급했기에 자세한 이야기는 생략하겠지만, 중대장은 결국 취사원들의 '게이' 유사 행위를 포함하여, 누구의 눈에도 명백한 취사의 폐해에 대한 개선을 약속해야 했다.

해산 후 반장들 사이에서 지도적 역할을 한 반장을 배출한 제3소대장과 취사장은 칼로 결투를 하겠노라고 야단했지만, 주위의 만류로 중지됐다. 탄핵당한 '남정적' 취사원도 그 반장에게 결투를 신청했는데, 이것은 정당한 사유가 없다는 이유로 거절당했다.

취사의 개선은 실제로 일정 기간 어느 정도 행해졌다. 다만 '게이' 유사 행위는 '여정 남자' 측에서 취사장을 방문하는 것으로 개선됐다.

비극은 우월한 자를 묘사하고 희극은 열등한 자를 묘사한다는 것이 아리스토텔레스의 설이라는데, 포로보다 열등한 자는 없을 테니, 포로의 연극은 모두 희극이었다. 비정하고 덧없는 야쿠자의 운명을 그린 연극부터, 「주신구라」* 같은 복수극, 혹은 포로들 중에서 유일한 신파극 작가가 쓴 패전 군인의 가정 비극에 이르기까지, 모두 포로 생활을 '바탕'으로 기획됐다. 그러나 태만한 포로들이 카타르시스를 추구한 형적은 없었고, 모두 흥밋거리의 테두리를 벗어나지 못했다.

포로들의 오락은 우선 씨름에서 시작됐다. 이것은 그들 내부에 아직 남아 있는 병사로서의 전투 의식을 상쾌하게 자극한다는 의미에서 가장 애호하는 유희였는데, 포로 경력이 쌓여감에 따라 노래를 듣는 등의 소극적인 쾌락이 발달했다. 수많은 인기 가수가 각 중대에 탄생했는데, 그들의 목소리가 처음부터 현저히 여성화되어 있었던 점이 이미 '신도'의 출현을 예상케 했다고 할 수 있을 것이다. 하나이라는 젊은 상등병은 이마모로의 사랑을 받아 '하나코'라는 여자 이름으로 불렸다. 신도가 출현한 이후에도 그는 굴하지 않고 여장을 했지만, 다소 키가 크고 뚱뚱했기에 이마모로의 충고로 포기하고 말았다.

이러한 포로들의 유희가 쇼로 변모한 계기는 미군 병사들의 호기심 때문이었다. 전쟁이 아직 끝나지 않은 무렵이었다. 미군 병사들 앞에서 개최되는 씨름 대회에 즈음하여 대대 부장 오라가 연설을 했다.

"제군들 중에는 미군 병사들의 구경거리가 되기를 꺼리는 자가 있을지 모르겠으나, 이 기회에 대승적인 견지에서 기탄없이 싸워주기 바란다. 수용소장이 특별히 상품도 기증했다. 이렇게 미일 간의 화해

* 忠臣藏, 억울하게 죽은 성주의 복수를 하는 마흔일곱 명의 무사 이야기.

무드가 조성되면 머지않아 영화도 보여주겠노라고 약속했다."

중대끼리 경쟁이 붙어 경기 때 응원단이 갖가지 화려한 의상을 차려입고 춤을 추었다. 휴식 시간에는 두 명의 유도 사범이 시범을 보여 갈채를 받았다.

며칠 후 어느 날 밤, 소냐 헤니*의 천연색 스케이트 영화가 대대본부 앞에 설치된 스크린에 영사됐다. 키스신이 클로즈업되자 신음하는 듯한 환성이 관중 속에서 일었다. 비평가들이 어두운 곳에서 개인적으로 감상해야 할 작품이라 평한 이 예술에는 이러한 감상법도 있었던 것이다. 물론 일본어 자막이 없었기에 관중들이 내용을 이해하지 못해 화면이 완전한 쇼가 된 결과이다.

이러한 집단적 연기와 관람 방법은 종전 후 무사태평한 포로들에게 연극을 할 생각이 들게 만들었다. 1중대와 2중대 사이에 있는 광장에 널빤지를 깐 무대를 설치하여, 삼면을 낡은 텐트로 둘러싸고 전선을 끌어들였다. 흥행은 하룻밤, 역시 각 중대끼리의 경연으로 결정되었다. 배우는 포로들 중에서 다소나마 자기과시 취미를 지닌 자들이 응모했다. 작가는 어설프게 기억하는 영화나 연극의 줄거리에 따라 간단한 1막이나 2막짜리 갈등물을 고안해냈다.

공연 내용은 모두 도박사의 유랑 생활을 주제로 한 시대극이었다. 그것도 대부분은 활극으로, 「춘우가도(春雨街道)」「원삼시우(源三時雨)」 등 제목은 다르지만 이상하게도 의협심에서 죽인 상대방이 임종하며 남긴 유언에 따라 상대방의 약혼녀나 여동생과 사랑에 빠지는

* 미국의 아이스쇼 스타이자 영화배우.

내용이 압도적으로 많았다. 같은 내용의 연극을 동시에 공연하는 것은 곤란하다는 관계자의 의견에 따라 추첨을 했는데, 추첨에서 탈락한 중대에서는 이미 준비도 끝낸 상황이라 이제 와서 제목을 바꿀 수도 없고 보니, 결국 여자가 약혼녀인가 여동생인가 하는 차이밖에 없는 연극이 하룻밤에 세 편이나 공연됐다.

이러한 줄거리가 일본의 시대극에 도입된 계기는 〈내가 죽인 남자〉라는 미국영화였다. 미국영화에서는 살인이 벌어지는 장소가 전쟁터였는데, 쓸데없는 의협심에서 아무런 관계도 없는 인간끼리 서로 죽고 죽이는 짓은 전쟁이나 야쿠자의 세계나 비슷했다. 이러한 비인간적인 사건의 결과로 연애가 싹튼다. 이러한 구성은 우리의 로마네스크 취미와 아주 어울렸는데, 이와 같은 비인간적인 자극제와 부합하는 점을 보면 연애에는 원래 비인간적인 요소가 있는지도 모른다.

「춘우가도」「원삼시우」의 결말은, 살인자가 희생자의 여동생이나 약혼녀를 해치려는 악한들을 물리친 후 결국 자신이 그녀의 원수라는 사실을 밝히고는, 슬프게 그러나 미련 없이 길을 떠난다는 상투적인 결말이다. 이것도 무척이나 비인간적인 해결이다.

생각건대 활극이 유행하는 근저에는 이러한 비인간적인 상태에 대한 동경심이 있는 듯하다. 아마도 우리처럼 평범한 인간이 평소에 너무도 인간적인 괴로움에 시달리기 때문일 것이다.

우리 제2중대의 연극에서 살인자로 분장했던 오사카 여학교의 체조 교사는 귀환 후 생도에게 상해를 입혀 해고당했다. 희생자로 분장했던 고베의 선원은, 귀환 이 년 후 강도 살인범이 되어 전국의 신문에 수배 사진이 실렸다. 이 비인간적 연극의 주인공들이 동시에 범죄

자가 된 것은 기묘한 일이다.

제1중대의 연극은 「주신구라」로, 칼싸움부터 할복까지의 장면을 공연했다. 이것이 역시 가장 많은 갈채를 받았다. 판관으로 분장한 정토종 승려는 연극이 끝나자 백의(白衣) 차림으로 무대에 나타나 정중하게 머리를 숙이며 말했다.

"오늘 저희가 어설픈 주신구라를 보여드린 이유는, 여러분도 잘 아시는 이 연극이, 나라가 패전한 지금 새삼 여러분의 가슴에 무엇인가를 호소하리라고 확신했기 때문입니다. 부디 여러분, 귀국 후에도 주신구라의 정신을 잊지 말고 조국 재건을 위해 전력을 기울여주시기를, 극단 일동을 대신하여 이 자리에서 부탁드립니다."

복수를 장려하는 말을 승려의 입에서 듣는 것은 포로들의 연극 대회가 아니고는 불가능한 일이다.

그 승려는 주고쿠 지방의 제법 유력한 절의 주지였다. 키가 작고 둥근 얼굴에 몸이 통통하며, 언제나 온화하게 웃는 표정이었다. 승려인 만큼 당연히 말주변이 좋았기에 밤이면 그의 주위에는 항상 너덧 명의 청강생이 모였다. 물론 그는 포로들에게 불법을 설하는 바보 같은 짓은 하지 않았다. 그냥 평범한 일상 이야기를 빌려서 처세훈 같은 것을 이야기했다. 음담패설에도 능숙했다.

그는 인텔리 냄새를 풍기는 내 모습이 눈에 띄었는지, 눈으로 사인을 보냈다. 그러나 스탕달의 애독자인 나는 성직자에 대한 편견을 갖고 있었다. 학생 시절 노지리 호수 나루터에서 얻어들은 그 지방 사람들의 이야기가 기억난다.

"어느 마을의 아무개는 예를 들어가며 이야기하는 솜씨가 훌륭하니까 중이 되면 좋을 거야."

이것이 나에게는 일본의 인민이 승려의 최저 효용으로 생각하는 것에 대한 단적인 표현으로 비쳤다. 어느 날 나는 포로 승려에게 이 이야기를 했다. 나의 무신론을 언제나 온화한 표정으로 듣던 그도 이때만큼은 눈살을 찌푸렸다.

나는 물론 그가 수용소에서 포로들에게 복수를 설한 것과 마찬가지로, 현재는 일본의 인민들에게 데모크라시와 의용병에 관해 설교하고 있으리라 믿어 의심치 않는다.

장기자랑은 포로들에게 상당한 인기를 끌어, 거의 매월 두 번씩 개최됐다. 그러던 중에 전문가에 가까운 자들이 나서서, 각 중대 선발의 대규모 극단이 조직되고, 「히고의 통나막신」*과 유사한 제법 그럴싸한 내용의 긴 연극을 공연하게 되었다. 의상도 해안의 민간인 캠프에서 일본의 기모노를 빌려왔는데, 여자용 기모노에는 엉덩이 부분에 붉은 얼룩이 있었다.

전문 극단의 탄생은 동시에 훗날 수용소에 사적인 정권을 수립하는 문신 조직의 탄생을 의미했다. 팔뚝에 용 모양의 문신을 한 정체 모를 사내가 무대와 대기실을 서성거리기 시작했다. 그리고 어느 틈엔가 대대본부원의 일원이 되었다.

유흥이 있는 곳에 반드시 이런 폭력배가 생겨나는 것은 속세나 수용소나 마찬가지이다. 우리 중 대부분이 귀환을 허락받은 1945년 12

---

* 실록에 입각한 복수극의 하나.

월까지는 과도한 폭력이 없었지만, 그곳에 남게 된 전범 용의자들 사이에서 점차 조직과 세력을 확장하여, 당원들은 팔에 잉크로 용 모양의 문신을 새기도록 강요당했다고 한다.

용 모양은 '블랙 드래곤'에 선입관을 지닌 수용소장의 눈에 띄어 우두머리가 취조를 받았지만, 일개 청부업자에 지나지 않는다는 사실이 밝혀져 석방됐다.

연기는 가부키의 형태를 변형하거나 과장한 이른바 시골 연극이었는데, 이것이 미군의 호기심을 불러일으켜, 어느 날 밤 부근 일대의 캠프에서 미군 병사들이 보러 온 적이 있었다. 더욱 유쾌한 것은 일본인 간호사들도 같이 온 것이었다.

전쟁이 끝나고 일 개월이 지나자 종군 간호사들은 필리핀 각지에서 조금씩 모여들어 우리 제1수용소 맞은편 포로병원에서 근무하게 되었다. WAC 제복을 입은 커다란 엉덩이가 하나둘 트럭에서 내리는 모습이 멀리 보였다.

이것은 물론 우리가 포로가 되고 나서 처음으로 보는 일본 여자였다. 이후로 포로들 사이에서는 포로병원에서 하는 외업에 대해 쟁탈전이 벌어졌는데, 작업자는 분개하기도 하고 즐거워하기도 하며 돌아왔다.

물론 직접 마주 보며 즐겁게 대화를 나눌 수 있는 것은 아니었다. 상대는 텐트 안에서 약품 선반 청소 등을 했고, 이쪽은 밖에서 도로를 만들거나 도랑을 파거나 했기에, 감시하는 미군 병사 몰래 멀리서 잽싸게 말을 건넬 뿐이었다.

어느 간호사는 먼저 말을 걸었다고 했다.

"당신들은 어떻게 지내세요?"

"어떻게 지내고 말고가 있나요. 포로가 되어 부끄러울 따름이지요."

간호사들은 모두 전쟁 중에 포로가 된 게 아니라 종전 후 한꺼번에 미군의 보호하에 들어온 사람들이었다.

"어머나, 무슨 말씀이세요? 요번 전쟁은 전적으로 군부가 나빴던 거예요. 조금도 자책할 필요 없어요."

반면에 어떤 간호사는 포로들을 "포로, 포로!" 하며 놀려댔다. 이쪽도 그에 응수했다.

"뭐? 이래봬도 우리는 최전방에서 죽을 고비를 넘긴 몸이야. 산속에서 장교들과 시시덕거리기나 하던 주제에 무슨 소리야?"

그러자 상대방은 돌멩이를 던졌다는 것이다.

그러나 어쨌든 일본 여자를 본 그들은 행복한 편이었다. 중대 통역으로 언제나 사무소에 틀어박혀 있어야 했던 나에게는 그런 기회가 없었다. 일본 아녀자들이 대거 몰려온다는데 어찌 가슴이 두근거리지 않았겠는가 말이다.

그녀들은 스무 명 정도, 무대 앞 특등석에 나란히 자리 잡았다. 간호부장인 듯한 삼십 대 여자 하나를 제외하고는 모두 이십 대의 젊은 아가씨들이었다. 그러나 솔직히 말해서 일 년 만에 보는 이 아가씨들의 인상은 무척이나 초라했다.

화장을 하지 않은 그녀들이 햇볕에 그을린 얼굴을 그대로 드러내고 있다는 점을 감안하더라도, 작은 눈과 넓은 뺨에 평평한 얼굴이 나를 실망시켰다.

여성 독자들의 분개를 피하기 위해서 변명하자면, 귀환 후 오 년째인 지금 나는 이러한 일반적인 일본 여성들의 얼굴을 결코 못생겼다고 생각하지 않는다. 오히려 아름답다고 생각할 정도이다. 다만 일 년간 감금 생활을 했던 그 당시, 내가 그녀들에게 낙담한 데는 그만한 이유가 있었다.

수용소에서 우리 눈에 비치는 여자의 얼굴은 미국 잡지류에 실린 사진뿐이었다. 주로 핀업걸이라고 불리는, 전쟁과 더불어 탄생한 새로운 모델의 사진으로, 미군 병사들의 머리맡에 장식되어 그들의 고독을 달래주는 목적에 적합한 포즈를 취하고 있다. 뽐내며 서 있는 수영복 차림의 소녀로부터 난잡하게 드러누워서 카메라로 유혹적인 눈길을 내는 중년 여자에 이르기까지, 미군 병사들의 갖가지 연령과 체질에 어울리는 모든 종류의 뉴페이스가 탄생했다. 이것이 동시에 우리 포로들을 위안하는 유일한 '여자'였던 것이다.

우리도 미군 병사들과 마찬가지로 그것을 잘라내어 머리맡에 붙였는데, 어느 날 장교 순시 후 전부 떼어버리라는 지시를 받았다. 패배한 나라의 사내들은 승리한 나라의 여자조차 감상할 권리가 없는가 하고 우리는 분개했지만, 이것은 아무래도 우리의 편견이었던 듯하다. 중대 담당 서전트에게 물어보니 미군 병사들도 장교의 순시 때에는 감춰야 한다는 것이었다. 그래서 간신히 우리도 순시가 끝나면 다시 붙일 수 있는 허가를 얻었다.

미국의 미인들은 모두 남들에게 보여주기 위한 얼굴이었다. 어떤 미인은 눈썹을 잔뜩 추켜세운 채 무의미한 방심을 보여줬고, 다른 미인은 입가를 가볍게 추켜올리며 무의미한 웃음을 띠고 있었다(이러한 보여주기 위한 안면근육 운동이 모두 위쪽으로 향하고 있다는 사실에 주의할 필요가 있다. 그 완벽한 형태는 아마도 반야(般若)의 얼굴일 것이다).

도대체 미인이란 무엇인가? 물론 아름다운 여자임에 틀림없지만, 우리는 무엇을 기준으로 어떤 여자는 아름답고 어떤 여자는 추하다고 생각하는 걸까? 미학자들은 물론 코의 높이라든지 이마와 뺨의 균형 같은 것에 관하여 대칭이나 황금분할을 제시하겠지만, 만약 우리가 완전히 그런 법칙에 어긋나는 여자들만 존재하는 나라에 살고 있다면 과연 주위의 여자들을 추하다고 생각할까?

그러고 보면 여자의 용모에 관한 우리의 관념은 말하자면 문명의 결과, 즉 우리의 사치에서 생겨난 것이다. 미인을 얻고 싶다는 것은 아마도 현대의 모든 남성들의 공통된 욕망이겠지만, 거기에는 인쇄술의 진보에 따른 미인화나 미인 사진의 전파가 큰 힘을 미쳤을 것이다. 옛날에는 인근 동네의 미인에 관한 평판이 고작이고, 그것도 일부러 가서 보지 않으면 볼 기회가 없기에, 돈과 시간이 없는 사람은 마누라가 제일 미인이라고 믿으면 그만이었을 것이다.

미인화의 정확한 기원은 전문가가 아닌 나로서는 잘 모르겠지만, 문화의 중심지에서 작성된 화가의 이상화에 의해 미인의 통념이 보편화되면, 사람들은 자신의 아내나 애인이 그 그림에 비해 아름답지 않다고 생각하게 될 것이다. 즉 미인화의 효용은 남자들을 끊임없는 불만 상태에 놓아두는 것일지도 모른다.

미인 사진 역시 마찬가지다. 사진도 현대처럼 진보하면 좀처럼 '있는 그대로를 옮긴다'는 본래의 뜻을 유지하지 못하고, 현실에서는 있을 수 없는 조명을 고안하거나 수정을 가하거나 속세를 초월한 색깔을 칠해보는 등, 이상화의 수단을 강구하게 된다. 더구나 그 바탕은 모델이 실생활에서는 절대로 보여주지 않는, 남을 의식한 얼굴인 것이다.

내가 포로인 일본 아녀자들을 보고 전혀 감동하지 않은 것은 위와 같은 이유로, 다시 말해서 내가 미국의 미인 사진에 중독되어 있었기 때문이었다. 나는 현대의 미국 영화배우들에게 뇌쇄된 연인들이 서로 상대방에게 무익한 실망감을 품지 않기를 바란다.

동포 여성들이 앞에 있자 연극은 한층 열기를 더했다. 주역은 제법 미남으로 가발과 화장이 발달한 덕에 눈부실 정도라 해도 좋을 만큼 멋진 모습이었다. 그가 무대 옆에 모습을 보이자 일본 여자들의 눈길이 일제히 그쪽을 향했기에 나에게는 그 뒤통수밖에 보이지 않았다. 다시금 여성 독자들의 분개를 무릅쓰고 말하자면, 이 이십여 개의 검은 머리가 보여준 기계적인 운동은 제법 장관이었다. 배우의 움직임에 따라 검은 머리도 일제히 움직였다. 그녀들이 배우의 분장에 홀리는 것은 우리가 미인화에 홀리는 것과 큰 차이가 없는 듯했다.

막간에는 가요도 삽입되어 신도를 비롯한 몇몇 '여정 남자'들이 여장을 하고 무대에 나타났다. 그녀들의 분장도 진보해서 이날은 스트립적인 드로어즈를 입고 발목까지 망사를 늘어뜨리는 멋을 부렸다. 다만 어쩔 수 없는 것은 사타구니의 그것이었다.

"신도 녀석, 커다란 물건을 달고 있네. 흥이 깨지잖아." 한 남정 남자가 들으라는 듯 말했다.

가짜 여자들은 진짜 여자들 앞에서 다리를 들고 엉덩이를 드러내며 신나게 춤을 췄다. 진짜 여자들은 서로 옆사람의 어깨에 얼굴을 묻으며 웃어댔다. 그녀들은 그 이후로 공연장에 오지 않았다.

극과 무대를 모든 예술의 근원으로 보는 설이 있다. 자세히는 모르겠으나 하여튼 이것이 포로라는 일종의 야만 상태에서 가장 번성한 양식이었음은 분명하다. 다만 내가 참여한 극은 본오도리*가 한 번 공연됐을 뿐 슬그머니 자취를 감추고 말았다. 춤을 즐길 근거가 포로 생활 어디에도 없었기 때문이다.

그 밖에 한가한 포로 생활 속에서 번창한 예술 장르는, 모두 자연적으로 포로라는 조건에 제한을 받았다.

예를 들자면 리얼리즘이 포로들의 예술에 전혀 등장하지 않은 것은 그들이 수인이라는 조건의 결과였다. 회화 예술의 근저에는, 여기에 기술하기에는 너무나 긴 이유로 인해 리얼리즘이 존재한다고 나는 믿고 있지만, 포로 화가로서 우리의 현재 모습을 그린 자는 없었다. 화가 자신을 포함해서, 우리 속에서 우리의 현실을 화면으로 재조명해 보겠다고 생각한 자가 한 명도 없었기 때문이다.

화가들은 오로지 후지산이나 무희 아니면 용을 그렸다. 이것조차도 포로들을 위한 것이 아니라 기념품을 좋아하는 미군 병사들에게 팔기 위한 것이었다. 그들이 우리를 위해서 그린 것은 춘화였는데, 잘 알려진 바와 같이 이것은 기타가와 우타마로** 이래 리얼리즘에서 가장 동떨어진 종류의 것이었다. 그리고 그림의 성질상 우리는 그것을 벽에 붙여놓고 항상 바라보는 식의 정상적인 감상을 할 수 없었다.

---

* 盆踊, 일본의 명절인 백중 밤에 마을 주민들이 모여 추는 춤.
** 우키요에의 대가로서 특히 관능적인 여인을 능숙하게 그린 것으로 유명하다.

건축은 재료와 양식이 미리 결정되어 있다는 이유 때문에 응용의 여지가 가장 적었다. 다만 '리스터 백'이라는 물자루를 매단 건조물에 옛 우물 양식의 일단이 엿보일 뿐이었다. 자루에서 떨어지는 물을 받기 위해 사방 삼십 센티미터를 대나무로 두르고 그 안에 굵은 자갈을 깔아놓은 것도 일본적 조원술(造園術)의 어렴풋한 영향이었다.

포로라는 상태에는 기념할 만한 것이 아무것도 없었기에, 조각은 당연히 하나도 만들어지지 않았다.

부동(浮動)하는 음악이 포로들의 성질에 가장 어울렸다. 그리고 자신의 목소리가 그 유일한 수단이었다. 가사는 우리 생활과 전혀 관계없는 옛 군가나 유행가였지만, 대부분 그 슬픈 곡조 덕분에 어떠한 노래이건 우리 수인들의 기분에 맞았다.

유쾌한 멜로디는 아마도 〈후지의 흰 눈〉이 유일한 것이었다 하겠다. 그러나 이 노래를 부르는 건 우리의 밀주가 완성됐을 때로 한정되어 있었다. 아무리 서글픈 야만인이라 하더라도 술자리에서 부를 노래는 지니고 있어야 한다. 내가 무심코 불렀던 〈건배의 노래〉는, 옛날 노래의 어려운 반음계적 진행을 포로들이 고심하며 익힌 결과 곧바로 유행했다.

나도 포로들이 부르는 유행가를 몇 가지 외웠다. 유행가의 멜로디는 모두 슬프다는 특징이 있었다. 포로가 아니더라도 일본인은 슬픈 국민이었던 것이다. 이것은 단순히 통속적이라고만 판단할 문제가 아니다.

나는 〈구로다부시〉에서 아악의 흔적을 발견했고, 〈자바의 망고팔이〉에서 림스키 코르사코프*의 영향을 인정했다. 내가 보다 박식했더라면 이러한 유행가의 근저에 있는 진지한 음악적 특질에서 유행가가 유행하는 이유를 전부 해독할 수 있었으리라고 믿는다.

포로의 예술 중에는 나니와부시**도 또한 무시할 수 없다. 처음에는 흉내를 잘 내는 사람이 그 묘미를 옆 사람에게 들려주는 정도였는데, 장기자랑을 계기로 '노래자랑' 정도로 숙달된 사람들이 속속 등장했다.

물론 나니와부시에 전개되는 의리나 인정이 봉건적이고 현대사회와의 연관성이 적다고는 하지만, 그것은 적어도 청중인 포로들을 가장 정숙하게 만드는 마력을 지니고 있었다. 예전에는 이 속된 곡조가 '무사도 고취'에 이용되었기에 '반동'의 선구로 취급되는 일이 많았지만, 사실 유행하는 이유는 그런 게 아니라, 이 담시(譚詩)의 일종인 서사시적 진행에 『헤이케 이야기』***이래로 일본인이 외부적 사건에 대처해온 태도와 어딘가 일맥상통하는 데가 있기 때문인지도 모른다.

『시미즈 지로초 전(傳)』에 비할 만한 대하소설은 다이쇼 시대 이후로 만들어지지 않았다. 지인용(智仁勇)을 겸비한 제우스 지로 밑에 분노한 오마사와 생각하는 고마사가 있고, 또한 비극적인 기라 니키치도 희극적인 엔슈모리 이시마쓰도 갖추고 있다. 나 자신을 포함해서 '바보는 죽어도 고쳐지지 않는다'는 인물들이 주위에 득실거리건만, 어째서 현대소설은 그것에 관해 쓰지 않는 걸까? 결국 '죽어서 고

---

* 러시아의 작곡가이자 지휘자.

** 浪花節, 샤미센을 반주로 하여 의리나 인정을 노래한 대중적인 창.

*** 平家物語, 일본 군기문학(軍記文學)의 대표작. 작자 미상으로, 13세기 무렵 성립되어 수세기에 걸쳐 텍스트와 공연물의 형태로 성장·발전해왔다.

쳐보겠다'고 할 정도의 사건을 만들어내고자 하는 의욕을 상실했기 때문이 아닐까?

또하나 나니와부시에서 내가 느낀 것은, 자연 속에서 사건을 전개한다는 사실을 깨닫고 있다는 점이다. 예를 들자면 내가 기억하고 있는 다마가와 쇼타로의 『천보 수호전(天保水滸傳)』은 다음과 같이 시작된다.

> 거친 태고로부터 존재하는 후지산과 쓰쿠바산이여, 그 사이를 반도 다로가 지나가노라. 하늘에 걸쳐진 무지개 다리, 십 년에 걸쳐서 피로 피를 씻은 도네의 원한, 사내대장부의 의지, 이것이 바로 천보 수호전.

그다지 뛰어난 문장도 아닐뿐더러 후지산과 쓰쿠바산의 대조도 좀 어색하지만, 여기에는 뭔가 자연과 사건이 관조(觀照)를 통해 일치하고 있다. 이것이야말로 『파계』*를 마지막으로 일본소설이 상실한 최대의 것이 아닐까? 사소설**의 자연은 결국 가사이 젠조***의 『모밀잣밤나무 새싹에 빛을』에서 보이는 막다른 골목을 벗어나지 못하고 있다.

그러고 보면 『대보살 언덕』 이래로 다이쇼 시대의 대중소설이 성공한 것도 대자연을 배경으로 삼고 있기 때문이다. 『나루토 비첩』 『후지산에 비치는 그림자』 역시 마찬가지다. 떠돌이 이야기가 인기를 누리

---

* 破戒, 시마자키 도손의 장편소설. 일본 자연주의 문학의 효시이다.

** 私小說, 일본 특유의 일인칭 소설.

*** 葛西善藏, 일본의 대표적인 사소설 작가.

는 것은, 주인공이 '걷기'라는 전근대적인 수단으로 천천히 자연 속을 걸어가기 때문이 아닐까? 또한 영화화되어 미인 사진과 같은 이유로 현실의 자연보다 더 아름다운 아사마산의 분연(噴煙)이나 후지산의 흰 눈을 마음껏 즐길 수 있도록 해주니 한층 인기를 누리는 듯하다.

루소 이래로 서구의 자연 찬미는 러스킨*에 의하면 일종의 감정적 착오에 기인한다고 하는데, 만약 일본인에게 그리스 정신도 기독교 정신도 아닌 독특한 육체적 자연 관조의 전통이 있다면, 이 보고(寶庫)를 이용하지 않는 것은 일본문학에 애석한 일이 아니겠는가 하고, 옆의 포로에게서 나니와부시를 배우며 나는 생각했다.

예술 다음으로는 예술가를 논할 차례다. 가수와 배우에 관해서는 이미 언급했지만, 한마디로 가수는 유행의 전문가를 모방하려 하고, 배우는 그들이 인간이라고 믿는 것을 모방하려 했다. 그리고 구경만 하려는 포로 관중들에게는 그것으로 충분했다.

극작가가 한 사람 있었다. 사코다는 전시 중의 이동극단 단원이었다. 뺨이 복스럽고 체구가 작은 사내로, 나카노 부근에 있는 다방 마담의 사랑을 받았다고 했다. 마담은 히구치 이치요**를 닮은 미인이라고 하는데, 그가 말하는 태평양 전쟁 속의 사랑 이야기가 십오 년 전 내 학생 시절에 유행했던 '기찻길 옆 다방 정화(情話)'와 너무 흡사해서 나는 놀랐다.

그는 머나먼 일본의 패전 모습을 상상해 무대에 올렸다. 이것은 정토종 스님의 「주신구라」와 더불어 포로들의 장기자랑에 선보인 작품

---

* 영국의 예술비평가이자 사회사상가.

** 樋口一葉, 메이지 시대의 여류 작가.

들 중에서 진지한 의도를 지닌 작품의 쌍벽이었다.

제목은 '해오라기'로, 참모본부 소속의 중령이 복귀한 자유주의자 청년에게 어쩔 수 없이 딸을 주고 자살한다는 줄거리이다. 밤중에 행복한 연인들은 해안에서 불길한 해오라기의 비명을 듣고, 중령의 자살을 예감한다는 결말이었다.

세 명의 인물은 각각 신극 베테랑들이 담당했다. 나에게 영화 지식을 가르쳐준 와타리가 중령으로 분했다. 그는 학생 시절 영화의 진보적 이론가로서 「창문」이라는 시나리오를 구상하고 있었다. 어느 아파트 창문을 카메라가 찾아다니며, 그 방에 사는 사람들의 인생을 네 개의 단편으로 엮을 예정이었다. 그는 그 구상을 십 년이나 품고 있었지만 결국 완성시키지 못했다.

딸 역은 사코다가 직접 맡았다. 그의 이동극단 경험에서는 물론 온나가타의 기술을 습득할 기회가 없었겠지만, 포로들 중에 달리 적임자가 없었다. 그는 세밀한 연구와 부단한 연습의 결과, 일단 수동적 성(性)의 느낌만큼은 표현할 수 있었던 것 같다. 나카노 다방 마담과의 수동적 연애 경험이 큰 도움이 된 모양이다.

단순한 호기심에서 바라보는 포로들 앞에서 이 진지한 연극은 완전한 무상의 행위였다. 관중들이 시종일관 웅성거렸기에 대사가 귀에 들리지 않았다. 그럼에도 불구하고 연극은 어떤 감명을 준 모양이었다. 배우들은 어렵사리 장만한 조국의 일상복 같은 것을 몸에 걸치고, 다다미 같은 것 위에서 탁자를 사이에 두고 정좌했다.

"빨리 조국에 돌아가고 싶어." 관객 하나가 중얼거렸다.

더구나 무대 위의 인물은 수용소 내에서 진지하게 말하며 움직이는 유일한 인간이었다. 나는 이 무상의 행위가 어떤 의미에서 성공했다고 생각한다.

작곡가도 있었다. 도쿄 어느 댄스 팀의 악사로, 유행가 작곡에 뜻을 두고 있었다. 그는 무엇이건 노래로 만들었다.

이전의 수용소에서 네 명의 항공병이 탈출에 실패한 적이 있었다. 그들은 마닐라로 이송되어 사형당했다는 소문이었다. 그는 서둘러 탈출자들의 용기와 죽음을 찬양하는 노래를 만들었지만 유행하지는 않았다.

종전 후에 그가 만든 노래는 다음과 같다.

야자나무 그늘의 포장 도로를
가벼운 윙크에 연지 바르고
양키 아가씨가 서전트와
핸드 인 핸드로 씩씩하게
언제나 명랑하게 노래 부른다
노래의 멜로디는
라타라타, 라.

대부분의 유행가 가사가 그렇듯 이 가사에도 아무 의미가 없지만, 미군에 대한 아부만큼은 확실히 나타나 있다. 선율은 달콤하고 평범했는데 이것도 유행하지 못했다.

화가 중에 서양화가가 없었던 건 우연이었지만, 일본화를 조금 그릴 줄 아는 자가 두 명이나 있었던 것은 레이테 섬을 방위한 것이 16

사단이라 교토 출신이 많았기 때문이다. 그러나 이미 언급한 바와 같이 그들이 그린 그림은 미군을 즐겁게 했을 뿐 포로들에게는 조금도 위안을 주지 못했다.

그들은 언제부터인가 춘화도 그렸는데, 이 장르는 이윽고 포로들 사이에서 느닷없이 등장한 선화(線畫)에 압도당했다. 그 시초를 더듬어보니 선화가는 공사판 인부나 양복 재단사 등 전혀 그림과 관계없는 인물들뿐이었다. 그들은 오로지 이 장르에 대한 유별난 호기심에서 아마도 오랜 세월 그림을 그려왔기에, 포로가 된 후에도 종이와 연필만 있으면 언제든지 재현할 수 있을 정도로 숙달되어 있었던 모양이었다. 또한 그들은 기묘하게도 오만했다.

이렇게 말하는 나는 포로들 중에서 최초의 문인이었다. 영화평론가인 와타리의 지도로 심심풀이 삼아 쓴 시나리오가 수용소 내에 등장한 최초의 일본어 책이었기에, 담배 한 개비의 임대료로 상당히 널리 읽혔다. 나는 우선 외국의 탐정소설을 적당히 번안하는 작업에서 시작하여, 점차 옛날 문학청년 시절에 세웠던 구상을 시나리오라는 손쉬운 형식으로 정착시키는 데 흥미를 느끼게 되었다.

내용은 공허한 로마네스크였다. 평범한 갈등의 애정물을 선택해서, 매일 밤 어두운 침대에서 콧노래를 부르며 고안한 장면을 이튿날 연필로 적을 뿐이었다. 그러한 주제가 내 마음에 들었고, 또한 동료들의 마음에도 들었던 것은, 오로지 그것이 포로들의 현재 생활과 아무 관계도 없기 때문이었다. 이천칠백 칼로리라는 풍부한 식사가 제공되는 미군 수용소에서, 우리는 연애를 꿈꿀 여유가 있었던 것이다.

내 시나리오가 읽히기 시작한 것은 아직 전쟁 중으로, 가수 '하나코'가 묘한 미성을 대대본부 앞에서 자랑하던 무렵이다. 생각해보면 이것이 우리가 타락하게 된 최초의 징후였다.

전쟁이 끝나고 수용소 내에 춘화가 등장하기 시작했을 때, 나는 수많은 포로들로부터 포르노 소설을 써달라는 부탁을 받았다. 작가인 나는 무엇이건 수락했다. 학생 시절 프랑스어로 읽었던 『채털리 부인의 사랑』에 나오는, 나무 밑 정사를 비유적으로 표현한 장면을 떠올리고 「전원 교향곡」이라는 작품을 하나 썼다.

책은 성공했다. 시나리오 구독료인 담배 한 개비는 이따금 미불인 경우가 있었지만, 포르노는 다섯 개비 선불이라도 다투어 빌리러 왔다. 시나리오는 반드시 반납되어 언제까지고 나의 담배 자원이 된 데 반해 포르노는 이윽고 행방불명이 되어, 결국 나는 그다지 재미를 보지 못했다.

위안부에게도 쾌락을 느끼게 해줬다고 자칭하는 어느 거대한 성기의 주인공은 흥분해서 밤새도록 잠을 이루지 못했다고 했다. 이 성공은 그러나 당연히 원작자인 로런스의 공으로 돌려야 할 것이다.

나는 또한 요구에 응하여, 피에르 루이스*의 『아프로디테』에 나오는 연인들의 정사 장면을 과장해서 여자가 쾌락의 절정에 이르는 장면을 분만의 고통과 결부시켜봤는데, 이 해석은 그다지 성공하지 못했다. 이 실패의 책임은 루이스가 져주기 바란다.

아무리 포로라 하더라도 포르노를 쓴 나를 남들은 더러운 놈이라고 욕할지 모른다. 그러나 설령 내가 포로도 아니고 포르노를 쓰지 않았

---

* 프랑스의 시인이자 소설가.

다 하더라도 더러운 인간일지 모른다. 그렇게 말하는 사람은 한번 미군의 포로가 되어 일 년 동안 콘비프만 먹어보는 게 좋을 것이다.

성교에 관한 현대의 관념은 과장되어 있다. 사람들은 제각기 사회적 지위와 능력이 다르듯 성적인 능력도 다르기 때문에, 각각 그 능력에 따라서 성 생활을 영위하면 되는 것이지, 에로 소설의 허풍이나 성학자들이 수집한 부정확한 증언으로 인해 쓸데없는 희망을 품지 않는 편이 좋을 것이다. 부부가 규방과는 별도의 조건으로 맺어져 있는 이상 그 행복은 순수한 도덕의 문제이다. '완전한 결혼'은 불행한 결혼을 치유해주기보다 행복한 결혼을 망칠 확률이 높다고 확신한다.

여자가 남자의 갈비뼈로 만들어졌다는 설은 의심스럽다. 정액 봉지에 지나지 않는 수컷을 생식기 주위에 잔뜩 부착시키고 있는 하등 동물이 있는 이상, 오히려 남자가 여자의 생식기에서 만들어졌다고 하는 편이 비유로서도 적절할 것이다. 생물학적으로 여자의 부품에 지나지 않는 남자는, 사냥을 하고 싸우고 생각하면서 정부(政府)를 만들고 여자를 소유하게 되었다. 그리하여 여자는 미인으로 둔갑하여 전쟁이나 삼각관계를 일으키고, 혹은 산신(山神)이 되어 복수를 하는 것이다.

이러한 제반 사정은 도저히 성교 따위의 간단한 습관에 입각해 해결할 수 있는 것이 아니며, 그 점을 좀더 신중히 생각한다면, 인간은 인생에서 성교가 점하는 위치를 지나치게 과장하지 않아도 될 것이다. 톨스토이처럼 부부는 육체관계를 맺어서는 안 된다고 주장하는 사람도 있을 정도이다.

결국 『채털리 부인의 사랑』이나 『아프로디테』도 소설일 뿐이다. 데모크라시와 함께 여성화된 현대의 남성이, 다시금 여자의 생식기에 매달리는 꿈을 꾸는 것에 불과하다. 나는 『채털리 부인의 사랑』이 외설문학이라는 견해에 찬성한다. 다만 기소할 필요는 없다. 이 책이 사회에 미치는 해독은, 사회가 별도의 법칙으로 움직이고 있는 이상 대수로울 게 없기 때문이다.

정부가 군림하는 현실의 사회에서는 『채털리 부인의 사랑』이 검사의 직업의식을 자극할지 모르나, 포로라는 무정부 상태에서 나의 「전원 교향곡」은 훌륭한 합법적 존재이며, 작가인 나를 포함해서 수많은 포로들에게 위안을 주었다. 이 사실의 무의미함에 비한다면 채털리 문제* 따위는 엿이나 먹으라고 말해주고 싶을 정도이다.

다만 『채털리 부인의 사랑』의 유행이 패전 일본의 수용소화를 촉진시키기 때문에 나쁘다고 한다면, 문제는 달라진다.

포로들의 장기자랑은 점점 융성해졌다. 그 성공에 신이 난 이마모로는 하룻밤 공연으로는 성에 차지 않아 사흘 밤에 이르는 대대적인 행사를 계획했다. 본부 앞의 광장이 비좁아졌기에 수용소 뒤쪽의 넓은 공터로 무대를 옮겼다.

각 중대는 세 가지 흥행거리를 만들어야 했다. 나는 우리 중대의 연예 위원장인 고참 취사원에게 각본 의뢰를 받아 「홍당무」라는 외설 희극을 썼다. 내용 소개는 생략하겠지만, 그 희극이 성공하여 내가 귀환한 후에도 오랫동안 연극 대회의 레퍼토리로 남아 있다는 점을 나는

* 『채털리 부인의 사랑』 번역판이 외설 문제로 검찰에 기소당한 사건.

자랑스럽게 생각한다. 이것은 포로들의 연극 중 유일한 희극이었다.

무대가 넓어지고 전등도 밝아졌다. 가요곡을 위해 마이크도 마련됐다. 마쓰이 스이세이*를 흉내 내는 촐랑이도 등장하고, 폴란드 처녀로 분장한 여정 남자를 추천했다. 10중대에 새로이 들어온 병장은 캐스터네츠를 울리며 〈하바네라〉를 불렀다. 미군도 이제는 보는 것만으로는 만족하지 못해서 아코디언을 안고 무대에 올라와 서글픈 망향가를 연주했다.

사흘 밤 중 하룻밤은 유랑극단의 도시교겐**이 점했다. 문신을 새긴 우두머리가 어디선가 호루라기를 구해와서 개막과 폐막을 알렸다. 주인공 온나가타인 여정 남자는 그의 소유라는 소문이었다. 대부분의 포로들이 공중제비하는 기술을 익혀 움직임은 한층 화려해졌다.

신극단의 사코다는 「까마귀」라는 3막 신작을 발표했다. 귀환자가 죽은 전우들의 유족을 차례로 방문하면서 그들의 갖가지 운명을 알게 된다는, 명백히 시나리오 「창문」을 구상했던 와타리의 암시에 입각한 것으로 여겨지는 내용이었다. 귀환자가 유족의 집에 들어갈 때 반드시 지붕에서 까마귀 울음소리가 들리는 것이 '까마귀'라는 제목의 유래였다.

나는 자작 외설극을 보다 말고 중대로 돌아왔다. 장기자랑은 이제 질려버렸다. 특히 내가 쓴 외설극을 보는 건 더욱 싫었다. 와와, 하는 함성은 내 작품을 보고 포로들이 웃는 소리였다. 내게는 그것이 나 자

* 松井翠聲, 무성영화 시절의 유명한 변사.

** 通し狂言, 처음부터 끝까지 휴식 시간도 없이 계속하는 일본 전통 희극.

신을 향한 웃음소리로 들렸다. 아무도 없는 중대 사무실에서 나 역시 그들을 비웃었다.

취사장에서 밀조 술을 가져와 마시고 있노라니 안쪽의 어두운 침대에서 의외의 사람이 나타났다. 중대 급사인 요시다였다.

“자넨가? 왜 보러 가지 않지?”

“시시하잖아요. 연극 대회 따위를 보러 가는 놈들은 멍청이예요. 포로 주제에 뭐가 그렇게 즐겁죠?”

열일곱 소년의 비난을 듣자 나는 문득 포로들의 입장을 변호하고 싶어졌다.

“즐겁지 않으니까 저렇게 놀고 있는 거야. 건방진 소리 하지 마.”

“건방지다고 하셔도 좋습니다만, 사실은 사실이죠.”

요시다 역시 손에 컵을 들고 있는 걸로 보아 취해 있다는 걸 알 수 있었다.

“음, 그건 그렇지. 나도 시시하니까 돌아온 거야. 같이 마실까?”

나는 신슈 출신의 이 음울한 소년을 좋아했다. 그는 농촌 출신의 고아로 어려서부터 친척들의 신세를 지며 고생했다. “살다보면 고향이니까” 하고 그는 이날 밤에도 자신의 철학을 되풀이했다. 결국 우리는 완전히 고주망태가 되었다.

내 연극에서 온나가타를 맡은 배우가 흥분하여 돌아왔다.

“이렇게 갈채를 받은 건 처음이야!”

그는 「춘우가도」에서 칼에 베여 죽는 역할이었다. 그는 여정 남자로서의 미모가 없었음에도 온나가타를 자원해서 오늘밤이 그 첫날이었다. 그게 갈채를 받고는 좋아서 어쩔 줄 모르는 모양이었는데, 내

희극은 원래 온나가타가 여자답건 여자답지 않건 아무래도 상관없었다.

언제부터 내가 열일곱 살의 요시다와 싸움을 벌였는지는 기억하지 못한다. 온나가타가 그를 붙잡아 말리고 있었다.

"어이, 건방진 소리 하지 마! 한번 해볼 테야? 어차피 한 번은 버렸던 목숨인데, 덤빌 테면 덤벼봐!" 하며 그는 소리쳤다.

나는 이때 처음으로 이 불행한 소년의 술버릇이 고약하다는 사실을 알았지만, 이미 늦었다. 나는 그와 다툴 생각이 전혀 없었다. 포로들의 연극 대회가 별 볼일 없다는 그의 의견에는 전적으로 찬성이었다. 같은 의견의 서른여섯과 열일곱의 남자가, 아무리 술에 취했다 하더라도 어째서 싸워야 하는지 전혀 이유를 알 수 없었다.

결국 감금되어 있는 우리에게는, 즐기지 않는다면 싸움이라도 하는 수밖에 없었던 것이다.

포로들의 연극 대회는 언제 끝날지도 모르고, 먼 파도 소리와도 같은 함성이 어두운 중대 숙사까지 울려왔다.

귀환

예언자란 언제 어느 곳에나 있기 마련으로, 포로들 중에도 있었다. 그는 전쟁의 종료를 8월 17일이라고 예언했다. 이것은 이틀밖에 틀리지 않았다. 다만 승자와 패자가 뒤바뀌었다. 그에 의하면 일본은 계속해서 미국에게 밀리다가 궁지에 몰린 마지막 순간 전세를 뒤엎어 승리한다는 것이었다.

종전 후 포로들의 관심은 오로지 언제 돌아갈 수 있는가 하는 것이었는데, 그는 그 날짜를 10월 28일이라고 예언했다. 포로들은 이미 그의 예언 따위는 믿지 않았지만, 예언은 기묘한 형태로 적중했다. 즉 바로 그 10월 28일 밤, 수용소장으로부터 11월 15일에 귀환하라는 통지를 받은 것이다.

우리의 환희는 그야말로 붓과 종이로는 전부 표현할 수가 없을 정도였다. 그것은 우리 수인들이 느끼는 비애의 근본을 심리적으로 표현할 수 없다는 사실과 정반대이다. 이러한 기쁨에는 아무런 로마네스크적인 것이 없었기에, 이렇게 생각했다는 둥 저렇게 느꼈다는 둥 말해봤자 소용없다. 그냥 우리가 무엇을 했는가를 소개하는 수밖에 없다.

우리는 통지를 받은 날 밤, 밀조 술로 대향연을 벌였다. 새벽 한시가 넘도록 각 동에 불이 켜져 있고 노랫소리가 울려퍼졌다. 어떤 자는 이튿날부터 'GO HOME'이라고 오린 마분지를 색연필로 빨갛게 칠해서 머리맡 선반에 붙여놓았다. 그러고는 그 아래에 누워 하루 종일 시간을 보냈다.

준비가 시작됐다. 수송 편성은 이제까지 일본인 대표자가 임의로 정한 중대 편성과는 달랐다. 각자 포로가 된 날짜순으로 받은 포로 번호에 따라 엄밀히 승선 인원을 정하여 편성됐다. 이제까지 포로들 사이에 존재하던 친밀감도 우정도 고려되지 않았다.

GI라면 누구나 갖고 있는 커다란 자루가 지급됐다. 소지품을 몽땅 그곳에 담으라는 것이다. 피복에는 전부 다시 한번 PW 도장을 찍으라는 지시가 있었다. 그러나 포로들은 모두 질 좋은 피복에 미련을 지녔다. 그때까지 그들은 가능한 한 PW를 찍지 않았다. 처음에는 이 굴욕적인 문자를 몸에 새기기 싫다는 자존심 때문이었지만, 종전 후에는 어떻게 해서라도 PW라는 보기 흉한 글자로 더럽혀지지 않은 피복을 갖고 가서 일본에서 사용하려는 욕심으로 바뀌었다.

피복은 면으로 된 상하복 두 벌, 셔츠, 내의, 순면 양말 네 켤레, 모자, 우의, 군화, 그리고 호주제 담요였다. 열대에서 온대의 겨울로 이동하는 것이라, 점퍼와 종전으로 필요 없어진 위장용 정글복 각 한 벌이 특별히 지급됐다. 그 점퍼는 포로들이 PW 표시를 특히 기피하는 귀중품이었다. 일본인 대표자인 이마모로는 검사에서 걸리면 귀국하지 못한다고 겁을 줬지만, 포로들은 사실 이마모로의 말을 그다지 신뢰하지 않았다. 그 정도로 이 외국제 의복에 대한 집착이 강했다.

그 외에 외업장에서 해군 용어로 '쉬파리', 즉 훔쳐온 물건이 잔뜩 있었다. 스웨터, 장갑, 구두, 그 밖에 포로 규격 이외의 물품이 가득했다. 포로들도 과연 이것만큼은 미군 검사관 앞에 내놓을 용기가 없었다.

미군도 이러한 물건이 있다는 사실을 알고 있었다. 중대 소속의 미군 병사인 노스는 나에게 말했다.

"너희들이 창고에서 훔친 물건을 갖고 있다는 사실을 우리도 알고 있다. 지난 일은 책임을 추궁하지 않을 테니까 전부 내놓는 게 어떤가? 우리는 일본의 이재민들에게 보낼 생각이다."

중대장에게 그 뜻을 전하자 그는 코웃음쳤다.

"달콤한 소리로 꼬드겨서 어떤 처벌을 할지 알 게 뭐야? 태워버려, 태워버리라구!"

"태울 것까지는 없잖아요? 설령 필리핀인들에게 판다고 해도, 그만큼 필리핀인들이 덕을 보는 게 아닙니까? 태워버리면 아직 쓸 만한 것들이 재가 되는 셈이니 손해가 아닐까요?"

중대장은 대답도 하지 않고 즉시 소대장에게 인원수 이외의 피복을 부지 뒤쪽에 쌓아놓도록 명령했다. 그러고는 휘발유를 뿌려서 불을 질렀다. 다른 중대장들도 모두 같은 의견인 듯 불은 각 중대에서 사흘 동안 밤낮없이 타올랐다. 이것이 군대였다.

그래도 눈을 속여서 배에까지 스웨터와 장갑을 갖고 온 자를 나는 한 사람 알고 있다. 어떤 자는 마지막 순간에 비축해뒀던 담배를 담요와 교환했다. 부피가 큰 피복은 일본에 도착하는 즉시 반납하게 되어 있었지만, 필리핀의 미군과 일본의 미군은 방침이 서로 달랐을뿐더러 일본에서도 상륙지에 따라 압수하거나 묵인하거나 했다. 우라가에서는 전부 묵인했고, 하카타에서는 압수했다.

이별은 우리 사이에 색다른 감정을 불러일으켰다. 기나긴 감금 기간 동안 형성된 습관 속에, 대화를 나누는 말투나 문득 마주치는 눈길 속에, 우리는 이제까지와는 다른 감정을 느꼈다.

우리가 이별을 아쉬워했다면 과장일 것이다. 포로가 된 순간부터 언제까지 계속될지는 모르지만, 이것은 일시적인 것이고 언젠가 우리가 제각기 자신의 생활로 돌아가리라는 사실은 알고 있었다. 그렇기에 지금 그 이별의 순간이 다가왔을 때 우리는 단지 올 것이 왔다는 식으로 맞이할 준비가 되어 있었지만, 서로 눈에 익은 습관적인 행동에 갑자기 귀환 준비 움직임이 뒤섞여, 일찌감치 각자 자기 속으로 숨어버린 듯한 느낌이 서로의 가슴을 아프게 했던 것이다.

십 개월 동안 나에게도 친구가 생겼다. 영화와 시나리오를 가르쳐 준 와타리, 언제나 담배를 공급해준 위생병 히라노, 그 밖에 해군 출신의 젊고 순진한 취사병과도 친했다. 그들도 제각기 소시민적 혹은 농민적 생활을 지니고 있으니 이제 그곳으로 돌아가게 되겠지만, 우리는 따분한 수용소 생활 속에서 비록 짧은 시간이나마 가장 동물적인 부분으로 가까워졌던 것이다.

"오오카 씨는 이렇게 늘 농담만 하지만, 사실은 아주 사려 깊은 분

같아요."

젊은 취사병 하나가 이렇게 칭찬했다. 나는 웃었다.

"무슨 소리야? 누구나 농담을 할 때는 농담만 생각하기 마련인데. 남들 앞에서는 농담으로 얼버무리지만 사실은 그렇지 않더라 하는 이야기는 가부키에서나 볼 수 있는 거지. 하루 중에서 웃는 시간이 많으면 많을수록 그 사람은 그만큼 재미있고 즐겁게 이 세상을 사는 셈이거든. 항상 술에 취해 있는 놈은 결국 주정뱅이지."

그들 사이에도 나름대로 친구들이 있었다. 소위 '게이'는 아니지만 특별한 배타적 우정으로 맺어진 그들은, 배신했다는 둥 배신하지 않았다는 둥, 마음을 알아주지 않는다는 둥 알고 있다는 둥, 술을 마시면 곧잘 부둥켜안고 울었다.

드디어 배를 기다리기 위해서 각각의 캠프로 이동해 그들과 헤어지게 됐을 때, 그들 중 한 사람이 말했다.

"어이, 오오카 씨, 당신은 어차피 일본에 돌아가면 과장이나 중역으로 행세하겠지? 우리가 찾아가더라도, 흥, 포로 시절의 동료 따위는 필요 없어, 하며 현관에서 쫓아버리거나 하지 말라구. 반드시 찾아갈 테니까."

"난 과장도 아니고 중역도 아니야. 우선 과장과 중역은 전혀 다르다고. 알았어. 가령 우리집에 현관이 있더라도 현관에서 쫓아버리는 일은 절대로 없을 테니까 언제라도 찾아와. 일단 자네부터 반드시 오겠다는 약속을 지켜야 해."

"물론 갈 겁니다. 반드시 간다구요."

"그럼, 기다리지. 하하하, 그런 말똥말똥한 눈으로 보지 말고, 어째서 울지 않지? 눈물은 이런 때 흘리는 거야."

"엉, 엉."

그들은 우는 흉내를 냈다. 한 사람은 눈썹 꼬리가 옅었기에 문신을 그려넣었다. 어째서 그런 화장을 할 생각이 들었는지 모르겠다. 그러나 그들은 결국 찾아오지 않았다.

우리 사이의 이별만이 아니라 필리핀이라는 곳과 이별하고 싶지 않은 사람들도 있었다. 이미 예순두 살인 소에지마 노인은 민다나오에 있는 옥수수 밭의 주인으로, 필리핀 거주 사십 년, 필리핀인 아내와의 사이에 다섯 명의 아이가 있고 손자도 있었다.

고향은 후쿠시마 현이었지만, 원래 고아였던 그에게는 돌아가더라도 갈 곳이 없었다. 몇 안 되는 친척도 이미 오래전에 고향을 떠나 소식을 몰랐다.

그가 우리 병사들과 함께 수용된 것은, 군의 식량 수집을 알선했고 미군 상륙 후에도 일본군과 행동을 같이했다는 이유 때문이었다. 일반인은 별도의 수용소가 있었기에 5월에 입소한 이래로 그는 그곳으로 가고 싶어했지만, 일단 미군의 장부에 군속으로 기재되고 나니 좀처럼 빠져나올 수가 없었다. 게다가 실제로 조사할 방법도 없었다.

그의 초조감은 귀환이 결정되자 심각해졌다. 어떻게든 소장에게 사정을 설명해서 군속이라는 명칭을 취소시켜달라고 중대장에게 간원하고, 이마모로에게 직접 상신도 했지만, 이미 마음이 고국으로 향해버린 그들에게는 이른바 업무를 충실히 수행할 마음이 없었기에 그는 그대로 방치됐다.

나는 이 노인에게 스페인어를 배운 적이 있었고(나는 심심풀이로 무엇이건 했다. 그러나 교재도 없을뿐더러 필리핀인의 일용 스페인어밖에 모르는 그에게서 제대로 수업을 받을 수 없었기에 곧 포기했다) 고작해야 마흔이 최고 연장자인 우리 사이에서 혼자 외톨이로 지내며, 노인 특유의 꼼꼼한 성격 탓에 늘 무언가 신변 정돈을 하는 모습을 불쌍하게 여겼기 때문에, 직접 미군 수용소장에게 상담하러 갔다.

"민간인 수용소로 옮겨서 어쩌겠다는 건가?"

"그는 그곳에서라면 필리핀에 남을 수단을 강구할 수 있으리라고 생각하고 있습니다. 집도 가족도 재산도 모두 민다나오에 있고, 일본에는 아무것도 없습니다."

"안됐지만 민간인 수용소에서도 귀환을 면제받을 수는 없다고 말해주게나. 일단은 일본으로 돌아가서 강화조약이 성립된 후, 그에게 그래도 민다나오로 올 생각과 수단이 있다면, 그때 가서 생각하면 된다고 전하게."

소에지마 노인은 낮은 소리로 "알겠습니다" 하고 짧게 말했다. 보통 키에, 이마와 빰과 가슴 등 돌출된 부분은 모두 두껍고 햇볕에 타서 단단했다. 어깨도 넓고 가슴도 두터웠다.

타클로반에서 16사단의 통역을 했던 아이자와는 서른두 살로 외국어 대학 스페인어과 출신이며, 미국계 혼혈인 아내와의 사이에 아이가 하나 있었다. 그는 미군 상륙과 동시에 투항했지만 군속이라는 이유로 우리와 함께 감금되고, 아내는 미군 간호사가 되었다.

그는 아내가 그에게 뭔가 편의를 제공할 수 있으리라고, 단적으로 말해 수용소에서 꺼내줄 수 있으리라 믿고는, 여러 차례 수용소장을 통해서 편지를 보냈지만 답장이 없었다. 그는 아내가 일부러 수단도 강구하지 않고 자신을 가둬둔 채 헤어질 작정이라고 생각했다. 그리고 귀환 명령으로 결국 아내는 완전히 목적을 달성하리라고 믿었다.

그의 언동은 점차 이상하게 변하기 시작했다. 심야에 울타리 부근을 서성거리다가 감시병의 주의를 받기도 하고, 갑자기 중대본부로 들어와 "모두 나를 미친놈이라고 생각하지?" 하며 고함치고는, 실내를 가로질러 나가기도 했다.

어느 날 밤 그는 숙사에서 밤늦도록 깨어 있었다. 지나가는 나를 불러 세워서,

"이걸 드리지요."

하며, 가지고 있던 영어 잡지와 책을 전부 건네주었다.

수용소에서 영어를 할 줄 아는 자들 사이에는 자연히 일종의 반목이라는 게 있었다. 나는 중대의 정식 통역이었지만, 평범한 소대원이었던 그는 이따금 외업대에 통역으로 따라가는 정도였다. 우리는 제각기 접촉하는 미군에게서 얻은 몇 안 되는 책들을 간직하고 있었는데, 상대방이 특별히 요구하지 않는 한 서로 융통해주지 않았다.

그랬기에 그가 그 장서를 전부 주겠노라고 말한 것을 나는 이상하게 생각했다. 더구나 귀환 직전이었다. 그러나 별로 거절할 이유도 없어서 내 장서와 중복되는 것을 제외하고는 감사히 받아왔다. 그는 책상 앞에 앉아 뭔가 적고 있었다.

새벽 한시가 지나도 그의 자리에 아직 불이 켜져 있었다. 새벽녘에 그의 옆 사람은 신음 소리를 듣고 잠에서 깼다. 그는 침대에 웅크려 배를 움켜쥔 채 신음하고 있었다. "위생병은 부르지 마" 하고 그가 말

했다는 것이다.

그러나 그는 위생병의 치료에 순순히 따랐다. 끈적끈적한 노란색 액체가 그의 입에서 잔뜩 나왔다. 그것은 말라리아 치료를 위해 미군이 키니네 대용으로 발명한 아다블린이라는 약으로, 아무리 먹어도 죽지 않는 약이었다.

열 장에 걸친 유서에는 아내에 대한 원망이 가득 적혀 있었다. 그러나 위생병은 그가 자살 연극으로 아내를 협박하려 한 것이라고 믿었다. 이 관찰은 언뜻 보면 나에게 장서를 남겨준 행위와 모순되는 듯하지만, 나도 역시 위생병이 옳다고 생각했다. 아이자와는 삼킨 것을 토하게 하려고 목 안에 넣은 손가락을 깨물지 않았다. 자살이 연극이면 연극일수록, 결행 직전의 행위에 일관성이 있기 마련이다.

아이자와는 병원으로 옮겨졌다. 그는 결국 탈출에 성공해 배 안에 숨었다가 자살했다는 소문이었는데, 훗날 전범 용의로 이삼 개월 우리보다 귀환이 늦었던 위생병이 어느 날 병원에 연락하러 갔다가, 완전히 회복해서 싱글벙글 웃고 있는 그를 발견했다고 한다. 아내가 그를 찾아온 것이었다. 그러나 그도 결국에는 규칙대로 일본으로 돌아가야 했다.

아이자와의 자살 미수는 남편에게 버림받은 아내의 상태와 아주 흡사했다. 나는 물론 그를 경멸했지만, 포로라는 수인 상태에서 인간은 누구나 다소 여성적이 될 수밖에 없었다. 남성적이니 여성적이니 하는 말에서 사람들이 상상하는 것은 일단 남녀라는 성별에 의한 차이도 있겠지만, 사실은 사회적 조건에 의한 차이에 불과한 것이 아닌가 하는 의문이 생긴다.

포로들의 걱정은 귀국하면 본국 사람들이 자신들을 어떻게 맞아줄 것인가 하는 점이었다. 패전과 동시에 '죽는 한이 있더라도 운운'은 헛소리가 된 모양이지만, 포로들의 본심은 여간해서 그렇게 생각하고 있지 않았던 것이다.

나는 다소나마 서구 포로들의 사례를 알고 있었기에 그다지 열등감에 사로잡히지 않았다. 돌아가면 어떻게 될까 하고 끈질기게 물으러 오는 포로 하나에게 나는 말했다.

"돌아가면 포로인지 아닌지 분간도 되지 않을 거야. 거리에 사람들이 북적거릴 테니까."

"하지만 내 고향은 단바 산골짝에 있는 작은 마을이거든요."

"그건 곤란하군. 도쿄나 오사카 같은 대도시에서는 아파트 벽 하나만 사이에 두면 포로건 나발이건 아무 상관 없지만, 비좁은 시골에서는 그렇지 않겠지. 물론 보통 사람이라면 상관할 바 아니지. 하지만, 가령 자네 옆집에 이 전쟁으로 아들을 잃은 어머니가 있다고 생각해 봐. 그 어머니가 자네를 보면 그다지 반가워하지 않을걸."

"저도 교토로 가서 일하겠습니다."

"그게 좋겠지. 돌아가더라도 우리가 있을 곳이라고는 도회지뿐일 거야."

그러나 나도 상당한 피해망상에 걸려 있었다. 내가 귀환한 곳은 아내가 피신해 있는 농촌으로, 주위에는 아들을 잃은 아버지며 남편을 잃은 아내로 가득했으나, 그들은 조금도 내가 살아서 돌아온 것을 원망하지 않았다. 오히려 한 사람이라도 더 목숨을 건진 것을 기뻐했다.

포로라는 열등감과 피해망상은 귀환에 즈음해서 새로운 망상을 낳게 했다. 어느 날 대대본부에 이상한 벽보가 붙었다.

'귀환 후 우리 생활에 중대한 문제가 있다. 내가 기사회생의 수단을 강구할 테니, 뜻이 있는 자는 오늘 저녁 일곱시 본부 앞에 집합하라.'

무슨 일인가 하고 그날 저녁 모인 자는 오십 명이었는데, 다음번에는 이십 명으로 줄었다. 문제가 중대하게 보인 것은 포로들의 피해망상 탓이었지만, 망상에서 생겨난 '수단'은 너무나도 공상적이었기 때문이다.

발기인은 대대장 이마모로와 부대장 오라였다. 모임은 '기사회생'의 처음과 끝을 따서 '기생회'라고 했다. 회비는 매월 백 엔. 회원은 갑을병의 삼종으로 나뉜다.

갑종 회원이란 즉 이마모로나 오라 등 지도적 임무를 지닌 간부이고, 을종은 평회원, 병종은 부상 때문에 불구가 된 자들이다.

이 모임은 일본에 귀환하더라도 포로는 일반사회에서 받아주지 않을 거라는 가정에서 출발했다. 부모 형제는 집안에 들여주지 않을 것이다. 들여주더라도 공연히 비참한 꼴을 당하느니 혼자 독립해서 일하는 편이 낫다. 군대 포로로 어차피 오랫동안 혼자 살아온 몸이 아닌가. 가족에게는 이대로 죽은 걸로 해두고 앞으로 혼자 살아가자. 그러한 생각을 지닌 동지가 모여서 서로 도와가며 살아갈 길을 찾아보지 않겠는가.

이상이 대체로 중대 문제 때문에 모인 호기심 많은 포로들 앞에서 이마모로가 연설한 요지였다. 구체적인 대책은 다음과 같았다.

동지들은 일본에 상륙하더라도 집에 돌아가지 않는다. 이마모로가 얻은 정보에 의하면 상륙지는 오타케이다. 집합소는 해군 출신의 오라가 잘 아는 여관으로 정한다. 그곳에 회원들이 모두 모이면, 이마모로와 오라는 도쿄의 연합군 총사령부에 교섭하러 간다.

연합군이 진주해 있으니 일거리는 여러 가지로 많을 것이다. 이마모로가 수용소장으로부터 소개장을 받았다. 가능하면 미군 관계의 토건 사업을 하청받을 생각이다. 자재는 특별히 미국에서 들여온다.

이 경우 실제로 노동을 하는 것은 동료인 을종 회원이다. 가령 일을 하여 하루에 삼십 엔을 번다고 하면, 십 엔은 회비로, 십 엔을 자신의 생활비로, 나머지 십 엔은 불구자들에게 준다는 것이다.

취지는 정말 그럴싸했다. 포로들의 상호부조 정신이 이처럼 명료하게 제창된 적은 없었다. 다만 일개 방관자인 내가 불안하게 생각한 것은 주모자가 이마모로라는 점이었다.

그는 원래 운송업을 하던 사람으로, 평소부터 인부들을 다루는 데 능숙해서, 사람들을 인부로밖에 생각하지 않는 게 아닌가 싶었다. 또한 걱정스러운 것은 포로들 사이에서 장기자랑이 열리게 되고부터 갑자기 설쳐대기 시작한 문신 조직이 가담했다는 점이었다. 그들 중 하나는 간사이 지방에서 잘 알려진 명문 재벌의 아들과 절친한 사이로, 유사시에는 그 친구에게 연락해서 모임의 운영에 지장이 없도록 하겠노라는 것이었다. 이것은 일단 『유이 쇼세쓰*』의 기이대납언(紀伊大納言) 도장**과 같은 것이었다.

---

* 由比正雪, 에도 시대 초기의 병법 학자. 기이대납언의 권력을 등에 업고 에도막부 전복을 기도했으나 실패했다.

"아무래도 그 재벌 이름이 나온 점이 미심쩍은데."

나는 포로 친구 가운데 정말로 이 모임에 가입하려는 사람에게 말했다. 스물다섯 청년인 그는 물론 을종 회원으로, 그의 육체적 능력을 최대한으로 바치려 생각하고 있었다.

"'유사시에는'이라는 말이 처음부터 나오는 계획은 아무래도 어렵지. 이마모로는 운송업자야. 일본에 돌아가도 그의 본거지는 없어졌다고 봐야 해. 현재 그 녀석이 장악하고 있는 유일한 권한, 즉 미군과 접촉할 수 있다는 점을 이용해서 다른 사람들을 부려먹겠다는 생각이 아닐까?"

"하지만 우리는 상이군인들을 돕고 싶습니다."

"그럴 만한 힘이 이 모임에는 없어 보이는데. 우선, 실제로 일할 수 있는 을종 회원이 몇 명이지?"

"일곱 명입니다. 하지만 우리의 심정을 알게 되면 늘어날 것이라 생각합니다."

"일곱 명으로 스무 명을 짊어질 수는 없어. 개중에는 자네처럼 순정파가 아니라 일단 가입해놓고 이후로는 알 게 뭐냐고 나오는 사람도 분명히 있을 테니까."

상대는 점차 불쾌한 표정을 지었다.

"하여간에 해보겠습니다. 우리는 굳게 단결되어 있으니까요." 그는 마지막으로 말했다.

'기생회'의 단결은 우선 운송 편대가 포로 번호에 준한다는 것에서

** 기이대납언은 도쿠가와 이에야스의 열번째 아들인 요리노부를 가리키는 말로, 여기에서 '기이대납언 도장'이란 '절대적 권력자의 비호'를 의미한다.

틈이 벌어지기 시작하여, 결국은 상륙 지점이 일정하지 않다는 사실로 인해 무산됐다. 어차피 종전 직후의 식량 사정으로 보아 본국의 여관에서 농성하겠다는 생각은 꿈에 불과했다.

포로들의 공상을 비웃지 말기 바란다. 아무리 '기생회'가 운송업자 이마모로의 착취 계획에 불과한 공상이라 하더라도, 그가 그러한 공상을 불러일으킬 정도로 포로들은 열등감에 사로잡혀 있었던 것이다.

귀환이 결정된 날짜에 관한 예언자의 말은 적중했지만 기일 자체는 약간 늦어졌다. 이틀 후인 11월 17일에 우리는 간신히 배를 기다리기 위해 다른 수용소로 옮겨가게 되었다. 그 전 며칠간은 무척 바빴다. 우리는 이미 중대본부도 취사원도 없이 그저 포로 번호에 따라 모였다. 각자 그때까지 신변에 장만했던 자질구레한 것들은 모두 사라지고, 시트도 없는 접이식 침대에서 배낭을 베개 삼아 자는 것만이 우리의 생활이 되었다.

새로운 수송 편성에서도 장이나 사무원을 선출해야 했으나, 나는 통역을 거절했다. 우연히 우리 수송 편대장으로 뽑힌 제4소대장 우에무라는 나의 은퇴에 불만을 품고 말했다.

"오오카 씨 너무하는군. 이제 와서 발뺌하다니. 기왕 맡은 일은 끝까지 책임을 져야지."

그는 이제까지 내가 미국인과 일본인 사이에서 얼마나 곤란을 겪었는지 몰랐다. 미국인 앞에서 열등감을 가장 뼈저리게 느껴야만 하는 것은 통역이다. 그 통역에 대해서 그들은 열등감의 변형인 거만과 불만을 끊임없이 주장했던 것이다.

십자가 산기슭 기지의 '중앙 사무소 제1수용소'에 억류되어 있던 수용자 중에는 풀려나지 못한 자도 있었다. 필리핀인들이 고발한 전범자는 필리핀 전국으로부터 이름이 통첩되어, 해당자는 남아야 했다. 대부분 가명을 사용하던 포로들에게는 엉뚱한 재난이었다. 나는 본명을 사용했기에 그런 사람들처럼 후회는 하지 않아도 됐지만, 오오카가 아무리 희귀한 성이라 하더라도, 한 사람이라도 같은 성의 인간이 필리핀에서 무슨 짓을 저질렀더라면 나도 남아야 했을 것이다.

내가 이제까지 몇 차례 언급했던 시인, 즉 '미국의 은혜는 고귀하도다. 이토록 살찐 적은 없었노라' 등의 시를 지은 후루타는, 신슈의 주지 아들로 선박 공병이었다. 나이는 서른 정도, 피부가 검고 코가 높으며, 바지 조각으로 옛날풍 모자를 만들어 쓰고 다녔다. 우리는 함께 '백인일수'*를 즐기거나, 운좌** 같은 것을 개최하기도 했다. 그는 내가 수용소에서 만난 가장 온건한 포로 중 하나였다.

그가 전범 용의자에 포함된 근거는 물론 동성(同姓) 문제 때문이었다. 그러나 우연히 나와 이야기를 나누던 중 그 통지를 받았을 때의 표정은 약간 기묘했다.

선박 공병의 임무는 주로 대형 발동기선으로 병력이나 자재를 근거리에 해상 수송하는 일이다. 그들은 삼천 개나 된다는 필리핀의 섬들을 왕래하며, 단 한 번이라는 생각에 가는 곳마다 해적 행위를 저지르곤 했다. 또한 전쟁 말기에는 섬마다 물가가 다른 점을 이용해서 무역에도 종사했다. 그들의 하사관들은 대체로 수천 페소를 움직이고 있었다.

---

* 百人一首, 옛 시가 적힌 카드의 짝을 맞추는 일본식 카드놀이.

** 運座, 일종의 시 짓기 대회.

나는 후루타가 실제로 그러한 해적 행위를 하지는 않았을 거라고 믿었지만, 동료들과 같이 행동했다면 어떤 사건에 휩쓸렸었는지 알 수 없는 일이다. 하여간 통지를 받고 급변한 그의 얼굴은 명백히 '유죄'를 입증했다. 성실한 사람이라 그러한 기분을 숨기지 못했던 것이다.

"내 양심에 걸고 맹세하지만, 나쁜 짓은 전혀 하지 않았어."

"물론 그렇겠지. 아마 필리핀 여자나 아이들이 어설프게 이름을 기억하고 있는 것일 테니까 잠깐 얼굴만 대조하면 될 거야."

"그 어설픈 기억으로, 이놈이다, 하고 말하면 끝장이지."

결국 나는 위로할 말이 없었다. 전쟁에서는 양심에 걸리는 짓을 하지 않았더라도 범죄에 해당되는 경우가 있다는 말을 차마 꺼내지 못했다.

이때 남은 자는 약 오백 명이었는데, 삼 개월에서 일 년 정도 늦어졌을 뿐 대부분 무사히 귀환했다. 나는 후루타도 그 귀환자들 속에 끼어 있기를 기도했다.

드디어 그날이 되었다. 1945년 12월 17일, 우리는 육 개월간 살던 니파하우스를 떠났다. 숙사는 모두 우리가 세운 것이었다. 건축 당시는 아직 전쟁 중으로 우리를 속여서 공사를 시켜놓고 필리핀군의 숙사로 사용될 것이라는 헛소문이 돌았기에, 개중에는 정말로 공사를 거부한 중대도 있을 정도였지만, 전쟁이 끝나고 보니 그런 것은 아무래도 좋았다.

옛 포로 6개 중대의 니파하우스 서른 동에는 한동안 전범 용의자들이 남아 있었지만, 이윽고 친일도 친미도 아닌 게릴라들이 진출해오자 해안 쪽으로 옮기게 되었다고 한다.

우리는 드디어 미군 규격의 배낭을 짊어졌다. 피복도 모두 미군들과 같았지만, 단지 무기가 없고 등뒤에 PW라고 찍혀 있는 점만이 달랐다.

"잘 있어, 안녕!"

니파하우스의 처마 밑에 서서 손을 흔드는 전범 용의자들에게 큰 소리로 작별을 고하며, 우리는 중앙 도로를 행진했다.

"잘 있어, 안녕!"

그러나 인사는 말뿐이었다. 우리는 다만 이곳의 진흙, 야자나무, 자갈길 등과 인연을 끊는 것이다. 남아 있는 자들에게는 미안하지만 우리는 어차피 헤어져야 했다.

우리의 열을 따라 제비가 나지막이 날다가 몸을 돌이켜서 역행했다. 구내의 넓은 공지에는 제비들이 분주히 교차하며 날고 있었다. 제비들 중에는 오늘 일본에서 도착한 무리도 있을 것이다. 우리는 이제 그곳으로 돌아간다.

문을 나서서 맞은편 제2수용소로 들어갔다. 그저 평평하기만 하던 제1수용소와는 달리, 이곳은 계곡과 강이 있고 지형이 이루는 계곡 바닥이나 튀어나온 곳에 아담하게 텐트가 세워진 모습이 어딘지 교외의 학교나 병원과 흡사했다. 실제로 부지 일부가 포로들을 위한 병원으로 이용됐으며, 일본인 간호사들이 근무하고 있었다.

계곡 바닥의 텐트로 인도됐다. 부근의 선주자들은 모두 종전과 더불어 무장 해제된 포로들이었다. 바쁜 때라서 급식은 충분하지 않았으며, 산속에서 쇠약해진 흔적이 남아 있는 병사들이 제각기 외눈박이 괴물처럼 미군 군모의 정면에 계급장을 붙인 채 서성대고 있었다.

그들의 눈에는 빛이 없었다. 갑자기 직면한 패전이라는 새로운 상황에 그들은 적응하지 못했다. 전쟁 중에 포로가 되었기에 미리 마음의 준비를 할 수 있었던 우리는 행복한 편이라는 생각이 들었다.

그들 사이에는 아직 옛 군대의 계급 조직이 유지되고 있었다. 종전과 더불어 무의미해졌을 터인데도 여전히 집단 생활을 하는 이상 어쩔 수 없는 모양이다. 하급자는 그렇게 생각하며 체념하고 있었다. 상급자는 '패하더라도 일본 정신을 잊으면 안 돼' 하는 식으로 특권을 유지하고 있었다.

이곳에서도 취사원들만큼은 살이 올라 있었다. 육 개월 동안 하루에 이천칠백 칼로리의 급식으로 충분히 포식한 우리는 정확히 그때그때 위장이 요구하는 양밖에 먹지 않았기에 그들의 마음에 들었다.

"옛 포로들은 행실이 점잖군" 하고 남긴 음식을 뒤적이며 말했다. "남은 걸 환자들에게 나누어줄 수 있겠어."

그러나 그들은 자신들이 더욱 살찌기 위해 자신들끼리 분배한다는 사실을 우리는 잘 알고 있었다.

변소는 더러웠다. 비가 내리면 오물이 넘쳐흘러 진흙과 뒤섞였다. 일찌감치 포로가 된 우리는 건설할 시간과 여유가 있었지만, 천황의 항복 선언으로 인해 일제히 허탈감에 빠진 이 포로들에게는 조금이라도 생활을 개선할 의지력이 없었다.

돈을 받았다. 월 삼 달러의 봉급은 PX 물품으로 지급됐지만, 외업을 나가면 하루 팔 센트의 수당이 있었기에 그것이 적립되어 있었던 것이다. 일본에 지니고 갈 수 있는 현금 한도인 이백 엔을 넘는 액수는 일본 은행 앞으로 발행된 어음 혹은 지불 지령서(정확한 명칭이 뭔지 모르겠다)로 지급됐다. 그 계산을 하느라 미군 수용소 사무소는 사흘간 철야 작업을 했다고 하는데, 그래도 착오가 있었기에 금액은 몹시 불공평했다.

포로들은 일렬로 늘어서서 수령했다. 돈은 앞으로 각자 나름의 용도에 따라 쓰게 되는 것이니, 우리는 이미 집단이 아니라 개인이었다. 카이저 빌헬름을 닮은 지불관은 시종 킥킥거리며 웃었다.

우리는 그곳에 닷새간 있었다. 끊임없이 제1수용소로부터 연락이 와서 새로이 전범 용의자들이 추출되었다. 우리는 불안했다. 드디어 해안으로 가기 위해 정문을 향해 정렬하는 도중에도 추출되었기에 불안은 배가 실제로 떠날 때까지 사라지지 않았다.

길을 따라서 판자벽이 있고, 그 건너편에는 병원이나 일본인 간호사가 있을 것이다. 포로들은 나무 구멍 하나하나에 달라붙었다. 나도 들여다봤다. 정말로 있었다. 바로 앞 작은 텐트에 WAC 제복을 입은 일본 여자 둘이 앉아서 낮은 소리로 이야기를 나누고 있었다.

"쳇, 모르는 척하고 있군." 포로 하나가 들으라는 듯이 중얼거렸다.

여자들은 분명 우리를 모르는 척하고 있었다. 구멍마다 포로들의 호기심으로 가득한 눈이 번뜩이는 판자벽 앞에서 그토록 태연히 대화를 나눈다는 것이 이상했다. 우리는 벽을 두드렸다. 여자들은 일어나서 시야에서 사라졌다.

미군이 달려왔다. "유 퍽킹" 운운하며 주먹을 휘둘렀다. 어떤 자는 발에 걷어채어 나뒹굴었다. 우리는 서둘러 대오를 정렬했다. 그러나 걷어챈 정도는 아무것도 아니다. 설마 일본인 간호사를 놀렸다고 수송 명부에서 삭제되는 일은 없을 것이다. 결국 돌아갈 수만 있으면 그만이다.

드디어 문을 나섰다. 오후 한시경이었을 것이다. 약 천 명. 이미 문 앞에 늘어서 있는 트럭에 뿔뿔이 달려들었다. 미군 트럭에 사방으로 올라타는 것도 포로들의 뛰어난 재주 중 하나였다.

출발. 십자가산을 따라서 길을 달렸다. 연도의 평지에는 어느 사이에 갖가지 수용소가 세워져 있었다. 우리 수송 편대와는 다른 무리가 역시 배를 기다리는 듯 수용되어 있었다. 콧수염을 기른 우익 과격파 히로타가 손을 흔들었다. 철학 학도병인 다나베도 있다. 모두 손을 크게 머리 위로 흔들어댔다. 뭐야, 저 자식들은 아직도 저런 곳에서 얼쩡거리고 있는 건가.

탁류가 흐르는 강가의 낡은 필리핀 집이나 세탁하는 여자들과도 이제 작별이었다. 팔로의 교회는 여전히 직사각형의 크림색 벽에 빗물 자국을 남기고 있었다. 차양이 넓은 모자를 쓴 맨발의 필리핀인들이 왕래했다. 전쟁이 끝난 후 그들은 더이상 우리를 비웃지 않았다. 트럭 위에서 만세를 부르는 것은 오히려 우리 쪽이었다.

교회 정면의 누각 위에서 종이 울렸다. 그러고 보니 이날은 일요일이었는지도 모른다.

연도의 풍경 같은 것은 기억이 안 난다. 우리는 어느 틈엔가 타클로반 해변에 주저앉아 배를 기다리고 있었다. 이곳에서 다시 소지품 검사가 있을 거라는 말을 듣고 겁을 냈지만, 수용소 서전트로부터 우리를 인도받은 항만 서전트는 그러한 귀찮은 짓은 하지 않았다. 그저 포로라는 성가신 존재를 배에 태워서 선장에게 인도하면 그만이었다.

바다는 구름에 덮여 있었다. 흐린 날씨에도 선명하게 미군의 각종 함정들이 하늘색 선체를 드러내고 있었다. 먼 바다에도 점점이 배가 보였다. 우리가 탈 배는 어느 것일까?

이윽고 조그만 부두를 건너, 사방 이십 미터나 되어 보이는 거대한 뗏목으로 인도됐다. 각자 배낭을 놓고 그 위에 주저앉으니 조금도 빈 틈이 없었다. 사방 이 미터 정도의 예인선이 접근해서 계류했다. 그러고는 천천히 이끌기 시작했다.

수면은 잠잠했다. 필리핀인 남녀가 조용히 방향을 조정했다. 선명한 감색 제복을 입은 미해군들이 내화정(內火艇)을 타고 뗏목의 진로를 가로질러갔다. 포로들이 환호했지만, 상대는 손을 뿌리치듯 젓고는 지나갔다. 수용소 소속 미군들의 사무적인 친밀감에 익숙해진 포로들은 자신들이 결국 진주만을 공격한 잽*의 연장(延長)에 불과하다는 사실을 잊고 있었던 것이다.

먼 바다로 나아가자 점차 뗏목은 고독해졌다. 우리는 예인선이 진행하는 방향에 따라 우리가 탈 배가 어느 것인지 찾았다. 예인선을 조종하고 있는 것은 두 명의 필리핀인이었다. 물어보니 "댓 오버데어 That overthere"(필리핀어에는 'th' 발음이 없다) 하며 그다지 멀지 않은 배 한 척을 가리켰다.

그 배는 바다에 떠 있는 수많은 배들 중 그다지 훌륭한 축에는 들지 않았다. 리버티형에 탈 거라 예상했던 우리는 다소 실망했다.

차츰 그 배에 접근해갔다. 선미에 깃발이 매달려 있었다. 해풍으로

---

* Jap, 일본인을 경멸하여 부르는 호칭.

검게 변색한 백기였다. 한복판은 빨강이었다.

오키나와에서 투항 권고 삐라를 주운 어느 굶주린 병사는, 처음에 거기에 컬러로 인쇄된 빨강과 노랑의 집단이 무엇을 의미하는지 몰랐다고 한다. 빨강이 참치의 빨강이고 노랑이 달걀의 노랑으로, 즉 전체가 생선 초밥 그림이라고 납득할 때까지 한 시간이나 걸렸다는 것이다.

내가 이 복원선(復員船)의 선미에 매달린 일장기를 봤을 때 느낀 느낌은 거의 그것에 가까웠다.

'흰 바탕에 빨강', 포로가 된 지 이미 십 개월, 우리는 이 깃발을 다시 필리핀 하늘 아래에서 볼 기회가 있으리라고는 생각도 하지 못했다.

뗏목에 가득 탄 포로들 사이에 동요가 일고, 탄식의 소리가 들렸다.

"뭐야, 일장기잖아?"

"일본 배다. 일본 배야!"

그러나 누가 "쳇, 또 누에 선반 신세를 지게 됐군" 하고 말해서 모두들 크게 웃었다.

선미에 적힌 배 이름도 간신히 밝혀졌다.

'시나노 호'

어라, 어디선가 들어본 듯한 이름인데—이것이 바로 일본해 해전 전날 밤, 내가 최초로 '적함 확인'이라고 무전을 친 그 유명한 시나노 호라 알아차린 것은 승선한 뒤였다.

예전에 일본해전사에서 주역을 담당했던 이 배는, 당시에 귀환자들을 위해서 취항하던 두 척 중 하나로, 전쟁 중 내내 니치로 어업*의 연어잡이 배로 이용되어 전쟁이 끝날 무렵 일본해에 있으면서도 격침을 면했다. 한 차례 치시마에서 포로를 수송한 적이 있었기에 이것이 두 번째 임무였는데, 남방에서는 일본선의 제1진이라는 것이었다.

갑판에 늘어서서 이쪽을 보고 있는 사람들의 모습도 점차 분명해졌다. 모두 낡아빠진 옛 일본군 군복을 입은 여윈 모습이었다. 민다나오의 포로라는 사실이 나중에 밝혀졌다. 우리는 그들의 참상을 몹시 동정했지만, 그들 쪽에서도 미군 제복과 제모를 착용한 멀끔한 차림의 포로들이 사방 이십 미터나 되는 뗏목에 가득 실려 접근하는 모습이 몹시도 이상하게 보였을 것이다.

무거운 배낭을 짊어진 채 선측의 계단을 올라가느라고 애를 먹었다. 예인선 키잡이는 내가 본 마지막 필리핀인이었다.

"어이, 자네는 일본인을 어떻게 생각하나?"

"어떤 일본인은 착하고, 어떤 일본인은 나빠."

마흔가량의 혼혈아인 듯한 키잡이는 대답했다. 마닐라와 바탕가스의 참상을 알고 있는 그들이 이렇게 대답해준 것을 나는 고맙게 여겼다.

"당신들은 전부 착해" 하고 칭찬을 해주고는 헤어졌다.

갑판에 정렬하자, 민다나오 일행의 우두머리인 듯한 사내가 와서 점호를 취했다.

"차렷! 우향우! 번호!"

---

* 1914년 하코다테에 설립된 원양 어업 회사.

호령은 제법 절도가 있었지만, 그는 이상한 갈색 민간인 복장에 수염을 기르고 있었다. 포로들의 우두머리란 대체로 의심스럽다. 그만큼 포로가 된 지 오래되었다는 이야기이다. 우리는 그가 전쟁 중에 포로가 된 사람이라는 사실을 첫눈에 알아차렸다. 우리는 포로가 된 이후로 모두 얼간이가 됐지만, 상대가 포로인지 아닌지는 단번에 알았다. 목소리의 억양, 빰 언저리에 보이는 이상한 미소, 그 밖에 이른바 냄새로 아는 것이다.

민다나오 일행은 뒤쪽 갑판, 우리에게는 앞쪽 갑판이 할당됐다. 선창에는 예상대로 누에 선반이 설치되어 있었다. 다만 올 때처럼 한 평당 열다섯 명이 아니고 세 명이라서 담요를 깔고 편안히 누울 수 있었다. 선장은 조금이라도 빨리 송환자들을 일본으로 보내고 싶다는 일념에 수용 인원을 오천 명이라고 신고했으나, 미군이 이천 명으로 제한했다는 것이다. 어쨌든 우리로서는 고마운 일이었다.

저녁식사에는 특별히 된장국이 나왔다. 멀건 국에 건더기가 하나 떠 있는 게 다였지만, 이 년 만에 먹어보는 일본 음식은 맛있었다. 담배는 십 일간의 항해 동안 하루 세 개비의 비율로 배급됐다. 일본 담배를 피우는 건 일 년 만이었다. 선원이 포터블 축음기를 갖다줬다. 수용소에서 남자들의 육성과 널빤지와 철사로 만든 기타 소리밖에 듣지 못하던 우리는 〈나가사키 소곡〉의 묘한 여자 목소리와 복잡한 화음에 넋을 잃었다.

식량은 일본의 민간인과 마찬가지로 하루 2홉 3작이었다. 아무리 포식하던 포로들이라 하더라도 이것으로는 만족할 리 없었기에, 미군은 특별히 부식이라는 명목으로 C레이션을 일인당 한 상자 반, 사십

오 인분을 지급했다. 이때부터 민다나오 포로들과 레이테 포로들 사이에 분쟁이 일었다.

민다나오 일행이 우리보다 먼저 와 있었기에 서너 명의 간부들이 뒤쪽 선교 위의 방 하나를 점거했지만, 레이테 일행 간부들은 누에 선반에서 일반 포로들과 동거했다. 이 점이 우선 기분을 상하게 만든 데다가, 민다나오 간부들이 C레이션의 분배에 개입했다는 사실이 밝혀져서 문제가 되었다.

일인당 한 상자 반이기에, 다량의 상자를 개봉해서 나눠야 했다. 그때 한 상자에 서른 개비가량 들어 있는 담배를 민다나오 일행이 횡령한 것이다.

레이테의 간부들이 그 사실을 알고 담판하러 갔을 때는 이미 그들이 전부 피워버린 뒤였다.

"불만이 있으면 그때 바로 말하면 됐을 텐데, 벌써 다 피웠어."

"다 피웠다면 그만인가? 내놔!"

"어이, 피차 포로들의 간부라면 사정이 어떻게 된 건지 알 게 아닌가? 헛소리 말라구. 너희들은 우리보다 훨씬 대우가 좋았던 것 같던데. 담배도 잔뜩 숨기고 있지 않나?"

"우리가 숨기고 있건 말건 무슨 상관이야? 우리뿐이라면 몰라도 포로들이 전부 알고 있어. 우리 체면이 어떻게 되나?"

그 체면은 선장이 세워주기로 했다. 즉 일본 담배 서른 개비가 추가로 배급된 것이다.

선원이 C레이션 상자를 짊어지고 뱃머리의 대기실로 나르는 것이 보였다. C레이션은 미군에 의해 정확히 인원수대로 지급되었기에 인원수 이외의 것은 있을 리가 없었다.

"배에서는 별의별 일이 다 있기 마련이죠. 어쩔 수가 없어요" 하고 해군 출신 포로가 말했다.

우리는 이미 C레이션에 질려 있었기에 마구 뜯지는 않았다. 2식 2홉 3작 사이에 하나를 먹을 작정이었다. 그러나 아침저녁 식사가 아무래도 적었기에 차츰 많이 뜯게 되었다. 포로들은 레이션을 남겨서 집에 갖고 갈 생각이었기에 식사 분량이 적은 것이 문제가 되었다. 선원들이 쌀을 횡령하고 있는 게 아닌가 하고 의심했다.

선원들은 훨씬 풍부한 식사를 하고 있지 않은가? 된장도 정어리도 정량이 아닌 듯하다. 이렇게 의심하기 시작하니 끝이 없었다.

아무래도 좋지 않은가? 목숨을 건져서 돌아가는 열흘간의 선상 생활이다. 먹을 것만 있으면 족하지 않은가 싶지만, 아무래도 남들이 점하는 이득은 우리가 그로 인하여 피해를 입건 입지 않건 마음에 걸리는 모양이다.

아무리 영광스러운 시나노 호라고 하지만, 일본 선박에 탄 이상 이렇게 선상 생활을 하는 기간만큼 빨리 우리는 속세의 찬바람을 경험하지 않을 수 없었다.

우리를 태우면 이천 명의 정원은 채워진다. 빨리 출발하면 좋겠는데 배는 좀처럼 출발하지 않았다. 사흘째에 움직이기 시작하여 타클로반의 해안도, 멀리 십자가산도 보이지 않게 됐지만, 사말 섬인 듯한 육지 가까이에 다시 정박했다. 물을 채워야 한다는 것이었다.

해안 가까이에 산이 있어 온통 녹음으로 우거진 산 위에 가느다란 폭포가 하얗게 떨어지고 있었다. 부드러운 필리핀의 녹음도 이것으로 마지막이라고 생각하니 회포가 각별했다. 그러나 배는 다시 그대로 며칠간이고 움직이지 않았기에 매일 똑같은 경치만 보고 있으려니 질리고 말았다.

물은 좀처럼 도착하지 않았다. 그 대신 커다란 나무상자 여섯 개가 갑판에 실렸다. 구명용 뗏목인 모양이었다. 뭔가 미덥지 못했다.

수용소에서는 먼저 출발했지만 결국 일본 선박이라는 이유로 급수 순위가 늦어져, 다른 리버티를 탄 일행보다 늦어지게 되었다. 기왕이면 미국 선박을 타고 일본에 가게 됐더라면 좋았을 텐데.

리버티 한 척이 조용히 접근했다. 갑판은 발가숭이 일본인들로 가득했다. 녹색 팬티를 보고 레이테의 포로라는 것을 알 수 있었지만, 얼굴은 확실하지 않았기에 우리는 그냥 서로 손을 크게 흔들 뿐이었다. 배는 움직이지 않는 시나노 호를 비웃기라도 하듯 한 바퀴 돌더니 그대로 먼 바다를 향해서 출발했다. 가슴이 답답했다.

그러나 나중에 들은 말로는, 리버티는 오키나와에 기항하여 하역을 했기에 하카타로 직행한 우리보다 고작 하루 먼저 우라가에 도착했다는 것이었다. 다만 우라가에서는 포로들이 소지한 미군 피복을 그대로 줬지만 하카타에서는 전부 압수했기에, 입을 것이 없던 종전 직후의 상황에 비추어 우리는 이 점을 크게 유감으로 생각했다.

드디어 물이 도착했다. 탱크 자체로 배를 만든 듯한 증기선이 선미에 옆으로 접근하여 물을 공급했다. 그리고 그 이튿날(분명히 11월 30일이었다) 밤 출항했다. 입항지는 선장도 아직 몰랐다. 도중에 무전으로 명령을 받도록 되어 있다는 것이었다.

"이 부근은 아직 고요하지만, 일본에 접근하면 십일월은 여전히 맞바람이 심하지." 구축함 승무원 출신 포로가 말했다.

그러나 배는 즉시 흔들리기 시작하여, 그날 밤 밤새도록 바람과 파도 속을 항해할 작정인 듯 잇달아 상하로 크게 출렁거렸다. 시나노 호의 최대 속력은 십이 노트였지만 그나마 팔 노트의 항해 속력으로 간다고 하니까 이러한 맞바람에서는 얼마 나아가지도 못했을 것이다. 여전히 답답할 뿐이었다.

이튿날 하늘은 여전히 찌푸렸으나 파도는 잠잠해졌다. 루손 섬 동쪽을 북상하는 듯했는데 육지는 보이지 않았다. 보이는 것이라고는 검푸른 바다뿐이었다.

좌현의 선교에 늘어뜨린 철사가 선미 가까이의 수면에 닿았다. 선교에 매달린 장대와 철사가 맞닿는 곳에 둥그런 부채 같은 것이 빙글빙글 돌고 있었다. 속도계라고 한다. 배와 항해에 관해 전혀 지식이 없는 나에게도 이것은 너무나 원시적인 장치처럼 여겨졌다. 이것도 답답했다.

포로들은 삼삼오오 갑판을 서성거렸다. 민다나오 일행도 바람이 시원한 앞쪽 갑판으로 나왔다. 앙상하게 여윈 그들의 손발을 보니 가슴이 아팠다. 그들 중에는 세 명의 환자가 있었다. 타클로반에 상륙해 입원할 예정이었는데, 무슨 사정이 생겨서 일본으로 직행하게 되었다는 것이다.

선교 정면에는 동판에 시나노 호의 준공 일자가 영문으로 새겨져 있었다. 1900년 영국의 어느 항만 도시에서 제조됐다. 그렇다면 나보다도 아홉 살 위였다. 일본 근해의 거센 파도에 부서지지 않으면 다행이련만.

동판 위의 선교에 선장이 서서 잠자코 전방을 바라보고 있었다. 쉰에 가까운 백발이었다. 연어잡이 시절부터 선장으로 근무한 사람으로, 온후한 인품인 듯했다. 그는 선원이나 포로들의 다툼에 끼어들지 않고 오로지 레이테 포로들이 갖고 있는 『라이프』나 『타임』을 요구했다. 패전 후 불과 사 개월이었다. 그는 그것을 읽고 전쟁의 실상을 알게 되는 게 기쁘다고 했다.

선창에서는 화투판이 벌어졌다. 이제 밑천은 담배가 아니라 수용소를 나올 때 받은 이백 엔의 현금이었다. 그리하여 열흘 사이에 몇 사람의 빈털터리와 몇 사람의 부자가 출현했다.

대부분의 포로들은 서로 이야기를 나눴다. 새삼스레 각자의 패전담을 되풀이했다. 나는 수용소에서는 이런 이야기에 그다지 흥미를 느끼지 않은 편이었다. 결국 미군의 병기와 병력이 얼마나 압도적이고, 일본의 식량이 얼마나 부족했는가, 포로가 되어 처음 받아본 담배와 초콜릿이 얼마나 맛있었는가 하는 내용이었다. 모두 비슷한 이야기였다.

그러나 머지않아 그들과 헤어지게 되리라고 생각하니 그들의 이야기에 애착을 느꼈다. 여기저기 누에 선반을 찾아다니며 각 사단 병사들의 패전담을 들었다. 현재 내가 가진 레이테 섬 전투에 관한 지식은 대부분 이 귀환선상에서 얻어들은 것들이다.

포로들은 모두 웃는 얼굴이었다. 조국과 가족을 볼 날이 며칠 남지 않았다는 기쁨으로 얼굴이 풀려 있었다.

며칠간 우리는 바다만 바라보고 지냈는데, 어느 날 우현에 미군 구축함인 듯한 배가 한 척 나타나 우리의 진로를 가로질렀다. 시나노 호는 높게 기적을 울리며 멈춰 서서, 아마 무전으로 연락을 취한 듯 구축함이 우리 정면을 통과할 무렵 다시 움직이기 시작했다. 그사이에 구축함은 그대로 앞으로 나아가 이윽고 좌현의 수평선 너머로 사라졌다.

날치가 항해의 친구였다. 날치는 무리를 지어 좌현에서 날아올라 우리 생각보다는 약간 먼 곳의 물속으로 뛰어들었다. 아마도 참치인 듯한, 길이가 이 미터도 넘는 거대한 방추형 물고기가 놀란 듯 좌현으로부터 백 미터 정도 앞의 해면에서 수직으로 반신을 드러냈다가 가라앉더니 다시 드러내고는, 한쪽 눈으로 우리를 살피며 계속 따라왔다.

어느 날 비행기가 한 대 날아와 저공으로 우현을 따라 배를 추월하더니, 반전하여 좌현을 역행했다. 갑판의 포로들은 환성을 지르며 손을 흔들었지만, 미군 조종사는 인형처럼 전방을 향한 채 지나갔다.

그 비행기는 아마도 오키나와 기지 소속인 듯했다. 슬슬 찬 기운이 느껴지기 시작했다. 포로들은 여름 옷을 껴입었다.

민다나오의 환자 세 명 중 두 명이 죽었다. 수장을 거행할 테니 참가할 사람들은 뒤쪽 갑판으로 모이라는 연락이 있었다.

귀국을 사흘 앞두고 죽은 사람들은 참으로 불쌍했다. 그러나 그들이 불쌍한 것은 전투에서 죽은 사람들이 불쌍한 것과 똑같았다. 나도 죽을 뻔했다. 나와 같은 원인으로 죽는 사람에게 동정하지 않는다는 비정함을, 나는 전선에서 몸에 지니고 왔다.

장송할 생각이 없는 이상 수장에 참석할 이유는 없었다. 한편으로 나의 호기심은 평생 두 번 다시 볼 수 없는 장면을 놓치지 말라고 명령했지만, 전쟁이라는 현실로 인해 죽은 자를 동정하지 않는 비정한 인간이 된 내 가슴속에 숨겨진 어떤 감정에 비추어보면 참석하는 것도 역시 바람직하지 않았다. 그래서 나는 그 당시 나에게 가장 어울린다고 생각되는 행동을 취하기로 했다. 즉 선창에 남아 있었다.

이윽고 배는 기적을 울리며 조용히 선회하기 시작했다. 수장자를 던진 지점을 한 바퀴 도는 듯, 선창 입구에서 보이는 하늘과 구름이 회전했다. 그러고는 다시 한층 높고 긴 기적을 울리더니 전진하기 시작했다.

나는 갑판으로 나갔다. 죽은 자는 이미 가라앉았는지 해면에는 아무것도 보이지 않았다. 해 질 무렵이었다. 남쪽 하늘에는 소나기구름이 가득 솟아올라 햇빛을 받으며 육지처럼 늘어서 있었다. 북쪽 흐린 하늘에 오키나와 열도의 일부인 듯한 섬 그림자가 묵화처럼 옅게 떠 있는 위로 회색 구름이 겹겹이 쌓이고, 그 밑에는 12월의 찬바람이 불고 있는 듯했다.

포로들은 여느 때처럼 무표정한 얼굴로 서성거렸다.

이천 명 포로들 각각의 기쁨과 무관심을 실은 귀환선 시나노 호는 팔 노트의 항해 속력으로 일본에 접근하고 있었다.

니시야 중대 이야기

필리핀에 파견된 제10672부대 니시야 중대(고유명은 독립 보병 제359대대 임시 보병 제1중대)는 1944년 7월 25일 루손 섬 남부 바탕가스에서 조직되었다. 같은 해 6월 13일 도쿄 고지마치 다이칸초 동부 제3부대(근위 보병 제2연대)에서 결성된 수송 대대의 일부였다. 바탕가스에서 다른 부대로 전속된 자 8명 이외에는 수송 편성 그대로 임지인 민도로 섬으로 향했다.

중대장 육군 중위 니시야 마사오 이하 장교 하사관들은 도쿄 및 인근 현에서 임시 소집되었고, 사병들은 1944년 3월 18일부터 6월 10일까지, 동부 제2부대(근위 보병 제1연대)에서 교육받은 도쿄의 보충병들로 구성되었다. 나는 그 병사들 중 한 사람이었다.

6월 17일 오후 3시 시나가와를 출발, 18일 아침 모지에 도착, 민가에 나누어 묵은 후 28일 수송선 제2다마츠 호에 승선. 7월 2일 저녁 선단 9척이 출항했다. 동지나해를 곧장 남하. 호위 구축함 4척.

오키나와 앞바다에서 병사들은 사이판에 적이 상륙했다는 소식을 들었다.

7월 10일 아침 대만의 산들이 보였다. 동해안을 따라 반나절 항해 후 갑자기 수평선 상의 호위함이 기뢰를 투하하기 시작하자 선단은 방향을 바꾸어 북상, 저녁 무렵 기륭항에 입항했다. 이튿날 출발, 서해안을 남하하기를 이틀, 사흘째 아침에 대만이 시야에서 사라졌다. 파도가 높기에 바시해협에 들어선 것을 알았다.

7월 12일 오후 6시 20분, 뒤따라오던 니치란 호의 선미에서 검은 연기가 솟았다. 전원 대피 준비다, 어뢰가 아니고 실화(失火)라 한다, '선미에 어뢰를 맞았으나 항해에 지장 없음'이라는 무전이 왔다, 등의 유언비어가 오가는 속에 니치란 호는 다른 배 한 척과 함께 점차 뒤로 처졌다. 몇 분 후 그 배는 갑자기 수평선 위에 선수를 높이 올리더니 순식간에 가라앉아버렸다. 미국 잠수함 '피라나'의 어뢰에 맞은 것이었다. 생존자는 1000명 안팎, 탑재 인원의 6분의 1이었다.

다행히 희생은 한 척에 그쳐 저녁 무렵 루손 섬 북단의 아파리에 도착. 필리핀은 당시 우기여서 장맛비가 내렸고 기온이 낮았다. 침몰선의 생존자를 수용할 선박을 기다려 하룻밤 정박. 이튿날 출발.

루손 섬의 화산성 산용(山容) 외굴(嵬崛). 해안 가까이 높이 이어진 산들과 하얀 등대가 좌현에 끊임없이 보였다. 15일 새벽 마닐라에 도착. 해안에 관제되지 않은 등화가 줄지어 보였다. 새빨간 아침놀.

교외의 알베르트 학교에 숙영. 교정에서 반합으로 밥을 지었다. 울타리 밖 필리핀 아이들이 바나나, 망고, 엿 등을 늘어놓고, "체인지, 체인지!" 하고 외치며 모여들었다. 외출은 허가되지 않았다. 군표도 지급되지 않았다. 병사들은 대부분 이 체인지를 통해 개인 소지품을 잃었다.

수송 대대 중 우리 중대를 포함한 2개 중대는, 당시 루손 섬 남부를 경비하는 제105사단(쓰다 요시타케 중장)에 속하는 오야부 대대(고유명은 독립보병 제359대대)에 배속되어 민도로 섬 경비를 맡았다. 7월 22일 트럭에 분승하여 오야부 대대 소재지인 루손 섬 남서쪽의 항구 마을 바탕가스로 향했다. 그곳에서 맞은편 해안의 민도로 섬으로 건너가는 것이다.

오야부 대대는 그해 7월까지 민도로 섬 북부 칼라판에서 대대본부를 전진하고 있었으나, 우리의 도착과 더불어 바탕가스로 철수했다. 루손 섬 방어 강화를 위한 조치였다.

원래 우리 수송 대대는 와타리 병단(제14군) 보충대로서 마닐라 주변의 경비를 담당할 예정이었으나, 본토 참모와 현지 참모 사이에 의견 차이가 있어서(단적으로 말하자면 현지 참모는 우리처럼 장비나 훈련이 열등한 병사들은 필요 없다고 말한 것이다), 도착하기는 했으나 현지에서는 우리를 작전대로 사용할 의사가 없었고, 이렇다 할 무기나 탄약도 지급되지 않은 채 벽지의 경비를 맡게 되었다.

그러나 이러한 혼란 속에서 우리 병사들은 한 가지 이익을 얻었다. 즉 우리는 상관으로 장교(준위 결)와 하사관(상사 결)을 두었을 뿐, 내무반의 폭군인 상등병 없이 지내게 되었다는 것이다. 임지에 도착하자 하사관들은 별실에 집합됐기에 내무반에서는 적어도 평등했다.

또한 중대장의 방침으로 우리에 대한 교육(우리는 전선에 도착한 후에도 여전히 교육 중으로 간주됐다)은 상당히 관대했다. 폭력은 좀처럼 없었고, 연습도 필요 이상으로 과격하지 않았다.

병사들의 3분의 2가 1932년에 징집된 34~35세, 2분의 1이 1943년에 징집된 21세의 보충병이었다. 중대장인 니시야(西矢) 중위는 당시 26세, 야마나시 현 가쓰누마 태생의 간부후보생 출신으로, 노몬한 전투를 알고 있었다. 하사관도 보충병이었으나 중일전쟁의 경험이 있었다. 세 명의 소대장만 다이쇼의 지원병에서 승진하여 처음으로 전쟁터에 나온 소위들이었다.

바탕가스에서 우리는 전쟁 초기에 일본군이 가한 폭격의 흔적을 보았다. 명백히 악의에 찬 주민들의 눈을 보았다. 약 일주일간 치안 경찰서장 관사에서 숙영. 연습. 7월 28일부터 30일 사이에 소형 발동기선(민간인의 어선을 승무원과 함께 징용한 것)으로 1개 소대씩 출발, 민도로 섬의 임지 세 곳으로 향했다.

민도로는 루손 섬의 남서쪽에 접한, 길이 약 150킬로미터 최대 폭 약 70킬로미터의 섬으로, 대략 시코쿠의 절반에 달하는 면적이다. 링가옌에서 바탕 섬에 이르는 산맥은, 마닐라 만 입구에서 바다로 들어가 약 150킬로를 지나 다시금 비코노 섬 북서쪽 끝에 나타난다. 그보다 주된 산맥은 남서쪽 칼라미안 제도, 팔라완 섬을 지나 보루네오에 이르러 남지나해 동쪽 끝의 플랫폼을 이루지만, 남동남으로 향하는 한 지맥이 표고 2000미터의 중앙 산맥을 이루어 섬의 중추를 형성하고 있다. 그 동쪽은 강우량이 많고 쌀과 옥수수의 산지이며, 북부 칼라판 부근은 코프라*, 남부 구릉지대는 목재의 산지이다.

니시야 중대의 경비 지구는 섬의 서부 및 남부였다. 중대본부는 제3소대(소대장 이노우에 노보루 소위)와 함께 서남단 산호세에 있고, 제1소대(소대장 다나카 다이치로 소위)는 남동쪽 불랄라카오, 제2소대(소대장 와타나베 스구루 소위)는 서북단 팔루안에 있었다. (지도 1 참조) 나머지 부분 및 루손 섬에서 떨어진 베르데 해협 입구의 요충인 루방 섬을, 임시 보병 제2중대(시오노 중대)가 담당, 중대본부는 제3소대와 함께 북부 칼라판, 제2소대가 중부 동해안 피나말라얀(또한 1개 분대를 남쪽 봉가봉에 파견), 제1소대가 루방 섬에 있었다.

병기는 내지에서 갖고 온 38총에 탄약이 1인당 약 180발. 바탕가스에서 노획한 중기가 지급됐으나 가늠쇠가 삐뚤어져서 위협용에 불과했다.

더구나 이것도 중대 단위 1정뿐이고, 중대본부와 함께 있지 않은 소대는 전혀 총기가 없었다. 니시야 중대에서는 훗날 산호세에 불시착한 비행기에서 선회 기총을 뜯어내 목제 개머리판을 붙여서 간신히 각 소대에 분배했다. 11월에 이르자 비로소 수류탄이 일인당 한 개씩 지급됐다.

7월 30일 밤, 나를 포함한 제3소대는 중대본부와 함께 섬 남단에 있는 망갈린 만 입구의 어촌 카미나위트에 도착했다. 가솔린엔진 차로 10킬로미터 북상하여 산호세에 도착.

산호세 마을은 이 일대에 펼쳐진 작은 평야의 북단에 위치하며 인구는 약 700명, 필리핀인이 경영하는 설탕 공장을 중심으로 모인, 루

---

* 야자나무 열매를 말린 것.

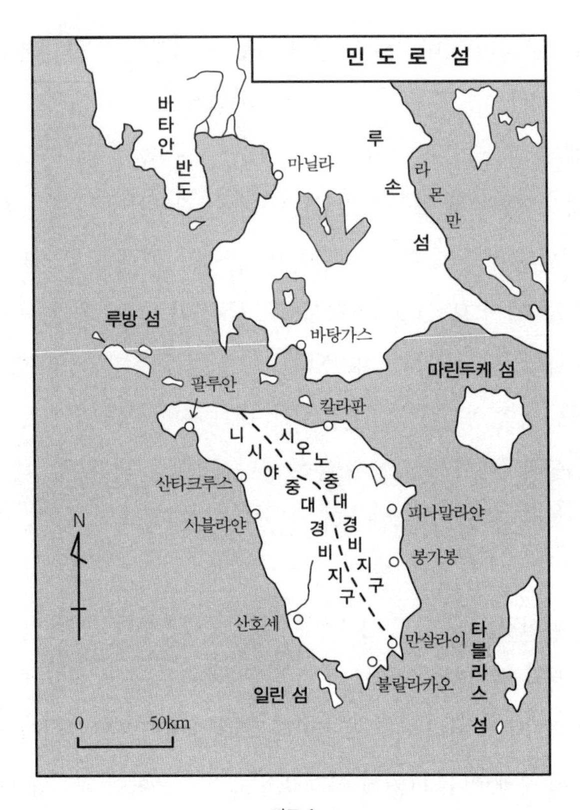

지도 1

손 섬 및 비사야 제도에서 돈벌이를 나온 사람들로 구성되어 있었다. 센트럴, 민도로, 루방 등의 부락으로 이루어져, 회사가 건조한 목조 건물에 양철 지붕을 올린 획일적인 집들은 전쟁 이후 공장의 휴업으로 대부분 빈집이 되거나 부근 농민 혹은 농민화된 노동자들의 거처가 되었다.

이와는 달리 언덕 위의 숲 사이에 흩어져 있는 붉은 지붕의 고급 사택에는, 공장주를 비롯하여 간부들이 대부분 남아 있었다. 그들은 좀처럼 외출도 않고 종일 마작에 빠져 지냈다. 하층민들은 투계 혹은 트럼프 도박을 했다.

전쟁이 발발하기 전에는 미군이 이곳에 불시착 비행장 및 무전탑을 설치하여 1개 소대가 주둔하고 있었다. 전쟁 초기에 우리 주둔 병력은 1개 중대였으나, 치안이 안정되자 1개 소대로 줄었다. 임무는 주로 이 불시착 비행장의 확보였다.

또한 별도로 육군 항공대 기상 관측반 1개 중대(인원은 여섯 명)가 사장 저택을 점유하고 있었다. 니시야 중대는 거기서 무전기와 통신수를 빌려서 바탕가스의 대대본부와 연락했다.

산호세 경비대에는 그때까지는 사단 통신대(10664부대)의 아다치 미치토 중사 이하 여덟 명이 배속되어 있었으나, 니시야 중대의 진출과 더불어 불랄라카오로 전속됐다. 정세가 긴박해지며 남부 민도로의 통신이 강화된 것이다.

전임 부대가 7월 31일에 출발하고, 우리 부대가 8월 1일부터 정식으로 임무에 착수했다. 1개 분대는 우리의 항구인 카미나위트에 분초를 만들어, 별도로 부근 초원에 불시착해 파손된 비행기 한 대의 부품을 주민들이 갖고 가지 못하도록 감시하기 위하여 일곱 명이 일주일간 교대로 민가에 숙영했다. 그러나 이것은 얼마 후 부근 지상에 동종의 잔해가 불어남에 따라서 폐지됐다.

내 임무는 암호수로, 1일 1회 저녁 7시에 기상대로 출장하여 대대본부와의 연락을 담당하는 게 전부이고 일반 근무는 면제됐다.

숙사는 미국인이 세운 초등학교였다. 교실의 한쪽 벽에 높이 30센티미터의 침상을 만들어 그 위에 모포를 깔고 한 반 인원 12명에서

15명이 잤다. 등불의 연료는 야자유였다.

민도로 섬은 대체로 6월부터 10월까지가 우기이다. 매일 그치지 않고 비가 내렸다. 아침과 저녁은 춥기까지 했다. 숙사 전면은 숲이 있는 곳까지 500미터 정도 늪지대가 펼쳐지고, 낮은 언덕 저편으로 우리가 '톱니산'이라 이름 붙인 바위산이 머리를 드러내고 있었다. 그 뒤쪽에서 중앙 산맥이 시작되어 북쪽으로 이어졌다.

부근 언덕은 억새풀 비슷한 잡초가 부드럽고 질서정연한 모습으로 뒤덮고 있었다. 숙사의 서쪽을 지나는 길은 양쪽에 야자나무를 심은 전형적인 열대지방의 가로수길로, 저녁이면 그 가로수 너머로 아름다운 저녁놀이 보였다.

가로수 건너편은 옥수수 밭이다. 원래는 설탕 공장 소유의 사탕수수 밭이었으나, 현재는 옥수수를 심어서 주민들의 주식으로 삼고 있다. 수확은 일 년에 두 번, 그중 한 번인 12월에 접어들면 불시에 공장에서 트랙터가 출동했다.

9월이 되면 밭 건너편 멀리에 억새풀이 이삭을 맺어 빛을 발했다. 그 건너편에는 톱니산 북서쪽 산지로부터 흘러내려 산호세 서쪽 육 킬로미터의 산아구스틴에서 바다로 흘러드는 부장가 강이 있다. 폭은 다마 강* 중류 정도로, 혼탁한 급류였다.

밤에는 반딧불이 야자나무 가지에까지 올라왔다. 내무반에 침입하여 모기장 위를 선회하면 그 잔영이 완전한 원형을 이룰 정도로 강렬한 빛을 발하는 커다란 반딧불이었다.

---

* 일본 야마나시 현, 가나가와 현, 도쿄 도를 흐르는 강이다.

설탕 공장은 아직 50가마의 재고가 있었기에 주민들에게는 배급제를 실시했으나, 사병들에게는 1킬로그램 40전에 자유 판매됐다. 우리는 일요일에 외출할 때면 이것을 갖고 부근의 민가로 들어가, '몽고'라고 불리는 파란 팥을 삶아서 죽을 만들어달라고 부탁하기도 했고, 또는 닭고기나 돼지고기와 교환하기도 했다. 사병의 월급은 21페소, 그중 5페소는 강제 저금이고 손에 쥐는 것은 16페소였으나, 설탕 덕분에 그럭저럭 용돈은 궁하지 않았다. 다만 이러한 자유 판매도 훗날 대대본부의 대량 주문으로 재고가 감소됨에 따라 제한됐다.

식량은 옥수수를 혼용하여 그런대로 배를 채울 수 있었다. 부식은 일주일에 한 번 소나 돼지를 잡고, 푸른 파파야와 '깡콩'이라는 미나리와 비슷한 산나물이 공급됐다. 담배는 하루에 두 개비 정도였으나, 원주민들이 파는 사제 담배도 설탕 덕분에 불편 없이 구입할 수 있었다.

말하자면 이곳 주둔 생활은 일본에서보다 훨씬 태평스러웠다. 우리는 미군이 그러한 벽지를, 레이테에 이은 상륙 지점으로 선정하리라고는 꿈에도 생각지 못했다.

우리가 당면한 적은 게릴라였다. 중대장은 전임 부대를 통해 섬 안의 게릴라의 소재지, 인원수, 장교의 성명과 인상에 이르기까지 상세한 정보를 인수했다. 산호세 부근에는 망갈린 만의 동쪽, 부장가 강 건너편 및 산호세, 산아구스틴, 카미나위트 중간의 삼각 지대에도 게릴라들이 있는 모양이었으나 공격하지는 않았다. 다만 우리가 비행장 부근의 언덕 위에 세운 풍향계를 누군가가 항상 훔쳐갔다.

게릴라를 섬멸하는 것은 경비대의 임무가 아니었다. 다만 그들이 행동을 개시하면 그에 응하여 견제 출동을 할 뿐이었다.

8월 하순 불랄라카오 북방의 만살라이에서 1차 토벌이 있었다. 지형 정찰을 나갔던 다나카 소대의 병사가 저격당했기 때문이다. 8월 27일, 니시야 중대장과 중기반 1개 분대가 출동, 다나카 소대의 1개 분대와 더불어 해상에서 접근했다. 그러나 게릴라들은 때마침 파나이 섬에서 건너온 다른 파의 게릴라들과 내분이 벌어져 서로 싸우며 북상해버렸기에 토벌대는 그들과 마주치지 않고 9월 4일에 철수했다.

9월 초순 카미나위트에 해군 수상 기지가 설치됐다. 해군 정비병 96명 주둔.

9월 21일 마닐라에 1차 공습. 통신 일시 두절.

9월 24일 산호세 상공에서 처음으로 적의 비행 편대를 보았다. 같은 날 아군 군함 한 척이 일린 섬 부근에서 공중 어뢰를 맞고 격침되어 승무원을 구조해달라는 연락이 있었으나, 결국 해군 함정에 수용되어 철수했다.

9월 하순 나는 암호수 집합 교육을 받으러 바탕가스에 있는 대대본부로 출장했다. 군표의 가치가 하락하여 주민들의 동정이 불온해진 것을 알았다. 이따금 공습경보가 있었으나 적기는 나타나지 않았다.

그 무렵, 중대는 대대 명령에 의해 니시야 중대장 이하 3개 분대(그중 1개 분대는 팔루안의 와타나베 소대에서 선발)가 중부 서해안 사블라얀에서 토벌 작전을 벌였다. 게릴라의 야간 습격을 받아, 병사 네 명이 부상당했다(그중 한 명 사망). 나는 당시 배를 기다리며 바탕가스에 있었다. 부상병을 이곳 야전병원으로 데려온 하사관과 더불어 귀로에 올랐다.

서해안을 따라서 남하. 이튿날 사블라얀에서 토벌대가 승선. 팔루안에서 선발한 분대를 주둔지에 내려주고 돌아오는 도중 산타크루스 해안에 정박 중인 적함을 습격, 미군 보고서 및 민도로 섬 정보망 도표 등을 입수, 대대본부에 전달했다. 10월 13일, 이 공적으로 중대장은 신임 군사령관인 야마시타 대장으로부터 찬사를 받았다.

압수 서류에 의하면 미군은 이곳에 남서태평양 총사령부 직속의 첩보 부대(대장은 소령)를 설치하여, 주로 사진 촬영에 의한 정보 수집을 하고 있는 듯했다. 말라리아 환자도 적지 않은 모양으로 대장은 농담 삼아 자기 부대를 '말라리아 부대'라 불렀다.

기습한 게릴라들의 길 안내를 했다는 혐의로, 사블라얀 촌장 및 서기 한 명을 포로로 연행, 10월 초순 산호세로 돌아왔다.

같은 달 중순 라디오에서 이른바 대만 앞바다 공중전에 관한 총사령부의 발표를 들었다. 영어로 번역해 마을 광장에 게재했으나 주민들은 거들떠보지도 않았다. 미군의 레이테 섬 상륙에 관해 상당한 시간이 경과한 후 대대본부로부터 '미 해병대 3개 대대 레이테 섬에 상륙'이라는 무전이 있었다.

10월 15일부로 병사들의 삼분의 이가 일등병으로 진급. 11월 1일부로 나머지 전부가 진급했다.

대만 앞바다의 공중전을 축하하여 파티가 열렸던 날 밤, 포로 한 명이 도주했다.

파티는 저녁 7시부터 11시까지 계속됐다. 그사이에 정면 현관 계단 위에 묶어두었던 포로(촌장. 25~26세. 날카로운 인상)는 발의 포박을 풀었던 듯하다. 모두가 잠든 새벽 1시경, 그는 "소변"이라고 말하며 천천히 계단을 내려갔다. 감시병 두 명은 포로가 묶여 있던 위치보다 안쪽 복도에 서 있었다. 한 명은 쫓아가려다가 계단에서 굴러떨어져, 쓰러진 자세에서 앞뜰의 왼쪽 뒷문(문짝은 없음) 쪽으로 도망치는 포로를 쏘았다. 총알이 너무 높아서 마침 그쪽에 있었던 기상대 숙사의 벽을 뚫고 천장에 박혔다. 기상대에서는 적의 습격이라고 믿었다.

이때 오른쪽 정문의 보초는 소리를 듣고 숙사 앞 도로의 뒷문 쪽으로 달려갔으나 총성에 놀라서 엎드려버렸다. 포로를 직접 쫓는 자는 없었다.

나중에 기상대원이 나에게 살짝 귀띔한 바에 의하면, 이때 기상대에서는 구내 정원수로 접근하는 사람 그림자 하나를 보았다고 한다. 그러나 상황이 불확실했기에 대장의 판단에 의해 임무 외의 위험을 피했다는 것이다.

우리는 즉시 전원 분담하여 부근의 어둠을 수색했다. 수색은 날이 밝을 때까지 계속됐으나 도망친 포로는 결국 발견하지 못했다. 중대장은 '포로 하나가 도주를 기도하였기에 사살'이라고 보고했다.

남은 포로 하나에 대한 포박과 감시가 엄해졌다. 그는 동료가 도주한 것을 원망하며, 혼자 남았다는 안도감 때문인지 갖가지 새로운 사실을 고백했다. 중대장은 미군 첩보 부대의 숙영지에 관하여 자세한 정보를 얻은 후 석방했다.

11월 1일 오야부 중대는 루손 섬 중부 지구로 이동했으나, 우리는 계속 오야부 중대 소속인 채 바탕가스 지구의 경비를 새로이 담당하게 된 제8사단 예하 후지 병단 이치무라 대대의 지휘하에 들어갔다.

소만 국경에서 도착한 지 얼마 안 되는 이 대대는 병기와 식량 지급에는 인색하지 않았으나(우리가 수류탄을 수령한 것은 이때였다) 통신에는 몹시 냉담하여 전보를 거의 건네주지 않았다. 10월 말 오야부 중대가 이동하기 전의 이야기로는, 우리가 산타크루스에서 입수한 정보에 입각해 동 지구에서 대규모의 토벌 작전이 개시되면 우리 중대가 그 향도를 맡을 예정이었는데, 이치무라 대대는 출발을 연기시키고 더구나 그 이유를 알려주지 않았다.

중대장은 초조해했으나, 사실은 그사이 레이테 전황의 악화와 더불어 제14방면군 전체가 이미 토벌전을 개시할 수 있는 상태가 아니었던 것이다. 이치무라 대대는 바탕가스 지구의 방비 진지를 구축하느라 여념이 없었다.

산호세의 상황도 악화됐다. 카미나위트 수상기 기지는 수시로 B24의 기총소사를 받아, 수상에 있던 비행기 열 대가 파괴되고 감시병 하나가 전사했다. 머리 위에 미육군 쌍동기 P38이 자주 모습을 보였다.

11월 초순 산호세와 카미나위트 사이에서 가솔린 자동차가 게릴라의 습격을 받아, 고바야시라는 젊은 위생병이 전사했다.

하사관 하나, 사병 넷이 카미나위트 분초로 연락하러 가던 도중이었다. 위생병은 위생 재료에 관해 해군 부대와 교섭하기 위하여 편승했다. 중간의 작은 역에서 자동차는 갑자기 본선을 벗어나 갓길로 빠졌다. 운전하던 병사가 하차해 조사해보니, 전철부에 작은 돌멩이가 끼어 있었다. 위험을 직감하고 뒤돌아보니 선로 곁 제방에서 10여 명의 게릴라들이 사격 자세로 총구를 이쪽으로 향하고 있었다.

자동차 발판에 서 있던 위생병은 총알을 여러 발 맞고 도로 위로 쓰려졌다. 안에 있던 다른 병사들은 창문으로 도망쳐 분초 방면으로 달렸다.

병사 하나만 선로 반대편의 비탈에 숨어서 응사했다. 게릴라들은 접근하지 않았다. 위생병도 그 비탈까지 포복했다. 그는 그 병사에게 지시하여 스스로 응급조치를 취하도록 시켰으나, 대소변이 새어나온 것을 보고는 "나는 이미 틀렸다. 이제부터 천황 폐하 만세를 외칠 테니, 거기에서 들어줘" 하고 말한 후, 세 차례 외치고는 숨을 거두었다.

뒤에 남은 병사는 격분을 참지 못하고 선로 위로 뛰쳐나와 소리쳤다.

"야, 모두 나와 덤벼, 내가 상대해줄 테니까!"

그러나 게릴라들은 이미 떠나고 제방은 조용했다.

분초로부터 전화를 받고 중대장 이하 거의 대부분이 출동하여 현장 부근을 수색했다.

병사들이 떠난 중대본부에 첩자가 와서, 약 150명의 게릴라들이 망갈린 만 북쪽을 산호세로 향해 전진 중이라고 전했다.

나를 포함하여 남아 있는 중대원 열 명이 전투 태세를 갖추었으나 밤이 되어도 적은 나타나지 않았다. 게릴라들이 본대의 행동을 견제하기 위하여 퍼뜨린 유언비어인 모양이었다. 출동 부대는 그날 밤 카미나위트 분초에 머물고, 이튿날 다시 수색하면서 돌아왔다.

며칠 후 민도로 부락 내에서 자주 일본군 하사관들을 접대하던 소녀가 게릴라들에게 납치당했다.

말라리아 환자가 점차 증가했다. 12월 15일 미군이 상륙했을 때, 나 이외에 네 명의 발병자가 있었다.

우기가 지나자 연일 염천(炎天)이 계속되는 가운데, 미군기가 나타나는 날이 많아졌다. 매일 저녁 반드시 B24가 서쪽 해상을 낮게 비행하는 모습이 보였다. 해군 사관인 사촌이 있는 어느 병사는 이것을 보고, 미군이 상륙을 기도하려는 모양이라고 예언했다.

미 정찰기 하나가 산호세 숙사에 저공으로 날아온 적이 있었다. 기총소사는 당하지 않았다. 사진 정찰을 한 것이었다.

12월 10일부로 바탕가스에 출장 가 있던 급여 담당 중사가 돌아왔다. 연락선은 B24의 기총소사를 받아 병사 하나가 부상당했다. 중사는 대대 부관으로부터 레이테 전황이 절망적이라는 사실, 미군의 다음 상륙 지점은 아마도 산호세일 거라는 사실, 그러나 상륙하더라도 대대에서는 구원 부대를 보내지 않을 테니까 선처해달라는 부탁을 받았다.

또한 그는 일본에서 온 첫 우편물을 수령했다. 이것은 동시에 우리가 받은 마지막 우편이 되었다.

그날 병사 하나가 말라리아로 죽었다. 유해는 밤새도록 뒤뜰에서 화장했다. 새벽 4시경, 시체 처리 위생병은 해안 쪽에서 예광탄이 솟는 것을 확인했다. 위생병은 게릴라의 습격을 경계했다.

12월 15일 오전 6시 반, 우리는 내무반에서 아침식사를 하고 있었다. 갑자기 해안 방면에서 포성이 일더니 하늘이 흑연으로 얼룩졌다. 포탄이 공중을 나는 소리가 뒤섞이고, 창밖의 옥수수 밭에 흙연기가 일었다.

"전원 즉시 전방의 숲으로 대피하라"는 명령이 내려졌다가 곧바로 취소되고, "각자 배낭을 메고, 쌀을 반합에 하나씩 채워서 숲으로 집합하라"고 바뀌었다. 사병들은 열어놓은 창고에서 군화와 양말을 마구 집어냈다.

하사관은 설탕 공장 옥상의 전망 초소로 올라가, 군함과 수송선을 합해 약 60척이 남서쪽 해상에 있는 것을 확인했다.

우리가 숲으로 들어가려는 순간, 아군기 두 대가 고사포탄에 쫓겨서 북동쪽으로 사라지는 모습을 보았다.

함포 사격은 이윽고 멈췄다. 포탄의 낙하 지점은 처음 창문으로 봤을 때와 변함이 없었다. 카미나위트도 포격을 당해 전화 연락은 포격 도중에 두절됐으나, 위생 사령은 간신히 '북방 산중으로 대피'라고 전달할 수 있었다.

산호세 경비대 전원인 51명과, 기상대원 6명, 재류 일본인 4명은 북동쪽의 톱니산을 향하여 행군을 개시했다. 거의 9시경이었던 것으로 추정된다.(지도 2 참조)

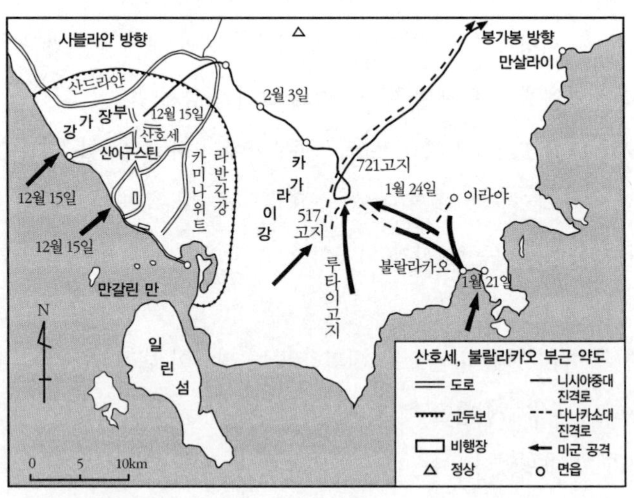

지도 2

얼마 동안 부장가 강을 따라 북상하여, 동쪽으로 꺾어 광활한 초원으로 들어섰다. 풀을 태우는 연기가 바람을 타고 일대에 번졌다. 정면에 톱니산의 웅대한 위용을 바라보며 종일 수풀 속을 걸어, 어둠이 깔릴 무렵 간신히 산기슭의 벽촌에 도착했다. 게릴라를 경계하며 숙영.

이튿날 아침 중대장은 전원을 집합시켜 결의를 전달했다. 즉 이제부터 산속을 횡단하여 동해안의 불랄라카오로 가서, 다나카 소대와 연락을 취한 다음 앞으로의 계획을 세우겠다는 것이다. 식량은 앞으로 이틀분밖에 남지 않았고, 더군다나 불랄라카오에도 적이 상륙했을지 몰랐다.

기상대는 이곳에서 산길 운반이 불가능한 통신기기를 불태웠기에 나는 리파의 통신 본부를 통하여 대대본부에 마지막 전보를 보냈다. 그 전문을 거의 대부분 기억하고 있다.

'어제 15일 06시 00분 적은 함선 육십 척을 이끌고 산호세 북방 사 킬로미터, 산드라얀에 상륙했음. 본대는 사흘 예정으로 불랄라카오를 향해 다나카 소대와 연락을 취한 후 새로이 거취를 정할 예정임. 현재 지점은 산호세 북방 10킬로미터. 전원의 사기는 극히 왕성, 반드시 적을 섬멸하겠음.'

산호세에서 물소와 함께 데리고 온 필리핀인 두 명에게 길 안내를 시켜 출발. 나는 당시 말라리아로 발열 중. 네 명의 환자와 더불어 별도로 하사관의 인솔을 받았다. 톱니산을 따라 동쪽으로 6킬로미터 이동. 인접 고지에 이르러 밀림을 등반. 저녁 무렵 비가 내렸다. 산장을 발견하여 숙영.

이튿날인 12월 17일 등반을 계속. 도중에 망양족이라는 산지인의 사탕수수 밭을 통과, 벌채하여 씹었다. 달콤한 맛을 잊을 수가 없다.

산 위는 초원, 전망 양호. 톱니산은 이미 낮게 보이고, 멀리 카미나위트를 배경으로 망갈린 만의 평평한 수면에 적의 내화정(內火艇)이 종횡으로 달리는 모습을 보았다.

산등성이 하나를 넘어 동쪽으로 내려갔다. 바람이 불었다. 망양족이 길을 안내했다. 해질 무렵 산간의 개울을 발견하고 숙영. 나흘간의 행군 중 가장 긴 행정. 낙오자는 없었다. 식량이 떨어졌다. 도중에 푸른 바나나를 따서 다음날의 식량으로 비축했다.

12월 18일, 만살라이 동쪽 산중에서 시작하여 망갈린 만으로 흘러드는 강의 강변으로 내려가 잠시 거슬러 올라가다가, 왼쪽 기슭 구릉의 풀이 무성한 능선을 탔다. 동해안으로 이르는 마지막 등반이었다. 정오에 산꼭대기로부터 멀리 불랄라카오 만을 바라보았다. 배의 모습은 보이지 않았다.

선발대가 돌아와 다나카 소대의 병사와 만났다고 전했다. 불랄라카오에는 적이 상륙하지 않았으나 산호세의 포성을 듣고 식량 및 무전기와 함께 미리 이 산속으로 대피한 것이다. 전방에 있는 망양 취락에서 숙영 중이라고 한다.

도착, 환담, 휴식.

저녁 무렵에 대대본부와 무선 연락을 했다. '산호세 방면의 적황 정찰 및 기도 방해' 임무를 받았다.

산호세로부터 길 안내를 한 필리핀인에게 쌀을 주어 돌려보냈다.

이곳은 우리가 마지막으로 넘은 고지의 정상에서 동쪽으로 약간 내려가, 세 개의 능선이 갈라지는 곳에 형성된 작은 대지(臺地)였다.

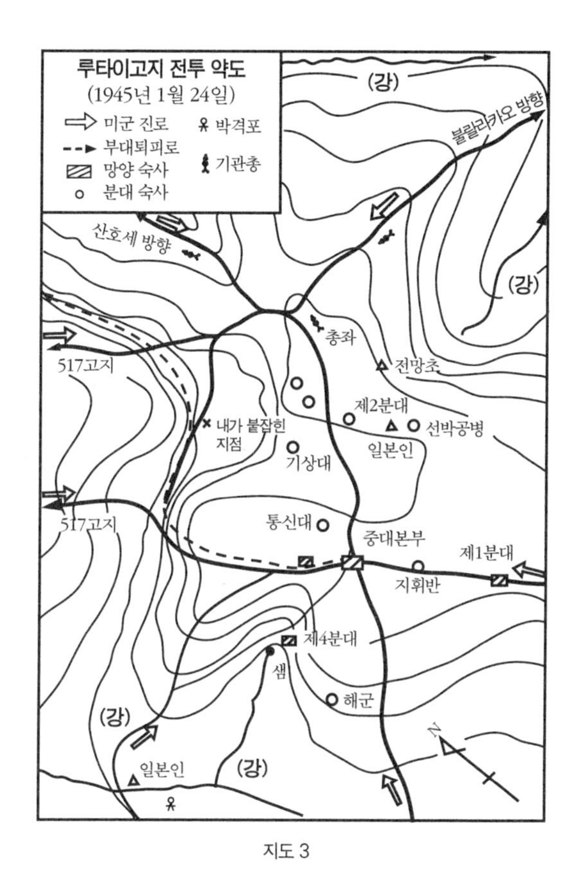

지도 3

(지도 3 참조) 네 채의 망양족 숙사에 당시 약 20명의 산지인이 거주하고 있었다.

그들은 해안지방을 점거하고 있는 타갈로그인보다 피부가 검은 다른 인종에 속하며 전쟁에는 무관심했다. 중대장은 그들을 안심시키려고 바탕가스에서 수령하여 온 노획품 천을 주고 밭작물의 수확권을 얻었다. 그들은 그러나 수일 후 어딘가로 이동해갔다.

식량은 다나카 소대가 날라온 쌀과 된장으로 아직 전원이 삼 개월은 충분히 버틸 수 있었고, 망양족 밭에서 감자, 바나나 등을 따서 보충했다. 또한 때때로 산기슭에 내려가 들소를 사냥했다.

병사들은 분대별로 나뉘어 분숙했다. 망양족 숙사를 배당받지 못한 자는 대나무 기둥에 이엉으로 지붕을 이어 숙사를 만들었다. 마침 건기였기에 비가 적어서 밤이슬만 피하면 그다지 일상의 고통은 느끼지 않았다.

이곳에 집결한 인원의 내역은 대략 다음과 같다. 중대본부 및 이노우에 소대를 합하여 61명. 다나카 소대 45명. 배속 사단 통신대 12명. 산호세 기상대 6명. 불랄라카오에 표착한 선박 공병 가키자키 중위 이하 23명. 비전투원은 산호세 4명, 불랄라카오 12명 합계 16명. 총계 163명.

불랄라카오의 마을은 남동쪽 10킬로미터의 해안에 있었다. 인구 약 300명. 주로 어업 및 목축업에 종사했다. 6킬로미터 들어간 이라야에 기륭 탄광 주식회사(미쓰이 광산 산하)가 군의 남방 자원 개발 방침에 따라서 탄광을 정비, 당시 간신히 채굴한 석탄을 운반할 단계에 있었다. 그러나 사무원 7명, 대만인 공원 15명뿐이었다. 탄갱은 40도 경사의 비탈진 갱이 하나. 물소에게 밧줄을 당기게 하여 광차를 끌어올리는 아주 원시적인 것으로, 하루 생산량은 3톤이 안 되었다. 탄질은 갈탄이었다. 11월 1일부터 미쓰비시 광업소로 이관될 예정으로, 25일 소장인 나가노 모리요시, 시마무라 데쓰오, 아사다 고이치 이외에 12명이 교체됐다.

다나카 소대의 임무는 이 탄갱의 수비였다. 본부는 탄갱 숙사에 있고, 1개 분대가 불랄라카오 촌사무소에 분초를 만들어 해상로의 연락에 응했다.

다나카 소대는 산호세에 미군이 상륙하기 전날 밤 대대본부로부터 '적 기동 부대 전속력으로 네글로스 섬 서방을 북상 중'이라는 경보를 받았다(이날 산호세 기상대의 무전기가 고장난 탓에 우리 중대는 수신하지 못했다). 12월 15일 산호세의 포성을 듣고 준비에 착수하여, 12월 17일 물소 20마리에 식량을 싣고 미리 정해두었던 이곳으로 대피한 것이다.

12월 20일 카미나위트에서 별도로 산에 들어갔던 분초의 하시모토 중사 이하 여덟 명 도착. 두 명은 포격 중 행방불명.

12월 21일 '적황 정찰'이라는 대대 명령에 따라 이노우에 소위 이하 12명의 잠복 척후를 조직, 일주일 예정으로 산호세 부근 고지에 진출했다.

12월 25일경 전원 무사 귀환. 미군은 해안 지방에 비행장을 신설하고, 이미 B24(B25의 오인)를 발착시키고 있다는 것이었다. 또한 톱니산 산록 분지에도 침투하여 텐트가 다수 세워진 것을 보았다고 한다.

이노우에 소대의 일등병 이치에 잇세이는 감기에 걸려서 돌아왔다가 폐렴을 일으켜 이듬해 1월 3일 병사. 산속에서의 최초 희생자이다.

19일 그곳의 해군 수상기 기지 부대 생존자 약 48명이 합류. 며칠 후 불랄라카오 하구(河口)에 파손 정박 중인 기범선을 수리하여 루손 섬으로 건너가려고 전원 산을 내려갔으나, 게릴라의 습격을 받아 지휘관 이시자키 소위 이하 열 명의 희생자를 내고 다시 산으로 돌아왔다. 우리 중대에서 지급받은 식량도 동시에 분실했기에 이후로 식량을 부근 산야에서 구하는 참상이 드러났다. 환자는 항상 상관에게 "죽어라, 죽어!" 하며 구타당했다.

드디어 말라리아가 만연했다. 전사한 젊은 위생병을 대신해 온 신임 위생병이 키니네를 산호세에 두고왔기에 손쓸 방도가 없었다. 신년이 되어 1월 24일 미군의 습격을 받았을 때 건강한 자는 30명도 되지 않았다.

12월 27일 잠복 척후의 요지 정찰 임무를 맡아, 다나카 소대 전원 45명은 서남방 4킬로미터, 망갈린 만을 내려다보는 517고지에 진출, 매일 그 방면의 상황을 정찰했다(고지의 움푹 들어간 곳에 숙사를 세워 숙영, 1개 분대가 하루씩 교대하여 정상에서 야영하며 망원경으로 산호세 방면 및 해상을 전망했다). 하루 두 번 쌍방에서 세 명의 연락자를 뽑아, 10시 및 16시에 중간 지점인 개울가에서 만나 정찰 사항 등을 전달했다. 정찰 사항은 매일 저녁 우리 중대 위치에서 사단 통신대를 통하여 대대본부로 타전되었다.

감시초는 산호세 해안에 하나, 센트럴 부락 부근에 둘, 비행장이 건설되어 있는 것을 보았다. B24(B25의 오인) 24대가 매일 정확히 12시에 산호세 비행장을 출발하여 15시에 돌아오는 것을 보았다.

망갈린 만 내외에는 거의 매일, 크고 작은 함정 50~80척, 구축함 5척, 탱커 3척이 정박해 있었다. 또한 산호세 서방 앞바다의 산호초 부근에는 구축함 5~10척, 순양함 5~10척이 있었다. 일린 섬과의 중간 항로에는 비행정이 5~10척, 소함정은 200척에 달했다.

1월 4일 이후 대규모 선단이 산호세 서방을 통과하여 북상, 2~3회 남하하는 것을 확인했다. 루손 섬 링가엔 만에 상륙한 선단이었다.

루손 섬의 항공 병력이 전멸당한 당시로서는 이러한 원시적인 정보도 무의미하지는 않았던 듯하다.

이때부터 암호 사무는 다나카 소대의 암호수가 담당하고, 나는 단순한 보병 임무를 맡았다.

새해 1월 1일 대대본부로부터 150명의 유격대 출발을 알려왔다. 이튿날 불랄라카오에 도착 예정이었다.

1월 2일 새벽 중대장 스스로 2개 분대의 병력을 인솔하여 마중 나갔다. 우리 분대에서는 나 이외에 한 명이 참가. 다만 이 무렵 분대의 다른 병사들은 모두 말라리아로 드러누워 있어, 최초의 환자였던 내가 정예병에 속했다.

척후의 보고에 의하면 해군 부대를 습격했던 약 100명의 게릴라는 여전히 불랄라카오에 숨어 있는 모양이었다. 일전을 각오하고 출발했다.

정오 불랄라카오에 도착. 배후의 삼림에서 나와 산개했다. 적의 낌새는 없었다. 광장에 개들이 모여서 까마귀 나는 모습을 바라보고 있었다. 그곳에서 해군 병사의 시체를 몇 구 보았다. 살을 먹혀서 뼈가 드러나 있었다. 주민이 떠나고, 길가에는 부서진 수도꼭지(산에서 흘러내리는 물을 끌어온 것)에서 솟아나는 물소리만 들렸다. 앞바다에 적의 초계정이 왕래했다. 미군이 통과한 흔적이 있었다.

유격대는 오지 않았다. 1박. 심야에 노 젓는 소리가 들리더니 주민 하나가 내가 있는 것도 모르고 해상에서 접근하는 것을 붙잡았다. 촌장의 아들이었다. 가재도구를 가지러 왔다는 것이다.

이튿날도 유격대는 도착하지 않았다. 오후 3시 붙잡은 주민을 데리고 귀로에 올랐다.

돌아온 그날 아침 중부 동해안 피나말라얀에 미군이 상륙한 사실을 알았다. 퇴로를 차단당한 절망감이 병사들 사이에 가득했다.

적기는 하루 종일 머리 위에 있었다. 아군기는 저녁 무렵 혹은 새벽녘에 한 대가 산호세 방면을 통과, 잠시 후 폭격 소리가 나기도 했으나, 새해가 되고는 날아오는 횟수가 점차 줄어들더니 1월 9일 미군이 루손 섬에 상륙한 이후로는 완전히 끊겼다.

말라리아로 죽는 자도 많아져서, 하루에 거의 해군 둘, 육군 하나의 비율이었다.

1월 13일 다시금 유격대 도착 통지가 있었다. 그 부대는 미군 때문에 접근하지 못하고 여전히 동쪽 해상에 유익(遊弋) 중이라는 것이다. 14일 나를 포함한 1개 분대가 불랄라카오로 출장. 유격대는 여전히 도착하지 않았기에 민가에서 소금, 천, 설탕 등을 약탈하고 돼지를 도살하여 곧바로 돌아왔다.

1월 16일 나도 발열했다. 연일 40도가 넘었다. 일어서지도 못했고 혀가 꼬부라졌다.

잡아온 주민이 도망쳤다. 이튿날 하사관 하나가 보복하는 의미로 병사들을 이끌고 불랄라카오로 가서 도망친 주민의 집을 불태우고 돌아왔다.

1월 22일 저녁 불랄라카오 만이 내려다보이는 절벽 위로 올라간 전망초는 미군 함정 세 척이 만에 들어오는 것을 보았다. 그날 밤에 나간 장교 척후(이노우에 소위 인솔)는 돌아오지 않았다. 1월 24일 아침에 나간 장교 척후(선박 공병대장 가키자키 중위 인솔)는 산기슭에서 습격당해 중위가 전사했다.

사단 통신대와 육해군의 환자 중 걸을 수 있는 자는 비전투원과 함께 다나카 소대가 있는 위치로 대피하기로 결정했다. 출발에 임하여 중대장이 말했다. "본대는 이 위치에서 미군과 싸우겠지만, 여러분은 이제부터 517고지로 대피, 다나카 소대와 협력하여 마지막까지 적황 정찰의 임무를 수행하기 바란다. 그러나 중대장과 함께 죽겠다고 생각하는 자는 남아도 좋다." 다섯 명의 젊은 환자가 앞으로 나섰다.

총원 61명, 통신대 아다치 중사의 인솔로 10시경 출발, 2킬로미터 정도 간 산등성이에서 기총소사를 받고 흩어졌다. 그후로 육군 일곱 명, 해군 한 명, 비전투원 한 명이 일 개월간 산속을 방황하다가 필리핀인들에게 붙잡혔다.

11시 30분 중대본부 주변은 남쪽으로부터 박격포 공격을 받았다. 적의 정찰기 한 대가 머리 위의 상공을 선회했다. 병사 하나가 허벅지에 부상을 입고 자살했다. 중대장은 적의 위치를 관측하기 위하여 전진하던 중 직격탄을 맞고 전사했다.

남은 인원을 지도할 자가 없었다. 걸을 수 있는 약 60~80명은 서쪽 계곡으로 내려가 탈출했다. 517고지로 향했으나 전방에서 총성을 듣고 피나말라얀으로 목표를 변경, 북진했다. 과반수는 몇 킬로미터 가지 못하여 낙오하고, 30일 북쪽 산속에서 다나카 소대와 합류한 자는 24명이었다.

한 시간 후 미군이 사방에서 몰려왔다. 나는 잠시나마 탈출자들을 따라가려 했으나 불가능했기에, 중대본부에서 100미터 떨어진 숲속에 쓰러져 있다가 이튿날 미군에게 발견됐다. 이 지점에서 붙잡힌 유일한 포로였다.

본부 부근에 있었던 전혀 움직이지 못하는 환자 약 30~50명은 모두 전사하거나 혹은 자결한 것으로 추측된다.

붙잡힌 후 내가 본 미군의 병력은 약 2개 중대였다. 미군 대장(소령)이 남쪽의 어느 지점에서 승선하여 산호세로 돌아가겠노라고 말한 점, 포격이 남서쪽에서 가해진 점, 그 밖의 상황으로 미루어 보아, 미군의 주력 부대는 이 부근에 있으며, 불랄라카오에 상륙한 것은 그 별동대였던 듯하다.

미군은 1월 23일 우리 부대의 위치를 우회해 우선 다나카 소대와의 연락을 두절시키고 이어서 동쪽으로 전진하여 우리를 공격한 것으로 생각된다.

1월 24일 포성을 들은 다나카 소대에서는 즉시 2개 분대가 출동했다. 도중에 언덕 위에 소수의 병력이 모여 있는 것을 보고 우리의 일부로 생각하여 큰 소리로 불렀으나 대답 대신에 총알이 날아왔다. 상황이 불분명했기에 후퇴했다.

1월 25일 아침 다시 12명의 척후가 중대본부 서쪽 계곡까지 잠행하여 적의 모습을 발견, 사살하고 후퇴했다. 도중에 우리는 풀밭 위에서 아군 시체 다수(대피조 사람들인 듯)와 빈 참호에 미군의 통조림 깡통이며 담배꽁초 등이 흩어져 있는 모습을 보았다. 루타이 고지의 망양족 숙사가 불타는 것을 확인했다.

이때 본대는 부근에서 총성을 듣고 불안을 느껴, 척후가 돌아오는 것도 기다리지 않고 진지를 포기했다. 다행히 1월 26일, 고지 북쪽 숲속에서 척후대와 조우, 19시 달빛을 이용하여 이동 개시, 24시 북방

이 킬로미터의 계곡에서 야영했다.

그날 밤 다나카 소대장이 부하들에게 고했다. 즉 중대의 주력은 전멸한 것 같으니, 우리 소대는 중앙 산지를 횡단하여 북쪽의 칼라판 해안에 도착하면 그곳에서 바탕가스로 건너가 대대본부에 중대의 최후를 보고하고 별도의 명령을 기다리자고. 이때의 인원은 약 45명, 그중 환자 8명, 남은 식량은 쌀 일주일분이었다.

1월 27일 6시에 행군 개시. 13시 적의 습격을 받아 한 명 전사. 19시 산호세와 불랄라카오의 연결로에 도착.

커다란 강의 강변으로 내려갔다. 산호세 방면에서 총성이 들렸다. 서둘러 북상. 철모와 배낭을 버렸다. 밤 0시, 수킬로미터에 이르는 큰 언덕으로 나아가 야영.

1월 28일 새벽 4시 출발. 멀리 바라보이는 고원에 망양족 숙사가 점점이 흩어져 있었다. 불랄라카오 북방 10킬로미터, 바크라산 고원의 일부이다. 16시 비어 있는 망양족 숙사에서 쌀과 옥수수를 발견.

1월 29일 7시 출발, 14시 망양족 네 명을 발견, 길 안내를 맡겼다. 16시 도하 지점에서 병사 한 명 전사. 20시 망양족 숙사에서 숙영.

1월 30일 7시 비가 내리는 가운데 출발, 능선이 엇갈리는 관계로 난행군이 되어 낙오자가 많았다. 12시 호우로 인하여 행군을 중지, 모닥불로 몸을 데우고, 비가 그치자 14시 출발, 저녁 무렵 망양족 숙사에 도착, 루타이 고지를 탈출한 오가사와라 중사 이하 24명과 만났다.

다나카 소위 이하 42명을 제1소대, 오가사와라 중사 이하 24명을 제2소대로 하고, 다나카 소위가 중대장 대리를 맡았다.

1월 31일 하루 휴식, 다나카 소위, 후루카와 병장, 병사 한 명과 함께 부근을 정찰.

2월 1일 7시 출발, 제2소대에 낙오자가 많았다. 13시 적의 습격으로 인하여 제1소대 오도이, 오카다 일등병, 제2소대 아카쓰기 하사(해군) 등 모두 5명 전사. 망양족 한 명을 붙잡아 길 안내를 시켰다. 해 질 무렵 망양족이 도망쳤다. 20시 산 위의 평탄한 곳에서 야영.

2월 2일 8시 30분 출발, 종일 비가 내렸다. 후루카와 병장은 망양족 세 명을 붙잡아 길 안내를 시켰다.

2월 3일 여전히 북진을 계속, 15시 게릴라의 습격으로 일등병 미야모토 시시이치로 전사, 저녁 무렵 북동쪽에 봉가봉 마을이 멀리 보였다. 517고지로부터 북쪽으로 20킬로미터 떨어진 지점이었다.

2월 4일 봉가봉 강 중류를 도하, 수심이 가슴을 넘었지만 전원 서로 도와가며 건넜다. 14시 망양족 숙사에 도착, 숙영.

2월 5일 미명(未明), 게릴라의 습격을 받아 일등병 아라키 다케히코, 고지마 시게사부로 전사. 10시 출발, 14시 급경사를 등반하던 중 안내하던 망양족이 도망쳤다. 17시 간신히 숙사를 발견, 숙영.

2월 6일 9시 출발, 행로는 점차 평탄해져 인가가 가까워진 느낌을 받았다. 망양족 부락을 발견. 8채에 나뉘어 숙영. 봉가봉으로부터 수킬로 지점이라고 한다.

간부들이 모여 협의했다. 이제까지 망양족으로부터 징발한 쌀, 옥수수, 감자 덕분에 식량이 부족하지 않았으나, 오랫동안의 산길 행군으로 인하여 병사자와 낙오자가 많았기에, 다소 위험하더라도 평지로 내려가 야간에 행군하고 주간은 산지로 들어가는 게 좋을 거라고 만장일치를 보았다.

2월 7일 8시 출발, 봉가봉 강 지류를 따라 북상. 14시 게릴라의 습격을 받아 와카바야시 유키아리 중사 전사. 15시 30분 망양족 한 명을 발견, 이 지구에서 본 마지막 망양족이었다. 커다란 목재소를 발견. 수명의 타갈로그인이 있었으나, 원래 일본 목재소의 사용인이었다는 증명서를 지니고 있었기에 안심하고 두 채의 숙소에 분숙했다. 봉가봉까지 3킬로미터, 미군은 12월 말에 상륙했으나 현재는 칼라판으로 철수했다는 것이다.

2월 8일 오전 중 출발 예정이었으나, 오가사와라 중사, 마쓰모토 하사, 미야자키 병장, 시게키 상등병, 나카무라 일등병 등, 우수한 하사관과 사병들이 발열했고, 또한 호우가 내습한 탓으로 하루를 휴식하기로 결정했다. 총원 57명.

목재소 주인에게 체재비 천오백 페소 및 순면 양복지 등을 주고 닭과 돼지를 얻었다. 저녁식사가 준비된 17시, 남서쪽 2킬로미터 지점의 숲에서 게릴라들의 대규모 공격을 받고 흩어졌다. 다나카 소위가 확인한 전사자는 일등병 가와이 신고, 핫토리 히로오, 부토 기요시, 나카무라 시게지.

2월 9일 이른 아침, 다나카 소위가 장악한 자는 오가사와라 중사, 미야자키 병장, 상등병 시게키 미사오, 일등병 나카무라 마사요시, 사카이지 다케오, 니시무라 마사카즈, 센고쿠 도모시로, 야마나카 다로, 사이토 에이이치, 하시모토 겐타로, 도요시타 사토미, 오자와 기쿠지로, 기무라, 이타오카, 아키타 등 합계 16명. 서쪽 산지로 들어갔다. 목재소 산장을 발견하여 휴식 후 중식. 16시 험난한 절벽을 오를 때 산 위로부터 사격을 받고, 오가사와라 중사, 미야자키 병장, 시게키 상등병, 일등병 니시무라, 센고쿠, 야마나카, 사이토, 나카무라 마사요시가 행방불명이 되었다.

이날을 기점으로 니시야 중대의 부대 행동은 종료됐다. 이후 3월 16일까지 35일간, 다나카 소위 이하 19명과 선박공병 일등병 하나는 단독으로 또는 수명씩 이곳에서 칼라판에 이르는 산속을 나무 열매, 풀뿌리, 올챙이 등을 먹으며 방황하던 중 필리핀인들에게 붙잡혔다.

팔루안의 와타나베 부대에는 생존자가 없기에 정황을 알 수가 없었다. 팔루안은 민도로 섬 북서단의 곶에 둘러싸인 만 안에 있었다. 곶의 고지 정상에서 마닐라 만 입구가 내려다보였기에, 미군은 오랫동안 이곳에 감시대를 두고 마닐라 만 및 베르데 해협을 통과하는 수척의 일본 함선들에 관하여 무전으로 잠수함에 통보했다고 한다. 미군 장교 필립 소령은 1944년 4월에 사살됐는데, 팔루안 소대의 임무는 곶에서 이런 행동을 감시하는 데 있었다.

그들은 민도로 섬 경비대 중에서 가장 고립되어 있었기에 가장 야생적인 생활을 했다. 매일 바다에서 헤엄치며 고기를 잡았다. 연락선이 접근하면, 승마에 능숙한 하사관이 안장도 없이 말을 타고 모래사장으로 달려나왔다. 그러고는 정박지를 찾으려고 곶을 따라 서행하는 배를 좇아, 해안 비탈길을 나무 사이로 교묘히 통과하며 따라왔다.

도쿄를 출발한 니시야 중대 전원 180명 중, 장교 1명, 하사관 4명, 사병 16명, 계 21명이 레이테 섬 포로수용소로 왔다. 그 밖에 사단 통신대로 뽑혀 간 자 4명, 헌병 지원 2명, 신체가 허약하여 여단 연성대*

* 練成隊. '연마 육성대'의 준말. 신체 허약자의 심신을 단련시키는 곳.

로 편입된 자 2명, 입원 환자 4명, 합계 12명이 루손 섬에 머물고 있었다. 그중 4명이 별도로 귀환했다.

철조망 속의 인간 군상

『포로기』는 제목 그대로 주인공이 포로로서 수용소에서 겪은 체험담 및 목격담을 적어놓은 소설이다. 국가의 운명을 건 전쟁에 참전했다가 적군에게 붙잡혀 상대방의 감시를 받으며 수용소 생활을 해야 했던 병사들의 입장과 심정이 어떤 것인지, 오늘날의 평화로운 시대에 살고 있는 우리들로서는 상상하기 어렵지만, 이것이 제2차 세계대전 당시 필리핀 전선에서 미군의 포로가 되었던 한 일본군 병사의 증언에 입각하고 있다는 사실이 일단 우리 독자들의 흥미를 끌기에 충분하리라고 본다.

『포로기』는 전후문학의 기수라 불리던 오오카 쇼헤이의 처녀작이자 출세작이기도 하다. 오오카가 『포로기』를 집필하면서 작가로서 첫 걸음을 내디딘 것은 만 37세 때의 일이다. 1909년 3월생인 오오카는 만 35세가 되던 1944년 소집영장을 받아 3월부터 도쿄의 동부 제3부대에 입소하여 암호수로서 교육을 받고 6월에 제대할 예정이었다. 그러나 갑작스러운 임시소집령에 의해 내무반원 40명 중 16명이 전선 투입요원으로 선발됐는데, 불행히도 오오카는 그중에 포함된 것이다. 그리하여 같은 해 7월 필리핀 민도로 섬으로 파병되었다.

민도로 섬에서는 제105사단 오야부 부대 니시야 중대에 소속되어 산호세 경비를 담당했다. 오오카 이등병의 임무는 중대본부 부속 암호수로서 영어 통역과 더불어 타갈로그어를 습득하라는 명령도 받았다. 12월 미군 상륙으로 인해 불랄라카오 산속으로 숨어든 뒤, 오오카는 단 한 차례 게릴라 토벌작전에 참가한 경험이 있지만, 그 토벌작전은 실제로 전투를 벌인 작전은 아니었기에 결국 실전 경험은 없는 셈이다. 그리고 이듬해인 1945년 1월 24일 미군의 대대적인 공격을 받아 25일에 포로가 되었고, 일본의 패전으로 석방되어 귀국한 것은 12월 초순이다. 이러한 작가 자신의 체험을 생생히 담은 『포로기』는 미군 상륙부터 시작하여 본국 귀환까지 약 1년간의 기록이다.

귀국하여 효고 현에 피란해 있는 가족에게로 돌아간 오오카는 이듬해인 1946년 1월에 상경, 고등학교 시절부터의 벗이자 문학으로는 선배인 고바야시 히데오(1902~83)를 찾아갔다. 문학평론가로 널리 알려져 있는 고바야시는 오오카에게 자신이 주재하는 잡지 『창원』에 전쟁 체험을 써서 투고해보라고 권했고, 오오카는 이 권유를 자신의 문학적 재능을 시험해볼 수 있는 기회로 삼았다. 입대 전까지는 제국산소, 가와사키 중공업 등에서 직장생활을 하는 한편으로 문학비평 및 스탕달 연구가로서 이미 상당한 경력을 쌓고 있었기에, 오오카는 퇴직 수당으로 받은 돈으로 생계를 유지하면서 1946년 5월부터 6월에 걸쳐 『포로기』의 제1장에 해당하는 「붙잡히기까지」를 완성했다.

완성된 원고는 고바야시로부터 극찬을 받았지만, 작품 중에 미군 병사에 관한 언급이 있었던 탓으로, 연합군의 통치를 받고 있던 당시의 시점에서는 곧바로 잡지에 게재할 수가 없었다. 결국 이 원고를 『문학계』에 '포로기'라는 제목으로 발표하게 된 것은 2년 후인 1948년이다. 당시의 일본문단에는 이 작품에 대하여 비판적인 시각도 일부 있었지만 대체로 호평하는 분위기였기에, 「팔로의 태양」까지 포함해서 같은 해에 단행본 『포로기』로 출간했고, 이 작품으로 오오카는 이듬해 5월에 제1회 요코미쓰 리이치 상을 수상했다. 이리하여 일본문단에서 신진작가로서 오오카의 지위는 일단 확보된 셈이었다. 이후로 「산호세 야전병원」 「레이테의 비」(현재는 「타클로반의 비」와 「팔로의 태양」으로 나뉨) 「살아 있는 포로」 「전우」 「포로의 계절」(현재의 「계절」) 「건설」 「외업」(현재는 「건설」과 「외업」을 「노동」으로 통합) 「8월 10일」 「새로운 포로와 옛 포로」 「포로 장기자랑」(현재의 「장기자랑」) 「귀환」 「니시야 중대 이야기」 등을 추가하여 현재의 『포로기』가 완성된 것이다.

『포로기』의 줄거리를 편의적으로 구분하자면 3부로 나눌 수 있을 것이다. 제1부는 「붙잡히기까지」부터 「팔로의 태양」까지이고, 제2부는 「살아 있는 포로」부터 「8월 10일」까지, 제3부는 「새로운 포로와 옛 포로」부터 「귀환」까지이다. 이것을 시기적으로 본다면 제1부는 1945년 1월부터 3월까지, 제2부는 3월부터 8월까지, 제3부는 8월부터 12월까지에 해당한다.

제1부는 말라리아에 걸려 동료 소대원들로부터 버림받은 주인공이 산속을 헤매다가 미군의 포로가 되기까지의 이야기로서 죽음에 직면했던 경험담이 작품의 핵심을 이루고 있다. 또한 첫 장의 「붙잡히기까지」에서 '어째서 미군 병사를 쏘지 않았는가?'라는 명제에 관한 치밀하고 섬세한 성찰은 많은 화제를 불러 모았다. 오오카는 이 명제를 되풀이하여 검토하면서 '인류애'와 같은 가식적 껍질을 하나하나 벗겨내어, 결국에는 '아버지의 감정'에 도달하고 있다. 뿐만 아니라 이 에피소드에서 오오카가 보여주는 섬세하고 날카로운 분석력은 그후에 전개되는 상황을 포착하는 그의 탁월한 관찰력으로 이어지고 있다.

「산호세 야전병원」부터 「팔로의 태양」까지의 3장에 걸쳐서는 병원 생활이 기록되어 있다. 오오카는 1월 26일 산호세, 29일 레이테 섬 타클로반, 2월 중순에는 팔로로 옮기면서 말라리아에서 회복되는데, 그것은 그의 신분이 포로로 바뀌어가는 과정이기도 하다. 그는 그곳에서 만나는 동포들로부터 심한 수치심을 느끼는 반면, 미군 병사나 군의관에 대해서는 호기심을 보이며 대화를 나누기도 하고 인텔리 출신답게 독서삼매경에 빠지기도 한다.

건강이 회복되어 본격적으로 수용소 생활을 시작하기 전에 그는 이미 동료들로부터 버림받아 홀로 산속을 헤매면서 죽음과 직면했던 덕분에, 사실상 그는 일본군 병사로서의 신분을 탈피하여 주위의 포로들과는 거리를 둔 제삼자와도 같은 관찰자의 시선을 획득하게 된다. 그 시선 덕분에 포로로서 수용소 생활을 하면서도 주인공의 자기성찰이 성숙해지고 깊이를 더해간다는 걸 느낄 수 있다.

제2부는 포로수용소라는 독특한 집단에 관한 기록이다. 3월 중순,

주인공은 팔로의 병원에서 타나완 수용소의 병동으로 옮기게 되는데, 그곳에서는 이미 일본인 포로들이 그들 나름의 소규모 사회를 형성하고 있었다. 오오카는 애당초 의도적으로 이 소규모 사회를 통하여 연합군의 점령하에 놓인 패전 후의 일본을 풍자하려 했던 것이다.

실제로 당시의 오오카는 수용소를 관찰하기에 최적의 조건을 지니고 있었다. 그는 충분한 분석력을 지닌 30대 중반의 지식인이자, 남들의 경계심을 살 필요도 없는 낙오병 출신이었으며, 포로와 감시자의 의사소통을 돕는 통역으로서 양쪽 세계를 자유로이 왕래할 수 있었다. 즉 오오카는 국적이나 계급을 불문하고 수용소 내의 모든 사람들과 가까이 접하면서 그들의 일상적인 모습을 관찰하고 기록했던 것이다. 오오카의 기록은 놀라울 정도로 리얼하고 정확할 뿐만 아니라 그의 지적인 분별력이 크게 작용하고 있기에, 때로는 신랄하게 때로는 코믹하게 하나의 작은 사회와 그 구성원들을 빠짐없이 시야에 포착하고 있다.

그리고 제3부로 넘어가면 나태해진 인간이 가장 빠져들기 쉬운 함정인 타락이 핵심 테마를 이루고 있다. 미국이라는 거대한 적 앞에서 일치단결하여 목숨을 걸고 싸우던 그들이, 인도주의에 입각한 미군의 인간적 대우 덕분에 안락한 포로생활을 누리는 가운데 돈과 물질에 대한 소유욕을 품게 되고, 그 소유욕은 그들로부터 군인으로서의 단결력과 희생정신을 순식간에 소멸시켜 인간 본연의 이기주의로 무장하게끔 만든다. 그리고 그 속에서 새로이 구현되는 사회는 바로 패전 이후에 전통적 가치관을 상실하고 물질주의와 개인주의로 치닫게 되는 일본사회를 그대로 재현하고 있는 것이다.

『포로기』 이후로 오오카는 『들불』 『레이테 전기』 등의 전쟁소설과, 요절한 천재시인 나카하라 주야(1907~37)를 비롯하여 국내외 작가들에 관한 다양한 평론, 프랑스 심리소설의 영향을 받은 베스트셀러 『무사시노 부인』, 자신의 성장과정을 소재로 한 자전적 소설 『산소』 『유년』 『맹야(萌野)』 『아내』 『아버지』 『어머니』와 같은 사소설, 『암꽃』 『밤의 촉수』 『사건』 등의 추리소설, 『화영』 『구름의 초상』 등의 연애소설, 『천주조(天誅組)』 『얼어붙은 불길』 등의 역사소설, 『사랑에 관하여』 『푸른 빛』 『머나먼 단지』 등의 시나리오에 이르기까지 다양한 장르의 작품들을 잇달아 발표하면서 전후문학의 기수라는 명칭에 걸맞은 활약을 한다.

특히 전쟁터에서의 체험을 작품화한 『포로기』 『들불』 『레이테 전기』의 세 편은 오오카의 대표작일 뿐만 아니라 일본 전쟁소설의 걸작으로 손꼽힌다. 이 중에서 오늘날 우리들이 가장 공감하면서 재미있게 읽을 수 있는 작품은 단연 『포로기』일 것이다. 굳이 한일 간의 불행했던 과거사와 연관짓지 않더라도, 한때는 나라를 위하여 목숨을 바치기로 결의하며 굳건한 조직력으로 연합군과 혈전을 벌였던 일본군 병사들이, 철조망 속에 갇힌 포로가 되자 인간 본연의 욕망을 숨김없이 드러내며 보여주는 개성 넘치는 모습이며 그 군상들 사이에서 벌어지는 갖가지 에피소드만 하더라도 우리들에게 풍부한 읽을거리를 제공하고 있기 때문이다.

『포로기』를 집필함으로써 오오카가 가장 하고 싶었던 말은, 전쟁터에 나아가 죽지 않고 포로가 되었다가 살아 돌아온 자의 자기변명이 아니었을까 생각된다. 당연히 그 변명 속에는 자신을 그러한 상황에 놓이게 한 현실과 국가에 대한 비난도 포함되어 있을 것이다. 더구나 오오카는 이 작품을 통해 작가로서의 자신의 가능성을 시험하고 있다. 물론 소중한 체험을 기록으로 남겨야겠다는 지식인으로서의 사명감 역시 작용했으리라고 본다. 그런 가운데 나름대로 양심적인 지식인으로서의 모습을 끝까지 견지하려 했던 흔적도 충분히 엿볼 수 있다. 물론 포로라는 신분으로 수용소 내에 감금되어 있는 인간들의 모습이, 출소 이후에도 그대로 지속되는 것은 아니다. 전쟁터에서는 국가와 민족을 위해서 목숨을 아끼지 않고 싸우던 병사들이, 수용소 내에서는 사리사욕에 눈이 멀어 서로 아귀다툼을 벌이기도 하지만, 그들이 다시 사회로 복귀하면 예전과 다름없는 사회인으로서 혹은 가장으로서 훌륭히 행세하게 될 것이고 그것이 바로 환경에 따라서 적응하도록 되어 있는 인간의 잠재력일 테니까 말이다. 어떻게 보면 포로수용소 내에 형성된 사회는 조지 오웰의 『동물농장』에 보이는 동물들의 사회와 별로 다를 바 없다는 느낌조차 들기도 한다.

이러한 『포로기』의 작가 오오카 쇼헤이에 관하여, 그의 인생과 문학을 좀더 구체적으로 소개해보기로 하겠다. 오오카는 1909년 3월 6일 도쿄 우시고메(현재의 신주쿠)에서 아버지 테이자부로와 어머니 쓰루의 장남으로 태어났다. 와카야마 현 출신으로 상당한 지주 집안의 3남이었던 아버지는 가부토초 주식중매점 영업사원이었는데, 제1차 세계대전 후 일본 전역에 투기 붐이 일자 당시 1백 엔의 자본금으로 30만 엔을 벌어들이는 대박을 내기도 했다. 아버지와 마찬가지로 와카야마 현 태생인 어머니는 게이샤 출신이었기에 오오카는 14세 무렵 친구들로부터 게이샤의 자식이라며 놀림을 받았고, 그로 인해 어머니를 원망하기도 했다. 그러한 부모에 관한 오오카의 기억과 심정은 자전적 단편소설 「아버지」와 「어머니」에 자세히 묘사되어 있다. 아버지는 1931년 만주사변 때 투자에 실패하여 재산을 날리게 되는데, 아버지의 이러한 사업 성패에 따라서 급격히 변동하는 가정환경이 오오카의 자아형성에 큰 영향을 미쳤던 것으로 추측된다. 아버지의 폭력에서 벗어나고 싶은 심정에서 자신이 여자이기를 원했다는 이야기며, 어머니의 돈을 훔치면서 나쁜 짓을 배우게 되었던 과거를 고백한 것이 바로 작품집 『유년』이다. 여기에는 가정도 사회의 일부라는 오오카 특유의 사고가 잘 드러나 있는데, 그 점에서 『포로기』와 상통하는 부분이 많은 작품이다.

1921년 미션스쿨인 아오야마학원 중학교에 입학한 오오카는 기독교의 감화를 받게 된다. 기독교와 관련된 그의 첫 기억은 찬송가 합창이었다고 하는데, 피아노를 치는 여성의 모습과 악에 대한 자각이 기묘한 형태로 뒤얽히면서 그의 가슴을 동요시켰다고 한다. 오오카는 기독교에 반대하는 아버지와 심하게 충돌하면서까지 성서에 대한 애착을 버리지 않았으며, 기타하라 하쿠슈, 아쿠타가와 류노스케, 에드거 앨런 포 등의 시와 소설을 즐겨 읽었다. 특히 나쓰메 소세키의 『마음』을 읽고 인간의 에고이즘에 대한 두려움을 느꼈다고 한다. 또한 철학청년인 사촌형 요키치로부터 문학과 철학에 관하여 폭넓은 지도를 받은 것 역시 오오카의 정신세계에 많은 영향을 주었다.

고등학교 시절, 프랑스어를 배우기 위해서 아테네 프랑세에 다니면서 고바야시 히데오를 가정교사로 맞이하는데, 오오카보다 일곱 살 연상인 고바야시는 문학평론가로서 근현대 일본문학사에 큰 족적을 남긴 인물이다. 오오카 스스로 "나의 문학적 청춘은 고바야시 히데오를 만났을 때부터 시작한다"고 말했을 정도로 고바야시와의 만남은 작가 오오카 쇼헤이의 탄생에 결정적 역할을 했던 것이다. 뿐만 아니라 고바야시의 집에서 나카하라 주야와 사귀게 되었고, 나카하라를 통하여 가와카미 데쓰타로를 비롯한 여러 선배들을 알게 된다. 오오카는 그 선배들과의 만남 때문에 자신의 청춘이 형편없이 망가졌다고 불평했지만, 그들을 통하여 보들레르, 랭보, 발레리, 지드, 라디게, 프루스트 등에 관한 지식을 얻었고, 특히 나카하라에 대해서는 "태어나서 처음으로 나보다 훌륭한 사람과 대화를 했다"고 말했을 정도이니까, 문학뿐만이 아니라 인생에 있어서도 오오카가 나카하라로부터 얼마나 큰 영향을 받았는지 짐작할 수 있다.

1929년 교토대학 문과에 입학한 오오카는 스탕달의 매력에 심취하는 한편 나카하라, 가와카미 등과 함께 동인지 『백치군』에 참가한다. 이 무렵과 관련된 오오카의 청춘시절에 관해서는 「문학적 청춘전」 및 나카하라 주야에 관한 연구서 『아침의 노래』에 자세히 기록되어 있다. 1932년 교토대학을 졸업하고 1934년에 국민신문사에서 1년간 근무한 것 이외에는 고바야시를 중심으로 간행되던 『문학계』에 서평 및 스탕달 연구를 발표하는 한편 『스탕달 선집』을 편찬하기도 하고 스탕달과 관련된 해외 저서를 일본어로 번역하는 등 스탕달 전문가로서 활약하게 된다. 1937년 아버지의 죽음을 계기로 가산을 정리한 오오카는 프랑스·일본 합작회사인 제국산소에 취직하여 고베로 이사, 1939년에 우에무라 하루에와 결혼한다.

그리고 앞에서 언급한 바와 같이 1944년 징집되어 필리핀 민도로 섬 산호세 전선으로 향하게 되는데, 당시의 상황은 『포로기』에 "나의 35년간의 생애는 만족스럽지 않으며", "미래에는 죽음이 있을 뿐"이라고 적고 있듯이 생환의 희망이 전혀 없는 참담한 것이었다. 그해 12월 미군이 상륙하자 산속으로 도망쳐, 이듬해 1월, 낙오병이 되어 방황하던 중 포로가 되었다. 그는 수용소에서 "소년 시절부터 소집 전까지 생애의 모든 순간을 검토한 결과, 나는 결국 자신이 아무것도 아니었다"는 사실을 확인하게 된다. 이러한 생의 실존과 직면하는 체험이, 지적 교양의 과잉으로 인해 문학적 불모상태에 빠져 있던 그에게 작가로서 새로운 출발의 계기를 부여하게 된다. 전쟁이 끝난 해 12월에 귀국, 이듬해 고바야시 히데오로부터 전쟁 체험을 작품으로 써보라는 권유를 받고 단편 「포로기」(현재의 「붙잡히기까지」)를 발표하여 제1회 요코미쓰 리이치 상을 수상했다. 여기에 수용소에서의 경험을 덧붙인 합본 『포로기』는 당시에 유행하던 전후파 작가들의 작품과는 기저를 달리하는 독보적인 작품으로 평가되었다.

그 이후로 오오카는 『무사시노 부인』 『들불』 등의 화제작을 잇달아 발표하며 전후문학의 기수로 우뚝 서는 한편, 나카하라 주야를 추모하여 그에 관한 전기의 간행에 심혈을 기울인다. 생전에 오오카와 절친한 사이였던 나카하라는 프랑스 인상파의 영향을 받아 독특한 세계를 구축했으나 불과 서른의 나이에 결핵성 뇌증으로 요절한 시인이다. 오오카는 『나카하라 주야 시집』의 편집, 나카하라의 대표작 『아침의 노래』와 『생전의 노래』에 관한 연구, 그리고 『나카하라 주야 전집』의 간행을 주도했다. 1953년에는 가나가와 현 오이소로 주거를 옮겼고 10월에 록펠러 재단의 연구원으로 미국에 건너가, 이듬해 유럽을 순회하면서 스탕달의 고향도 방문하게 된다. 그리고 귀국 후에는 창작과 평론의 방면에서 원숙한 기량을 발휘하며 『화영』 『상식적 문학론』 등을 발표한다. 1958년 8월부터 이듬해 8월까지 『중앙공론』에 연재된 중편소설 『화영』은 도쿄의 번화가로 유명한 긴자의 술집에 근무하는 호스티스들의 모습을 담아, 무지할 정도로 순수한 마음을 지녔던 탓에 스스로 목숨을 끊고 마는 여주인공에 관한 이야기를 날카로운 지성과 예술성으로 묘사해낸 수작이며, 『상식적 문학론』은 역사소설가로 유명한 이노우에 야스시와 가이온지 조고로의 작품이 사실을 왜곡하고 있다며 공격적인 견해를 피력하여 논쟁을 불러일으켰던 평론이다. 하지만 오오카의 최대 역작은 자신이 참전했던 전쟁의 전모를 극명하게 그려낸 『레이테 전기』일 것이다. 『포로기』는 전쟁에서 자신이 경험한 개인적 체험과 감상을 기록한 작품이지만, 『레이테 전기』는 방대한 자료를 바탕으로 레이테 섬을 둘러싼 미일 양국 간의 공방을 상세히 묘사한 기록으로서, 태평양 전쟁의 분수령이라 불렸을 정도로 처절했던 전투의 전모와 그 전투에 동원된 병력과 화기에 이르기까지 상세히 기술되어 있다.

불혹의 나이에 소설가로서 출발하여 일본문단의 중심에 우뚝 선 오오카는 그야말로 대기만성형 작가라 하겠는데, 추리소설, 심리소설, 연애소설, 전쟁소설, 역사소설 등 다양한 장르의 작품들을 잇달아 발표하여 폭넓은 독자층을 확보하고 있었다. 만년에도 왕성한 창작욕을 발휘하던 오오카는 1988년 12월 25일 심장병 검사를 위해 입원 중 뇌경색 병발로 인해서 돌연 영면하고 만다. 쇼와 천황이 죽기 2주 전의 일이다. 『소설가 나쓰메 소세키』가 이듬해인 1989년 2월에 요미우리

문학상을 수상했다.

이러한 오오카 쇼헤이의 대표작 『포로기』를, 금번 문학동네의 개정판 출간 계획을 계기로 전반적으로 검토한 결과 뜻밖에도 많은 오역이 발견되어 번역자로서 심히 부끄러움을 느꼈다. 하지만 개정판의 출간 덕분에 일본근대문학의 명작 한 편이 예전보다 충실한 번역으로 다시 독자들에게 선을 보이게 되었다는 점에서, 번역자로서 문학동네 관계자 여러분께 심심한 감사를 드린다.

허호

1909년 3월 6일 도쿄 우시고메 구(區)에서 출생. 아버지는 주식 중매인, 어머니는 게이샤 출신. 중학교에 입학할 무렵 어머니가 게이샤 출신이라는 사실을 알게 된 이후로 심한 갈등을 느낌.

1927년 9월 아테네 프랑세에서 야학으로 프랑스어를 공부. 가정교사인 고바야시 히데오에게서 프랑스어를 배움. 고바야시를 통해 나카하라 주야와 알게 됨.

1929년 3월 세이조 고등학교를 졸업, 4월 교토대학 문학부 문학과 입학(프랑스 문학 전공). 재학 중 가와카미 데쓰타로, 나카하라 주야와 함께 동인지 『백치군(白痴群)』을 창간.

1932년 교토대학 문학부 졸업.

1934년 2월 국민신문사에 입사하여 이듬해 2월에 퇴사. 4월부터 7월까지 장편소설 「청춘」을 『작품』에 연재(미완성).

1938년 10월 프랑스·일본 합작기업인 제국산소에 번역 담당으로 입사.

1943년 6월 제국산소를 사직. 11월 가와사키 중공업에 입사하여 '고베 함선 공장' 자재부 근무.

1944년 3월 교육 소집으로 동부 제2부대(근위 보병 제1연대)에 입영. 6월 교육 소집 해제와 더불어 임시 소집. 7월 필리핀 도착, 민도로 섬 산호세에서 암호수로 근무 중 말라리아에 걸림.

1945년 1월 미군의 포로가 되어 레이테 섬 타클로반 포로병원에서 말라리아와 심장병 치료를 받은 후 일반수용소로 이송됨. 8월 일본 항복. 12월 귀국. 패전과 더불어 가와사키 중공업에서 파면당함.

1948년 2월 단편소설 「포로기(붙잡히기까지)」(장편 『포로기』의 첫 장)로 등단. 4월 「산호세 야전병원」, 12월 「들불(野火)」 제1부 발표.

1949년 3월 「포로기」로 제1회 '요코미쓰 리이치 상'을 수상. 같은 달 「살아 있는 포로」 발표. 4월부터 메이지대학 문학부 강사. 7월 「들불」 제2부 발표.

1950년 1월부터 9월까지 「무사시노 부인(武蔵野夫人)」을 『군상』에 연재, 11월에 단행본으로 출간하여 베스트셀러가 됨.

1951년 4월 「새로운 포로와 옛 포로」 발표.

1952년 1월부터 이듬해 7월까지 「산소」를 『문학계』에 연재. 5월 『들불』로 제3회 요미우리 문학상 수상, 12월 완결판 『포로기』 간행.

1953년 2월부터 8월까지 「화장」을 아사히 신문에 연재. 10월 록펠러 재단의 장학생으로 예일 대학 연구생이 되어 1년간 유학 후 이듬해 12월에 귀국.

1957년 11월 『암꽃』 발표.

1958년 7월 「작가의 일기」 발표. 8월부터 이듬해 8월까지 「화영(花影)」을 『중앙공론』에 연재. 12월 『아침의 노래·나카하라 주야전(傳)』 발표.

1959년 12월 『무죄』 발표.

1960년 7월 미일안보조약 반대운동과 관련된 「미광」을 발표. 8월 작가와 비평가에 의한 전후문학 베스트 5의 투표에서 『들불』이 1위, 『포로기』가 3위를 차지함.

1961년 1월부터 12월까지 「상식적 문학론」을 『군상』에 연재. 5월 「화영」을 단행본으로 간행하여, 11월 제15회 마이니치 출판문화상 수상과 동시에 제8회 신초샤 문학상도 수상함.

1967년 1월부터 1969년 7월까지 「레이테 전기」를 『중앙공론』에 연재함.

1969년 7월 『쇼와 문학에의 증언』 발표. 12월 『민도로 섬 다시 한 번』 발표.

1971년 9월 『레이테 전기』를 간행. 11월 예술원 회원으로 선출되었으나, "과거에 포로 경험이 있기에 국가적 명예를 받을 생각이 없다"는 이유로 사퇴.

1972년 1월 『레이테 전기』로 제13회 마이니치 예술상 수상. 5월 「얼어붙은 불길」 「나 자신에의 증언」 발표.

1973년 1월부터 2월까지 「소세키의 국가 의식」을 『세계』에 발표. 이것을 계기로 나쓰메 소세키에 관한 연구와 강연을 본격적으로 시작. 5월 「유년」 발표.

1974년 1월 『나카하라 주야』를 간행하여 11월 노마 문학상 수상. 9월 『도미나가 다로 서간을 통해 본 생애와 작품』 발표.

1976년 1월 『오오카와 쇼헤이 전집』 간행. 전후문학에의 공헌으로 마이니치 문화상 수상.

1977년 9월 『사건』을 간행.

1978년 3월 『사건』으로 일본 추리작가협회상 수상. 『사건』이 TV 드라마와 영화로 만들어지며 작품이 베스트셀러가 됨.

1979년 3월 『구름의 초상』, 6월 추리소설집 『최초의 목격자』 발표.

1980년 5월 「푸른 빛」을 주니치 신문에 연재. 9월부터 12월까지 「기나긴 여행」을 도쿄 신문에 연재.

1982년 9월 「여성과 문학의 탄생」 발표.

1984년 6월 「간통의 기호학」, 7월 「두 가지 동시대사」 발표.

1988년 5월 「소설가 나쓰메 소세키」 발표. 12월 22일, 뇌경색을 일으켜 25일 사망. 향년 79세.

1989년 제40회 요미우리 문학상 수상.

문학동네 세계문학전집 발간에 부쳐

세계문학은 국민문학 혹은 지역문학을 떠나 존재하는 문학이 아니지만 그것들의 총합도 아니다. 세계문학이라는 용어에는 그 나름의 언어와 전통을 갖고 있는 국민문학이나 지역문학의 존재를 인정하면서 그것을 넘어서는 문학의 보편적 질서에 대한 관념이 새겨져 있다. 그 용어를 처음 고안한 19세기 유럽인들은 유럽문학을 중심으로 그 질서를 구축했지만 풍부한 국민문학의 전통을 가지고 있는 현대의 문학 강국들은 나름의 방식으로 세계문학을 이해하면서 정전(正典)의 목록을 작성하고 또 수정한다.

한국에서도 세계문학 관념은 우리 사회와 문화의 변화 속에서 거듭 수정돼왔다. 어느 시기에는 제국 일본의 교양주의를 반영한 세계문학 관념이, 어느 시기에는 제3세계 민족주의에 동조한 세계문학 관념이 출현했고, 그러한 관념을 실천한 전집물이 출판됐다. 21세기 한국에 새로운 세계문학전집이 필요하다는 것은 명백하다. 우리의 지성과 감성의 기준에 부합하는 세계문학을 다시 구상할 때가 되었다.

문학동네 세계문학전집은 범세계적으로 통용되는 고전에 대한 상식을 존중하면서도 지난 반세기 동안 해외 주요 언어권에서 창작과 연구의 진전에 따라 일어난 정전의 변동을 고려하여 편성되었다. 그래서 불멸의 명작은 물론 동시대 세계의 중요한 정치·문화적 실천에 영감을 준 새로운 작품들을 두루 포함시켰다.

창립 이후 지금까지 한국문학 및 번역문학 출판에서 가장 전문적이고 생산적인 그룹을 대표해온 문학동네가 그간 축적한 문학 출판 경험을 바탕으로 새로운 세계문학전집을 펴낸다. 인류가 무지와 몽매의 어둠 속을 방황하면서도 끝내 길을 잃지 않은 것은 세계문학사의 하늘에 떠 있는 빛나는 별들이 길잡이가 되어주었기 때문이다. 우리가 자부심과 사명감 속에서 그리게 될 이 새로운 별자리가 독자들의 관심과 애정에 힘입어 우리 모두의 뿌듯한 자산이 되기를 소망한다.

문학동네 세계문학전집 편집위원
민은경, 박유하, 변현태, 송병선, 이재룡, 홍길표, 남진우, 황종연

지은이 **오오카 쇼헤이**
1909년 3월 6일 도쿄에서 태어났다. 교토 대학 불문과 재학 당시 스탕달의 매력에 심취하여 졸업 후 『스탕달 선집』 편찬에 참여하거나 해외의 스탕달 연구서적을 번역하여 국내에 소개했다. 태평양 전쟁 말기인 1944년 징집돼 필리핀의 민도로 섬에서 포로가 되어 레이테 수용소에서 종전을 맞이했던 경험을 기록한 「포로기」를 발표하여 제1회 요코미쓰 리이치 상을 수상했다. 그후 『무사시노 부인』 『들불』 『레이테 전기』 등의 문제작을 발표했다. 1988년 12월, 일흔아홉의 나이에 뇌경색으로 숨을 거두었다.

옮긴이 **허호**
한국외국어대학교 일본어과를 졸업했고, 일본 쓰쿠바 대학 대학원에서 석박사 과정 수료 후, 일본 바이코가쿠인 대학 대학원에서 문학박사 학위를 받았다. 현재 한국일본근대문학회 회장을 맡고 있으며, 수원대학교 일어일문학과 교수로 재직중이다. 옮긴 책으로는 『금각사』 『인간실격』 『고목탄』 『반딧불 강』 『후쿠자와 유키치 자서전』 『도쿄이야기』 『노르웨이의 숲』 등이 있다.

세계문학전집 036
포로기

양장본 초판 인쇄 2010년 5월 10일
양장본 초판 발행 2010년 5월 17일

지은이 오오카 쇼헤이 | 옮긴이 허호 | 펴낸이 강병선
책임편집 이승희 | 편집 양수현 오동규 | 독자모니터 김형철
디자인 윤정우 송윤형 한충현 김민하 | 저작권 김미정 한문숙
마케팅 정민호 이지현 김도윤 | 온라인 마케팅 이상혁 한민아
제작 안정숙 서동관 김애진 | 제작처 한일프린테크(인쇄) 경일제책(제본)

펴낸곳 (주)문학동네
출판등록 1993년 10월 22일 제406-2003-000045호
주소 413-756 경기도 파주시 교하읍 문발리 파주출판도시 513-8
전자우편 editor@munhak.com | 대표전화 031) 955-8888 | 팩스 031) 955-8855
문의전화 031) 955-3576(마케팅), 031) 955-2687(편집)
문학동네카페 http://cafe.naver.com/mhdn

ISBN 978-89-546-1103-9 04830
978-89-546-1020-9 (세트)

www.munhak.com